언홀리

언와인드 디스톨로지 2

언홀리
무단이탈자의 묘지

**닐 셔스터먼 장편소설
강동혁 옮김**

UNWHOLLY
by NEAL SHUSTERMAN

Copyright (C) 2012 by Neal Shusterman
Korean Translation Copyright (C) 2025 by The Open Books Co.

Korean edition published by arrangement with Simon & Schuster Books For Young Readers, an Imprint of Simon & Schuster Children's Publishing Division through KCC (Korea Copyright Center Inc.), Seoul.

All rights reserved. No part of this book may be reproduced or transmitted in any form or by any means, electronic or mechanical, including photocopying, recording or by any information storage and retrieval system, without permission in writing from the Publisher.

일러두기
각 부에 수록된 기사 등의 웹 주소는 현재 일부 연결이 되지 않는다.

샬럿 루스 셔스터먼에게
사랑해요, 엄마

그에 대한 답변은……

언와인드 디스톨로지는 뒤집힌 세상을 그리고 있다. 그러니 어떤 퀴즈 쇼처럼, 질문에 앞서 답을 내놓는 것만큼 이 책의 내용을 따라가기 좋은 방법이 있겠는가? 답을 읽은 뒤 질문을 몇 개나 맞힐 수 있는지 살펴보자! 정답을 많이 맞히면, 당신의 언와인드 의뢰서를 찢어 버릴 수 있을지도 모른다! (경고: 이 게임을 건너뛰면 책을 읽는 동안 언와인드된 기분이 들 수 있다.)

1) 이것은 개인이 해체되는 과정이다. 법에 따라, 해체된 사람의 99.44퍼센트는 이식에 활용되어 살아 있는 채로 유지되어야 한다.

―――――――

2) 미국의 두 번째 내전 ― 하트랜드 전쟁으로도 알려져 있다 ― 은 생명파와 선택파 양쪽 군대가 이 합의에 이르면서 끝났다. 이 합의에 따라 잉태된 순간부터 13세에 이를 때까지 그

생명은 침해할 수 없으나 10대 문제아의 〈소급적 중절〉은 허용된다.

───────

3) 갓난아기를 키우고 싶지 않은 어머니에게는 아기를 다른 사람의 집 문 앞에 두고 떠날 수 있는 법적 선택지가 주어진다. 이후에는 그 집에 사는 사람이 아기를 법적으로 책임져야 한다. 이는 아기를 남겨 두고 떠나는 행위를 의미하는 일상적인 용어다.

───────

4) 언와인드된 인간은 사실상 몸 전체가 아직 살아 있는 상태이기 때문에 사망한 것이 아니라 이 상태에서 계속 살아가는 것으로 여겨진다.

───────

5) 이는 언와인드가 분열된 상태를 준비하는 허가받은 시설이다. 각 시설은 고유한 개성을 지니고 있지만, 모든 시설은 언와인드로 지정된 청소년에게 긍정적인 경험을 제공하도록 설계되었다.

───────

6) 마을을 세운 행복한 벌목꾼들에게서 유래한 이름을 가진 애리조나주 북부의 이 하비스트 캠프는 최근 테러 활동으로 인해 폐쇄되었다.

───────

7) 언와인드가 이루어지는 하비스트 캠프 안의 병원을 일컫는 비속어다.

———————

8) 이 어린 테러범들은 혈액을 폭발 물질로 바꾸는, 탐지 불가능한 화학 물질을 자신의 순환계에 주입한다. 이런 이름이 붙은 까닭은 강하게 손뼉을 쳐 폭발을 일으키기 때문이다.

———————

9) 이는 전국 청소년 전담국에서 일하며, 언와인드의 통제를 담당하는 법 집행관을 일컫는 일상적인 용어다.

———————————————

10) 이는 진정제가 든 총알이나 화살을 이용해 사람을 화학적으로 의식 불명에 빠뜨리는 행위다. 일반 총알을 사용하면 불법일 뿐만 아니라 언와인드들의 필수 장기를 손상시켜 가치를 떨어뜨리므로, 청소년 전담 법 집행관들은 이 방법을 선호한다.

———————

11) 〈소고기〉를 뜻하는 프랑스어에서 유래한 이 말은 비속어 〈몸짱〉의 어원이기도 하다. 군대에서 겅턱을 쌓으려는 병사나 근육질의 10대를 일컫는 일상적인 용어다.

———————

12) 원래는 군사 용어로 〈허가 없이 이탈했음〉을 뜻하는 말이지만, 최근에는 언와인드 도망자를 일컫는 용어로 더 자주 사용된다.

_____

13) 이 조직은 무단이탈 언와인드를 구조하는 방식으로 언와인드에 저항한다. 단, 사람들이 생각하는 것만큼 잘 조직되어 있지는 않다.

_____

14) 무단이탈 언와인드를 위한 (그리 비밀스럽지 않은) 비밀 피난처인 이곳은 애리조나주 사막의 거대한 비행기 재생 시설에 있다.

_____

15) 〈코너 래시터〉로도 알려진 오하이오주 출신의 이 언와인드 도망자는 해피 잭 하비스트 캠프 반란의 주동자로 알려져 있으나 사망한 것으로 여겨진다.

_____

16) 〈10퍼센트〉를 의미하는 용어에서 유래한 이 말은 종교적인 이유로 태어날 때부터 언와인드가 예정된 아동을 가리킨다.

_____

17) 이 십일조는 박수하지 않은 박수도다. 이러한 행동으로 저항 운동의 상징적인 인물이 되었다.

―――――――

18) 주립 보호 시설에서 양육되는 피보호자들에게 주어지는 성(姓)이다.

――――

19) 과거 주립 보호 시설의 피보호자였던 이 인물은 해피 잭 하비스트 캠프의 생존자로서 손상된 척추를 언와인드의 척추로 교체하는 것을 거부해 하반신 마비 환자가 되었다.

―――――――

이 책을 읽으면서 손톱을 물어뜯고 밤잠을 설치며 많은 생각을 하길!

닐 셔스터먼

차례

1부	위반	15
2부	홀리	107
3부	영혼의 창	169
4부	리바이어던	245
5부	필요의 문제	351
6부	투쟁 혹은 도피	443
7부	착륙	539

감사의 말 589

1부
위반

자유롭지 않은 세상에 대처하는 유일한 방법은, 존재 자체가 반란 행위가 될 만큼 절대적으로 자유로워지는 것이다.
— 알베르 카뮈

1
스타키

사람들이 그를 잡으러 왔을 때, 그는 악몽과 싸우고 있었다.

어마어마한 홍수가 세상을 삼키는 가운데 그는 찢기고 있었다. 두렵기보다는 짜증이 났다. 홍수로는 충분하지 않다는 듯 그의 깊고도 어두운 정신은 분노한 회색 곰을 보내 그를 찢어발기도록 했다.

그때, 그는 죽음의 아가리와 종말의 홍수 속에서 끌려 나온다.

「일어나! 당장! 가자!」

눈을 떠보니 어두워야 할 침실이 환하게 밝혀져 있다. 청소년 전담 경찰 두 명이 그를 거칠게 다룬다. 그가 정신을 차리고 싸우려 들기 한참 전부터 그의 두 팔을 잡고 있다.

「안 돼! 그만해! 이게 무슨 짓이야?」

수갑이다. 처음에는 오른쪽 손목, 그다음에는 왼쪽 손목.

「일어서!」

청담은 그가 저항이라도 하고 있다는 듯 그를 일으켜 세운다. 좀 더 깨어 있었더라면, 그는 실제로 저항했을 것이다.

「이거 놓으라고! 대체 무슨 일이야?」

순식간에 무슨 일이 벌어지는지 알 만큼 정신이 든다. 이건 납치다. 하지만 삼중 복사지에 서명이 이루어졌다면 납치라 부를 수 없다.

「네가 메이슨 마이클 스타키임을 구두로 확인해라.」

경찰관은 두 명이다. 한 명은 키가 작고 근육질이며 다른 한 명은 키가 크고 근육질이다. 청소년 수거반에 취직하기 전에는 아마 군대의 고기 방패였을 것이다. 청소년 전담 경찰도 무자비함을 타고난 특별한 종족이나 할 수 있는 일이지만, 수거를 전문으로 하려면 거기에 더해 영혼까지 없어야 한다. 자신이 언와인드로서 수거되고 있다는 사실에 스타키는 놀라고 겁에 질리지만 티를 내지 않는다. 청소년 수거반이 타인의 두려움에 흥분한다는 것을 알기 때문이다.

키가 작은 사람이 이 2인조의 대변인인 게 분명하다. 그가 스타키의 얼굴에 대고 다시 말한다. 「네가 메이슨 마이클 스타키임을 구두로 확인해라!」

「왜 그래야 하는데?」

「꼬마야.」 다른 수거반이 말한다. 「쉽게 가든 어렵게 가든, 결국 가게 돼 있어.」 그는 자기 것이 아닌 게 분명한 입술로 좀 더 부드럽게 말한다. 그 입술은 여자애에게서 가져온 것으로 보인다. 「훈련이 그리 어렵지 않으니까 그냥 프로그램에 따르면 돼.」

자신들이 오리라는 걸 스타키가 알았을 거라는 투다. 하지만 어떤 언와인드가 정말로 그런 걸 알겠는가? 모든 언와인드는 마음속 깊은 곳에서 자신에게 이런 일이 일어날 리 없다고 생각한다. 아무리 상황이 꼬여도 부모가 〈언와인드: 이성적 해결책〉 같은 말을 하는 인터넷이나 TV, 게시판의 광고에 넘어

갈 만큼 멍청하지는 않다고 말이다. 하지만 누구를 속이겠는가? 끊임없는 언론 공세가 없이도 스타키는 문 앞에 도착한 순간부터 잠재적인 언와인드 후보였다. 오히려 부모가 이토록 오래 기다렸다는 점이 놀랍다.

이제는 입 역할을 하는 자가 스타키의 개인 공간으로 깊숙이 들어온다. 「마지막으로 말하는데, 네가 마이클······.」

「그래, 그래. 내가 메이슨 마이클 스타키야. 이제 얼굴 좀 치워, 입냄새 나.」

스타키의 신원이 구두로 확인되자 여자 입술이 삼중 복사지로 이루어진 서류를 꺼낸다. 흰색, 노란색, 분홍색.

「이런 식인 거야?」 스타키가 묻는다. 목소리가 떨리기 시작한다. 「날 체포하는 거냐고? 내가 무슨 죄를 저질렀는데? 열여섯 살이라는 죄? 아니, 여기 존재한다는 것 자체가 죄겠지.」

「조용히 — 하지 — 않으면 — 진정탄을 쏘겠다.」 입 역할이 말한다. 그 모든 게 한 단어인 것처럼.

스타키의 일부는 그러기를 원한다. 그냥 잠들기를, 운이 좋다면 영영 깨어나지 않기를. 그러면 한밤중에 삶을 빼앗기는 절대적인 굴욕만은 피할 수 있을 것이다. 하지만 그는 부모의 얼굴을 보고 싶다. 더 정확히 말하면, 그들이 자신의 얼굴을 보기를 바란다. 스타키가 잠든다면 그들은 쉽게 빠져나갈 것이다. 그의 눈을 마주 보지 않아도 될 것이다.

여자 입술이 스타키 앞에 언와인드 의뢰서를 들어 올리고 악명 높은 9조, 〈무효 조항〉을 읽기 시작한다.

「메이슨 마이클 스타키, 귀하의 부모나 법적 보호자 혹은 양측 모두가 이 의뢰서에 서명함으로써 귀하의 생명 보유 기간은 잉태된 지 6일 후로 소급하여 종료되었으며, 이에 따라 귀하는 존재법 제390조를 위반하게 되었습니다. 그러므로 이 시점부터 귀하는 개괄적 분열, 일명 언와인드를 위해 캘리포니아주 청소년 전담국으로 송환됩니다.」

「그래, 그래.」

「카운티 정부, 주 정부, 혹은 연방 정부에서 귀하를 시민으로 인정하며 부여했던 모든 권리는 이 시각을 기해 공식적이고 영구적으로 취소됩니다.」 입 역할은 언와인드 의뢰서를 접어 자기 주머니에 넣는다.

「축하한다, 스타키 군.」 입 역할이 말한다. 「넌 더 이상 존재하지 않아.」

「그럼 나한테 왜 말하는 건데?」

「오래 말하진 않을 거야.」 그들은 스타키를 문 쪽으로 끌어간다.

「신발만이라도 신으면 안 돼?」

그들은 스타키를 놓아주지만, 경계를 늦추지 않는다.

스타키는 신발 끈을 묶으며 유유히 시간을 끈다. 그런 뒤, 경찰들이 그를 방에서 끌어내 계단으로 끌고 내려간다. 청소년 전담 경찰은 계단의 나무를 위협이라도 하듯 묵직한 장화를 신고 있다. 계단을 내려가는 세 사람에게서 소 떼가 낼 법한 소리가 난다.

부모가 현관에서 기다리고 있다. 새벽 3시지만, 그들은 아직 완전히 옷을 입고 있다. 이 일을 예상하며 밤새 깨어 있었던 것이다. 스타키는 그들의 얼굴에 떠오른 괴로움을 본다. 아니면 안도감일지도 모른다. 잘 모르겠다. 스타키는 자신의 감정을 단단히 갈무리해 가짜 미소 뒤에 숨긴다.

「안녕, 엄마! 안녕, 아빠!」 그가 밝게 말한다. 「방금 나한테 무슨 일이 있었는지 알아? 스무고개로 맞춰 봐!」

아버지가 깊이 숨을 들이쉰다. 그러고는 고집 센 자녀를 둔 부모라면 누구나 준비하는 위대한 언와인드 연설을 시작하려 한다. 부모들은 연설할 일이 없더라도 연설을 준비한다. 점심 시간에, 출퇴근길에 앉아서, 기준 소매가격과 유통에 대해 거품을 물고 떠드는 멍청한 상관의 말을 들으며, 또는 사무용 빌딩 회의실에서 다른 사람들의 온갖 헛소리를 들으며 그 연설을 머릿속으로 굴려 본다.

통계는 어떨까? 스타키는 언젠가 뉴스에서 본 적이 있다. 매년 부모 열 명 중 한 명은 언와인드를 떠올린다. 그중에서 열 명 중 한 명이 언와인드를 심각하게 고려하고, 그중 20명 중 한 명이 실제로 언와인드를 실행한다. 가족에 아이가 하나 더 늘어날 때마다 확률은 두 배로 올라간다. 이 맛깔나는 숫자를 곰곰이 씹어 보면, 13세에서 17세 사이의 아동 2천 명 중 한 명이 매년 언와인드당하는 셈이다. 복권에 당첨될 확률보다 높다. 주립 보호 시설에 사는 아이들은 포함하지 않은 숫자인데도.

스타키의 아버지는 그와 거리를 유지하며 연설을 시작한다. 「메이슨, 네가 우리에게 아무런 선택지를 남겨 주지 않았다는 걸 모르겠니?」

청소년 전담 경찰은 계단 아래에서 그를 단단히 잡고 있다. 다만 그를 밖으로 끌어내려는 기미는 보이지 않는다. 그들은 부모의 통과 의례, 말로 자식을 걷어차 쫓아내는 과정을 허락해야 한다는 걸 알고 있다.

「싸움에 마약에 차까지 훔치고……. 이번에도 또 학교에서 쫓겨났지. 다음엔 뭐냐, 메이슨?」

「글쎄, 모르겠는데, 아빠. 내가 할 수 있는 나쁜 선택이 너무 많아서.」

「더는 아니야. 우린 너를 아낀다. 그래서 네가 나쁜 선택으로 너 자신을 끝장내기 전에 그런 나쁜 선택들을 끝장내려 해.」

큰 소리로 웃음이 나올 뿐이다.

그때, 계단 위에서 목소리가 들린다.

「안 돼! 이럴 수는 없어!」

여동생 제나다. 부모의 생물학적 딸이 계단 꼭대기에 서 있다. 열세 살이라는 나이에 어울리지 않게 아기 곰 파자마를 입고서.

「침대로 돌아가라, 제나.」 엄마가 말한다.

「그냥 스타키가 황새 배달돼서 언와인드하려는 것뿐이잖아. 불공평해! 그것도 크리스마스 직전에! 내가 황새 배달로 왔으면? 그럼 나도 언와인드할 거야?」

「이런 얘기는 하지 말자!」 아빠가 소리 지른다. 엄마가 울기 시작한다. 「침대로 돌아가!」

하지만 제나는 돌아가지 않는다. 팔짱을 끼고 계단 꼭대기에 반항적으로 앉아 이 모든 일을 목격한다. 좋은 일이다.

엄마의 눈물은 진짜다. 하지만 엄마가 스타키 때문에 우는 건지, 나머지 가족들을 위해 우는 건지는 잘 모르겠다. 「네가 하는 모든 일에 대해서, 다들 우리한테 그건 도와 달라는 울부짖음이라고 했어.」 엄마가 말한다. 「왜 우리가 널 돕게 해주지 않는 거니?」

스타키는 비명을 지르고 싶다. 아무것도 보지 못하는 이들에게 대체 뭘, 어떻게 설명하란 말인가? 아무도 자신을 원치 않는다는 걸 알면서 16년을 살아간다는 게 어떤 느낌인지 사람들은 모른다. 인종도 불확실한 수수께끼의 아기가 시에나 중에서도 유독 창백해 뱀파이어라고 해도 믿을 만한 피부를 가진 부부의 집에 황새 배달되었다. 스타키는 세 살 때의 일을 지금도 기억한다. 제왕 절개로 여동생을 낳고 진통제에 취해 있던 엄마가 그를 소방서로 데려가, 제발 이 애를 데려가서 주 정부의 피보호자로 만들어 달라고 애걸했다. 매년 크리스마스 아침마다 그는 선물을 받았지만, 그건 기쁨에서 비롯된 것이 아니라 의무감에 따라 준 것이었다. 그의 생일조차 진짜가 아니었다. 그가 태어난 날을 알 수 없었으니까. 그의 생일은 이제 갓 엄마가 된 여자가 발 매트에 적힌 〈환영합니다〉라는 글자를 문자 그대로 받아들인 나머지 그를 놔두고 간 날일 뿐이다.

학교에서 다른 아이들의 괴롭힘은 또 어떤가?

4학년 때, 스타키의 부모는 교장실에 불려 갔다. 그가 정글짐의 꼭대기 층에서 한 남자아이를 밀어 떨어뜨렸기 때문이다. 그 아이는 뇌진탕을 일으켰고 팔이 부러졌다.

「왜 그랬니, 메이슨?」 부모는 그 자리에서, 교장 바로 앞에서 물었다. 「왜 그런 짓을 한 거야?」

스타키는 아이들이 그를 스타키가 아니라 〈스토키〉라고 불렀으며,[1] 그 녀석이 바로 그런 장난을 처음 시작한 녀석이라고 말했다. 순진하게도, 그는 부모가 자신을 변호하고 나설 줄 알

---

1 황새를 뜻하는 〈스토크stork〉에서 따온 말이다. 이하 모든 주는 옮긴이의 주이다.

았다. 하지만 부모는 그저 별일 아니라는 듯 넘겨 버렸다.

「그 애가 죽을 수도 있었어.」아버지는 꾸짖었다. 「고작 말한마디 때문에 그런 짓을 했다고? 말로는 다치지 않아.」그건 이 세상 아이들을 상대로 어른들이 영원히 되풀이하는, 가장 범죄적인 거짓말이다. 말은, 어떤 신체적 고통보다 아프다. 다시는 황새 배달된 아이로 찍히지 않을 수만 있다면, 스타키는 기꺼이 뇌진탕을 일으키고 팔이 부러질 작정이었다.

결국 스타키는 다른 학교로 보내졌고, 의무적으로 상담을 받으라는 명령이 떨어졌다.

「네가 한 짓에 대해서 생각해라.」옛 교장이 그에게 말했다.

스타키는 착한 아이처럼 시키는 대로 했다. 충분히 생각해 보았다. 그리고 더 높은 정글짐을 찾았어야 했다고 판단했다.

이 모든 일을 대체 어떻게 설명해야 할까? 청소년 전담 경찰이 문밖으로 몰아가는 이 짧은 시간에 평생에 걸친 부당함을 설명하라니, 대체 어떻게? 답은 쉽다. 시도조차 안 하면 된다.

「미안하다, 메이슨.」아버지도 눈에 눈물을 머금은 채 말한다. 「하지만 이렇게 하는 편이 모두를 위해 더 나아. 너를 포함해서.」

스타키는 부모를 절대 이해시킬 수 없다는 걸 안다. 단, 다른 건 몰라도 마지막 말만큼은 할 수 있다.

「근데 있잖아요, 엄마······. 아빠가 사무실에서 늦게까지 있는 날에는 사실 사무실에 있는 게 아니에요. 엄마 친구 낸시랑 있어요.」

부모의 충격에 찬 표정을 즐기기도 전에, 이 비밀 정보를 거래에 쓸 수도 있었겠다는 생각이 문득 스친다. 아버지에게 이 사실을 알고 있다고만 말했어도 언와인드로부터 철통같은 보호를 받을 수 있었을 텐데! 어떻게 그런 중요한 문제를 생각조차 못 할 만큼 멍청할 수 있었을까?

결국, 그는 씁쓸한 작은 승리조차 즐기지 못한다. 청소년 전담 경찰이 차가운 12월의 밤으로 그를 밀어낸다.

광고

방황하는 10대 자녀가 있으십니까? 도저히 세상에 적응하지 못하는 것 같습니까? 무기력하고 분노에 차 있지는 않습니까? 발작적인 충동을 쉽게 일으키고, 때로는 위험한 행동까지 하지는 않습니까? 자기 몸으로 편하게 살지 못하는 것처럼 보이십니까? 이것은 단순한 10대의 반항이 아닐 수 있습니다. 당신의 자녀는 생물 분류학적 비통합 장애, 즉 BDD를 앓고 있을지 모릅니다.

희망은 있습니다!

헤이븐 하비스트 서비스는 심한 분노에 차 있고 폭력적이며 불량한 BDD 환자들을 수용해 진정시키고, 침착한 분열 상태로 안내하는 5성급 청소년 캠프를 전국적으로 운영하고 있습니다.

지금 전화해 보세요. 무료 상담사가 대기 중입니다!

헤이븐 하비스트 서비스. 사랑해서 떠나보낼 수 있는 당신을 위해.

청담 경찰차는 스타키를 방탄유리로 가로막힌 뒷좌석에 가두고 진입로를 벗어난다. 입 역할이 운전하고, 여자 입술은 빵

빵한 파일을 휘리릭 넘겨 본다. 스타키는 자신의 인생에 이렇게 많은 자료가 있으리라고는 상상하지 못했다.

「여기에 보니, 초기 아동기 시험에서 상위 10퍼센트를 기록했네.」

입 역할이 한심하다는 듯 고개를 젓는다. 「대단한 낭비로군.」

「딱히 그렇지는 않아.」 여자 입술이 말한다. 「아주 많은 사람이 네 지능으로 혜택을 볼 거야, 스타키 군.」

그 말이 암시하는 바에 스타키는 불쾌한 한기를 느끼지만, 티 내지 않으려 노력한다. 「이식한 입술이 좋아 보이네.」 스타키가 말한다. 「이식은 왜 한 거야? 아내가 차라리 여자랑 입 맞추는 게 낫겠대?」

입 역할이 히죽거린다. 여자 입술은 아무 말도 하지 않는다.

「립 서비스는 여기까지만 할게.」 스타키가 말한다. 「배 안 고파? 지금 당장 야식을 먹고 싶은데. 인앤아웃이나 갈까? 어때?」

앞자리에서는 대답이 돌아오지 않는다. 스타키도 답을 기대한 것은 아니지만, 경찰에게 장난을 걸고 그들을 얼마나 짜증나게 할 수 있는지 알아보는 것은 언제나 즐거운 일이다. 그들이 열받으면 스타키가 이기는 것이니까. 애크런의 무단이탈자가 어쨌더라? 그가 언제나 한다는 말이 뭐였지? 아, 그래. 〈양말 멋지네요〉였다. 간단하고 우아하면서도, 언제나 가짜 권위를 가진 사람의 자신감을 갉아먹는 말.

애크런의 무단이탈자. 대단한 언와인드였다! 물론, 그는 1년 전에 해피 잭 하비스트 캠프 공격으로 사망했다. 하지만 그의 전설은 지금도 숨 쉬고 있다. 스타키는 코너 래시터처럼 악명 높은 존재가 되고 싶다. 사실, 스타키는 코너 래시터의 유령이 자기 옆에 앉아 자신의 생각과 모든 행동을 감상하고 있다고 상상한다. 단순히 그에게 인정받고 싶다는 생각을 넘어서, 왼쪽 신발 아래로 수갑을 조금씩 밀어내는 자신의 손을 그가 이끌고 있다고 믿는다. 스타키는 신발 안에서 칼을 꺼낼 수 있을 만큼 낮게 손을 움직이고 있다. 바로 이런 특수한 상황을 위해 보관해 온 칼이다.

「생각해 보니까, 지금 먹기엔 인앤아웃 버거가 괜찮을 것 같네.」 여자 입술이 말한다.

「좋지.」 스타키가 말한다. 「저 앞에, 왼쪽에 하나 있어. 나는 더블더블 동물 버거로 주문해 줘. 동물 프렌치프라이도. 그야…… 난 짐승이니까.」

경찰이 실제로 24시간 드라이브스루로 들어가자 스타키는 놀란다. 무의식적 암시의 달인이 된 기분이다. 그의 제안은 전혀 무의식적이지 않았지만. 아무튼, 그는 청소년 전담 경찰을 통제하고 있다……. 적어도, 그들이 자기들 먹을 것만 주문하고 스타키에게 줄 것은 주문하지 않을 때까지는 그렇게 생각한다.

「어이! 이게 무슨 짓이야?」 그는 그들의 세상과 자신의 세상을 나눠 놓는 유리에 어깨를 부딪친다.

「밥은 하비스트 캠프에서 줄 거야.」 여자 입술이 말한다.

그제야 그는 방탄유리가 단순히 자신과 경찰을 분리하는 것만이 아니라는 점을 실감한다. 그 유리는 바깥세상 전부를 가로막는 장벽이다. 스타키는 가장 좋아하는 음식을 다시는 맛보지 못할 것이다. 가장 좋아하는 곳에도 절대 가지 못할 것이다. 최소한 메이슨 스타키로서는. 갑자기 먹었던 모든 것을 토해 내고 싶어진다. 태어나기 전, 임신 후 6일까지 거슬러 올라가서.

드라이브스루 창구에 있는 야간 교대 계산원은 스타키가 마지막으로 다녔던 학교에서 알고 지냈던 소녀다. 그 애를 보자 온갖 감정이 엉망진창으로 뒤섞여 그의 뇌를 가지고 논다. 스타키는 뒷좌석의 그림자 속에 웅크리고서 눈에 띄지 않기를 바랄 뿐이지만, 그렇게 있자니 한심한 기분이 든다. 아니, 한심해지지는 않을 것이다. 어차피 쓰러질 거라면 모두의 눈앞에서 불꽃 속에 쓰러질 것이다.

「안녕, 어맨다. 나랑 같이 졸업 파티 갈래?」 그는 두꺼운 유리 벽 너머로도 들릴 만큼 큰 소리로 말한다.

어맨다가 눈을 가늘게 뜨고 스타키 쪽을 본다. 그를 알아보자마자 그릴에서 고약한 냄새가 난다는 듯 코를 쳐든다.

「이번 생에는 안 돼, 스타키.」

「왜?」

「일단, 넌 2학년이야. 둘, 너는 경찰차 뒷좌석에 앉아 있는 찐따야. 그리고 어쨌든, 대안 학교에서도 나름대로 졸업 파티를 하지 않아?」

저렇게까지 멍청할 수 있을까? 「어, 너도 보면 알겠지만 난 졸업했어.」

「목소리 낮춰.」 입 역할이 말한다. 「아니면 널 바로 언와인드해서 햄버거로 만들어 버릴 테니까.」

마침내 어맨다가 상황을 이해한다. 갑자기 그녀는 약간 겸연쩍어한다. 「아! 아, 미안해, 스타키. 정말 미안해…….」

메이슨 스타키는 동정받는 것을 참지 못한다. 「뭐가 미안한

데? 너랑 네 친구들은 전에도 나한테 시간을 내주지 않았잖아. 근데 이제 와서 미안하다고? 됐거든.」

「미안. 내 말은…… 미안해서 미안해. 그러니까…….」 어맨다는 짜증 섞인 한숨을 내쉰 뒤 포기한 듯 여자 입술에게 음식 봉투를 건넨다. 「케첩 필요하세요?」

「아니, 괜찮아.」

「야, 어맨다!」 차가 출발할 때 스타키가 소리친다. 「정말 나를 위해 뭔가 해주고 싶다면, 모두에게 내가 끝까지 싸우다 쓰러졌다고 말해 줘. 알았지? 내가 애크런의 무단이탈자랑 똑같았다고.」

「그럴게, 스타키.」 어맨다가 말한다. 「약속해.」

하지만 스타키는 내일 아침이면 어맨다가 잊어버리리라는 것을 안다.

20분 뒤, 그들은 카운티 유치장 뒷골목으로 접어든다. 이곳에선 아무도 정문으로 들어가지 않는다. 언와인드는 특히 그렇다. 카운티 교도소에는 청소년 동이 있고, 그 뒤편에는 이송을 기다리는 언와인드를 가둬 두는 특수 상자가 있다. 스타키는 일반 소년원은 가볼 만큼 가봤기에, 일단 언와인드 유치장에 들어가면 그걸로 끝이라는 걸 안다. 모든 게 끝이다. 사형수에게도 그런 고강도 보안 조치는 이루어지지 않는다.

하지만 스타키는 아직 그곳에 도착하지 않았다. 아직 여기, 자동차에서 유치장 안으로 이송되기를 기다리고 있다. 바로 여기가 바보들이 타고 있는 이 작은 배에서 용골이 가장 얇은 곳이다. 놈들의 계획을 침몰시키려면 자동차와 카운티 교도소 뒷문 사이에서 일을 끝내야 한다. 경찰들이 스타키의 〈범인 행진〉을 준비하는 동안 스타키는 탈출 가능성 생각한다. 부모가 이 밤을 수없이 상상해 왔듯 그 역시 상상해 왔다. 10여 가지의 용감한 탈출 계획을 세워 두었다. 문제는, 그의 공상조차 숙명론적이었다는 것이다. 불안으로 가득한 모든 공상 속에서 그는 언제나 패배했고, 진정된 뒤 수술대 위에서 눈을 떴다. 물론, 사람들 말대로라면 언와인드가 바로 이루어지지는 않는다. 하지만 스타키는 그 말을 믿지 않는다. 하비스트 캠프 안에서 무슨 일이 벌어지는지 정말로 아는 사람은 없다. 그걸 알아낸 사람들은 살아남아서 그 경험을 전해 줄 수 없었고.

경찰들이 스타키를 차에서 끌어내 양옆에서 붙잡는다. 그의 위팔을 꽉 붙든다. 그들은 이런 행진에 익숙하다. 여자 입술은 다른 손으로 스타키의 빵빵한 파일을 움켜쥔다.

「그래서, 그 파일에 내 취미도 적혀 있어?」 스타키가 말한다.

「아마.」 여자 입술이 말한다. 적혀 있든 말든, 딱히 신경 쓰지 않는 눈치다.

「좀 더 자세히 읽어 봤어야지. 그랬다면 나랑 할 말이 있었을 거 아냐.」 스타키가 씩 웃는다. 「그게 말이지, 내가 마술을 좀 잘하거든.」

「그래?」 입 역할이 비웃는 듯한 웃음을 지으며 말한다. 「스스로를 사라지게 할 수 없어서 안됐네.」

「사라지게 할 수 없다고 누가 그래?」

그런 뒤에, 스타키는 최선을 다해 마술사 후디니[2]처럼 오른손을 들어 올린다. 더는 수갑이 채워져 있지 않은 오른손이 드

---

[2] 미국에서 활동한 마술사로, 탈출 마술의 대가로 알려져 있다.

러난다. 수갑은 이제 왼손에 덜렁덜렁 매달려 있다. 경찰이 반응하기도 전에 스타키는 자물쇠를 따는 데 썼던 가는 칼을 소매에서 스르륵 꺼내 쥐고 여자 입술의 얼굴을 긋는다.

그가 비명을 지른다. 한 뼘이 넘는 상처에서 피가 흐른다. 입 역할은 공공의 불행에 봉사해 온 비참한 인생에서 처음으로 말을 잃는다. 그가 무기 쪽으로 손을 뻗는다. 하지만 스타키는 이미 도망치고 있다. 그는 어두운 골목을 지그재그로 나아간다.

「야!」 입 역할이 소리친다. 「이래 봤자 상황이 나빠질 뿐이야.」

하지만 저들이 어쩌겠는가? 언와인드하기 전에 야단이라도 칠까? 입 역할이 아무리 떠들어 대도, 그는 흥정할 위치가 아니다.

골목이 왼쪽으로, 그다음에는 오른쪽으로 미로처럼 휘어 있다. 그 옆에는 카운티 교도소의 높고 위압적인 벽돌담이 있다.

마침내 스타키가 모퉁이를 돌자 앞쪽에 거리가 보인다. 그는 앞으로 돌진하지만, 거리로 나서는 순간 입 역할이 그를 잡는다. 어떻게 된 일인지 그가 스타키보다 먼저 도착했다. 스타키는 놀라지만, 놀랄 일이 아니다. 모든 언와인드가 도망치려 하지 않았겠는가? 당국에서는 당연히 언와인드가 시간을 낭비하게 하고 청소년 전담 경찰에게 실제로는 잃은 적 없는 우위를 되찾아 주기 위해 특별히 고안된, 빙빙 돌게 만드는 감옥을 짓지 않았겠는가?

「넌 끝났어, 스타키!」 입 역할이 스타키의 손목을 세게 친다. 칼이 떨어진다. 그는 기꺼이 방아쇠를 당길 만큼 분노에 차 총을 휘두른다. 「땅에 엎드려. 아니면 이걸로 눈을 쏴버릴 테니까!」

하지만 스타키는 엎드리지 않는다. 이 합법적인 깡패 앞에서 스스로를 모욕하지는 않을 것이다.

「그렇게 해!」 스타키가 말한다. 「내 눈에 진정탄을 쏘고, 하비스트 캠프에 왜 상품이 손상됐는지 설명하라고.」

입 역할은 그를 돌려세운 뒤 벽돌담에 밀친다. 스타키의 얼굴이 긁히고 멍들 만큼 세게.

「스타키, 이 지긋지긋한 놈. 아니, 스토키라고 불러야 할지도 모르겠네..」 입 역할은 천재라도 된 양 웃는다. 이 세상 모든 머저리가 이미 스타키를 그렇게 불렀는데도. 「스토키!」 그가 코웃음 친다. 「그게 너한테 더 어울리는 이름 아니냐? 어때, 스토키?」

피는 물보다 뜨겁게 끓는다. 스타키는 단언할 수 있다. 아드레날린으로 꽉 찬 분노 덕분에 그는 입 역할의 배를 팔꿈치로 찍을 수 있었으니까. 그렇게 스타키는 휙 돌아, 놈의 총을 붙잡는다.

「아아, 안 돼. 그러지 마.」

입 역할은 힘이 더 세지만, 짐승 같은 스타일이 힘을 이기는 건지도 모른다.

둘 사이에 총이 있다. 총은 스타키의 뺨을, 그다음에는 가슴을, 그다음에는 입 역할의 귀를, 그다음에는 턱 아래를 겨눈다. 둘 다 방아쇠를 잡으려 몸싸움하다가…… 탕!

총성이 터지는 순간, 스타키는 뒤로 밀려나 벽에 부딪힌다. 피! 사방에 피가 있다! 입안에 감도는 철분의 맛과 총구에서 나오는 연기의 시큼한 냄새와…….

진정탄이 아니었어! 진짜 총알이었어!

스타키는 죽음으로부터 마이크로초 떨어져 있다고 느낀다. 하지만 문득, 피가 자기 것이 아니라는 사실을 깨닫는다. 그의 앞에 있던 입 역할의 얼굴이 붉은 곤죽처럼 엉망진창이 되어 있다. 그가 쓰러진다. 인도에 부딪히기도 전에 죽는다…….

세상에, 진짜 총알이었어. 왜 청소년 전담 경찰이 진짜 총알을 가지고 있는 거지? 불법이잖아!

스타키는 모퉁이를 돌아오는 발소리를 듣는다. 죽은 경찰은 여전히 죽어 있다. 스타키는 온 세상이 총성을 들었으며 이제 모든 것이 자신의 다음 행동에 달려 있다는 걸 안다.

그는 이제 애크런의 무단이탈자와 파트너가 된다. 언와인드 도망자의 수호성인이 그의 어깨너머로 지켜보며 스타키가 움직이기를 기다리고 있다. 그는 생각한다. 코너라면 어떻게 할까?

바로 그때, 또 다른 청소년 전담 경찰이 모퉁이를 돌아온다. 스타키는 그 경찰을 한 번도 본 적이 없고 앞으로도 절대 다시 보지 않을 작정이다. 스타키는 입 역할의 총을 들어 발사한다. 방금까지 사고였던 일을 살인으로 바꾼다.

정말로 탈출하면서 스타키의 머릿속을 채운 건 승리의 피비린내 나는 맛과 코너 래시터의 유령이 얼마나 기뻐할까 하는 생각뿐이다.

광고

자녀가 학교생활을 힘들어하나요? 몇 시간씩 공부해도 성적이 오르지 않나요? 개인 교습과 전학까지 시켜 봐도 아무 소용이 없으셨다고요? 얼마나 더 자녀를 괴롭히실 겁니까?

답은 간단합니다. 더는 그러지 마세요! 우리에게 해결책이 있으니까요! 뉴로위브™를 통한 자연스러운 인지 능력 향상이 바로 그것입니다.

기억력 특화 뉴로위브는 수상한 정신 향상 약물이나 위험한 습식 연결 칩이 아닙니다. 당신이 선택한 과목이 미리 프로그래밍된, 살아 있는 뇌 조직입니다. 대수학, 삼각법, 생물학, 물리학…… 더 많은 과목이 출시될 예정입니다!

정부의 재정 지원으로 저렴하게 이용 가능하니, 더 이상 나쁜 성적표를 기다리지는 마세요. 지금 행동하세요! 오늘 뉴로위브 연구소에 전화해 무료 견적을 받아 보세요. 결과는 백 퍼센트 보장하며, 만족하지 않으실 경우 환불해 드립니다.

뉴로위브 연구소! 교육이 실패할 때, 우리는 전부 A를 드립니다!

무단이탈 언와인드가 되는 것과 경찰을 죽인 살인자가 되는 건 다른 문제다. 스타키에 대한 수배는, 일반적인 언와인드 추격을 넘어선 무언가가 된다. 온 세상이 그를 뒤쫓는 것만 같다. 일단 스타키는 겉모습을 바꾼다. 멋대로 자란 갈색 머리를 빨갛게 염색하고 책벌레처럼 짧게 자른다. 그런 다음 중학교 이

후로 길러 온, 나름의 상징 같은 염소수염을 밀어 버린다. 이제 누군가 그를 본다면 어디선가 본 것 같긴 한데 어디서 봤는지는 떠오르지 않는 느낌을 받을 것이다. 수배 포스터의 얼굴이라기보다는 위티 시리얼 박스에서 봤을 법한 얼굴이 되었으니까.[3] 빨간 머리는 그의 황갈색 피부와 잘 어울리지 않지만, 유전적으로 뒤죽박죽인 존재라는 점은 언제나 그에게 유리하게 작용했다. 그는 어느 인종으로든 보일 수 있는 카멜레온이다. 빨간 머리는 그저 또 다른 차원의 오해를 더할 뿐이다.

스타키는 마을을 그냥 지나친다. 어느 곳에서도 하루이틀 이상 머물지 않는다. 소문에 따르면 캘리포니아주 남부보다는 태평양 연안의 북서부가 무단이탈 언와인드에게 동정적이라고 한다. 그래서 그는 그곳으로 향한다.

스타키는 평생 도망자로 살 각오가 되어 있다. 그는 언제나 일종의 방어적 편집증 속에서 살아왔다. 그 누구도, 자신의 그림자조차 믿지 말 것. 언제나 최선의 이익만을 좇을 것. 그의 친구들은 삶에 대한 그의 분명한 접근법을 높이 샀다. 그들 역시 언제나 자신의 처지를 잘 알고 있었기 때문이다. 스타키는 친구들을 위해서라면 끝까지 싸울 각오가 되어 있었다. ……단, 그것이 자신에게도 이익이 되는 한.

「넌 기업적인 영혼을 가지고 있어.」 어느 선생이 스타키에게 그렇게 말한 적이 있었다. 모욕하려고 한 말이었지만, 스타키는 그걸 칭찬으로 받아들였다. 기업은 엄청난 힘을 가지고 있고 마음만 먹으면 세상에 좋은 일을 하기도 한다. 그 수학 선

---

[3] 위티 시리얼 박스에는 운동선수를 포함한 유명인들이 등장한다.

생은 빙하 보호론자였는데 다음 해에 해고당했다. 하긴, 그냥 뉴로위브를 쓰면 되는데 수학 선생이 왜 필요하겠는가? 그 선생은 얼음덩어리를 끌어안고 있어 봐야 감기나 걸린다는 걸 보여 주는 사례였다.

하지만 지금은 스타키가 그런 보호론자들과 함께하게 되었다. 반분열 저항군을 운영하며 도망친 언와인드에게 은신처를 제공하는 것이 그런 사람들이기 때문이다. 스타키는 일단 ADR의 손에 들어가면 안전해지리라는 걸 안다. 하지만 그들을 찾아내는 것은 어려운 일이다.

「난 지금까지 거의 4개월을 무단이탈자로 지냈는데, 저항군의 흔적은 전혀 못 봤어.」 얼굴이 불도그를 닮은, 못생긴 아이가 말한다. 스타키는 크리스마스이브에 KFC 뒤에서 어슬렁거리며 가게에서 남는 치킨을 내다 버리기를 기다리다가 그를 만났다. 진짜 인생에서라면 스타키가 어울리지 않았을 법한 녀석이었지만, 진짜 인생이 획 뒤집히고 모든 시간을 빌려 살게 된 지금은 우선순위도 바뀌었다.

「내가 살아남은 건 함정에 빠지지 않았기 때문이야.」 개 얼굴이 말한다.

스타키는 함정에 대해선 모르는 것이 없다. 은신처가 진짜라기엔 너무 좋아 보인다면, 아마 그 생각이 맞을 것이다. 편안한 매트리스가 있는 버려진 집, 우연히도 통조림으로 가득 차 있는 잠기지 않은 트럭. 이런 것들은 청소년 전담 경찰이 무단이탈 언와인드를 잡으려고 설치해 둔 덫이다. 심지어 반분열 저항군인 척하는 청담도 있다.

「청담은 이제 무단이탈자를 신고하는 사람들에게 보상금

을 주고 있어.」개 얼굴이 말한다. 그들은 질릴 때까지 닭고기를 쑤셔 넣는다. 「현상금 사냥꾼도 있고, 사람들이 장기 해적이라고 부르는 놈들도 있어. 그놈들은 보상금을 받는 데 관심이 없어. 자기들이 잡은 무단이탈자를 암시장에 팔거든. 일반적인 하비스트 캠프가 나쁘다고 생각했다면 불법 하비스트 캠프는 생각하기도 싫을 거야.」아이는 닭고기를 너무 크게 베어 문다. 고기가 뱀에게 삼켜진 쥐처럼 그의 식도를 타고 내려가는 모습이 보인다. 「전에는 장기 해적이 없었어.」그가 말한다. 「하지만 열일곱 살짜리들이 더는 언와인드될 수 없게 되면서 장기가 부족해졌고, 무단이탈자들은 암시장에서 엄청난 가격에 거래되게 됐어.」

스타키는 고개를 젓는다. 열일곱 살짜리의 언와인드를 불법화한 조치는 언와인드로 낙인찍힌 아이들의 5분의 1을 구할 것으로 예상되었다. 그러나 오히려 수많은 부모가 더 일찍 결정을 내리도록 떠밀었다. 스타키는 문득 1년 더 생각할 시간이 주어졌다면 부모가 마음을 바꾸었을지 궁금해진다.

「장기 해적이 최악이야.」개 얼굴이 말한다. 「그놈들의 함정은 청담이 만든 것보다 끔찍하지. 모피가 불법화되면서 사업을 접은 사냥꾼 얘기를 들은 적이 있어. 그놈은 가장 무거운 동물용 덫을 가져다가 언와인드용으로 개조했대. 젠장, 그런 덫은 다리를 꽉 물어 버려. 그 다리한테는 작별의 입맞춤을 해야겠지.」그는 자기 말을 강조하려고 닭 뼈를 뚝 부러뜨린다. 스타키는 자기도 모르게 몸을 떤다. 「다른 이야기도 있어.」개 얼굴이 더러운 손가락에서 닭기름을 핥으며 말한다. 「내가 전에 살던 동네에 있던 어떤 애 이야기야. 개네 부모가 완전 폐급이었어. 옛날에 언와인드가 있었다면 언와인드당했을 마약 중독자들이었지. 아무튼, 걔 열다섯 살 생일에 부모가 언와인드 의뢰서에 서명했다고 걔한테 얘기를 해준 거야.」

「왜?」

「도망치라고.」 개 얼굴이 설명한다. 「근데 있잖아, 부모는 걔가 숨을 장소를 모두 알고 있었어. 그래서 장기 해적한테 애를 어디서 찾을지 말해 준 거야. 장기 해적이 아이를 잡아서 팔고, 부모랑 돈을 나눠 가졌대.」

「개새끼들이네!」

개 얼굴은 어깨를 으쓱하더니 닭 뼈를 휙 던진다. 「어차피 그 애는 황새 배달된 녀석이었어. 그러니까 대단히 많은 걸 잃은 것도 아니잖아?」

스타키는 씹기를 멈추지만 잠시뿐이다. 그는 혼자서만 생각을 간직하고 씩 웃는다. 「그러게. 대단한 일도 아니지.」

그날 밤, 개 얼굴은 자기가 숨어 지내던 배수 터널로 스타키를 데려간다. 아이가 잠들자마자 스타키는 작업을 시작한다. 근처 동네로 가서, 닭고기 바구니를 모르는 사람의 현관에 놓아두고 초인종을 누른 뒤 도망친다.

다만 바구니 안에는 닭고기가 없다. 대신 손으로 그린 지도와 다음과 같은 쪽지가 들어 있다.

돈 필요해요? 그럼 이리로 청소년 전담 경찰을 보내세요. 두둑한 보상금을 받게 될 거예요. 메리 크리스마스!

새벽이 밝아 올 때 스타키는 근처 지붕 위에서 청담이 배수 터널에 들이닥쳐 개 얼굴을 큰 귀지 파내듯 끌어내는 모습을 지켜본다.

「축하한다, 개자식아.」 스타키는 혼잣말한다. 「황새 배달이야.」

광고

부모님이 언와인드 의뢰서에 서명했을 때는 무서웠어요. 저한테 어떤 일이 벌어질지 몰랐거든요. 〈왜 나야? 벌을 받는 거야?〉라고 생각했죠. 하지만 빅스카이 하비스트 캠프에 도착한 순간 그 모든 게 바뀌었어요. 저는 저와 비슷한 아이들을 발견했고, 마침내 제 모습 그대로 받아들여졌죠. 제 모든 부분이 소중하고 값지다는 걸 알게 되었어요. 빅스카이 하비스트 캠프의 여러 구성원 덕분에 저는 더 이상 언와인드가 두렵지 않아요.

분열된 상태요? 대단한 모험이죠!

모든 무단이탈 언와인드는 도둑질을 한다. 당국이 언와인드는 껍질부터 속까지 모두 썩은 사과라고 대중을 설득할 때 즐겨 쓰는 주장이다. 범죄성이 언와인드의 본성 그 자체이며, 그들의 범죄성을 제거하는 유일한 방법은 그들을 그들 자신으로부터 분리하는 것뿐이라는 것이다.

그러나 언와인드에게 절도는 성품의 문제가 아니다. 그저 필요의 문제일 뿐이다. 동전 한 푼 훔친 적 없던 아이라도 언와인드가 되면 손가락에 풀이라도 발라 놓은 듯 음식, 옷, 약 등 살아남는 데 필요한 온갖 물건을 붙여 온다. 이미 범죄를 저지르는 경향이 있던 아이들은 더욱 심해질 뿐이다.

스타키는 범죄를 저지르는 데 익숙하다. 하지만 최근까지 그가 저지르는 건 대부분 반항적인 경범죄였다. 그는 자신을 수상쩍게 보는 주인의 가게에서 일부러 물건을 훔쳤다. 도둑질에 나름의 개인 철학도 일부러 덧붙였다. 스타키의 철학이란, 보통 그를 열받게 만든 것들을 상징하는 건물에 쌍시옷 글자가 들어간 특별한 단어를 쓰는 일과 관계되어 있었다. 스타키는 심지어 자신이 나올 때마다 어린 자식들을 서둘러 집 안에 들어가게 했던 이웃의 차를 훔치기도 했다. 친구 두어 명과 함께 무단으로 그 차를 몰고 다녔다. 모두가 즐거워했다. 가는 길에, 그는 길을 따라 주차된 차 여러 대를 긁는 바람에 휠 캡 두 개와 범퍼 하나를 잃었다. 드라이브는 자동차가 연석을 뛰어넘어, 반사 신경이 딱히 좋지 않던 우편함을 들이박으면서 끝났다. 딱 자동차를 전손 처리해야 하는 정도의 피해였다. 스타키가 원한 그대로.

끝내 입증할 수 없었지만, 그 일이 스타키의 소행이라는 건 모두가 알고 있었다. 스타키도 그게 인생에서 가장 빛나는 순간은 아니었다는 걸 인정할 수밖에 없었다. 다만 그를 자기 자식들과 같은 공기를 마실 자격조차 없는 놈이라고 생각한 남자에게는 뭐라도 해야 했다. 그딴 짓을 하다니, 그자는 그야말로 벌을 받아야 마땅했다.

살인자가 된 지금, 그 모든 일은 빛바랜 과거로 느껴졌다. 아니, 자신을 그런 식으로 생각해 봐야 좋을 건 없었다. 그보다는 자신을 전사로 여기는 게 나았다. 언와인드를 상대로 한 전쟁의 보병으로. 군인은 적을 죽이면 훈장을 받지 않던가? 지금도 불안한 순간이면 골목에서의 그날 밤이 떠올라 스타키를 괴롭혔으나, 대체로 그는 양심에 떳떳했다. 사람들을 지갑과 이별시킬 때도 마찬가지였다.

스타키는 언젠가 라스베이거스의 거물급 마술사가 되리라고 상상하며, 상대가 손목에 찬 시계를 사라지게 만들었다가 다른 사람의 주머니에서 다시 나타나게 하는 마술로 친구들을 놀라게 하고 어른들을 겁주곤 했다. 응접실에서 보여 줄 만한 단순한 속임수였지만, 완벽히 익히는 데는 엄청난 시간이 필요했다. 지갑이나 작은 가방을 사라지게 하는 일은 같은 원리에 따라 이루어졌다. 상대의 주의를 돌리고 손가락 기술과 자신감을 조합하면 해낼 수 있었다.

오늘 밤, 스타키의 표적은 취한 채 비틀거리며 술집에서 나온 남자다. 그는 외투의 널찍한 주머니에 지나치게 빵빵한 지갑을 쑤셔 넣는다. 차로 향하면서 그는 열쇠를 찾아 더듬거린다. 스타키는 어슬렁거리며 다가가다가 열쇠가 떨어질 정도로만 세게 그와 부딪친다. 열쇠가 땅에 떨어진다.

「아, 이런. 미안해요.」 스타키는 열쇠를 집어 취객에게 건네며 말한다. 남자는 스타키의 다른 손이 자기 주머니에 들어오는 것을 전혀 눈치채지 못한다. 스타키는 열쇠를 건네는 동시에 지갑을 빼 간다. 그러고는 홀로 휘파람을 불며 어슬렁어슬렁 멀어져 간다. 스타키는 남자가 집에 반쯤 도착한 뒤에야 지갑이 사라졌다는 것을 깨달을 테고, 그때조차 그냥 지갑을 술집에 두고 왔다고 생각하리라는 것을 안다.

스타키는 모퉁이를 돌아선 뒤, 누구도 보고 있지 않다는 걸 확인하고는 지갑을 연다. 그 순간, 너무도 강력한 전류가 온몸을 관통한다. 발이 몸에서 떨어져 나가는 것 같다. 그는 반쯤 의식을 잃고 땅에 쓰러져 움찔거린다.

전기 충격 지갑이다. 들어 본 적은 있지만, 지금까지 실제 작동하는 모습을 본 적은 없다.

몇 초 만에 취객이 다가온다. 알고 보니 그는 그렇게 취하지 않았다. 그의 옆에는 얼굴을 알아볼 수 없는 세 사람이 더 있다. 그들이 스타키를 일으켜 세워 기다리고 있던 밴의 뒷좌석에 밀어 넣는다.

문이 닫히고 밴이 속도를 높이려 할 때 스타키는 희미해져 가는 의식 속에서, 전류로 가득한 아지랑이 너머로 자신을 바라보는 취한/취하지 않은 남자의 얼굴을 본다.

「너 언와인드냐, 도망자냐? 아니면 그냥 하류 인생이야?」 그가 묻는다.

스타키는 고무처럼 느껴지는 입술로 말한다. 「하류 인생.」

「잘됐네.」 취하지 않은 남자가 말한다. 「그러면 범위가 좁아지지. 언와인드냐, 도망자냐?」

「도망자.」 스타키가 웅얼거린다.

「완벽해.」 남자가 말한다. 「이제 우린 네가 언와인드라는 걸 확인했으니 널 어떻게 처리해야 할지도 알아.」

스타키는 신음한다. 그의 제한된 시야 너머에서 어떤 여자가 웃는다. 「그렇게 놀라지 마. 모든 언와인드에겐 하류 인생이나 도망자들에게 없는 눈빛이 있거든. 네가 한마디도 안 했어도 우린 진실을 알았을 거야.」

스타키는 움직이려 하지만 팔다리가 꼼짝하지 않는다.

「그러지 마.」 뒤쪽 어딘가에서 보이지 않는 소녀가 말한다. 「움직이지 마. 안 그러면 지갑보다도 심하게 널 지져 줄 테니까.」

스타키는 자신이 장기 해적의 함정에 빠졌다는 걸 알아차린다. 자신이 이보다는 똑똑하다고 생각했는데 말이다. 그는 속으로 자신의 운을 욕한다. 그때, 취한 척하던 남자가 말한다. 「안전 가옥이 마음에 들 거다. 음식도 괜찮아. 약간 냄새는 나지만.」

「무…… 뭐라고?」

주변 사람들이 웃는다. 밴 안에는 사람이 네댓 명쯤 있는 듯하다. 하지만 스타키의 시야는 그 수를 정확히 헤아릴 만큼 선명하지 않다.

「저 표정이 마음에 들어.」 여자가 말한다. 그녀는 스타키의 시야 안으로 들어오더니 그를 보고 씩 웃는다. 「그거 알아? 도망친 사자가 문제를 일으키기 전에, 사람들은 그 사자를 안전한 곳으로 데려가려고 진정탄을 써.」 여자가 말한다. 「있잖아, 오늘은 네가 그 사자야.」

공익 광고

애들아, 안녕! 난 경비견 월터야. 두 눈은 크게 뜨고, 코는 땅에 대고 있지! 모두가 나 같은 블러드하운드가 될 수 있는 건 아니지만, 너희도 주니어 경비견 클럽에 가입할 수 있어! 그러면 주니어 경비견 세트를 받게 되거든. 수상한 낯선 사람부터 〈위험천만〉 언와인드에 이르기까지, 너희 동네에 사는 범죄자를 찾아내는 팁과 게임이 포함된 월간 뉴스레터도 받아 볼 수 있어! 너희의 활동 덕분에 악당과 무단이탈자들은 더 이상 어디에도 발붙일 수 없게 될 거야. 그러니 오늘 가입해! 그리고 기억해, 주니어 경비견들아. 두 눈은 크게 뜨고, 코는 땅에 대는 거야!

— 주식회사 우리 동네 경비단에서 후원하는 광고임

안전 가옥은 하수 펌프 시설이다. 자동화되어 있다. 뭔가 망가지지 않는 한 시 공무원은 절대 이곳에 나타나지 않는다.

「냄새에는 익숙해져.」 그들이 스타키를 데리고 들어오며 말한다. 믿기 어렵지만, 알고 보니 사실이었다. 후각은 전투에서 패배하리라는 걸 알면 그냥 상대를 따르기로 하는 모양이다. 밴에서 그들이 말했듯 음식이 냄새를 보상해 준다.

이곳 전체가 부모에게 버림받은 아이들이 만들어 낸 불안의 배양 접시 같다. 그런 불안이야말로 최악의 불안이다. 싸움과 말도 안 되는 허세가 매일 난무한다.

스타키는 언제나 수상한 추방자와 경계성 인격 장애를 가진 아이들 사이에서 타고난 지도자였다. 안전 가옥도 예외는 아니다. 그의 사회적 계급은 빠르게 올라간다. 그가 탈출하면서 벌인 행동에 관한 이야기는 이미 소문 공장에서 연기를 피우며, 처음부터 그의 지위 상승에 도움이 된다.

「네가 청담 두 명을 쐈다는 게 사실이야?」

「응.」

「네가 기관총을 쏘면서 갇혀 있던 곳에서 빠져나왔다는 게 사실이야?」

「당연하지. 아닐 이유가 없잖아?」

가장 좋은 점은 황새 배달된 아이들 — 언와인드 사이에서도 그들은 이등 시민 취급을 받는다 — 이 스타키 덕분에 이제 엘리트 대우를 받는다는 것이다!

스타키가 황새 배달된 아이들이 가장 먼저 음식을 받아야 한다고 말하면? 그들이 가장 먼저 음식을 받는다. 스타키가 그들이 가장 좋은 침대에서 자야 한다고 말하면? 그들이 가장 좋은 침대를 갖게 된다. 스타키의 말이 곧 법이다. 이곳을 운영하는 자들조차 스타키가 가장 큰 자산이라는 것을 알고 있다. 그가 적이 되면 이곳의 모든 언와인드도 적이 될 것이므로 그를 행복하게 해주어야 한다는 것을 안다.

스타키는 열일곱 살이 될 때까지 이곳에 있게 되리라 생각하고 적응하기 시작하지만, 그 무렵 모두가 한밤중에 소집되어 어딘가로 끌려간다. 그들은 카드 패처럼 섞이고 나뉘면서 다른 안전 가옥으로 여기저기 옮겨 다닌다.

「이게 ADR의 방식이야.」 모두가 그런 말을 듣는다. 스타키는 이런 이동에 두 가지 목적이 있다는 것을 깨닫게 된다. 하나는 아이들을 목적지에 점점 더 가까이 데려가는 것이다. 그 목적지가 어디인지는 모르겠지만. 둘째, 이런 방식은 아이들이 맺은 동맹이 영구적인 것으로 굳어지는 걸 막는다. 폭도를 다스리기 위해, 개인이 아니라 폭도 그 자체를 언와인드하는 것이다.

하지만 그 계획은 오히려 스타키에게 역효과를 낸다. 그는 어디를 가든 존경심을 얻고 점점 더 많은 아이 사이에서 신임을 쌓아 간다. 새로운 장소에 도착할 때마다 그는 자신을 알파 수컷이라고 여기며 주도권을 잡으려 애쓰는 언와인드들과 마주친다. 하지만 그들은 결국 알파가 자신들을 초라하게 만들어 굴복시켜 주기만 기다리는 베타들이다.

매번 스타키는 도전하고 물리치고 솟아오를 기회를 발견한다. 그런 다음에는 또 한 번, 심야의 흔들어 깨우기와 드라이브, 새로운 안전 가옥이 다가온다. 그때마다 스타키는 새로운 사회적 기술을, 도움이 될 만한 무언가를, 겁먹고 화가 난 아이들을 모으고 자극하는 일을 더욱 효율적으로 하게 해주는 어떤 것을 배운다. 반분열 저항군의 안전 가옥보다 나은 리더십 프로그램은 있을 수 없다.

그런 뒤에 관이 온다.

관은 마지막 안전 가옥에서 나타난다. 풍성한 새틴 안감이 덧대어진, 래커 칠을 한 나무 상자. 대부분의 아이가 겁에 질린다. 스타키는 그저 즐거울 뿐이다.

「들어가!」 특수 요원과 닮은 무장한 저항군 전사들이 명령한다. 「질문하지 말고 그냥 들어가. 상자 하나에 두 명! 움직여!」

어떤 아이들은 망설이지만 머리가 좋은 아이들은 이 상황이 갑작스레 벌어진 광장의 춤판이라도 되는 양 빠르게 짝을 찾는다. 너무 키가 크거나 너무 뚱뚱하거나 너무 씻지 않거나 너무 떠들썩한 사람과 짝이 되고 싶어 하는 사람은 아무도 없다. 이런 것들이 관이라는 좁은 공간 안에서 좋을 리 없으니까. 하지만 스타키가 고개를 끄덕일 때까지 실제로 관에 들어가는 사람은 없다.

「우리를 묻으려는 거라면 이미 묻어 버렸을 거야.」스타키가 말한다. 이제 보니, 스타키가 총을 든 사람들보다 더 설득력이 있다.

스타키는 한 입 거리로 보이는 여자애와 작은 상자를 같이 쓰기로 한다. 그 아이는 스타키에게 선택되자 어쩔해한다. 스타키가 그 애를 좋아해서 고른 건 아니다. 다만 그 애는 덩치가 아주 작아 거의 공간을 차지하지 않는다. 그들이 겹친 숟가락 같은 자세로 서로에게 밀착된 채 관 속에 들어가자 산소 탱크가 건네진다. 이어 그들은 관의 어둠 속에 함께 갇힌다.

「난 예전부터 널 좋아했어, 메이슨.」여자애가 말한다. 스타키는 그 아이의 이름이 기억나지 않는다. 그녀가 자신의 이름을 알고 있다는 게 놀랍다. 더는 메이슨이라는 이름을 쓰지 않으니까. 「안전 가옥에 있는 모든 남자애 중에서 나한테 안전하다고 느끼게 해준 건 너뿐이야.」

스타키는 대답하지 않는다. 그냥 그 애의 뒤통수에 입을 맞춘다. 폭풍 속에서 가장 안전한 항구라는 이미지를 유지하기 위해서다. 다른 사람들에게 안전하다는 느낌을 줄 수 있다는 사실이 그에게 강력한 감정을 불러일으킨다.

「우린…… 할 수도 있어. 알겠지만…….」그녀가 수줍어하며 말한다.

스타키는 ADR의 일꾼들이 매우 분명하게 못 박았던 말을 그녀에게 상기시킨다. 「여타의 활동은 안 돼.」그들은 말했다. 「산소를 다 써서 죽게 될 거야.」그 말이 사실인지는 알 수 없다. 하지만 그 애를 거부하기에 좋은 핑계인 건 확실하다. 게다가 누군가가 운명을 시험할 만큼 멍청하다 해도, 여기에는 움직일 공간이 없다. 어떤 식으로든 마찰을 일으킬 공간은 더욱 없다. 그러므로 이 문제에는 논쟁의 여지가 없다. 스타키는 호르몬 넘치는 10대들을 이렇게 꽉 끼는 공간에 밀어 넣되 숨 쉬는 것 말고는 아무것도 할 수 없게 만든 게 어른들만의 뒤틀린 농담인지 궁금해진다.

「너와 함께라면 숨 막혀 죽어도 상관없어.」소녀가 말한다. 자신감이야 올라가지만, 그 말은 소녀에 대한 관심을 더 식게 만든다.

「더 나은 기회가 있겠지.」스타키는 그런 기회란 절대 오지 않으리라는 걸 알면서 — 적어도 이 소녀에게는 오지 않을 것이란 걸 알면서 — 말한다. 어쨌든 희망은 강력한 동기를 부여하니까.

그들은 일종의 공생적 호흡 리듬에 정착한다. 소녀가 숨을 내쉴 때 스타키가 숨을 들이쉰다. 그렇게 둘의 가슴은 공간을 두고 다투지 않는다.

얼마 후 덜컹거리는 움직임이 느껴진다. 이제는 소녀의 어깨에 한쪽 팔을 두르고 있던 스타키가 조금 더 그녀를 꽉 끌어안는다. 소녀의 두려움을 달래면 어쩐지 자신의 두려움도 진정된다는 걸 알고 있기 때문이다. 머잖아 이상한 종류의 가속이 일어난다. 질주하는 자동차 안에 있는 것만 같다. 하지만 각도가 바뀌어 몸이 기울어진다.

「비행기일까?」소녀가 묻는다.

「그런 것 같아.」

「이제 어쩌지?」

스타키는 대답하지 않는다. 모르니까. 그는 현기증을 느끼기 시작하고, 산소 탱크를 떠올린다. 그가 밸브를 돌려 천천히 쉭 소리가 나도록 조절한다. 관은 완전히 밀폐된 것은 아니지만, 기압이 조절되는 비행기 밑바닥에서조차 산소 탱크가 없으면 질식할 만큼 꽉 닫혀 있다. 스트레스로 인한 피로 때문에 소녀는 몇 분 만에 잠든다. 스타키는 잠들지 않는다. 마침내, 한 시간이 지나고 갑작스러운 착륙의 진동에 소녀가 놀라서 깬다.

「여기가 어디일까?」 소녀가 묻는다.

스타키는 좁은 공간이 답답하고 짜증이 나지만, 티 내지 않으려 노력하며 말한다. 「곧 알게 되겠지.」

기대감을 품고 20분간 기다리니, 마침내 빗장이 풀리고 뚜껑이 열린다. 두 사람이 죽은 자들 가운데서 부활한다.

그들 위에는 치아 교정기를 낀 아이가 미소 지으며 내려다보고 있다.

「안녕, 난 헤이든이야. 오늘 너희의 구원자지.」 그가 밝게 말한다. 「아, 이것 봐라! 토사물이나 다른 불쾌한 체액이 없네. 너희, 운이 좋구나!」

발에 피가 거의 돌지 않는다. 스타키는 절뚝거리며 비행기 화물칸에서 나와 눈이 멀 듯 환한 바깥으로 나가는 행렬에 합류한다. 눈이 적응하면서 마주한 광경은 현실적인 무언가라기보다는 신기루에 가깝다.

수천 대의 비행기로 꽉 찬 사막.

스타키는 이런 장소에 대해 들어 본 적이 있다. 퇴역한 비행기들이 죽으러 가는 곳, 비행기 묘지. 주변에는 군용 위장복을 입고 무기를 든 10대들이 있다. 마지막 안전 가옥에서 봤던 어른들과 그리 다르지 않다. 단지 더 어릴 뿐이다. 그들이 아이들을 경사로 맨 아래로 몰아넣으며 느슨한 대형을 이루게 한다.

지프가 다가온다. 중요한 사람, 그들이 이곳에 온 이유를 말해 줄 사람이 다가오는 게 분명하다.

지프가 천천히 멈추고, 파란색 위장복을 입은 그리 특이할 것 없는 모습의 10대가 내린다. 그는 스타키와 나이가 같거나 조금 더 많다. 얼굴의 오른쪽 절반에는 흉터가 남아 있다.

군중이 그를 살펴보러 다가가다가 흥분한 듯 웅성거리기 시작한다. 그가 손을 들어 아이들을 조용히 시킨다. 스타키는 그의 팔에 새겨진 상어 문신을 알아본다.

「말도 안 돼!」 스타키 옆의 뚱뚱한 아이가 말한다. 「저게 누군지 알아? 애크런의 무단이탈자야! 코너 래시터라고.」

스타키는 코웃음 친다. 「말도 안 되는 소리 하지 마. 애크런의 무단이탈자는 죽었어.」

「아니, 안 죽었어! 바로 저기 있잖아!」

그 생각만으로 스타키의 온몸에 아드레날린이 솟구친다. 마침내 팔다리에 다시 피가 돌기 시작한다. 하지만 그럴 리가. 혼란을 다스리려 애쓰는 그 아이를 바라보던 스타키는 그가 코너 래시터일 리 없음을 깨닫는다. 저 아이는 조금도 코너처럼 생기지 않았다. 스타키가 늘 상상해 온 것과 달리, 머리는 멋지게 빗어 넘기는 대신 흐트러져 있다. 표정도 너무 솔직하고 개방적이다. 딱히 순진한 건 아니지만, 애크런의 무단이탈자에게 있을 법한 지친 분노가 전혀 느껴지지 않는다. 스타키가 상상한 코너 래시터와 그나마 닮았다고 할 만한 부분이 있다면, 항상 얼굴에 떠 있는 듯한 약간의 히죽거리는 미소다. 아니, 그들 앞에서 존경심을 끌어내려 애쓰고 있는 저 아이는 특별한 사람이 아니다. 아무것도 아니다.

「나는 이 묘지에서 처음으로 너희를 환영해 주는 사람이 되고 싶어.」 그는 새로운 무리가 도착할 때마다 하는 게 분명한 연설을 한다. 「공식적으로 내 이름은 E. 로버트 멀러드지만…… 다들 나를 코너라고 불러.」

언와인드들의 환성.

「내가 뭐랬어!」 뚱뚱한 아이가 말한다.

「아무 증거가 없잖아.」 스타키가 말한다. 연설이 이어지는 동안 그는 아무 말 없이 이를 악물고 있다.

「너희 모두가 여기에 있는 이유는 언와인드로 낙인찍혔지만 탈출하는 데 성공했고, 수많은 사람의 노력으로 이곳까지 왔기 때문이야. 여긴 너희가 열일곱 살이 되어 언와인드당할 수 없게 될 때까지 너희 집이 될 거야. 이건 좋은 소식이고…….」

코너가 말을 이어 갈수록 스타키의 마음은 무거워진다. 그는 진실을 깨닫게 된다. 저 아이는 애크런의 무단이탈자가 맞다. 하지만 전혀 전설적인 인물이 아니다. 사실, 그에게는 현실조차 버거워 보인다.

「나쁜 소식은, 청소년 전담국이 우리에 대해 안다는 거야. 놈들은 우리가 어디에 있는지, 뭘 하고 있는지 알아. 하지만 지금까지는 우리를 가만히 놔뒀어.」

스타키는 이 모든 일이 얼마나 불공정한지 깨닫고 아연실색한다. 어떻게 이럴 수가 있지? 어떻게 무단이탈 언와인드들의 위대한 챔피언이 저렇게 평범한 아이일 수가 있지?

「너희 중에는 그냥 열일곱 살이 될 때까지 살아남기만을 바라는 아이들도 있겠지. 난 그런 애들을 탓하지 않아.」 코너가 말한다. 「하지만 너희 중에 언와인드를 완전히 끝내기 위해 모든 것을 걸 아이들도 있다는 걸 알아.」

「맞아!」 스타키가 소리친다. 모두의 관심을 코너에게서 돌릴 만큼 시끄럽게. 그는 주먹으로 허공을 치기 시작한다. 「해피 잭! 해피 잭!」 스타키가 군중의 엄청난 연호를 이끌어 낸다. 「모든 하비스트 캠프를 폭파하자!」 그러나 스타키가 그들의 분노를 끌어냈는데도 코너는 단 한 번의 눈짓으로 축축한 담요를 군중 위에 뒤집어씌운 듯 그들을 침묵하게 한다.

「무리에 꼭 한 명은 있지.」 헤이든이 고개를 저으며 말한다.

「실망하게 해서 미안한데, 우리는 도살장을 폭파하지 않을 거야.」 코너가 스타키를 똑바로 보며 말한다. 「사람들은 이미 우리를 폭력적이라고 보고 있어. 청소년 전담국은 언와인드를 정당화하기 위해 그런 대중의 두려움을 이용하고. 그 두려움에 먹이를 줄 수는 없어. 우린 박수도가 아니야. 무작위로 폭력적인 행동을 하지 않아. 우리는 행동하기 전에 생각할 거야…….」

스타키는 이런 꾸지람을 잘 받아들이지 못한다. 저 녀석이 누구라고 스타키에게 입을 다물라는 건가? 코너는 계속 말하지만 스타키는 더 이상 듣지 않는다. 코너가 그에게 해줄 말은 아무것도 없기 때문이다. 그러나 다른 아이들은 듣는다. 그 모습에 스타키는 속이 부글부글 끓는다.

가만히 서서 소위 애크런의 무법자가 입을 닥치기를 기다리던 그때, 스타키의 머릿속에 씨앗 하나가 뿌리내리기 시작한다. 그는 청소년 전담 경찰 두 명을 죽였다. 그의 전설은 이미 자리 잡았다. 코너와 달리, 그는 전설적 존재가 되기 위해 죽은 척할 필요가 없다. 스타키는 미소 지어야 한다. 이 비행기 재생 시설은 수백 명의 언와인드로 가득 차 있지만, 결국 이곳도 안전 가옥들과 다를 바 없다. 그곳들과 마찬가지로 이곳에도 스타키 같은 알파가 주제를 알려 주기만 기다리는 또 하나의 베타 수컷이 있을 뿐이다.

2
미라콜리나

그 소녀는 기억도 나지 않는 옛날부터 자신의 몸이 신에게 봉헌되었다는 것을 알고 있었다.

그녀는 열세 살 생일에 십일조가 되어, 분열된 신체와 연결된 영혼이라는 영광스러운 신비를 경험하게 되리라는 걸 언제나 알고 있었다. 영혼은 컴퓨터처럼 연결되는 것이 아니다. 인간의 영혼을 하드웨어에 부어 넣는 것은 영화에나 나오는 일일 뿐 절대 좋은 결과가 나올 수 없다. 아니, 그녀의 연결은 그런 것이 아니다. 그것은 살아 있는 육체 안에서 이루어지는 진짜 연결이 될 것이다. 그녀의 영혼이 분열된 몸에 접촉한 수십 명의 사람 사이에 뻗어 가는 것이다. 그걸 죽음이라고 말하는 사람들도 있지만, 그녀는 다르게 생각한다. 그건 하나의 신비다. 그녀는 온 영혼을 다해 그 점을 믿는다.

「경험하기 전까지는 그런 분열이 어떤 건지 아무도 알 수 없을 거다.」 언젠가 신부님이 말했다. 교회의 가르침에 늘 확신이 있던 신부가 십일조에 대해서 말할 때는 늘 불확실하게 말한다는 게 그녀에게는 이상하게 느껴졌다.

「바티칸에서는 아직 언와인드에 대한 입장을 내놓지 않았어.」 그는 지적했다. 「그러니 언와인드가 용서받거나 규탄당할 때까지는 나 역시 얼마든지 불확실하게 굴어도 되겠지.」

신부가 십일조와 언와인드가 같은 것이라도 되는 양 말할 때마다 그녀는 늘 신경이 곤두섰다. 그건 사실이 아니었다. 그녀가 보기에 저주받은 아이들, 아무도 원치 않는 아이들은 언와인드되었다. 그러나 축복받고 사랑받는 아이들은 십일조가 되었다. 과정은 같을지 몰라도 의도는 다르다. 그리고 이 세상에서 중요한 건 바로 의도다.

그녀의 이름은 미라콜리나다. 〈기적〉을 뜻하는 이탈리아어에서 온 이름이었다. 이런 이름이 붙은 이유는 그녀가 오빠의 목숨을 살리기 위해 태어났기 때문이다. 그녀의 오빠인 마테오는 열 살 때 백혈병 진단을 받았다. 가족은 마테오를 치료하기 위해 로마에서 시카고로 이사했지만, 전국의 하비스트 은행에서도 오빠의 희귀한 혈액형과 일치하는 골수를 찾을 수 없었다. 마테오를 살릴 수 있는 유일한 방법은 그와 골수가 일치하는 누군가를 만들어 내는 것이었다. 그게 정확히 부모가 한 일이었다. 9개월 뒤 미라콜리나가 태어났고, 의사들은 그녀의 골반에서 골수를 채취해 마테오에게 이식했다. 그렇게 오빠는 살아났다. 그만큼 쉬운 일이었다. 이제 오빠는 스물네 살로 대학원에 다니고 있다. 전부 미라콜리나 덕분이다.

십일조가 된다는 것의 의미를 이해하기도 전에, 미라콜리나는 자신이 더 큰 총체의 10퍼센트라는 것을 알고 있었다. 「우리 시험관 안에는 배아가 열 개 있었어.」 언젠가 어머니가 말했다. 「그중 하나만이 마테오와 일치했지. 그게 너였단다. 넌 우연히 태어난 게 아니야, 미라콜리나. 우리가 널 선택했어.」

다른 아홉 개의 배아에 관해서는 매우 구체적인 법이 있었다. 가족은 아홉 명의 여성에게 돈을 주고 그 배아들을 낳도록 해야 했다. 그 이후에는 뭐든 대리모들이 원하는 대로 할 수 있었다. 아기를 직접 키우든, 괜찮은 집에 황새 배달하든.「하지만 값이 얼마든 그만한 가치가 있었어.」부모는 말했다.「마테오와 너를 둘 다 가질 수 있었으니까.」

십일조의 날이 다가오는 지금, 미라콜리나는 세상 어딘가에 아홉 명의 이란성 쌍둥이가 있다는 사실에 위로를 받는다. 누가 알겠는가? 그녀의 분열된 자아 일부가 그런 미지의 쌍둥이 중 한 명을 돕게 될지도.

미라콜리나가 십일조가 된 이유는 확률과 아무 상관이 없다. 「우리는 주님께 서약했어.」미라콜리나가 어렸을 때 부모가 말해 주었다.「네가 태어나고 마테오가 산다면, 십일조를 통해 너를 다시 주님께 바침으로써 감사를 표현하겠다고.」미라콜리나는 어린 나이에도 그처럼 강력한 서약은 쉽게 깨지지 않는다는 걸 이해했다.

하지만 최근에 부모는 미라콜리나를 십일조로 바친다는 생각에 점점 더 감정적으로 변해 갔다.「용서해다오.」부모는 그녀에게 애걸하고 또 애걸했다. 종종 눈물도 흘렸다.「우리가 저지른 이 일을 용서해 주렴.」미라콜리나는 그들을 용서하곤 했다. 하지만 이런 부탁이 혼란스럽기는 했다. 미라콜리나는 언제나 십일조가 되는 것이 축복이라 생각해 왔다. 아무 의심의 여지없이 자신의 운명과 목표를 안다니. 어째서 부모는 그녀에게 목표를 주었다는 이유로 미안해하는 걸까?

그들이 느끼는 죄책감은, 아마 성대한 파티를 열어 주지 못해서일 것이다. 하지만 그것도 미라콜리나의 선택이었다. 「무엇보다 십일조는 시끌벅적하지 않고 엄숙해야 해요. 둘째로, 누가 오겠어요?」 그녀는 부모에게 말했다.

부모는 미라콜리나의 논리에 반박할 수 없었다. 대부분의 십일조는 부유한 공동체 출신으로, 십일조를 기대하는 교회에 속해 있었다. 하지만 그들의 공동체는 딱히 십일조에 친화적이지 않은 노동 계급 동네에 있었다. 그런 부잣집에서 비슷한 생각을 가진 사람들에게 둘러싸여 있다면, 십일조 파티에 와서 응원해 줄 친구들이 충분히 있을 것이다. 십일조를 불편하게 여기는 손님들을 상쇄하고도 남을 만큼. 하지만 미라콜리나가 파티를 연다면 참석한 모두가 어색해할 것이다. 미라콜리나는 가족과의 마지막 밤을 그런 식으로 보내고 싶지 않았다.

그러니 파티는 없다. 대신 그녀는 난로 앞에서, 부모 사이에 앉아 가장 좋아하는 영화의 좋아하는 장면들을 돌려 보며 저녁을 보낸다. 엄마는 그녀가 가장 좋아하는 음식인 리가토니 아마트리차나를 준비해 준다. 「대담하고 매콤한 맛이야.」 엄마가 말한다. 「너랑 똑같아.」

미라콜리나는 그날 밤, 불쾌한 꿈을 전혀 꾸지 않는다. 적어도 그녀가 기억하기에는 그렇다. 아침이 되자 그녀는 일찍 일어나 수수한 흰색 일상복을 입고 부모에게 학교에 가겠다고 말한다. 「오늘 오후 4시에나 밴이 올 텐데, 뭐 하러 하루를 낭비해요?」

부모는 미라콜리나가 자신들과 함께 집에 있어 주기를 바라지만, 오늘은 그녀가 바라는 것이 우선이다.

학교에서 미라콜리나는 수업을 전부 듣는다. 이미 모든 것이 꿈처럼 멀게 느껴진다. 수업이 하나 끝날 때마다 선생들이 그녀가 제출했던 숙제와 미리 계산한 성적을 모두 모아 건네준다.

「그럼, 이게 끝이겠구나.」 모든 선생이 저마다의 방식으로 그렇게 말한다. 대부분은 미라콜리나가 자기 교실에서 나가기만을 못 견디게 기다린다. 하지만 과학 선생은 친절하게도 그녀와 좀 더 시간을 보낸다.

「내 조카가 십일조였어.」 그가 미라콜리나에게 말한다. 「훌륭한 아이였지. 끔찍하게 그립구나.」 그는 잠시 말을 멈춘다. 생각이 먼 곳으로 향하는 것 같다. 「그 애의 심장이 타는 건물에서 열두 명을 구한 소방관에게 갔다는 얘기를 들었다. 사실인지 모르겠지만 그랬으면 좋겠어.」

미라콜리나도 그렇게 믿고 싶다.

하루 종일, 같은 반 아이들도 선생들만큼 어색하게 군다. 어떤 아이들은 작정하고 작별 인사를 한다. 어떤 아이들은 어색하게 그녀를 끌어안기도 한다. 하지만 대부분의 아이는 안전하게 거리를 두고 조심스럽게 인사를 한다. 십일조가 옮기라도 하는 것처럼.

다른 아이들도 있다. 잔인한 아이들.

「여기저기서 보자.」 어떤 소년이 점심시간에 미라콜리나의 등 뒤에서 말한다. 주변 아이들이 히죽거린다. 미라콜리나가 뒤돌아보자 소년은 친구들 무리 뒤로 숨으려 한다. 그 고약한 중학생들의 땀내 안에 있으면 안전하다고 생각하는 모양이다.

하지만 미라콜리나는 그의 목소리를 알아들었고 그가 누구인지 정확히 알았다. 그녀는 소년의 친구들을 밀치고 나아가 차갑게 그를 마주 본다.

「아, 넌 날 보지 못할 거야, 잭 라스무센. 하지만 내 일부가 너를 보게 되면 꼭 알려 줄게.」

잭의 얼굴이 약간 퍼레진다. 「꺼져.」 그가 말한다. 「가서 십일조나 돼.」 하지만 그의 멍청한 허세 이면에는 불안한 두려움이 어려 있다.

좋아. 미라콜리나는 생각한다. 나 때문에 악몽을 좀 꿨으면 좋겠네.

미라콜리나의 학교는 규모가 큰 편이다. 동네에는 십일조가 흔하지 않지만, 학교에는 네 명의 십일조가 더 있다. 모두 미라콜리나처럼 흰옷을 입고 있다. 전에는 여섯 명이 있었는데 나이가 많은 둘은 이미 떠났다. 남아 있는 십일조들이 미라콜리나의 진짜 친구들이다. 미라콜리나는 그들에게 마지막 작별 인사를 해야 한다고 느낀다. 이상하게도, 그들은 모두 서로 다른 배경과 신앙을 가지고 있다. 각자 특정 종교에서 갈라져 나온 분파에 속해 있다. 자기희생의 결심을 매우 진지하게 받아들이는 분파들이다. 미라콜리나는 그런 종교들이 수천 년 동안 사소한 차이를 두고 싸워 왔는데, 십일조 앞에서는 하나가 되었다는 게 우스꽝스럽다고 생각한다.

「우린 모두 자신을 내주라는 요구를 받아. 자선을 베풀고 이타적으로 행동하라고.」 그녀와 같은 나이의 십일조 친구인 네스토르가 말한다. 그 역시 십일조를 한 달 앞두고 있다. 그는 미라콜리나의 두 손을 꼭 잡고 그녀에게 따뜻한 작별 인사를 건넨다. 「기술이 우리한테 자신을 내줄 새로운 방법을 제공한다면, 그게 어떻게 잘못된 일일 수 있겠어?」

다만 그걸 잘못이라고 말하는 사람도 있다. 요즘에는 그런 사람들이 점점 더 많아진다. 심지어 십일조 중에도 있다. 박수도가 된 십일조. 사람들이 모범으로 떠받드는 십일조. 글쎄, 그가 과연 얼마나 안정적일 수 있을까? 어쨌든 그는 박수도가 되었다. 미라콜리나의 생각이지만, 십일조가 되기보다 차라리 자기 몸을 폭파하고자 한다는 건, 헌금 접시에 담긴 것을 훔치는 일과 비슷하지 않을까? 그야말로 잘못된 일이다.

학교가 끝나자 미라콜리나는 여느 때와 똑같이 집으로 걸어간다. 집이 있는 골목에 접어들자, 진입로에 주차된 오빠의 자동차가 눈에 띈다. 처음에 그녀는 놀라지만 — 오빠는 다섯 시간 거리에 있는 학교에 다닌다 — 곧 마테오가 배웅하러 왔다는 사실에 기뻐한다.

3시 정각이다. 밴이 올 때까지 한 시간이 남았다. 부모는 이미 울고 있다. 미라콜리나는 그들이 그러지 않기를 바란다. 부모도 이 일을 그녀처럼, 혹은 마테오처럼 냉철하게 받아들일 수 있으면 좋겠다. 마테오는 오직 좋은 기억만을 이야기하며 그녀와 함께 시간을 보낸다.

「로마에 갔을 때 네가 바티칸 박물관에서 숨바꼭질 했던 거 기억나?」

미라콜리나는 그 기억에 미소 짓는다. 그녀는 네로의 욕조에 숨으려 했다. 그 욕조는 사실상 코끼리도 들어갈 만큼 거대한 고동색 돌그릇이었다. 「경비원들이 기절초풍했잖아! 난 경비원들이 나를 교황님한테 데려가고, 교황님이 내 엉덩이를 때릴 줄 알았어. 그래서 도망쳤지.」

마테오가 웃는다. 「얼마였더라, 넌 한 시간 동안 실종 상태였어. 엄마랑 아빠가 머리를 쥐어뜯었고.」

하지만 적절한 단어는 실종이 아니다. 박물관에서는 사람이 실종되지 않는다. 일시적으로 벽에 흡수되는 것뿐이다. 미라콜리나는 바티칸의 군중 사이를 헤치고 다니다가 정신을 차려 보니 시스티나 예배당 한가운데에 있었다. 그녀는 미켈란젤로의 걸작을 올려다보았다. 그 걸작이 벽과 천장을 온통 뒤덮고 있었다. 그리고 한가운데에 하늘과 땅의 신성한 연결이 그려져 있었다. 아담의 손은 신의 손에 거의 닿을 듯 가까이 있었고, 둘 다 서로에게 닿으려 애쓰고 있었다. 하지만 중력이라는 불가능한 무게 때문에 아담은 결국 하늘에 닿지 못했다.

미라콜리나는 그 자리에 서서 그림을 올려다보며 자신이 숨어야 한다는 것을 잊어버렸다. 오직 드러난 신비에 대해서만 말하는 공간에서 누가 숨을 수 있겠는가? 가족은 바로 그곳에서 그녀를 발견했다. 수백 명의 관광객 사이에 서서 인간의 손이 만든 가장 위대한 예술 작품을, 완벽에 이르려는 인류의 가장 위대한 시도를 우러러보는 그녀를.

미라콜리나는 겨우 여섯 살이었지만, 예배당의 그림은 그녀에게 말을 걸었다. 그 말이 무슨 뜻인지는 이해할 수 없었다. 미라콜리나가 확실히 아는 것은 하나뿐이었다. 그녀 자신도 이 아름다운 장소와 다르지 않다는 것, 누군가가 그녀의 내면에 들어온다면 그녀는 자신의 영혼이라는 벽에 그려진 영광스러운 프레스코화를 보여 주게 되리라는 것.

밴은 약속 시간보다 10분 일찍 도착해 집 앞에서 기다리고 있다. 밴의 옆면에는 〈우드홀로 하비스트 캠프! 10대를 위한 곳!〉이라고 밝은 색깔의 로고와 함께 쓰여 있다.

미라콜리나는 방으로 가서 여행 가방을 챙긴다. 십일조의 흰옷 몇 벌과 기본적인 필수품 몇 가지로만 채워진 작은 가방이다. 이제 부모는 울고 또 울며, 또다시 그녀에게 용서를 빈다. 하지만 이번에는 그들의 행동이 분노를 일으킬 뿐이다.

「엄마, 아빠가 죄책감을 느껴도 그건 제 문제가 아니에요.」 미라콜리나가 말한다. 「저는 십일조를 편안하게 받아들였으니까요. 제발 엄마, 아빠도 십일조를 편안하게 받아들이고 저를 존중해 주세요.」

그런다고 달라지는 건 없다. 그저 부모의 눈물이 끊임없이 흐를 뿐이다.

「네가 십일조를 편안하게 받아들이는 이유는, 우리가 그런 식으로 느끼게 만들었기 때문이야.」 아버지가 말한다. 「우리 잘못이다. 전부 우리 잘못이야.」

미라콜리나는 그들을 보며 어깨를 으쓱한다. 「그럼 생각을 바꾸세요.」 그녀가 말한다. 「주님과의 서약을 깨뜨리고, 저를 십일조로 바치지 마세요.」

그들은 미라콜리나가 영광스러운 선물, 지옥행의 집행 유예를 내려 주기라도 한 듯 그녀를 본다. 심지어 마테오조차 기대를 품는다.

「그래, 그렇게 하자!」 어머니가 말한다. 「우린 아직 최종 서류에 서명하지 않았단다. 아직 생각을 바꿀 수 있어!」

「그래요.」 미라콜리나가 말한다. 「그게 정말 원하는 거예요? 확실해요?」

「그래.」 아버지가 엄청난 안도감이 섞인 목소리로 말한다. 「그래, 확실해.」

「정말이죠?」

「그래.」

「좋아요, 이제 죄책감에서 자유로워지실 수 있겠네요.」 미라콜리나는 여행 가방을 집어 든다. 「하지만 두 분이 어떤 선택을 하시든 전 갈 거예요. 그게 제 선택이에요.」

그런 다음 그녀는 어머니, 아버지, 오빠를 차례로 끌어안고 돌아보지도 않은 채 떠난다. 심지어 작별 인사도 하지 않는다. 작별 인사는 끝을 암시하는데, 미라콜리나 로젤리가 이 삶에서 무엇보다도 바라는 것은 십일조가 끝이 아니라 시작이라는 믿음을 증명하는 일이기 때문이다.

광고

빌리의 행동이 감당할 수 없을 만큼 심해지고 우리 자신의 안전마저 걱정되기 시작했을 때 우리가 한 일은 단지 인간적인 선택이었어요. 우린 빌리를 하비스트 캠프로 보냈죠. 빌리가 분열된 상태에서 충족감을 느낄 수 있도록 하기 위해서요. 하지만 지금이었다면 열일곱 살짜리 아이들이 언와인드되는 것을 막는 연령 제한법 때문에 그런 선택을 할 수 없었을 거예요. 지난주만 해도 우리 동네에서 열일곱 살짜리 소녀가 술에 취해 자동차 사고를 내는 바람에 아무 죄 없는 사람 두 명이 죽었어요. 그 애 부모가 그 애를 하비스트 캠프에 보낼 수 있었대도 그런 일이 벌어졌을까요? 어디 대답해 보세요.

법안 46조에 찬성표를 던지세요! 17세 연령 제한법을 종식시키고, 10대 후반의 언와인드를 금지하는 조치를 철폐합시다!
— 건강한 내일을 위한 시민 연대에서 후원하는 광고임

우드홀로 하비스트 캠프까지는 자동차로 세 시간이 걸린다. 밴 안은 온통 플러시 가죽으로 덮인 비싼 시트가 깔려 있고, 팝 음악이 비싼 스피커를 통해 흘러나온다. 기사는 희끗희끗한 턱수염에 활짝 미소 짓는 얼굴을 가진 남자로, 이 일을 즐거워할 만큼 배짱이 있어 보인다. 훈련 중인 산타클로스 같달까.

「그날이 기대되니?」 기사 클로스는 차를 몰아 미라콜리나의 집과 가족에게서 점점 멀어지며 묻는다. 「십일조 파티는 크게 했어?」

「네, 그리고 아뇨.」 미라콜리나가 말한다. 「기대되기는 하지만 파티는 안 했어요.」

「이런…… 그거 안됐구나. 왜 안 했어?」

「십일조는 저에 관한 게 아니어야 하니까요.」

「아.」 기사 클로스가 할 수 있는 대답은 그게 전부다. 미라콜리나의 대답은 대화를 완벽히 끝장낸다. 잘된 일이다. 미라콜리나가 절대 원하지 않는 일이 있다면, 바로 자신의 인생을 이 남자에게 요약해 말해 주는 것이다. 그가 아무리 쾌활한 사람이라 해도 그건 상관없다.

「냉장고 안에 음료수가 있어.」 그가 말한다. 「마음껏 마시렴.」 그런 다음, 기사는 그녀를 내버려둔다.

차에 탄 지 20분쯤 지났을 때, 그들은 고속 도로로 접어드는 대신 대문이 있는 공동체로 들어간다.

「오늘 오후에 데려가야 할 아이가 한 명 더 있어.」기사 클로스가 그녀에게 말한다.「화요일에는 원래 사람이 별로 없는 편이거든. 여기만 들르면 돼. 불편해하지 않았으면 좋겠구나.」

「하나도 안 불편해요.」

그들은 미라콜리나의 집보다 적어도 세 배는 큰 집 앞에 멈춰 선다. 흰옷을 입은 소년이 가족과 함께 현관 앞에서 기다리고 있다. 미라콜리나는 그 아이의 작별 인사를 지켜보지 않는다. 반대쪽 창밖을 보며, 그들이 프라이버시를 누릴 수 있게 해준다. 마침내 기사 클로스가 문을 열자 아이가 차에 올라탄다. 완벽하게 다듬은 검은 직모에 밝은 파란색 눈, 사기그릇처럼 창백한 피부의 소년이다. 그는 십일조를 위해 피부를 아기 엉덩이처럼 희게 유지하려고 평생 태양을 피해 온 사람처럼 보인다.

「안녕.」아이가 수줍어하며 말한다. 그의 십일조용 흰 옷은 반짝이는 새틴으로 만들어졌고, 훌륭한 황금색 양단으로 장식되어 있다. 이 아이의 부모는 돈을 전혀 아끼지 않았다. 반면 미라콜리나의 십일조용 흰옷은 단순하고 무늬 없는 실크로 된 것이다. 표백도 하지 않아서, 눈이 부실 만큼 희지는 않다. 그녀의 옷과 비교하면 소년의 옷은 네온 간판 같다.

밴의 좌석은 일렬로 되어 있지 않다. 모든 좌석이 가운데를 향하도록 배치되어 있다. 동료애를 북돋기 위해서다. 미라콜리나의 맞은편에 앉은 소년은 잠시 생각에 잠기더니, 간격 너머로 손을 내밀어 악수를 청한다.「난 티머시야.」그가 말한다. 미라콜리나는 그와 악수한다. 손이 축축하고 차갑다. 학교에서 연극 무대에 오르기 직전의 손 같다.

「난 미라콜리나야.」

「와, 긴 이름이네!」그는 키득거린다. 고작 이따위 말을 농담이라고 하다니, 부끄럽지도 않을까? 「사람들이 널 미라라고 불러, 리나라고 불러, 아니면 다르게 줄여서 불러?」

「미라콜리나야.」그녀가 말한다. 「아무도 줄여 부르지 않아.」

「아, 음. 만나서 반가워, 미라콜리나.」

밴에 다시 시동이 걸리고 티머시는 아직 밖에 있는 대가족에게 손을 흔들어 작별 인사를 한다. 그들도 티머시에게 손을 흔들지만, 어두운 유리 때문에 티머시가 보이지 않는 게 분명하다. 밴이 집에서 나와 구불구불 동네 골목을 빠져나가기 시작한다. 대문을 나서기 전부터 티머시는 배앓이라도 하는 듯 불편해 보인다. 하지만 미라콜리나는 배가 아픈 건 단지 다른 무언가의 증상일 뿐이라는 걸 안다. 이 소년은 아직 십일조를 편안하게 받아들이지 못했다. 만일 받아들였더라도, 밴의 문이 닫히고 옛 인생과의 탯줄이 끊기는 순간 평화를 잃었다. 미라콜리나는 그의 화려한 흰 의복과 배타적인 동네에서 풍겨 나오는 분위기에 모욕감을 느끼면서도 그가 가엾어지기 시작한다. 티머시의 두려움이 검은과부거미로 가득한 거미줄처럼 그들 주위를 조용히 휘감고 있다. 아무도 두려움 속에서 십일조 여행길에 올라서는 안 된다.

「그래서, 세 시간 정도 가야 하는 건가요?」티머시가 떨리는 목소리로 묻는다.

「그래.」기사 클로스가 밝게 대답한다. 「시간을 보낼 수 있도록 미리 선별된 수백 편의 영화가 엔터테인먼트 시스템에 들어 있어. 마음껏 보렴!」

「네, 알겠어요. 그럴게요.」 티머시가 말한다. 「근데 나중에요.」

그는 몇 분 동안 생각에 잠긴 듯하더니 다시 미라콜리나를 돌아본다.

「하비스트 캠프에서는 십일조들에게 정말 친절하게 대해 준다더라. 정말일까? 아주 재미있대. 우리랑 똑같은 아이들이 아주 많을 거래.」 그는 목을 가다듬는다. 「심지어는 우리가……알잖아, 그 날짜도 정할 수 있다던데…….」

미라콜리나는 그에게 따뜻한 미소를 지어 보인다. 보통 티머시 같은 십일조들은 개인 리무진을 타고 하비스트 캠프로 간다. 하지만 그녀는 묻지 않아도 티머시가 왜 그렇게 하지 않았는지 알 것 같다. 티머시는 혼자서 여행하고 싶지 않았던 것이다. 뭐, 운명이 이 중대한 날에 둘을 만나게 했다면, 미라콜리나는 티머시에게 필요한 친구가 되어 줄 것이다.

「하비스트 캠프는 네가 원하는 바로 그 경험이 될 거야.」 미라콜리나가 말한다. 「날짜를 네가 선택한다면, 그건 네가 준비되었기 때문이겠지. 그래서 우리한테 선택권을 주는 거야. 그러니까, 그건 누구의 선택도 아닌 우리의 선택인 거지.」

티머시는 꿰뚫어 보는 듯한 그 완벽한 눈으로 미라콜리나를 본다. 「넌 전혀 무섭지 않구나?」

미라콜리나는 티머시의 질문에 다른 질문으로 답하기로 한다. 「너, 비행기 타본 적 있어?」 그녀가 묻는다.

「응?」 티머시는 화제 전환에 어리둥절해한다. 「응, 많이 타 봤지.」

「처음 탈 때 무서웠어?」

「응, 당연하지.」

「그래도 어쨌든 탔잖아. 왜 그랬어?」

티머시는 어깨를 으쓱한다. 「내가 가려고 하는 곳에 가고 싶었으니까. 부모님도 괜찮을 거라고 하셨고.」

「뭐, 그런 거야.」 미라콜리나가 말한다.

티머시는 미라콜리나를 보며 눈을 깜빡인다. 미라콜리나는 생각한다. 자신에게는 그런 천진함이 한 번도 없었을 거라고. 「그래서, 넌 안 무서워?」

미라콜리나가 한숨을 쉰다. 「아니, 무서워.」 그녀가 인정한다. 「많이 무서워. 하지만 다 괜찮을 거라고 믿기 시작하면 두려움도 즐길 수 있어. 두려움이 널 해치게 두는 대신 너를 돕는 데 사용할 수도 있어.」

「아아, 알겠다.」 티머시가 말한다. 「무서운 영화랑 비슷한 거구나? 아무리 무서워도 진짜가 아니라는 걸 알기에 즐길 수 있는 거야.」 그러더니 티머시는 잠시 생각해 보고 말한다. 「하지만 언와인드되는 건 진짜야. 극장에서 나와 집으로 갈 수 있는 게 아닌걸. 비행기에서 내리면 디즈니랜드인 게 아니라고.」

「하나 제안할게.」 미라콜리나는 티머시가 거미로 가득 찬 절망의 구덩이로 다시 기어들기 전에 말한다. 「그런 무서운 영화를 하나 보자. 그리고 하비스트 캠프에 도착하기 전에 두려움을 우리 몸속에서 완전히 끄집어내자.」

티머시는 고분고분 고개를 끄덕인다. 「응, 그래. 좋아.」

하지만 미라콜리나가 선별된 영화를 아무리 뒤져 봐도 무서운 영화는 한 편도 없다. 모두 가족 영화와 코미디 영화다.

「괜찮아.」 티머시가 말한다. 「솔직히 말하면, 난 원래 무서운 영화를 좋아하지도 않아.」

몇 분 뒤, 둘은 고속 도로에서 각자 시간을 보내고 있다. 티머시는 어두운 곳에 간다는 생각을 막으려고 비디오 게임을 즐기고, 미라콜리나는 이어폰을 끼고서 밴의 김빠진 팝 음악 대신 직접 만든 재생 목록의 전자 음악을 듣는다. 미라콜리나의 아이칩에는 2,129곡이 들어 있다. 그녀는 분열 상태에 들어가기 전까지 최대한 많은 노래를 들을 작정이다.

두 시간 동안 30곡을 듣고 난 뒤, 밴은 고속 도로에서 빠져나와 빽빽한 숲 사이로 구불구불 이어지는 경치 좋은 도로에 접어든다. 「이제 딱 30분 남았어.」 기사 클로스가 말한다. 「이 정도면 금방 왔네!」

그때, 그는 모퉁이를 돌다가 급브레이크를 밟는다. 밴이 끼익 소리를 내며 멈춘다.

미라콜리나가 이어폰을 뺀다. 「무슨 일이에요? 왜 그러시죠?」

「여기 있어라.」 기사 클로스가 명령한다. 더는 쾌활하지 않다. 그가 밴에서 뛰어내린다.

티머시는 이미 창문에 코를 바짝 붙이고 내다보고 있다. 「좋은 일일 리가 없는데.」

「그러게.」 미라콜리나가 동의한다. 「그럴 리 없어.」

도로에서 조금 떨어진 도랑에 다른 우드홀로 하비스트 캠프 밴 한 대가 바퀴를 하늘로 향한 채 뒤집혀 있다. 얼마나 오래 그렇게 있었는지는 전혀 알 수 없다.

「타이어가 터지거나 해서 미끄러졌을 거야.」 티머시가 말한다. 하지만 타이어는 전부 다 멀쩡하다.

「구조 요청을 해야겠어.」 미라콜리나가 말한다. 하지만 하비스트 캠프에 핸드폰을 가져가는 사람은 없다. 미라콜리나에게도, 티머시에게도 핸드폰은 없다.

바로 그때, 밖에서 소란이 인다. 스키 마스크로 얼굴을 가리고 검은 옷을 입은 대여섯 명이 사방의 숲에서 뛰쳐나온다. 기사는 목에 진정탄을 맞고, 솜을 너무 많이 넣은 헝겊 인형처럼 쓰러진다.

「문 잠가!」 미라콜리나가 소리친다. 그녀는 머뭇거리지 않는다. 티머시를 밀치고 운전석의 잠기지 않은 문으로 몸을 날린다. 하지만 충분히 빠르지 않다. 그녀가 잠금장치에 손을 뻗는 순간, 문이 열리고 공격자가 밴 전체의 문을 여는 버튼을 누른다. 가면을 쓴 공격자들이 동시에 밴의 모든 문을 당겨 연다. 이들은 전에도 이런 일을 해본 듯 솜씨가 좋다. 티머시는 손들이 뻗어 들어와 그를 끌어내자 비명을 지른다. 그는 몸부림치며 빠져나오려 애쓰지만 쓸모없는 짓이다. 그의 두려움이 거미줄이라면, 지금 그는 거미들에게 사로잡힌 셈이다.

다른 두 명이 미라콜리나에게 손을 뻗는다. 미라콜리나는 바닥에 떨어진 채 그들을 걷어찬다.

「만지지 마! 나한테 손대지 마!」

너무도 잘 통제되던 두려움이 마침내 터져 나온다. 이 갑작스러운 방해는 하비스트 캠프보다 훨씬 더 알 수 없는 존재이기 때문이다. 그녀는 두려움과 분노에 사로잡혀 발길질하고 물어뜯고 할퀴어 대지만 아무 소용이 없다. 결국 그녀는 진정탄 총이 발사될 때 나는 핏 하는 소리를 듣는다. 진정탄이 팔에 박히는 순간 날카롭게 쿡 찌르는 느낌이 든다. 세상이 어두워지며 그녀는 무력하게 빙빙 돈다. 진정된 모든 영혼이 가는, 시간이 흐르지 않는 곳으로 빠져든다.

광고

 저는 몰라도 저와 비슷한 사람은 아실 거예요. 저는 하버드 입학 허가서를 받은 주에 간암 진단을 받았어요. 부모님과 저는 그게 문제가 아니라고 생각했지만, 의사와 이야기해 보고 알게 되었죠. 장기가 부족하며 특히 간은 공급 부족 상태라는 걸요. 대기 명단에 이름을 올려야 한다더군요. 3개월 후인 지금까지도 제 차례는 아직 오지 않았어요. 입학 허가서요? 글쎄, 학교도 기다려야 할 것 같아요.
 그런데 언와인드 제한 연령을 낮춘 바로 그 사람들은 6개월의 유예 기간을 두어야 한다고 말해요. 부모가 언와인드 의뢰서에 서명한 뒤 생각을 바꿀 수도 있다면서요. 6개월이라뇨? 저는 6개월 뒤면 여기 없을 거예요.
 미적지근한 살인! 53조에 반대표를 던집시다!
 ─ 긍정적 미래를 위한 부모 연합에서 후원하는 광고임

 진정탄을 맞은 뒤 깨어나는 것은 기분 좋은 경험이 아니다. 의식이 살아나는 동시에 머리가 쪼개질 것 같은 두통과 입안에서 느껴지는 끔찍한 맛, 무언가 도둑맞은 것 같은 심란한 느낌이 찾아온다.
 미라콜리나는 옆에서 누군가가 우는 소리를 듣는다. 자비를

베풀어 달라고 애걸하고 있다. 그녀는 그 목소리가 티머시의 것임을 알아챈다. 티머시는 확실히 이런 일을 감당할 만한 아이가 아니다. 그가 보이지는 않는다. 두꺼운 눈가리개가 그녀의 눈을 가리고 있기 때문이다.

「괜찮아, 티머시.」 미라콜리나가 말한다. 「무슨 일인지는 몰라도 괜찮아질 거야.」 그녀의 목소리가 들리자 티머시의 애원과 흐느낌은 잦아들어 훌쩍거림만 남는다.

미라콜리나는 자기 몸의 상태를 느껴 보려 몸을 움직인다. 그녀는 똑바로 앉아 있다. 자는 동안 고개가 늘어져 있었는지 목이 아프다. 두 손은 등 뒤로 묶여 있고, 다리 역시 그녀가 앉아 있는 의자에 묶여 있다. 아프지는 않지만, 스스로 풀려날 수 없을 만큼 꽉 묶여 있다.

「좋아요.」 그들 앞의 한 소년이 말한다. 「눈가리개를 풀어 주세요.」

미라콜리나의 눈가리개가 벗겨진다. 주변은 밝지 않지만, 눈을 뜨는 것만으로도 고통스럽다. 그녀는 눈을 가늘게 뜨고 천천히 적응하며 초점을 맞추려고 한다.

그들이 있는 곳은 거대하고 천장이 높은, 일종의 무도회장이다. 크리스털 샹들리에가 매달려 있고 벽에는 미술 작품이 걸려 있다. 프랑스 왕족이 처형당하기 전에 사교계의 고위 인물들을 즐겁게 해주던 장소 같다. 다만 이 궁전은 무너져 내리고 있다. 천장에는 구멍이 나 있어서 비둘기들이 자유롭게 안팎을 드나든다. 벽의 그림은 비바람에 씻겨 벗겨져 가고, 곰팡이의 고약한 냄새가 공기를 가득 메운다. 목적지에서 얼마나 먼 곳까지 끌려온 건지 전혀 알 수 없다.

「이런 식으로 할 수밖에 없어서 미안해.」 그들 앞에 앉아 있던 소년이 말한다. 그는 전혀 왕족처럼 보이지 않는다. 곰팡내 나는 왕족이라도 해도 마찬가지다. 그는 단순한 청바지에 밝은 파란색 티셔츠를 입고 있다. 머리카락은 거의 금발에 가까운 옅은 갈색이며 지나치게 길다. 최근에 머리를 깎은 적이 없는 것 같다. 미라콜리나와 비슷한 나이로 보이지만, 눈가에 드리운 지친 표정 때문에 나이가 더 들어 보인다. 그 나이에 봐서는 안 될 것들을 누구보다 많이 본 듯하다. 명확히 설명하기는 어렵지만 어딘가 약해 보이기도 한다.

「너희를 다치게 할 위험을 감수할 수 없었어. 우리가 너희를 어디로 데려가는지 알릴 수도 없었고. 이게 너희를 안전하게 구출할 수 있는 유일한 방법이었어.」

「우리를 구출한다고?」 미라콜리나는 처음으로 목소리를 높여 말한다. 「이걸 구출이라고 해?」

「뭐, 지금 이 순간에는 그렇게 느껴지지 않을 수도 있지. 맞아, 우리가 한 게 바로 구출이야.」

순간, 미라콜리나는 상대가 누구인지 깨닫는다. 분노와 역겨움이 온몸을 타고 솟구친다. 그녀에게 일어난 수많은 부당한 일 중에서도 왜 하필 이런 일을 마주해야 하는 걸까? 왜 하필 저 녀석에게 잡혀야 하는 걸까? 미라콜리나는 영혼에 좋지 않은 게 분명한 분노를 느낀다. 그런 증오심이 몸 안을 가득 채운다. 십일조가 가까운 지금은 특히 그렇다. 하지만 아무리 노력해도 그 괴로움을 씻어 낼 수 없다.

그때 티머시가 헛숨을 삼킨다. 눈물 어린 눈이 휘둥그레진다.

「너, 걔구나!」 티머시는, 티머시 같은 소년들이 보통 스포츠 스타를 만날 때를 위해 아껴 두는 열정을 담아 말한다. 「박수도가 된 십일조! 레비 콜더!」

맞은편에 앉은 소년이 고개를 끄덕이며 미소 짓는다. 「그래. 하지만 내 친구들은 나를 레브라고 불러.」

3
캠

손목. 발목. 목. 묶여 있다. 가렵다. 온몸이 가렵다. 움직일 수 없다.

그는 묶여 있는 손과 발을 구부려 본다. 양옆으로, 위아래로. 그렇게 가려운 곳을 긁지만, 그러자 후끈거리는 느낌이 든다.

「깼네.」 익숙하면서도 익숙하지 않은 목소리가 말한다. 「좋아. 아주 좋아.」

그는 목을 돌린다. 아무도 없다. 주변에는 그저 흰 벽뿐이다.

의자 끌리는 소리. 가까이. 더 가까이. 말한 사람이 흐릿한 시야에 들어온다. 그의 시선이 닿는 곳으로 의자를 옮기고 있다. 앉아 있다. 다리를 꼬고서. 미소 짓지만 미소 짓지 않는다. 진짜 미소가 아니다.

「언제 일어나나 했어.」

그녀는 검은 바지에 블라우스를 입고 있다. 블라우스의 무늬는 너무 흐릿해서 알아보기 어렵다. 그리고 색깔. 그는 그 색깔을 정확히 짚어 낼 수 없다.

「빨강주황노랑 — 초록 — 파랑남색보라.」 그가 색깔을 떠올리며 말한다. 「노란색. 파란색. 아니야.」 그가 끙 소리를 낸다. 말할 때마다 목구멍이 아프고, 쉰 소리가 나온다. 「풀. 나무. 악마의 토사물.」

「초록색.」 여자가 말한다. 「네가 찾는 단어가 그거지? 내 블라우스는 초록색이야.」

저 여자는 마음을 읽을 수 있는 걸까? 아마 아닐 것이다. 그냥 똑똑한 거겠지. 목소리가 부드럽고 세련됐다. 어딘가 억양이 섞여 있다. 영국 억양 같기도 하다. 자동적으로 그녀를 믿고 싶어진다.

「날 알아보겠어?」 여자가 묻는다.

「아니요. 네.」 그는 자신의 생각이 침대에 고정된 것보다도 단단하게 묶여 있다고 느끼며 말한다.

「그 정도면 됐어.」 여자가 말한다. 「이 모든 게 너한테는 아주 새로운 일이겠지. 분명 겁이 날 거야.」

그 순간까지 그는 겁이 난다는 생각을 전혀 하지 않았다. 하지만 이제 다리를 꼰 채 앉아 있는 초록색 블라우스의 여자가 그렇다고 말했으니 그래야 할 것이다. 그는 두려움에 끈을 당겨 본다. 후끈거리는 가려움증이 더욱 심해진다. 그러자 삐죽삐죽 파편화된 기억들이 떠오른다. 그는 그 기억을 소리내어 말할 수밖에 없다.

「가스레인지에 손. 안전벨트…… 안 돼, 엄마! 안 돼! 자전거에서 떨어져. 팔이 부러져. 칼. 놈이 나를 칼로 찔렀어!」

「고통.」 다리를 꼰 여자가 침착하게 말한다. 「네가 찾는 단어는 〈고통〉이야.」

그를 진정시키는 걸 보니 고통이란 마법의 단어다. 「고통.」 그는 따라 말해 보고, 낯선 성대에서 흘러나와 낯선 입술에서 넘치는 그 말을 듣는다. 그는 더 이상 몸부림치지 않는다. 통증은 후끈거리는 느낌으로 희미해지고, 그 후끈거리는 느낌은 다시 가려움으로 흐릿해진다. 하지만 통증과 함께 찾아왔던 기억들은 사라지지 않는다. 화상을 입은 손, 분노한 어머니, 부러진 팔, 그는 싸우려고 한 적 없지만 어째서인지 벌어졌던 칼싸움. 어째서인지 모르겠지만, 그 모든 일이 그에게 일어났다.

그는 다시 여자를 보고, 여자는 냉담하게 그를 살펴본다. 이제는 눈의 초점이 잘 맞는다. 그제야 블라우스의 무늬가 보인다.

「파이…… 줄기…… 페일리.」

「계속해 봐.」 여자가 말한다. 「그 안 어딘가에 있어.」

그의 뇌가 움찔거린다. 그는 애쓴다. 생각하는 게 달리기 경주처럼 느껴진다. 길고도 혹독한 올림픽 경주처럼. 그 경주를 뭐라고 하더라? 〈마〉로 시작했는데.

「페이즐리!」 그가 의기양양하게 외친다. 「마라톤! 페이즐리!」

「그래, 이게 너한테는 마라톤만큼 기운 빠지는 일인 것 같구나.」 여자가 말한다. 「하지만 노력할 만한 가치가 있었어.」 그녀는 블라우스 목깃을 만진다. 「네 말이 맞아. 여기엔 정말로 페이즐리 무늬가 있어!」 그녀는 미소 짓는다. 이번에는 진짜 미소다. 그러더니 그녀는 손가락 끝으로 그의 이마를 만져 본다. 그녀의 손톱 끝이 느껴진다. 「이 안에 전부 있다니까?」

생각이 안정되기 시작하면서, 그는 자신이 이 여자를 안다는 걸 깨닫는다. 하지만 어디서 알게 됐는지는 모르겠다.

「누구?」그가 묻는다.「누구? 어디? 언제?」

「어떻게, 무엇을, 왜.」여자가 히죽 웃으며 덧붙인다.「의문사가 전부 돌아왔네.」

「누구?」그가 다시 묻는다. 자기를 놀리는 농담을 제대로 이해하지 못한다.

여자가 한숨을 쉰다.「내가 누구냐고? 나는 네 시금석이자, 이 세상과 너를 연결하는 존재라 할 수 있어. 어떤 의미에서는 네 통역사이기도 하지. 나는 너를 이해할 수 있지만, 다른 사람들은 대부분 못 하거든. 나는 메타언어학 전문가야.」

「메타…… 메타.」

「메타란 네가 사용하는 언어의 속성을 말해. 은유적 연상법이지. 아무튼, 나 때문에 오히려 헷갈리는 것 같구나. 하지만 네가 걱정할 문제는 아니야. 내 이름은 로버타야. 하지만 넌 모르겠지. 네가 나를 본 그 모든 시간에 내 이름을 말해 준 적은 없으니까.」

「그 모든 시간?」

로버타가 고개를 끄덕인다.「넌 나를 한 번밖에 못 봤다고 말하지만, 동시에 나를 여러 번, 아주 여러 번 봤어. 어떻게 생각하니?」

말하고 싶은 단어를 찾아 머릿속을 뒤지는 마라톤이 다시 시작된다.「동굴의 골룸. 답하지 않으면 다리를 건너지 못해. 검은색과 흰색과 빨간색으로만 이루어진 것은?」

「노력해 봐.」로버타가 말한다.「네가 할 수 있다는 거 알아.」

「수수께끼!」그가 말한다.「맞아요, 마라톤이지만 보람이 있어! 그 단어는…… 수수께끼!」

「아주 좋아.」 로버타가 그의 손을 가만히 어루만진다. 그는 로버타를 오랫동안 바라본다. 로버타는 그보다 나이가 많다. 그는 자신이 실제로 몇 살인지 모르지만, 그 사실을 안다. 그녀는 예쁘다. 어머니 같은 아름다움이다. 금발에 갈색 뿌리가 조금 비친다. 화장도 약간 했다. 눈은 얼굴의 나머지 부분보다 어려 보인다. 그리고 저 블라우스는…….

「메두사.」 그가 말한다. 「쭈그렁 할멈. 마녀. 휘어지고 썩은 이빨.」

로버타가 살짝 굳어진다. 「내가 추하다고 생각해?」

「추우우해!」 그는 그 단어를 음미해 보며 말한다. 「아니, 당신이 아니에요! 추해, 초록색 페이즐리, 추해.」

로버타는 안도하며 웃더니 자기 블라우스를 힐끗 내려다본다. 「뭐, 취향은 회개의 대상이 아니라서.」

회개! 회계! 우리 아버지가 회계사였어! 아니…… 경찰이었어. 아니…… 공장 노동자였어. 아니…… 변호사, 건설 노동자, 약사, 치과 의사, 실업자, 사망자. 그의 생각은, 모두 진실이고 모두 거짓이다. 그의 생각은, 그가 풀 수 있으리라 기대조차 할 수 없는 수수께끼다. 그는 로버타가 마땅히 느껴야 한다고 말했던 두려움을 느낀다. 두려움이 다시 차오르자, 그는 다시 한번 끈을 풀어 보려고 발버둥 친다. 하지만 그건 그냥 끈이 아니다. 일부는 붕대다.

「누구?」 그가 다시 묻는다.

「이미 말했잖아.」 로버타가 말한다. 「기억 안 나?」

「안 나! 누구?」 그가 묻는다. 「누구?」

로버타는 알겠다는 듯 눈썹을 치켜올린다. 「아. 네가 누구냐고?」

그는 불안하게 그녀의 대답을 기다린다.

「글쎄, 그건 백만 달러짜리 질문인걸? 너는 정말이지 누굴까?」 그녀는 손가락 끝으로 자기 턱을 톡톡 두드리며 생각에 잠긴다. 「위원회에서는 네 이름에 합의하지 못했어. 아니나 다를까, 모두에게 의견이 있더구나. 잘난 체하는 광대들 같으니. 그러니 그들이 네 이름을 두고 흥정하는 동안 네가 직접 선택해도 될 거야.」

「선택?」 하지만 왜 이름을 선택해야 할까? 이미 이름이 있어야 하는 것 아닐까? 그는 머릿속에 연달아 이름을 떠올린다. 매슈, 조니, 에릭, 호세, 크리스, 앨릭스, 스펜서...... 몇몇 이름은 다른 이름보다 그럴듯해 보이긴 하지만, 그중에 진짜 이름이 담고 있어야 할 정체성이 깃든 건 하나도 없다. 그는 고개를 저으며 자신에 관한 뭔가를, 뭐라도 적당한 자리에 밀어 넣으려 애쓰지만, 그저 머리가 아플 뿐이다.

「아스피린.」 그가 말한다. 「타이레놀, 아스피린. 양을 센다.」

「그래, 아직 피곤하겠구나. 진통제를 늘려 주고, 쉬도록 놔둘게. 내일 더 얘기하자.」

로버타는 그의 손을 쓰다듬고는 성큼성큼 방에서 나가 불을 끈다. 그를 생각의 파편들과 남겨 둔다. 그에게는 그 생각들이 어둠 속에서 누군가 악수하는 것과 그리 다르지 않다.

다음 날 — 그는 그렇게 생각한다 — 그는 별로 피곤하지 않다. 머리도 그리 아프지 않다. 하지만 여전히 혼란스럽다. 그는 이제 자신이 병실로 생각했던 흰 방이 실제로는 병실이 아닐지 모른다고 생각한다. 이 건축물에는 단 한 명의 환자를 위해 개조된 개인적 주거 공간임을 암시하는 힌트가 충분하다. 창문 너머에서 창문이 닫혀 있는데 소리가 들려온다. 지속적이고 율동감 있는 굉음과 식식대는 소리다. 하루 종일 듣고 나서야 그는 그 소리의 정체를 알아챈다. 파도가 부서지는 소리다. 어딘지는 모르겠지만 이곳은 바닷가에 있다. 그는 경치를 무척 보고 싶다. 그가 부탁하니 로버타가 들어준다. 오늘은 그가 침대에서 나가는 날이다.

힘이 센 제복 차림의 경비원 두 명이 로버타와 함께 들어온다. 그들은 그의 끈을 풀어 주고, 겨드랑이 아래를 잡고서 그가 일어서도록 도와준다.

「겁먹지 마.」 로버타가 말한다. 「네가 할 수 있다는 거 알아.」

일어서는 순간, 그는 현기증을 느낀다. 발을 내려다보지만 그가 입고 있는 창백한 파란색 병원 가운 아래로 튀어나온 발가락만 보인다. 발가락이 몇 킬로미터 아래에 있는 것 같다. 그는 걷기 시작한다. 한 번에 한 걸음씩 힘겹게 발을 옮긴다.

「좋아.」 로버타가 그와 함께 걸으며 말한다. 「느낌이 어때?」

「스카이다이빙.」 그가 말한다.

「흠.」 로버타가 그 말을 생각해 보고는 말한다. 「위험하다거나 황홀하게 느껴진다는 뜻이야?」

「네.」 그가 대답한다. 머릿속에서 그는 두 단어를 되풀이하며 떠올려 본다. 분류되지 않은 형용사들이 들어 있는 서내한 상자에서 그 단어들을 꺼내 적절한 장소에 배치한다. 상자 안에는 분류되지 않은 단어가 너무 많지만, 그 모든 것이 조금씩 조금씩 일관된 형태로 맞춰져 가기 시작한다.

「전부 그 안에 있어.」 로버타는 그런 말을 한 번 이상 반복했다. 「찾아내기만 하면 돼.」

두 경비원은 그가 발을 끌며 걷는 내내 그의 양쪽 겨드랑이를 붙들고 있다. 한쪽 무릎이 꺾이자 그들의 손아귀에 힘이 더 들어간다.

「조심하십시오.」

경비원들은 그에게 존댓말을 쓴다. 그가 존경심을 이끌어 낸다는 뜻일지도 모르지만 왜 그런지는 짐작할 수 없다. 그는 노력하지 않아도 그냥 〈존재할 수 있는〉 그들의 능력이 부럽다.

로버타는 그들을 데리고 복도를 지난다. 복도 역시 발끝까지 느껴지는 거리처럼 끝없이 이어지는 것 같지만, 기껏해야 10미터쯤이다. 천장 한구석, 저 위에는 그의 움직임에 초점을 맞추는 렌즈가 달린 기계가 있다. 그의 방에도 비슷한 기계가 있어서 지속적으로 그를 조용히 감시한다. 전자 눈. 사이클롭스 렌즈. 그는 그 장치의 이름을 안다. 혀끝에 단어가 떠오를락 말락 한다. 「치즈 하세요!」 그가 말한다. 「사진에서는 5킬로그램은 더 나가 보여. 준비하시고…… 찍습니다! 코닥의 순간.」

「네가 찾는 단어는 〈카〉로 시작해. 내가 도와줄 수 있는 부분은 그게 전부야.」 로버타가 말한다.

「카…… 카…… 카데바. 카바나. 카발리에. 캐나다.」

로버타는 입술을 꾹 다문다. 「그것보단 잘할 수 있어.」

그는 좌절감에 압도되기 전에 한숨을 쉬고 포기한다. 지금이 순간, 걷고 생각하는 일을 동시에 해내는 건 무리다. 걷는 것만으로도 벅차다.

이제 그들은 실외이기도 하고 실내이기도 한 공간으로 통하는 문을 지난다.

「발코니!」 그가 말한다.

「맞아.」 로버타가 대답한다. 「그건 금방 떠올랐네.」

발코니 너머에는 무한히 펼쳐진 바다가 따뜻한 햇빛 속에서 아른거리고 있다. 그의 앞에는 작은 탁자가 의자 두 개와 놓여 있다. 탁자 위에는 쿠키와, 흰색 음료가 담긴 크리스털 주전자가 있다. 저 음료의 이름은 알아야 하는데.

「위로의 간식이야.」 로버타가 말한다. 「여행을 해준 것에 대한 보상.」

그들은 음식을 사이에 두고 마주 앉는다. 경비원들은 여전히 대기한다. 그에게 도움이 필요할 수도 있고, 그가 발코니 너머 삐죽빼죽한 바위 위로 몸을 던지려 할 수도 있기 때문이다. 바위에는 검고 묵직한 무기를 든 병사들이 전략적으로 배치되어 있다. 로버타는 그들이 그를 보호하기 위해 거기에 있는 거라고 말한다. 그는 자신이 바위 위로 떨어지면 그들도 그에게 존댓말을 쓸 거라 상상한다.

로버타는 수정 같은 주전자에서 빛을 머금고 있는 수정 같은 유리잔으로 흰 액체를 붓는다. 유리잔은 빛을 굴절시키더니 마구잡이로 깨뜨려 발코니의 석조 난간 위로 뿌린다.

그는 쿠키를 한입 베어 문다. 초콜릿 칩. 갑자기 강렬한 맛이 입안에 퍼지자, 겨울잠을 자고 있던 기억들이 깨어난다. 그는 어머니를 떠올린다. 또 다른 어머니를 떠올린다. 그리고 학교의 점심시간도. 그는 갓 구운 톨하우스 쿠키에 입술을 댄다. 쫄깃쫄깃하고 뜨거울 때가 가장 좋아. 단단하고 거의 탔을 때가 가장 좋아. 난 초콜릿에 알레르기가 있어. 난 초콜릿이 가장 좋아.

그는 이 모든 것이 사실임을 안다. 하지만 어떻게 이 모든 것이 사실일 수 있을까? 알레르기가 있다면, 어떻게 초콜릿에 관한 멋진 기억이 이렇게나 많이 남아 있는 걸까?

「마라톤 수수께끼가 계속돼.」 그가 말한다.

로버타는 미소 짓는다. 「거의 완전한 문장이네. 자, 좀 마셔.」

그녀는 차갑고 흰 액체가 담긴 잔을 그에게 내민다. 그는 그것을 받아 든다.

「네 이름은 생각해 봤어?」 그가 한 모금을 마시자마자 로버타가 묻는다. 풍미 가득한 액체가 입천장에서 부드러운 쿠키 조각을 밀어내는 순간, 갑작스럽게 더 많은 기억이 날아든다. 그 맛의 조합이 백 가지 생각을 체로 걸러 내고 다이아몬드만 남긴다.

전자 눈. 그는 그 기계의 이름을 안다! 흰 액체도. 이건 소에게서 나온 것 아니던가? 소 주스. 〈우〉로 시작하는데. 전자 눈. 「캠!」 소 주스. 「무우!」

로버타는 희한하다는 듯 그를 본다.

「캠⋯⋯ 무우⋯⋯.」 그가 다시 말한다.

로버타의 눈이 반짝인다. 그녀가 묻는다. 「카뮈?」

「캠. 무.」

「카뮈구나! 훌륭한 이름이야. 네가 할 수 있는 것 이상을 해냈어.」

「카메라!」 마침내 그가 말한다. 「우유!」 하지만 로버타는 더이상 듣지 않는다. 그가 로버타를 더 이국적인 곳으로 보내 버렸다.

「실존주의 철학자 카뮈! 〈눈물이 나는 지점까지 살아라.〉 나의 친구에게 건배를! 멋져!」

그는 로버타가 무슨 말을 하는지 전혀 모른다. 그럼에도 로버타가 기뻐하면 그도 기쁘다. 그가 그녀에게 감명을 주었다는 사실을 깨닫자 기분이 좋아진다.

「네 이름은 카뮈 합성인 1호야.」 그녀가 아른거리는 바다만큼 환한 미소를 지으며 말한다. 「위원회 사람들이 좋아 죽겠는걸!」

광고

원푸드 다이어트에 지치셨나요? 헬스장에서 고통스러운 시간을 보내도 아무 소용이 없으신가요? 여러분을 위한 해답이 있습니다! 건강한 심장이 기분 좋은 하루의 열쇠라는 건 모두가 알죠. 최고급 새로운 심장만 있다면 운동을 하고 싶은 마음이 살아납니다! 머잖아 체중은 날아가 버리고, 안팎으로 새로운 당신이 된 기분을 느끼실 겁니다! 하지만 저희 말만 믿지는 마세요! 지금 바로 의사에게 나노 수술에 대해 문의하세요!

—국제 나노 수술 협회에서 후원하는 광고임

* 결과는 보장되지 않음

그날 이후, 그의 하루는 치료로 시작해 치료로 끝난다. 고통스러운 스트레칭에 이어 코치가 알려 주는 운동과 그에게 가

장 큰 고통을 주기 위해 특별히 설계된 것처럼 보이는 웨이트 트레이닝이 뒤따른다.

「치유 약물에는 한계가 있어.」 그의 물리 치료사가 말한다. 케니라는 어울리지 않는 이름에 중저음의 목소리를 가진 보디빌더다. 「나머지는 네가 직접 해야 해.」

그는 이 치료사가 그의 고통을 지켜보는 걸 즐긴다고 확신한다.

이제 그를 〈선생님〉이라고 부르지 않는 사람들은 대신 그를 카뮈라 부른다. 로버타 덕분이다. 하지만 그 이름을 떠올릴 때 가장 먼저 머릿속에 떠오르는 것은 검은색과 흰색으로 이루어진 커다란 고래다.

「그건 샤뮈 고래야.」 로버타가 점심시간에 그에게 말한다. 「넌 카뮈이고. 발음이 비슷하긴 하지만, 카뮈의 끝에는 묵음 S가 들어가.」

「캠.」 그는 바다의 포유류 같은 이름으로 불리고 싶지 않아 그녀에게 말한다. 「캠으로 해요.」

로버타는 눈썹을 치켜올리며 한참 생각하더니 말한다. 「그야 가능하지. 당연히 그래도 돼. 모두에게 그렇게 알릴게. 그래서, 오늘은 어때, 캠? 네 생각에 좀 더 일관성이 생긴 것 같아?」

캠은 어깨를 으쓱한다. 「머릿속에 구름이 있어요.」

로버타가 한숨을 쉰다. 「아마 그렇겠지. 하지만 너는 느끼지 못해도 난 알 수 있어. 네 생각은 매일 조금씩 선명해지고 있어. 더 긴 단위의 생각들을 이어서 말할 수도 있고, 내가 하는 말은 거의 다 알아듣지. 안 그래?」

캠은 고개를 끄덕인다.

「이해는 분명한 의사소통의 첫 단계야, 캠.」 로버타는 잠시 망설이다가 묻는다. 「콩프랑 ─ 튀 맹트낭?」[4]

「위, 파르페트망.」[5] 캠이 대답한다. 단어가 입에서 나올 때까지는 뭔가 다르다는 걸 몰랐다. 그는 머릿속에서 또 하나의 신비의 문이 열렸다는 것을 깨닫는다.

「뭐.」 로버타가 장난스러운 미소를 띠며 말한다. 「당분간은 한 번에 언어 하나만 쓸까?」

캠의 하루에는 새로운 활동들이 추가된다. 이제 그는 오후의 낮잠 대신 탁자 크기의 컴퓨터 앞에 앉아 한 시간씩 디지털 이미지들을 마주해야 한다. 빨간 자동차, 건물, 흑백 초상화 등 수십 장의 사진이 그 컴퓨터 안에 저장되어 있다.

「알아본 사진을 네 앞으로 끌어와.」 이 의식을 시작한 첫날, 로버타가 말한다. 「각 이미지를 보고 머릿속에 처음으로 떠오른 단어를 말해.」

캠은 압도당한 기분이다. 「답안지?」

「아니.」 로버타가 말한다. 「이건 시험이 아니야. 그냥 네가 기억하는 것과 아직 배워야 할 것을 알아보는 정신 운동이지.」

「맞아요.」 캠이 말한다. 「답안지.」 그녀의 대답이야말로 바로 시험의 정의 그 자체가 아닌가?

캠은 사진을 보고 시키는 대로 한다. 알아본 이미지를 앞으로 끌어온다. 초상화는 〈링컨〉. 건물은 〈에펠〉. 빨간 자동차는 〈불 차. 아니, 소방차〉. 그렇게 하나씩 이어지고 또 이어진다. 그가 사진을 끌어오면 다른 사진이 솟아나 그 자리를 대신한

---

4 〈이제 이해해?〉라는 뜻의 프랑스어.
5 〈네, 완벽하게요〉라는 뜻의 프랑스어.

다. 어떤 사진은 알아보는 데 문제가 없지만, 어떤 사진은 연관된 기억이 전혀 떠오르지 않는다. 어떤 사진은 그의 머릿속 어딘가를 잡아당기지만 그것에 갖다 붙일 단어를 찾을 수 없다. 마침내 연습이 끝나자 그는 물리 치료를 받았을 때보다 더 지친 기분이 든다.

「주름.」 그가 말한다. 「구겨진 옷.」

로버타가 미소 짓는다. 「누더기. 누더기가 된 기분이구나.」

「누더기.」 캠은 그 단어를 머릿속에 박아 두며 되풀이한다.

「놀랍지도 않지. 이건 결코 쉽지 않은 일이야. 그래도 잘했는걸? 칭찬해 줘야겠어!」

캠은 고개를 끄덕인다. 정말이지 낮잠을 잘 준비가 되어 있다. 「황금 별 한 개.」

캠에게는 매일 더 많은 것이 요구된다. 신체적으로도, 정신적으로도 마찬가지다. 하지만 그 모든 일에 대한 설명은 전혀 없다. 「네가 거둔 성공이 그 자체로 보상이야.」 로버타는 그렇게 말한다. 하지만 아무런 맥락도 없이 어떻게 성공을 실감할 수 있겠는가?

「세면대!」 어느 날 저녁 식사 때 그가 말한다. 그 자리에는 그와 로버타밖에 없다. 언제나 둘밖에 없다. 「세면대! 지금!」

로버타는 더 묻지도 않고 그의 말뜻을 알아낸다. 「시간이 지나면 너 자신에 대해 알아야 할 모든 걸 알게 될 거야. 지금은 아직 그때가 아니야.」

「아니, 맞아!」

「캠, 이 대화는 끝이야.」

캠은 마음속에 분노가 고이는 것을 느끼지만, 어떻게 해야 할지 모른다. 그 분노를 치워 버릴 만큼 많은 단어를 엮어 낼 수도 없다.

그래서 분노는 그의 손으로 옮겨간다. 그는 자신이 무슨 짓을 하는지 깨닫기도 전에 접시를 방 건너편으로 내던진다. 또 하나, 또 하나를. 로버타는 몸을 숙여 피해야 한다. 이제는 온 세상에 접시와 은식기와 유리잔이 날아다닌다. 순식간에 경비원들이 달려들어 그를 방으로 끌고 가 침대에 묶는다. 일주일 넘게 없었던 일이다.

그는 영원처럼 느껴지는 시간 동안 분노한다. 그러다가 기진맥진해 진정한다. 로버타가 방으로 들어온다. 그녀는 왼쪽 눈 위의 작은 상처에서 피를 흘리고 있다. 상처 크기는 중요하지 않다. 그가 낸 상처다. 그의 잘못이다.

갑자기 다른 모든 감정이 후회에 압도된다. 그는 후회가 분노보다 더 강하다는 것을 깨닫는다.

「누나의 돼지 저금통을 깨뜨렸어요.」 그가 눈물을 흘리며 말한다. 「아버지 차를 부쉈어요. 나빠, 나빠.」

「네가 미안해한다는 거 알아.」 로버타는 그와 마찬가지로 지친 목소리로 말한다. 「나도 미안해.」 로버타가 부드럽게 캠의 손을 잡는다.

「성질을 부렸으니 아침까지는 묶여 있을 거야.」 그녀가 그에게 말한다. 「행동에는 대가가 따라.」

캠은 이해한 듯 고개를 끄덕인다. 눈물을 닦고 싶지만 그럴 수 없다. 두 손이 침대에 묶여 있기 때문이다. 로버타가 대신 눈물을 닦아 준다. 「뭐, 최소한 네가 우리 생각만큼 강하다는 건 알게 됐네. 네가 야구 투수였다는 말, 농담이 아니었어.」

그의 생각이 즉시 〈야구〉라는 단어를 찾아 기억을 뒤진다. 그가 야구를 했던가? 그의 정신은 해체되고 파편화된 상태다. 그 안에 무엇이 남아 있는지 찾는 일은 언제나 어렵다. 하지만 어떤 기억이 없는지는 금세 알 수 있다.

「투수 아니야.」 캠이 말한다. 「한 번도.」

「그래, 맞아.」 그녀가 침착하게 말한다. 「내가 무슨 생각으로 그런 말을 했는지 모르겠네.」

조금씩, 날이 갈수록, 그의 머릿속에서 더 많은 것이 제자리를 찾아간다. 그러면서 캠은 자신의 무시무시한 특이성을 깨닫기 시작한다. 지금은 밤이다. 이번만큼은 물리 치료 때문에 지친 게 아니라 황홀함이 느껴진다. 하지만 물리 치료사 케니가 한 말이 걸린다.

「힘은 센데, 근육군이 서로 조화를 이루지 못해.」

캠은 그게 그냥 무심코 던진 농담이라는 걸 안다. 하지만 그 말에는 뭔가 목구멍에 콱 박히는 진실이 있다. 혀가 밀어 넣는 것을 목구멍이 늘 삼키지는 않듯이.

「결국 네 몸은 자신과 동맹을 맺는 법을 배울 거야.」 케니는 그렇게 말했었다. 캠이 파업을 일으킬 만큼 시달린 노동자, 혹은 그보다 나쁘게는 원치 않는 노동을 강제로 해야 하는 노예 집단으로 가득 찬 공장이라도 되는 듯이.

그날 밤, 캠은 손목을 따라 난 흉터를 본다. 머리카락처럼 가느다란 팔찌 같다. 이제 붕대는 풀었고, 흉터는 여전히 남아 있다. 그는 가슴 중앙을 따라 내려가다가 완벽하게 조각된 복근

위에서 좌우로 갈라지는 선을 본다. 두꺼운 밧줄 같다. 조각이다. 인간의 형상을 본뜬 대리석 조각 같다. 미술가가 상상한 완벽함이다. 그제야 캠은 절벽 위의 이 대저택이 그저 갤러리일 뿐이며, 자신은 그 안에 전시된 작품이라는 걸 깨닫는다. 아마 특별해진 기분이 들어야겠지만, 그가 느끼는 것은 외로움뿐이다.

캠은 얼굴 쪽으로 손을 뻗는다. 사람들은 그에게 얼굴에 손을 대지 말라고 했었다. 그때 로버타가 들어온다. 로버타는 그가 자기 몸을 자세히 살피고 있다는 걸 안다. 방구석에 도사리고 있는 카메라로 그를 지켜봐 왔기 때문이다. 그녀는 경비원 두 사람을 데리고 왔다. 그들은 그의 감정이 솟구쳐 폭풍을 일으키려 한다는 걸 이미 알고 있다.

「왜 그래, 캠?」 로버타가 묻는다. 「말해 봐. 단어를 찾아.」

캠이 손가락 끝으로 얼굴을 훑는다. 온통 낯선 감촉이지만, 그는 자신의 얼굴을 진정으로 느끼기가 두렵다. 분노한 채 그 얼굴을 찢어 버릴지도 모르기에.

단어를 찾아…….

「앨리스!」 그가 말한다. 「캐럴! 앨리스!」 잘못된 단어. 그도 잘못된 단어라는 걸 안다. 하지만 그가 하고 싶은 말과 가장 가까운 단어이긴 하다. 지금 그가 할 수 있는 일은 자기 머릿속 궤도를 이탈한 채 그 자리를 맴도는 것뿐이다.

「앨리스!」 캠은 욕실을 가리킨다. 「캐럴!」

경비원은 아무것도 모르면서 알겠다는 듯 씩 웃는다. 「옛날 여자 친구를 떠올리고 있는지도 모르겠네요.」

「조용히 해!」 로버타가 쏘아붙인다. 「계속해 봐, 캠.」

캠은 눈을 감고 생각이 형태를 갖추도록 애써 보지만, 떠오르는 형상은 말도 안 되는…….

「바다코끼리!」 그의 생각은 아무 쓸모가 없다. 의미도 없다. 그는 그런 자신이 경멸스럽다.

하지만 그때 로버타가 말한다. 「……바다코끼리와 목수?」

그는 로버타를 향해 휙 시선을 돌린다. 「맞아요! 맞아!」 어째서인지, 그 두 가지는 무작위인데도 완벽하게 말이 된다.

「바다코끼리와 목수.」 로버타가 말한다. 「너보다도 말이 안 되는 이상한 시야!」

캠은 로버타가 자기 대신 적어도 몇 개의 점이라도 이어 주기를 기다린다.

「루이스 캐럴이 쓴 시. 캐럴은 또…….」

「앨리스!」

「그래, 루이스 캐럴은 『이상한 나라의 앨리스』를 썼어. 그리고 면경…….」

「면경 속으로!」 캠은 욕실을 가리킨다. 「면경 속으로!」 하지만 그는 현대인들이 더 이상 그 단어를 쓰지 않는다는 걸 안다. 현대적 단어는…….

「거울!」 그가 소리친다. 「내 얼굴! 거울! 내 얼굴!」

저택 안에는 거울이 단 하나도 없다. 적어도 그가 들어갈 수 있는 방에는 없다. 그 어디에도 무언가를 비추는 표면이 없다. 우연일 리 없다. 「거울!」 그가 의기양양하게 소리친다. 「거울을 보고 싶어요. 지금 보고 싶어! 보여 줘!」 그가 여태껏 해낸 말 중 가장 명료하고 가장 고차원의 의사소통이다. 당연히 로버타가 보상해 줄 것이다!

「지금 보여 줘요! 아오라! 맹트낭! 이마!」[6]

「그만해!」 로버타가 목소리에 계산된 힘을 실어 말한다. 「오늘은 안 돼. 넌 준비되지 않았어.」

「아니야!」 그는 손가락으로 얼굴을 만져 본다. 이번에는 아플 정도로 세게. 「철 가면을 쓴 도제르[7]야, 연못의 나르키소스가 아니야! 보면 짐이 가벼워져, 낙타의 등이 부러지지 않아!」[8]

경비원들이 로버타를 본다. 당장이라도 뛰어들어 그를 제지할 태세다. 다시 한번, 그가 자해하지 못하도록 침대에 묶으려 한다. 하지만 로버타는 명령을 내리지 않는다. 망설이고 생각한다. 그런 뒤 마침내 말한다. 「따라와.」 그녀는 돌아서서 성큼성큼 방을 나선다. 캠과 경비원들이 뒤따른다.

그들은 캠을 보호하기 위해 정교하게 설계된 대저택의 건물을 나서, 병원처럼 차가운 느낌이 덜한 공간으로 간다. 리놀륨 대신 따스한 나무 바닥이 깔린 방. 헐벗은 흰 벽 대신 액자 속 미술 작품이 걸린 벽.

로버타는 경비원들에게 문 앞에서 기다리라고 지시하고, 캠을 데리고 거실로 들어간다. 사람들이 있다. 케니와 그의 물리치료 팀 직원 몇 명, 캠이 모르는 다른 사람들. 그의 인생이라는 현장 이면에서 일하는 어떤 종류의 전문가들이다. 그들은

6 각각 스페인어, 프랑스어, 일본어로 〈지금 당장〉이라는 뜻

7 도제르Dauger. 17세기 프랑스의 실존 인물 외스타슈 도제르Eustache Dauger를 가리킨다. 그는 장기간 정체가 밝혀지지 않은 채 가면을 쓴 채 감금되었던 인물로, 이른바 〈철가면을 쓴 남자〉의 실존 모델로 널리 거론된다.

8 낙타의 등에 계속 짐을 쌓아 가다 보면 마지막 지푸라기 하나의 무게로 낙타 등이 부러지게 된다는 의미의 표현.

캠을 보더니 놀라 가죽 의자와 소파에서 일어선다.

「괜찮아요.」 로버타가 그들에게 말한다. 「둘이 할 얘기가 있으니 몇 분만 주세요.」 그들은 하던 일을 멈추고 종종걸음으로 나간다. 캠은 로버타에게 그들이 누군지 묻고 싶지만 이미 답을 안다. 그들은 문 앞의 경비원, 바위 위의 경비원, 그가 어지른 것을 치우는 남자, 그의 흉터에 크림을 바르는 여자와 같다. 이 모든 사람이 그에게 봉사하기 위해 존재한다.

로버타는 캠을 데리고 벽에 기대어 있는 전신 거울 앞으로 간다. 이제 그는 머리끝부터 발끝까지 자기 모습을 볼 수 있다. 그는 병원 가운을 벗고 반바지만 입은 채 그 자리에 선다. 몸의 형태가 아름답다. 그는 완벽한 신체 비율을 가지고 있으며 근육질에 늘씬하다. 잠시 그는 자신이 결국 허영심에 빠진 나르키소스일지도 모른다고 생각한다. 하지만 더 가까이, 빛 속으로 더 깊숙이 들어가자 흉터가 보인다. 흉터가 있다는 건 알았지만, 그 모든 흉터를 한꺼번에 마주하자 숨이 막힌다. 흉터는 추하고 어디에나 있다. 그중에서도 얼굴에서 가장 두드러진다.

얼굴은 악몽이다.

전부 다른 색조로 이루어진 살 조각이, 뼈와 근육과 연골 위에 덧붙여진 살아 있는 퀼트처럼 보인다. 그의 머리도 마찬가지다. 그가 깨어났을 때는 깨끗하게 면도되어 있었지만 지금은 복숭아털 같은 잔털로 가득하다. 서로 충돌하는 작물이 들쑥날쑥하게 돋아난 밭처럼 다양한 색깔과 질감으로 채워져 있다. 자신의 모습을 보자 그는 눈이 아프다. 눈물로 눈앞이 흐려진다.

「왜?」 그가 떠올릴 수 있는 말은 그게 전부다. 그는 자기 모습에서 시선을 돌린다. 자기 어깨에 파묻혀 사라지고 싶다. 하지만 로버타가 그 어깨를 가만히 쓰다듬는다.

「눈을 돌리지 마.」 그녀가 말한다. 「내 눈에 보이는 걸 볼 수 있을 만큼 힘을 내봐.」

캠은 억지로 다시 보지만, 보이는 것은 흉터뿐이다.

「괴물!」 그가 말한다. 그 단어는 너무도 많은, 서로 다른 기억의 조각에서 나온다. 도움을 받지 않고 그 단어를 찾을 수 있다. 「프랑켄슈타인!」

「아니야.」 로버타가 날카롭게 말한다. 「절대 그렇게 생각하지 마! 그 괴물은 죽은 살점으로 만들어졌지만, 넌 살아 있는 몸으로 만들어진 거야! 그 괴물은 자연의 모든 법칙을 위반했지만, 캠 너는 새로운 세상의 기적이야!」

이제 그녀는 캠과 함께 거울을 앞에 선다. 그의 수많은 기적적인 부위를 하나씩 짚어 준다. 「네 다리는 대학 육상 선수의 것이었어.」 그녀가 말한다. 「네 심장은 언와인드되지만 않았다면 올림픽 수영 선수가 될 수도 있었던 소년의 것이었고. 네 팔과 어깨는 한때 그 어떤 하비스트 캠프에서도 본 적 없는 최고의 야구 선수에게 속해 있었어. 네 손? 그 손은 희귀하고도 눈부신 재능으로 기타를 연주했지!」 로버타는 미소 지으며 거울 속의 그와 눈을 마주친다. 「네 눈에 대해서 말하자면, 그건 단 한 번의 시선으로 모든 소녀의 마음을 녹여 버릴 수 있는 소년의 것이었단다.」

로버타가 캠에 대해 말하는 방식에는 어딘가 자부심이 깃들어 있다. 그는 아직 느낄 수 없는 자부심이다.

로버타가 그의 관자놀이에 손가락을 댄다. 「하지만 가장 좋은 건 바로 여기 있어!」 그녀는 다양한 질감으로 이루어진 솜털을 따라 손가락으로 원을 그리며 두개골의 여러 지점을 짚어 낸다. 지구본에서 여행지를 짚는 것 같다.

「네 왼쪽 전두엽에는 수학과 과학에서 천재 수준의 시험 결과를 받은 일곱 아이의 분석력과 계산 능력이 들어 있어. 오른쪽 전두엽에는 거의 열두 명에 이르는 시인, 예술가, 음악가의 창의적 핵심이 조합되어 있지. 네 후두엽에는 사진을 찍듯 기억을 저장하던 무수한 언와인드의 신경 다발이 들어 있고, 네 언어 중추는 아홉 개 언어 구사가 가능한 국제적 중심지야. 그 모든 게 다시 깨어나기만 기다리고 있어.」

로버타는 캠의 턱을 만지며 그의 얼굴을 자기 쪽으로 돌린다. 거울 속에서 멀기만 하던 그녀의 눈이 이제는 그에게서 몇 센티미터 거리까지 다가와 있다. 그 시선은 최면을 거는 듯하면서도 압도적이다.

「아나타와 란다무데와 나이, 캠.」 그녀가 말한다. 「아나타와 인테리젠토니 세케이사레테이마스.」

캠은 그녀의 말뜻을 안다. 넌 아무렇게나 만들어진 게 아니야, 캠. 너는 지적으로 설계됐어. 그게 어떤 언어인지는 모르겠지만 어쨌든 의미는 안다.

「네 모든 부위는 최고이자 최상의 언와인드에게서 직접 골라낸 거야.」 로버타가 말한다. 「매번 언와인드가 이루어질 때마다 내가 현장에 있었어. 그래야 모든 부위가 결합되었을 때 네가 나를 보고, 내 목소리를 듣고 나를 알아볼 테니까.」 그녀는 잠시 생각해 보더니 슬프게 고개를 젓는다. 「그 가엾은 아이들은 자신에게 주어진 재능을 어떻게 써야 할지 알기에는 너무 불량했어. 하지만 지금은 분열된 상태에서나마 너를 통해 드디어 완성됐지!」

그녀가 언와인드에 대해 말하자, 기억의 파편이 흘러넘친다.

그래, 그는 그녀를 보았다!

그녀는 오직 수술 마스크로만 얼굴을 가리고 수술대 옆에 서 있었다. 이제 캠은 그녀가 모습을 보이고 기억되기 위해 그렇게 했다는 걸 깨닫는다. 하지만 수술실이 한 군데만은 아니었는데?

동일한 기억.

머릿속에 있는 수십 군데의 다른 장소.

하지만 그의 정신이 아니지 않은가?

그들의 정신이다.

그들 모두의.

울부짖는다.

제발, 제발 이걸 멈춰 줘.

그러다가 더 이상 애걸할 목소리조차 사라진다.

비명을 지를 정신도 사라진다.

바로 그 선명한 순간에.

〈나는 존재한다〉가 〈나는 존재하지 않는다……〉가 되던 순간에.

그는 몸을 떨며 깊이 숨을 들이쉰다. 마지막 기억은 이제 그의 일부가 되었다. 기억들이 얼굴의 피부처럼 짜맞춰져 있다. 견딜 수 없는 기억이지만 그는 견뎌 낸다. 이제야 그는 깨닫는다. 아무것도 아닌 존재로 무너져 내리지 않고 백여 번의 언와인드 기억을 간직한 자신이 얼마나 강한 존재인지.

로버타는 그에게 절벽의 대저택에 있는 풍성한 전리품을 둘러보라고 말한다.「주변 환경을 보면 알겠지만, 우린 너를 돕기 위해 꽤 강력한 지원을 받고 있어. 네가 계속 성장하고 번영하도록.」

「후원? 누구?」

「누군지는 중요하지 않아. 친구들이야. 너만의 친구가 아니라, 우리 모두가 살고 싶어 하는 세상의 친구들이지.」

모든 게 짜맞춰지기 시작하는데도, 그의 삶 전체가 스르륵 제자리에 맞아 들어가는데도 여전히 그를 괴롭히는 것이 하나 있다.

「내 얼굴…… 끔찍해…….」

「걱정할 필요 없어.」 로버타가 말한다.「흉터는 아물 거야. 실은, 치료제가 이미 효과를 내고 있어. 곧 흉터는 완전히 사라질 테고, 접목된 부분들이 만나는 곳에 아주 희미한 선만 남을 거야. 날 믿어. 난 네 모습의 예상도를 봤어, 캠. 훌륭했어!」

그는 손가락으로 얼굴의 흉터를 따라 그린다. 그가 생각했던 것만큼 무작위적인 흉터가 아니다. 대칭을 이루고 있다. 다양한 피부색이 모여 하나의 무늬를 이룬다. 어떤 디자인을 나타낸다.

「너한테 모든 인종을 한 조각씩 주겠다는 게 우리의 선택이었어. 가장 흰 시에나 코카시안에서 오염되지 않은 아프리카의 가장 검은 엄버까지, 그리고 그 사이의 모든 피부색도. 히스패닉, 아시아인, 태평양 섬 원주민, 아메리카 원주민, 오스트레일리아 원주민, 인도인, 유대인…… 훌륭한 인류의 모자이크지! 너는 모든 사람이야, 캠. 그 진실이 네 얼굴에 증거로 드러나 있어. 약속할게. 흉터가 아물면, 넌 잘생김의 새로운 정의가 될 거야! 너는 빛나는 등대, 인류라는 종의 위대한 희망이 될 거야. 네가 증명할 거야, 캠! 단순히 존재한다는 미덕만으로 네가 증명해 낼 거야!」

그렇게 생각하자 그의 심장이 빠르게 뛰기 시작한다. 가슴 속에서 강하게 두근거린다. 그는 이 심장이 승리했던 모든 시합을 상상한다. 스타 수영 선수였던 기억은 없지만, 그의 심장은 그의 정신이 모르는 것을 알고 있다. 심장은 다시 수영장에 들어가고 싶어 한다. 다리가 트랙을 달리고 싶어 하는 것처럼.

하지만 바로 그 순간, 다리가 몸 아래에서 푹 꺾인다. 어느새 그는 바닥에 쓰러져 어쩌다 이렇게 됐는지 궁금해하고 있다.

「하루 새 그렇게나 많은 자극을 받았으니.」 로버타가 말한다.

문 앞에서 대기하고 있던 경비원들이 달려 들어와 그를 부축해 일으킨다.

「괜찮으십니까, 카뮈 님? 도움을 요청할까요, 로버타 님?」

「그럴 필요 없어요. 내가 돌보죠.」

그들은 캠을 소파로 데려간다. 이제 캠은 몸을 떨고 있다. 공기가 차가워서가 아니라 자신의 진실이 폭로되었기 때문이다. 로버타는 담요를 가져와 그에게 덮어 준다. 방을 따뜻하게 하라고 지시하고, 열이 나는 아이를 간호하는 어머니처럼 그의 옆에 앉는다.

「너를 위한 위대한 계획이 있어, 캠. 하지만 지금은 미리 걱정할 필요가 없어. 지금 이 순간, 네가 해야 할 일은 놀라운 잠재력을 쌓아 가는 것뿐이야. 아직 흩어져 있는 네 정신의 모든 부분을 엮어 내. 네 몸의 모든 부분에 조화롭게 움직이는 방법을 가르쳐. 너는 살아 있는 오케스트라의 지휘자이고, 네가 만들어 낼 음악은 훌륭함 그 이상일 거야!」

「그게 아니면?」 그가 묻는다.

로버타는 허리를 숙여 그의 이마에 부드럽게 입 맞춘다. 「그런 선택지는 없어.」

광고

일자리를 잃고 나서 청구서와 빚이 쌓여 가기 시작했어요. 뭘 어떻게 해야 할지 알 수 없었죠. 가족을 부양할 방법이 없다고 생각했습니다. 심지어 암시장을 통해 나 자신을 분열시키고 가족의 생계비를 대야겠다는 생각까지 했어요. 하지만 암시장은 두렵더군요. 결국은 자발적인 성인의 언와인드를 합법화하자는 무기명 투표가 제안되었죠. 그거면 우리 가족이 살아남기에 충분한 돈이 될 거예요. 상상해 보세요! 저는 마음의 평화를 얻고 분열된 상태로 들어갈 수 있을 겁니다. 가족의 생계비가 해결될 게 분명하니까요. 그리고 이런 일이 합법화되면 암시장은 더 이상 발붙일 수 없게 되겠죠. 58조에 찬성표를 던지세요! 저와 같은 처지의 가족들을 돕고, 장기 해적질을 끝내세요.

— 전국 공여자 옹호 단체 연합에서 후원하는 광고임

캠의 꿈은 언제나 자각몽이다. 그는 자신이 꿈을 꾸고 있다는 걸 늘 안다. 지금까지 꿈은 강한 좌절감의 원천이었다. 그의 꿈은 꿈의 논리를 따르지 않는다. 그 어떤 논리도 따르지 않는

다. 해체되어 있고, 끊어져 있으며, 혼란스럽다. 무작위적인 조각들이 무의식이라는 거미줄로 얽혀 있다. 그에게 꿈이란, 1바이트의 생각조차 파악할 수 없을 만큼 빠르게 정신의 정박지를 통과하며 해협에서 서핑을 하는 것과 비슷하다. 미칠 것 같다! 하지만 자신이라는 존재의 본질을 알게 된 지금, 캠은 그 파도를 탈 수 있을 것 같다고 느낀다.

오늘 밤 그는 저택에 있는 꿈을 꾼다. 바다를 내려다보는 저택이 아니라 구름 속의 저택이다. 이 방에서 저 방으로 옮겨 갈 때 장식만 바뀌는 것이 아니라 세상 자체가 바뀐다. 아니, 그 세상 속에서 그의 삶도 바뀐다. 주방에서는 그가 아는 형제자매가 식탁에 앉아 저녁을 기다리고 있다. 거실에서는 아버지가 그의 뇌로는 해석되지 않는 언어로 질문을 던진다. 그래서 그는 대답할 수 없다.

다음으로는 복도가 나온다. 양옆으로 방이 여러 개 이어진 복도다. 방 안에는 그가 어렴풋이 알지만 거의 모른다고 해야 할 사람들이 있다. 그는 그런 방에는 절대 들어가지 않을 것이다. 그 사람들은 그저 안에 갇힌 이미지에 불과할 것이다. 그들에 대한 기억은 더 이상 존재하지 않는다. 최소한 그가 받은 피질 조직 안에는.

캠은 각 방과 복도를 지날 때마다 강렬하게 솟구치는 상실감을 느낀다. 하지만 그 상실감은 앞에 있는 수많은 방에 대한 기대감으로 상쇄된다.

꿈의 끝에서, 그는 난간 없는 발코니로 통하는 마지막 문을 발견한다. 그는 가장자리로 다가가 아래쪽에서 너울거리는 구름을 내려다본다. 구름은 어떤 인지 능력이 있는 바람의 힘으로 갈가리 찢겼다가 다시 형성된다. 그의 내면에는 백 가지 목소리가, 그의 일부인 사람들의 목소리가 있다. 그 모든 목소리가 그에게 말을 걸지만, 들리는 건 알아들을 수 없는 웅얼거림뿐이다. 그래도 그는 그들이 하려는 말을 안다. 뛰어, 캠, 뛰어! 그들이 말한다. 뛰어, 우린 네가 날 수 있다는 걸 알아!

아침에, 여전히 꿈에 취해 있던 캠은 물리 치료를 받으며 그 어느 때보다 심하게 자신을 몰아붙인다. 이제는 상처가 거의 다 아물어 간다. 상처의 땅김보다는 근육의 후끈거리는 느낌이 더 크게 와닿는다.

「오늘은 최고 출력이네.」 치유 속도를 높이기 위해 케니는 캠의 관절에 얼음과 열을 번갈아 대며 말한다. 캠은 케니가 NFL의 최고 트레이너였다는 것을 알게 되었다. 로버타가 말한 강력한 친구들이 최고가를 주고 그를 고용해 단 한 명의 고객을 훈련하게 한 것이다.

「돈은 돈이니까.」 케니는 인정할 수밖에 없다. 「거기다 역사적 순간의 일부가 되는 건 매일 일어나는 일이 아니기도 하고.」

내가 그런 존재야? 캠은 생각한다. 미래의 역사? 그는 미래의 교실에서 〈카뮈 합성인 1호〉라는 이름을 가르치는 모습을 상상해 본다. 잘 되지 않는다. 이름 때문이다. 너무 의료적인 느낌이다. 실험의 결과물보다는 실험 대상을 가리키는 것 같다. 줄여야 한다. 카뮈 콩프리.[9] 경주용 자동차가 빠르게 모퉁이를 도는 모습이 머릿속을 스쳐 지나간다. 그랑프리. 그거다! 카뮈 콩프리. 묶음 S, 묶음 X. 그만큼이나 많은 비밀을 담은 이름

---

9 원문에서 〈합성인〉은 ComPri였다. 여기에서 캠은 그 이름을 Comprix로 바꾼다.

이다!

케니가 그의 어깨에 얼음을 대자 그는 얼굴을 찡그린다. 하지만 오늘은 그 고통마저 좋게 느껴진다.

「죽 마라톤, 누더기는 더 이상 없어!」그는 그렇게 말한 뒤 목을 가다듬고 생각이 엉겨 붙게 놔둔다. 그런 다음 적절한 단어들을 모은다. 「내가 하고 있는 이 마라톤은…… 이제 식은 죽 먹기예요. 전혀 지친 느낌이 들지 않아요.」

케니가 웃는다. 「쉬워질 거라고 했지?」

이날 오후, 캠은 로버타와 함께 발코니에 앉는다. 점심이 은쟁반에 담겨 나온다. 매일 음식은 점점 더 다양해지지만 양은 늘 적다. 칵테일 새우. 비트 샐러드. 쿠스쿠스를 곁들인 닭고기. 이 모든 게 그의 미각에는 맛있는 도전이다. 그런 것 하나하나가 아주 작은 기억에 불을 붙이고, 예리한 미각과 후각에 연결된 신경 회로를 억지로 만들어 낸다.

「전부 네 치유 과정의 일부야.」 로버타는 음식을 먹으며 말한다. 「모두 네 성장의 일부지.」

점심을 먹은 뒤, 두 사람은 탁자형 컴퓨터 앞에 앉아 매일의 의식을 치른다. 캠은 시각적 기억을 자극할 이미지를 받아들인다. 그 이미지들은 한층 더 복잡해졌다. 에펠 탑이나 소방차처럼 쉬운 것은 없다. 모호한 미술 작품이 제시되더라도 캠은 그 작품을 알아보아야 한다. 작품 이름이 아니라면 화가라도. 심지어 연극의 장면들도 있다.

「이 등장인물은 누구지?」

「맥베스 부인이요.」

「뭘 하고 있는 거야?」

「모르겠어요.」

「그럼 뭔가 지어내. 상상력을 써.」

삶의 다양한 길을 걷는 사람들의 사진도 있다. 로버타는 캠에게 그들이 누구일지 상상해 보라고 한다. 그들이 무슨 생각을 하고 있을지. 그리고 캠이 잠깐 시간을 들여 적절한 단어를 찾을 때까지는 말을 하지 못하게 한다.

「기차에 타고 있는 사람. 저녁밥으로 뭐가 준비되어 있을지 궁금해하고 있어요. 아마 또 닭고기겠죠. 닭고기에 질려 있어요.」

그때, 캠은 컴퓨터 화면에 흩어져 있는 사진들 중에서 그의 관심을 끄는 소녀의 사진을 발견한다. 로버타는 그의 시선을 따라 그 사진을 보고 즉시 이미지를 지워 버리려 한다. 하지만 캠이 그녀의 손을 잡아 멈춘다.

「아뇨. 보여 주세요.」

로버타는 마지못해 이미지에서 손을 치운다. 캠은 그 사진을 자기 쪽으로 끌어와 회전시키고 확대한다. 그는 이 사진이 소녀의 허락을 받고 찍은 게 아니라는 걸 알 수 있다. 찍힌 각도가 이상하다. 아마 몰래 찍었을 것이다. 기억이 번뜩인다. 같은 소녀다. 버스 안.

「그 사진은 여기 있으면 안 되는 거야.」 로버타가 말한다. 「이제 넘어갈까?」

「아직요.」

캠은 그 사진이 어디에서 찍힌 것인지 정확히 알 수 없다. 실외다. 먼지가 많다. 소녀는 그녀에게 그림자를 드리우는, 어두운 금속 같은 것 아래에서 피아노를 연주하고 있다. 아름답다.

「꺾인 날개. 무너진 천국.」 캠은 눈을 감는다. 말하기 전에 적절한 단어를 찾으라는 로버타의 명령이 떠오른다. 「이 애는 마치…… 지상으로 떨어지며 다친 천사 같아요. 자신을 치유하려고 음악을 연주하지만, 망가진 걸 고칠 수는 없어요.」

「아주 좋은걸.」 로버타가 별로 설득력 없게 말한다. 「이제 다음 거.」

로버타가 손을 뻗어 사진을 다시 끌어가려 하지만 캠이 탁자의 자기 쪽으로, 로버타의 손이 닿지 않는 곳으로 그림을 밀어 둔다. 「아니. 여기 두세요.」

로버타가 이 사진을 성가셔한다는 사실에 캠은 더욱 호기심이 생긴다. 「누구예요?」

「중요한 사람은 아니야.」 하지만 로버타의 반응을 보면 중요한 사람이 분명하다.

「만나 볼래요.」

로버타가 씁쓸하게 미소 짓는다. 「그건 아마 힘들 거야.」

「두고 보죠.」

그들은 정신 운동을 이어 나가지만 캠의 생각은 소녀에게 머문다. 언젠가는 이 소녀가 누구인지 알아내고 그녀를 만날 것이다. 알아야 할 모든 것을 알아낼 것이다. 더 정확하게 말하면, 이미 그의 파편화된 머릿속에 들어 있는 모든 것을 통합하고 정리할 것이다. 일단 그러고 나면, 그는 자신감 있게 소녀에게 말을 걸 수 있을 것이다. 그런 다음에는 마침내 자기 말로 ― 무엇이 될지는 모르겠지만 필요한 언어로 ― 왜 그렇게 슬픈 표정을 짓고 있는지, 어떤 불행한 운명의 뒤틀림이 그녀를 휠체어에 앉게 만들었는지 물을 수 있을 것이다.

2부
홀리

네브래스카주의 피난처법에 따라 서른네 명의 아동이 유기되다
네이트 젠킨스, 『뉴욕 데일리 뉴스』, 2008년 11월 14일.

네브래스카주 행정부는 금요일에 독특한 〈피난처법〉을 처리하기 위한 특별 입법 회의를 열기로 했다. 이 법은 원래 원치 않는 신생아를 보호하기 위해 제정되었지만, 예상치 못한 결과로 부모들이 최대 17세에 달하는 서른여섯 명의 자녀를 유기할 수 있도록 해주었다.

법률 개정을 위한 입법 회의를 하루 앞둔 목요일 밤, 오마하의 한 병원에 5세 남자아이가 유기되었다. 같은 날 오전에는 한 여성이 오마하의 다른 병원에 10대 아동 두 명을 유기했고, 그중 17세 여자아이 한 명은 도망쳤다. 당국은 현재 이 아동을 찾고 있다.

금요일 오후까지, 서른네 명의 아동이 이 주의 법에 따라 유기되었으며, 이 중 다섯 명은 다른 주 출신이다.

네브래스카주는 미국에서 마지막으로 원치 않는 신생아를

받아 줄 목적으로 피난처법을 시행한 주였다. 그러나 다른 주들과 달리 네브래스카주의 법에는 유기 대상 아동의 연령 제한이 없었다.

일부에서는, 이 법이 최대 18세까지의 아동에게 적용될 수 있다는 해석을 내놓았다.

기사 전문은 다음에서 확인할 수 있다.
https://www.nydailynews.com/2008/11/14/34-children-abandoned-under-nebraskas-safe-haven-law

4
부모

 문이 열릴 때 그들은 함께 있다. 아버지와 어머니는 잠자리에 들 준비를 마친 차림이다. 방문객의 얼굴을 본 순간, 그들의 이마에 걱정스러운 주름이 잡힌다. 방문 자체는 예상했지만 그 시점은 예상하지 못했다.

 청소년 전담 경찰이 사복 경찰 셋을 지원군으로 거느리고 문 앞에 서 있다. 대장은 젊다. 모두가 젊어 보인다. 요즘에는 청소년 전담 경찰이 점점 더 이른 나이의 대원들을 뽑는다.

 「언와인드 대상 53-990-24호를 처리하러 왔습니다. 노아 펠카우스키요.」 부모는 경계하는 눈빛으로 서로를 힐끗 본다.

 「하루 일찍 오셨는데요.」 어머니가 말한다.

 「일정이 당겨졌습니다.」 대장 경찰이 말한다. 「우리는 수거 일자를 변경할 수 있는 계약상 권리를 가지고 있습니다. 대상에게 접근해도 되겠습니까?」

 아버지가 한 발짝 앞으로 나와 경찰 제복의 이름을 본다.

 「저기요, 멀러드 경찰관님.」 그는 힘주어 속삭인다. 「우린 아직 아들을 포기할 준비가 되어 있지 않습니다. 아내가 말했다시피 우린 당신들이 내일 올 줄 알았어요. 그때 다시 오셔야겠습니다.」

하지만 E. 로버트 멀러드는 그 누구도 기다리지 않는다. 그는 집으로 쳐들어간다. 팀원들이 그의 뒤를 따른다.

「아니, 세상에!」 아버지가 말한다. 「예의를 좀 갖추시죠.」

멀러드가 시끄럽게 웃는다. 「예의요? 당신이 예의에 대해 뭘 압니까?」 그는 침실로 이어지는 복도를 본다. 「노아 팰카우스키!」 그가 크게 소리친다. 「거기 있으면 지금 나와.」

열다섯 살짜리 소년이 침실 문에서 고개를 내밀고 손님들을 한번 보더니 문을 쾅 닫는다. 멀러드는 지원군 중 가장 건장한 이에게 신호를 보낸다. 「네 몫이야.」

「갈게.」

「저 사람 막아, 월터!」 여자가 간절하게 애원한다. 월터는 곤혹스러운 표정으로 복수심을 품은 채 멀러드를 돌아본다. 「당신 상관과 얘기해야겠어.」

그러자 멀러드가 총을 꺼낸다. 「당신이 뭘 요구할 처지가 아닐 텐데.」

분명 진정탄이 든 권총에 불과하겠지만, 청소년 전담 경찰이 자기 총에 맞아 숨진 그 고약한 사건을 생각하면, 월터와 그의 아내는 위험을 무릅쓸 생각이 전혀 없다.

「앉아.」 멀러드는 응접실을 고갯짓으로 가리키며 말한다. 부부가 망설인다. 「앉으라고!」 그러자 멀러드의 팀원 두 명이 둘을 응접실 의자에 억지로 앉힌다. 합리적인 사람인 아버지는 상대 역시 자신처럼 합리적인 젊은 전문가이리라 생각한다.

「정말 이 모든 일이 꼭 필요한 겁니까, 멀러드 경찰관님?」

그는 좀 더 침착하고 달래는 듯한 목소리로 말한다.

「난 멀러드가 아니야. 청소년 전담 경찰도 아니고.」

갑자기 아버지는 이 상황이 얼마나 뻔한 일인지 깨닫는다. 그는 이 아이가 그런 권위를 가질 만한 나이가 아니라는 걸 알고 있었다. 얼굴의 흉터 때문에 약간…… 노련해 보이긴 했지만, 그래도 너무 젊었다. 어떻게 그렇게 쉽게 속을 수 있었을까? 게다가 이 젊은 남자의 얼굴, 어디선가 본 듯하지 않은가? 전에 마주친 적이 있던가? 혹시 뉴스에서? 남자는 이처럼 예상치 못한, 전문적이지 않은 사태 전개에 할 말을 잃는다.

5
코너

이런 임무에서 가장 좋은 부분은, 상황이 반전되었다는 걸 깨닫는 순간 부모들이 짓는 표정이다. 언와인드 의뢰서가 이제 종잇조각에 불과하다는 걸 문득 깨닫는 순간, 그들의 시선은 자신을 겨눈 진정탄 총으로 빠르게 옮겨 간다.

「너 누구야?」 아버지가 묻는다. 「뭘 원하는 거야?」

「당신이 더 이상 원하지 않는 것.」 코너가 말한다. 「우린 당신 아들을 원해.」 그때 코너가 노아를 잡아 오라고 보낸 근육질의 팀원 트레이스가 몸부림치는 아이를 붙들고 침실에서 나온다.

「요즘엔 침실 자물쇠가 예전 같지 않아.」 트레이스가 말한다.

「놔줘.」 아이가 소리친다. 「놓으라고!」 코너가 아이에게 다가간다. 그사이 구조 팀에 있는 헤이든이 진정탄 총을 꺼내 들고 부부가 딴생각을 하지 못하도록 막는다.

「노아, 너희 부모가 네 언와인드 의뢰서에 서명했어.」 코너가 말한다. 「내일 청소년 전담 경찰이 올 거야. 근데 다행히도 우리가 먼저 온 거지.」

아이의 얼굴에 경악한 표정이 떠오른다. 그는 그럴 리 없다는 듯 고개를 젓는다. 「거짓말!」 그러더니 이제 흔들리는 눈으로 부모를 본다. 「거짓말 맞지?」

코너는 부모에게 대답할 기회를 준다. 「사실을 말해. 그 정도는 해줘야지.」

「너한테는 이럴 권리가 없어!」 어머니가 소리친다.

「사실을 말해!」 코너가 명령한다.

그러자 아버지가 한숨을 내쉬며 말한다. 「그래, 이 사람 말이 사실이다. 미안하구나, 노아.」

이제 노아는 부모에게 분노 어린 시선을 던진다. 그가 코너를 돌아본다. 코너는 그 분노 너머로 서서히 차오르는 눈물을 본다.

「저 사람들을 해칠 거야?」 노아가 묻는다.

「그래 주면 좋겠어?」

「응. 그랬으면 좋겠어.」

코너는 고개를 젓는다. 「미안. 우린 그런 일은 안 해. 언젠가 너도 그래서 고마워하게 될 거야.」

노아가 아래를 본다. 「아니, 아니야.」

더 이상 노아를 꽉 잡고 있을 필요가 없게 된 트레이스는 그를 다시 침실로 데려간다. 노아가 배낭에 몇 가지 물건을 챙길 수 있게 하려는 것이다. 15년이라는 인생에서 건질 수 있는, 몇 안 되는 물건들을.

코너의 팀원들이 집에서 빠져나가며, 경찰을 부르거나 다른 방식으로 임무를 망칠 사람이 없는지 확인하는 사이 코너는 아버지에게 노트와 펜을 건넨다.

「이건 왜?」

「당신 아들을 언와인드하기로 결정한 이유를 적어.」

「그게 무슨 의미가 있어?」

「우린 당신이 그렇게 할 수밖에 없었던 이유가 있다는 걸 알아.」 코너가 말한다. 「분명히 멍청한 이유겠지. 이기적이고 심각하게 엉망진창인 이유겠지만, 그래도 이유는 이유야. 다른 건 몰라도, 노아가 어떤 종류의 골칫덩어리인지는 알 수 있을 테니까. 그러면 아마 우리가 노아를 당신보다 잘 다룰 수 있을 거야.」

「자꾸 〈우리〉라고 하는데.」 어머니가 말한다. 「〈우리〉가 누구야?」

「우린 엿 같은 당신 아들의 목숨을 구하려는 사람들이야. 당신들이 알아야 할 건 그게 전부고.」

아버지는 작은 노트를 딱하게 내려다본다.

「써.」 코너가 말한다. 트레이스가 노아를 데리고 집에서 나와 차에 오를 때까지 코너도, 어머니도 그들을 쳐다보지 않는다.

「난 당신들이 싫어!」 노아가 부모에게 고함친다. 「전에는 그렇게 말해도 진심이 아니었지만, 지금은 진심이야.」

코너는 그 말이 부모에게 깊은 상처를 준다는 걸 안다. 하지만 그래 봤자 도살장의 메스만큼 깊은 상처를 내지는 못한다.

「열일곱 살까지 살아남으면, 노아가 언젠가 당신들에게 용서받을 기회를 줄지도 몰라. 그때가 오면 그 기회를 날려 버리지 마.」

부모는 그 말에 아무 대꾸도 하지 않는다. 아버지는 그냥 노트를 내려다보며 끄적이고 또 끄적일 뿐이다. 그는 글을 다 쓴 뒤 코너에게 돌려준다. 남자가 쓴 건 선언문이 아니다. 항목마다 점을 찍어 효율적으로 나열한 핑계다. 코너는 그것을 큰 소리로 읽는다. 하나하나가 부모에 대한 비난이라도 되는 것처럼.

「〈예의가 없고 말을 듣지 않음.〉」

그게 언제나 첫 번째 이유다. 모든 부모가 예의 없다는 이유만으로 아이를 언와인드한다면, 인류라는 종은 한 세대 만에 멸종할 것이다.

「〈자신과 재산에 대한 파괴적 행동.〉」

코너도 자기 파괴적 행동이라면 좀 안다. 답답할 때 물건도 부술 만큼 부쉈다. 하지만 대부분의 아이는 그런 일을 극복해내지 않는가? 모든 것이, 심지어 언와인드조차 빠른 해결에 집중하고 있다는 사실이 코너는 늘 놀랍다. 세 번째 항목을 보고는 웃을 수밖에 없다.

「〈개인위생 관념의 부족〉?」

여자가 그런 말을 쓴 남편을 화난 눈으로 본다.

「아아, 이건 마음에 드네!」 코너가 말한다. 「〈미래 전망의 악화.〉 재고 관련 보고서 같잖아!」

구출 임무를 할 때마다 코너는 부모들의 목록을 큰 소리로 읽는다. 그때마다 자신의 부모도 같은 이유를 적었을지 궁금해진다. 이번에는 마지막 이유에 약간 목이 멘다.

「〈부모로서 우리가 한 실패.〉」

그런 다음 그는 자신에게 분노한다. 이 부모에게는 그의 동정을 받을 자격이 없다. 실패한 건 부모인데, 왜 아들이 그 대가를 치러야 한단 말인가?

「내일, 청소년 수거반이 노아를 잡으러 오면 도망쳤다고 말해. 어디로 갔는지 모른다고. 우리에 대해서나 오늘 여기서 일어난 일에 대해서는 말하지 마. 말했다간 우리가 알게 될 테니까. 우리는 모든 경찰 무전을 감시하고 있어.」

「우리가 그 말에 따르지 않으면?」 아들이 고분고분하지 않다고 비난하던 아버지는 똑같이 말을 듣지 않고 묻는다.

「당신에게 이번 일을 신고할 생각이 조금이라도 있을 경우에 대비해서, 우린 당신들의 신원 정보를 인터넷에 업로드해 뒀어.」

그 말에 두 사람은 더욱 메스꺼운 표정이 된다.

「무슨 정보?」

그 말에 대답하는 사람은 헤이든이다. 아이디어를 낸 사람이 바로 자신이기에 그는 자랑스러워한다.

「우리가 인터넷에 암호 한 줄만 발송하면, 짜잔, 당신들 이름이 우리가 아는 박수도 점조직 10여 곳에 연결돼. 당신들의 디지털 발자국은 테러와 깊이 얽히게 될 거야. 국토 안보부를 꽁무니에서 떼어 내는 데만 몇 년은 걸릴걸.」

부부는 알겠다는 뜻으로 엄숙하게 고개를 끄덕인다.

「알았어.」 남자가 말한다. 「약속할게.」

신원 정보를 건드리겠다는 협박은 언제나 매우 효과적이다. 게다가 아이들이 코너와 함께 가든, 언와인드되든 부모들은 원하는 것을 얻게 된다. 통제할 수 없는 자녀가 다른 사람의 문제가 되는 것이다. 코너와 그의 팀원들을 신고해 봤자 노아가 다시 그들의 문제가 될 뿐이다.

「너희도 이해해야 해. 우린 간절했어.」 어머니가 독선을 잔

뚝 실어 말한다.「다들 언와인드가 최선의 선택이라고 했어. 모두가.」

코너는 핑계 목록을 찢어 바닥에 던져 버리고 그녀와 눈을 맞춘다.

「그러니까, 달리 말하면 주변 사람들 말에 휘둘려서 아들을 언와인드하기로 했다는 거네?」

마침내 두 사람이 무너져 내린다. 그제야 적절한 무게의 수치심을 느낀다. 처음에는 그토록 반항적이었던 아버지가 갑자기 눈물을 터뜨린다. 코너에게 마지막 핑계를 댈 만큼 정신을 차리는 쪽은 어머니다.

「우린 좋은 부모가 되려고 노력했어……. 하지만 포기하게 되는 지점도 있는 거야.」

「아니, 그런 건 없어.」 코너가 말한다. 그는 돌아서서 떠난다. 부모를 최악의 처벌, 곧 그들 자신으로 살아가야 하는 운명에 남겨 둔다.

코너와 팀원들은 가짜 번호판이 달린 미니밴을 몰고 떠난다. 일부러 별 특징 없는 차를 골랐다. 창밖에 시선을 둔 채 마지막으로 자기 동네가 스쳐 지나가는 모습을 보는 노아 펠카우스키는 당연하게도 어두운 표정이다. 노아는 코너 일행이 누구인지 모르는 듯하다. 관심도 없다. 코너는 노아가 자신을 알아보지 못한 것이 다행이라고 여긴다. 애크런의 무단이탈자는 일부 그룹에선 전설처럼 떠받들어졌지만, 그의 얼굴은 레브에 비하면 뉴스에 자주 나오지 않았다. 게다가 대부분의 사람이 그가 죽은 줄 알기에 신분을 숨기고 다니기가 훨씬 수월하다.

「긴장 풀어.」 코너가 노아에게 말한다.「우린 친구야.」

「난 친구가 없어.」 노아가 말한다. 지금만큼은 코너도 그가 자신을 가엾게 여기도록 놔둔다.

지금처럼 깊은 밤, 묘지는 그야말로 그 이름에 어울리는 모습이다. 비행기의 꼬리 날개가 기념비처럼 웅장하게, 묘비처럼 조용히 서 있다. 아이들이 진정탄을 채운 소총을 들고 순찰 중이지만, 이곳이 7백 명이 넘는 무단이탈 언와인드의 보금자리라는 흔적은 그 어디에도 없다.

「그래서, 여긴 왜 온 거야?」 구출 팀이 중앙 통로를 따라가는 동안 노아가 묻는다. 그 통로가 묘지에서 가장 분주한 〈거리〉다. 양옆으로 생활 공간의 중심축을 이루는 커다란 비행기들이 늘어서 있다. 비행기 하나하나에는 오래전에 떠난 언와인드가 이름을 붙여 주었다. 여자 숙소에는 〈크래시 마마〉, 컴퓨터 및 통신 센터가 된 제2차 세계 대전 당시의 폭격기에는 〈컴범〉, 노아처럼 새로 도착한 아이들이 일거리를 배정받기 전까지 머무는 곳에는 당연하게도 IHOP, 즉 〈국제 연옥 주택〉이라는 이름이 붙었다.

「묘지는 네가 열일곱 살이 될 때까지 살 곳이야.」 코너가 노아에게 말한다.

「열일곱 살이 되기는…… 퍽도 되겠다.」 노아가 말한다. 평범한 반응이다. 코너는 그냥 그 말을 무시한다.

「헤이든, 침낭 갖다주고 IHOP로 데려가. 아침에 어떤 일이 이 녀석에게 어울릴지 알아보자.」

「그래서 이제 난 뭔데? 냄새나는 무단이탈자야?」 노아가 묻는다.

「무단이탈자라는 말은 놈들이 우리를 부르는 이름이고.」 헤이든이 말한다. 「우리는 우리 자신을 완전한 존재, 홀리라고 불러. 너한테 냄새가 나느냐는 문제에 관해서라면, 우리 모두 네가 하루빨리 목욕 시설을 방문해야 한다는 데 동의할 수 있을 것 같아.」

노아는 짜증 난 황소처럼 끙 소리를 낸다. 코너가 씩 웃는다. 〈언와인드〉와 〈무단이탈자〉는 세상이 그들에게 붙인 부정적인 이름표였다. 〈홀리〉라는 말을 처음으로로 생각해 낸 사람은 헤이든이었다. 그 말을 듣고 코너는 헤이든에게 〈너, 대변인 역할을 해야겠다〉라고 말했고, 그 말에 헤이든은 까불면서 대답했다. 「대변은 냄새나는데. 계속 맡다 보면 토할걸.」

오래전 소니아의 안전 가옥에 머물렀던 홀리 중 남은 사람은 헤이든과 코너, 리사뿐이었다. 그 경험이 세 사람을 평생의 친구로 묶어 주었다.

노아는 헤이든과 함께 국제 연옥 주택으로 향한다. 코너는 잠시 뜸을 들이며 드물에 찾아온 평화와 고요를 즐긴다. 그는 애크맥을 본다. 리사가 머무는 비행기다. 다른 비행기와 마찬가지로 불은 꺼져 있다. 하지만 코너는 그들이 다가오는 소리에 리사가 이미 창밖을 내다보았으리라 생각한다. 코너가 무사히, 건강한 모습으로 돌아왔는지 확인하려고.

「네가 하는 이런 임무가 고귀한 건지, 멍청한 건지 잘 모르겠어.」 한번은 리사가 그렇게 말했다.

「둘 다일 수는 없어?」 코너가 대답했다. 사실, 아이들 하나하나를 구하는 일이 코너에게 묘지를 운영하는 일보다 훨씬 더 만족을 준다. 이런 곁가지 여정이 코너가 제정신을 유지하게 해주는 것이다.

코너가 묘지를 책임지게 된 건 임시적인 조치였다. 원래 반분열 저항군은 제독을 대신할 적당한 인물을 찾을 계획이었다. 비행기 해체업을 운영하는 사람이라고 다들 믿을 만한 인물로. 하지만 곧 그럴 필요가 없다는 걸 깨달았다. 저항군에는 묘지의 입구 근처 트레일러에 자리한 경영 본부가 있었고 그곳에서 일하는 직원들이 사업적인 부분을 처리했다. 코너가 아이들을 계속 일하게 하고 먹이고 조용히 지내게만 할 수 있다면 ADR은 굳이 다른 사람을 고용할 이유가 없었다.

「영토 시찰 중이야?」

코너가 돌아보니, 트레이스가 다가오고 있다.

「여긴 내 영토가 아니야. 일터일 뿐이지.」 코너가 말한다. 「새로 온 애는 자리 잡았어?」

「응. 불만이 진짜 많아. 담요가 너무 거칠대.」

「극복하겠지. 우리 모두 그랬잖아.」

트레이스 뉴하우저는 여동생이 언와인드당하면서 공군의 고기 방패 자리를 포기하고 저항군에 가담했다. 그는 벌써 반년째 부대에서 무단이탈한 상태였지만, 여전히 고기 방패라는 단어의 의미에 그야말로 충실했다. 온몸이 스테로이드로 강화된 그는, 군사학만을 바라보는 터널 시야 같은 교육을 받아왔다.

코너는 고기 방패들을 전혀 좋아하지 않았다. 아마 그들이 세상에서 자신의 목표를 분명히 알고, 보통은 그 목표를 충실히 수행하기 때문일 것이다. 그들을 보면, 코너는 언제나 자신이 쓸모없는 존재가 된 것처럼 느껴졌다. 그런 코너가 고기 방패와 이토록 가까운 친구가 되었다는 사실은 인간이 변화할 수 있다는 증거였다. 트레이스는 스물세 살이었지만, 열일곱 살짜리에게서 명령을 받는 걸 전혀 문제로 여기지 않았다.

「명령 체계에는 연령 제한이 없어.」 언젠가 그가 코너에게 말했다. 「네가 여섯 살이라도 내 상관이면, 난 시키는 대로 할 거야.」

아마 그게 코너가 트레이스를 좋아하는 이유일 것이다. 이런 녀석이 자신을 지도자로서 존중해 줄 수 있다면, 코너는 어쩌면 그렇게 형편없는 지도자는 아닐지도 모르니까.

다음 날은 묘지에서의 여느 하루와 똑같이 해야 할 일들과 함께 시작된다. 제독은 이런 일과를 〈소방관의 러닝머신〉이라 불렀다. 신경 쓰이는 문제를 밟아 끄기 위한 끝없는 종종걸음이라고 말이다. 「리더십이란 변기 물을 계속 내리는 행동이다.」 제독이 언젠가 말했다. 「최전방에 있을 때는 예외지만. 그때의 리더십은 살아남는 거야. 둘 다 기분 좋은 일은 아니지.」

중앙 통로에서는 아이들이 이미 오락용 비행기 아래에서 노닥거리며 TV를 보거나 비디오 게임을 하고 있다. 더 많은 아이가 교대를 시작했다. 그들은 경영 본부에서 내려온 명령에 따라 비행기 부품을 해체하거나 재조립하고 있다. 때로 코너는 이 모든 일이 자신 때문에 벌어지는 게 아니라, 오히려 자신의 존재에도 불구하고 벌어지고 있다고 생각한다. 그편이 더 편하게 느껴지기 때문이다.

코너가 통로에 모습을 드러내자마자 융단 폭격이 시작된다.

「안녕, 코너.」 한 아이가 달려오며 말한다. 「불평하려는 건

2부 홀리

아닌데, 언제쯤 더 나은 음식을 주는 거야? 그게, 얻어먹는 처지에 고를 수 없다는 건 알지만, 실제로 쇠고기가 들어가지 않은 쇠고기 맛 스튜를 한 번 더 먹게 되면 토할 것 같아서.」

「알아, 다른 애들도 다 그래.」 코너가 말한다.

「애크런 선생님.」 열네 살쯤 된 소녀가 말한다. 코너는 너무 많은 아이가, 특히 어린아이들이 터무니없을 만큼 정중하게 예의를 차릴 뿐 아니라 애크런이 그의 이름인 줄 안다는 사실에 도무지 적응할 수 없다. 「아시는지 모르겠지만, 크래시 마마의 선풍기가 더 이상 돌아가지 않아요. 밤에 너무 더워요.」

「고칠 사람을 보낼게.」 코너가 말한다. 그러자 세 번째 아이가 다가와 쓰레기가 너무 많다고, 뭔가 해줄 수 없느냐고 불평한다.

「분명히 말하지만, 하루 중 절반은 묘지 관리인이 된 기분이야.」 코너가 트레이스에게 말한다. 「묘지가 망하지 않으려면 도와줄 사람이 열두 명은 더 필요해.」

「열두 명 더 있긴 하지.」 트레이스가 다시 일깨워 준다. 「네가 그 녀석들을 쓰기를 꺼리는 거잖아.」

「그래, 그래.」 코너는 이미 여러 번 들은 말이기에 그렇게 대답한다. 이런 문제를 지적한다고 해서 트레이스에게 화를 내서는 안 된다. 어쨌거나, 그것이야말로 그가 트레이스를 곁에 두는 이유다. 책임을 어떻게 감당해야 할지 조언을 듣기 위해서. 코너는 이제 자신이 일종의 지도자가 되었다는 이 해괴한 현실을 받아들였지만, 제독이 지적했듯 지도자란 별 보상이 없는 일이었다.

제독이 코너에게 책임을 맡기고 떠난 뒤, 코너는 새로운 권력 구조를 만들었다. 내부자 그룹, 외부자 그룹, 그 밖의 모두. 내부자 그룹의 아이들이 음식 공급이나 위생 상태가 제대로 관리되고 있는지를 확인했다. 코너는 훨씬 더 시급한 일들을 처리해야 했기 때문이다. 모두가 흩어지지 않게 붙들어 두고 있는 일이라든지.

「저항군 대표랑 만난 뒤에 회의를 소집할게.」 코너가 트레이스에게 말한다. 「임무가 제대로 위임되고 있는지도 확인하고.」

「혹시나 싶어서 하는 말인데,」 트레이스가 말한다. 「임무를 맡긴 사람들도 다시 살펴봐야 할지 몰라.」

코너는 자신이 이런 종류의 책임을 맡을 수 있을 거라고는 생각해 본 적 없었다. 하지만 지금은 안다. 그래서 그냥 자기 한 몸만 책임지던 시절로 돌아갈 수 있으면 좋겠다고 생각한다. 아직도 해야 할 일이 너무 많다. 레브 덕분에, 또 뭔가를 잘못 알고 있었던 그의 박수도 점조직 덕분에 코너는 언와인드를 피할 수 있었다. 하지만 그렇다고 해서, 전적으로 완전해진 기분이 들지는 않는다.

6
리사

 묘지에 영구적인 장애가 있는 거주자는 한 명뿐이다. 장애인은 보호받는 계층에 속하므로, 언와인드당할 위험은 없다. 그래서 그들은 언와인드 의뢰를 피해 도망친 다른 아이들과 함께 묘지에 모습을 드러내는 일이 없다. 이는 대중의 연민이라는 감정이 스위스 치즈처럼 구멍이 숭숭 뚫려 있다는 사실을 보여 주는 증거다. 자비의 범위 안에 들어가는 사람한테는 행운이지만, 그 구멍에 빠지고 마는 사람에게는 불행한 일이다.
 리사는 스스로의 선택에 따라 장애인이 되었다. 그 말은, 리사가 끊어진 척추를 고치는 수술을 거부했다는 뜻이다. 그 수술이 언와인드된 아이의 척추를 이식받는 것이었기 때문이다. 과거에 척추 손상은 돌이킬 수 없는 일이었고, 그런 운명에 처하면 남은 평생을 장애와 함께 살아야 했다. 리사는 그런 식으로 사는 게 더 힘든지, 아니면 고칠 수 있다는 걸 알면서도 그러지 않기로 선택하고 사는 게 더 힘든지 아직도 잘 모르겠다.
 지금 그녀는 오래된 맥도널 더글러스 MD-11에 산다. 이 비행기에는 주요 해치까지 이어지는, 나무로 된 지그재그 경사로가 설치되어 있다. 이 비행기는 〈접근 가능한 맥도널 비행기〉,[10] 줄여서 애크맥이라는 적절한 이름으로 불린다. 현재는 발목을 삐거나 다른 일시적인 부상으로 리사와 함께 애크맥을 쓰는 아이가 열 명 정도 있다. 아이들은 각자가 사생활을 누릴 수 있다는 환상을 불러일으키는, 커튼으로 나뉜 공간에서 지낸다. 리사는 해치의 앞쪽, 일등석을 차지하고 있다. 덕분에 비교적 더 넓은 생활 공간을 갖게 되었지만 그녀는 그 때문에 자신이 두드러진다는 사실을 견디기 힘들어한다. 이 형편없는 비행기 전체가 그녀를 두드러지게 한다. 그녀의 박살 난 척추는 그럴 만한 이유가 있는 전쟁의 상흔이지만, 그렇다고 해서 리사가 특별 대우를 받는다는 지속적인 비난에서 자유로운 것은 아니다.

경사로가 설치된 다른 비행기는 의료용 비행기로, 리사가 일하는 곳이다. 그만큼 리사가 갈 수 있는 실내 공간은 극히 제한되어 있다. 그래서 리사는 열기를 견딜 수 있을 때면 실외에서 자유 시간을 보낸다.

매일 오후 5시 정각에, 리사는 그들이 〈허시퍼피〉라는 별명을 붙여 준 스텔스 폭격기 아래에서 코너를 기다린다. 코너는 매일 늦는다.

폭격기의 널찍한 검은 날개는 쐐기 모양의 커다란 그늘을 드리운다. 레이더에 감지되지 않는 그 표면은 공기에서 열을 곧장 빨아들인다. 그곳은 어리모로 묘지에서 가장 시원한 곳이다.

리사는 마침내 다가오는 그를 본다. 묘지의 다른 사람들과

---

10 원문은 Accessible Mac.

구별되는 파란색 위장복을 입은 사람. 「안 오는 줄 알았어.」 코너가 허시퍼피의 그늘에 다다르자 리사가 말한다.

「엔진 해체 작업을 감독했거든.」

「그래.」 리사가 씩 웃으며 말한다. 「다들 그렇게 말하지.」

코너는 리사와 매일 만날 때마다 긴장감을 달고 온다. 그는 리사와 함께 있을 때가 유일하게 평범해진 기분이 드는 시간이라고 말하지만, 그가 정말로 긴장을 푸는 경우는 없다. 사실, 리사는 처음부터 그가 긴장을 푸는 모습을 한 번도 본 적이 없다. 두 사람에 관한 전설적 소문이 실제와 다르게 퍼져 나갔다는 점도 도움이 되지는 않는다. 코너와 리사의 이야기는 이미 현대의 전설에 깊이 뿌리내렸다. 무법자들의 로맨스보다 강력한 서사는 별로 없기 때문이다. 그들은 새로운 시대의 보니와 클라이드다. 자동차 범퍼에 붙이는 스티커나 티셔츠 프린트에 들어갈 법한 상징이다.

해피 잭 하비스트 캠프 폭발에서 살아남았다는 사실만으로, 코너가 운 좋게도 도살장에서 온전히 걸어 나온 최초의 언와인드였다는 이유만으로 그런 악명을 얻었다니 믿기 어려운 일이다. 물론, 세상 사람들이 아는 대로라면 코너는 그곳에서 죽었고 리사는 실종되었다. 사람들은 리사도 죽었거나, 무단이탈자에게 친화적인 어떤 나라에 깊숙이 숨어 있다고들 했다. 그런 곳이 더 이상 존재하는지조차 모르겠지만. 리사는 자신이 햇볕에 그을리고 더러워진 모습으로 바로 이곳, 애리조나주의 사막에 있다는 걸 사람들이 알게 된다면 과연 그녀에 관한 전설이 이어질지 궁금하다.

허시퍼피의 배 밑으로 산들바람이 불어와 리사의 눈에 더 많은 먼지를 들이민다. 그녀는 눈을 깜빡이며 먼지를 털어 낸다.

「준비됐어?」 코너가 묻는다.

「언제나.」

그러자 코너는 리사의 휠체어 앞에 무릎을 꿇고, 그녀의 다리를 마사지하기 시작한다. 감각이 사라진 리사의 신체 부위에 혈액 순환을 도와주려는 것이다. 이런 신체 접촉은 둘 사이에서 반복되는 의식의 일부다. 냉철하게 의료적인 동시에 묘하게 친밀하다. 하지만 오늘, 코너는 집중하지 못하고 정신이 딴 데 팔려 있다.

「평소보다 더 신경 쓰이는 게 있나 보네.」 리사가 말한다. 질문이 아니라 사실을 말한 것이다. 「어서, 말해 봐.」

코너는 한숨을 내쉬며 리사를 올려다보고 큰 질문을 던진다. 「우린 왜 여기에 있는 걸까, 리사?」

리사는 그 질문을 생각해 본다. 「우리가 하나의 종족으로서 여기에 있는 이유를 철학적으로 묻는 거야, 아니면 우리가 누구든 마음껏 볼 수 있게 여기서 이런 일을 하고 있는 이유가 뭐냐고 묻는 거야?」

「보라고 해.」 코너가 말한다. 「난 상관없어.」 코너가 신경 쓰지 않는 건 분명하다. 묘지에 살다 보면 가장 먼저 희생되는 것이 사생활이기 때문이다. 코너가 자기 숙소로 삼은 작은 전용 비행기조차 창문에 커튼이 없다. 그래, 리사는 이 질문이 둘의 일상적인 의식이나 인류의 본질에 대한 거창한 질문과는 아무 상관이 없다는 걸 안다. 코너의 질문은 생존과 관련된 질문이 틀림없다.

「내 말은, 왜 우리가 아직 묘지에 있느냐는 거야. 왜 청소년 전담 경찰들이 우리 모두를 진정탄으로 쏴서 끌고 가지 않는 걸까?」

「네가 직접 말했잖아. 청소년 전담 경찰은 우리를 위험 요소로 보지 않는다고.」

「하지만 위험 요소로 봐야지.」 코너가 지적한다. 「그놈들도 바보가 아닌데……. 그 말은, 놈들이 이곳을 무너뜨리지 않은 데는 다른 이유가 있다는 뜻이야.」

리사는 팔을 뻗어 코너의 긴장된 어깨를 쓰다듬는다. 「넌 생각이 너무 많아.」

코너가 그녀에게 미소 짓는다. 「날 처음 만났을 때는 생각이 없다고 비난했잖아.」

「뭐, 네 뇌가 잃어버린 시간을 보상하는 중인가 봐.」

「그런 일을 겪었는데…… 그런 것들을 봤는데 날 탓할 수 있어?」

「나는 행동하는 인간이었던 네가 더 좋아.」

「행동하기 전에 생각해야 해. 네가 가르쳐 줬잖아.」

리사는 한숨을 쉰다. 「그래, 그런 것 같아. 내가 괴물을 만들었어.」

리사는 해피 잭 하비스트 캠프에서의 반란으로 둘 다 근본적으로 달라졌음을 깨닫는다. 리사는 둘의 영혼이 용광로 안의 철처럼 단련되었다고 믿고 싶지만, 때로는 그 거친 불길에 그저 손상되기만 한 것 같은 기분이다. 그래도 살아남아 그날의 사건이 멀리까지 미친 파장을 보는 일은 즐겁다. 17세 연령 제한법이라든지.

해피 잭 사건 이전에도 의회에서는 언와인드의 법적 제한 연령을 18세 생일에서 17세 생일로 낮추자는 법안이 발의된 상태였다. 하지만 그럼에도 17세 연령 제한 법안이 통과되리라 예상한 사람은 아무도 없었다. 사실, 사람들은 해피 잭 사건이 뉴스에 보도되기 전까지는 그 법에 대해 알지도 못했다. 가엾은 레브 콜더의 얼굴이 모든 주요 잡지의 표지를 도배하기 전까지는. 레브는 온통 흰옷을 입은, 순결한 소년이었다. 밝은 눈에, 학교 사진 속에서 말쑥하게 웃고 있는 아이. 그런 완벽한 아이가 어쩌다 박수도가 되었느냐는 질문 앞에서 온 세상의 부모들은 잠시 멈춰 무언가를 눈치챌 수밖에 없었다. ……레브에게 그런 일이 일어날 수 있다면, 그들의 자녀라고 해서 어느 날 피를 폭약으로 바꾸고, 분노를 터뜨리며, 자기 몸까지 터뜨려 버리지 않으리라고 누가 장담할 수 있겠는가? 레브가 자폭하지 않기로 선택했다는 사실은 사람들을 더욱 혼란에 빠뜨렸다. 레브를 그냥 나쁜 종자로 치부해 버릴 수 없었기 때문이다. 사람들은 결국 레브에게 영혼이, 양심이 있다는 점을 인정해야 했다. 그 말은, 그가 박수도가 된 데는 사회 역시 책임이 있을지 모른다는 뜻이었다. 그 결과, 모두의 문화적 죄책감을 무마하려는 듯, 갑자기 17세 연령 제한법이 법률로 통과되었다. 17세 생일이 지나면 누구도 언와인드될 수 없었다.

「또 레브 생각하지?」 코너가 묻는다.

「어떻게 알아?」

「그럴 때마다 시간이 멈추고, 네 시선이 달의 어두운 면으로 가버리거든.」

리사는 손을 뻗어 코너의 손을 어루만진다. 잠시 멈춰 있던 그의 손이 다시 고장 난 혈액 순환을 일으키는 작업으로 돌아간다.

「17세 연령 제한법이 통과된 건, 너도 알겠지만 레브 때문이야.」 리사가 말한다. 「레브가 그걸 어떻게 느낄지 모르겠어.」

「장담하는데 악몽을 꿀걸.」

「아니면, 좋은 면을 볼지도 모르지.」 리사가 말한다.

「넌 어떤데?」 코너가 묻는다.

리사가 한숨을 쉰다. 「가끔은 좋은 면도 보여.」

17세 연령 제한법은 좋은 일이어야 했다. 하지만 시간이 지나면서 꼭 그렇지만은 않다는 사실이 분명해졌다. 다음 날 아침, 수천 명의 열일곱 살짜리들이 하비스트 캠프에서 석방되었다는 뉴스가 나왔을 때는 분명 사방에 승리감이 넘실댔다. 그건 인간의 연민이 거둔 승리, 언와인드에 반대하는 사람들의 위대한 승리였다. 하지만 그 승리감에 취한 사람들은 정작 언와인드라는 문제 전체에 대해서는 눈을 감았다. 언와인드는 여전히 이루어지고 있었지만, 사람들은 이제 다른 곳을 보며 자신의 양심이 깨끗하다고 믿을 수 있었다.

그런 뒤에는 미디어의 맹공이 이루어졌다. 언와인드 합의 이후로 상황이 훨씬 〈나아졌다〉는 점을 사람들에게 〈일깨우도록〉 고안된 광고들이 쏟아졌다. 광고에서는 〈언와인드: 자연스러운 해결책〉이라거나 〈방황하는 10대가 있으신가요? 사랑한다면 보내 주세요〉라고 말했다. 물론, 리사가 가장 좋아하는 광고인 〈당신 자신을 넘어서는 세계를 경험하십시오. 분열된 상태를 받아들이세요〉도 있었다.

리사는 인류의 슬픈 진실이란, 사람들이 듣는 대로 믿는다는 것임을 빠르게 깨달았다. 처음 들었을 때는 미친 소리라고 생각했던 이야기도 백 번쯤 들으면 당연한 것이 된다.

리사는 코너의 질문으로 돌아온다. 17세 연령 제한법 이후로 시스템에 언와인드 공급 부족이 발생했고, 대중은 필요할 때마다 원하는 부위를 얻는 데 익숙해진 상태. 그런데도 어째서 묘지는 습격당하지 않는 걸까? 그들은 왜 아직 여기에 있는 걸까?

「우리가 여기에 있는 건, 우리가 여기에 있기 때문이야.」 리사가 코너에게 말한다. 「이런 상황이 이어지는 동안에는 그냥 고마워해야 해.」 이어 리사는 그의 어깨를 부드럽게 어루만지며 마사지를 끝낼 시간임을 알린다. 「의료용 비행기로 돌아가야겠어. 긁히고, 눈에 멍이 들고, 열이 나서 돌봐 줘야 하는 애들이 많을 거야. 고마워, 코너.」 코너는 리사에게 여러 번 마사지를 해줬지만, 리사는 여전히 이런 마사지가 필요하다는 사실에 당황한다.

코너는 그녀의 헐렁한 카키색 바지를 말아 내리고, 발을 다시 휠체어의 발받침에 올려놓는다. 「네 온몸을 주물렀다는 이유로 남자한테 고마워하지 마.」

「온몸을 주무른 건 아닌데.」 리사가 수줍어하며 말한다.

코너는 음흉하게 씩 웃으며, 리사의 말에 대답했을 법한 모든 말의 무게를 그 시선에 싣는다.

리사가 말한다. 「네가 진심으로 집중하면 우리가 함께 보내는 시간이 더 좋아질 것 같아.」

코너는 리사의 얼굴을 어루만지려 손을 뻗다가 멈춘다. 그러고는 손을 바꿔, 오른손 대신 왼손으로 그녀를 만진다. 그가 가지고 태어난 손으로. 「미안, 그냥……」

「……네 뇌가 잃어버린 시간을 보상하고 있는 거지. 알아. 하지만 난 온갖 어두운 생각에 사로잡히지 않고도 너와 함께할 수 있는 날을 기다리고 있어. 그때가 되면, 우리가 이겼다는 걸 알게 되겠지.」

리사는 휠체어를 밀며 의료용 비행기로 향한다. 그녀는 혼자서 거친 땅 위를 교묘하게 나아간다. 늘 그랬듯이, 절대 누구에게도 휠체어를 밀지 못하게 한다.

1
코너

다음 날 오후, 반분열 저항군 대표가 찾아온다. 코너와 만나기로 예정된 날짜에서 사흘이나 늦었다. 그는 흐트러진 모습이다. 배는 올챙이처럼 툭 튀어나왔고, 온몸이 땀에 젖어 있다.

「여름도 아닌데요.」 코너가 말한다. 몇 달만 지나면 애리조나주의 무더운 여름이 찾아온다는 뜻을 은근히 전달하고 싶다. ADR이 제 역할을 하지 않으면, 수많은 무단이탈자가 분노하게 될 것이다. 그러니까, 그 무더위 속에서도 살아남은 무단이탈자가 있다면 말이다.

그들은 퇴역한 에어포스 원 안에서 만난다. 제독의 개인 숙소였지만, 지금은 회의실로 쓰이는 비행기다. ADR 대표는 자신을 〈조 린콘〉이라고 소개한다. 「그냥 조라고 불러. ADR은 격식을 차리지 않아.」 그는 회의실 탁자에 앉아 메모를 하려는 듯 노트와 펜을 꺼낸다. 벌써 손목시계를 힐끔거리고 있다. 다른 곳에 가고 싶은 기색이다.

코너는 묘지 곳곳에서 올라온 긴 불평 목록을 가지고 있다. 식량 수송 횟수가 왜 이렇게 적고, 그 간격은 왜 이렇게 먼가?

요청한 의료 물자는 어디에 있나? 에어컨과 발전기 부품은? 새로운 언와인드들을 태운 비행기가 나타날 때마다 미리 경고해 주지 않는 이유는 뭔가? 말이 나와서 말인데, 언와인드들의 숫자는 왜 이렇게 적은가? 예전에는 한 번에 50명 넘게 싣고 왔는데, 지금은 많아야 다섯에서 열 명뿐이다. 식량 공급이 지속적 문제인 만큼 인원이 적다고 불평할 건 아니지만, 혼란스럽긴 하다. 저항군이 발견하는 무단이탈자의 수가 적어졌다는 말은 청소년 전담 경찰이 — 더 나쁘게는 장기 해적이 — 그들을 먼저 찾아내고 있다는 뜻이다.

「당신들 왜 그래요? 왜 우리 요청을 전부 무시하는 겁니까?」

「진짜, 걱정할 건 없어.」 린콘이 말한다. 코너는 그 말에 오히려 경계한다. 그는 걱정된다는 말을 전혀 하지 않았으니까. 「그냥 아직 재정비 중이라서 그래.」

「아직이라뇨? 우리한테는 아무도 재정비 중이라고 말한 적 없는데요. 재정비한다는 게 무슨 뜻이에요?」

린콘은 셔츠 소매로 땀 범벅이 된 이마를 닦는다. 「정말이지, 걱정할 건 없어.」

1년이 지나는 동안 코너는 반분열 저항군에 대해 알고 싶지 않을 만큼 많은 것을 알게 되었다. 그냥 무단이탈자에 불과했을 때, 코너는 ADR을 기름칠이 잘된 구출 기계라 믿을 수밖에 없었다. 하지만 ADR은 전혀 그런 존재가 아니었다. 매끄럽게 운영되는 건 묘지뿐이었다. 제독 덕분이었다. 그리고 지금 코너가 제독의 방식을 따라 묘지를 유지하고 있다.

코너가 이곳을 운영해야 한다는 제독의 제안을 ADR에서 받아들였을 때, 코너는 ADR의 상황이 겉보기와 다르다는 걸 알아차렸어야 했다. 무단이탈자 피난처를 좀 더 경험이 많은 어른 대신 10대에게 그렇게까지 기꺼이 맡긴다면 뭔가 문제가 있는 것이었다.

한때는 며칠에 한 번꼴로 아이들이 들어오는 정신 나간 시기도 있었다. 그 시절 묘지는 2천 명이 넘는 인구를 자랑했고, ADR은 그들에게 필요한 모든 것을 정기적으로 공급해 주었다. 그러다가 17세 연령 제한법이 통과되면서, 코너는 17세 아이들을 전원 즉시 내보내라는 명령을 받았다. 그 아이들은 묘지 인구에서 상당한 비중을 차지하고 있었다. 코너는 사령관으로서, 그 명령을 천천히 이행하기로 판단했다. 투손이라는 도시에 9백 명이 넘는 10대 노숙자가 흘러넘치는 사태를 막기 위해 내보내는 아이들의 숫자를 점차 늘려 가겠다는 계산이었다. ADR이 모든 아이를 그냥 한꺼번에 놓아주기를 바랐다는 사실도, ADR의 지도부가 흔들리고 있다는 또 하나의 징후였다.

코너는 두 달에 걸쳐 열일곱 살짜리들을 내보냈지만, ADR은 그 아이들이 더 이상 자기들이 책임질 일이 아니라는 듯 곧바로 공급을 끊었다. 풀려난 17세 아이들과 제독이 마련한 일터로 파견된 아이들, 그리고 식량이 부족하자 탈영해 버린 아이들까지 묘지의 인구는 7백 명까지 줄었다.

「꽤 괜찮은 정원을 가꿨던데. 닭도 키우고 있지?」 린콘이 말한다. 「이제 완전히 자급자족할 수 있겠어.」

「턱도 없습니다. 초록 통로에서는 필요한 식량의 3분의 1정도밖에 나오지 않아요. 당신들이 우리 배급량을 줄이고 있어서, 투손의 시장 배달 트럭을 습격하는 방법에 의존해야만

해요.」

「아, 이런.」 린콘이 말한다. 그게 전부다. 그냥 〈아, 이런〉이라고만 말하고 그는 펜 끝을 씹기 시작한다.

첫날부터 인내심이 너덜너덜해져 가던 코너는 빙빙 돌려 말하는 데 진저리가 난다. 「쓸모 있는 말을 하긴 할 건가요? 아니면 그냥 여기서 시간이나 낭비하라는 겁니까?」

린콘이 한숨을 쉰다. 「결국 문제는 이거야, 코너. 우린 묘지가 노출됐다고 생각해.」

코너는 이 바보가 하는 말이 믿기지 않는다. 「당연히 노출됐죠! 여기가 노출됐다고 당신한테 말해 준 사람이 나잖아요! 청담은 우리에 대해 알고 있어요. 내가 여기를 떠맡은 첫날부터 난 장소를 옮겨야 한다고 말했고요!」

「그래, 우린 그 작업을 하고 있어. 하지만 그동안 귀중한 자원을 언제든 청담에 넘어갈 수 있는 시설에 계속 쏟아부을 순 없어.」

「그러니까, 우릴 그냥 여기에 썩히겠다고요?」

「그런 말은 안 했어. 넌 모든 걸 잘 관리하고 있는 걸로 보여. 운이 조금만 따라 주면, 청담은 굳이 여길 공격할 필요를 느끼지 못하고······.」

「운이 조금 따라 준다고요?」 코너는 일어서서 쿵쾅거리며 탁자에서 멀어진다. 「저항은 운이 아니라 행동에 관한 것이어야죠. 근데 당신들, 행동하긴 해요? 안 하잖아요! 내가 하비스트 캠프에 침투하자는 계획도 냈고, 사람들의 분노를 자극하지 않으면서 아이들을 해방할 비폭력적인 방식도 제안했잖아요. 그런데 돌아온 말은 〈노력 중이야, 코너〉나 〈참고할게, 코너〉뿐이었어요. 그러면서 이제 와서 우리 생존을 운에 맡겨야 한다고요? ADR은 대체 잘하는 게 뭐예요?」

린콘은 이 말을 회의를 끝내야 한다는 신호로 받아들인다. 그는 도착한 순간부터 회의를 끝내고 싶었던 게 분명하다. 「어이, 난 그냥 메시지를 전달하는 거야. 나한테 화풀이하지 마!」

하지만 코너가 도저히 참을 수 없는 일들이 있다. 그는 자기도 모르게 린콘의 얼굴에 롤런드의 주먹을 휘두른다. 주먹이 그 남자의 눈에 꽂힌다. 린콘은 비틀거리며 뒤로 물러나다 칸막이벽에 부딪힌다. 그는 경멸이 아니라 두려움을 담은 눈으로 코너를 본다. 코너가 거기서 멈추지 않을지도 모른다는 듯이. 비폭력은 개나 주라지. 코너는 뒤로 물러난다.

「그게 내 메시지야.」 코너가 말한다. 「부디 당신을 보낸 사람들한테 전달해 줘.」

이곳에는 묘지의 다른 비행기들과 마찬가지로 내장을 파낸 뒤 헬스 장비로 다시 채운 보잉 747기가 있다. 이름은 〈짐보〉라고 지었다. 아이들은 이곳에서 수많은 싸움이 일어난다는 이유로 〈전투 갑판〉이라 부르지만 말이다.

코너가 답답한 마음을 풀려고 가는 곳이 그곳이다.

코너는 눈앞에 커다란 샌드백을 두고, 1라운드에 케이오 승을 따내려 작정한 챔피언처럼 두드려 댄다. 그는 그날 열받게 한 모든 아이의 얼굴을 떠올린다. 해야 하는 일을 하지 않고 핑계를 대던 모든 아이를. 린콘 같은 사람들을. 맞서 싸워야만 했던 청담을. 언와인드를 건강하고 가족 친화적인 활동처럼 보이게 만들려 했던 하비스트 캠프의 미소 짓는 상담사를. 그리고 마지막으로는 부모의 얼굴을. 그러자 분노가 뻗친다. 그들이야말로 여기까지 이어지는 시계를 처음으로 작동시킨 사람들이다. 부모를 떠올리면, 코너는 샌드백을 아무리 세게 쳐도 분이 풀리지 않는다. 그러면서도 그런 감정을 품은 것에 참을 수 없는 죄책감을 느낀다.

왼손 펀치는 오른손에 비하면 아무것도 아니다. 그는 아래팔에서 그를 노려보는 상어 문신을 바라본다. 그 뱀상어는 진짜 상어보다 더 추하게 생겼다. 익숙해졌다는 건 인정할 수밖에 없지만, 결코 마음에 들지는 않는다. 그 팔에서 자라는 털 색깔도 다른 팔보다 진하고 어둡다. 놈이 여기에 있어. 코너는 자신에게 말한다. 롤런드의 손으로 주먹질을 할 때마다 롤런드가 여기에 있어. 가장 나쁜 점은, 그렇게 주먹질하는 게 기분이 좋게 느껴진다는 것이다. 꼭 팔 자체가 주먹질을 즐기는 것 같다.

그는 벤치 프레스 쪽으로 간다. 벤치 프레스에 같이 앉아 있던 두 아이가 코너에게 자리를 비켜 준다. 책임자 자리에 있을 때의 특혜다. 코너는 무게를 확인한 뒤 양쪽에 각기 2.5킬로그램을 추가하고는 등받이에 기대 밀어 올릴 준비를 한다. 그는 매일 이렇게 한다. 이것이 그가 하루 중 가장 싫어하는 순간이다. 벤치 프레스에서 왼팔과 오른팔의 차이가 가장 두드러지기 때문이다. 그가 처음부터 가지고 있던 팔은 바벨을 들어 올리는 걸 힘들어한다. 그러다가 문득, 코너는 지금도 자신이 롤런드와 싸우고 있음을 깨닫는다.

「봐줄 사람 필요해?」 뒤에서 누군가 묻는다. 코너가 고개를 들어 보니, 자신을 내려다보고 있는 아이가 보인다. 모두가 스타키라고 부르는 아이다.

「응.」 코너가 말한다. 「고마워.」 그는 한 세트를 더 한다. 이미 타고난 팔이 아파 오기 시작했지만, 포기하고 싶지 않다. 하지만 일곱 번쯤 들어 올리고 나자, 팔이 무너져 내린다. 바벨을 제자리에 올려놓는 데는 스타키의 도움을 받아야 한다.

스타키는 그의 오른팔에 그려진 상어를 가리킨다. 「해피 잭 이후로 생긴 거야?」

코너는 허리를 세워 앉은 뒤, 타는 듯한 근육을 어루만지며 문신을 본다. 「팔에 딸려 온 거야.」

「실은, 팔에 대해서 물어본 거야.」 스타키가 말한다. 「내 생각이지만 언와인드에 이렇게까지 반대하는 녀석이 언와인드의 팔을 가지고 있다면 그건 선택의 문제가 아니었을 것 같거든. 어쩌다 그렇게 됐는지 듣고 싶어.」

코너는 웃는다. 아무도 이렇게 노골적으로 물어본 적이 없기 때문이다. 사실, 그 이야기를 하는 것 자체가 마음이 놓이는 일이다.

「어떤 녀석이 있었어. 진짜 터프가이였지. 한번은 걔가 나를 죽이려 했는데 성공하지 못했어. 아무튼, 걔가 해피 잭에서 마지막으로 언와인드된 녀석이었어. 내가 다음 차례였는데, 그때 박수도들이 도살장을 날려 버렸어. 난 팔을 잃었고, 깨어나 보니 이 팔이 달려 있었어. 분명히 말하지만 내 선택은 아니었어.」

스타키는 이야기를 듣고 고개를 끄덕인다. 아무런 성급한 판단도 내리지 않는다.

「영광의 훈장이네.」 그가 말한다. 「자랑스럽게 달고 다녀.」

코너는 묘지에 도착하는 모든 아이를 조금이나마 알아보려

2부 홀리 **139**

고 노력한다. 그래야 그들이 잡혀서 언와인드되기를 기다리는, 통계적 숫자에 불과하다고 느끼지 않을 수 있기 때문이다. 그렇다면 코너가 스타키에 대해 아는 것은 무엇일까? 스타키는 개성이 있고, 조금은 읽기 어려운 미소를 짓는다. 한 달 전 도착한 이후로 거의 3센티미터쯤 자란 검은색 뿌리가 증명하듯 그의 구불구불한 빨간색 머리카락은 애초에 그런 색은 아니었을 것이다. 키는 약간 작지만 단단한 체격이다. 깡마르지는 않았다. 옹골차다고 해야 할까. 레슬링 선수를 연상시킨다. 그러면서도 자신감이 있어서 키가 더 커 보인다. 그가 탈출하는 과정에서 청소년 전담 경찰을 두어 명 죽였다는 소문도 있지만, 그건 어디까지나 소문일 뿐이다.

코너는 스타키가 도착했던 날을 떠올린다. 새로 도착한 아이들 무리에는 하비스트 캠프를 날려 버리는 것이 좋은 생각이라고 여기는 아이가 최소 한 명씩은 있다. 사실, 대부분의 아이가 아마 그렇게 생각할 것이다. 하지만 대개는 도착할 때 너무 기가 질려 큰소리를 내지 못한다. 소리를 내는 건, 알고 보면 골칫거리인 아이들이나 지나치게 의욕적인 아이들뿐이다. 그러나 스타키는 도착한 이후로 매우 저자세를 유지했다. 그는 배식원이라는 지저분한 임무를 배정받았다. 저녁마다 여기저기 돌아다니며, 관심을 보이는 사람에게 사소한 마술을 보여 주었다. 마술을 볼 때마다 코너는 무단이탈자가 되었던 첫날 밤을 떠올린다. 그날 은신처를 제공해 줬던 트럭 기사가 팔꿈치에 접목된 팔을 보여 주었다. 카드 마술 능력이 딸려 온, 언와인드의 팔이었다.

「언젠가 나한테도 마술 좀 보여 줘, 스타키.」 코너가 말하자 스타키는 약간 놀란 표정을 짓는다.

「여기 있는 애들 이름을 다 알아?」

「인상적인 애들만. 자, 바꾸자.」 코너가 말한다. 「내가 봐줄게.」 둘은 자리를 바꾼다. 스타키는 무게를 들어 올리려 하지만, 두 번도 간신히 든다.

「난 그냥 넘어가야겠어.」

스타키가 일어나 앉아 코너를 오랫동안 바라본다. 대부분의 사람은 코너와 눈을 잘 맞추지 못한다. 흉터 때문이든, 코너에 관한 전설 때문이든 너무 위압적이기 때문이다. 하지만 스타키는 시선을 돌리지 않는다. 「황새 배달된 아기를 구하려고 위험을 무릅썼다는 게 사실이야?」

「응.」 코너가 말한다. 「아주 똑똑한 선택은 아니었지.」

「왜 그랬어?」

코너가 어깨를 으쓱한다. 「그때는 좋은 생각 같았거든.」 그는 웃어넘기려 하지만, 스타키는 웃지 않는다.

「내가 황새 배달된 아기였어.」 스타키가 말한다.

「유감이다.」

「아니, 괜찮아. 그냥 그런 일을 했다는 걸 존경한다고 말하고 싶어.」

「고마워.」 밖에서 누군가가 코너를 부른다. 자신의 문제 때문에 지구가 무너지고 있다는, 그런 목소리다. 코너가 정기적으로 듣는 목소리. 「일할 시간이네. 쉬엄쉬엄해, 스타키.」 그렇게 코너는 떠난다. 처음 들어왔을 때보다 기분이 한결 나아졌다.

하지만 코너는 자신이 떠난 뒤에 벌어지는 일을 보지 못한다. 스타키는 벤치 프레스에 누워, 땀 한 방울 흘리지 않고 같은 무게를 스무 번 들어 올린다.

해가 진 뒤 코너는 내부자 모임을 소집한다. 헤이든이 홀리 중의 홀리[11]로 명명한 일곱 명이다. 그 이름이 그대로 굳어졌다. 그들은 낡은 에어포스 원 대신 중앙 통로의 북쪽 입구에 있는 코너의 전용 비행기에서 모인다. 에어포스 원에서는 아직도 저항군 대표인 〈조라고 불러〉와의 회의가 남긴 악취가 풍긴다.

전용 비행기를 두어야 한다는 건 파란색 위장복을 입어야 한다는 것만큼이나 코너의 아이디어가 아니었다. 두 가지 모두 두려움을 모르는 지도자라는 코너의 이미지를 굳히는 데 도움이 된다며 트레이스가 제안한 것이었다.

「다 떠나서, 대체 어떤 군대가 파란색 위장복을 입어?」 처음 제안을 들었을 때 코너는 불평했다.

「제트팩으로 공중 침투할 때 입는 제복이야.」 트레이스가 대답했다. 「실제로 그런 작전이 시도된 적은 없지만, 이론상으로는 가능해.」

트레이스의 아이디어는 코너를 다른 누구와도 구분되도록 만들자는 것이었다. 제독에게는 전쟁에서 받은 훈장으로 장식된 제복이 있었다. 코너에게도 그의 리더십 스타일에 어울리는 뭔가가 필요했다. 그게 무엇이든 간에. 코너는 이곳을 신병 훈련소처럼 운영하고 싶지 않았다. 그러나 제독이 이미 군사 독재 체제를 구축해 두었고, 그 체계는 망가지지 않았다. 코너

---

11 Holy of Whollies. 〈온전한 자들 중 신성한 자〉라는 뜻이다.

는 굳이 고치려 하지 않았다.

코너가 옛 에어포스 원을 써야 한다는 의견도 있었지만, 그건 제독의 스타일이지 코너의 스타일이 아니었다. 대신 코너는 묘지 외곽에서 가져온, 작고 매끄러운 민간기를 쓰기로 했다. 그래서 그 비행기를 중앙 통로의 북쪽 끝으로 끌고 오게 했다.

코너는 이따금 아이들이 그 비행기에 대해 투덜거리는 소리를 듣는다.「왕처럼 사는 것 좀 봐. 우리는 침낭 하나밖에 못 받는데.」

「짐승의 본성이야.」트레이스는 언제나 재빨리 이 점을 일깨워 준다.「존경심에는 늘 약간의 분노가 따라.」

코너는 그 말이 맞다는 걸 알지만, 그렇다고 해서 그 말을 좋아할 필요는 없다.

홀리 중의 홀리는 대체로 정시에 도착한다. 일단 비행기 안으로 들어오면, 그들은 플러시 가죽으로 된 의자에 앉아 의자를 좌우로 빙빙 돌린다. 그저 그렇게 할 수 있기 때문이다. 그들은 코너보다 이 비행기를 훨씬 더 즐긴다.

일곱 명 중 여섯 명이 참석했다. 묘지의 수석 의무병인 리사는 혼자서 휠체어를 굴려 들어올 수 있을 때까지는 코너의 비행기에 타기를 거부했다. 코너의 비행기에 휠체어 전용 경사로를 설치하는 건 사치로 보인다.

언제나 가장 먼저 도착하는 사람은 트레이스다. 그는 코너의 전략 자문관인 동시에 묘지의 보안 대장이다.

헤이든은 컴범의 대장이다. 컴퓨터와 무전 통신을 관리하며 외부 세계와 경찰 무전, 저항군과의 모든 연락을 감시한다. 그에게는 홀리들을 위한 라디오 방송국도 있다. 이 방송국의 신호 도달 범위는 고작 8백 미터에 그친다. 그는 이 방송국을 〈라디오 프리 헤이븐〉이라 부른다.

모두가 뱀이라고 부르는, 덩치 크고 억센 소녀도 있다. 그녀가 음식 제공을 담당한다. 진짜 이름은 밤비이지만, 누구든 그 이름으로 부르는 사람은 병동에서 리사의 치료를 받게 된다.

시골 출신인 드레이크는 지속 가능성 담당자다. 멋진 단어로 들리지만, 실은 초록 통로라 불리는 농장을 운영하는 사람을 일컫는 일이다. 그 농장을 만들자는 건 전적으로 코너의 아이디어였다. 농장에서 나는 음식은 ADR의 식량 배급이 너무 적거나 아예 없을 때 기근의 고통을 덜어 주는 것 이상의 역할을 해왔다.

다음은 존. 껌을 씹으며 다리를 떨어 대는 이 아이는 유지 보수와 쓰레기 처리를 맡고 있다.

마지막은 애슐리다. 그녀는 자신이 매우 〈인간 중심적〉이며 〈문제 처리를 잘한다〉고 주장한다. 언와인드로 낙인찍힌 거의 모든 아이에게 문제가 있는 만큼, 애슐리가 아마 이 중에서 가장 바쁠 것이다.

「그래서, 무슨 일이야?」 뱀이 묻는다. 「나, 할 일이 많은데.」

「일단, 내가 오늘 ADR에서 나온 녀석을 만났어.」 코너가 그들에게 말한다. 「지금 같은 상황이 앞으로도 이어질 것으로 예상돼.」

「아무것도 없는 상황이 계속된다면, 그냥 아무것도 없는 거지.」 드레이크가 말한다.

「맞아. 우리야 우리가 꽤 오래 자급자족하고 있었다는 걸 잘 알잖아. 이젠 그 상태가 공식적인 게 됐어. 받아들여.」

「다른 비행기에서 조달할 수 없는 비품이나 물자는?」 존이 묻는다. 그의 다리가 평소보다 더 거칠게 떨린다.

「경영 본부에서 그런 물건을 살 돈을 구할 수 없으면 창의적으로 찾아내야 해.」 창의적으로 찾아낸다는 말은, 코너가 도둑질을 완곡하게 부르는 말이다. 그는 찾기 어려운 약품이나 용접기 같은, ADR에서 제공하지 않는 물건들을 창의적으로 구해 오도록 아이들을 저 멀리 피닉스까지 보낸 적이 있다.

「새 비행기 하나가 다음 주 화요일에 퇴역한다는 얘기를 들었어.」 헤이든이 말한다. 「그 비행기를 뜯으면 필요한 걸 꽤 건질 수 있을 거야. 냉각 압축기니, 수압식 뭐시기니 하는 블루칼라 기계공의 부품 같은 것들.」

「화물칸에 홀리들이 가득 차 있을까?」 누군가 묻는다.

「수수께끼의 고깃덩이를 싣지 않고 도착하는 비행기는 없어.」 헤이든이 대답한다. 「하지만 애들이 몇 명이나 있을지는 모르지.」

「이번에는 관은 아니었으면 좋겠는데.」 애슐리가 말한다. 「그것 때문에 얼마나 많은 애가 악몽을 꿨는지 알아?」

「아, 정말이지. 관 얘기는 너무 한물가지 않았냐?」 헤이든이 말한다. 「이번엔 맥주 통이라고!」

「더 큰 문제는 탈출 계획을 세우는 거야.」 코너가 말한다. 「청소년 전담 경찰이 신선한 신체 부위를 찾을 때가 됐다고 결정한다면, ADR이 우리를 구해 줄 거라고 믿고 있을 수만은 없어.」

「그냥 지금 튀는 게 어때?」 애슐리가 묻는다. 「새로운 장소를 찾는 거야.」

「7백 명의 아이를 옮기는 건 그렇게 간단한 문제가 아니야. 그렇게 했다간 애리조나주의 모든 청소년 전담 경찰에게 봉화를 올리는 꼴이 될걸. 헤이든의 팀이 위험 수준을 꽤 잘 체크해 오고 있으니까, 기습이 이루어지기 전에 최소한 경고라도 받을 수 있겠지. 하지만 탈출 전략이 없으면 어차피 망할 거야.」

뱀이 트레이스를 노려본다. 트레이스는 이런 회의에서 거의 말을 하지 않는다. 「저 사람은 뭐라고 생각하려나?」

「난 너희가 뭐든 간에 코너가 시키는 대로 해야 한다고 생각해.」 트레이스가 말한다.

뱀이 코웃음 친다. 「진짜 육군 고기 방패 납셨네.」

「공군이야.」 트레이스가 말한다. 「기억해 두는 게 좋겠다.」

「요점은.」 애슐리가 분노 관리법에 관한 연설을 시작하기 직전에 코너가 끼어든다. 「우리 모두가 필요할 때 아주 촉박한 경고만 받고도 여기서 탈출할 수 있는 방법을 마련해 둬야 한다는 거야.」

회의의 나머지 시간은 관리상의 소소한 사항이 논의된다. 코너는 이토록 위협이 매일, 매 순간에 명백한 상황에서, 제독은 어떻게 화장지 공급에 관한 문제를 소화할 수 있었는지 궁금해진다. 「전부 위임의 문제야.」 트레이스는 그렇게 말했었다. 그게 코너가 이 회의를 소집한 진짜 이유였다.

「너희는 전부 가도 돼.」 마침내 코너가 모두에게 말한다. 「뱀이랑 존만 남고. 우린 아직 할 얘기가 있어.」

모두가 줄지어 나간다. 코너는 존에게 밖에서 기다리라고 말한 뒤 뱀과 단둘이 이야기한다. 코너는 무슨 말을 할지 알고 있다. 그냥 하기 싫을 뿐이다. 어떤 사람은 나쁜 소식을 전하는 걸 즐기지만 코너는 한 번도 그런 적이 없다. 그는 갑자기 그만두라는 말, 더는 쓸모없다는 말, 차라리 언와인드당하는 게 낫겠다는 말을 듣는 것이 어떤 기분인지 안다.

뱀이 팔짱을 낀 채 서 있다. 열기가 뿜어져 나오는 듯한 태도다. 「그래서, 무슨 일인데?」

「미트로프가 오염된 건에 대해서 말해 봐.」

뱀은 아무 일도 아니라는 듯 어깨를 으쓱한다. 「뭐 대수라고? 냉장고 한 대에 연결된 발전기가 터졌어. 지금은 고쳤고.」

「전력이 얼마나 나가 있었는데?」

「몰라.」

「그럼 냉장고가 얼마나 멈춰 있었는지도 모르면서 그 안에 있던 음식을 내갔다는 거야?」

「애들이 아플 줄 내가 어떻게 알았겠어? 먹은 건 걔들이니까 걔들 문제지.」

코너는 샌드백을 상상하며 오른손에 힘을 준다. 그런 다음 상어를 보고 억지로 힘을 푼다. 「40명 넘는 애들이 이틀 넘게 자빠져 있었어. 상황이 더 심각하지 않은 게 다행이야.」

「그래, 그래. 다시는 그런 일 없게 할게.」 뱀은 지나치게 무례한 말투로 말한다. 코너는 그녀가 지금까지 살아오면서 선생과 부모, 청소년 전담 경찰, 모든 권위 있는 인물에게도 이런 식으로 말해 왔으리라 상상할 수 있다. 그리고 자신이 그런 권위 있는 인물 중 하나가 되었다는 사실이 싫다.

「다음은 없을 거야, 뱀. 미안.」

「그깟 거 한 번 망쳤다고 날 쫓아내는 거야?」

「널 쫓아내는 사람은 아무도 없어.」 코너가 말한다. 「하지만 더 이상 음식 공급은 담당할 수 없을 거야.」

뱀이 한참 동안 증오를 담아 코너를 불태울 듯 노려보더니 말한다. 「좋아. 엿이나 먹어. 난 이딴 쓰레기 필요 없어.」

「고마워, 뱀.」 코너는 대체 자신이 왜 뱀에게 고맙다고 말하는지 전혀 모르면서 그렇게 말한다. 「나가면서 존한테 들어오라고 해줘.」

뱀은 비행기 해치를 걷어차 열고 쿵쾅거리며 나간다. 그녀는 문 앞에 있는 존을 본다. 밖에서 초조하게 기다리고 있던 존은 분노에 찬 뱀을 피하려 온몸을 움찔거린다.

「들어가.」 뱀이 그에게 으르렁거린다. 「너 해고래.」

그날 밤, 코너는 오락용 비행기 아래에서 홀리 몇 명에게 근접 마술을 보여 주고 있는 스타키를 발견한다.

「어떻게 한 거야?」 스타키가 손목에서 팔찌를 사라지게 한 뒤 다른 아이의 주머니에서 다시 꺼내 보이자 아이들이 묻는다. 스타키가 마술을 마치자 코너가 그에게 다가간다.

「잘하는데. 하지만 책임자로서, 어떻게 하는 건지 알려 달라고 물어봐야겠어.」

스타키는 미소 지을 뿐이다. 「마술사는 절대 비밀을 드러내지 않아. 책임자한테도.」

「있잖아.」 코너가 본론으로 들어간다. 「너한테 하고 싶은 얘기가 있어. 홀리 중의 홀리들을 좀 바꿔야겠다고 생각했거든.」

「좋은 변화였으면 좋겠네.」 스타키는 배를 움켜쥐며 말한다. 코너는 씩 웃는다. 이 이야기가 어디로 흘러가는지 스타키가 이미 알고 있다는 걸 코너도 알기 때문이다. 그래도 상관없다.

「네가 음식을 맡아 주면 어때?」

「음식 좋지.」 스타키가 말한다. 「그냥 하는 말이 아니야.」

「30명의 팀원들을 관리하면서, 다른 모든 아이가 먹을 음식을 하루에 세 번 식탁에 올릴 수 있겠어?」

스타키는 손을 흔들어 허공에서 달걀 하나를 꺼내더니 그걸 코너에게 건넨다. 코너는 몇 분 전 달걀 마술을 보았지만, 지금은 주제와 딱 들어맞는 덕분에 더 즐겁게 느껴진다.

「훌륭해.」 코너가 말한다. 「이제 아침밥으로 7백 개를 더 만들어 봐.」 코너는 씩 웃으며 그곳을 떠난다. 그는 스타키에게 일을 만들어 내고, 제대로 해낼 능력이 있다는 걸 안다.

이번만큼은 코너도 자신이 올바른 결정을 내렸다고 확신한다.

8
리사

 사막이 식기 시작하는 초저녁이면, 리사는 에어포스 원의 왼쪽 날개 아래에서 피아노를 연주한다. 연주하는 곡은 외워서 알고 있는 곡이거나, 묘지로 들어오는 길에 발견한 악보에 적혀 있던 것들이다.

 피아노는 검은색 소형 현대 그랜드 피아노다. 그걸 처음 봤을 때, 리사는 웃고 말았다. 현대가 피아노를 만드는지도 몰랐다. 하긴, 놀라울 게 뭐 있겠는가? 다국적 기업은 사람들이 사기만 한다면 원하는 걸 뭐든 만들 수 있다. 리사는 언젠가 메르세데스벤츠가 인공 심장 사업에 진지한 관심을 가졌던 적이 있다는 이야기를 읽었다. 언와인드 합의로 그 기술에 의미가 없어지기까지. 광고는 이런 식이었다. 〈오메가 심장 박동기. 심장까지 화려하게.〉 그들은 인공 심장에 상당한 돈을 투자했지만, 인공 심장이 삐삐나 CD의 길을 가게 되면서 그 모든 돈을 잃었다.

 오늘 밤, 리사는 강렬하면서도 섬세한 쇼팽의 소나타를 연주한다. 음악은 땅안개처럼 쏟아져 나와, 흘리들이 머무는 텅 빈 기체 안에서 메아리친다. 리사는 이 음악이 홀리들을 위로해 준다는 걸 안다. 클래식 음악을 경멸한다고 주장하던 아이들조차 리사가 하룻밤 연주를 거르면 왜 연주하지 않느냐고 물으러 온다. 그래서 리사는 그들을 위해 연주한다. 하지만 사실은 그렇지 않다. 그녀는 자기 자신을 위해 연주하는 것이다. 때로는 눈앞의 먼지 구덩이에 관객이 앉아 있다. 오늘 밤은 리사 혼자다. 때로는 코너가 온다. 그는 리사 옆에 앉지만 어쩐지 멀리 떨어져 있는 것 같다. 그녀의 음악적 공간을 침범할까 봐 두려워하는 것처럼. 리사는 코너가 오는 밤을 가장 좋아하지만, 그는 자주 오지 않는다.

「코너는 생각이 너무 많아.」 헤이든이 그녀에게 말했었다. 코너가 직접 해야 할 변명을 대신 해준 것이었다. 「그 녀석은 모두의 남자인걸.」 그러더니 그는 히죽거리며 덧붙였다. 「그나마 두 명으로 이루어져 있어서 다행이지.」

헤이든은 코너가 원치 않게 달고 다니게 된 팔을 조롱할 기회를 절대 놓치지 않는다. 리사는 그게 거슬린다. 세상에는 웃어서는 안 되는 일도 있으니까. 때로는 코너가 너무도 불투명해 무시무시하게 보이는 표정으로 팔을 보는 모습이 눈에 들어온다. 꼭 그가 도끼를 꺼내 와 모두가 보는 앞에서 그 팔을 잘라 버릴 것 같다. 코너에게는 교체된 눈도 있다. 하지만 그 눈은 다른 눈과 완벽하게 어울리고, 공여자가 누구인지도 모른다. 그 눈은 코너에게 아무 영향도 주지 않는다. 하지만 롤런드의 팔은 다르다. 그 팔은 강력한 손아귀만큼이나 무거운 감정적 짐을 쥐고 있다.

「물릴까 봐 걱정돼?」 코너가 그 팔의 상어를 바라보고 있을 때 리사가 물어본 적이 있다. 코너는 놀라서 약간 얼굴을 붉혔다. 마치 해서는 안 되는 일을 하다가 들킨 사람처럼. 그러더니 그는 어깨를 으쓱하며 말했다. 「아니, 그냥 롤런드가 언제, 왜 이 멍청한 문신을 새겼는지 궁금해서. 그 녀석의 특정한 뇌세포를 가진 사람을 언젠가 만나면 물어봐야겠어.」 그렇게 말한 뒤 그는 대화를 끝내고 리사를 떠났다.

매일 이어지는 다리 마사지가 없었다면, 리사는 코너가 자신을 완전히 잊었다고 생각했을 것이다. 하지만 그 마사지조차 예전과 같지 않다. 이제는 형식적으로 느껴진다. 코너가 그녀를 찾아 오는 유일한 이유는, 그가 자신과 한 약속 때문인 것 같다. 정말로 오고 싶어서가 아니라.

코너를 떠올리자 리사는 화음을 놓친다. 그녀를 버스에 태워 언와인드의 길로 빠르게 보내 버린, 삶과 죽음이 달려 있던 연주회에서 놓쳤던 바로 그 빌어먹을 음이다. 리사는 끙 소리를 낸 뒤 건반에서 손가락을 떼고 깊이 숨을 들이쉰다. 그녀의 음악은 전달된다. 그 말은, 그녀의 좌절감이 〈라디오 프리 헤이든〉 방송만큼 선명하게 전달된다는 뜻이다.

리사를 가장 성가시게 하는 건 자신이 그런 감정에 흔들린다는 사실 자체다. 그녀는 언제나 자신을 지켜 왔다. 신체적으로나 감정적으로나. 주립 보호 시설에서는 여러 겹의 개인 갑옷을 갖추지 않으면 산 채로 잡아먹힐 수밖에 없었다. 그런 리사가 언제부터 바뀌고 만 걸까? 아이들이 그녀의 발아래 건물로 언와인드당하러 끌려갈 때 억지로 음악을 연주해야 했던 그때부터일까? 언와인드의 건강한 척추를 이식받는 대신 박살 난 척추를 받아들이기로 선택했던 그때부터일까? 아니면 그 이전에 모든 상식을 거스르며 자신이 코너 래시터를 사랑하게 되었다는 사실을 깨달았던 때부터일까?

  리사는 소나타를 끝까지 연주한다. 기분이야 어떻든, 한 곡을 끝까지 연주하지 않고 놔둘 수는 없기 때문이다. 연주를 마친 그녀는 바퀴 아래의 건조하고 울퉁불퉁한 땅과 싸우며 어느 전용 비행기를 향해 굴러간다.

9
코너

코너는 완전히 깨어 있기엔 너무 편안하고, 완전히 잠들기에는 불편한 의자에 앉아 졸고 있다. 비행기 옆면에 뭔가가 부딪히는 소리에 그는 움찔하며 정신을 차린다. 두 번째 소리가 났을 때는 그것이 왼쪽에서 들려온다는 걸 알아차린다. 세 번째 소리가 났을 때는 누군가 비행기에 무언가를 던지고 있다는 걸 깨닫는다.

코너는 창밖을 내다보지만, 어둠 속에는 자신의 얼굴만이 창유리에 비칠 뿐이다. 또 한 번 쿵 소리가 난다. 코너는 손을 오므려 눈가에 대고, 얼굴을 유리창에 바짝 들이민다. 가장 먼저 보이는 것은 달빛을 반사하는 휘어진 푸른 줄무늬다. 휠체어. 이어 리사가 돌을 하나 더 던지는 게 보인다. 돌이 창문 바로 위에 부딪힌다.

「무슨 짓이야?」

코너는 리사가 폭격을 멈추기를 바라며 해치를 연다. 「왜 그래? 무슨 일 있어?」

「아무 일도 없어.」 리사가 말한다. 「그냥 네 관심을 끌어 보려는 거야.」

코너는 아직 리사의 속마음을 읽지 못한 채 씩 웃는다. 「그보다 나은 방법이 있는데.」

「최근엔 없었어.」

리사는 휠체어에 앉은 채 앞뒤로 몸을 조금씩 움직이며, 자신을 약간 기울어지게 만들었던 흙덩이를 뭉개 버린다. 「들어오라고 안 해?」

「들어와. 넌 언제나 들어와도 돼.」

「뭐, 그럼 경사로를 설치해야겠네.」

코너는 자신이 이 말을 하면 후회하리라는 걸 알면서도 어쨌든 말한다. 「누구한테 옮겨 달라고 하든지.」

리사는 휠체어를 조금 더 가까이 밀고 온다. 하지만 둘 사이의 거리를 좁히기에는 충분하지 않다. 그저 견디기 어려울 만큼 어색한 거리까지만 다가온다. 「난 바보가 아니야. 지금 무슨 일이 벌어지고 있는지 알아.」

리사는 지금 당장 이 이야기를 하고 싶어 하지만, 코너는 그럴 기분이 아니다. 그는 뱀과 존을 해고했기에, 그냥 오늘이 끝나기만을 바란다. 내일 아침에, 어떤 새로운 지옥이 기다리든고 있든 그때까지는 꿈도 꾸지 않고 잘 수 있기를 바랄 뿐이다.

「지금 벌어지고 있는 일은, 내가 우리 모두를 살려 두려고 노력하고 있다는 거야.」 코너는 짜증이 살짝 섞인 목소리로 말한다. 「그게 문제인 것 같지는 않은데.」

「그래, 넌 우리를 살려 두느라 너무 바빠. 심지어 바쁘지 않을 때조차도 바빠. 나랑 말 같은 말을 할 때도 늘 ADR 얘기랑, 이게 너한테 얼마나 힘든 일인지, 네 어깨에 짊어진 세상이 얼마나 무거운지에 관한 얘기뿐이지.」

「아, 제기랄, 리사. 넌 남자의 관심을 받아야 비로소 완전하다고 느끼는 그런 나약한 여자가 아니잖아.」

그때, 구름 뒤에서 달이 다시 나온다. 리사의 얼굴이 눈물에 젖어 반짝인다.「관심이 필요한 거랑, 의도적으로 무시당하는 건 달라.」

코너는 뭔가 말하려고 입을 열지만, 머리가 따라 주지 않는다. 둘이 매일 하는 혈액 순환 마사지에 대해 말할 수 있겠지만, 리사는 이미 그때도 코너의 정신이 딴 데 가 있다고 지적했었다.

「휠체어 때문이지?」

「아니야!」 코너가 단호하게 말한다. 「그거랑은 아무 상관없어.」

「그럼 이유가 있다는 건 인정하는 거네.」

「그런 말은 안 했는데.」

「그럼, 뭐야?」

코너가 비행기에서 내려온다. 그의 세상과 리사의 세상을 나누는 세 개의 계단. 그는 리사 앞에 무릎을 꿇고 그녀의 눈을 들여다보려 하지만, 지금 그 눈은 그림자에 가려 보이지 않는다.「리사, 난 언제나 널 신경 써. 너도 알잖아.」

「날 신경 쓴다고?」

「사랑한단 말이야. 응? 난 널 사랑해.」 이 말은 코너에게 쉽게 나오는 말이 아니다. 진심이 아니었다면 아예 나오지 않았을 말. 그래서 코너는 그 말이 진심이라는 걸 안다. 코너는 정말로 리사를 사랑한다. 깊이. 하지만 문제는 그게 아니다. 문제는 휠체어도, 묘지를 운영하는 일도 아니다.

「넌 사랑에 빠진 남자애처럼 굴지 않아.」

「내가 남자애가 아니라서 그런 걸지도 모르지.」 코너가 말한다. 「난 꽤 오래전부터 더는 소년이 아니었거든.」

리사는 생각해 보더니 조용히 말한다. 「그럼 남자답게 네 감정을 보여 봐. 내가 믿을 수 있게.」

그 도전 과제가 공기를 무겁게 휘감는다. 잠시 코너는 리사를 휠체어에서 들어 올려 비행기 안으로, 그 깊숙한 안쪽에 있는 자신의 방까지 데려간 다음 자기 침대에 가만히 눕히고 리사가 말하는 그런 남자가 되어 줄까 상상한다.

하지만 리사는 그에게 들려 가지 않을 것이다. 어떤 상황에서도. 절대로. 코너는 이 모든 게 전적으로 자신의 잘못만은 아닐지 모른다고 생각한다. 어쩌면 둘 사이의 보이지 않는 균열에는 부분적으로 리사의 책임도 있을 것이다.

감정을 증명할 다른 방법이 없기에, 코너는 손을 내밀어 리사의 얼굴에 흘러내린 머리카락을 쓸어 넘긴 뒤 허리를 숙여 그녀에게 강렬한 입맞춤을 한다. 둘의 관계에 실린 무게와 그때까지 쌓인 좌절감 모두를 그 단 한 번의 슈퍼히어로 같은 입맞춤에 싣는다. 그 입맞춤은 코너가 말로는 할 수 없었던 모든 것을 전달해야 하지만……. 코너는 물러나면서 자신의 뺨에 묻은 리사의 눈물을 느낀다. 리사가 말한다.

「정말 나랑 함께하고 싶었다면, 넌 경사로를 만들었을 거야.」

코너는 다시 안으로 들어가 어둠 속에 눕는다. 달빛이 그의 침대 위에 차가운 막대를 그린다. 화가 난다. 리사에게 화가 난

게 아니라, 리사의 말이 맞아서 화가 난다. 그의 비행기에 경사로를 만드는 건 어려운 일도 아니다. 반나절이면 할 수 있는 일이다.

하지만 정말 그렇게 했다면?

리사가 정말로 자신과 모든 면에서 함께할 수 있다면? 그의 팔에 새겨진 상어가 정말로 자체적인 정신을 가지고 있다면? 롤런드는 리사를 공격했다. 그녀를 강제로 범하려 했다. 롤런드가 그런 짓을 저질렀을 때, 리사는 그 빌어먹을 상어를 보고 있었을 게 분명하다. 리사는 신경 쓰지 않는다고 말했지만, 코너는 매일 밤 뜬눈으로 지새울 정도로 신경이 쓰인다. 단둘이 있을 때, 두 사람 모두가 원했던 열기 속에 그가 통제력을 잃는다면? 롤런드의 손이 리사를 너무 꽉 쥐고, 너무 세게 끌어당긴다면? 그 팔이 리사를 때리고 때리고 또 때리고, 멈추지 않는다면? 그가 생각할 수 있는 것이라고는 그 팔이 저질렀던 일과 여전히 저지를 수 있는 일뿐인데, 코너가 어떻게 정말로 리사와 함께할 수 있겠는가?

그런 일이 일어나지 않도록 하는 편이 낫다.

리사가 그만큼 가까이 다가오지 못하게 하는 게 낫다.

그래서 코너는 경사로를 만들지 않는다. 리사의 비행기로 만나러 가지도 않는다. 신체적인 접촉이 있을 때는 안전하게 탁 트인 공간에서만 한다. 리사가 눈물을 머금은 채 멀어져 갈 때는 그냥 놔준다. 그녀가 어떤 생각을 하든 자기 팔이 안전하지 않다고 인정하는 것보다는 나으니까.

그런 뒤에, 비행기의 어둠 속에 혼자 있을 때 그는 벽을 주먹으로 격렬하게 내리친다. 손마디가 까지고 피가 나도 상관하지 않는다. 고통이야 느껴지지만, 그게 자신의 손마디가 아니라는 걸 알고 있으니까.

10
스타키

스타키는 자신만의 마술을 연습하며 하루하루를 보낸다. 그는 최고의 마술이란 연습과 인내, 아주 교묘한 오해 유도로 이루어진다는 걸 안다. 눈에 띄지 않는 손동작. 그는 한 달 넘게 자신의 야심을 드러내지 않았다. 그렇게 했다면 코너가 의심을 품었을 것이다. 대신 그는 홀리들과 관계를 맺으며 동맹과 우정, 권력 구조를 탐색했다. 마침내, 신중한 계획을 통해 스타키는 딱 적당한 시간과 장소에 자연스럽게 스며들어, 코너가 이 모든 게 장기 계획의 일부라는 것을 모른 채 그에게 호의를 품게 만들었다.

이제 그는 묘지에서 가장 높은 계급에 있다. 음식 공급을 맡았을 뿐이지만, 덕분에 7백 명의 아이들과 직접적으로 접촉할 수 있다. 그에게는 더 큰 영향력, 더 넓은 접근권이 생겼다. 전에는 수상해 보였을 행동도 이제는 홀리 중의 홀리에게 주어지는 권한으로 받아들여진다.

어느 날 오후, 스타키는 아무것도 모르는 척하며 묘지의 컴퓨터 및 통신 센터인 컴범에 들어간다. 헤이든이 운영하는 이곳은 적의 무전을 끌어들여 해독하기 위해 설계된 곳이다. 지금도 그런 기능을 수행한다. 단, 지금은 적이 전국 청소년 전담국이다. 컴범에는 늘 홀리 대여섯 명이 상주하고 있다. 헤이든이 컴퓨터 실력을 눈여겨보고 직접 고른 아이들이다.

「난 모두가 생각하는 그런 테크 천재가 아니야.」 헤이든이 스타키에게 말한다. 「그냥 다른 사람의 업적을 차지하는 걸 아주 잘할 뿐이지. 아버지한테 물려받은 재능 같아. 아버지는 회사에서 계급 사다리를 오르며 사람들의 손가락을 밟아 버리는 특별한 능력이 있었거든.」 헤이든은 스타키를 잠시 바라본다. 스타키는 그냥 미소 짓는다.

「무슨 문제 있어?」

「아니.」 헤이든이 말한다. 「그냥 네가 내 자리를 노리는 건가 싶어서. 상관은 없지만. 난 한동안 음식 공급부에서 일해도 괜찮아. 하지만 네 의도가 뭔지 알면 도움이 될 거야.」

「그냥 여기 일이 어떻게 돌아가는지 알고 싶었어. 그게 다야.」

「아, 너 그런 애구나.」 헤이든이 말한다. 스타키는 헤이든이 말하는 〈그런 애〉가 무슨 뜻인지 모른다. 하지만 헤이든이 그가 알고 싶어 하는 것을 말해 주기만 한다면 상관없다.

「난 여기에 인종적으로 다양한 팀을 꾸렸어.」 헤이든이 실내를 둘러보며 자랑스럽게 말한다. 「태드는 일본계고 헤일리는 엄버야. 지반은 인도계고 에스메는 반쪽 히스패닉이야. 나머지 반쪽은 외계인 같아. 완전히 인간이라기엔 너무 똑똑하거든.」 에스메가 잠시 어깨를 으쓱하며 자랑스러운 표정을 짓더니 다시 암호화된 통신 내용을 해독하는 작업을 한다. 「나심도 있어. 걔는 무슬림이야. 유대인인 리즈베스랑 함께 일하지.

근데 그거 알아? 둘이 사랑하는 사이야.」

「닥쳐라.」 나심이 말하자 리즈베스가 그의 말이 사실임을 인정하듯 힘을 실어 그를 때린다.

헤이든은 다양한 모니터 콘솔을 가리킨다. 「이걸로 통신 감시 프로그램을 돌려. 이메일에서 전화 통화에 이르기까지 모든 것에서 키워드를 뽑아낼 수 있어. 청소년 전담 경찰이 중요한 일을 꾸미고 있으면 우리가 미리 알 수 있지. 원래는 테러와 싸우려고 개발된 조기 경보 시스템 같은 건데, 이제 민간인을 위해서 쓸 수 있다니 좋지 않아?」

「이걸로 상황이 위험해지고 있다는 걸 알면 어떻게 하는데?」

「내가 그런 걸 퍽이나 알겠다.」 헤이든이 말한다. 「그건 코너가 판단할 일이야.」

헤이든이 〈라디오 프리 헤이든〉 방송을 위한 재생 목록을 만들고 인터뷰를 하는 콘솔도 있다.

「이게 고함을 치는 것보다 멀리까지 가지 않는다는 건 너도 알지?」 스타키가 히죽거리며 말한다.

「당연하지.」 헤이든이 말한다. 「더 멀리 가면 청담한테 잡힐 거야.」

「아무도 듣지 않는데 누굴 위해서 하는 거야?」

「일단, 아무도 안 듣는다는 네 가정은 틀렸어.」 헤이든이 말한다. 「어느 순간에든 최소 대여섯 명은 듣고 있어.」

「그래.」 태드가 말한다. 「우리를 말하는 거야.」

「둘째.」 헤이든은 부정하지 않고 이어 말한다. 「이걸로 난 방송 커리어를 쌓고 있어. 열일곱 살이 되면 여길 나가서 그쪽 일을 할 계획이거든.」

「남아서 코너를 돕지 않고?」

「내 충성심은 저온 살균된 우유처럼 유통 기한이 절반밖에 안 돼.」 헤이든이 말한다. 「코너를 위해서라면 총알도 맞을 거야. 코너도 알아. 하지만 그건 내가 열일곱 살이 될 때까지만이야.」

모든 문제가 상당히 간단해 보인다. 그때 에스메가 말한다. 「난 네가 이미 열일곱 살인 줄 알았는데.」

헤이든은 불편한 듯 어깨를 움직거린다. 「작년은 빼야지.」

지반 옆에는 인쇄물이 쌓여 있다. 이름, 주소, 날짜가 적힌 목록이다. 스타키가 그것을 집어 든다. 「이건 뭐야?」

「우리 훌륭하신 지반 님께서는, 여기서 피닉스까지 이르는 지역에 있는 언와인드 예정자 명단을 확보하는 임무를 맡고 계셔.」

「얘들이 너희가 구출해야 할 아이들이야?」

「걔들 전부를 구출하는 건 아니고.」 헤이든이 말한다. 「우린 고르고 선택해. 모두를 구할 수는 없지만, 구할 수 있는 애들은 전부 구하려고 하지.」 그는 강조 표시된 이름들 — 구조 대상으로 선택된 아이들 — 을 가리킨다. 스타키는 명단을 보다가 화가 나기 시작한다. 각 아이에 대한 정보가 있는데, 그중에는 생일도 포함되어 있다. 생일이 없는 아이들은 대신 황새 배달된 날짜가 적혀 있다. 황새 배달된 아이 중에는 구조 표시가 된 아이가 한 명도 없다.

「너랑 코너는 황새 배달된 아이들은 구하지 않는 거야?」 스타키가 묻는다. 목소리에서 차가움이 그대로 묻어난다.

헤이든은 잠시 어리둥절한 표정을 짓더니 명단을 가져가 살펴본다. 「흠, 그건 몰랐네. 아무튼, 황새 배달 여부는 우리 기준이 아니야. 우리는 조명이 어두운 교외 지역의 외동아이를 찾고 있어. 그 말은, 우리를 보고 비명을 지를 사람의 수가 적고, 누군가에게 목격될 가능성도 낮다는 뜻이거든. 형제자매가 있는 집은 우리가 아무리 협박해도 입을 다물지 않거든. 황새 배달을 하는 엄마들이 대부분 이미 부모가 된 사람들에게 아기를 주나 봐. 황새 배달된 외동은 찾기 어려워.」

「뭐, 기준을 바꿔야 할지도 모르겠네.」 스타키가 말한다.

헤이든은 별문제 아니라는 듯 어깨를 으쓱한다. 그 모습에 스타키는 더욱 화가 난다. 「코너한테 말해.」 헤이든은 그렇게 말하더니 통신 센터 관광 안내를 이어 가지만, 스타키는 더 이상 그의 말을 듣지 않는다.

컴범에서 알게 된 정보로 스타키는 게임을 뒤집을 아이디어를 얻는다. 그는 묘지에서 황새 배달된 아이들을 하나하나 특정한다. 쉬운 일은 아니다. 대부분의 황새 배달된 아이들은 그 사실을 부끄러운 비밀로 간직하고 있기 때문이다. 하지만 스타키는 자신이 현관에 남겨진 아이라는 사실을 숨기지 않는다. 머잖아 황새 배달된 아이들이 그를 찾기 시작한다. 스타키를 자신들의 대변인으로 본다.

알고 보니, 묘지 전체 인구의 4분의 1이라는 어마어마한 숫자가 황새 배달된 아이들이라는 사실이 드러난다. 스타키는 이 정보를 혼자만 간직한다.

뱀은 처음에 스타키를 싫어했다. 그가 홀리 중의 홀리에서 자기 자리를 빼앗아 갔다고 생각했기 때문이다. 하지만 그녀

또한 자신도 황새 배달된 아이였기에 금세 스타키에게 마음을 연다. 「코너한테 복수하고 싶으면 인내심을 가져.」 스타키가 뱀에게 말한다. 「때가 올 거야.」 뱀은 꺼림칙해하면서도 그의 말을 받아들인다.

어느 날, 스타키는 엔진 해체 작업을 감독하느라 바쁜 코너를 본다.

「살 사람이 있는 거야, 아니면 팔려고 내놓는 거야?」 스타키가 유쾌하게 묻는다.

「경영 본부에서 해체해 달라고 했어. 내가 아는 건 그게 전부야.」

「엔진에 롤스로이스라고 적혀 있는데……. 자동차만 만드는 줄 알았어.」

「아니야.」

스타키는 쓸데없는 얘기를 계속 늘어놓는다. 결국 그는 코너가 엔진과 스타키에게 관심을 나눠 써야 한다는 사실에 짜증이 났다는 걸 확신한다. 바로 그때, 스타키는 소매 안에 감추고 있던 것을 꺼낸다.

「있잖아, 내가 생각한 게 있는데……. 너도 내가 황새 배달됐다는 건 알지? 근데 있잖아, 대단한 건 아닌데, 오락용 비행기에 황새 배달된 아이들만을 위한 시간을 따로 정해 두면 좋을지도 모르겠어. 그냥 우리가 더 이상 차별당하지 않는다는 걸 보여 주게.」

「그래, 그래. 그렇게 해.」 코너가 엔진을 바라보며 대답한다. 그는 대화를 끝내게 되어 기쁠 뿐, 자신이 방금 내준 것이 무엇인지조차 깨닫지 못한다.

스타키는 자신이 이끄는 작은 모임을 〈황새 클럽〉이라 부르며 매일 저녁 7시에서 8시까지 한 시간을 차지한다. 모두가 다른 어딘가를 보고 있을 때, 묘지 안에서는 새로운 계급 체계가 생겨난다. 황새 클럽은 오락용 비행기에서 특별한 회원 전용 시간을 누릴 수 있는 유일한 소수자 그룹이 된다. 이 아이들은 그런 특권을 누려 본 적이 없다. 스타키는 아이들이 그 특권을 급히 먹어 치우기를 바란다. 그 특권에 익숙해지기를 바란다. 그들 모두가 이런 특권을 기대하기를, 스타키가 그런 특권을 가져다줄 수 있음을 알게 되기를 바란다.

스타키가 음식 공급부를 운영하고 있기에 황새 클럽 회원들은 다른 아이들을 대신해 서빙을 하기 시작한다. 그들은 윙크하며 다른 황새들에게 더 많은 음식을 내준다. 홀리 중의 홀리에서 이처럼 슬그머니 형성된 작은 동맹을 알아챈 사람은 두 명뿐이다. 사회적 갈등이 일어날 만한 지점들을 미리 뿌리 뽑는 일을 맡은 애슐리와, 유지 보수 및 위생부의 존을 대신한 밉살맞은 셔먼이라는 아이다. 알고 보니 랠피 셔먼은 뇌물만 주면 못 본 척해 주는 아이였고, 애슐리에 대해서라면 스타키가 상황을 상당히 잘 통제하고 있다.

「황새들에 대한 특별 대우가 평범한 애들한테 분노를 일으키면?」 어느 날 밤, 스타키가 저녁 식사를 감독하고 있는데 애슐리가 묻는다.

「글쎄.」 스타키는 약간 유혹적인 미소를 지으며 말한다. 「평범한 애들은 엿이나 먹으라고 해.」

그 말에 애슐리는 아주 약간 얼굴을 붉힐 뿐이다. 「그냥 눈에 띄지 않게만 해. 알았지?」

여전히 매력적인 미소를 지으며 스타키가 말한다. 「내가 제일 잘하는 게 그거야.」 그는 애슐리에게 산더미처럼 음식을 쌓아 주며, 애슐리를 자신의 계획에 어떻게 은밀히 끌어들일지 계산한다.

「넌 읽기 어려운 녀석이야.」 애슐리가 말한다. 「정말 네 머릿속에 들어가 보고 싶어.」

그 말에 스타키는 답한다. 「나도 같은 감정이야.」

매일 밤, 오락용 비행기의 〈황새 시간〉 동안 스타키는 당구나 탁구를 치면서 불만의 작은 씨앗을 심는다. 대놓고 반란을 부추기지는 않는다. 그저 특정한 방향의 생각을 불러일으키는, 순진무구한 암시를 할 뿐이다.

「그렇게 똑똑하지 않은 녀석치고는 코너가 일을 잘하는 것 같아.」 그는 아무렇지 않게 아이들에게 말한다. 아니면, 〈난 정말 코너가 좋아. 지도자감은 아니지만 멋진 녀석이잖아?〉라는 식이다.

스타키는 절대 공개적으로 반발심을 드러내지 않는다. 그건 비생산적이다. 코너를 무너뜨리려는 것이 아니다. 그의 뿌리를 썩게 하려는 것이다.

스타키는 코너의 자리를 차지할 사람이 자신이어야 한다는 말은 결코 하지 않는다. 그런 주장은 결국 다른 황새들에게서 나올 것이다. 그가 재촉하지 않아도, 모두 그 말을 하게 될 것이다. 스타키는 그렇게 되리라는 걸 안다. 모든 황새 배달된 아이는 마음속 깊은 곳에서 자신이 이등 시민으로 여겨지지 않는 세상을 꿈꾼다는 걸 알기 때문이다. 그러므로 스타키는 단순한 클럽의 지도자가 아니다. 그는 황새가 가져다준 구원의 상징이자 희망이 된다.

3부
영혼의 창

2011년 10월, 인터넷에서 수집.

세계 범죄 시장에서, 신장을 포함한 장기의 가격은 공개적으로 접근 가능한 보고서를 기반으로 미국 달러로 제시되어 있다. 가격은 장기 판매자에게 지급된 금액이거나 구매자가 실제로 지불한 금액을 나타낸다.

신장 구매자가 지불한 평균 금액: 150,000달러
신장 판매자가 지급받은 평균 금액: 5,000달러
예멘의 신장 중개업자: 60,000달러
필리핀의 신장 중개업자: 1,000~1,500달러
이스라엘의 신장 구매자: 125,000~135,000달러
몰도바의 신장 구매자: 100,000~250,000달러
싱가포르의 신장 구매자: 300,000달러
미국의 신장 구매자: 30,000달러
중국의 신장 구매자: 87,000달러

사우디아라비아의 신장 구매자: 16,000달러
방글라데시의 신장 판매자: 2,500달러
중국의 신장 판매자: 1,500달러
이집트의 신장 판매자: 2,000달러
케냐의 신장 판매자: 650달러
몰도바의 신장 판매자: 2,500~3,000달러
페루의 신장 판매자: 5,000달러
우크라이나의 신장 판매자: 200,000달러
베트남의 신장 판매자: 2,410달러
예멘의 신장 판매자: 5,000달러
필리핀의 신장 판매자: 2,000~10,000달러
중국의 간 구매자: 21,900달러
중국의 간 판매자: 3,660달러

www.havocscope.com 참조.

11
담배 중독자

소년은 자신이 죽으리라고 확신한다.

구덩이에 떨어지며 발목을 삐었다. 어쩌면 뼈가 부러졌을지도 모른다. 지금은 퍼렇게 부어 있다. 며칠째 그 상태다. 고약하지만, 지금 그에게 닥친 문제 중에서 가장 나쁜 건 아니다.

구덩이 깊이는 3미터를 넘는다. 발목이 멀쩡했어도 절대 기어 나갈 수 없었을 것이다. 그는 닷새 동안 도와달라고 소리쳤다. 이제 목에서는 그저 메마르고 쉰 소리만 나올 뿐이다.

이게 다 멍청한 담배 때문이다.

그가 담배를 끊은 지 몇 주가 지났다. 공급자가 다시 체포됐다. 학교에 담배를 피운다고 자랑하는 아이들이 있긴 하지만, 아무도 그에게 담배를 건네거나 판매자의 이름이라도 알려 주지 않았다. 그래서 그는 이 구역으로 왔다. 버려진 창고들이 썩어 가고 있는 구역으로, 이곳은 우범 지역으로 불렸다. 그러나 아무도 그 창고를 허무는 데 돈이나 힘을 낭비하고 싶어 하지 않았다.

그는 담배를 다시 손에 넣을 수 있는 곳이 있다면 바로 이곳일 거라고 확신했다. 이 동네에서 기분 나쁜 니코틴 중독자 한 명이라도 발견할 수 있다면 보람이 있을 터였다. 그날은 학교를 마치고 창고가 있는 거리로 멀리 돌아간 세 번째 날이었다. 하지만 아무것도 없었다. 아무도. 심지어 니코틴 중독자들도 창고 구역에는 관심을 받을 만한 가치가 없다고 여긴 듯 했다.

그러니 그가 열린 문과 바닥에 흩어진 담배꽁초를 발견했을 때 얼마나 놀랐을지 상상해 보라. 마치 이보다 더 좋은 곳은 없다는 듯이 말이다.

그는 썩어 가는 건물 안으로 들어갔다. 거대한 공간에서 곰팡내가 피어올랐다. 말라 떨어진 페인트 가루가 낙엽처럼 바닥에 흩뿌려져 있었다.

그때, 그는 보았다. 저 멀리, 창고 안쪽에 매트리스가 있었다. 더럽고 찢어져 있었다. 아마 노숙자의 은신처였을 터였다. 매트리스 자체는 평범했다. 특별한 건, 그 위에 놓인 개봉되지 않은 담뱃갑이었다.

믿을 수가 없었다! 그는 아무도 없는지 주위를 둘러보고 서둘러 매트리스로 향했다. 매트리스에 올라서서 담뱃갑으로 손을 뻗었다.

하지만 담뱃갑에 손이 닿기도 전에 매트리스가 발밑에서 푹 꺼졌다. 그는 구덩이 아래로 곤두박질쳤다. 매트리스 덕분에 추락이 대부분 완화되긴 했지만, 오른쪽 발목은 아무 보호도 받지 못한 채 바닥에 부딪혔다. 고통으로 거의 기절할 뻔했다. 시야가 맑아졌을 때, 그는 무슨 일이 일어난 건지 깨달았다.

그는 분노했다. 처음 든 생각은 이게 일종의 장난일 거라는 거였다. 학교 친구들이 위에서 그를 내려다보며 손가락질하고 비웃고 그를 바보라고 부르리라 생각했다. 하지만 곧 깨달았다. 이건 장난이 아니었다. 이건 함정이었다.

하지만 왜 닷새나 지났는데 아무도 오지 않는 걸까?

구덩이 밑바닥에는 물 주전자 하나와 크래커 한 상자가 있었다. 용변을 볼 사기그릇도 하나 있었다. 누군지는 몰라도 함정을 설치한 사람은 그가 굶어 죽기를 바라지 않았지만, 배급을 제대로 해주지도 않았다. 음식과 물은 사흘 만에 떨어졌고, 이제 남은 건 형편없는 담뱃갑뿐이었다. 성냥이 없어서 담배조차 피울 수 없었다. 어느 순간에 그는 포장지에 싸인 담배를 먹어 보려 했다. 담배에 영양분이 조금이라도 있을 거라는 생각에서였다. 헛구역질이 날 뿐이었다.

이제 5일 차가 저물어 가는 지금, 그는 아무도 자신을 찾으러 오지 않으리라고 확신했다. 너무 늦어 버릴 때까지, 아무도 그를 발견하지 못할 것이다.

그때, 어두워지기 직전에 창고 바닥의 페인트 조각이 밟히는 소리가 들린다.

「어이!」 그는 소리치려 한다. 「여기예요!」 그의 목소리는 식식대는 숨소리와 다름없지만 그걸로 충분하다. 누군가의 얼굴이 나타나 그를 내려다본다.

「세상에, 거기서 뭐 해? 괜찮아?」

「도와주세요······.」

「꽉 잡아.」 남자가 말한다. 그는 잠시 사라졌다가 알루미늄 사다리를 가지고 돌아온다. 그 사다리를 구덩이 안으로 내린다. 소년은 일어설 힘조차 없지만, 비밀리에 아껴 두었던 아드레날린을 연료 삼아 사다리를 기어오른다. 부러진 발목에 체중이 실릴 때마다 견디기 힘든 통증이 밀려온다. 30초 만에 그는 구덩이에서 나와 자신을 구해 준 낯선 사람을 두 팔로 끌어안는다.

남자가 그를 앉힌다. 「자, 좀 마셔라.」 그는 그렇게 말하며 물병을 건넨다. 소년은 그 물이 세상의 유일한 물이라도 되는 양 게걸스럽게 들이켠다. 「저 아래에 얼마나 있었던 거야?」

「닷새요.」 소년은 물을 삼키려다 구역질을 한다. 하마터면 토할 뻔했지만 간신히 참아 낸다.

남자가 무릎을 꿇고 그를 보며 고개를 젓는다. 「무단이탈 언와인드는 늘 곤란한 처지에 빠진다니까. 좀 더 조심해야지.」

소년이 고개를 젓는다. 「저는 언와인드가 아니에요.」

남자가 씩 웃으며 다 안다는 듯 고개를 끄덕인다. 「그래, 그래. 다들 그렇게 말하지. 걱정하지 마라. 나한테는 비밀을 말해도 안전해.」

그때, 소년은 갑자기 팔에서 따끔한 통증을 느낀다.

「아야!」 그는 아래팔에 핏방울이 맺힌 것을 본다. 낯선 사람이 작은 전자 장치로 그 피를 채취한다. 「뭐 하는 거예요?」

남자는 못 들은 체하고 장치의 수치를 확인한다. 소년의 이모는 당뇨병 환자다. 이모가 비슷한 장치로 혈당을 확인한다. 하지만 소년은 이 장치에 다른 목적이 있으리라고 의심한다. 그 목적이 무엇인지는 확실히 알 수 없지만.

「흠.」 남자가 한쪽 눈썹을 치켜올리며 말한다. 「사실을 말한 것 같네. 네 DNA는 무단이탈 언와인드 데이터베이스에 등록된 어느 아이와도 일치하지 않아.」

「아아, 알겠다. 청소년 전담 경찰이시군요!」 그는 안심한다.

청소년 전담 경찰은 안전하니까. 경찰이 부모가 있는 집으로 데려다줄 것이다. 부모는 토할 만큼 걱정하고 있을 테고.

「뭐…… 예전에는 청소년 전담 경찰이었지.」 남자가 말한다. 「하지만 지금은 아니야.」 그러더니 그는 손을 내밀어 악수를 청한다. 「내 이름은 넬슨이야. 넌?」

「베넷이요. 베넷 가빈.」 물을 마시고 시간이 어느 정도 흐른 지금에야 그는 집중력을 되찾는다. 넬슨을 제대로 볼 수 있을 만큼. 넬슨은 수염을 깎지 않았다. 손톱은 더럽다. 자신을 제대로 돌보지 않은 모습이다. 하지만 가장 인상적인 부분은 눈이다. 넬슨의 나머지 부분과 어울리지 않는, 낯설고 동떨어진 강렬한 눈. 그의 눈은 양쪽이 서로 어울리지 않는다. 서로 다른 색조의 파란색이다. 불안하다.

「저희 부모님한테 연락해 주실 수 있을까요?」 베넷이 묻는다. 「저를 찾았다고 말씀해 주실래요?」

넬슨의 얼굴에서 희미한 미소가 사라진다. 「아, 오늘은 안 될 것 같은데.」

베넷은 그 말을 이해하지 못한다. 너무 지쳐서 아무 말도 할 수 없다. 아무것도 먹지 못한 데다 체내에 물이 흡수되지 않아서 모든 것이 흐릿하다.

「네가 날 봤으니 이젠 보내 줄 수 없어.」 그러더니 넬슨은 그의 팔을 거칠게 잡는다. 옆구리를 찌르고 베넷의 입에 더러운 손가락을 집어넣어 말의 이빨을 확인하듯 치아를 확인한다. 「그 고약한 발목만 빼면, 넌 최고급 표본이야. 약간 탈수됐지만, 물 몇 병만 마시면 해결될 문제지. 암시장의 상인들은 네가 언와인드이든, 아니든 신경 쓰지 않거든. 돈은 똑같이 준단 말이야.」

「안 돼!」베넷은 몸을 빼내려고 애쓰지만 힘이 없다.「제발 해치지 마세요!」

넬슨이 웃는다.「널 해친다고? 그럴 생각은 전혀 없어. 네 상태가 좋을수록 나한테는 가치가 큰걸.」

「제 부모님도 돈이 있어요. 몸값을 주실 거예요.」

「난 인질 협상은 안 해.」그가 말한다.「하지만 이건 말해 주지. 난 네 눈이 마음에 들어. 아주 표현력이 풍부한걸. 그러니 그 눈을 봐서 기회를 줄게.」넬슨은 입구를 가리킨다.「내가 진정시키기 전에 앞문까지 갈 수 있으면 놔주마. 제기랄, 10초 먼저 출발하게 해줄게.」그는 베넷을 끌어당겨 세운다.「준비, 시작!」

두 번의 권유는 필요 없다. 베넷은 드넓은 창고를 가로질러 달리기 시작한다. 어지럽다. 몸이 말을 듣지 않는다. 하지만 그는 어떻게든 발을 움직이게 만든다.

「하나!」

발목이 욱신거리지만 참는다. 폐가 아프지만 신경 쓰지 않는다. 그는 이게 죽느냐, 사느냐의 문제라는 걸 안다. 고통은 일시적인 것일 뿐이다.

「둘!」

페인트 조각이 발밑에서 달걀 껍데기처럼 부서진다.

「셋!」

물이 뱃속에서 꾸르륵댄다. 그 바람에 배가 더 아프다. 하지만 그 때문에 느려질 순 없다.

「넷!」

창고 문은 활짝 열려 있다. 노을이 정오의 태양처럼 밝고 환하게, 찬란하게 문틈으로 스며든다.

「다섯!」

몇 미터만 더 가면 된다. 거의 다 왔다!

「여섯, 일곱, 여덟, 아홉, 열!」

베넷이 속았다는 걸 깨닫기도 전에 화살이 그의 목덜미에 박힌다. 진정제가 뇌간으로 곧장 퍼진다. 다리가 털썩 꺾이고, 그토록 가까워 보였던 문은 백만 킬로미터 멀어져 간다. 시야가 흐려진다. 머리가 바닥에 떨어진다. 퀴퀴하고 독한 냄새가 난다. 그는 정신을 잃지 않으려 애쓴다. 위에서 그림자가 불안하게 다가온다. 흐려져 가는 시야에 깃든 검은 유령이다. 의식을 잃기 전, 그는 넬슨의 말을 듣는다.

「눈이 정말 마음에 들어. 내 눈보다도 훨씬.」

12
넬슨

 J. T. 넬슨은 부주의한 아이들을 암시장의 상인에게 팔아서는 부자가 될 수 없다는 걸 안다. 아이들을 잡아들이는 활동이 합법적이던 시절에도 그 일은 돈이 되지 않았다. 그래도 상관없었다. 청소년 전담 경찰이었을 때, 그는 기꺼이 안정적인 월급과 건강 보험, 연금이라는 약속을 받아들였다. 자신의 삶이 차지하는 자리에 만족감 이상을 느끼며 질서를 유지하고 무단이탈자들을 정의의 심판대에 세웠다. 하지만 애크런의 무단이탈자가 그의 진정탄 총으로 그를 쓰러뜨린 날 모든 것이 바뀌었다. 거의 1년이 지난 지금도 그는 코너 래시터를 머릿속에서 떨쳐 버릴 수 없다. 넬슨의 다리에 진정탄을 쏘며 그가 지었던, 그 잘난 척하는 오만한 표정을.

 넬슨에게 그건 세상 끝까지 울려 퍼지는 총성이었다.

 그 순간부터 그의 인생은 살아 있는 지옥이 되었다. 그는 농담거리가 되었다. 자기 부서뿐만 아니라 전국적으로. 그는 악명 높은 언와인드를 놓친 경찰이라는 이유로 조롱을 받았다. 그렇게 코너 래시터는 전설이 되었고, 넬슨은 일자리와 자존감을 잃었다. 아내마저 그를 떠났다.

하지만 그가 진창 속에 뒹군 건 잠깐뿐이었다. 그는 분노로 차 있었지만, 그 분노를 유용한 무언가로 바꾸는 법을 알고 있었다. 청소년 전담국에서 더 이상 그를 원하지 않는다면, 그는 자영업자가 되면 그만이었다. 암시장 사람들은 그가 코너 래시터를 놓쳤다고 비웃지 않았고, 질문도 하지 않았다.

처음에는 무단이탈자만 잡았다. 그들은 멍청한 어린애답게 그가 설치한 갖가지 함정에 금방 걸려들었다. 그러던 어느 날, 넬슨은 처음으로 가출자를, 무단이탈 언와인드 데이터베이스에 DNA가 등록되어 있지 않은 아이를 잡았다. 그는 암시장 사람들이 그 아이를 거부하리라 생각했지만, 그들은 상관하지 않았다. 대상이 건강하기만 하면 그는 돈을 받았다. 심지어 오늘 잡은 것 같은 아이, 그냥 운이 나빴던 아이도 마찬가지였다. 그는 그런 아이들도 기꺼이 잡았다. 양심은 성가실 게 없었다.

성가신 건, 아이들의 눈이었다.

가장 곤란한 게 그것이었다. 아이들이 그를 보는 시선. 두려움과 애원이 섞인 표정. 그들은 언제나 마지막 순간까지 희망을 품었다. 그가 마음을 바꾸기라도 할 것처럼. 그 눈이 꿈속에서 넬슨을 괴롭혔다. 눈은 영혼의 창이라지 않는가? 하지만 장기 해적 일을 시작한 초기에 거울 속 자기 눈을 보았을 때, 넬슨은 그 눈에서 아무것도 읽어 낼 수 없었다. 그의 〈창〉에는 그런 영혼의 표현이 드러나 있지 않았다. 텅 빈 자신의 눈을 볼수록 그는 점점 더 질투하게 되었다. 그런 결백함을, 그 간절한 희망을 일부라도 갖고 싶었다. 그래서 어느 날, 암시장의 연락책에게 최근에 잡은 아이의 눈을 몸값 일부로 대신 달라고 했다. 눈 하나밖에 받지 못했지만, 아예 없는 것보다는 나았다. 첫 번째 이식 수술 이후로, 그는 거울 속 자신을 볼 때마다 그 눈에서 한 조각의 인간성을 보았다. 잠깐은 희망에 부풀었다. 그 눈을 보면, 젊은 날 이상주의적이던 한 젊은이가 떠올랐다. 하지만 한 가지 문제가 있었다. 그는 한쪽은 파란색 눈, 한쪽은 갈색 눈이었다.

그래서 그는 다른 눈을 차지했다. 하지만 그 눈은 첫 번째 눈과 그리 어울리지 않았다. 그래서 그는 다른 눈을, 또 다른 눈을 차지했다. 수술을 받을 때마다 순결함의 한 조각이 돌아온다고 느꼈다. 머잖아 곧 자신을 완벽하게 만들어 줄 눈을 찾으리라는 걸 알았다. 그때야 비로소 그는 쉴 수 있을 것이다. 그렇게 다른 사람의 눈으로 세상을 보며, 넬슨은 조금씩 조금씩 완전해지고 있었다.

암시장의 상인은 값비싼 유럽제 정장을 입고 포르쉐를 몬다. 육신을 사고파는 수상한 인물이라기보다는 합법적인 사업가처럼 보인다. 그는 사업으로 부자가 되었음을 감추지 않는다. 오히려 왕족이라도 무시할 수 있다는 듯 부를 과시한다. 넬슨은 그런 그가 부럽다.

그는 〈다이밴〉이라는 이름으로 통한다. 무슨 패션 디자이너 같은 이름이다. 자신을 암시장 상인이라 부르지 않고 〈독립 공급자〉라 부른다. 그의 하비스트 캠프는 바닷가 어딘가에 숨겨져 있다. 수수께끼 같다. 넬슨조차 그 위치를 알지 못한다. 그곳에서 이루어지는 수술은, 미국 하비스트 캠프의 엄격한 규칙을 전혀 따르지 않을 것이다.

다이밴은 사니아에서 넬슨을 만난다. 미시간주 포트휴런에서 다리 하나만 건너면 있는 캐나다 마을이다. 다이밴은 미국 땅을 밟을 수 없다. 여러 건의 체포 영장이 발부된 상태이기 때문이다. 하지만 캐나다인들은, 착하기도 하지, 훨씬 더 관대하다.

다이밴은 위장용으로 쓰는 자동차 영업소의 뒤편에 발목이 망가진 소년을 둔다. 그는 부은 발목을 보며 인상을 찡그리고 넬슨에게 손가락을 흔들어 댄다. 흥정으로 넬슨을 후려치려는 그의 전략이다. 소년은 이제 정신을 차렸지만, 여전히 진정제의 약효 때문에 비틀거린다. 말이 안 되는 소리를 웅얼거린다. 넬슨은 그의 말을 못 들은 체하지만, 다이밴은 아이의 뺨을 가만히 어루만진다.

「아무것도 걱정하지 마라.」 그가 소년에게 말한다. 「우린 야만인이 아니야.」 그가 늘 하는 말이다. 실질적인 정보는 전혀 없으면서 어째서인지 위로처럼 들린다. 다이밴의 모든 것이 그렇듯 계산된 말이다.

아이는 어디론가 끌려가고 거래가 이루어진다. 습관대로 다이밴은 넬슨에게 무수한 지폐로 가득한 클립에서 현금을 꺼내 준다. 그런 다음 쾌활하게 넬슨의 등을 두드린다. 넬슨은 청소년 전담 경찰일 때보다 지금 장기 해적으로서 더 많은 존중을 받는다.

「자네라면 언제나 필요한 걸 가져다줄 거라 믿네. 내 관계자들이 모두 자네처럼 한결같지는 않아. 요즘은 청소년 전담국이 무단이탈 언와인드에 대한 보상금을 지급하고 있어서 내 손에 들어오는 아이들이 줄었지.」

「빌어먹을 17세 연령 제한법 같으니 말이죠.」 넬슨이 말한다.

「그러게 말이네. 사회가 덜 문명화된 예전으로 돌아가려는 징후가 아니길 바라야지.」

「어림도 없습니다.」 넬슨이 말한다. 「사람들은 절대 그런 시절로 돌아가지 않을 겁니다.」

언와인드 합의가 이루어지고 전쟁이 끝났을 때, 그는 어린 애였다. 하지만 그 시절을 떠올리면 기억나는 건 전쟁이 아니다. 10대 무법자에 대한 두려움이다. 공교육이 무너지고 직장도, 학교도 잃은 10대들이 넘쳐 났다. 그건 전쟁 이전부터 그랬다. 사실, 다른 무엇보다 그 두려움이 전쟁을 촉발했다. 누구는 10대 무법자들이 가족 가치관의 붕괴에 따라 만들어졌다고 주장했고, 누구는 10대 무법자들이 더 이상 세상의 필요를 충족하지 못하는 경직된 신념의 산물이라고 했다. 양측이 모두 옳았다. 양측이 모두 틀렸다. 하지만 사람들이 자기 자식을 두려워해 거리에도 나서지 못하는 상황에서는 그런 건 중요하지 않았다.

「언와인드는 전쟁만 끝낸 게 아닙니다.」 넬슨이 다이밴에게 말한다. 「언와인드는 잡초를 걸러 냈어요. 놈들이 우리를 질식시키지 못하도록 막았습니다. 무단이탈자에 대한 두려움이 우리 사업을 계속 가능하게 해줄 겁니다.」

「진심으로 자네 말이 맞길 바라네.」 다이밴은 뭔가 더 말하려다가 생각을 바꾼다.

「저한테 숨기는 게 있으십니까?」

「자네가 걱정할 문제는 아니야. 그냥 소문이라. 다음에 오면 더 얘기하지. 그리고, 나한테 여자아이가 부족하다는 걸 기억해 두게. 특히 머리카락이 빨간색인 아이들. 엄버도 부족해, 양쪽 성별 다. 그리고 물론 〈기회의 민족〉에게는 언제나 높은 값을 치르겠네.」

「기억해 두겠습니다.」 넬슨이 말한다. 이미 그 조건에 맞는 계략을 꾸미고 있다. 그는 아직 아메리카 원주민 아이를 잡은 적이 없다. 하지만 머잖아, 소위 〈기회의 민족〉은 무너져 넬슨에게 승리의 손만이 아니라 승리의 몸통 전체를 가져다줄 것이다.

다시 다리를 건너 미국 땅으로 돌아가는 길, 그는 기분이 고양되어 있다. 다이밴이 무엇을 걱정하든 그건 근거 없는 걱정이다. 넬슨은 최근에 외부자의 인생을 선택했지만, 지금도 시대의 맥박을 짚고 있다고 느낀다. 문명화된 사회 곳곳에서 언와인드라는 방식을 활용하고 있다. 이것이야말로 문제 있고 쓸모없으며 아무도 원하지 않는 자들에게 쓸 수 있는 대안임을 누가 부정할 수 있겠는가? 광고에서도 말하지 않던가. 〈언와인드는 좋은 약에 그치지 않는다. 언와인드는 올바른 이념이다.〉

애초에 넬슨이 청소년 전담 경찰이 된 것도 그 이념의 올바름 때문이었다. 거리에서 오물을 쓸어 내 세상을 더 깨끗하고 밝은 곳으로 만들고 있다는 생각이야말로 그를 경찰 학교까지 나아가게 했다. 하지만 이제 그의 이상은 언와인드로 낙인 찍힌 아이들에 대한 변치 않는 분노로 바뀌었다. 그들은 모두 비슷했다. 좀 더 자격이 있는 사람들에게서 값진 자원을 빨아가고, 평화로운 분열을 받아들이기보다 그 한심한 개성에 매달렸다. 그들은 다른 누구도 그만한 노력을 기울일 가치가 없다고 생각하는 인생을 계속 살겠다고 우겼다. 법 집행관일 때는 품위 유지 규정이 그를 자제시켰다. 하지만 장기 해적이 된 지금, 그는 훨씬 더 효과적으로 일을 처리할 수 있었다. 그러니 그가 자기 인생을 망쳤다며 코너 래시터를 비난한대도, 사실은 코너가 그에게 호의를 베풀어 준 것인지도 모른다. 그래도 애크런의 무단이탈자가 해피 잭 하비스트 캠프에서 불명예스러운 죽음을 맞았다는 소식을 듣고는 엄청난 만족감을 느꼈다. 그 사실이 넬슨에게 희망을 준다. 어쩌면 이 세상에는 정말로 정의가 있을지도 모른다고.

13
코너

 퇴역한 787기는 겨우 열네 명의 흘리만을 화물칸의 맥주 통에 꽉꽉 눌러 담은 채 도착한다. 코너는 저항군의 누군가가 그냥 지루해진 건지, 아니면 맥주 통이 정말로 가장 눈에 띄지 않는 이송 수단인 건지 궁금해진다. 아이들은 모두 비행의 고단함에 시달려 주름지고 웅크린 채 화물칸을 빠져나온다. 코너는 평소처럼 환영 연설을 한다. 비행기가 도착할 때마다 줄어드는 아이들의 숫자가 난감하다.

 아이들을 평가하고 묘지의 삶에 적응할 수 있게 준비시키려고 IHOP 비행기로 옮긴다. 그런 다음 코너는 트레이스와 함께 787기로 돌아간다. 그 비행기는 오래된 보잉사의 드림라이너다. 이 모델이 묘지에 도착한 건 이번이 처음이다. 한때는 항공 산업의 구원자로 불렸으며 확실히 그 기대에 충실했지만, 어떤 비행기든 그 시간이 지나면 더 새롭고 빠르고 연비가 좋은 다른 비행기에 자리를 내주게 마련이다.

 「그래도 인상적인걸.」 트레이스는 코너와 함께 객실을 가로지르며 말한다. 객실 안은 애리조나주의 햇볕으로 이미 무덥다.「고전적인 아름다움이야.」

「꼭 해야 한다면, 이 비행기를 몰 수 있어?」 코너는 드림라이너를 가늠해 보며 묻는다.

트레이스가 씩 웃는다.「열여섯 살 때부터 세스나를 몰았어. ADR에 가담하기 1년 전에는 군용기를 몰았고. 그러니까 맞아, 난 민항기를 몰 수 있어. 뭐, 이걸로 공중제비도 돌 수 있을걸.」

「좋아. 우리가 표적이 된다면 정말로 공중제비를 돌아야 할 수도 있어.」

그 말에 트레이스는 어리둥절해하며 씩 웃는다.「탈출용 비행기로 쓰려고?」

「내부를 싹 들어내면 모두를 태울 수 있어. 편안하지는 않겠지만 가능하긴 할 거야.」

「사양을 확인해서 무게를 버틸 수 있는지 알아볼게.」

「객실을 들어낸 다음 경영 본부 사람들한테 부품을 전부 판매용으로 올리라고 할 거야.」 코너가 말한다.「엔진 부품과 조종석 콘솔도 판매 목록에 올리겠지만, 비행기가 실제로 작동하는 데 필요한 부품들은 해체하지 않을 거야.」

트레이스는 설명 없이도 알아듣는다.「그러니까, 누구든 우리를 지켜보고 있는 사람한테는 비행기가 완전히 해체된 것으로 보이겠지만, 실제로는 여전히 작동 가능한 상태로 유지하겠다는 말이네.」

「바로 그거야. 그런 다음, 우리가 이 비행기를 중앙 통로로 끌고 가는 거야. 숙소용 비행기로 쓰는 것처럼 보이게.」

「훌륭한데.」

「아니.」 코너가 말한다. 「절박한 거지. 자, 타 죽기 전에 여기서 내리자.」

트레이스는 코너를 지프에 태우고 활주로에서 중앙 통로로 돌아간다. 그는 묘지의 보안 담당자일 뿐 아니라 코너의 보디가드이자 기사이기도 하다. 전용 비행기와 파란색 위장복처럼, 트레이스의 이런 역할도 코너의 아이디어는 아니다. 다만 이 역시 환상적인 리더십의 기반을 만드는 데는 도움이 되었다. 사실 코너는 처음부터 다른 아이들과 자신이 구분된다는 생각을 싫어했지만.

「익숙해지도록 해.」 리사가 코너에게 말했었다. 「넌 더 이상 아무 언와인드가 아니야. 이 아이들한테 너는 저항 그 자체야. 책임자 자리에 있는 사람의 이미지를 보여 줘야 해.」 하지만 지금, 책임자가 된 코너는 리사 곁에 있어 주기 어려워졌다. 리사가 지금도 그렇게 생각할지 궁금해진다. 의료용 비행기로 그녀를 만나러 가기 위해 병을 꾸며 내야 할까? 그게 지도자로서 적절한 행동일까?

「드림라이너는 좋은 생각이야.」 트레이스가 다시 코너를 지금 이곳으로 끌어오며 말한다. 「하지만 네 머릿속에 다른 것들도 있다는 건 알아.」

「늘 그렇지.」 코너가 말한다.

「난 네가 청담을 걱정하고 있는 것도 알고, 왜 놈들이 우리를 아직 가만히 놔두는지도 알아.」 트레이스는 잠시 기다렸다가 덧붙인다. 「알 것 같아. 네 마음에는 들지 않겠지만.」

「청담에 대한 거라면, 내가 좋아할 리 있겠어?」

「청담보다는 네 문제야.」

「무슨 말인지 모르겠는데.」

「알게 될 거야.」 그 순간, 차가 턱에 부딪힌다. 코너는 반사적으로 손잡이를 붙잡는다. 트레이스는 운전을 그렇게 해놓고도 사과하지 않는다. 「봐, 코너. 여기 애들은 법적으로 비존재가 되었지만, 그렇다고 무가치한 건 아니야. 이 애들은 다이아몬드처럼 귀중해. 너, 다이아몬드가 왜 그렇게 비싼지 알아?」

「모르겠는데…… 희귀해서?」

「아니, 다이아몬드는 희귀하지 않아. 사실 너무 많아서, 가짜만큼 싸구려가 될 수 있을 정도야. 하지만 다이아몬드 협회라는 게 있어. 세계의 모든 다이아몬드 광산 소유주들이 모여서 뭘 하는지 알아? 스웨덴인지 스위스인지에 있는 거대한 은행의 거대한 금고에 다이아몬드를 숨겨. 수천 개, 수십만 개를. 그렇게 숨겨 두면 다이아몬드가 희귀하다는 환상이 생겨서 가격이 폭등하는 거야.」

지프가 또 다른 구덩이에 빠진다. 이번에는 코너가 대비하지 못하고 충격을 고스란히 흡수한다. 그는 트레이스의 생각을 따라가며, 그 생각이 어디로 이어질지 걱정하기 시작한다.

「17세 연령 제한법이 통과된 이후, 언와인드의 부족이 발생했잖아. 맞지? 모든 부위의 이식 가격이 두 배가 됐어. 심지어 세 배까지 뛰었지. 하지만 사람들은 그 가격을 내. 다들 원할 때 원하는 부위를 받는 데 익숙해져 있기 때문이야. 음식은 안 먹고 살아도 부위를 받지 않고는 못 사는 거지.」 트레이스가 말한다.

「그래서, 그게 나랑 무슨 상관인데?」

「네가 말해 봐.」

코너는 트레이스의 말을 곱씹어 본다. 진실이 와닿는다. 「우리가 금고구나! 우리가 거리에서 무단이탈자들을 치워 주는 한 가격은 오르는 거야. 네가 하고 싶은 말이 그거야?」

「장기 해적에게 잡혀서 암시장에 팔리느니, 여기에 안전하게 있는 게 나은 거지. 암시장은 가격을 떨어뜨릴 뿐이니까.」

코너는 자신이 잡혀 해피 잭 하비스트 캠프로 끌려갔던 날을 떠올린다. 그를 취조했던 청소년 전담 경찰이 묘지에 대해 다 알지만 이곳 아이들을 추적할 만한 가치가 없기에 모르는 척하는 거라고 말했었다. 그건 충격적인 일이었다.

하지만 이건 다른 차원의 충격이다.

코너는 자신이 시스템에 기꺼이 부역하고 있었다는 걸 깨닫는다. 그가 언와인드 협회의 계획에 실제로 장단을 맞추고 있었다는 걸 알자 더러워진 기분이 든다. 더러워진 것보다 더 나빠진 기분이.

그런 뒤에는 더 깊은 깨달음이 찾아온다. 그는 케이오 펀치를 맞은 듯한 기분이 든다. 결정적 펀치에 그는 링 바닥에 납작하게 쓰러진다.

그가 트레이스에게 묻는다. 「청담하고 일한 지는 얼마나 됐어?」

트레이스는 말없이 지프를 몬다. 시선은 앞에 고정한 채 적어도 10초간 침묵을 지킨다. 마침내 그가 말한다. 「답을 알고 싶지 않은 질문은 던지지 마.」

14
덜로리스

제2차 세계 대전에 쓰인 비행기가 영구적으로 박물관에 전시되는 특권을 누리는 동안, 한국 전쟁에 쓰였던 고정익 비행기는 대부분 관심을 받지 못한 채 잊혔다. 한국 전쟁은 헬리콥터가 광범위하게 활용된 최초의 전쟁이었기에, 관심을 받는 비행기는 헬리콥터뿐이다.

중앙 통로에서 두 칸 떨어진 지점에는 한국 전쟁에 쓰였던 딱한 폭격기 한 대가 있다. 제독이 그 자리에 둔 것이다. 코너는 그 주변의 비행기들을 옮긴 적이 있지만, 〈덜로리스〉라 불리는 그 비행기는 전혀 움직이지 않는다. 문이 열리는 경우도 없다. 덜로리스의 해치는 열쇠가 들어가는 자물쇠로 개조되었고, 그 열쇠는 코너만이 가지고 있다. 그는 그 열쇠를 아이처럼 목에 걸고 다닌다.

덜로리스는 무기고다. 그 안에는 방황하는 10대라면 어떤 상황에서도 접근해서는 안 되는, 위험한 무기가 가득 차있다. 물론, 그 10대들이 제복을 입고 있다면 얘기가 달라진다. 묘지가 언젠가 바르샤바의 게토처럼 자체 방어에 나서야 할 거라는 생각은 제독의 머릿속을 맴돌았다. 지금은 코너의 머릿속에 같은 생각이 맴돌고 있다. 코너는 단 하루도 그 생각을 하지 않는 날이 없다. 단 하루도 목에 걸린 열쇠를 십자가처럼 만지작거리지 않는 날이 없다. 그러나 오늘 코너는 다른 이유로 덜로리스를 찾아간다. 공격이 아니라 침투다. 내부의 공격으로부터 묘지를 방어하기 위해서다. 그는 22구경 권총과 탄창을 꺼내러 간다.

15
코너

트레이스는 낡고 녹슨 DC-3기 안에서 자며, 가장 거칠고 골칫거리인 아이들을 감시한다. 비공식적인 구금 시설이다. 트레이스가 이곳의 간수다. 이 오래된 프로펠러 비행기에는 더 이상 작동하지 않는 화장실이 있다. 그래서 탑승객들은 좁은 복도 아래층에 있는 이동식 화장실을 이용해야 한다. 그 자물쇠는 고장 나 있다. 코너가 몇 시간 전에 부쉈다.

코너는 통행금지 시간 이후, 슬쩍 동원할 수 있었던 가장 거친 홀리 두 명과 함께 가까운 비행기의 그늘 속에 숨어 지켜보고 있다.

「트레이스를 왜 끌어내야 하는지 다시 말해 줄래?」

「쉿!」 코너는 그들에게 속삭인다. 「내가 시켰으니까.」

총을 가진 사람은 코너뿐이다. 총에는 총알이 장전되어 있다. 덩치들은 그냥 지원군이다. 코너는 혼자서 트레이스를 잡을 순 없다는 걸 안다. 계획은 트레이스를 구석으로 몰아넣고 수갑을 채운 뒤, 일종의 전쟁 포로처럼 붙잡아 두는 것이지만…… 꼭 필요하다면 총도 쓸 각오가 되어 있다.

기꺼이 쓸 게 아니라면 절대 무기를 휘두르지 마라. 제독이 말했었다. 묘지의 질서를 유지하려면 코너는 제독의 각본을 따라야 한다.

20분에 한 번꼴로 누군가가 나와서 화장실을 쓴다. 그중에 트레이스는 없다.

「여기서 밤새 기다려야 하는 거야?」 수갑을 든 터프한 녀석이 불평한다.

「응, 그래야 한다면.」 코너는 트레이스가 받았던 군사 훈련에 초인적인 방광 조절 기술도 있었는지 궁금해지기 시작한다. 자정이 몇 분 지난 시각, 트레이스가 계단을 내려온다.

코너와 덩치 둘은 이동식 화장실 문이 닫힐 때까지 기다렸다가, 코너를 선두로 조용히 다가간다. 그는 오른손에 ― 롤런드의 손에 ― 권총을 쥐고 손잡이의 차가움과 방아쇠의 단단함을 느낀다. 안전장치를 풀고 깊이 숨을 들이쉰다. 그런 다음 문을 홱 연다.

트레이스가 그곳에 서서 코너를 똑바로 보고 있다. 전혀 기습당한 모습이 아니다. 트레이스는 단 한 번의 동작으로 코너의 다리를 걷어차고, 그의 손에서 총을 낚아챈다. 몸을 틀어 코너를 뺨부터 흙바닥으로 내던진다. 롤런드의 팔이 등 뒤로 아프게 꺾인다. 접목 부위의 솔기가 헐겁게 뜯어질 듯 욱신거린다.

코너가 너무 아파 움직일 수 없게 되자 트레이스는 다른 두 아이를 도망치기도 전에 쓰러뜨린다. 그들은 흙바닥에 정신을 잃고 쓰러진다. 그런 다음, 트레이스는 코너에게 시선을 돌린다.

「일단, 용변을 보는 사람을 기습하는 건 너답지 못해.」 트레이스가 말한다.「둘째, 누군가를 공격하기 전에는 절대 심호흡을 하지 마. 그럼 들키니까.」

코너는 여전히 아픈 듯 몸을 돌려 트레이스를 마주 본다. 그때 그의 이마에 총구가 닿는다. 트레이스는 완고한 표정으로 코너의 머리에 총을 대고 있다가 잠시 후에야 치운다.「너무 낙담하지는 마.」트레이스가 말한다.「난 그냥 공군 고기 방패가 아니라 특수 부대 출신이야. 네가 땅에 쓰러지기도 전에 아홉 가지 다른 방법으로 널 죽일 수 있었어.」그는 탄창을 분리한다. 하지만 그때 코너가 트레이스의 손목을 잡아 균형을 무너뜨리고, 그의 손에서 총을 비틀어 빼낸 뒤 일어서며 다시 트레이스에게 겨눈다.

「약실에 아직 총알이 한 발들어 있어.」코너가 일깨워 준다.

트레이스는 두 손을 들고 뒤로 물러선다.「잘하는데. 나도 녹슬었나 보다.」그들은 잠시 얼어붙은 채 선다. 트레이스가 말한다.「날 죽일 거라면 지금 죽여. 내가 다시 우위에 설 게 분명하니까.」하지만 코너의 결심은 무너졌다. 둘 다 그 사실을 안다.

「다른 애들 둘은 죽인 거야?」코너가 묻는다. 한때 터프했던 아이들이 뒤틀린 자세로 땅바닥에 정신을 잃고 쓰러져 있다.

「그냥 기절시킨 거야. 무방비 상태인 사람을 죽이는 건 별로 영예로운 일이 아니라서.」

코너가 총을 내린다. 트레이스는 그를 재촉하지 않는다.

「네가 사라졌으면 좋겠어.」코너가 말한다.

「날 쫓아내는 건 아주 형편없는 수가 될 거야.」

그 말에 코너는 화가 난다.「내 생각대로라면 넌 적이야. 넌 놈들을 위해 일해.」

「너를 위해서 일하기도 하지.」

「둘 다는 불가능해!」

「그게 네가 틀린 점이야.」 트레이스가 말한다. 「양쪽 모두에서 게임하는 건 아주 오래된 전략이라고.」

「난 네 꼭두각시가 아니야!」

「그렇지.」 트레이스가 말한다. 「넌 내 지휘관이야. 그러니까 그렇게 행동해.」

다른 아이가 이동식 화장실을 쓰려고 계단을 내려온다. 그는 트레이스와 코너, 그리고 아직도 헝겊 인형처럼 바닥에 쓰러져 있는 두 아이를 본다. 「무슨 일이야?」 아이는 상황을 파악하며 묻는다.

「네가 상관할 일이면 알려 줄게.」 코너가 말한다.

그때, 아이가 코너의 손에 들린 총을 본다. 「아, 그래. 그럼 됐지.」 아이는 그렇게 말하고 계단을 다시 올라간다.

코너는 자신이 정신이 팔린 사이 트레이스가 얼마든지 상황을 뒤집을 수 있었음을 알지만, 트레이스는 그렇게 하지 않았다. 그 점이 둘 사이의 신뢰를 한 뼘 더 깊게 만든다. 코너는 총을 흔들며 트레이스에게 말한다. 「걸어.」 하지만 이제 총은 그냥 소품에 불과하다. 둘 다 그 사실을 안다. 둘은 중앙 통로에서 멀리 떨어진, 퇴역한 전투기 통로를 따라 걸어간다. 둘의 대화를 엿듣는 훌리는 없다.

「양쪽 모두에서 일한다면, 왜 나한테 그런 얘기를 전부 한 거야?」 코너가 묻는다.

「난 그쪽의 눈과 귀지만, 머리는 내 거니까. 네가 믿을지 모르겠지만, 난 네가 여기서 하는 일이 마음에 들어.」

「놈들한테는 여기에 대해 뭐라고 했어?」

트레이스는 어깨를 으쓱한다. 「대부분은 그들이 이미 아는 얘기였어. 상황이 통제되고 있다고. 몇 주에 한 번씩 새로운 무단이탈자들이 도착한다고. 나는 여기가 위협적이지 않다고 그들을 설득해. 더 이상 아무도 하비스트 캠프를 폭파할 계획을 세우고 있지 않다고 말이야.」 트레이스는 걷다 말고 코너를 돌아본다. 「그보다 더 중요한 건, 내가 그들에게 말하지 않는 내용이야.」

「그게 뭔데?」

「네 구출 계획. 네 탈출 계획도. ……네가 살아 있다는 말도 안 하고.」

「뭐?」

「그들이 아는 한, 여긴 엘비스 로버트 멀러드라는, 전직 해피잭 경비원이 운영하고 있어. 네가 책임자라는 걸 알게 되면 청소년 전담 경찰은 즉시 여기를 기습할 테니까. 애크런의 무법자는 너무 큰 위협이거든. 그래서 난 여기가 어린이집이고, 너는 보모라도 되는 것처럼 말하고 있어. 그래서 그들은 만족하고, 이 모든 아이가 살아 있는 거야.」

코너는 주위를 둘러본다. 그들은 이제 중앙 통로에서 멀리 떨어져 있다. 트레이스가 원한다면 코너의 목을 꺾어 버릴 수도 있을 것이다. 아무도 그 사실을 영영 모를 테고. 이 모든 것이 코너가 트레이스를 믿는다는 뜻일까? 명백한 배신에도 불구하고? 더는 확신이 생기지 않는다. 심지어 그 자신의 동기조차 혼란스럽다.

「아무리 그래도 네가 청소년 전담 경찰을 위해 일한다는 사실은 변하지 않아.」

「또 틀렸어. 난 청담이 아니라, 그들의 주인을 위해 일하는 거야.」

「청담엔 주인이 없어.」

「좋아, 그럼 주인은 아닐지 몰라도 청담을 조종하는 쪽이야. 아까 꼭두각시라고 했지? 모든 청소년 전담 경찰은 누가 당기는지도 모르는 끈으로 조종되고 있어. 물론, 나도 누가 끈을 당기는지는 몰라. 내가 아는 건, 공군에서 장래가 촉망되던 내가 여기로 보내졌다는 거야.」

코너는 자기도 모르게 씩 웃는다. 「커리어를 망쳐서 미안하네.」

「문제는, 내 보고 대상이 공군이 아니라는 거야. 난 정장을 입은 민간인들에게 보고해. 그게 신경이 쓰이고. 그래서 조사를 좀 해봤지. 그리고 내가 〈능동적 시민〉이라는 조직을 위해 일한다는 걸 알아냈어.」

「들어 본 적 없는데.」

트레이스가 목소리를 낮춰 속삭인다. 「놀랄 일도 아니지. 그 사람들은 자세를 낮추고 조용히 움직이거든. 그렇게 위장하고 있어서 군대가 그들의 존재를 그럴싸하게 부정할 수 있는 거야. 생각해 봐. 내가 실제로 누구를 위해 일하는지 모른다면, 뭔가 잘못돼도 군대는 언제나 몰랐다고 주장할 수 있어. 나만 군사 법원에 회부되고 자기들은 손 터는 거지.」

이제 코너도 어느 정도 상황을 이해할 수 있다. 트레이스가 양쪽에서 줄다리기를 하기로 한 이유도 조금은 알 것 같다. 그들은 다시 중앙 통로를 향해 걷기 시작한다.

「난 환멸을 느껴, 코너. 내 상관이라는 누군지 모를 사람들보다 네가 더 공정하고 믿음직스러워. 이 세계에서는 인성이 아주 중요해. 능동적 시민에 관해서라면, 수상쩍다는 말 말고는 설명이 어려워. 그러니까 그 사람들을 위해서 일하긴 하지만, 내가 믿는 건 너야.」

「그 말이 거짓말이 아니라는 걸 어떻게 알아?」

「모르지. 하지만 지금까지 넌 본능 덕분에 살아남았잖아. 지금 네 본능은 뭐라고 하는데?」

코너는 답이 간단하다는 걸 깨닫는다. 「내 본능은, 내가 뭘 하든 망한 거래. 하지만 나한텐 그게 정상이니까.」

트레이스는 그의 답을 받아들인다. 「할 얘기가 더 있지만, 오늘은 이 정도로 충분한 것 같은데. 그쪽 어깨에 얼음을 좀 대야 할 거야. 꽤 세게 비틀어서.」

「비튼 줄도 몰랐어.」 코너가 거짓말한다.

트레이스는 손을 내민다. 코너는 그 손을 잡는 게 어떤 의미일지 생각한다. 능동적 시민에 맞서 싸우기 위한 그들만의 비밀 동맹이 만들어지는 것일 수도 있다. 능동적 시민이 뭔지는 모르겠지만…… . 아니면, 코너가 완전히 속은 것일 수도 있다. 결국 코너는 트레이스와 악수하며 생각한다. 단 한 번이라도 명확한 행동 지침이 있었으면 좋겠다고.

「오늘 전까지 넌 그냥 놈들이 원하는 대로 움직이는 게임 판의 말이었어.」 트레이스가 말한다. 「마음속 깊은 곳에서는 너도 알고 있었을 거야. 느꼈을 거야. 진실이 널 자유롭게 해주었길 바라.」

16
리사

매일 아침 교대 근무가 시작되기 전, 리사는 오락용 비행기 날개 아래에서 친구가 된 아이들과 수다를 떨며 시간을 보낸다. 이곳에서 그녀는 과거 주립 보호 시설에서보다 친구를 더 많이 사귀었다. 하지만 동시에, 친구라기보다는 언니가 된 기분이다. 아이들은 자비의 천사라도 되는 양 그녀를 우러러본다. 그녀가 의료 권위자이기 때문만이 아니라, 애크런의 무단이탈자와 함께 범죄를 저지른 전설의 리사 워드이기 때문이다. 그녀는 아이들이 마음속 깊은 곳에서는 리사가 망가진 내면까지도 고칠 수 있으리라 믿고 있는 건 아닐까 의심하게 된다.

예전에는 저녁 교대 근무를 마치고 오락용 비행기에서 시간을 보내고는 했지만, 황새 클럽 때문에 그런 시간은 끝났다. 그녀는 주립 보호 시설 출신들에게도 똑같은 시간을 달라고 요구하고 싶은 마음이 반쯤 들기도 하지만, 그렇게 해봐야 묘지의 여러 분파를 더 부추기게 될 뿐이라는 걸 안다. 리사가 보태지 않아도, 스타키 때문에 그런 일은 충분히 일어나고 있다.

저 멀리, 코너가 자기 비행기에서 내려오는 모습이 보인다.

그는 고개를 숙인 채 손을 주머니에 넣고 중앙 통로를 따라 걸어온다. 오늘은 또 무슨 먹구름에 깊이 빠져 고민하는지 모르겠다. 이런저런 이유로 그의 관심이 필요한 아이들이 곧장 그에게 달려든다. 리사는 코너가 자기 자신을 위한 시간을 조금이라도 낼 수 있을지 궁금해진다. 리사에게 내줄 시간은 없는 게 확실하고.

코너는 고개를 들어 리사와 눈을 마주친다. 리사는 그를 엿보고 있었던 것처럼 죄책감을 느끼며 고개를 돌리지만 곧 그런 감정을 품은 자신을 꾸짖는다. 다시 고개를 드니 코너가 다가오고 있다. 리사 뒤로 아이들이 TV 앞으로 모이기 시작한다. 뉴스에 나온 무언가가 그들의 관심을 끌었기 때문이다. 리사는 코너가 무슨 소동이 일어났는지 보러 오는 건지, 자신을 보러 오는 건지 모르겠다. 후자라면 그녀는 기쁘겠지만, 그런 마음을 티 내지 않으려 노력한다.

「바쁜 하루인가 봐?」 리사가 살짝 미소 지어 보이며 묻는다. 코너도 그 미소를 돌려준다.

「아냐, 그냥 뒹굴면서 TV 보고 감자칩 먹고 있었어. 나도 살아야지.」

코너는 주머니에 손을 넣은 채 주위를 둘러본다. 하지만 리사는 그의 관심이 자신에게 향하고 있다는 걸 안다. 마침내 그가 말한다. 「ADR에서 앞으로 며칠 안에 네가 부탁했던 의료 물자를 보내 주겠대.」

「그 말을 믿어야 할까?」

「아마 아닐걸.」

리사는 코너가 이 말을 하려고 다가온 게 아니라는 걸 알지만, 더는 그를 떠보며 이야기를 끌어낼 방법을 모르겠다. 그녀는 둘 사이의 거리가 몸속으로 더 깊이 파고들기 전에 뭔가 해야 한다는 걸 안다.

「그래서, 이번 주의 문제는 뭐야?」 리사가 묻는다.

코너는 목을 긁적이더니 리사의 눈을 들여다볼 필요가 없도록 시선을 돌린다. 「뻔하지, 뭐. 알아서 좋을 거 없는 문제야.」

「하지만 나한테도 말 못 한다고 할 만큼 중요한 일이긴 하네.」 리사가 말한다.

「맞아.」

리사는 한숨을 쉰다. 벌써 더워지고 있다. 이 열기 속에 의료용 비행기까지 휠체어를 몰고 갈 일이 딱히 기대되지는 않는다. 그녀는 코너의 이런 수수께끼 같은 태도를 참지 못한다. 할 말이 있으면 제대로 하라고 말하려는 찰나, TV 주변에 모여 있던 아이들 사이에서 투덜거리는 소리가 들려온다. 조금 전보다 아이들이 더 늘어 있다. 그녀와 코너는 둘 다 군중의 중력에 이끌려 다가간다.

뉴스 화면에는 어떤 여자의 인터뷰가 진행되고 있다. 그녀는 다소 심각해 보이고, 말투는 더 심각하다. 방송 중간에 끼어들었기에 리사는 그녀가 하는 말을 제대로 알아들을 수 없다.

「믿어져?」 누군가 말한다. 「이걸 새로운 형태의 생명체라고 부른대.」

「뭘 새로운 형태의 생명체라고 부르는데?」 코너가 묻는다.

그때 헤이든이 돌아서며 두 사람을 본다. 거의 토할 것 같은 표정이다. 「드디어 완벽한 짐승을 만들었대. 최초의 합성 인간 말이야.」

사진은 없지만, 화면 속 여자는 그 과정을 설명하고 있다. 거의 백 명의 서로 다른 언와인드를 조각조각 활용해 합성 인간을 만들었다고. 리사는 전율이 번지는 것을 느낀다. 감각이 살아 있는 부분까지 허리를 따라 올라온다. 코너도 같은 반응을 보인 듯 리사의 어깨를 잡는다. 리사는 손을 위로 뻗어 그의 손을 잡는다. 어느 쪽 손인지는 신경 쓰지 않는다.

「왜 저런 짓을 하는 걸까?」 리사가 묻는다.

「할 수 있으니까.」 코너는 씁쓸하게 대답한다.

리사는 분위기가 점점 무거워지는 것을 느낀다. 눈앞에서 펼쳐지고 있는 이 끔찍한 사건을 모두가 지켜보고 있는 것 같다.

「탈출 계획을 세워야겠어.」 코너가 말한다. 리사는 그 말이 자신을 향한 것이라기보다는 코너가 자기에게 하는 말임을 안다. 「예행연습은 못 해. 스파이들이 알아챌 테니까. 하지만 모두에게 무슨 일을 해야 하는지 알려야 해.」

리사는 자신 안에서 같은 직감이 솟구치는 것을 느낀다. 갑자기 이 빌어먹을 묘지에서 나가는 것이 아주 좋은 생각처럼 들린다. 안전한 목적지가 없는데도.

「합성 인간이라니…….」 누군가 투덜거린다. 「어떻게 생겼는지 궁금하네.」

「왜 이래. 넌 포테이토헤드 씨도 못 봤어?」

긴장된 웃음이 어설프게 일어나지만, 분위기가 밝아지지는 않는다.

「어떻게 생겼든.」 리사가 말한다. 「절대 볼 일이 없었으면 좋겠다.」

17
캠

그는 손가락으로 자기 얼굴의 선을 따라 그린다. 코를 따라 내려가서 뺨으로, 오른쪽에서 왼쪽으로, 다양한 색깔로 이루어진 이마의 대칭적인 별무늬에서, 헤어라인 아래로 이어지는 선 너머까지. 그는 접목 부위용 치료 크림에 손가락을 담가 목덜미와 어깨, 가슴, 손이 닿는 모든 부분을 따라 내려오는 선에 펴 바른다. 크림 안의 가공된 미생물들이 일을 시작하면서 얼얼한 느낌이 든다.

「믿기 어렵겠지만, 이 물질은 사실 요구르트와 관련돼 있어.」 피부과 의사가 말했다. 「물론, 흉터 조직을 먹는다는 점에서는 다르지.」 크림 한 병이 5천 달러라는 점도 요구르트와 다르다. 그러나 로버타가 말해 주었듯, 캠에게는 돈이 문제가 되지 않는다.

사람들은 치료가 끝나면 흉터 하나 남지 않을 거라고 장담했다. 그의 조각들이 만나는 자리마다 머리카락처럼 가느다란 솔기만 남을 거라고.

크림을 바르는 이 의식에는 30분이 걸린다. 하루 두 번씩이다. 캠은 명상을 하는 듯한 이 시간을 즐기게 되었다. 다만 머릿속 흉터를 치유해 줄 뭔가도 있었으면 좋겠다고 바랄 뿐이다. 지금도 그 흉터를 느낄 수 있다. 그는 자신의 정신을 일종의 군도(群島)로 본다. 섬 사이에 공들여 다리를 놓아야 하는 군도. 가장 놀라운 다리들을 만들어 내는 위대한 성공을 거두긴 했지만, 영영 닿지 못할 섬들도 있다는 사실을 그는 안다.

누군가 문을 두드린다. 「준비됐어?」 로버타다.

「숨이 돌아요.」 그가 대답한다.

잠시 침묵이 흐른다. 「아주 재미있네. 〈숨 좀 돌리고요〉라고 해야지.」

캠이 웃는다. 그는 더 이상 은유법으로 말하지 않아도 된다. 말을 어느 정도 이어 갈 수 있을 만큼 머릿속에 충분히 다리를 놓았다. 그래도 로버타를 놀리고 당황하게 하는 건 재미있다.

그는 맞춤 셔츠를 입고 넥타이를 맨다. 넥타이는 색깔이 점잖다. 다만, 미학적으로 구성되었다는 느낌을 주기 위해 대담한 프랙털 무늬가 들어가 있다. 예술적 총체는 언제나 그 부분의 합보다 위대하다는 무의식적 암시를 전하기 위해서다. 넥타이를 맬 때 그는 더듬거린다. 뇌는 넥타이 매는 법을 알지만, 악기의 명장이었던 손가락은 윈저 매듭을 매는 법을 배운 적이 없는 게 분명하다. 그는 집중하며 근육 기억의 부족에서 오는 답답함을 극복하려 한다.

로버타가 다시 문을 두드린다. 이번에는 좀 더 고집스럽다. 「시간 다 됐어.」

캠은 잠시 시간을 들여 거울 속 자신을 감탄하며 바라본다. 그의 머리카락은 3센티미터 가까이 자랐다. 수많은 색깔로 이루어진 가상의 외투 같다. 여러 색깔의 머리카락이 이마의 다양한 피부색이 집중된 부분에서 뻗어 나온다. 가운데는 금발이고, 왼쪽과 오른쪽으로 적갈색이 섞여 들어간다. 붉은색과 갈색은 관자놀이를 따라 뒤로 넘어간다. 그리고 귀 위의 칠흑 같은 머리카락과 구레나룻 자리에 있는 빽빽한 검은색 곱슬머리에 자리를 내준다. 「유명한 헤어 디자이너라면 누구나 네 머리를 해보고 싶어서 서로를 짓밟고 올 거야.」 로버타는 그렇게 말했었다.

로버타가 미친 듯이 노크하기 전, 캠은 마침내 문을 연다. 로버타의 드레스는 평소 입는 슬랙스와 블라우스보다 약간 더 우아하지만, 그래도 수수하다. 관심을 캠에게 몰아주고자 계산된 것이다. 그녀는 캠에게 짜증이 난 듯하지만 그를 꼼꼼히 살펴보더니 그 감정은 녹아내린다.

「아주 멋진데, 캠.」 그녀는 캠의 셔츠 주름을 펴주고 넥타이를 바로잡는다. 「빛나는 별 그 자체야!」

「제가 복잡한 원소들을 만들어 내지 않기를 바라죠.」

로버타는 의아하다는 듯 그를 본다.

「초신성 얘기예요.」 그가 말한다. 「제가 빛나는 별이라면, 터져 버리지 않길 바라자고요.」 이번에는 로버타를 당황하게 하려는 의도가 아니었다. 「죄송해요. 그냥 그런 생각이 들어서.」

로버타는 부드럽게 그의 팔을 잡는다. 「가자, 나틀 닐 기나리고 있어.」

「몇 명이나 돼요?」

「첫 번째 기자 회견부터 기가 질리게 하고 싶진 않아서 30명으로 제한했어.」

 심장이 빠르게 뛴다. 몇 차례 심호흡을 하며 심박을 가라앉힌다. 왜 이렇게 긴장되는지 모르겠다. 이미 세 번이나 모의 기자 회견을 진행했다. 다양한 언어로 질문이 날아들었다. 모든 모의 회견에서 그는 잘 해냈다. 이번 기자 회견은 영어로만 진행되므로, 걱정할 변수가 하나 줄어든 셈이다.

 하지만 이번 기자 회견은 진짜다. 캠은 아직 그를 맞을 준비가 되어 있지 않은 세상에 공식적으로 소개된다. 그가 모의 회견에서 보았던 얼굴들은 우호적이지 않은 척하지만 실제로는 우호적인 사람들이었다. 그러나 오늘은 진짜로 낯선 사람들을 마주하게 된다. 어떤 사람은 그냥 호기심을 느낄 테고, 어떤 사람은 놀랄 것이다. 또 어떤 사람은 말 그대로 경악할 것이다. 로버타는 그런 반응들이 있으리라고 말해 주었다. 그가 걱정하는 것은 로버타조차 예상할 수 없는 일들이다.

 그들은 복도를 지나 큰 거실로 이어지는 나선형 계단을 내려간다. 처음 몇 주 동안, 캠은 신체 협응력이 나아질 때까지 그 계단을 이용할 수 없었다. 하지만 지금은 원한다면 춤을 추면서 내려갈 수도 있다. 로버타는 그에게 자신이 소개할 때까지 기다리라고 말한다. 로버타가 먼저 계단을 내려간다. 기자들이 웅성거리는 소리가 잦아든다. 조명이 어두워지고 로버타가 발표를 시작한다.

「기억할 수 없을 만큼 오래전부터 인류는 생명 창조를 꿈꿔왔습니다.」 로버타가 말을 시작한다. 그녀의 목소리는 실제보다 크게 울린다. 번쩍이는 조명이 계단 위까지 이른다. 캠은 지금 로버타의 발표 자료에 실린 사진을 볼 수 없지만, 그게 어떤 사진인지는 안다. 이미 전부 보았다.

「하지만 생명의 위대한 신비 자체를 포착하기는 어려웠죠.」 로버타가 말을 잇는다. 「창조의 꿈은 늘 실패로 끝나며 우리를 겸손하게 만들었습니다. 그럴 만한 이유가 있습니다. 인간은 이해하지 못하는 것을 창조할 수 없으니까요. 그러니 생명을 이해하기 전에 어떻게 생명을 창조할 수 있겠습니까? 안 되죠. 대신 과학의 임무는 우리가 이미 가지고 있는 것 위에 새로운 것을 쌓는 것입니다. 생명을 창조하는 게 아니라 완성하는 것이지요. 그래서 우리는 그 질문을 밀고 나갔습니다. 우리의 지적, 신체적 진화를 우리 자신의 가장 뛰어난 요소들로 재조합할 순 없을까? 우리 중 가장 뛰어난 사람들을 모두 합치면 어떻게 될까? 알고 보니, 알맞은 질문을 던지게 된 순간 답은 매우 간단하게 떠올랐습니다.」 그녀는 긴장감을 극대화하기 위해 잠시 말을 멈춘다. 「신사 숙녀 여러분, 세계 최초의 완전한 합성 인간, 카뮈 콩프리를 소개합니다!」

박수 소리가 들리자 캠은 나선형 계단을 내려오기 시작한다. 자세는 당당하지만 걸음걸이는 태평하게. 그가 내려오는 동안에도 관객은 여전히 어둠 속에 있고, 모든 조명은 그에게 집중되어 있다. 그는 스포트라이트의 열기를 느낀다. 익숙한 공간인데도 사람들이 거실을 극장으로 바꿔 놓은 것만 같다. 그는 중간쯤 내려오다 잠시 멈춰 심호흡을 한 뒤 계속 내려간다. 마치 의도적인 멈춤인 것처럼 보이도록 한다. 사진 찍는 시간을 흉내 낸 장난이랄까? 이번 기자 회견에는 카메라가 허용되지 않았다. 그를 대중에게 소개하는 일은 신중하게 지휘된다.

그가 점점 가까워지자 박수가 잦아들고 그 자리를 놀라움이 차지한다. 그가 마이크 앞으로 서자 헛숨을 들이쉬고 속삭이 듯 웅성거리는 소리가 들린다. 로버타는 옆으로 비켜서며 캠에게 무대를 내준다. 순식간에 거실에 절대적인 침묵이 자리 잡는다. 모두가 캠을 빤히 바라보며 자기들이 본 것을, 로버타가 말한 〈우리 중 가장 뛰어난〉 존재를 이해하려 애쓴다. 적어도 그는 여러 언와인드 중 가장 뛰어난 사람이다.

긴장된 침묵 속에 캠은 마이크 쪽으로 몸을 숙이고 말한다. 「뭐, 이건 인정해야겠네요. 여러분은 아주 잘 조합된 집단입니다.」

모두가 웃는다. 캠은 자기 목소리에 놀란다. 그가 생각했던 것보다 더 자신감 있고 울림이 있는 중저음이다. 기자들 위로 조명이 켜진다. 어색함이 깨지자 몇 사람이 손을 든다.

「만나서 반갑습니다, 카뮈.」 낡은 양복을 입은 남자가 말한다. 「제가 알기로, 당신은 거의 백 명의 서로 다른 사람들로 만들어졌다던데…… 그게 사실인가요?」

「정확히 말하면 아흔아홉 명이죠.」 캠이 씩 웃으며 대답한다. 「한 명 더 들어갈 자리가 있네요.」

기자들이 다시 웃는다. 처음보다 긴장이 풀린 모습이다. 캠은 크게 부풀린 머리의 여자를 지목한다.

「당신은 분명…… 음…… 독특한 창조물이죠.」 캠은 그녀의 못마땅한 기색을 열파처럼 감지한다. 「태어난 게 아니라 발명되었다는 걸 알았을 때 기분이 어땠나요?」

「저는 태어난 거예요. 그냥 모든 부위가 동시에 태어나지 않았을 뿐이죠.」 캠이 말한다. 「발명된 것도 아닙니다. 재창조된 거예요. 차이가 있어요.」

「네.」 다른 누군가가 말한다. 「당신이 당신 종족 중 최초라는 사실이 꽤 무겁게 느껴질 것 같은데요.」

이런 질문은 모의 회견에서도 다루어졌기에 캠은 답을 외우고 있다. 「모두가 자신은 하나밖에 없는 존재라고 느끼지 않나요? 저도 마찬가지예요.」

「콩프리 씨, 저는 억양 분석 전문가인데 당신의 억양을 특정할 수가 없군요. 계속 바뀌어서요.」

캠은 그런 질문을 생각해 본 적이 없다. 머릿속의 생각을 말로 정리하는 것만으로도 벅찬데, 그 말이 어떻게 들리는지 생각해 봤을 리가 없지 않은가. 「뭐, 그건 제 뇌세포가 뭘 쥐어짜 내느냐에 달린 문제 같네요.」

「그럼 언어 능력이 당신 몸에 탑재돼 있다는 뜻인가요?」

이번에도 그가 예상한 질문이다. 「제가 기계였다면 탑재돼 있다고 말할 수도 있겠지만 전 아니에요. 백 퍼센트 유기체, 인간이죠. 그 질문에 답하자면, 제가 가진 능력 중에는 예전부터 있었던 것도 있고 나중에 익힌 것도 있어요. 저는 계속 성장하는 인간이라고 확신합니다.」

「하지만 당신은 인간이 아니잖아요.」 누군가가 뒤쪽에서 소리친다. 「인간으로 만들어졌을지는 몰라도 인간이 아니죠. 축구공을 돼지라고 하진 않잖아요.」

그 말, 그 비난이 어쩐지 방어하지 않고 있던 그의 일부를 베어 낸다. 그는 이런 상처가 일으키는 감정에 대비되어 있지 않다.

「붉은색을 본 황소!」 캠이 말한다. 언어 중추를 통해 걸러 내기 전에 말이 나온다. 그는 목을 가다듬고 단어를 찾는다.

「저를 도발하려 하시는군요. 망토 뒤에 칼을 숨긴다 한들, 피투성이가 되는 꼴을 면하지는 못할 겁니다.」

「저거 협박이야?」

「모르겠어. 욕한 건가?」

군중이 웅성거린다. 캠이 상황을 흥미롭게 만들었다. 로버타가 경고의 시선을 보내지만, 캠은 갑자기 수십 명의 언와인드된 아이들이 느꼈을 분노가 마음속에서 부풀어 오르는 것을 느낀다. 그 분노에 목소리를 주어야만 한다.

「제가 어떤 식으로든 불완전하다고 느끼는 분, 또 계시나요?」

그가 기자들을 바라보자 몇몇이 손을 든다. 부풀린 머리의 여자와 뒤쪽에서 야유하던 사람만이 아니다. 다른 사람들도 있다. 열두 명은 된다. 진심일까, 아니면 모두 망토를 흔들어대는 마타도어일까?

「모네!」 그가 소리친다. 「쇠라! 캔버스 가까이 보면 그들의 작품은 물감 얼룩으로 보입니다. 하지만 멀리서 보면 걸작이 보이죠.」 미디어 화면을 통제하는 누군가가 동시에 모네 작품을 띄운다. 하지만 캠이 하는 말을 강조하기보단 인위적으로 보이게 한다. 「당신들은 모두 편협하고 거리를 지키지 않아!」

「세상에 자기밖에 없는 줄 아네.」 누군가 말한다.

「누가 그랬죠?」 캠이 군중을 둘러본다. 아무도 나서지 않는다. 「저밖에 없는 줄 아는 게 아니에요. 전 저만이 아니라 수많은 사람으로 가득 차 있어요.」

로버타가 다가와 마이크를 빼앗아 가려 하지만 캠이 그녀를 밀친다. 「아니요!」 그가 말한다. 「저 사람들이 진실을 알고 싶다잖아요? 난 진실을 말하는 거예요!」

갑자기 질문이 총알처럼 쏟아진다.

「이 모든 얘기, 누가 시킨 건가요?」

「당신이 만들어진 이유가 있습니까?」

「그 아이들 이름, 다 알아요?」

「그 아이들이 꾸는 꿈을 꾸나요?」

「그 아이들이 언와인드당했던 느낌이 느껴집니까?」

「당신은 아무도 원하지 않는 아이들로 만들어졌는데, 왜 당신이 더 나은 존재라고 생각하죠?」

질문이 너무 많이, 너무 빠르게 쏟아져 캠은 정신이 덜그럭거리다 깨져 버리는 느낌을 받는다. 어느 질문에 대답해야 할지 모르겠다. 하나라도 대답할 수 있다면 말이지만.

「리와인드된 사람에게도 어떤 법적 권리가 있습니까?」

「자식은 낳을 수 있나요?」

「저게 자식을 낳아야 해?」

「살아 있긴 한 거야?」

숨을 쉴 수 없다. 그 자신의 생각조차 붙잡을 수 없다. 눈앞이 흐려진다. 목소리가 말이 되어 나오지 않는다. 그는 전체가 아니라 파편만을 볼 수 있다. 얼굴. 마이크. 그를 붙잡으며 자기를 보게 하려는 로버타. 하지만 그는 머리를 저을 뿐이다.

「빨간불! 브레이크! 벽돌담! 연필 내려놔!」 그가 떨리는 숨을 들이쉰다. 「멈춰?」 로버타에게 간청한다. 로버타는 이 일을 멈출 수 있다. 로버타는 뭐든 할 수 있다.

「나사를 조이다 만 것 같은데.」 누군가 말하자 모두가 웃는다.

캠은 다시 한번 마이크를 잡는다. 입술을 마이크에 바짝 갖

3부 영혼의 창 **211**

다 댄다. 끼익 소리. 왜곡.

「나는 나를 이루는 부위 이상이야!」

「나는 이상이야!」

「나는…….」

「난…….」

「난…….」

단 하나의 목소리가 침착하게 말한다. 「만일 그게 아니라면?」

「…….」

「오늘은 여기까지 하죠.」 로버타가 떠들어 대는 군중을 향해 말한다. 「와주셔서 감사합니다.」

캠은 운다. 멈출 수 없다. 여기가 어디인지, 로버타가 그를 어디로 데려왔는지 모르겠다. 이곳은 어디에도 없는 곳이다. 세상에는 오직 그와 로버타, 둘뿐이다.

「쉿.」 로버타는 가만히 그를 앞뒤로 흔들어 주며 말한다. 「괜찮아. 다 괜찮아질 거야.」

하지만 캠을 진정시키는 데는 아무 효과가 없다. 그는 성급하게 판단하던 얼굴들을 잊고 싶다. 로버타가 그 부분을 기억에서 잘라 낼 수 있을까? 그 기억들을 다른 언와인드의 무작위적 기억으로 바꿔 줄 수 있을까? 그렇게 해줄 수 있을까? 제발?

「이건 그냥 아직 너를 이해하지 못하는 세상의 첫 번째 공격일 뿐이야.」 로버타가 말한다. 「다음번에는 더 잘될 거야.」

다음번? 다음번에 살아남기나 할 수 있을까?

「승무원실!」 그가 소리친다. 「표지를 덮는다. 크레디트가 올라간다.」

「아니야.」 로버타는 그를 더 꼭 끌어안으며 말한다. 「이건 끝이 아니라 시작이야. 난 네가 더 높은 곳에 올라가 이 도전을 마주하게 되리라는 걸 알아. 그냥 맷집만 좀 키우면 돼.」

「그럼 맷집을 접목해 줘요!」

로버타는 그게 농담이라도 되는 양 키득거린다. 그 웃음에 캠도 웃음이 나온다. 그리고 더욱 크게 웃는다. 캠은 자신이 울다가 정신없이 웃기 시작했음을 깨닫는다. 그런 자신에게 화가 난다. 왜 웃는지도 모르겠지만 멈출 수가 없다. 울음을 멈출 수 없는 것처럼. 마침내 그는 자신을 통제한다. 지쳤다. 그가 원하는 건 자는 것뿐이다. 오랫동안.

공익 광고

언와인드로 혜택을 받은 사람들을 생각해 본 적 있으신가요? 절실히 필요한 장기를 이식받은 사람들뿐 아니라, 의료 업계와 연관 산업에 종사하는 수천 명의 사람을 생각해 보십시오. 접목과 이식으로 목숨을 구한 사람들의 자녀와 배우자들은 어떻습니까? 임무 중 부상을 당한 병사가 소중한 부위를 이식받아 치유되고 회복한 이야기들도 있습니다. 생각해 보세요. 우리는 모두 언와인드로 혜택을 받은 사람들을 알고 있습니다. 하지만 지금, 소위 반분열 저항군이 길고도 고통스러운 전쟁 끝에 이룩해 낸 연방법을 무시하면서 우리의 건강과 안전, 일자리, 경제를 위협하고 있습니다.

오늘, 지역구 국회 의원에게 편지를 보내세요. 여러분의 의견을 전달하세요. ADR에 맞서라고 촉구하세요. 우리의 나라와 세상이 올바른 길로 나아가도록 함께 합시다.

언와인드는 좋은 약에 그치지 않습니다. 언와인드는 올바른 이념입니다.

— 걱정하는 납세자 컨소시엄에서 후원하는 광고임

캠은 완전한 정신적, 감정적 퇴행 상태에 들어간다. 그의 퇴보에 대한 온갖 이론이 제기되고 논의된다. 리와인드된 부위가 서로를 거부하는 건 아닐까요. 새로운 신경 연결이 충돌하면서 과부하가 걸려 붕괴하기 시작했는지도 모르죠. 하지만 사실, 그는 그냥 말을 하지 않는 것뿐이다. 그들을 위해 더 이상 아무것도 하지 않게 된 것뿐이다. 그는 심지어 먹기조차 거부하고 이제는 링거로 살아가고 있다.

각종 검사가 이루어졌지만, 캠은 검사로는 아무것도 나타나지 않으리라는 걸 알고 있다. 검사는 그의 생각을 읽지 못하니까. 검사는 살고자 하는 의지, 혹은 그 의지의 부족을 계량할 수 없다.

로버타가 그의 방 안을 어슬렁거린다. 처음에는 엄청난 걱정을 드러냈지만, 지난 몇 주 사이 그 감정은 좌절과 분노로 변질되었다.

「네가 뭘 하는 건지 모를 줄 알아?」

캠은 대답 대신 팔의 링거를 뽑는다.

로버타가 재빨리 다가와 링거를 다시 연결한다. 「넌 고집스러운 독불장군 어린애처럼 굴고 있어!」

「소크라테스.」 캠이 말한다. 「독미나리. 원샷.」[12]

「안 돼!」 로버타가 소리친다. 「네가 자살하도록 놔둘 수는 없어. 네 목숨은 네 것이 아니야!」

로버타는 캠의 옆에 앉아 마음을 가라앉힌다. 「너 자신을 위해 살지 않겠다면, 나를 위해서 살아 줘.」 그녀가 애원한다. 「나를 위해서 잘 살아 줘. 넌 내 생명이 됐어. 너도 알잖아. 네가 죽으면 나도 함께 죽는 거야.」

캠은 그녀의 눈을 보지 않으려 한다. 「불공평해요.」

로버타는 캠이 자신을 살려 두는 음식 튜브의 똑똑 떨어지는 방울들을 지켜보는 동안 한숨을 쉰다. 캠은 배가 고프다. 오랫동안 그랬다. 하지만 그걸로는 먹겠다는 동기를 부여하기에 충분하지 않다. 살아 있다는 것 자체가 의문인데, 그런 삶을 이어 가는 게 무슨 의미일까?

「기자 회견이 실수였다는 건 알아.」 로버타가 인정한다. 「너무 일렀어. 네가 준비되지 않았는데…… 하지만 내가 나가서, 피해를 꽤 효과적으로 줄였어. 다음에 대중 앞에 설 때는 다를 거야.」

그제야 캠이 그녀와 눈을 마주친다. 「다음번은 없어요.」

로버타가 살짝 미소 짓는다. 「아, 그러니까 일관된 생각을 할 수 있는 거네.」

캠은 움찔거리며 다시 시선을 돌린다. 「당연하죠. 그냥 그러지 않으려는 것뿐이에요.」

---

12 그리스의 철학자 소크라테스가 사형 선고를 받아 독미나리 즙을 마시고 사망한 사건을 인용한 것이다.

로버타가 그의 손을 어루만진다. 눈가가 촉촉하다. 「넌 착한 아이야, 캠. 예민한 아이. 그걸 잊지 않을게. 또 네가 원하는 건, 필요로 하는 건 뭐든 갖게 해줄게. 아무도 너한테 하기 싫은 일을 강요하지 않을 거야.」

「난 대중이 싫어요.」

「대중을 네 걸로 만들면 좋아질 거야.」 로버타가 말한다. 「사람들이 너를 한 번만 보겠다고 서로를 짓밟고 올 때가 되면, 넌 기이한 구경거리가 아니라 스타가 되는 거야. 유명한 스타로서. 난 네가 뭘 할 수 있는지 알아. 넌 그걸 세상에 보여 줘야 해.」 로버타는 잠시 망설인다. 그에게 뭔가 말할 준비를 한다. 캠이 아직 준비되지 않았을까 봐 걱정되는 말인 듯하다. 「엄청나게 고민했어. 너한테 필요한 건, 너랑 함께 세상 밖으로 나가 줄 사람이야. 너를 있는 그대로 받아들이고, 대중의 호기심을 좀 더 긍정적인 방향으로 돌릴 수 있는 사람. 그 사람들의 성급한 판단을 수그러들게 할 사람.」

캠은 로버타를 올려다본다. 하지만 로버타는 그가 말을 꺼내기도 전에 그 생각을 일축해 버린다. 「나는 안 돼. 난 너를 관리하는 사람으로 보여. 그걸로는 안 돼. 너한테 필요한 건, 너라는 별 주위를 도는 작고 예쁜 행성이야······.」

캠은 그 생각에 흥미를 느낀다. 자신이 단순한 생존 이상을 넘어선 무언가에 굶주려 있다는 걸 깨닫는다. 그는 연결에 굶주려 있다. 지금껏 그는 자신과 같은 나이의 사람을 본 적이 없다. 그는 스스로를 열여섯 살이라고 정했다. 아무도 이의를 제기할 수 없다. 있다면, 만들어지지 않고 태어난 동료가 있다면 진짜 인간이 되는 길에 한 걸음 더 다가갈 수 있을 것이다. 이번에는 로버타의 계산이 맞았다. 이 생각은 캠에게 상당한 동기를 부여한다. 그는 다시 링거 줄에 손을 뻗는다.

「캠, 그러지 마.」 로버타가 애원한다. 「제발 그러지 마.」

「걱정하지 마세요.」 캠은 링거 줄을 빼고 몇 주 만에 처음으로 침대에서 나온다. 관절이 솔기만큼이나 아프다. 그는 창가로 걸어가 밖을 본다. 지금까지는 시간도 전혀 의식하지 못하고 있었다. 황혼이다. 지는 해가 수평선 바로 위 구름 뒤에 숨어 있다. 바다가 아른거린다. 하늘은 색채로 가득한 빛나는 캔버스다. 로버타의 말이 맞을 수도 있을까? 그에게도 다른 사람들과 똑같이 세상에 존재할 권리가 있을까? 더 많은 걸 원할 수도 있을까?

「자기 결정.」 그가 선언한다. 「이제부터는 내가 직접 결정할 거예요.」

「그럼, 그럼.」 로버타가 말한다. 「난 여기서 조언해 줄게.」

「조언이에요, 명령이 아니고. 통제가 아니고. 내가 뭘 할지, 언제 할지는 내가 선택할 거예요. 내 동료도 내가 선택할 거예요.」

로버타는 고개를 끄덕인다. 「찬성이야.」

「좋아요. 배고파요.」 그가 말한다. 「스테이크를 가져다 달라고 하세요.」 그런 다음 그는 생각을 바꾼다. 「아니…… 랍스터로 하죠.」

「네가 좋다면 뭐든지, 캠.」 로버타는 서둘러 그가 말한 것을 준비하러 간다.

18
리사

애크맥의 경사로를 따라 쿵쿵거리고 올라오는 발소리가 들린다. 그 바람에 리사는 한밤중에 깬다. 그녀는 늦은 밤의 방문자가 자신을 찾아온 게 아니길 바라지만, 밤에 찾아오는 이들은 늘 리사를 찾는다. 그녀의 관심이 필요한 의료적 응급 상황 같은 게 아니라면, 아무도 이 시간에 이곳에 오지 않는다.

키아나가 커튼을 걷고 쳐들어온다. 「리사, 방금 애들 두 명이 들어왔어. 심각해, 진짜 심각해.」

키아나는 병동에서 밤 근무를 서는 열여섯 살짜리로 늘 연극적이며 모든 것을 심각하게 과장한다. 의사들로 이루어진 가족에서 추방당한 뒤로, 그녀는 자신이 얼마나 훌륭한 하급 의무병인지 증명할 기회만 있으면 어깨에 힘을 바짝 주고 그 기회를 잡아 왔다. 그녀의 과장은 대개 응급 상황보다 자기 자신을 더 부각시키려는 시도일 뿐이다. 그런 키아나가 모든 영광을 혼자 독차지하려 하지 않고 리사를 데리러 왔다는 건 상황이 정말 심각하다는 뜻이다.

「애들 두 명이 엔진 터빈으로 장난을 치다가 엔진 전체가 무너져서…….」

리사는 침대에서 나와 휠체어에 앉는다. 「한밤중에 엔진 터빈을 왜 건드려?」

「무슨 담력 테스트 같은 거였나 봐.」

「믿을 수가 없다.」 리사가 돌보는 상처의 절반은 자기 파괴적 자해이고, 나머지 절반은 그야말로 멍청한 짓 때문에 생긴 것이다. 가끔 그녀는 이것이 홀리들의 특성인지, 아니면 바깥세상도 마찬가지인지 궁금해진다.

의료용 비행기에 도착해 보니, 교대 시간도 아닌데 모든 의무병이 이미 와 있다. 두어 명은 열일곱 살 되고도 이곳에 남은 아이들이지만, 대부분은 그저 경미한 상처만을 치료할 수 있도록 훈련받은 애들에 불과하다. 리사는 피를 봐도 더 이상 겁먹지 않는다. 그녀가 두려워하는 건 자신의 한계다. 안으로 들어가는 순간부터 그녀는 이 상황이 자신이 발을 담글 수 있는 수준을 넘어선 것임을 깨닫는다.

구석에서 한 아이가 인상을 쓴 채 신음하고 있다. 어깨가 탈구된 게 분명하다. 하지만 아이는 최소한의 관심만 받고 있다. 탁자 위의 아이가 훨씬 심각한 상태이기 때문이다. 그의 옆구리에는 삐뚤빼뚤하게 찢긴 큰 상처가 나 있다. 그 너머로 적어도 하나는 튀어나와 있는 갈비뼈가 있다. 아이는 떨면서 신음한다. 아이들 몇 명이 출혈을 막으려고 미친 듯이 주요 동맥을 누르고 있다. 한 아이는 떨리는 손으로 주사기를 채우려 애쓰고 있다.

「리도카인이야, 에피네프린이야?」 리사가 묻는다.

「리도카인?」 그가 말한다. 마치 질문처럼.

「내가 할게. 이미 준비된 에피네프린 주사기가 있어.」

아이는 무단으로 학교 복도를 돌아다니다가 잡힌 것 같은 눈으로 그녀를 본다.

「아드레날린 말이야!」 리사가 말한다. 「에피네프린이 아드레날린이야.」

「그래! 그건 어디 있는지 알아!」

리사는 집중하려 애쓴다. 더 큰 그림에 압도되지 않으려 노력한다. 그녀는 다친 아이에게 첫 주사를 놓는다. 통증이 완화될 것이다.

「의사 불렀어?」 리사가 묻는다.

「세 번쯤.」 키아나가 대답한다.

아이들이 감당할 수 없는 문제가 생겼을 때 묘지에 오는 의사가 한 명 있다. 그는 공짜로, 아무 질문도 하지 않고 치료를 해준다. 저항군에게 동조하고 있기 때문이다. 하지만 그는 원할 때만 연락을 받는다. 하긴, 연락이 닿더라도 리사는 그가 뭐라고 말할지 안다.

「병원에 데려가야 해.」

리사가 그렇게 말하자 모든 아이가 눈에 띄게 안심한다. 이제는 소년의 생명이 그들의 손을 떠날 것이기 때문이다. 묘지에서 일어난 부상으로, 그들이 아이를 병원에 이송했던 경우는 단 두 번뿐이다. 두 번 다, 부상당한 아이는 죽었다. 리사는 그런 일이 다시 일어나지 않게 할 작정이다.

「너무 아파.」 아이가 헐떡거리며 찡그린 얼굴로 말한다.

「쉿.」 리사가 말한다. 그녀는 아이의 눈알이 돌아가려는 것을 본다. 「나한테 집중해.」 리사는 에피네프린 주사를 놓는다.

출혈 속도가 느려질 것이다. 덕분에 쇼크가 오지 않으면 좋겠다. 「이름을 말해 봐.」

「딜런.」 그가 말한다. 「딜런 워드.」

「정말? 나도 피보호자였어. 오하이오 주립 보호 시설 23호.」

「플로리다 매그놀리아. 플로리다 주립 보호 시설은 번호를 안 붙여. 꽃 이름을 따서 불러.」

「괜찮네.」

딜런 워드는 열세 살, 어쩌면 열네 살이다. 심한 구순열이 있다. 그걸 보자 리사는 화가 난다. 리사와 마찬가지로 그도 주립 보호 시설 출신이기 때문이다. 부모는 생김새만으로 아이를 언와인드하지 않겠지만, 주립 보호 시설은 전혀 거리낌이 없다. 그를 구하는 것은 리사에게 명예의 문제다. 그녀는 키아나에게 구급차를 준비하라고 한다.

「바퀴가 터졌는데.」 키아나가 말한다.

리사가 답답함에 윽 소리를 낸다. 「그럼 고쳐!」

「가지 마.」 딜런이 리사에게 모든 신뢰를 실어 말한다.

「안 가.」 리사가 그를 안심시킨다.

ADR은 묘지에 상주하는 의사를 보내 주겠다고 약속해 왔지만, 아직 그런 일은 일어나지 않았다. 리사는 그들에게 더 중요한 일들이 있다는 걸 알지만, 한 아이가 피를 흘리며 죽어 가고 있을 때 그런 건 형편없는 핑계에 불과하다.

「나 죽어?」 딜런이 묻는다.

「당연히 아니지.」 리사가 대답한다. 사실, 리사도 모른다. 그가 살지 죽을지. 하지만 그런 말은 별로 위로가 되지 않고, 이런 질문을 할 때 진실을 원하는 사람은 없다.

리사는 바닥에 흩어진 잔해 위로 휠체어를 굴려 가 비행기의 뒤편의 경사로를 내려간다. 거기에 아이들이 모여서 안달복달하고 있다.

한 아이가 앞으로 나선다. 스타키다. 코너가 음식 공급을 맡긴 이후로, 그는 어디든 주둥이를 들이밀어도 된다고 생각하는 모양이다. 「내가 할 수 있는 일은 없을까?」

「너한테 순간 이동 능력이 있어서 우릴 병원에 데려다줄 수 있다면.」

「미안.」 그가 말한다. 「내 마술은 그냥 마술이야.」

그때 코너가 달려온다.

「사고 소식 들었어. 다들 괜찮아?」

리사가 고개를 젓는다. 「한 아이는 우리가 해볼 수 있는데, 다른 애는……..」 기억을 떠올리자 다시 몸서리가 쳐진다. 「병원에 가야 해.」

코너의 입술이 가늘어진다. 안전 가옥에 있었을 때처럼 그의 다리가 떨리기 시작한다. 그는 주먹으로 손바닥을 쳐 반사적인 두려움을 누르고 고개를 끄덕인다. 「그래.」 그가 말한다. 「알겠어, 해야 할 일을 하자.」 그제야 그는 스타키가 거기에 있다는 걸 알아차린 듯하다. 「스타키가 도와주고 있어?」

「딱히.」 리사가 말한다. 그런 다음에는 스타키를 떼어 내려는 듯 말한다. 「구급차의 펑크 난 타이어 고치는 건 도와줄 수 있으려나.」

스타키는 잠시 모욕당한 표정을 짓더니 미소를 되찾는다. 「그래, 할 수 있어.」 그가 한 발 뒤로 물러선다.

구급차는 좌석을 떼어 내고 임시로 의료 장비를 설치해 둔

밴이다. 아이들이 딜런을 데리고 빠르게 계단을 내려와 그를 차에 싣는다. 다른 의무병이 한 명 더 도착할 테고, 키아나가 뒷자석에서 딜런을 돌볼 것이다. 소년은 리사를 부르지만, 리사는 함께 갈 수 없다. 이번에도 그녀는 조용히 휠체어를 욕한다.

스타키는 여전히 남아 있다. 그가 코너를 돌아본다. 「넌 안 가는 거야?」 스타키가 묻는다.

「제독은 실려 나갈 때까지 묘지를 떠나지 않았어.」 코너가 말한다. 「난 그분의 모범을 따를 거야.」

스타키가 어깨를 으쓱한다. 「그럼 겁쟁이처럼 보일 텐데.」

코너는 잠시 그를 노려본다.

「그냥 말한 거야.」

「어떻게 보이든 상관없어.」 코너가 힘을 실어 말한다. 「난 여길 살려 놓기 위해서 필요한 일을 해.」

「미안. 너를 존중하지 않는다는 건 아니었어. 책임을 맡는다는 게 뭔지, 내가 많이 배워야 하나 보다.」

스타키는 리사에게 정중하게 고개를 끄덕이고 떠난다. 하지만 그가 한 말은 신발에 달라붙은 껌처럼 리사의 머릿속에 남는다. 최소한, 리사의 발이 실제로 땅에 닿던 시절의 신발에 달라붙은 껌처럼. 물론 코너의 말이 맞다. 그가 병원에 갔다면, 그건 멍청한 짓이 됐을 것이다. 책임감 있는 리더가 아니라 오만한 리더의 징조. 반면, 리사를 붙잡는 것은 휠체어밖에 없다. 대체 언제부터 휠체어 때문에 발목을 잡혔다고?

「이번엔 내가 갈게.」 리사가 코너에게 말한다.

코너가 두 손을 번쩍 든다. 「리사, 아무도 네가 가기를 기대하지 않아. 네가 가지 않는다고 널 겁쟁이라고 생각할 사람도 없고.」 그가 미니밴을 본다. 「그리고 널 저 안에 태우는 건 좀…….」

「부담스럽다고?」 리사가 그의 말을 맺어 준다.

「저 애한테는 1초, 1초가 소중한데, 네가 밴에 타려면 너무 시간이 걸릴 거라는 말이었어.」

하지만 리사의 마음은 정해졌다. 「지난번에도 비슷한 일이 있었으니까, 내가 가야 해.」 리사가 말한다.

「어차피 결과는 바뀌지가 않을 거야.」 코너가 지적한다.

「알아.」 리사가 말한다. 코너의 말이 전적으로 옳다는 확신은 들지 않지만. 코너가 물러나고 의무병 두 명이 리사의 휠체어를 밴에 싣는다.

「내가 잡히더라도 놈들은 날 언와인드할 수 없어.」 리사가 코너에게 일깨워 준다. 「나는 열일곱 살이야. 게다가 장애인은 언와인드당하지 않아.」

「놈들이 널 알아보면?」

「아, 왜 이래.」 리사가 말한다. 「사람들이 아는 건 우리 얼굴보다 이름이야. 괜찮을 거야.」 그런 다음 그녀는 코너에게 작지만 진심이 담긴 미소를 지어 보인다. 코너도 마지못해 마주 미소 짓는다. 그 미소로 둘 사이의 틈새가 메워지는 건 아니지만, 최소한 어디에 다리를 놓아야 할지는 분명해진다. 리사는 작별 인사를 하지 않고 밴의 뒷문을 닫는다. 둘 사이에 절대 작별 인사를 하지 않는, 그들만의 미신이 있기 때문이다. 하지만 리사는 곧 작별 인사를 하지 않았다는 걸 후회하게 된다.

묘지에서 나오는 길은 포장되어 있지 않아 울퉁불퉁하다. 비행기 바퀴로 다져진 단단한 사막일 뿐이다. 정문까지는 1.5킬로미터가 넘는다. 차가 뒷자리에서 튀어 오를 때마다 딜런이 신음한다. 그들이 다가가자 비상 사태를 통보받은 경비병이 재빨리 문을 연다.

일단 포장도로에 접어들자 차를 타고 가기가 수월해지고 딜런은 조용해진다. 리사는 그를 위로하며 활력 징후를 살핀다.

처음에 다친 아이를 병원으로 보냈을 때, 키아나와 의무병 하나가 함께 갔다. 그 의무병은 반창고가 제대로 붙지 않을 때조차 공황에 빠지는 녀석이었지만, 의료 경험이 있는 아이 중에서 자살 임무가 될지도 모르는 임무를 하겠다고 기꺼이 나선 아이는 그 아이뿐이다. 그때는 새로 온 아이가 담력을 보이겠다며 화물 수송기의 꼬리에 기어올랐다가 떨어져 두개골이 깨졌다. 리사가 가려 했지만, 모두가 그건 아무 의미 없고 실용적이지도 않은 행동이라며 그녀를 말렸다. 키아나와 이 신경증이 있는 의무병이 아이를 병원에 데려갔다. 무슨 일이 일어났는지를 설명해 줄 가짜 이야기와, 가짜 신분을 뒷받침해 줄 서류를 가지고 말이다. 아이는 병원에서 죽었다. 두 번째는 맹장이 터진 소녀였다. 이번에도 리사는 뒤에 남았고, 소녀는 죽었다.

리사는 자신이 병원에 간다고 뭐가 달라질까 싶다. 하지만 뒤에 남아 아이가 죽었다는 통보를 받는 일을 되풀이할 수는 없었다.

키아나가 리사를 뒷자리에서 내리도록 도와준다. 이어 그녀는 혼자서 딜런을 응급실 대기실로 데려간다. 리사가 휠체어를 타고 뒤따른다. 이제 리사는 연기 실력을 보여 줘야 한다. 그녀는 도살장에서 폭탄이 터졌을 때, 함께 연주하던 밴드의 친구들을 떠올린다. 죽은 친구들이다. 그 기억이 꼭 필요한 눈물을 불러낸다. 그런 다음, 그녀는 예전에 자신을 구해 주었던 등장인물을 끌어 올린다. 모든 말을 질문처럼 하던, 멍청한 소녀.

「저기, 누가 좀 도와주실래요? 제 동생이 지붕에서 기와를 고치고 있었거든요? 근데 떨어져서 심하게 다쳤거든요? 저희는 뭘 해야 할지 모르겠고요? 그래서 여기 데려왔는데, 피가 너무 많이 나고 정말 무섭거든요? 도와주실래요?」

리사는 눈물에 더해진 멍청함이 마치 허시퍼피가 한때 레이더를 교란했던 것처럼 사람들의 거짓말 탐지 능력을 효과적으로 교란할 수 있기를 바란다. 청소년 전담 경찰이 현장에서 DNA 해독기를 사용하기 시작했다는 소문이 있지만, 그 장비가 아직 병원까지 스며들지 않았기만을 바랄 뿐이다.

응급실 직원들이 하던 일을 멈추고 그들을 도우러 달려온다. 순식간에 딜런은 바퀴 달린 들것에 실려, 〈관계자 외 출입 금지〉 문 너머로 사라진다.

「괜찮을까요?」 리사가 묻는다. 그녀의 물음에 담긴 두려움은 절반만이 연기다. 「저희 부모님이 집에 안 계시거든요? 뭘 해야 할지 모르겠거든요?」

「우리가 돌봐줄게, 애야.」 간호사가 위로하는 목소리로 말한다. 「걱정하지 마.」 간호사는 키아나를 힐끗 본다. 키아나의 옷에는 딜런의 피가 묻어 있다. 간호사는 응급실 안으로 사라진다.

문이 휙 닫히고, 리사는 입원 수속 데스크로 간다. 그녀는 가짜 정보가 담긴, 신중하게 꾸며 낸 지갑을 꺼낸다. 지갑은 무질서하게 보이도록 정리되어 있다. 리사를 무력하고도 당황한 소녀처럼 보이게 하려고 꾸며 낸 것이다.

「이건 나중에 확인할게.」 입원 수속 직원은 그렇게 말하고 신원 확인을 포기한 뒤, 다음 사람으로 넘어간다.

아무 소식도 없이 한 시간이 지난다. 키아나는 복도를 어슬렁거리고 있다. 리사가 아무리 진정하라고 해도 소용없다. 하긴, 긴장하는 게 그들이 꾸며 낸 이야기와 더 잘 맞을 것이다. 마침내 아까 그 간호사가 대기실로 나온다. 눈가에 살짝 눈물이 고여 있다. 리사는 뱃속이 푹 꺼지는 기분이다. 오늘이 되기 전까지는 알지도 못했던 딜런이 정말 동생이라도 된 듯하다.

「얘야, 안됐지만 나쁜 소식이야. 마음의 준비를 해야 할 것 같구나.」

리사는 휠체어를 꽉 잡고, 마음속 깊은 곳에서 끓어오르기 시작하는 감정을 느낀다. 키아나는 두 손으로 얼굴을 감싼다.

「미안해.」 간호사가 말한다. 「네 동생이 너무 심하게 다쳤어. 우리가 할 수 있는 건 다 했지만······.」

리사는 그저 믿을 수 없다는 듯, 충격에 빠진 얼굴로 간호사를 바라본다. 간호사가 리사의 손에 손능에 얹고 가만히 어루만진다. 「지금 어떤 기분일지 상상도 못 하겠지만, 너희 부모님께 알려 드려야 할 것 같아. 네가 준 번호로 계속 전화를 걸었지만 아무도 받지 않더구나. 달리 연락드릴 방법이 있니?」

리사는 머리카락을 얼굴 앞으로 늘어뜨린 채 고개를 젓는다.

「음, 그럼.」 간호사가 말한다. 「계속 전화를 걸어 봐야겠네. 혹시 그동안 달리 연락할 만한 사람이 있다면…….」

「잠깐만 시간을 주실 수 있을까요?」 리사가 조용히 묻는다.

「당연하지.」 간호사는 그녀의 손을 꼭 잡고, 다시 응급실 문 너머로 들어간다. 그 안에는 딜런의 시신이 존재하지도 않는 부모를 기다리고 있다. 리사는 눈물을 닦으며 최선을 다했다는 사실에서 위안을 찾으려 한다.

그때 키아나가 말한다. 「다른 때랑 똑같아.」

그 말에 리사가 고개를 든다. 문득 뭔가가 떠오른다.

「키아나…… 우리가 매번 다른 병원에 가야 한다는 건 알지?」

키아나의 표정을 보니, 그 규정을 들은 적이 없다는 걸 알 수 있다. 「응급 상황일 때 가장 가까운 병원에 가야 하지 않아?」 키아나가 묻는다.

리사가 느끼는 갑작스러운 두려움이 같은 크기의 희망으로 상쇄된다. 「지난번에 여기 왔을 때, 저 간호사를 봤어?」

「그런 것 같아. 적어도 한 번은. 나쁜 일이지?」

「그렇기도 하고 아니기도 해. 곧 돌아올게.」

리사는 〈관계자 외 출입 금지〉 문을 향해 휠체어를 밀고 들어간다. 조명이 더 밝고, 대기실보다 아늑하지 않은 복도가 나온다.

수백 명이 응급실을 거쳐 가지만, 부모와 연락이 닿지 않는 10대 아이들은 많지 않다. 사망 선고 직후, 환자의 〈남매〉가 사라지는 경우도. 이 간호사는 키아나를 알아본 게 틀림없다. 리사가 생각하기에는 의심의 여지가 없다. 그 말은, 여기에서 속임수가 한 겹 이상 벌어지고 있다는 뜻이다.

「저기.」 복도 저편에서 누군가 말한다. 「넌 여기 들어오면 안 돼.」

리사는 그 말을 무시한 채, 〈회복실〉이라 표시된 커다란 방으로 휠체어를 굴려 간다. 그 방에는 칸막이로 나뉜 침대마다 커튼이 쳐져 있다. 리사는 커튼을 하나씩 걷어 내기 시작한다. 빈 침대. 나이 든 여자. 또 하나의 빈 침대. 그리고 마지막, 딜런 워드. 그의 상처에는 드레싱이 되어 있다. 링거가 팔에 꽂혀 있다. 의식은 없지만, 모니터에 나타난 심장 박동은 안정적이다. 죽지 않았다.

바로 그때, 간호사가 리사 뒤로 다가와 휠체어를 휙 돌린다. 이번에는 전혀 눈물 한 방울 보이지 않는다.

「지금 당장 나가지 않으면 보안 요원을 부르겠어.」

리사는 휠체어를 밀어 버릴 수 없도록 브레이크를 채운다. 「죽었다고 했잖아요!」

「넌 저 애가 네 동생이라고 했지.」

「데려갈게요.」 리사는 조금이라도 힘이 있었다면 그 말대로 했을 것처럼 권위를 실어 목소리로 말한다. 불행히도 그녀에게는 힘이 없다.

「저 아이는 전혀 이동할 수 있는 상태가 아니야. 설령 그럴 수 있더라도 난 절대 무단이탈 언와인드를 청소년 전담국이 아닌 누구에게도 넘기지 않을 테고.」

「다른 애들도 그렇게 한 거예요? 청소년 전담 경찰한테 넘겼어요?」

「그게 내 일이야.」 간호사는 냉정하게 말한다.

「적어도 그 애들이 아직 살아 있는지 알려 주세요.」

간호사는 증오에 찬 눈으로 그녀를 보며 말한다. 「살아 있어. 하지만 지금쯤은 분열된 상태겠지.」

리사는 휠체어에서 일어나 여자를 벽에 쾅 밀어붙이고 싶다는 충동을 느낀다. 타오르는 시선이 둘 사이의 공기를 전자레인지처럼 튀겨 댄다.

「묘지에서 무슨 일이 벌어지는지 내가 모를 것 같아? 난 다 알고 있어. 우리 오빠가 청소년 전담 경찰이야. 경찰이 너희 모두를 잡아서 마땅히 가야 할 곳으로 보내지 않는 게 이상하지!」 그녀는 가장 가까운 하비스트 캠프의 정확한 방향을 아는 것처럼 손가락질을 한다. 「저 밖에서는 사람들이 신체 부위가 부족해서 죽어 가고 있어. 하지만 너와 네 이기적인 저항군 친구들은 차라리 착한 사람들이 죽게 놔두지.」

이렇게 되는 거구나. 리사는 생각한다. 완전히 다른 옳고 그름의 균열. 이 여자는 리사를 더러운 무법자로 본다. 무엇으로도 그 사실은 바뀌지 않을 것이다.

「정말 사회에 도움이 되려고 이런 일을 하는 거예요?」 리사가 쏘아붙인다. 「아니면, 보상금 때문이에요?」

여자는 시선을 피한다. 리사는 진실을 알게 된다. 여자의 높은 도덕적 기반이 그녀의 발밑에서 무너지고, 그녀는 균열로 떨어진다.

「돌아가서 네 더러운 무리나 돌봐.」 간호사가 말한다. 「그럼 여기 안 온 걸로 해줄게.」

하지만 리사는 갈 수 없다. 딜런이 언와인드되게 놔둘 수 없다.

그때, 청소년 전담 경찰이 응급실에 들어온다.

「이쪽이야.」 간호사가 그렇게 말하더니 리사를 돌아본다. 「지금 가면, 너랑 대기실의 네 친구는 보내 줄게. 넌 언와인드 될 수 없겠지만 확실히 감옥에 가게 될 거야.」

하지만 리사는 가지 않을 것이다.

간호사가 경찰을 맞아들인다. 외모를 보니 경찰은 간호사의 오빠가 분명하다. 그는 한참 호기심 어린 눈으로 리사를 보더니 침대에게로 시선을 옮긴다.

「애야?」 그가 묻는다.

「안정시켜 뒀어. 하지만 출혈이 많았어. 당분간은 이송 못 해.」

「계속 진정제를 놔줘.」 경찰이 말한다. 「하비스트 캠프에 도착할 때까지는 깨지 않는 게 최선이지.」

리사는 휠체어를 꽉 잡는다. 이미 무엇을 해야 할지 알고 있다. 그럼에도 망설이느라 10초가 간다. 그 10초간 침묵 속에 공포에 떨었지만, 전혀 머뭇거리지는 않는다.

「날 데려가세요.」 그녀가 말한다. 「날 대신 데려가요.」

그녀는 코너가 이 선택을 좋아하지 않으리라는 걸 안다. 분명 화를 낼 것이다. 하지만 지금은 그 생각으로 결심을 흐릴 수 없다. 이건 딜런 워드를 구하는 문제다.

경찰이 그녀를 살펴본다. 그녀가 누구인지, 이 제안이 무엇을 뜻하는지 정확히 아는 게 분명하다.

「내가 알기로는 열일곱 살일 텐데, 워드 양. 휠체어에 앉아 걸 보면 언와인드할 수도 없고. 그런데 너한테 대체 무슨 가치가 있지?」

리사는 미소 짓는다. 이제야 우위를 점했다. 「장난해요? 반분열 저항군의 악명 높은 구성원으로서, 그날 해피 잭에서 있었던 일을 정확히 아는 사람인데?」

그는 잠시 리사의 주장을 검토해 본다. 「난 바보가 아니야.」 그가 말한다. 「넌 절대 협조하지 않을 거다. 차라리 죽겠지.」

「그럴 수도 있겠죠.」 리사가 인정한다. 「하지만 그게 당신이랑 무슨 상관이에요? 내가 아무리 비협조적이더라도 날 잡아가는 걸로 공을 세울 수 있잖아요?」

경찰의 머리가 윙윙거리며 돌아가는 소리가 들리는 듯하다. 「너희 둘 다 잡아가지 못할 이유는 뭐지?」

「그런 시도를 하면 상품을 잃게 될 거예요.」 리사가 침착하게 말한다. 「내 손바닥에 피하 청산가리 캡슐이 있으니까.」 그녀는 손바닥을 내밀어 보여 준다. 「피부 바로 아래에 있어요. 내가 해야 할 일은, 손을 맞부딪혀 캡슐을 터뜨리는 것뿐이에요.」 그러더니 그녀는 크게 손뼉 치는 흉내를 낸다. 손바닥이 닿기 직전에 멈춘다. 「보세요.」 그녀가 씩 웃으며 말한다. 「박수도 여러 종류예요.」

물론 그런 캡슐은 없다. 하지만 경찰은 그걸 알지 못한다. 리사가 허풍을 떠는 거라고 의심하더라도, 그는 위험을 감수할 만큼 확신하지 못한다.

「내가 지금 여기서 죽으면.」 리사가 말한다. 「당신은 날 잡은 경찰이 아니라 죽게 만든 경찰로 알려지겠죠.」 리사는 다시 미소 짓는다. 「자기 총으로 진정탄을 맞게 만든 것만큼 나쁘지 않겠어요?」

남자는 인상을 쓴다. 다른 불행한 청소년 전담 경찰과 어떤 식으로든 연관된다는 생각이 달갑지 않은 모양이다.

간호사는 이런 상황이 전혀 만족스럽지 않다. 그녀가 팔짱을 끼고 말한다. 「내 보상금은?」

그러자 경찰이 그녀를 돌아보며 말한다. 「입 다물어, 에바. 응? 그냥 입 다물어.」

그 말로 거래는 성사된다.

딜런의 차트에는 가짜 기록이 남을 것이다. 이동할 수 있을 정도로 회복되면, 그는 아무런 질문도 받지 않고 키아나와 함께 풀려날 것이다.

그러나 리사의 삶은 이제 다른 길을 가게 된다.

19
캠

 카뮈 콩프리의 적절한 동반자, 적절한 자질을 갖춘 인물을 찾기란 쉽지 않다. 2백 명 이상의 소녀가 인터뷰를 거친다. 그들 모두에게 강력한 자격이 있다. 배우와 모델, 학자, 상류층 사교계에 막 데뷔한 아이도 있다. 로버타는 자신의 별을 위한 완벽한 행성을 찾느라 모든 돌을 다 뒤집어 보았다.

 마지막 20명이 캠에게 불려 온다. 커다란 거실 한편 푹신푹신한 난롯가에서 인터뷰가 진행된다. 캠이 그들을 평가하기 위한 자리다. 그들은 모두 좋은 옷을 차려입고 예쁘고 똑똑해 보인다. 대부분은 사무직에 지원하듯 자신의 이력을 소개한다. 어떤 사람은 전혀 움찔거리지 않고 그를 보는 반면, 어떤 사람은 그와 전혀 눈을 마주치지 못한다. 난로보다 더한 열기를 뿜어내며 그에게 온갖 아첨을 하는 소녀도 한 명 있다.

 「내가 너의 첫 번째가 되고 싶어.」 그녀가 말한다. 「그거 할 수 있지? 내 말은, 그러니까…… 너 완전한 거 맞지?」

 「완전한 것 이상이야.」 캠이 말한다. 「사실은 세 개가 있어.」

 소녀는 멍하니 그를 바라본다. 캠은 농담이라고 말해 주지 않기로 한다.

캠은 몇몇 사람에게는 끌리고, 몇몇 사람에게는 냉담함을 느낀다. 하지만 그 누구에게서도 자신이 바라던 연결의 불꽃은 튀지 않는다. 마지막 소녀, 뉴욕의 패션 감각을 가진 보스턴의 학자에게 다다랐을 때쯤, 캠은 그저 이 하루가 끝나기만을 바라고 있다. 소녀는 그의 얼굴에 흥미를 느끼는 유형이다. 하지만 그저 보기만 하는 게 아니라, 현미경 아래의 표본처럼 관찰한다.

「그래서, 날 보면 뭐가 보여?」 캠이 묻는다.

「중요한 건 겉모습이 아니야. 내면이지.」 그녀가 대답한다.

「그럼 내면은 어떤 것 같은데?」

그녀가 망설이다가 묻는다. 「속임수 질문이야?」

로버타는 캠이 어느 누구에게도 마음을 주지 않자 짜증을 낸다. 그날 밤, 둘의 저녁 식탁에는 은식기를 달그락거리며 힘주어 고기를 써는 소리뿐이다. 둘은 식탁 너머로 서로를 보지 않는다. 마침내 로버타가 말한다. 「우린 네 영혼의 짝을 찾는 게 아니야, 캠. 그냥 어떤 역할을 채워 줄 사람을 찾는 거지. 네가 공공 생활에 편하게 적응해 갈 수 있도록 도와줄 파트너를.」

「그 정도로 안주하고 싶지 않은가 봐요.」

「실용적으로 구는 게 안주하는 건 아니지.」

캠은 주먹을 쾅 내리친다. 「내 결정! 강요하지 마요.」

「당연히 강요 안 해. 하지만……..」

「대화 끝.」 식사는 다시 가혹한 은식기로 돌아간다. 마음속 깊은 곳에서는 캠도 로버타의 말이 옳다는 걸 안다. 그래서 화가 날 뿐이다. 로버타의 작전을 성공시키려면, 필요한 건 그의 손을 잡고 그에게는 사랑할 만한 부분이 너무도 많다고 대중을 설득해 줄, 매력적이고 성격 좋은 소녀 한 명뿐이다. 하지만 캠은 자신 안에서 그런 역할을 연기할 배우 기질을 전혀 찾아낼 수 없다. 꾸며 낼 수는 있겠지만 가짜 관계의 공허함을 견뎌야 할 혼자만의 순간이 두렵다.

공허함.

그게 사람들이 생각하는 그의 내면이다. 거대한 빈 공간. 눈앞을 행진하는 소녀들 중에서 영혼의 짝을 찾을 수 없다면, 그 사람들의 생각이 맞고 그에게는 정말 영혼이 없다는 뜻 아닐까?

「불완전.」 그가 말한다. 「내가 완전하다면, 왜 이렇게 완전하지 않은 기분이 들죠?」 평소처럼 로버타는 그의 긴장을 풀어 주려고 침착하게 진부한 이야기를 한다. 하지만 시간이 갈수록 로버타의 판에 박힌 지혜는 단조로움과 실망감만을 느끼게 한다.

「완전함이란 오직 너만의 경험을 만들어 내는 데서 오는 거야, 캠.」 로버타가 말한다. 「네 인생을 살다 보면, 머잖아 네 몸을 이룬 사람들은 더 이상 중요하지 않게 될 거야. 너를 있게 한 사람들은 지금 네 존재에 비하면 아무 의미가 없어.」

하지만 그에게 영혼이 있다고 확신할 수 없다면, 어떻게 자신의 삶을 살아갈 수 있단 말인가. 기자 회견에서 받았던 공격은 여전히 그를 괴롭힌다. 인간에게 영혼이 있다면 그의 영혼은 어디에 있을까? 인간의 영혼이 나뉠 수 없는 거라면, 그의 영혼은 어떻게 그를 있게 한 아이들의 부분의 총합이 될 수 있을까? 그는 그들 중 하나도 아니고, 그들 모두도 아니다. 그렇다면 그는 누구일까?

그의 질문에 로버타는 조바심을 낸다. 「미안하지만 난 대답할 수 없는 질문은 다루지 않아.」

「그러니까 영혼을 믿지 않는다는 거예요?」 캠이 묻는다.

「그런 말은 안 했어. 실재하는 데이터가 없는 문제에는 답하지 않는다는 거야. 사람들에게 영혼이 있다면 너한테도 영혼이 있겠지. 네가 살아 있다는 사실만으로도 증명되는 거야.」

「하지만 내 안에 〈나〉가 없다면요? 그냥, 속에는 아무것도 없이 이리저리 움직이는 살덩이에 불과하다면요?」

로버타는 그 말을 생각해 본다. 최소한 생각하는 척한다. 「뭐, 그런 경우라면 이런 질문을 하지 않을 것 같은데.」 그녀는 잠시 생각한 뒤 덧붙인다. 「꼭 뭔가 생각해야 한다면 이렇게 생각해 봐. 의식이 신적인 무언가에 의해서 우리 안에 심어진 것이든, 우리 뇌의 작용으로 만들어진 것이든 결과는 같아. 우리는 존재해.」

「존재하지 않을 때까지는 말이죠.」 캠이 덧붙인다.

로버타가 고개를 끄덕인다. 「그래, 존재하지 않을 때까지는.」 그렇게 그녀는 캠의 질문에 하나도 대답하지 않은 채 그를 떠나 버린다.

물리 치료는 이제 기계 운동과 프리웨이트, 유산소 운동을 결합한 전면적인 트레이닝으로 진화했다. 케니는 캠에게 친구와 가장 가까운 존재다. 그를 〈카뮈 님〉이라 부르는 경비원들을 제외한다면 말이다. 케니와 캠은 로버타가 감시하고 싶어 했을 이런저런 문제에 대해 솔직하게 이야기한다.

「그래서, 여자 친구 찾기는 망한 거네?」 캠이 러닝머신에서 자신을 몰아붙이고 있을 때 케니가 묻는다.

「아직 피조물을 위한 배우자를 찾지 못했어.」 캠이 로버타의 말투를 흉내 내 대답한다.

케니가 씩 웃는다. 「너한텐 까다롭게 굴 권리가 있어.」 그가 캠에게 말한다. 「원하지도 않는 걸 받아들이면 안 돼.」

캠의 운동이 막바지에 이르고, 러닝머신이 느려지기 시작한다. 「내가 원하는 걸 가질 수 없더라도?」

「그럴수록 더 요구해야지.」 케니가 조언한다. 「그러면 표적에 더 가까워질지도 모르잖아.」

논리적인 말이다. 그래 봐야 실망만 할 것 같다는 생각이 들긴 하지만.

그날 밤, 캠은 혼자서 거실의 탁자형 컴퓨터 앞에 앉아 사진 파일을 뒤지기 시작한다. 대부분은 무작위적인 사진이다. 예전만큼은 아니지만, 로버타가 여전히 그를 테스트하는 이미지들. 그러나 그중 어떤 것도 캠이 찾는 것은 아니다. 그는 인터뷰했던 소녀들의 얼굴 사진이 담긴 파일을 찾는다. 2백 명의 미소 짓는 예쁜 얼굴에 이력서가 붙어 있다. 시간이 흐를수록 그들 모두가 똑같아 보이기 시작한다.

「거기서는 못 찾을 거야.」

목소리가 들려와 돌아보니, 로버타가 나선형 계단 위에서 그를 내려다보고 있다. 그녀는 계단을 마저 내려온다.

「지웠어요?」 캠이 묻는다.

「지워야지.」 로버타가 말한다. 「근데 안 지웠어.」

로버타는 화면을 터치하더니 로그인하고, 캠에게는 잠겨 있던 파일들을 연다. 몇 초 만에 사진 세 장이 뜨고 그녀는 한숨을 쉰다. 「네가 찾는 게 이 아이니?」

캠은 사진을 본다. 「네.」 다른 두 장의 사진도 그가 이미 본 적 있는 사진과 마찬가지로 소녀가 모르게 찍은 것들이다. 로버타가 왜 휠체어를 탄 이 소녀의 사진을 기꺼이 보여 주는 건지 모르겠다. 전에는 그렇게 꺼렸으면서.

「버스.」 캠이 말한다. 「버스에 타고 있었어.」

「그 애가 탄 버스는 목적지에 도착하지 못했어. 길에서 벗어나 나무를 박았거든.」

캠이 고개를 젓는다. 「그 기억은 못 받았어요.」 그러더니 그가 로버타를 본다. 「이 아이에 대해 말해 주세요.」

20
넬슨

전직 청소년 전담 경찰인 장기 해적은 이번에 자신의 기록을 깼다! 한 명이 아닌 두 명의 무단이탈자라니!

넬슨은 자신의 성공을 전략의 독창성 덕분으로 돌린다. 그는 저항군의 일꾼인 척하며 푸드코트에서 한 소녀를 잡았다. 잘 속아 넘어가는 어리석음은 언제나 그의 가장 든든한 동맹이었다. 소녀의 머리카락은 다이밴이 요구한 것처럼 붉지 않았지만, 빛의 각도에 따라서는 딸기 색깔이 들어간 금발로 보였다. 소년을 잡을 때는 소녀를 미끼로 썼다. 무단이탈자가 들끓는 곳으로 알려진 엄버 동네의 버려진 공장 근처 배수관에 소녀를 묶어 두었다. 그 애의 고함이 건물 뒤편 어두운 구석에서 누군가를 끌어낼 때까지 기다렸고, 소년이 그 애를 풀어 주는 모습을 지켜보았다. 그런 다음, 길 건너 건물의 관찰 지점에서 도망치는 두 사람 모두에게 진정탄을 쏘았다.

DNA 분석기는 둘 다 무단이탈자라고 확인해 주었다. 실제로 돌아갈 삶이 있는 아이들보다는 언제나 이편이 양심에 더 나았다.

다이밴의 자동차 영업소로 돌아가는 길에 넬슨은 기대감에 가득 차 있었다. 그는 목표를 초과 달성하는 사람이 아니었기에 노력을 절반만 들이고 두 배의 일을 성과를 거둔 건 정말이지 드문 일이었다!

그가 도착하니 다이밴은 놀라면서도, 지난번 배달 이후로 얼마 지나지 않아 그를 보게 된 것에 짜릿해한다. 「용케 잡았군.」 그가 소리친다. 이번만큼은 흥정도 하지 않는다. 그는 넬슨이 달라는 값을 쳐준다. 아마 이번에는 넬슨이 트로피를 요구하지 않았기 때문일 것이다. 소녀의 눈에는 그야말로 흉하다고밖에 할 수 없는, 흐려져 가는 보라색 색소가 주입되어 있다. 소년의 눈은 보지 못했다. 넬슨은 보지 않은 것을 탐내지 않는다.

드물게 고마워하는 기색을 드러내며, 다이밴은 넬슨을 데리고 그가 한동안 가본 적 없는 고급 레스토랑에서 저녁을 사준다.

「사업이 잘되시나 봅니다.」 넬슨이 말한다.

「사업이야 사업이지.」 다이밴이 말한다. 「전망은 좋네.」

다이밴은 뭔가 숙고하는 기색이다. 그는 다이밴이 커피에 숟가락을 담그고 천천히, 체계적으로 젓는 모습을 지켜보며 기다린다. 「지난번에 만났을 때 내가 소문 얘기를 했었지?」 다이밴이 입을 연다.

「네. 하지만 무슨 소문인지는 말하지 않으셨습니다.」 넬슨은 자기 커피를 다이밴보다 훨씬 빠르게 마시며 말한다. 「제가 들으면 좋아할 만한 소문인가요?」

「처음에는 아닐 거야, 분명. 이젠 그 소문을 한 번 이상 들어

봤네. 여러 출처에서 듣기 전까지는 자네의 관심을 이 소문으로 돌리고 싶지 않았어.」 그는 계속해서 커피를 젓는다. 마시지는 않고 빙빙 도는 액체를 바라보기만 한다. 「애크런의 무단이탈자가 아직 살아 있다는군.」

넬슨은 목덜미의 짧은 털이 곤두서며 옷깃에 박히는 것을 느낀다.

「불가능합니다.」

「그래, 그래. 아마 자네 말이 맞겠지.」 그러더니 다이밴은 숟가락을 내려놓는다. 「하지만 놈의 시체를 실제로 보거나 확인한 사람이 있던가?」

「저야 모르죠. 저는 해피 잭에 있지 않았으니까요. 엉망진창이었을 것 같은데요.」

「바로 그거야.」 다이밴이 천천히 말한다. 「엉망진창.」 그러더니 그는 커피를 들고 길게 홀짝인다. 「그 말은 무슨 일이든 일어날 수 있다는 뜻이지.」 그는 커피를 내려놓고 몸을 앞으로 기울인다. 「소문이 사실일지도 몰라. 애크런의 무단이탈자의 신체 부위가 얼마에 팔릴지 상상이나 되나? 사람들은 놈의 신체 부위를 위해서라면 말도 안 되는 값을 낼 거야.」 그가 미소 짓는다. 「오늘 잡은 것들 가격의 열 배, 어쩌면 스무 배를 주겠네.」

넬슨은 반응하지 않으려 노력하지만, 침묵 속에 탐욕이 절로 드러났다는 걸 안다. 하지만 그에게 이 순간만큼은 돈과 무관한 탐욕이다. 코너 래시터를 잡아들이는 것은 단지 돈 문제만이 아니라, 오래전부터 기울어 있던 점수를 바로잡는 일이 될 것이다.

다이밴은 그의 마음을 읽는 듯하다. 「먼저 자네에게 이 말을 가장 먼저 전해 주는 걸세. 자네가 놈을 잡아들인다면 나한테도 무척 즐거운 일일 거야. 자네와 놈의 역사를 생각하면 말이지.」

「감사합니다.」 넬슨이 말한다. 이번에는 먼저 움직일 수 있게 되어 진정으로 고맙다.

「소문에 따르면, 무단이탈자 인구가 꽤 몰려 있는 지역이 있다더군. 그런 곳을 찾아보는 게 현명할 거야. 놈이 지금 반분열 저항군을 위해 일하고 있을 가능성이 꽤 높으니까.」

「놈이 살아 있다면 잡아서 데려오겠습니다.」 넬슨이 말한다. 「하지만 한 가지 조건이 있습니다.」

다이밴이 한쪽 눈썹을 치켜올린다. 「뭔가?」

넬슨은 이게 협상 불가능한 조건이라는 점을 분명히 밝히는 뜻으로 그의 눈을 똑바로 마주 보며 말한다. 「놈의 눈은 제가 갖겠습니다.」

4부
리바이어던

벨기에 외과 의사들이 안락사 후 장기를 적출하다
마이클 쿡, 『바이오에지』, 2010년 5월 14일.

  벨기에와 네덜란드에서 이런 일은 얼마나 자주 일어날까? 생명 윤리 블로거 웨슬리 스미스는 한 콘퍼런스 보고서에 주목하라고 말한다. 이 콘퍼런스에서는 벨기에의 이식 전문 외과 의사가 안락사 이후 장기 채취에 관해 발표했다. 앤트워프 대학 병원의 의사들이 2006년 세계 이식 회의(이 회의의 〈경제학〉 부문)에서 설명했듯, 이들은 신경계 질환이 있던 46세 여성의 동의를 받아 그녀를 사망하게 한 뒤 간과 신장 두 개, 췌도 세포를 채취했다.
  2008년 보고서에서 의사들은 2005년과 2007년 사이에 세 명의 환자가 안락사되었다고 설명했다. (……)
  이 기사를 쓸 당시, 안락사가 합법인 국가에서의 장기 기증 가능성에 대해 의사들은 열띤 반응을 보였다. (……)
  여기에서 흥미로운 점은, 벨기에 의사들이 세계 최고의 이식 수술 저널인 『이식』 2006년 7월 15일 자와 2008년 7월 27일 자에 자신들의 성과를 발표했음에도 불구하고 이러한 사실이 거의 공개되지 않았다는 점이다.

기사 전문은 다음에서 확인할 수 있다.
https://bioedge.org/end-of-life-issues/belgian-surgeons-harvest-organs-after-euthanasia

21
레브

 박수도가 박수하지 않은 것은 매우 드문 일이다. 자신의 혈액을 기꺼이 건물 하나를 통째로 날려 버릴 수 있을 만큼 강력한 폭탄으로 만드는 단계에 이른 영혼은 돌아올 수 없는 지점을 한참 넘어간 상태이기 때문이다.
 하지만 레비 제더다이어 콜더에게는 한 점의 빛이 있었다. 강력한 마음의 변화를 불러일으킬 만한 빛이었다.
 박수하지 않은 박수도.
 그것으로 레브는 유명해졌다. 그의 얼굴이 전국적으로, 심지어 국경을 넘어 알려졌다. 잡지에 〈왜, 레브, 왜?〉라는 헤드라인이 붙었고, 그의 인생 이야기가 잡지의 누드 화보처럼 퍼져 나갔다. 개인적 비극과 오점을 탐하는 세상은 얼마든지 그런 이야기에 추파를 던지고 삼킬 준비가 되어 있었다.
 「언제나 완벽한 아들이었어요.」 부모의 말이 여러 번 인용되었다. 「절대 이해할 수 없어요.」 그들의 눈물 어린 인터뷰를 본 사람이라면, 레브가 정말 자기 몸을 폭파해 죽었다고 생각할 법했다. 글쎄, 어떤 의미에서 레브는 실제로 그렇게 한 셈이었다. 십일조로 보내진 날의 레비 콜더는 더 이상 존재하지 않았으니까.

거의 1년이 지난 지금, 레브는 소년원의 휴게실에 앉아 있다. 비 오는 일요일 아침이다. 그는 이곳에 살지 않는다. 봉사하러 소년원에서 온 손님이다.

그의 맞은편에는 주황색 죄수복을 입고 팔짱을 낀 아이가 앉아 있다. 둘 사이에는 마지막으로 이 자리에 앉았던 사람이 남겨 놓고 간, 딱하게 망가진 직소 퍼즐이 놓여 있다. 이곳을 괴롭히는 수많은 미완성 프로젝트 중 하나다. 2월이다. 벽에는 밸런타인데이 장식이 미적지근하게 걸려 있다. 축제 분위기를 내보려 걸어 둔 것이지만, 남자아이들만 있는 이 소년원에서 올해 연애 대상을 찾을 수 있는 건 선택받은 소수에 불과하기 때문에 그저 가학적으로만 보인다.

「그래서, 나한테 뭔가 쓸모 있는 말을 해준다고?」 주황색 죄수복을 입은 아이가 말한다. 태도며 문신, 체취가 모두 고약하다. 「너, 열두 살이나 돼?」

「실은 열네 살이야.」

아이가 히죽거린다. 「뭐, 잘됐네. 이제 꺼져. 난 아기 예수의 영적 지도가 필요 없으니까.」 그는 손을 내밀어 레브의 머리카락을 탁 튕긴다. 지난 한 해 동안 레브의 머리카락은 어깨까지 자라 예수처럼 보인다.

레브는 신경 쓰지 않는다. 그는 늘 이런 취급을 받는다. 「아직 30분 남았어. 네가 여기 있는 이유에 대해서 이야기해야 할 것 같은데.」

「내가 여기 있는 건 잡혔기 때문이야.」 불량한 녀석이 말한다. 이어 그의 눈이 가늘어진다. 그는 레브를 좀 더 자세히 바라본다. 「어디서 본 것 같은데. 너 나 알아?」

레브는 대답하지 않는다. 「넌 열여섯 살 같은데, 맞지? 너한테는 〈분열 위험〉이라는 딱지가 붙었어. 너도 알지? 그 말은 언와인드당할 위험이 있다는 뜻이야.」

「글쎄, 우리 엄마가 날 언와인드할 거라고 생각해? 감히 못 그럴걸. 그랬다간 누가 망할 청구서를 대신 내주겠어?」 그는 소매를 걷어 올려 손목부터 어깨까지 쭉 이어지는 문신을 드러낸다. 그의 살에 새겨진 뼈와 잔인성을. 「거기다, 누가 이런 팔을 갖고 싶겠냐?」

「놀라겠지만, 너처럼 근사한 문신이 있는 팔에는 사람들이 돈을 더 내.」 레브가 말한다.

불량배는 그 말에 놀라더니 레브를 다시 살펴본다. 「너, 정말 나 몰라? 여기 클리블랜드에 살아?」

레브는 한숨을 쉰다. 「넌 날 몰라. 그냥 나에 대해서 들어 본 것뿐이야.」

다음 순간, 레브를 알아본 불량배의 눈이 휘둥그레진다. 「말도 안 돼! 그 십일조 녀석이구나! 박수도 말이야! 폭발하지 않은 녀석! 뉴스에 잔뜩 나왔잖아!」

「맞아. 하지만 우리가 여기 있는 건 내 얘기를 하기 위해서가 아니야.」

갑자기 불량배가 다른 아이처럼 군다. 「그래, 그래, 알아. 재수없게 굴어서 미안. 넌 왜 감옥에 안 있는 거야?」

「형량 거래 때문에. 그 얘기는 하면 안 돼.」 레브가 말한다. 「그냥 너랑 이야기하는 게 내 처벌의 일부야.」

「망할!」 아이가 씩 웃으며 말한다. 「펜트하우스에 스위트룸도 잡아 줘?」

「정말로, 그 얘기는 하면 안 돼. ……하지만 네가 나한테 하고 싶은 얘기는 뭐든 들어 줄 수 있어.」

「뭐, 좋아. 네가 정말 듣고 싶다면야.」

아이는 아마 누구에게도 한 적 없었을 인생 이야기를 털어놓기 시작한다. 레브의 악명에서 한 가지 긍정적인 부분이다. 그의 악명은 보통 존중할 줄 모르는 이들에게서 존중을 끌어낸다.

소년원 아이들은 언제나 레브에 대해 모든 걸 알고 싶어 한다. 하지만 합의의 조건은 분명했다. 어떤 사람들에게선 너무도 많은 동정심을, 또 다른 사람들에게서 너무도 많은 분노를 이끌어 낸 그 합의는 레브를 가능한 한 빨리 뉴스에서 지우고 그가 언와인드에 대항하는 전국적 목소리가 되는 것을 막고자 했다. 바로 〈공공을 위한 최선의 이익〉이었다. 결국 그는 가택 연금형을 선고받았다. 여기에는 어깨에 추적 장치를 삽입하고 18세 생일까지 매년 520시간의 사회봉사 활동을 해야 한다는 조건이 포함되어 있었다. 봉사 활동은 동네 공원에서 쓰레기를 줍는 것에서부터, 길 잃은 청소년들에게 마약과 폭력 행위의 해악을 설교하는 것까지 다양했다. 비교적 가벼운 형량을 받은 대가로, 레브는 박수도를 비롯한 테러 활동에 대해 자신이 아는 정보를 주기로 했다. 그 부분은 쉬웠다. 그는 자신의 박수도 점조직 외에는 아는 게 거의 없었고, 그 점조직의 다른 구성원들은 모두 사망한 상태였다. 레브는 또한 영구적인 함구령을 받았다. 그는 언와인드에 대해서나 십일조에 대해서,

해피 잭에서 일어난 일에 대해서 절대 공개적으로 말할 수 없었다. 그는 사실상 사라질 것을 선고받은 것이었다.

「너를 인어 공주라고 불러야겠어.」 형 마커스가 그렇게 농담했었다. 「놈들이 네 목소리를 빼앗는 대신 마법처럼 세상을 돌아다닐 수 있게 만들어 줬잖아.」

그래서 지금은 일요일마다 댄 목사가 마커스의 타운 하우스에서 레브를 태워 가고, 둘은 소년원에 있는 아이들과 그들만의 방식으로 영성을 나눈다.

처음에는 괴로울 정도로 어색한 일이었지만, 몇 달 안에 레브는 낯선 사람들의 마음에 닿는 솜씨가 매우 좋아졌다. 그는 그들을 움직이게 하는 것이 무엇인지 알아낸 다음, 그 움직임의 카운트다운이 시작되기 전에 그들을 진정시켰다.

「주님께서는 장난스러운 방식으로 일하신단다.」 언젠가 댄 목사가 레브에게 말한 적이 있었다. 오래된 격언을 가져다가, 필요에 맞게 손본 것이었다. 레브에게 영웅이 있다면, 그건 댄 목사와 형 마커스다. 마커스는 부모에게 맞섰을 뿐 아니라 한 걸음 더 나아가 레브를 받아 주었다. 그 일로 가족 전체와 연이 끊겼는데도 말이다. 그들의 가족은 너무도 굳은 신념을 가지고 있어서, 두 사람이 선택한 길을 마주하느니 둘을 죽은 사람으로 쳤다. 그렇게 둘 다 가족에서 추방되었다.

「자기들 손해지.」 마커스는 가끔 레브에게 말했다. 하지만 그때마다 슬픔을 감추려는 듯 고개를 돌렸다.

댄 목사로 말할 것 같으면, 그는 신앙을 잃지 않고 확신만을 버릴 용기를 가진 사람이었다. 그래서 레브의 영웅이 되었다. 「난 지금도 주님을 믿는단다. 다만 인간 십일조를 묵인하는 주님을 믿지 않을 뿐이야.」 댄 목사의 말에 레브는 눈물을 흘리며 자신도 그 신을 믿을 수 있느냐고 물었다. 자신에게 그런 선택권이 있다는 걸 전에는 몰랐다.

이제는 레브만이 〈목사님〉이라고 부르는 댄 목사는 소년원 아이들을 만나기 전에 작성해야 하는 양식에 자신을 특정 종파에 소속되지 않은 성직자라고 적었다.

「그럼 우린 무슨 종교예요?」 레브는 매주 소년원에 들어갈 때마다 묻는다. 그 질문은 일상적인 농담이 되었고, 그때마다 댄 목사는 다른 답을 내놓았다.

「모든 위선에 질렸으니 권태복음교야.」

「이제야 단서를 잡았으니 단서사랑회야.」

「모든 이성을 거슬러 이 모든 걸 날아오르게 했으니 반이성비행교야.」

하지만 레브가 가장 좋아한 것은 〈우린 리바이어던, 레비의 종교야. 레브, 너한테 일어난 일이 이 모든 일의 핵심이니까〉[13]였다.

그 말에 레브는 끔찍하게 불편했다. 하지만 동시에, 영적 운동의 핵심에 있다는 사실이 약간은 축복처럼 느껴지기도 했다. 겨우 두 사람만의 운동이지만 말이다.

「리바이어던은 크고 못생긴 괴물 아니에요?」 레브가 지적했다.

「맞아.」 댄 목사가 말했다. 「그러니 네가 그런 괴물이 되지 않기를 바라자꾸나.」

---

13 〈리바이어던Leviathan〉은 앞의 세 글자가 레브의 이름과 같다.

레브는 결코 대단한 존재가 되지는 못할 것이다. 그가 열네 살로 보이지 않는 이유는, 나이에 비해 어려 보이기 때문만은 아니다. 체포된 이후 그는 몇 주 동안 혈액을 정화하기 위한 수혈을 받고 또 받았다. 하지만 이미 폭발성 화합물로 신체가 오염된 뒤였기에 그는 망가졌다. 몇 주 동안 그의 몸은 푹신한 면 거즈로 미라처럼 감겨 있었다. 그러면서도 그가 자기 몸을 폭파하지 못하도록 두 팔은 넓게 펼쳐져 있었다.

「넌 십자가 붕대형을 받았어.」 댄 목사가 그렇게 말했다. 당시에 레브는 그 말이 별로 웃기지 않다고 생각했다.

의사는 차갑고 냉정한 태도로 레브에 대한 경멸감을 감추려 했다.

「우리가 네 체내에서 화학 약품을 전부 빼낸다 해도 대가는 따를 거다.」 의사는 씁쓸하게 웃었다. 「넌 살겠지만 절대 언와인드되지는 않을 거야. 오직 너한테만 소용이 있을 만큼 네 장기가 손상됐거든.」

이런 손상은 그의 발달은 물론 성장도 방해했다. 이제 레브의 몸은 열세 살이라는 나이에 영원히 갇혀 있었다. 박수하지 않은 박수도가 된 대가였다. 유일하게 자라는 것은 머리카락뿐이었다. 레브는 한때 그랬듯 말쑥하게 다듬어진, 쉽게 조종당하는 소년이 되지 않기 위해 머리를 자르지 않겠다는 의식적 결정을 내렸다.

다행히도 최악의 예언은 실현되지 않았다. 그의 두 손이 언제까지나 떨릴 것이고, 그가 말을 더듬게 되리라는 예측은 모두 빗나갔다. 그가 근육 무력증에 걸려 점점 힘이 빠지리라는 말도 이루어지지 않았다. 규칙적인 운동은 다른 사람들처럼

4부 리바이어던

덩치를 키우는 데까진 도움을 주지 않았으나 상당히 정상적인 근육을 유지할 수 있게 해주었다. 레브가 한때 될 수 있었던 소년이 될 수 없으리라는 건 사실이었다. 하지만 어쩌면 애초에 그럴 수 없었을 것이다. 언와인드되었을 테니까. 모든 점을 고려할 때 이게 더 나은 선택이었다.

게다가 그는 오래전이라면 무서워했을 아이들과 이야기하며 일요일을 보내는 게 그리 나쁘지 않았다.

「야.」 문신한 불량배가 탁자 위로 몸을 숙이고, 흩어진 퍼즐 조각 몇 개를 바닥으로 밀어 버리며 속삭인다. 「말해 봐. 하비스트 캠프는 어땠어?」

레브는 고개를 든다. 탁자 위에 고정된 보안 카메라가 보인다. 모든 탁자 위에는 그런 카메라가 있어서 모든 대화를 감시한다. 그런 점에서는 하비스트 캠프와 그리 다르지 않다.

「말했다시피 그 얘기는 할 수 없어.」 레브가 말한다. 「근데 내 말 믿어. 열일곱 살까지는 죄짓지 않고 사는 게 좋을 거야. 알고 싶은 얘기는 아니거든.」

「무슨 말인지 알겠다.」 불량배가 말한다. 「열일곱 살까지 깨끗하게, 그걸 좌우명으로 삼아야겠어.」 그는 등받이에 기댄 채, 레브로서는 받을 자격이 없다고 느끼는 존경심을 담아 그를 바라본다.

면회 시간이 끝나자 레브는 그의 옛 목사와 함께 떠난다.

「생산적이었어?」 댄이 묻는다.

「모르겠어요. 그럴지도요.」

「그 정도면 전혀 아닌 것보다는 낫지. 훌륭한 단서사랑회 아이가 오늘도 좋은 일을 했구나.」

클리블랜드 시내에는 이리호의 정박지를 따라 이어지는 조깅로가 있다. 그 길은 그레이트 레이크 과학관을 빙 돌아 로큰롤 명예의 전당 뒤편으로 이어진다. 레브보다 훨씬 더 세련된 반란으로 악명이 높았던 인물들의 기억이 영구적으로 보존된 곳이다. 레브는 매주 일요일 오후 그 길을 달리며, 유명한 동시에 악명 높은 존재가 된다는 건, 그러면서도 증오보다는 사랑의 대상이 되고 한심함보다는 존경의 대상이 된다는 건 어떤 느낌일지 생각한다. 자신이라면 어떤 종류의 박물관에 들어가게 될지 생각하며 몸을 떨고, 차라리 영영 모르는 게 낫겠다고 생각한다.

2월치고는 비교적 따뜻한 날이다. 기온은 4도쯤이다. 그날 아침에는 눈 대신 비가 왔고, 우울한 오후에는 눈보라 대신 부슬비가 내렸다. 마커스가 그와 함께 헐떡이며 달린다. 그의 숨결이 훅훅 증기처럼 나온다.

「꼭 그렇게 빨리 달려야 해?」 그가 레브의 등 뒤에 대고 소리친다. 「경주가 아니잖아. 어쨌든 비도 오고.」

「그게 무슨 상관이야?」

「미끄러져서 중심을 잃을 수 있어. 아직도 질척한 구간들이 있다고.」

「난 자동차가 아니야.」

레브는 질척거리는 웅덩이를 철퍽거리며 밟고 지나간다. 그 바람에 마커스에게 물이 튄다. 형이 욕을 하자 그는 씩 웃는다. 몇 년 동안 패스트푸드만 먹으며 로스쿨에서 끝없이 책을 본 결과, 마커스는 딱히 뚱뚱한 건 아니지만 확실히 몸매가 망가졌다.

「장담하는데, 계속 나한테 뻐기면 더는 너랑 같이 안 달릴 거야. 경찰을 다시 부를 거야. 그 사람들은 언제나 네 속도에 맞춰서 뛰니까.」

아이러니하게도, 레브가 풀려나 형에게 맡겨진 이후 규칙적인 운동을 시작하게 된 건 마커스의 제안 때문이었다. 레브의 혈액에 여전히 독성 물질이 남아 있던 회복 초기에는 타운하우스 계단을 오르내리는 것만으로도 운동이 되었다. 하지만 마커스는 레브의 영적 회복이 신체의 회복과 밀접한 관련이 있음을 알아차릴 만큼 통찰력이 있었다. 마커스는 여러 주 동안 딱 한 블록만 더 돌자고 레브를 밀어붙였다. 처음 시작할 때는 비밀 경찰관이 그를 따라왔던 게 사실이다. 처음에 그들은 레브가 일요일에 외출을 할 때마다 어김없이 따라붙었다. 아마 가택 연금을 느슨하게 풀어 줄 생각이 전혀 없음을 보여 주기 위해서였을 것이다. 하지만 시간이 지나면서 그들은 추적용 칩을 신뢰하게 되었고, 댄이나 마커스가 함께 있을 때는 별도의 감시자 없이도 외출할 수 있게 해주었다.

「내가 심장 마비로 죽으면 전부 네 탓이야!」 마커스가 더 뒤에서 소리친다.

레브는 절대 장거리 주자 타입이 아니다. 예전에는 야구에만 빠져 있었다. 진정한 팀 플레이어였다. 지금은 좀 더 개인적인 스포츠가 잘 맞는다.

빗줄기가 거세지자 그는 멈춘다. 아직 절반밖에 오지 않았다. 그는 마커스가 따라잡기를 기다린다. 둘은 로큰롤 명예의 전당 앞에 있는, 쉽게 사라지지 않는 자판기에서 아쿠아피나를 산다. 그 자판기는 세계 종말이 와도 생수와 레드불을 계속 팔 것이다.

마커스는 음료를 마시며 숨을 고른 뒤 아무렇지 않게 말한다. 「어제 사촌 칼한테서 편지가 왔어.」

레브는 반응을 속으로 감춘다. 겉으로는 전혀 내색하지 않는다. 「어제 왔는데 왜 오늘 말해?」

「너도 네가 어떤지 알잖아.」

「아닌데.」 레브가 약간 차갑게 말한다. 「내가 어떤데?」

하지만 마커스는 굳이 대답할 필요가 없다. 레브도 마커스의 말이 무슨 뜻인지 정확히 알기 때문이다.

사촌 칼이 보낸 첫 편지는 완전한 수수께끼였다. 그러다 레브는 그게 코너가 보낸 암호화된 메시지라는 걸 깨달았다. 레브의 우편함이 정부의 감시를 당하고 있을 가능성이 있었기에, 코너는 그런 방식으로 메시지를 전달할 수 밖에 없었다. 코너는 레브가 그 정도는 알아낼 만큼 영리하다고 기대할 수밖에 없었다. 편지는 몇 달에 한 번꼴로 도착했고, 언제나 다른 지역의 우편 소인이 찍혀 있었다. 묘지까지 추적해 갈 수 없도록 하기 위해서였다.

「그래서 뭐래?」 레브가 묻는다.

「너한테 온 거잖아. 믿거나 말거나, 난 안 읽었어.」

집에 도착하자 마커스는 레브에게 편지를 건네기에 앞서, 잠시 편지를 그의 손이 닿지 않는 곳에 둔다. 「이 편지 때문에 아무것도 안 하고 일주일 내내 비디오 게임만 하는, 블랙홀 같은 고민의 시간에 빠지지 않겠다고 약속해.」

「내가 언제 그랬는데?」

마커스는 〈장난하냐?〉라는 눈으로 그를 노려볼 뿐이다. 그릴 만하다. 가택 연금 상태에서 레브는 하릴없이 시간을 보내 곤 했다. 하지만 코너의 편지를 받으면 언제나 생각에 잠기게 되고, 그러다 보면 점점 생각에 파묻히고, 생각에 파묻히다 보면 가지 않는 게 나을 곳까지 가게 된다.

「그것도 네가 과거에 남겨 둬야 할 삶의 일부야.」 마커스가 일깨워 준다.

「형 말은 맞기도 하고, 틀리기도 해.」 레브가 말한다. 그는 그 말의 의미를 설명하지 않는다. 자신조차 모르기 때문이다. 그저 이 말이 맞다는 것만 알 뿐. 레브는 편지를 펼친다. 손으로 쓴 필체는 같지만, 코너가 쓴 것은 아닐 것이다. 필적이 분석돼 그와 연결되는 것은 막아야 하니까. 둘을 집어삼키는 편집증은 끝이 없다.

사촌 레비에게,

뒤늦게 생일 카드를 보내. 너한테 열네 살이 된다는 건 다른 사람들보다 큰 의미겠지. 네가 겪은 일이 있으니까. 목장은 바빴어. 대형 소고기 회사가 계속 우리를 넘보고 있지만, 아직 별일은 없어. 혹시 무슨 일이 일어나더라도 살아남을 수 있도록 사업 계획은 세워 뒀어.

내가 농장을 물려받은 뒤로는 힘든 일이 계속되고 있어. 이웃들도 별로 도와주지 않고. 그냥 그만두고 떠났으면 좋겠지만, 내가 아니면 누가 이 목장을 관리할 수 있겠어?

우린 지금 네 상황을 알아. 네가 와줄 수 없다는 것도. 네가 와주기를 바라는 것도 아니고. 여기선 정신 나간 일이 많이 벌어지고 있어. 거리를 두고, 잘 풀리기를 바라는 게 최선이야.

잘 지내. 형한테도 안부 전해 줘. 네 형도 너만큼이나 우리한텐 구명줄 같은 존재야.

사촌 칼이.

레브는 편지를 네 번이나 읽으며, 거기에 숨겨져 있을지 모르는 다양한 의미를 해독해 내려 한다. 묘지를 점령하려는 청소년 전담 경찰의 어렴풋한 위협. 저항군의 충분한 지원 없이 은신처를 운영하며 겪는 어려움. 레브의 일상은 절망적인 영혼들의 지하 세계와 너무 멀어져 있다. 그래서 그곳 소식을 듣기만 해도 발밑에서 얼음이 갈라지는 소리를 듣는 기분이 든다. 달리고 싶어진다. 어디로든. 코너에게 달려가거나 코너를 피해서 달려가거나. 방향은 모르겠다. 그냥 제자리에 서 있는 것을 견딜 수 없을 뿐이다. 그는 답장을 보내고 싶지만, 그게 얼마나 멍청한 일인지 안다. 일반적인 〈사촌〉에게 편지 한 통을 받는 건 그렇다 쳐도, 묘지로 편지를 보내는 건 코너의 등에 과녁을 그리는 것이나 마찬가지다. 레브로서는 답답하게도 〈사촌 칼〉과의 소통은 일방향일 수밖에 없다.

「목장은 어떻대?」 마커스가 묻는다.

「어렵대.」

「우린 우리가 할 수 있는 일을 하는 거야. 맞지?」

레브는 고개를 끄덕인다. 저항군 활동에 관해서라면 마커스는 매우 재빠르다. 그는 길거리에서 무단이탈자들을 구조해 안전 가옥으로 데려가는 일에 자원하고, 법률 사무소의 사무장으로서 벌어들이는 돈의 상당 부분을 그 대의명분에 내놓는다.

그는 마커스에게 편지를 건넨다. 마커스도 레브만큼 편지에 신경이 쓰이는 눈치다. 「어떻게 될지 기다려 봐야겠네.」

레브는 거실을 어슬렁거린다. 창문에는 철창이 없지만 갑자기 느껴지는 폐쇄감에 고독해지는 건 마찬가지다.

「언와인드에 반대하는 목소리를 내야겠어.」 레브는 이제껏 해온 모든 암호화된 대화를 쓸모없는 것으로 만들며 말한다. 어차피 듣는 사람도 없다. 그의 인생이 이런 은둔자 같은 평온에 안착한 지금은 감시가 별문제가 아닌 것 같다. 청소년 전담 경찰에게는 형의 집에서 쥐 죽은 듯 지내려 노력하는 것 말고는 아무것도 하지 않는 아이를 감시하는 것 말고도 할 일이 많을 것이다.

「내가 목소리를 내면 사람들이 들을 거야. 전에도 공감했잖아? 내 말을 들을 거라고!」

마커스가 편지를 탁자 위에 내려놓는다. 「너처럼 많은 일을 겪은 아이치고는 너무 순진한데! 사람들은 너한테 공감한 게 아니야. 박수도가 된 어린애한테 공감한 거지. 그들은 네가 코너를 죽인 사람인 것처럼 본다고.」

「여기 이렇게 가만히 앉아서 아무것도 안 하는 게 질려!」 레브는 쿵쾅거리며 주방으로 들어간다. 마커스가 한 말이 진실처럼 들리기에 그 말과 거리를 벌리고 싶다. 하지만 마커스가 그를 따라온다.

「넌 아무것도 안 하는 게 아니야. 지금도 댄이랑 같이 주말 사역을 하고 있잖아.」

그 말에 레브는 격분한다. 「그건 내가 받는 벌이야! 내가 청소년 전담 경찰의 파트너라도 된 것 같아? 그놈들 좋으라고 애들을 고분고분하게 만드는 것 같냐고?」 레브가 확실히 아는 게 하나 있다면, 코너라면 청담의 더러운 일은 절대 하지 않았으리라는 것이다.

「넌 상황을 바꾸기 위해 누구보다 많은 일을 했어, 레브. 이젠 네 인생을 살아가야 할 때야. 1년 전이라면 바랄 수도 없었던 일이라고. 그러니까 그 삶에 조금이라도 의미가 있기를 바란다면 네 인생을 살아. 나머지는 우리한테 맡기고.」

레브는 다시 쿵쾅거리며 마커스 옆을 지나쳐 간다.

「어디 가?」

레브는 헤드셋과 게임 컨트롤러를 집어 든다. 「내 머릿속으로. 거기까지 따라오려고?」

레브는 순식간에 〈월드 오브 파이어파워 앤드 매직〉의 세계로 사라진다. 게임은 그를 현실과 기억으로부터 먼 곳으로 데려간다. 하지만 그 세계에도 마커스는 따라와 있다. 코너와 리사, 마이와 블레인, 클리버와 사이파이도 마찬가지다. 모두가 그 안에서 자리를 차지하려 다투고 있다. 그는 이들을 떨쳐 버리지 못할 것이다. 그들을 놔두고 떠나지도 못할 것이다. 아니, 떠나고 싶은지도 잘 모르겠다.

걸 스카우트가 온 날, 모든 것이 바뀐다.

몹시 추운 월요일 아침이다. 분열 위험이 있는 아이들에게 봉사하고, 추운 날씨에도 불구하고 조깅까지 마친 일요일이 또 한 번 지났다. 자동차 시동 장치에 문제가 생긴 댄은, 일요일 밤에 길에서 좌초하느니 하룻밤 묵고 가기로 했다. 마커스가 출근 준비를 하는 사이 그가 아침을 차린다.

4부 리바이어던

「내가 언와인드에 반대한다는 건 너도 알겠지만, ADR은 내가 느끼기엔 너무 반체제적이야.」 댄은 스크램블드에그를 내오며 말한다. 「체제에 분노하기엔 난 너무 늙었어. 그냥 체제를 향해 칭얼거릴 뿐이지.」

레브는 댄이 그 이상을 하고 있다는 걸 안다. 그는 들으려는 사람만 있으면 언제든 언와인드에 반대하는 목소리를 낸다. 레브에게 쉽지 않은 일이다. 마커스에 따르면, 어쨌거나 별 소용이 없는 일이고.

「물론, 저항군은 나한테도 접근해 왔어.」 댄이 말한다. 「하지만 난 단체에 꽤 오래 몸담으면서 질려 버렸어. 명분이 아무리 좋아도 말이야. 그보다는 자유롭게 활동하며 소음을 내는 편이 더 나아.」

「그래서…….」 레브가 묻는다. 「목사님은 제가 뭘 해야 한다고 생각하세요?」

전직 목사는 주걱에 집요하게 붙어 있는 달걀을 살펴본다. 「방 청소를 해야 할 것 같은데. 네 방이 알아서 언와인드되어 주님조차 모를 존재가 되어 가는 것 같더구나.」

「진지하게 하는 말이에요.」

「나도 마찬가지야.」 목사는 주걱을 내려놓고 레브 옆에 앉는다. 「넌 열네 살이야, 레브. 대부분의 열네 살짜리는 세상을 고치겠다고 적극적으로 덤벼들지 않아. 좀 쉬면서, 평범한 열네 살짜리가 하는 일을 해봐라. 내 말 믿어. 세상을 구하는 데 비하면 방 청소는 휴가나 마찬가지야.」

레브가 달걀을 깨작거린다. 「모든 일이 일어나기 전에는 제 방에 먼지 한 톨 없었어요.」

「그것도 꼭 좋은 일은 아니지.」

마커스가 식탁에 다가와 앉는 순간 초인종이 울린다. 그는 한숨을 쉬고 레브를 본다. 레브는 막 식사를 마친 참이다. 「문 좀 열어 줄래?」

레브는 벨을 누른 사람이 주 정부에서 지명한 가정 교사인 다시일 거라고 생각한다. 전직 테러리스트조차 이차 방정식은 풀 줄 알아야 하는 모양이다. 하지만 다시는 보통 이렇게 일찍 오지 않는다.

레브가 문을 열어 보니 걸 스카우트가 서 있다. 여러 가지 색깔의 쿠키로 가득한 상자를 들고 있다.

「안녕, 걸 스카우트 쿠키 좀 살래?」

「넌 걸 스카우트 활동을 하기엔 나이가 좀 많지 않아?」 레브가 히죽 웃으며 묻는다.

「실은 걸 스카우트를 하기에 너무 많은 나이란 건 없어.」 소녀가 말한다. 「그리고 어쨌든, 난 열네 살이야. 그리고 맞아, 보통 쿠키를 파는 건 더 어린 애들이지. 그러니까 네 말도 어떤 의미에서는 맞아. 꼭 알아야겠다면, 난 내 여동생을 도와주는 중이야. 들어가도 돼? 여기 좀 추운데.」

소녀는 뭐랄까, 귀엽다. 약간 웃기기도 하다. 레브는 귀엽고 웃긴 여자애들은 물론 사모아 쿠키에도 약하다. 「그래, 들어와. 뭘 가져왔는지 보자.」

소녀는 거의 춤을 추듯 문으로 들어와 응접실 탁자에 상자를 내려놓고, 모든 종류의 쿠키를 하나씩 꺼내기 시작한다.

「마커스.」 레브가 소리친다. 「걸 스카우트 쿠키 먹을래?」

「좋아.」 형이 주방에서 소리친다. 「난 땅콩버터로.」

「나도.」댄이 소리친다.

레브가 소녀를 돌아본다. 「좋아, 그럼 땅콩버터 두 개랑 사모아 하나.」

「맛있지!」 소녀가 말한다. 「나도 사모아를 가장 좋아해.」 그녀가 레브에게 쿠키 상자를 내민다. 「18달러야. 민트도 좀 살래? 제일 잘나가는 건데!」

「아니, 괜찮아.」 레브는 지갑을 꺼낸다. 현금이 부족할지도 모르지만 마커스에게 물어보기 전에 확인하고 싶다. 레브가 지갑을 뒤지는 동안 소녀에게는 그를 살펴볼 시간이 생긴다.

「우리 아는 사이지?」 소녀가 말한다.

레브는 묵직한 한숨을 눌러 참는다. 또 시작이다.

「그래…… 너 걔구나, 박수도! 와, 내가 그 박수도 아이에게 쿠키를 팔다니!」

「난 박수하지 않았어.」 레브가 그녀에게 심드렁하게 말한다. 다행히도 지갑에서 20달러짜리 지폐를 찾아 그녀에게 건넨다. 「여기. 쿠키 고마워. 잔돈은 됐어.」

하지만 소녀는 돈을 받지 않는다. 대신 허리춤에 손을 얹고 계속 그를 살펴본다. 「박수하지 않은 박수도. 뭔가 목표를 망가뜨린 셈이지 않아?」

「이제 가.」 레브는 돈을 흔들어 대지만 소녀는 받지 않는다.

「돈은 가져가. 쿠키는 선물로 줄게.」

「아냐. 돈 받아서 가.」

소녀의 눈은 이제 레브에게 붙박여 있다. 「박수하지 않은 박수도. 높은 자리에 있는 사람들이 정말 열받을 것 같은데. 모든 박수도 임무가 아무 문제 없이 이루어지도록 시간과 돈을 쏟는 사람들 말이야.」

그 순간, 레브는 뱃속이 푹 꺼져 지구 반대편의 중국까지 이어지는 구덩이가 생긴 것 같은 기분을 느낀다.

「그 사람들은, 조직원들은 앞서서 행동해. 임무를 완수하지 않는 박수도는 우리 모두의 명예를 떨어뜨리고.」

소녀는 미소 지으며 두 손을 활짝 벌린다.

「마커스! 댄!」 레브가 소리친다. 「엎드려요!」

「선물 하나 더 줄게.」 소녀가 말한다. 「내가 직접 포장을 풀어 줄 거야.」 그러더니 그녀는 두 손을 휙 부딪친다.

소녀의 손이 닿는 순간, 레브는 소파를 뛰어넘어 몸을 숨긴다. 필요한 건 단 한 번의 박수뿐이다. 곧이어 폭발로 레브는 벽까지 날아간다. 소파가 넘어져 그의 위에 떨어진다. 레브는 꼼짝할 수 없다. 유리가 박살 나고 목재가 무너져 내린다. 귀를 쑤시는 듯한 통증이 솟구쳐, 두개골이 갈라졌다는 확신이 든다. 폭발음이 희미해진 후에는 귓속에 강한 울림이 남는다. 세상이 방금 종말했다는 선명한 느낌과 함께.

연기가 폐를 태우고 눈에 눈물이 고이기 시작한다. 레브는 소파를 억지로 치운다. 방 건너편을 보니 위층에 있던 그의 침대가 이제는 난파선처럼 거실에 놓여 있다. 위층은 사라졌다. 그 너머의 지붕도 없다. 그저 구름으로 가득한 하늘뿐이다. 사방에서는 불길이 폐허를 집어삼키려고 열렬히 싸우고 있다.

소녀가 손뼉을 쳤을 때 거실로 나오던 댄은 폭발에 밀려 벽에 부딪혔다. 그의 몸과 거의 비슷한 형태의 커다란 핏자국이 그가 받은 충격을 보여 준다. 지금 그는 목숨이 끊어진 채 바닥에 쓰러져 있다. 댄 목사가, 십일조 날 도망치라고 말해 주었던 사람이, 그가 경찰에 잡히고 나서 처음으로 그를 찾아와 준, 아버지보다도 더 아버지 같았던 그가 죽었다.

「안 돼!」

레브는 폐허 위를 기어 댄의 시신을 향해 가다가 주방에 쓰러진 형을 본다. 대들보가 방 한가운데로 무너지며 유리 식탁을 박살 내고 형의 배에 박혔다. 사방에 피가 흥건하다. 하지만 마커스는 아직 살아 있다. 의식도 있다. 그는 피에 숨이 막혀 가며 무언가 말하려고 몸을 떤다.

레브는 어찌해야 할지 모르지만, 생각을 가다듬고 행동하지 않으면 형도 죽으리라는 걸 안다.

「괜찮아, 마커스. 괜찮아.」 실제로는 괜찮지 않지만, 레브는 그렇게 말한다.

레브는 온 힘을 다해 대들보를 들어 올린다. 마커스가 고통에 비명을 지른다. 레브는 어깨로 대들보를 떠받치며 마커스를 밀어낸 뒤 대들보가 떨어지게 놔둔다. 대들보 전체가 무너져 내리며 거의 남아 있지 않던 식탁을 굉음과 함께 쓰러뜨린다. 레브는 마커스의 주머니에 손을 집어넣어 피에 젖은 핸드폰을 꺼낸다. 핸드폰이 아직 작동하기를 기도하며 911에 전화를 건다.

재에 뒤덮이고 귀는 여전히 울리는 채로, 레브는 자신을 태우려는 구급차를 거부한다. 그는 마커스와 같은 차를 타겠다고 고집을 부린다. 하도 난리를 피워 사람들이 그렇게 해준다.

소리가 날 때마다 왼쪽 귀가 펄럭거리는 느낌이다. 나방이 귓속으로 들어온 것 같다. 시야는 흐리고, 시간 개념이 사라졌다. 인과 관계가 혼동되는 다른 차원으로 레브도, 마커스도 밀려 들어온 것만 같다. 레브는 자신이 여기에 있는 이유가 소녀가 폭발했기 때문인지, 자신이 여기 있었기 때문에 소녀가 폭발한 건지 알 수 없다.

구급대원들은 서둘러 병원으로 향하며 마커스를 살핀다. 뭔지 모를 약물을 그에게 주입한다.

「레, 레, 레브.」 마커스는 눈을 간신히 뜨고 말한다.

레브가 형의 손을 잡는다. 말라 가는 피 때문에 손이 끈적끈적한 갈색으로 변했다. 「나 여기 있어.」

「잠들지 못하게 해.」 구급대원이 말한다. 「쇼크에 빠지면 안 돼.」

「내, 내 말 잘 들어.」 마커스가 힘겹게 말한다. 「내 말 잘 들어.」

「듣고 있어.」

「사람들이 나한테…… 그걸 주려 할 거야. 언와인드를.」

레브는 인상을 찡그리며 마음을 다잡는다. 그는 마커스가 무슨 말을 하려는지 안다. 마커스는 언와인드의 부위를 받느니 차라리 죽을 것이다.

「사람들이…… 나한테 신장을…… 간을…… 뭐든 간에…… 언와인드의 부위를 주려 할 거야.」

「알아, 마커스. 알아.」

마커스는 반쯤 감긴 눈을 크게 뜨고 레브와 시선을 맞추더니 레브의 손을 더욱 꽉 잡는다.

「그러라고 해!」 마커스가 말한다.

「뭐라고?」

「그러라고 해, 레브. 난 죽고 싶지 않아. 부탁이야, 레브.」 마커스가 애원한다. 「나한테 언와인드의 신체 부위를 주게 해……」

레브는 형의 손을 꽉 쥔다. 「알았어, 마커스. 알겠어.」 그렇게 레브는 운다. 형이 방금 자신에게 사형 선고를 내리지 않았다는 것에 감사하며, 그런 감정을 느끼는 자신을 증오하며.

레브는 철저한 검사를 받는다. 고막이 터지고, 다양한 열상과 타박상을 입었으며, 뇌진탕을 일으켰을 수도 있다는 말을 듣는다. 의료진은 상처를 붕대로 감싼다. 작은 상처다. 그에게 항생제를 투여하고 병원에 머물게 한다. 마커스의 소식은 전혀 들리지 않는다. 도착하자마자 마커스는 수술실로 빠르게 들어갔다. 매시간 맥박과 혈압을 재는 간호사를 제외하면, 레브를 찾아오는 사람은 경찰뿐이다. 그들은 질문을 하고 또 한다.

「이번 공격을 한 소녀와 아는 사이야?」

「아뇨.」

「박수도 훈련을 받을 때 봤어?」

「아뇨.」

「네 박수도 점조직 소속이야?」

「모르는 애라고 했잖아요!」

물론, 가장 멍청한 질문도 나온다.

「놈들이 왜 너를 표적으로 삼았는지 알아?」

「뻔하잖아요? 그 애가 박수하지 않은 것에 대한 복수라고 했어요. 책임자들이 좋아하지 않는다고요.」

「책임자가 누군데?」

「몰라요. 제가 아는 사람들은, 지금은 폭발해 죽은 애들뿐이라니까요. 책임자는 아무도 못 만났어요!」

경찰은 만족했지만 실은 그렇지 않은 상태로 병실을 떠난다. 그런 뒤에는 FBI가 나타나 경찰과 똑같은 질문을 던진다. 이번에도 마커스에 관한 소식을 전해 주는 사람은 아무도 없다.

마침내, 오후 늦게 일상적 확인을 하던 중 그의 담당 간호사가 그를 가엾게 여긴다.

「사람들이 너한테 형 얘기는 하지 말라고 했지만, 어쨌든 말해 줄게.」 그러더니 간호사는 레브 옆 의자에 앉아 목소리를 낮춘다. 「내상을 심하게 입었어. 하지만 다행히, 우리 병원에는 주에서 가장 잘 갖춰진 조직 보관소가 있거든. 네 형은 췌장과 간, 비장, 소장의 상당 부분을 이식받았어. 폐도 관통당했는데, 자연 치유를 기다리는 대신 네 부모님은 폐도 교체하는 쪽을 선택하셨어.」

「제 부모님이요? 여기 왔어요?」

「응.」 간호사가 말한다. 「대기실에 계셔. 가서 모셔 올까?」

「제가 여기에 있다는 걸 알아요?」 레브가 묻는다.

「응.」

「절 보게 해달래요?」

간호사는 망설인다. 「미안하구나, 얘야. 그러진 않으셨어.」

레브는 시선을 돌리지만 눈을 둘 곳이 없다. 병실의 TV는 연결이 끊겨 있다. 폭발 사건에 대한 보도가 쏟아지고 있기 때문이다. 「그럼 저도 보고 싶지 않아요.」

간호사가 그의 손을 토닥거리며 미안하다는 듯 미소 짓는다. 「앙금이 너무 심해서 유감이구나, 얘야. 너한테 이 모든 일이 일어날 수밖에 없었다는 게.」

레브는 간호사가 이 모든 일에 대해 알고 있는지 궁금해진다. 그럴 거라는 생각이 든다. 「결국 놈들이 저를 잡으러 오리라는 걸 알았어야 했어요. 박수도 말이에요.」

간호사가 한숨을 쉰다. 「한번 악당하고 얽히면, 그걸 언와인드하는 일은 결코 끝나지 않아.」 간호사는 움찔한다. 「미안. 너무 심한 말실수를 했네. 입술을 꿰매고 있어야겠다.」

레브가 억지로 미소 짓는다. 「괜찮아요. 폭파당할 뻔한 경험을 두 번이나 하고 나면 단어 선택에는 별로 민감해지지 않게 되거든요.」

그 말에 간호사가 미소 짓는다.

「그래서, 이젠 어떻게 되는 거예요?」

「글쎄, 내가 알기로는 형이 네 법적 보호자일 거야. 혹시 널 도와줄 다른 사람이 있니? 네가 갈 만한 다른 곳이라든지.」

레브는 고개를 젓는다. 그가 믿을 수 있는 다른 사람은 댄 목사뿐이었다. 지금은 그를 떠올리는 것조차 할 수 없다. 너무 고통스럽다. 「저는 가택 연금 상태였어요. 청소년 전담국의 허락이 없으면 어디에도 못 가요. 같이 지낼 사람이 있더라도요.」

간호사가 일어선다. 「음, 그건 우리 부서에서 할 수 있는 일을 훨씬 넘어서는구나, 얘야. 지금은 좀 쉬지 그러니? 사람들이 널 밤새 병원에 두고 싶어 해. 그런 일들은 내일 아침이면 다 해결될 거야.」

「혹시 형이 어느 병실에 있는지 알려 주실 수 있을까요?」

「아직 회복 중이야.」 간호사가 말한다. 「하지만 병실이 배정되는 대로 너한테 가장 먼저 알려 줄게.」 간호사는 떠난다. 형사가 들어온다. 그는 같은 질문을 더 다양한 방식으로 던진다.

약속대로 간호사는 마커스가 408호실에 있다고 알려 준다. 어둠이 찾아와 모든 취조가 끝나고 복도가 조용해지자 레브는 몸 구석구석을 채운 통증을 무시하고 병실을 나선다. 문 바로 앞에는, 그를 지키도록 배정된 경찰이 있지만, 지금은 복도 저편에서 젊은 간호사와 새롱거리고 있다. 레브는 조용히 빠져나가 마커스가 있는 병실로 향한다.

408호 문을 밀어 열었을 때, 처음 보인 것은 의자에 앉아 마커스를 보고 있는 어머니다. 마커스는 의식 없이 관을 삽입한 채 쉭쉭 소리가 나는 인공호흡기에 연결되어 있다. 아버지도 있다. 아버지의 머리는 1년 전보다 조금 더 센 것 같다. 레브는 눈물이 솟아오르는 것을 느끼지만, 의지로 눌러 버린다. 감정을 삼켜 단단히 가둬 둔다.

어머니가 먼저 그를 본다. 그러더니 아버지의 주의를 끌기 위해 손을 뻗는다. 두 사람은 잠시 서로를 보며, 결혼한 부부에게 있는 텔레파시와 가까운 능력을 나눈다. 이어 어머니가 일어나 레브에게 다가온다. 단 한 번도 그의 얼굴을 보지 않고 어색하게 끌어안더니 병실을 나선다.

아버지도 그를 보지 않는다. 적어도 처음에는 그렇다. 그저 마커스를, 느리고 안정적이며 기계에 의해 조절되는 리듬에 따라 오르내리는 그의 가슴을 바라본다.

「형은 어때요?」 레브가 묻는다.

「혼수 유도 상태야. 사흘 동안 이렇게 둔다고 하더라. 나노 약물이 치유 속도를 올리도록.」

레브는 나노 치유가 견딜 수 없을 만큼 고통스럽다는 말을 들었다. 치유 과정 내내 마커스가 잠들어 있는 것이 최선이다. 레브는 부모가 마커스에게 전부 십일조의 장기를 주었으리라 확신한다. 가장 비싼 장기다. 레브는 그 사실을 알지만 굳이 묻지는 않을 생각이다.

마침내 아버지가 그를 본다. 「이제 만족하니? 네 행동의 결과에 만족해?」

레브는 아버지와 자신의 이 대화를 백 번쯤 상상해 보았다. 그런 정신적 대결을 할 때마다 비난을 하는 쪽은 언제나 레브였지, 그 반대가 아니었다. 아버지가 어떻게 감히? 어떻게 감히? 레브는 쏘아 대고 싶지만 미끼를 물지 않기로 한다. 아무 말도 하지 않는다.

「너 때문에 우리 가족이 어떤 일을 겪고 있는지 알기나 해?」 아버지가 말한다. 「그 치욕을? 그 조롱을?」

레브는 침묵을 지킬 수 없다. 「그럼 아버지만큼 남을 쉽게 판단하는 사람들을 주변에 두지 말아야죠.」

아버지가 다시 마커스를 본다. 「네 형은 우리와 함께 집으로 갈 거야.」 아버지가 선언한다. 이제는 마커스의 장기가 아버지 돈으로 산 것이니, 마커스에게도 딱히 선택의 여지가 없을 것이다.

「저는요?」

이번에도 아버지는 그를 보지 않는다. 「내 아들은 1년 전 십일조가 되었다.」 아버지가 말한다. 「내가 기억하기로 한 건 그 아들이야. 너는 너 좋을 대로 해라. 내가 알 바 아니야.」 그는 더 이상 말하지 않는다.

「마커스가 깨어나면 제가 용서한다고 말해 주세요.」 레브가 말한다.

「뭘 용서해?」

「형이 알 거예요.」

레브는 작별 인사 없이 떠난다.

복도를 따라 걸어가다가 그는 다시 어머니를, 다른 가족들을 대기실에서 발견한다. 형 한 명, 누나 두 명, 누나의 남편들. 그들은 마커스를 보러 왔다. 레브를 보러 온 사람은 아무도 없다. 그는 망설이며 안에 들어가야 할지 고민한다. 그들도 아버지처럼 원한에 차서 차갑게 굴까? 아니면 어머니처럼 고통스럽게 그를 안아 주면서도 그를 보지는 않으려 할까?

그 순간, 그런 우유부단함 속에서 누나 중 한 명이 허리를 숙여 아기를 안아 드는 모습이 보인다. 레브는 있는지도 몰랐던 새 조카다.

아기가 온통 흰옷을 입고 있다.

레브는 자기 병실로 달려 돌아간다. 하지만 도착하기도 전에 뱃속에서 폭발이 시작되는 것을 느낀다. 그 폭발은 뱃속 깊은 곳에서 솟구친다. 너무도 예상치 못한 격분에 흐느낌이 치밀어 오른다. 복부가 경련을 일으킨다. 그는 배를 움켜쥐고, 병실까지의 마지막 몇 걸음을 간신히 떼어 놓을 수밖에 없다. 눈에서 눈물이 터져 나오자 숨을 쉬기조차 힘들다.

레브는 마음속 가장 깊은 곳, 가장 비이성적인 한구석에서 — 아마 어린 시절의 꿈이 가는 곳에서 — 자신이 다시 받아들여질지 모른다는 비밀스러운 희망을 품고 있었다. 언젠가는 환영받으며 집에 돌아갈 수 있을지 모른다고. 마커스는 잊어

버리라고 했다. 그런 일은 절대 일어나지 않을 거라고. 하지만 어떤 것도 레브의 내면에 숨어 있는 그 완고한 희망을 지워 버리지 못했다. 오늘까지는.

레브는 병실 침대에 기어들어 억지로 얼굴을 베개에 묻는다. 흐느낌이 점점 커져 울부짖음이 된다. 1년 동안 꾹꾹 참아 왔던 가슴앓이가 나이아가라 폭포처럼 그의 영혼에서 쏟아져 나온다. 레브는 그렇게 휘도는 살인적인 하얀 물에 빠져 죽게 되더라도 상관하지 않는다.

레브는 잠들었다는 기억조차 없이 깨어난다. 잔 것은 분명하다. 병실 안으로 아침 햇살이 들어오고 있으니까.

「안녕, 레브.」

그는 목소리가 들려오는 쪽으로 약간은 날카롭게 고개를 돌린다. 그 순간, 그를 중심으로 방이 빙빙 돈다. 폭발의 여파다. 귀가 여전히 울린다. 최소한 왼쪽 귀의 파닥거림은 잦아들었지만.

침대 발치의 의자에 앉아 있는 사람은 병원 직원이라기에는 너무 옷을 잘 차려입은 여자다.

「FBI예요? 국토 안보부? 질문을 하러 온 건가요? 저한테는 더 이상 대답할 게 없거든요.」

여자가 살짝 미소 짓는다. 「난 정부에 소속된 사람이 아니야. 캐버노 신탁에서 나왔어. 들어 봤니?」

레브는 고개를 젓는다. 「제가 알아야 하는 단체인가요?」

여자가 그에게 알록달록한 전단지를 건넨다. 그걸 본 레브는 몸을 떤다.

「하비스트 캠프 전단지 같네요.」

「전혀 아니야.」 여자는 모욕감을 느낀 게 분명하다. 레브의 생각에는 올바른 반응이다. 「간단히 말할게.」 여자가 말한다. 「캐버노 신탁은 한때 매우 부유했던 가문이 방황하는 청소년을 위해 따로 마련해 둔 막대한 기금이야. 너만큼 방황하는 청소년은 좀처럼 떠오르지 않는구나.」

여자는 살짝 뒤틀린 미소를 지어 보인다. 자기 말이 우습다고 생각하는 것 같다. 레브는 전혀 우습지 않다.

「그건 그렇다 치고.」 여자가 말한다. 「우리가 알기로 넌 퇴원하고 나서 갈 곳이 없어. 너를 미래의 박수도 공격으로부터 보호해 주지 않을 게 분명한 아동 보호 서비스의 자비에 맡기는 대신, 우리는 너한테 머물 곳을 제공할 준비가 되어 있어. 물론 청소년 전담국으로부터 정식으로 허가도 받았고. 네 봉사에 대한 대가로 말이야.」

레브는 이불 속에서 무릎을 끌어 안으며 그녀를 피해 몸을 움츠린다. 그는 조건이 달린 제안을 하는, 옷을 잘 차려입은 사람들을 믿지 않는다. 「무슨 봉사요?」

여자는 따뜻한 미소를 짓는다. 「그냥 존재하기만 하면 돼, 콜더 군. 네 존재 자체와, 승리를 거두는 성격만 있으면 돼.」

그는 자신의 성격으로 어떤 승리를 거뒀는지 전혀 떠올릴 수 없지만 이렇게 말한다. 「네, 안 될 거 없죠.」 자신에게 더 이상 잃을 것이 없다는 걸 알기 때문이다. 그는 사이파이를 떠난 뒤, 묘지에 도착하기 전의 날들을 떠올린다. 어두운 시절이었던 건 확실하지만, 기회의 민족이 그를 받아 주어 보호 구역에 있었을 때는 약간의 빛이 그 어둠을 뚫었다. 기회의 민족 사람들은 그에게 잃을 것이 아무것도 없을 때는 주사위를 굴려 어떤 눈이 나와도 나쁘지 않다고 가르쳐 주었다. 그러자 어떤 생각이 떠오른다. 오랫동안 그의 머릿속에 자리 잡고 있던 생각이 오늘은 선명하게 떠오른다.

「근데 한 가지 조건이 있어요.」 레브가 말한다.

「뭔데?」

「제 성을 법적으로 바꾸고 싶어요. 그렇게 해주실 수 있을까요?」

여자가 눈썹을 치켜올린다. 「당연하지, 네가 원한다면야. 뭘로 바꾸고 싶은지 물어봐도 될까?」

「아무거나 상관없어요.」 레브가 말한다. 「콜더만 아니면 돼요.」

22
신탁

 디트로이트 북부의 거리에는 집 한 채가 있다. 지금은 그곳이 레비 제더다이어 개리티의 공식적인 법적 주거지다. 작지만 충분하다. 방황하는 청소년을 돕는 데 헌신하는 캐버노 신탁의 관대함 덕분에 주어진 집이다. 레브에게 필요한 일을 처리해 줄 전일제 직원과 수업을 맡아 줄 새 가정 교사가 있다. 신탁은 원치 않는 방문자나 의심스러운 판촉원들을 막기 위해 집 앞에 정규직 경비원까지 세워 두었다. 이곳에는 그 어떤 박수도도 현관 근처에 접근할 수 없다.

 레브에게는 완벽한 상황이었을 지도 모른다. 그러니까, 그가 실제로 이곳에 살지 않는다는 점만 제외하면. 그의 목에 박힌 추적 칩이 그가 이곳에 산다고 보증하고 있는 건 사실이다. 하지만 그 칩은 쉽게 조작할 수 있다. 이제 그 칩은 사람들이 레브가 있는 곳으로 보이기를 바라는 곳 어디에서든 신호를 송출할 수 있다.

 레브가 거의 65킬로미터 떨어진 캐버노 대저택에 머물고 있다는 걸 아는 사람은 아무도 없다.

캐버노 저택은 미시간주의 오리온 근처 75에이커의 외딴 부지에 지어진 거대한 건물이다. 베르사유 궁전을 본떠 설계되었으며, 미국 자동차 산업이 자폭하기 전에 벌어들인 자동차 회사의 자본으로 지어졌다.

대부분의 사람은 그 저택이 지금도 존재한다는 걸 모른다. 대체로 맞는 말이기도 하다. 저택은 거의 존재하지 않으니까. 오랜 세월 자연에 노출된 탓에, 저택은 폭풍이 한 번만 더 몰아치면 무너질 수 있다.

이 저택은 하트랜드 전쟁 당시 선택단의 중서부 본부 기능을 했다. 그러다가 적의 손에 떨어져 생명군의 본부가 되었다. 생명파든 선택파든, 자신만의 베르사유 궁전을 갖는 데 엄청난 가치를 두었던 게 틀림없다.

이곳은 가능한 최악의 타협안 — 양측이 모두 동의할 수 있었던 유일한 타협안 — 이 나와 모든 전투가 중지될 때까지 계속해서 공격당했다. 그 타협안이란, 임신에서 열세 살까지는 생명의 불가침성을 인정하되 태어난 것이 실수였다고 여겨지는 10대는 언와인드할 수 있게 하는 방안이었다.

전쟁 이후로 오랜 세월 동안 캐버노 저택은 방치된 채로 남아 있었다. 수리하기에는 비용이 너무 많이 들고, 무너뜨리기에는 너무 컸기 때문이다. 그러다가 찰스 캐버노 주니어가 새로운 시대에도 구시대의 부를 가지고 있다는 죄책감을 덜기 위해 이 저택을 신탁에 기증했다. 그 신탁은 다른 신탁이 소유하고 있었고 그 다른 신탁은 또 다른 신탁을 통해 자금 세탁을 하고 있었다. 그 또 다른 신탁이 반분열 저항군의 소유였다.

23
레브

 찰스 캐버노 주니어는 무너져 가는 저택 입구에서 직접 레브를 맞이한다. 그는 옷차림을 걱정하기에는 너무 부유해 보인다. 캐버노 가문의 재산이야 오래전에 사라졌지만, 레브는 그에게 최소한 한 세대정도는 엘리트로 살아갈 돈이 남아 있는 게 틀림없다고 생각한다. 그가 저항군과 연결되어 있다는 사실을 드러내는 유일한 단서는 대머리가 되어 간다는 것뿐이다. 요즘 부자들은 대머리가 되지 않는다. 머리가 빠지면 그냥 다른 사람 머리로 교체한다.

「레브, 만나서 영광이다!」 그는 두 손으로 레브의 손을 꽉 잡고 단단히 악수한다. 레브는 어색하게 눈을 맞춘다.

「감사합니다. 저도요.」 레브는 달리 무슨 말을 해야 할지 모르겠다.

「네 친구가 세상을 떠나고 네 형이 다쳤다는 얘기를 듣고 정말 안타까웠어. 우리가 더 일찍 네게 접근했다면 이런 비극은 막을 수 있었으리라는 생각을 떨칠 수가 없었다.」

 레브는 저택을 쳐다본다. 멀쩡한 창문 하나 찾기가 힘들다.

새들이 삐죽빼죽하게 깨진 창유리로 드나든다.

「속지 마라.」 캐버노가 말한다. 「이 저택은 여전히 살아 있어. 사실 겉모습이 자산이 되어 주지. 가까이 다가와 보려는 사람에게 위장술을 펼치거든.」

레브의 생각에는 가까이 와서 들여다볼 사람이 있을 것 같지 않다. 이곳은 울타리가 둘러쳐진 75에이커의 땅에, 한때 잔디였던 잡초밭 한가운데에 있다. 사방이 빽빽한 숲으로 둘러싸여 있다. 저택을 볼 수 있는 유일한 방법은 위에서 내려다보는 것뿐이다.

캐버노는 썩어 가는 문을 밀어 열고 레브를 한때 웅장했을 전실로 데리고 들어간다. 지금 전실에는 지붕이 없다. 계단이 2층으로 이어지지만, 나무 계단은 대부분 무너져 내렸다. 잡초가 바닥 틈새를 비집고 올라와 대리석 타일을 밀어 올리고 있다. 그 바람에 바닥이 뒤틀렸다.

「이쪽이야.」 캐버노는 레브를 데리고 망가진 건물 안쪽으로 향한다. 똑같이 끔찍한 상태의 어두운 복도를 따라간다. 곰팡내 때문에 공기가 끈적하게 느껴진다. 레브는 캐버노가 미친 사람이라고 결론 내리고 반대 방향으로 도망치기 직전이다. 그때, 캐버노가 눈앞의 묵직한 자물쇠를 풀고 문을 활짝 밀어 젖힌다. 웅장한 응접실이 나타난다.

「북쪽 건물을 복구했어. 당장 필요한 건 이게 전부다. 물론, 창문에는 전부 널빤지를 쳐야 했지. 버려진 폐허에서 밤에 불빛이 새어 나오면 너무 눈에 띌 테니까.」

그곳의 상태는 한창때와는 견줄 수도 없다. 페인트는 벗겨져 가고 지붕에는 물 얼룩이 남아 있다. 하지만 아무렇게나 뻗어 있는 저택의 다른 구역보다는 훨씬 살 만해 보인다. 응접실에는 다른 구역에서 가져온 듯한 어울리지 않는 샹들리에 두 개가 천장에 달려 있다. 기다란 식탁들과 벤치들은 수많은 사람이 여기서 식사를 한다는 뜻이다.

그 공간의 맨 끝에는 커다란 난로가 있고, 그 위에는 실물보다 큰 전신 초상화가 걸려 있다. 처음에 레브는 그것이 캐버노 가문 중 누군가의 소년 시절 그림이라 생각한다. 더 가까이에서 보기 전까지는.

「잠깐만요. 이거…… 저예요?」

캐버노가 미소 짓는다. 「아주 닮았지?」

그리로 다가가자 초상화는 정말로 그를 정확히 담아내고 있다. 최소한 그의 1년 전 모습을 훌륭하게 재현했다. 그는 금빛으로 빛나는 노란 셔츠를 입고 있다. 그의 피부에서도 일종의 신성한 광채가 나도록 표현되어 있다. 얼굴에서는 지혜와 평화가 느껴진다. 레브가 아직 찾아내지 못한 감정들이다. 초상화의 아랫부분에는 그의 발에 은유적으로 짓밟힌, 십일조의 흰옷이 그려져 있다.

레브의 첫 반응은 웃음이다. 「이게 다 뭐예요?」

「네 싸움의 명분이야, 레브. 난 네가 중단한 그 지점부터 우리가 싸움을 이어 왔다고 말할 수 있어 기쁘구나.」

초상화 바로 아래의 난로 선반에는 꽃과 손 편지, 보석을 비롯한 작은 장신구들이 놓여 있다.

「초상화를 건 뒤에 이런 것들이 자연스레 나타나기 시작했어.」 캐버노가 설명한다. 「우리가 예상했던 일은 아니지만, 예상했어야 하나 보다.」

레브는 여전히 이 상황을 이해하기가 힘들다. 이번에도 그가 할 수 있는 일은 킥킥거리는 것뿐이다. 「농담이죠?」

그때 레브의 오른쪽에서, 복도와 맞붙은 문 앞에서 한 여자가 둘에게 소리친다. 「캐버노 씨, 아이들이 초조해하고 있어요. 들여도 될까요?」

레브는 여자의 몸 옆으로 고개를 빼고 구경하려는 아이들을 볼 수 있다.

「잠깐만 시간을 주세요.」 캐버노는 그렇게 말하고 레브에게 미소 짓는다. 「너도 짐작하겠지만, 저 애들은 너를 만날 생각에 매우 신나 있어.」

「누가요?」

「당연히 십일조들이지. 우린 대회를 열었고, 일곱 명이 널 맞이하기로 선택됐다.」

캐버노는 이런 것들이 레브가 이미 다 알아야 마땅한 일이라는 듯 말한다. 레브는 이해하기 어렵다. 「십일조요?」

「실은 전 십일조지. 각자의 하비스트 캠프에 도착하기 전에 구출된 아이들.」

그때 뭔가 맞아 들어간다. 레브는 이런 일이 어떻게 가능한지 깨닫는다. 「장기 해적…… 십일조를 노린다는 그 사람들이군요!」

「아, 장기 해적은 확실히 존재해.」 캐버노가 말한다. 「하지만 내가 아는 한, 그놈들 중에 십일조를 잡은 놈은 없어. 하지만 위장을 위한 이야기로는 적격이지. 청소년 전담국을 엉뚱한 나무를 쳐다보며 짖게 하거든.」

어째서인지 레브는 십일조들이 암시장에 팔리는 게 아니라 구조되고 있으리라는 생각을 한 번도 해본 적이 없다.

「우리 대사단을 만날 준비가 됐니?」

「네, 안 될 것 없죠.」

캐버노가 여자에게 아이들을 들이라고 손짓하자 아이들은 질서 정연하게 줄지어 들어온다. 그렇다고 발걸음에 깃든 흥분이 감춰지지는 않는다. 그들은 모두 밝은 색깔의 옷을 입고 있다. 일부러 그런 듯하다. 흰색을 걸친 아이는 한 명도 없다. 레브는 아이들이 하나씩 자신에게 인사하는 동안 그냥 멍하니 서 있다. 두 아이는 그저 바라보며 고개만 끄덕인다. 동경하는 마음이 너무 커서 아무 말도 하지 못한다. 또 다른 아이는 레브가 어깨로 충격을 흡수해야 할 정도로 세게 악수한다. 한 아이는 너무 긴장한 나머지 휘청거리다가 레브의 발치에 넘어질 뻔하더니, 몇 걸음 물러나며 순무처럼 얼굴을 붉힌다.

「머리가 달라졌네.」 한 소녀가 말하더니, 자신이 레브를 모욕했다는 듯 당황한다. 「근데 멋져! 마음에 들어! 긴 게 좋아!」

「난 네 모든 것이 좋아.」 다른 아이가 선언한다. 「진지하게. 나한테 뭐든 물어봐.」

레브는 약간 소름이 끼치지만 이렇게 말한다. 「좋아. 내가 가장 좋아하는 아이스크림은?」

「체리 가르시아!」 아이는 조금도 망설이지 않고 말한다. 물론 정답이다. 레브는 뭐라고 대답해야 할지 잘 모르겠다.

「그래서…… 너희 모두 십일조였어?」

「응.」 밝은 초록색 옷을 입은 소녀가 말한다. 「구출되기 전까지는. 이제는 십일조가 얼마나 잘못된 건지 알아.」

「맞아.」 다른 아이가 말한다. 「우린 네가 보는 방식으로 세

4부 리바이어던

상을 보는 법을 배웠어!」

레브는 아이들의 동경에 아찔하게 사로잡히고 만다. 십일조로 지내던 시절 이후로 그는 한 번도 〈금빛이 나는〉 기분을 느껴 본 적이 없다. 해피 잭 이후로는 모두가 그를 가엾이 여겨야 할 피해자나 처벌해야 할 괴물로 보았다. 하지만 이 아이들은 그를 영웅으로 존경한다. 그 모든 일을 겪고 나니, 기분이 좋다는 걸 부정할 수 없다. 정말로 좋다.

선명한 보라색 옷을 입은 소녀는 참지 못하고 그를 두 팔로 끌어안는다. 「사랑해, 레브 콜더!」 그녀가 소리친다.

다른 아이가 그 아이를 끌어당기며 말한다. 「미안, 애가 좀 센 편이야.」

「괜찮아.」 레브가 말한다. 「하지만 내 이름은 더 이상 콜더가 아니야. 개리티야.」

「대니얼 개리티 목사님의 이름을 딴 거구나!」 모든 걸 아는 아이가 불쑥 말한다. 「2주 전 박수도 폭발로 돌아가신 분.」 아이는 모든 정보를 알고 있다는 게 너무 자랑스러운 나머지 댄의 죽음이 아직 레브에게 벌건 상처라는 걸 깨닫지 못한다. 「그건 그렇고, 터진 고막은 어때?」

「나아지고 있어.」

물러서 있던 캐버노가 끼어들어, 그들을 모아 다른 곳으로 보낸다. 「지금은 이걸로 충분해.」 그가 아이들에게 말한다. 「하지만 너희 모두 레브와 개인적으로 접견할 기회가 있을 거야.」

「접견이요?」 레브는 그 말에 피식 웃으며 대꾸한다. 「제가 무슨 교황이라도 돼요?」 하지만 아무도 웃지 않는다. 레브는 문득 댄 목사와 나눴던 둘만의 농담이 현실이 되었음을 깨닫는다. 이 모든 아이가 리바이어던이다.

예순네 명. 캐버노 저택에서 보호되며 은신처를 제공받는 전 십일조의 숫자다. 알고 보니 진보인 만큼 퇴보였던 17세 연령 제한법이 통과된 이후로 느껴 보지 못한 희망이 생긴다.
「결국은 이 아이들에게 새로운 신분을 주고, 그들의 비밀을 지켜 주리라 믿을 수 있는 가족들에게 배치할 거야.」 캐버노가 레브에게 말한다. 「우리는 이걸 완전성 재배치 프로그램이라 부른단다.」
캐버노는 레브에게 보수한 북쪽 건물을 보여 준다. 복도 벽에는 레브에 관한 사진과 신문 기사 스크랩이 액자에 담겨 걸려 있다. 어느 복도의 현수막에는 〈레브처럼 살아!〉라고 적혀 있다. 레브는 현기증이 나고 뱃속에서 초조한 기분이 치민다. 어떻게 이 모든 기대에 부응할 수 있을까? 시도라도 해봐야 할까?
「이거 좀⋯⋯ 과하다고 생각하지 않으세요?」 그가 캐버노에게 묻는다.
「우리는 이 아이들이 십일조가 되지 않도록 막는 바람에 아이들의 인생 목적을 흐려 놓았다는 걸 알게 됐어. 아이들이 믿던 유일한 불변의 진리가 흐려진 거지. 그 빈자리를 메워야 했어. 임시적으로라도. 자연히 네가 후보가 됐고.」
벽에 스텐실로 쓰인 것들은, 레브가 했다고 알려진 말들이다. 〈분열되지 않은 인생을 축하하는 것이 무엇보다 좋은 목표야〉라거나, 〈네 미래는 온전히 네 것이야〉 같은 말이다. 레브는 그 말에 감정적으로는 동의하지만, 자기 입에서 나온 적 없는 말이다.

「이렇게 많은 관심을 받게 되다니 이상한 기분이겠지.」 캐버노가 말한다. 「우리가 이 아이들을 돕기 위해 네 이미지를 사용한 걸 너그럽게 봐주었으면 한다.」

레브는 자신이 이런 일을 승인하거나 반대할 입장이 아니며, 심지어 그게 옳은 일인지 판단할 입장도 아니라고 느낀다. 자신이 빛의 원천이라면, 그 밝기를 어떻게 판단할 수 있겠는가? 스포트라이트 아래 있는 존재는 자신이 드리우는 그림자를 결코 보지 못한다. 그가 할 수 있는 일이라고는 그저 장단을 맞추며 일종의 영적 인물로서 자리를 받아들이는 것뿐이다. 세상에는 그보다 나쁜 일들도 있다. 그런 일들을 여러 번 겪었기에, 이게 더 낫다는 데는 의심의 여지가 없다.

레브가 이곳에 온 둘째 날, 그들은 전 십일조들의 개인 접견을 준비하기 시작한다. 레브가 너무 압도되지 않도록 하루에 몇 건만 진행한다. 레브는 아이들의 인생 이야기를 듣고 조언을 해주려 노력한다. 일요일마다 댄 목사와 함께 찾아갔던 감옥의 〈분열 위험〉 아이들에게 해준 것과 비슷한 일이다. 하지만 이 아이들은 레브가 무슨 말을 하든 신탁처럼 받아들인다. 레브가 하늘이 분홍색이라 말해도 아이들은 그 말에서 신비롭고 상징적인 의미를 찾아낼 것이다.

「아이들이 원하는 건 검증뿐이야.」 캐버노가 그에게 말한다. 「네가 해준 검증이야말로 저 아이들이 바랄 수 있는 가장 큰 선물이고.」

첫 주가 끝날 무렵, 레브는 이곳의 리듬에 안착한다. 식사는 그가 도착할 때까지 시작되지 않는다. 그는 종종 특정 종교에 속하지 않는 기도를 해달라는 요청을 받는다. 아침은 접견하며 보내고, 점심에는 혼자만의 시간을 허락받는다. 캐버노와 직원들은 그에게 회고록을 써보라고 권유한다. 열네 살짜리에게 하기에는 이상한 요청으로 들리지만, 그들은 매우 진지하다. 레브의 침실조차 터무니없을 만큼 크다. 왕의 방 같다. 널빤지로 막히지 않은, 진짜 창문이 있는 방이기도 하다. 그의 방은 그의 삶보다도 크다. 그의 이미지는 그의 삶과 죽음을 합친 것보다도 크다. 하지만 이 모든 것 때문에 그는 그가 점점 더 작아지는 기분을 느낄 뿐이다.

더 나쁜 건, 식사 때마다 그가 자신의 초상화를 마주 봐야 한다는 사실이다. 사람들이 생각하는 레브를. 그는 물론 그 역할을 해줄 수 있지만, 응접실에서 그를 따라다니는 초상화의 눈빛에는 이런 비난이 실려 있다. 넌 내가 아니야. 그 눈이 말한다. 넌 나였던 적이 없고, 앞으로도 내가 아닐 거야. 하지만 난로 선반에는 계속해서 꽃과 쪽지와 선물이 놓인다. 레브는 그게 단순한 초상화가 아니라는 걸 깨닫게 된다. 그건 제단이다.

둘째 주에 레브는 새로 도착한 아이들을 맞이하라는 요청을 받는다. 그가 이곳에 온 이후 처음 도착한 아이들이다. 그들은 막 납치되어 실려 온 밴에서 내렸기에, 아는 것이라고는 자신들이 납치당해 진정탄을 맞았다는 사실뿐이다. 아직 자신들을 납치한 게 누구인지 모른다.

「우리가 바라는 건, 아이들이 베일을 벗고 나서 가장 먼저 보는 사람이 네가 되는 거야.」 캐버노가 레브에게 말한다.

「왜요? 새끼 오리처럼 제 모습을 새기라고요?」

캐버노는 살짝 짜증을 내며 숨을 내쉰다. 「그런 건 아니고. 아이들이 아는 한, 너는 십일조였던 아이들 중에 유일하게 탈출한 인물이야. 너는 모르겠지만, 같은 운명을 지닌 아이에게 네 존재는 본능적인 영향을 미쳐.」

레브는 무도회장으로 안내된다. 그곳은 딱한 상태로 남아 있으며, 아마 보수도 불가능할 것이다. 여기서 아이들을 맞이하는 데는 분명 치밀하게 연구된 심리학적 이유가 있겠지만, 레브는 정말이지 묻고 싶지 않다.

레브가 도착했을 때, 새로 온 아이 두 명이 이미 와 있다. 남자아이 하나, 여자아이 하나다. 그들은 의자에 묶인 채 눈에는 눈가리개가 씌워져 있다. 캐버노가 〈베일 벗기기〉라고 말한 게 무엇인지 분명해진다. 캐버노는 지나치게 연극적이다.

소년은 흐느끼고, 소녀는 그를 진정시키려 노력한다. 「괜찮아, 티머시.」 그녀가 말한다. 「무슨 일인지는 몰라도 괜찮아질 거야.」

레브는 그들의 맞은편 의자에 앉는다. 아이들의 두려움에 어색함과 죄책감이 동시에 밀려온다. 그는 자신이 믿음과 위안을 주어야 한다는 걸 알지만, 겁에 질린 납치 피해자를 마주 보는 건 그를 사랑하는 전 십일조들을 마주하는 것과 전혀 다르다.

캐버노는 없다. 다만 캐버노가 고용한 어른 직원 두 명이 대기하고 있다. 레브는 침을 삼키고, 의자 팔걸이를 잡아 손을 떨지 않으려 노력한다. 「좋아요, 눈가리개를 풀어 주세요.」

소년의 눈은 울어서 빨개졌다. 소녀는 이미 주위를 둘러보며 상황을 파악하고 있다.

「이런 식으로 할 수밖에 없어서 미안해.」 레브가 말한다. 「너희를 다치게 할 위험은 감수할 수 없었어. 우리가 너희를 어디로 데려가는지 알릴 수도 없었고. 이게 너희를 안전하게 구출할 수 있는 유일한 방법이었어.」

「우리를 구출한다고?」 소녀가 말한다. 「이걸 구출이라고 해?」

레브는 소녀의 목소리에 깃든 비난을 다른 데로 돌리고 싶지만 그럴 수 없다. 그는 캐버노가 그러듯 억지로 시선을 맞추며, 이런 태도가 자신감으로 받아들여지기를 바란다.

「뭐, 지금 이 순간에는 그렇게 느껴지지 않을 수도 있지. 맞아, 우리가 한 게 바로 구출이야.」

소녀는 완전히 반항적인 눈으로 그를 노려본다. 하지만 소년은 헛숨을 삼킨다. 아이의 젖은 눈이 휘둥그레진다.

「너, 걔구나! 박수도가 된 십일조! 레비 콜더!」

레브는 사과하듯 살짝 미소 짓는다. 이름을 고쳐 줄 생각조차 하지 않는다. 「그래. 하지만 내 친구들은 나를 레브라고 불러.」

「난 티머시야!」 소년이 나서서 말한다. 「티머시 테일러 밴스! 얘 이름은 머…… 머…… 잘 기억이 안 나. 근데 M으로 시작하는 거 맞지?」

「내 이름은 내가 알아서 할게. 앞으로도 쭉.」 소녀가 말한다.

레브는 자신이 받은 작은 커닝페이퍼를 본다. 「네 이름은 미라콜리나 로젤리구나. 만나서 반가워, 미라콜리나. 미라라고 불리니?」

4부 리바이어던 **289**

하지만 미라콜리나의 노려보는 눈빛은 그렇지 않다는 것을 분명히 밝힌다. 「그래, 그럼 미라콜리나라고 할게.」

「너한테 무슨 권리가 있어서?」 미라콜리나가 거의 으르렁거리듯 말한다.

레브는 억지로 다시 눈을 맞춘다. 미라콜리나는 그가 누구인지 안다. 그런데도 그를 싫어한다. 심지어 경멸한다. 레브는 전에도 그런 표정을 본 적이 있지만, 여기에서 마주하니 놀랍다.

「내 말을 들었는지 모르겠는데.」 레브는 약간 화가 나서 말한다. 「우리가 방금 널 구출했어.」

「누가 〈구출〉이라고 정했는데?」

잠시, 아주 잠깐이지만 레브는 소녀의 눈에 비친 자신의 모습을 본다. 그 모습이 마음에 들지 않는다.

「너희 둘이 여기 와서 기뻐.」 레브는 떨리는 목소리를 감추며 말한다. 「다시 얘기하자.」 그런 다음, 그는 어른들에게 아이들을 데려가라고 신호한다.

레브는 10분을 꽉 채워 무도회장에 혼자 앉아 있다. 미라콜리나의 행동에는 불편할 정도로 익숙하게 느껴지는 무언가가 있다. 레브는 코너가 십일조였던 자신을 리무진에서 끌어냈던 순간을 떠올려 본다. 자신도 저렇게 싸우려 들었던가? 저렇게까지 비협조적이었나? 그날 벌어진 많은 일을 레브는 의식적으로 차단해 버렸다. 코너가 적이 아니라는 걸 깨닫기 시작한 순간이 언제더라?

레브는 미라콜리나의 마음을 얻을 것이다. 그래야만 한다. 모든 전 십일조가 결국은 전향했다. 세뇌가 풀렸다. 프로그램이 해제됐다.

하지만 이 소녀가 예외라면? 그러면 어떻게 되는 걸까? 웅장하고 멋진 생각으로만 느껴졌던 이 구출 작전이 갑자기 아주 작게 느껴진다. 아주 개인적인 일처럼.

24
미라콜리나

오빠의 목숨을 구하고 신에게 선물로 돌려주기 위해 태어난 미라콜리나는 이런 침해를 결코 용납할 수 없다. 이건 그녀의 신성한 운명을 도망자의 속된 삶으로 오염시키는 짓이다. 심지어 그녀의 부모조차 결국은 나약해져, 신과의 서약을 기꺼이 깨뜨리고 그녀를 십일조로부터 구하려 했다. 그녀가 납치당해 강제로 완전한 상태로 살아가게 되었으니 부모는 기뻐할까? 분열된 상태의 신성한 신비를 부정당한 채로?

미라콜리나는 이런 분노를 견뎌야 한다. 그것도 자신이 사실상 사탄의 화신이라 여기는 소년의 손을 통해 겪어야 한다. 그녀는 증오나 불공정한 판단에 쉽게 사로잡히는 사람이 아니다. 하지만 그 아이와 마주하는 순간 사실 자신의 인내심이 그리 강하지 않았음을 인정하게 된다.

아마 그래서 이 길을 가게 하신 걸 거야. 미라콜리나는 생각한다. 나를 겸손하게 하시고, 나 역시 다른 사람과 마찬가지로 증오에 사로잡힐 수 있는 인간이라는 걸 깨닫게 하시려고.

첫날, 그들은 저택 대부분의 방보다 훨씬 더 상태가 좋은 편안한 침실에 그녀를 두어 속이려 한다. 「진정제의 약효가 사라질 때까지 여기서 쉬면 돼.」 통통하고 친절한 여자가 말한다. 그 여자는 콘비프와 양배추로 구성된 식사를 가져다준다. 길쭉한 잔에 담긴 향이 강한 루트비어도 한 잔 내민다.

「오늘은 성 패트릭 데이란다. 몰랐지?」 여자가 말한다. 「먹으렴, 애야. 더 필요하면 또 줄게.」 그녀의 마음을 사려는 뻔뻔한 시도다. 미라콜리나는 음식을 먹지만 즐기기는 거부한다.

미라콜리나의 방에는 그녀를 즐겁게 해줄 비디오와 책도 있다. 그녀는 그저 웃을 수밖에 없다. 하비스트 캠프의 밴에 행복한 가족 친화적 영화만 있었던 것과 마찬가지로, 그녀가 이곳에서 선택해야 하는 작품들 역시 목적이 분명하다. 모두 학대당했지만 극복한 아이들, 아니면 그들을 이해하지 못하는 세상에서 스스로 길을 찾아간 아이들에 관한 이야기다. 디킨스에서 샐린저에 이르기까지, 다양한 작가들의 고전. 미라콜리나 로젤리가 홀든 콜필드[14]와 조금이라도 공통점이 있다는 걸까?

밝은 색깔의 옷으로 채워진 서랍도 있다. 모든 옷이 미라콜리나의 몸에 맞는다. 자신이 의식을 잃은 사이에 이 사람들이 치수를 재 옷장을 준비했으리라는 생각에 그녀는 몸을 떤다. 십일조의 흰옷은 더러워졌지만, 미라콜리나는 그 옷을 갈아입음으로써 저들에게 만족감을 줄 생각은 없다.

마침내 중년의 대머리 남자가 클립보드를 들고 들어온다. 〈밥〉이라고 적힌 이름표를 달고 있다.

---

14 샐린저의 장편소설 『호밀밭의 파수꾼』의 주인공.

「난 존경받는 정신과 의사였어. 언와인드에 반대하는 목소리를 내기 전까지는 말이다.」밥은 의례적인 소개를 마친 다음 말한다.「하지만 소외당한 건 사실 위장된 축복이었지. 덕분에 여기에, 내가 정말로 필요한 곳에 올 수 있었거든.」

미라콜리나는 팔짱을 낀 채 그에게 아무것도 내주지 않는다. 이게 다 무슨 수작인지 그녀는 알고 있다. 사람들은 이걸 〈프로그램 해제〉라 부른다. 세뇌를 더 많은 세뇌로 풀어내는 행위를 뜻하는 예의 바른 용어다.

「전에 존경받았다는 말은, 지금은 존경받지 못한다는 뜻이죠.」미라콜리나가 말한다.「나도 당신을 존경하지 않아요.」

밥은 잠깐 심리 평가를 시도한다. 미라콜리나는 그 평가를 진지하게 받으려 하지 않는다. 밥은 한숨을 쉬며 펜을 딸깍 닫는다.「너를 걱정하는 우리 마음이 진심이라는 걸 알게 될 거야. 우린 정말로 네가 꽃피길 바란단다.」

「난 화분이 아니에요.」미라콜리나가 대꾸한다. 그녀는 밥이 나가는 문에 김빠진 루트비어 잔을 던진다.

그녀는 방문이 잠겨 있지 않다는 것을 알아차린다. 이것도 속임수일까? 그녀는 복도로 나가 저택을 탐험해 본다. 납치당해 분노한 상황에서도 여기에서 무슨 일이 벌어지고 있는지 궁금하다는 것을 부정할 수 없다. 얼마나 많은 아이가 십일조의 축복에서 뜯겨 나왔을까? 얼마나 많은 납치범이 있을까? 탈출 가능성은 얼마나 될까?

알고 보니 다른 아이들이 엄청나게 많다. 아이들은 숙소와 공용 공간에서 서로 어울려 논다. 저택에서 손쓸 수 없이 망가진 것들과 썩은 부분들을 고치려 노력하며 밥과 비슷한 사람들에게 수업을 받는다.

미라콜리나는 꺼져 가는 바닥과 수평을 맞추려고 나무를 괴어 놓은 당구대가 있는 공용 공간에 들어간다. 한 소녀가 그녀를 힐끗 보더니 다가온다. 이름표에는 〈재키〉라 적혀 있다.

「네가 미라콜리나구나.」 미라콜리나가 손을 내밀지 않자 재키가 그녀의 손을 잡아채 악수하며 말한다. 「적응이 힘든 건 알지만, 내 생각엔 우리가 좋은 친구가 될 수 있을 것 같아.」 재키에게는 이곳의 모든 아이가 가진 십일조의 표정이 있다. 세속적인 것들을 초월한 듯한, 깨끗하고 높아진 느낌. 흰옷 한 자락 걸치지 않았지만, 이들 모두 한때의 자신을 감추지 못한다.

「나한테 배정된 거야?」 미라콜리나가 묻는다.

재키는 미안하다는 듯 어깨를 으쓱한다. 「응, 말하자면.」

「솔직하게 말해 줘서 고마운데, 난 네가 싫어. 네 친구가 되고 싶지도 않아.」

과거에 존경받던 정신과 의사가 아니라 평범한 열세 살짜리 소녀인 재키는 이 말에 상처받은 기색이다. 미라콜리나는 즉시 자신이 한 말을 후회한다. 냉담하고 마음이 굳어진 사람이 되어서는 안 되는 건데. 그녀는 이런 상황마저 초월해야 한다.

「미안. 내가 싫어하는 건 네가 아니야. 사람들이 너한테 시키는 일이지. 내 친구가 되고 싶다면, 나한테 배정되지 않았을 때 다시 해봐.」

「그래, 그럴 만해.」 재키가 말한다. 「하지만 진구이든 아니든, 난 네가 프로그램에 적응하도록 도와야 해. 네가 좋아하든 말든.」

서로 합의에 이르자 재키는 친구들에게 돌아간다. 하지만

4부 리바이어던

미라콜리나가 그곳에 있는 동안 계속 그녀를 지켜본다.

미라콜리나와 함께 납치당한 소년, 티머시도 그 방에 있다. 그는 자신에게 배정된 게 분명한 전 십일조와 함께다. 둘은 이미 좋은 친구가 된 것처럼 이야기를 나누고 있다. 티머시는〈프로그램에 적응〉한 게 분명하다. 어쨌든 언와인드되는 것을 별로 좋아하지 않았으니, 그를 해제하는 데 필요한 건 옷을 갈아입히는 것뿐이었다.

「넌 어떻게 그렇게…… 얄팍할 수 있어?」 미라콜리나는 나중에 티머시와 단둘이 있게 되자 말한다.

「그렇게 말하고 싶으면 그렇게 말해.」 티머시는 새로운 강아지를 선물로 받은 사람처럼 함박웃음을 지으며 말한다. 「하지만 살고 싶은 마음이 얄팍한 거라면, 난 종잇장처럼 얄팍하게 살래!」

프로그램 해제! 그것만으로도 미라콜리나는 역겹다. 그녀는 티머시를 경멸한다. 어떻게 평생의 신앙이 콘비프와 양배추로 거래될 수 있는지 의아하다.

그날 늦게 재키가 미라콜리나를 찾아온다. 미라콜리나가 자신의〈자유〉는 잠긴 문에서 끝난다는 것을 알아낸 뒤다. 모든 전직 십일조는 그 문으로 가로막힌, 북쪽 건물의 한 동에만 머문다. 「나머지 건물은 아직 사람이 살 수 없는 상태야.」 재키가 말해 준다. 「그래서 북쪽 건물에만 들어갈 수 있는 거고.」

재키는 그들이 적응을 돕는 수업을 받으며 하루를 보낸다고 설명한다.

「낙제하면 어떻게 되는데?」 미라콜리나가 히죽거리며 묻는다.

재키는 아무 말도 하지 않는다. 그런 질문은 한 번도 생각해 본 적이 없다는 듯 그녀를 볼 뿐이다.

며칠 뒤 미라콜리나는 그럭저럭 견딜 만한 수업들을 듣기 시작한다. 매일 아침은 최소 한 사람이 울음을 터뜨리고, 그렇게 했다는 이유로 다른 아이들의 갈채를 받는, 기나긴 감정적 집단 치료로 시작된다. 미라콜리나는 보통 아무 말도 하지 않는다. 십일조를 옹호하는 태도는 선생들의 눈살을 찌푸리게 하는 일이기 때문이다.

「의견을 가질 권리는 있어.」 미라콜리나가 프로그램 해제에 반대하는 말을 하면 그들 모두가 그렇게 말한다. 「하지만 언젠가는 너도 생각이 바뀌게 되길 바라.」 그 말은, 미라콜리나에게는 사실 의견을 가질 권리가 없다는 뜻이다.

현대사 수업도 있다. 지금은 가르치는 학교가 별로 없는 과목이다. 이 과목에는 하트랜드 전쟁과 언와인드 합의, 그로부터 현 상황에 이르는 내용이 포함되어 있다. 인간 십일조라는 행위를 채택해, 사회적으로 인정된 〈십일조 컬트〉가 된 수많은 주요 종교 내의 분파에 관한 토론이 이루어진다.

「이건 풀뿌리 운동이 아니었어.」 교사는 말한다. 「부유한 가문, 주요 기업의 경영자와 주주들 사이에서 시작됐어. 대중에게 모범을 보여야 한다는 명분으로 말이야. 부자들까지 언와인드에 찬성한다면 모두가 찬성해야 하니까. 십일조 컬트는 언와인드를 국민 심리에 뿌리 내리도록 하기 위한 계산된 계획의 일부였어.」

미라콜리나는 손을 들지 않을 수 없다. 「저기요.」 그녀가 말한다. 「전 가톨릭이고 십일조 컬트에도 속해 있지 않아요. 그건 어떻게 설명하실 건가요?」

그녀는 교사가 〈너는 규칙을 증명하는 예외야〉 같은 재미없는 대답을 할 거라고 생각했지만, 실제로는 그렇지 않다. 교사는 단지 〈흠, 그거 흥미로운데. 그 문제에 대해서라면 레브가 너랑 이야기하고 싶어 할 거야〉라고만 말한다.

미라콜리나에게 그건 교사가 할 수 있는 최악의 위협이다. 교사도 알고 있다. 그 말 한마디에 미라콜리나는 침묵을 지킨다. 그럼에도 저항에 대한 그녀의 저항은 저택 안에 잘 알려져 있다. 미라콜리나는 그 폭발하지 않은 소년과의 원치 않는 접견에 불려 간다.

그 일이 일어나는 건 월요일 아침이다. 미라콜리나는 견디기 힘든 집단 치료 시간에 끌려 나와, 한 번도 가본 적 없는 저택의 어느 구역으로 안내된다. 문 앞에는 저항군의 일꾼 두 명이 지키고 서 있다. 미라콜리나는 확신할 수는 없지만, 적어도 한 사람이 무장하고 있으리라 짐작한다. 그들은 미라콜리나를 식물로 가득한 온실로 데려간다. 그곳은 온통 휘어진 유리와 햇빛으로 가득 찬, 온기가 유지되고 예전처럼 멋지게 복원된 곳이다. 가운데는 마호가니 탁자 하나와 의자 두 개가 있다. 그 아이가, 이 엽기적인 영웅 숭배의 중심에 있는 소년이 이미 와서 의자에 앉아 있다. 미라콜리나는 그의 맞은편에 앉아서 그가 먼저 입을 열기를 기다린다. 하지만 미라콜리나는 그가 입을 열기 전부터 그가 자신에게 진심으로 관심이 있다는 걸 알 수 있다. 미라콜리나는 깎아서 둥글게 만들 수 없는, 이 저택에서 유일한 사각형 못이니까.

「그래서, 넌 뭐가 문제야?」 잠시 미라콜리나를 살펴본 뒤 그가 말한다. 미라콜리나는 전혀 격식을 차리지 않은 그 질문에 불쾌감을 느낀다. 마치 그녀의 존재 자체가 〈문제〉라는 듯하다. 뭐, 오늘 그녀는 자신의 반항이 단순한 태도 문제가 아니라는 걸 똑똑히 보여 줄 생각이다.

「나한테 정말 관심이 있는 거야, 박수도? 아니면 너한테 난 그저 네 철로 된 장화로 뭉개 버릴 수 없는 벌레일 뿐인 거야?」

그 말에 소년은 웃는다. 「철로 된 장화라…… 좋은 표현이네.」 그는 발을 들어 자기 나이키 운동화의 밑창을 보여 준다. 「홈 사이에 밟혀 죽은 거미가 있을지도 모른다는 건 인정하지만, 그게 전부야.」

「나를 호되게 신문할 생각이라면, 그냥 해버려.」 미라콜리나가 말한다. 「음식과 물을 주지 않는 게 가장 좋을 거야. 아마 물을 끊는 게 최고일 테고. 배고프기 전에 목이 마를 테니까.」

소년은 믿을 수 없다는 듯이 고개를 젓는다. 「정말로 내가 그럴 거라 생각하는 거야? 왜 그렇게 생각하지?」

「난 납치당해 왔고, 넌 내 의사에 반해 나를 여기에 잡아 두고 있어.」 미라콜리나는 탁자 너머로 그에게 몸을 기울이며 말한다. 그녀는 소년의 얼굴에 침을 뱉을까 고민하지만, 그건 좀 더 적절한 순간에 마침표를 찍을 때 쓰기로 하고 아껴 둔다. 「아무리 여러 겹의 솜으로 둘러싸도 감금은 감금이야.」 그 말에 소년은 뒤쪽으로 몸을 기울인다. 그녀는 자신이 그를 자극했다는 걸 안다. 그가 뉴스에 온통 도배되던 시절, 그의 사진을 본 기억이 난다. 그는 솜으로 휘감겨 폭발 방지 감방에 갇혀 있었다.

「정말 널 이해할 수 없어.」 이번에는 소년이 약간 분노가 실린 목소리로 말한다. 「우린 네 목숨을 구했어. 최소한 고맙다는 말은 해야지.」

「너는 나한테서, 또 여기 있는 모든 아이에게서 목표를 앗아간 거야. 그건 구원이 아니라 저주야.」

「그렇게 느끼다니 유감이네.」

이제는 미라콜리나가 화를 낼 차례다. 「그래, 내가 그런 식으로 느껴서 유감이겠지. 다들 내가 그런 식으로 느껴서 유감이라고 해. 내가 더 이상 그렇게 느끼지 않을 때까지 이 짓을 계속할 거야?」

소년이 갑자기 의자를 뒤로 밀치며 일어난다. 고사리 잎이 그의 옷에 스친다. 미라콜리나는 자신이 뭔가를 건드렸다는 것을 안다. 소년은 쿵쾅거리며 나갈 것처럼 걸어가지만, 문 앞에서 한 차례 심호흡한 뒤 다시 돌아선다.

「네가 어떤 일을 겪고 있는지 알아.」 그가 말한다. 「나 역시 언와인드되기를 바랄 만큼 가족한테 세뇌됐었어. 우리 가족만이 아니라 친구, 교회, 내가 우러러보는 모든 사람한테. 말이 되는 소리를 한 건 우리 형 마커스뿐이었지만, 나는 납치당하는 날까지 눈이 멀어서 형 말을 듣지 못했어.」

「보지 못한 거겠지.」 미라콜리나는 그의 앞길에 괜찮은 과속 방지턱을 세워 두는 의미로 그렇게 말한다.

「뭐?」

「눈이 멀었으면 못 보는 거고. 귀가 먹으면 안 들리는 거고. 말이나 똑바로 해. 아니, 넌 말을 똑바로 못 할 수도 있겠구나. 말도 안 되는 녀석이니까.」

그가 미소 짓는다. 「말은 잘하네.」

「아무튼, 난 네 인생 이야기에 관심 없어. 이미 다 아니까. 너는 고속 도로 교통사고에 휘말렸고, 애크런의 무단이탈자가 너를 인간 방패로 썼지. 아주 고귀하게 말이야. 그런 다음에 널, 상한 치즈처럼 바꿔 놨어.」

「걔가 날 바꾼 건 아니야. 날 바꾼 건 십일조에서 벗어나 언와인드의 정체를 있는 그대로 본 거였어. 난 그래서 바뀐 거야.」

「살인자가 되는 게 십일조로 살아가는 것보다 나았다는 말이야? 이 박수도야.」

레브는 다시 앉는다. 이번에는 더 차분한 모습이다. 그가 자신이 던지는 공에 면역되어 가는 걸 보니 미라콜리나는 답답해진다.

「아무 질문 없이 인생을 살다 보면, 질문이 닥쳤을 때 제대로 답할 수 없어.」 그가 말한다. 「화가 나도 분노를 다룰 줄 모르게 돼. 그러니까, 맞아. 난 박수도가 됐어. 하지만 그건 내가 얼마나 큰 죄를 지으려 하는지 알기에는 너무 순진했기 때문일 뿐이야.」

이제 그에게는 어떤 강렬함이 있다. 눈에는 물기가 어려 있다. 미라콜리나는 그가 진심이라는 것을, 이게 단지 그녀에게 보여 주려는 쇼가 아니라는 것을 알 수 있다. 어쩌면 그는 정말 하고 싶은 말을 꺼낸 것인지도 모른다. 미라콜리나는 자신이 그를 잘못 판단한 건 아닌지 궁금해하다가 그런 걸 궁금해하는 자신에게 화가 난다.

「넌 나랑 같다고 생각하겠지만, 아니야.」 미라콜리나가 말한다. 「나는 십일조를 바치는 종교 단체에 속해 있지 않아. 내

부모는 신앙 때문이 아니라, 신앙에도 불구하고 십일조를 바친 거야.」

「어쨌든 넌 그게 네 목표라고 믿도록 키워졌잖아. 아냐?」

「내 목표는 골수를 기증해서 오빠의 목숨을 구하는 거였어. 그러니까 내 목표는 태어난 지 여섯 달이 되기도 전에 이루어진 셈이야.」

「네가 여기 있는 유일한 이유가 다른 사람을 돕기 위해서라는 게 화나지 않아?」

「전혀.」 미라콜리나는 너무 빠르게 대답한다. 그녀는 입술을 꾹 다물고 의자 등받이에 기댄 채 꼼지락거린다. 엉덩이 아래의 의자가 너무 단단하게 느껴진다. 「그래, 가끔은 화가 날지도 모르겠어. 하지만 난 부모님이 왜 그랬는지 이해해. 내가 부모님 입장이었더라도 똑같이 했을 거야.」

「동의해.」 소년이 말한다. 「하지만 일단 네 목표가 이루어졌다면, 그다음 인생은 네 것이 되어야 하지 않아?」

「기적은 주님의 재산이야.」 그녀가 대답한다.

「아니.」 그가 말한다. 「기적은 주님이 주신 선물이야. 기적을 주님의 재산이라 부르는 건 선물을 주신 영혼을 모욕하는 거야.」

미라콜리나는 반박하려 입을 열지만, 답을 찾지 못한다. 그의 말이 옳기 때문이다. 옳은 말을 하다니, 빌어먹을. 놈에게는 옳은 점이 하나도 없어야 한다!

「네가 너 자신을 극복하고 나면 다시 이야기하자.」 소년은 그렇게 말하고 대기 중이던 경비원에게 그녀를 데려가라고 신호한다.

다음 날, 미라콜리나의 일과에 수업이 하나 추가된다. 그녀의 정신이 너무 게을러지는 것을 막기 위해서라는 명목이다. 〈창의적 투사〉라는 수업이다. 이 수업은 한때 거실이었을 공간에서 이루어진다. 벗겨져 가는 벽에 빛바래고 좀이 슨 초상화들이 걸려 있다. 미라콜리나는 그림 속의 기름진 얼굴들이 이 수업을 지켜보며 좋아할지, 싫어할지, 그야말로 무관심할지 궁금해진다.

「이야기를 써보면 좋겠구나.」 교사가 말한다. 그는 짜증스럽게도 작고 둥근 안경을 쓴 남자다. 안경이라니! 더는 누구에게도 필요하지 않은 골동품이다. 레이저 시술과 저렴한 눈 교체 수술이 가능하니까. 이들의 예스러움에는 어떤 오만함이 깃들어 있다. 안경을 선택한 이 사람은 자신이 우월하다고 느끼는 듯하다.

「너희 자신에 대한 이야기, 너희 전기를 썼으면 좋겠어. 너희가 살아온 삶 말고 앞으로 살아갈 삶에 대한 전기 말이야. 지금으로부터 40년, 50년 후, 미래의 너희가 쓸 전기.」 교사는 교실 안을 돌아다니며 공중에 손짓을 한다. 마치 자신이 플라톤처럼 고귀한 사람이라도 된 양.「너희 자신을 미래에 투사해 보렴. 너희가 어떤 사람이 되어 있을지 상상해 봐. 너희 모두에게 어려운 일이라는 건 알아. 너희는 감히 미래를 생각해 본 적 없었을 테니까. 하지만 지금은 할 수 있지. 너희가 이 활동을 즐겼으면 좋겠구나. 얼마든지 거칠어도 괜찮아. 재미있게 하렴!」

그는 자리에 앉아, 두 손을 뒤통수에 얹고 등받이에 기댄다. 스스로에게 매우 만족한 듯하다.

미라콜리나는 다른 아이들이 글을 써 내려가는 동안 조바심을 내며 펜으로 노트를 톡톡 두드린다. 미래를 꿈꿔 보라고? 좋다. 그녀는 이 사람들에게 정직하게 말해 줄 것이다. 그들이 듣고 싶어 하는 말이 아닐지라도.

지금으로부터 몇 년 뒤다.

미라콜리나는 그렇게 적는다.

내 손은 화재로 두 손을 잃은 어머니의 것이 된다. 그녀에게는 네 아이가 있다. 그녀는 그 손으로 아이들을 달래고 씻긴다. 머리를 빗겨 주고 기저귀를 갈아 준다. 내 손이 얼마나 소중한지 알기에, 그것을 보물처럼 여긴다. 나를 위해 매주 손 관리를 받는다. 내가 누구였는지도 모르면서.

내 다리는 비행기 사고를 당한 소녀의 것이다. 그 아이는 육상 선수였지만, 내 다리가 그 목적에 맞지 않는다는 걸 알게 된다. 한동안은 올림픽에 나가겠다는 꿈을 잃고 슬퍼하지만, 곧 내 다리가 춤을 출 줄 안다는 사실을 깨닫는다. 그녀는 탱고를 배우고, 어느 날 모나코에서 춤을 추다가 왕자를 만나 그의 마음을 사로잡는다. 그들은 결혼하고, 이제 왕자 부부는 매년 성대한 무도회를 연다. 그 무도회의 하이라이트는 바로 그녀가 왕자와 함께 놀라운 탱고를 추는 순간이다.

미라콜리나는 한 단락, 한 단락 써 내려갈 때마다 자신이 강제로 빼앗긴 모든 가능성에 점점 더 깊은 분노를 느낀다.

내 심장은 별빛을 길들여 세상의 에너지 수요를 해결할 방법을 알아내기 직전이었던 어느 과학자에게 간다. 그는 문제 해결 직전에 심각한 심장 마비를 겪었다. 하지만 내 심장 덕분에 살아남아 필생의 연구를 완수하고, 세상을 우리 모두에게 더 나은 곳으로 만든다. 심지어 노벨상을 받는다.

자신을 전부, 완전히 내주기를 바라는 것이 그토록 이상한 일일까? 미라콜리나의 마음속 생각이 그렇다면, 왜 거부당해야 하는 걸까?

내 정신은, 사랑으로 가득한 어린 시절의 내 기억은 그런 기억이라고는 없는 방황하는 영혼들에게 간다. 나의 일부가 간 지금, 그들은 살면서 입은 수많은 상처에서 치유된다.

미라콜리나는 글을 제출한다. 다른 누구보다 그녀의 글을 기다렸을 교사는 다른 아이들이 아직 글을 쓰는 동안 그녀의 글을 읽는다. 미라콜리나는 그녀가 글을 읽으며 생각에 잠긴 표정을 짓는 것을 바라본다. 그게 무슨 상관인지 모르겠지만, 미라콜리나는 언제나 교사들의 생각에 신경을 써왔다. 좋아하지 않는 교사의 의견에도. 다 읽은 교사가 미라콜리나에게 다가온다.
「아주 흥미롭구나, 미라콜리나. 그런데 한 가지 빼먹은 게 있어.」
「뭐요?」
「네 영혼.」 그가 말한다. 「네 영혼은 누구에게 가는 거니?」

「제 영혼은요.」 미라콜리나가 자신 있게 말한다. 「주님께로 가요.」

「흠…….」 그는 희끗희끗한 구레나룻 자국을 손가락으로 톡톡 두드린다. 「그러니까, 네 몸의 모든 부분은 아직 살아 있는데도 네 영혼은 주님께 가는 거야?」

미라콜리나는 그의 질문에 단호히 맞선다. 「원한다면, 저는 그렇게 믿을 권리가 있어요.」

「그래, 맞아. 근데 한 가지 문제가 있어. 넌 가톨릭이지?」

「네.」

「그리고 자발적으로 언와인드되기를 바라고.」

「그래서요?」

「그게…… 네 영혼이 이 세상을 떠난다고 믿는다면 자발적 언와인드는 조력 자살과 다를 바 없거든. 가톨릭이라는 종교에서 자살은 대죄야. 그 말은, 네 신앙에 따르면 넌 지옥에 가게 된다는 뜻이지.」

그는 그렇게 말한 뒤 미라콜리나가 A 마이너스를 받은 작문 숙제를 책상 위에 놓고 안달하게 놔둔 채 떠난다. 마이너스는, 그녀의 영혼이 영원히 지옥에 떨어졌다는 이유로 받은 것이리라고, 미라콜리나는 생각한다.

25
레브

미라콜리나는 자신의 고집이 레브에게 얼마나 깊은 영향을 미치는지 전혀 모른다. 이곳 아이들 대부분은 레브를 두려워하거나 숭배하거나 혹은 둘 다 한다. 하지만 미라콜리나는 그에게 위축되지도, 그를 존경하지도 않는다. 그냥, 아주 단순하게 싫어한다. 그 사실이 신경 쓰여서는 안 된다. 레브는 혐오당하는 일에 익숙해졌다. 형 마커스가 말한 그대로, 대중은 가엾고 망가져 버린 소년 레브를 애도하는 만큼, 괴물이 된 그를 경멸한다. 뭐, 그는 아무 죄가 없는데도 이미 괴물이었다. 하지만 이곳 캐버노 저택에서는 그런 게 전혀 문제가 되지 않는다. 이곳에서 그는 한 발짝만 더 가면 신과 같은 존재니까. 그런 일에는 성급하면서도 어색한 종류의 재미가 따른다. 미라콜리나는 그 거품을 터뜨리는 바늘이다.

레브가 그녀를 다시 만난 건 한 주가 지난 부활절 무도회 때다. 십일조들은 연애 문제에 서툰 것으로 악명이 높다. 그들의 미래는 제한되어 있고, 그들은 데이트나 그에 따르는 모든 것이 그런 제한된 미래의 일부가 되지 않으리라는 걸 잘 안다. 그래서 십일조와 그의 가족들은 연애 문제에 별 관심을 기울이지 않는다. 사실, 그런 감정은 십일조가 품어서는 안 될, 애석한 열망을 만들어 낼 수 있기에 견제된다.

「이 아이들은 모두 채찍처럼 예리해.」 캐버노는 십일조 구출 팀원들과의 주례 회의에서 소리친다. 「하지만 사회적 기술에 있어서는 여섯 살 수준이나 마찬가지야.」 이는 십일조 날의 레브를 설명하는 데도 적절한 말이다. 레브는 더 나아졌다고는 확신하지 못한다. 그는 여전히 데이트를 해본 적이 없다.

회의실에는 직원 20명가량이 둘러앉아 있다. 서른 살이 안 된 사람은 레브뿐이다. 그들의 얼굴에는 너무도 오랫동안 살아온 나머지 표정에 새겨진 걱정이 가득하다. 레브는 그들의 헌신이 언와인드에 대한 각자의 경험에서 나온 것인지 궁금하다. 그들도 제독처럼 자기 자식을 언와인드했다가 그 결정을 후회하게 된 걸까? 이들의 헌신은 그들의 개인적인 문제에서 비롯된 걸까, 아니면 현 사회에 대한 혐오감에서 비롯된 걸까?

「부활절 무도회를 열어야겠어.」 캐버노가 회의실 탁자의 상석에서 선언한다. 「우리의 전 십일조들에게 평범한 10대처럼 굴 기회를 주는 거지. 물론 정도는 있어야겠지만.」 그는 레브를 지목한다. 「레브, 너를 믿어도 될까? 우리의 선의의 대사로 참여해 줄 거라고 말이야.」

모두가 그의 대답을 기다린다. 레브는 그 시선이 거슬린다. 「제가 싫다고 하면요?」

캐버노는 못 믿겠다는 듯 그를 본다. 「대체 왜? 파티는 모두가 좋아하는 건데!」

「딱히 그렇지는 않아요.」 레브가 지적한다. 「이 아이들이 마지막으로 경험한 파티는 십일조 파티였어요. 정말 그 기억을 떠올리게 하고 싶으세요?」

탁자에 둘러앉은 사람들이 레브가 한 말의 무게를 가늠해 보며 웅성거린다. 캐버노가 그 소란을 일축한다. 「십일조 파티는 작별 인사야.」 그가 말한다. 「우리 파티는 새로운 시작에 관한 거고. 네가 참석해 주리라 믿는다.」

레브가 한숨을 쉰다. 「그럼요.」 이 저택에서 아이디어를 낸 사람이 이 저택과 같은 이름을 쓰는 사람이라면, 그 아이디어에 문제를 제기할 순 없다.

무도회장이 청소년 무도회를 하기엔 너무 형편없는 상태라, 그들은 응접실을 무도회장으로 쓰기로 한다. 식탁과 의자를 치우고, 초상화 아래에 디제이 부스를 설치한다. 참석이 의무화되어 전 십일조 모두가 모인다.

레브가 예상한 대로, 그들은 남녀 대항 피구 경기라도 하듯 남녀로 나뉘어 한쪽 벽에 나란히 선다. 모두가 펀치를 마시고 소시지를 집어 먹으며 서로를 비밀스럽게 힐끔거린다. 보다가 걸리면 자격을 박탈당하기라도 하는 것처럼.

어른 중 한 명이 최대한 디제이 흉내를 내며 부추겨도 통하지 않자, 그는 모두가 댄스 플로어에 원을 그리고 서서 호키 포키를 추게 한다. 하지만 춤을 시작한 지 10초 만에 디제이는 그게 얼마나 잘못된 제안인지 깨닫는다. 전 십일조들이 다양한 신체 부위를 원 안에 넣다 뺐다 한다. 당황한 디제이는 바로 〈온몸을 집어넣고〉 부분으로 들어가지만, 아이들은 너무도 재미있다는 듯 반응한다. 음악이 멈춘 뒤에도 계속 노래를 부르며 움직인다. 아이러니하게도 이 춤이 분위기를 풀어 준 완벽한 요소가 된다. 춤곡이 다시 시작되자 실제로 춤을 추는 아이들이 생긴다.

레브는 그런 아이 중 하나가 아니다. 그는 관찰자가 되는 것만으로 만족한다. 누구와도 춤을 출 수 있겠지만, 실제로 그가 다가가 춤을 추자고 하면 아마 그 아이가 자리에서 자연 발화할지도 모르겠다는 생각이 든다.

그때, 무도회장 건너편에서 미라콜리나가 굳은 결심으로 팔짱을 낀 채 벽에 기대 있는 모습을 본다. 이건 해볼 만한 도전이라는 생각이 든다.

레브가 다가오자 미라콜리나는 시선을 돌린다. 공황에 빠진다. 레브가 다른 누군가에게 가는 것이기를 바란다. 곧 자신이 레브의 관심을 받고 있다는 걸 깨닫고 눈에 띄게 심호흡한다.

「그래서.」 레브가 최대한 아무렇지 않게 말한다. 「춤출래?」

「너, 세상의 종말을 믿어?」 미라콜리나가 대답한다.

레브는 어깨를 으쓱한다. 「모르겠는데. 왜?」

「그다음 날이 내가 너랑 춤출 날이거든.」

레브가 미소 짓는다. 「너 웃기다. 유머 감각이 있는지는 몰랐는데.」

「하나 말해 줄게. 네가 밟고 다니는 땅을 숭배하는 여자애들이 다 떨어지면 나한테 다시 물어봐. 그때도 대답은 거절이겠지만, 생각하는 시늉이라도 해줄게.」

「네 글을 읽었어.」 레브가 말한다. 그 말에 미라콜리나는 고개를 돌린다. 멋진 반응이다. 「너, 춤추는 공주 판타지가 있더라. 부정하지 마.」

「내 다리에 춤추는 공주 판타지가 있는 거야.」

「뭐, 네 다리랑 춤을 추려면 나머지 몸도 참아 줘야 할 것 같은데.」

「아니, 그럴 것 없어.」 미라콜리나가 말한다. 「내 몸의 단 한 부분도 여기 있지 않을 테니까.」 그녀는 레브의 초상화를 힐끗 본다. 초상화는 알록달록한 조명의 플래시를 받아 기이하게 빛난다. 「네 초상화랑 춤추지 그래? 너희 둘이 너무 잘 어울리던데.」 그러더니 그녀는 쿵쾅거리며 떠난다. 문 앞의 어른들이 그녀를 막으려 하지만, 그녀는 그들 사이를 밀치고 지나간다.

미라콜리나가 떠난 뒤, 주변에서 웅성거리는 소리가 들린다.

「쟤 완전 진상이야.」 누군가 말한다.

레브는 사납게 그 아이를 돌아본다. 미라콜리나와 함께 도착한 소년, 티머시다. 「너에 대해서도 똑같이 말할 수 있어!」 레브가 쏘아붙인다. 「너희 모두에 대해서도!」

하지만 선을 넘기 전에 입을 다문다. 「아니, 그건 사실이 아니야. 그래도 저 애를 멋대로 판단해선 안 돼.」

「알았어, 레브.」 티머시가 고분고분하게 말한다. 「안 그럴게, 레브. 미안해.」

그때 수줍음 많은 여자아이가 앞으로 나선다. 다른 수줍은 아이들보다는 수줍음이 덜한 모양이다. 「내가 같이 춤출게, 레브.」

그렇게 레브는 댄스 플로어로 나가 그 아이와, 그리고 무도회장의 다른 모든 아이와 의무적으로 춤을 춘다. 그의 초상화가 성스러운 우월함이 담긴 짜증스러운 시선으로 그들을 내려다본다.

다음 날, 초상화가 훼손된다.

초상화 한가운데에 스프레이 페인트로 무례한 말이 적힌다. 초상화를 치울 때까지 아침 식사는 지연된다. 창고에서 스프레이 페인트 통 하나가 사라지긴 했지만, 범인이 누군지에 관한 확실한 단서는 없다. 그러나 모두가 나름의 추측을 하고 대부분의 손끝은 한 사람을 가리킨다.

「걔가 한 짓이라는 거 알아!」 다른 아이들이 레브에게 다가와 말하려 한다. 「너한테 반감이 있는 애는 여기서 미라콜리나뿐이야!」

「미라콜리나뿐이라는 걸 어떻게 알아?」 레브가 묻는다. 「걘 그저 그런 말을 큰 소리로 할 배짱이 있는 유일한 아이일 뿐이야.」

레브의 뜻을 존중하는 의미에서 다른 아이들은 미라콜리나를 대놓고 비난하지 않는다. 어른들은 각자의 의견을 혼자만 간직하는 외교술을 발휘한다.

「감시 카메라를 더 달아야 할지도 모르겠다.」 캐버노가 말한다.

레브가 말한다. 「우리한텐 더 많은 표현의 자유가 필요해요. 그런 자유가 있었다면 이런 일은 벌어지지 않았을 거예요.」

캐버노는 그 말에 정말로 모욕감을 느낀다. 「넌 여기가 무슨 하비스트 캠프라도 된다는 듯이 말하는구나. 여기서는 누구나 자유롭게 자신을 표현할 수 있어.」

「뭐, 다들 그렇게 느끼지는 않나 보죠.」

26
미라콜리나

저택의 모든 살아 있는 존재에게 냉대를 받으며 하루를 보낸 후, 누군가 그녀의 방문을 두드린다. 미라콜리나는 아무 말도 하지 않는다. 누구든 간에 어차피 그냥 들어올 테니까. 이 방에는 자물쇠가 없다.

문이 천천히 열리고 레브가 들어온다. 그를 보자 심장이 쿵쾅거린다. 미라콜리나는 분노 때문이라고 자신을 타이른다.

「네 초상화를 망가뜨렸다고 비난하러 온 거면, 자백할게. 더는 진실을 숨길 수가 없어. 내가 그랬어. 이제 동기 부여 영화를 다 빼앗아 가는 벌을 내려 줘. 부탁이야.」

레브는 그냥 팔을 양옆으로 축 늘어뜨린다. 「그만해. 네가 안 그런 거 알아.」

「아…… 그럼 이제야 그 못된 십일조를 잡은 거야?」

「딱히 그런 건 아니고. 그냥 네가 아니라는 건 알아.」

미라콜리나는 주요 용의자가 된 것에 죄책감 어린 쾌감을 느꼈다. 그래도 누명을 벗으니 약간 안심이 된다. 「그래서 원하는 게 뭐야?」

「사람들이 널 여기 데려온 방식에 대해 사과하고 싶었어. 진정탄을 맞고 눈가리개를 씌우고…… 전부 다. 내 말은, 여기서 저 사람들이 하는 일이 중요하긴 하지만, 나도 방식에 늘 동의하진 않는다는 거야.」

미라콜리나는 레브가 처음으로 〈우리〉라는 말 대신 〈그들〉이라는 말을 쓴 걸 알아차린다.

「난 여기에 몇 주 동안 있었어.」 그녀가 말한다. 「왜 이제 와서 이런 얘기를 하는 거야?」

레브는 팔을 들어 눈에 들어간 머리카락을 빼낸다. 「모르겠어. 그냥 신경 쓰여서.」

「그러니까…… 여기 있는 모든 아이에게 사과하러 다니는 거야?」

「아니.」 레브가 인정한다. 「너한테만.」

「왜?」

레브는 작은 방 안을 어슬렁거리며 목소리를 높인다. 「지금까지 화가 나 있는 사람은 너밖에 없으니까! 넌 왜 그렇게 화가 나 있는 거야?」

「이 방에서 화난 사람은 너뿐이야.」 미라콜리나가 차분하지만 단호하게 말한다. 「그리고 여기에 화난 애들은 많아. 그게 아니면 네 초상화가 왜 망가졌겠어?」

「그건 잊어버려!」 레브가 소리친다. 「네 얘기를 하고 있잖아!」

「계속 고함치면, 너한테 나가 달라고 할 수밖에 없어. 사실, 어쨌든 나가 달라고 할 생각이야.」 그녀가 문을 가리킨다. 「나가!」

「싫어.」

그러자 미라콜리나가 빗을 집어 들어 레브에게 던진다. 빗이 그의 머리를 맞고 벽으로 튕겨 TV 뒤에 꽂힌다.

「아야!」 그가 인상을 쓰며 머리를 잡는다. 「아프잖아!」

「잘됐네, 그러라고 던진 건데.」

레브는 주먹을 쥐고 끙 소리를 내더니, 쿵쾅거리며 나갈 것처럼 돌아선다. 하지만 그는 다시 그녀를 돌아보더니 주먹을 펴고 손바닥을 내민다. 성흔이라도 내보이는 것처럼 간청하는 듯한 모습이다. 뭐, 그의 손에 피가 묻어 있을지는 모르겠지만, 그의 손바닥에서 피가 흘러내리지 않는 것만은 확실하다.

「그래서 계속 이런 식으로 나올 거야?」 레브가 묻는다. 「그냥 안달하면서 재수 없게 굴고, 여기 있는 모든 사람을 비참하게 만들려고? 넌 인생에서 뭔가 더 원하는 게 없어?」

「응.」 미라콜리나가 대답한다. 「왜냐하면 내 인생은 열세 살 생일에 끝났거든. 내가 알기로는, 그 이후로는 다른 사람 인생의 일부가 되었어야 했어. 난 괜찮아. 그게 내가 원한 거였어. 지금도 원하고. 넌 왜 그걸 그렇게 믿기 어려워해?」

레브는 한동안 그녀를 바라본다. 미라콜리나는 그가 십일조일 때 흰옷을 입고 있던 모습을 상상해 보려 한다. 그 아이라면 좋아했을 수도 있다. 아직 순수하고 때 묻지 않았던 그 소년이라면. 하지만 지금 그녀의 눈앞에 있는 아이는 다른 사람이다.

「미안.」 미라콜리나는 전혀 미안하지 않은 목소리로 말한다. 「난 프로그램 해제 학교에서 낙제했나 봐.」 그리고 등을 돌고 잠시 기다린다. 레브가 아직 거기에 있으리라는 걸 알면서도 돌아보지 않는다. 그리고 다시 돌아보니…… 레브는 없다. 레브는 조용히 문을 닫고 나갔다. 미라콜리나가 들을 수 없을 만큼 조용히.

27
레브

 레브는 또다시 회의에 참석한다. 왜 그들이 자신을 매번 부르는지 모르겠다. 캐버노는 레브의 말을 한 번도 귀기울여 들은 적이 없다. 이 회의에 참석할 때 레브는 정말이지 마스코트가, 캐버노가 가장 좋아하는 애완동물이 된 기분이다. 하지만 이번에는 그들이 귀를 기울이도록 할 작정이다.

 회의가 시작되기도 전에, 레브는 모두의 관심을 끌 만큼 큰 소리로 입을 연다. 캐버노에게서 무대를 차지할 기회를 가로챈다. 「제 초상화가 왜 다시 응접실에 걸린 거죠?」 그의 질문에 모두가 조용해지고 분위기가 딱딱해진다. 「이미 한번 훼손됐잖아요. 왜 다시 걸어요?」

 「내가 복구해서 다시 걸라고 지시했다.」 캐버노가 말한다. 「그 초상화가 전 십일조들에게 가져다주는 위로와 집중력은 더없이 소중하니까.」

 「같은 의견이야!」 교사 중 한 명이 말한다. 「그 초상화가 아이들의 관심을 긍정적인 방향으로 이끌어 가는 것 같아.」 그런 다음, 그녀는 캐버노를 향해 아첨하듯 고개를 끄덕이며 말을 맺는다. 「일단 저는 그 초상화를 좋아하고 이 결정에 찬성해요.」

「뭐, 저는 싫은데요. 저는 반대하고요.」 레브가 말한다. 그가 자신의 감정을 큰 소리로 표현한 건 이번이 처음이다. 「저는 무슨 신 같은 게 아니에요. 반석 위에 저를 올려놓지 마세요. 저는 여러분이 만들어 낸 그런 이미지가 아니고, 앞으로도 아닐 거예요.」

모두가 캐버노의 반응을 살피느라 회의실에 침묵이 감돈다. 캐버노는 뜸을 들이다가 마침내 말한다. 「우리 모두에게는 이곳에서 할 일이 있어. 네 일은 아주 분명하고 간단해. 다른 전 십일조들의 모범이 되는 거야. 아이들이 머리를 기르는 거 봤니? 처음에 난 네 머리가 아이들을 당황하게 할 거라 생각했지만, 지금은 아이들이 널 따라 하고 있어. 이 시점에 아이들에게 필요한 게 그거야.」

「전 그런 역할 모델이 아니에요!」 레브가 일어서서 소리친다. 그는 자신이 자리에서 일어났다는 것조차 깨닫지 못한다. 「저는 박수도였어요. 테러리스트였다고요! 저는 끔찍한 선택을 했어요!」

그러나 캐버노는 여전히 침착하다. 「우리가 관심을 두는 건 네가 내린 좋은 결정이야. 이제 앉아라. 회의를 계속할 수 있게.」

레브는 탁자를 둘러본다. 하지만 그에게 힘을 실어 주는 사람은 아무도 없다. 뭐라도 보인다면, 그건 모두가 이런 분노마저 잊어버리는 게 최선인 그의 나쁜 선택으로 치부한다는 사실이다. 레브는 한때 그를 박수도로 만들었던 것과 같은 분노로 끓어오르지만, 그 감정을 삼키고 자리에 앉는다. 남은 시간 내내 침묵을 지킨다.

 회의가 끝나 갈 무렵, 캐버노는 그의 손을 잡는다. 악수하기 위해서가 아니다. 대신 그는 레브의 손을 뒤집어 손가락을 살핀다. 그의 손톱 밑을 보려는 것이다.

 「좀 더 잘 씻는 게 좋겠다, 레브.」 그가 말한다. 「스프레이 페인트는 테레빈유로 지워질 거야.」

28
리사

리사에게는 참석해야 할 부활절 사교 모임 같은 건 없다. 부활절이 언제인지도 잘 모르겠다. 날짜 감각이 사라졌다. 사실, 여기가 어딘지조차 확실하지 않다. 처음에 그녀는 투손의 청소년 전담국에 잡혀 있었고, 그다음에는 창문 없는 무장 차량에 실려 두 시간 거리에 있는 다른 구금 시설로 이송되었다. 그녀는 이곳이 아마 피닉스일 거라고 짐작한다. 바로 그곳에서, 놈들은 신문할 사람을 보내 그녀에게 질문을 던진다.

「묘지에 아이들은 몇 명이나 있지?」

「많이요.」

「물품을 보내 주는 건 누구야?」

「조지 워싱턴이요. 에이브러햄 링컨이던가? 잊어버렸네.」

「새로운 아이들은 얼마나 자주 도착하지?」

「당신이 아내를 두들겨 패는 만큼 자주요.」

신문자들은 그녀의 비협조적인 태도에 분노하지만, 리사는 뭐라도 쓸모 있는 말을 해줄 생각이 전혀 없다. 게다가 그녀는 놈들이 이미 답을 알고 묻는다는 것도 안다. 이런 질문은 그저 리사가 진실을 말하는지, 거짓말을 하는지 알아보려는 테스트일 뿐이다. 리사는 둘 다 하지 않는다. 대신 매번 신문을 조롱한다.

「협조하면 좀 편해질지 모르는데.」 그들이 말한다.

「난 편한 걸 원하지 않아요.」 리사가 대답한다. 「힘든 인생을 살았거든요. 익숙한 대로 할래요.」

그들은 리사를 배고프게 하지만 굶기지는 않는다. 자신들이 엘비스 로버트 멀러드를 잡고 있으며, 그에게도 정보를 넘기는 대가를 제안하고 있다고 말한다. 하지만 리사는 그 말이 거짓말이라는 걸 안다. 놈들이 진짜로 멀러드를 잡고 있다면, 그 사람이 멀러드가 아니라 코너라는 걸 알 테니까.

그런 식으로 2주가 지나간다. 어느 날 청소년 전담 경찰 한 명이 감방 안으로 걸어 들어온다. 그는 리사에게 총을 겨누고, 의례 따위는 집어치운 채 진정탄을 발사한다. 리사를 가장 덜 아프게 할 다리가 아니라, 의식을 잃을 때까지 따끔거릴 가슴 한복판을.

리사는 다른 감방에서 깨어난다. 좀 덜 낡았고 크기도 크긴 하지만 감방은 감방이다. 리사는 어디로 이송되었는지, 왜 이송되었는지 알지 못한다. 이 새로운 감방은 전혀 하반신 마비 환자를 고려하지 않고 설계된 곳이다. 리사를 이곳으로 데려온 사람들은 도착 이후로 아무런 도움을 주지 않는다. 도와준 대도 리사가 받아들이지 않았겠지만. 놈들은 리사가 화장실 문턱을 넘을 때나 침대에 오를 때 고생하기를 바라는 듯하다. 침대는 비정상적으로 높다. 올라가는 게 시련이 될 정도다.

리사는 말없이 음식을 가져다주는 민간 경비원을 노려보며 일주일 동안 버텨 낸다. 그녀는 자신이 더 이상 청소년 전담국의 손에 맡겨져 있지 않다는 걸 알지만, 지금 그녀를 잡아 가둔 사람이 누군지는 여전히 수수께끼다. 이 새로운 간수들은 아무 질문도 하지 않는다. 묘지가 점령된 적 없다는 사실을 코너가 늘 신경 썼던 것처럼, 리사도 이 상황이 신경 쓰인다. 코너와 리사는 청소년 전담국의 거창한 계획에서 전혀 중요하지 않은 존재인 걸까? 그래서 놈들은 원하는 정보를 얻기 위해 리사를 고문할 필요조차 없는 걸까? 자신들이 어떤 변화를 만들어 내고 있다는 믿음은 결국 코너와 리사의 망상이었을까?

이런 생각 속에서도 리사는 코너에 대한 생각을 억지로 밀어낸다. 그를 떠올리는 것만으로도 너무 아프기 때문이다. 리사가 자수했을 때, 코너는 얼마나 경악했을까? 얼마나 놀랐을까? 뭐, 그래. 어쩔 수 없다. 코너는 극복할 것이다. 리사가 그런 선택을 한 건 다친 아이 때문이기도 했지만 무엇보다 코너를 위해서이기도 했다. 인정하긴 괴롭지만, 리사는 자신이 코너의 집중을 흐리게 하는 존재일 뿐이라는 것을 안다. 코너가 정말 제독처럼 묘지의 아이들을 이끄는 리더가 되려 한다면, 리사의 다리를 주무르며 그녀의 감정적 욕구가 충족되었는지 걱정해서는 안 된다. 어쩌면 코너는 진심으로 그녀를 사랑하는지도 모른다. 하지만 이 순간, 코너의 인생에서 리사가 해줄 수 있는 일은 그저 립서비스 이상이 될 수 없다는 건 분명하다.

리사는 자신의 미래가 어디로 향할지 전혀 모른다. 그녀가 아는 것은, 아무리 마음이 아프더라도 코너가 아니라 자신의 미래에 집중해야 한다는 것뿐이다.

며칠 뒤, 리사는 마침내 진짜 방문객을 맞이한다. 권위적인 분위기를 풍기는, 잘 차려입은 여자다.

「안녕, 리사. 이제야 온갖 호들갑 대잔치의 주인공을 만나게 되다니 기쁘구나.」

리사는 〈호들갑 대잔치〉라는 말을 쓰는 사람은 절대 자신의 친구가 될 수 없다고 즉시 판단한다.

여자는 감방 안에 있는 유일한 의자에 앉는다. 그 의자는 하반신 마비 환자를 고려해 설계된 것이 아니기에 한 번도 사용된 적 없다. 사실, 의자는 리사가 사용하지 못하도록 특별히 만들어진 것처럼 보인다. 감방에 있는 대부분의 물건이 그렇다.

「사람들이 잘 대우해 줬겠지?」

「〈대우〉라 부를 만한 건 전혀 없었는데요. 방치됐어요.」

「넌 방치된 게 아니야.」 여자가 말한다. 「생각할 시간을 허락받은 거지. 혼자 깊이 생각해 볼 시간을.」

「왠지 혼자 있었다는 기분은 안 드는데요······.」 리사는 커다란 벽 거울을 힐끗 본다. 그 뒤편에서 이따금 그림자가 어른거린다. 「그래서, 내가 정치범이라도 된 거예요?」 리사는 곧장 본론으로 들어간다. 「날 고문할 게 아니라면 그냥 여기에서 썩힐 계획인가요? 아니면 장기 해적에게 팔려는 걸지도 모르겠네요. 적어도 아직 움직이는 부위는.」

「다 아니야.」 여자가 말한다. 「난 널 도우러 왔어. 그리고 얘야, 너도 우리를 놉게 볼 거야.」

「설마요.」 리사는 휠체어를 굴려 멀리 간다. 그렇게까지 멀리 갈 수는 없지만. 여자는 의자에서 일어나지 않는다. 움직이지도 않는다. 그냥 편안하게 앉아 있는 상태다. 리사는 이 상황

4부 리바이어던 **323**

을 통제하고 싶다. 하지만 실제로 상황을 통제하는 건 여자다. 그녀는 목소리만으로 우위를 점한다.

「내 이름은 로버타야. 〈능동적 시민〉이라는 단체를 대표하고 있어. 우리 목표는 여러 가지지만, 결국 이 세상을 더 나은 곳으로 만드는 거란다. 우리는 영적 계몽뿐 아니라 과학과 자유를 증진하려 해.」

「그게 나랑 무슨 상관이에요?」

로버타는 미소 지으며 잠시 말을 멈춘다. 미소가 사라진 뒤 다시 입을 연다. 「난 너한테 걸려 있는 혐의를 없애 줄 거야, 리사. 하지만 그보다 더 중요한 건, 내가 널 그 휠체어에서 내리게 하고 새로운 척추를 줄 거라는 점이야.」

리사는 그녀를 돌아본다. 지금 이 순간 정리하기엔 너무도 복잡한 감정이 차오른다. 「아니, 안 돼요! 언와인드의 척추를 거부하는 건 내 권리예요.」

「그래, 맞아.」 로버타는 지나치게 침착한 목소리로 말한다. 「하지만 난 네가 생각을 바꾸게 될 거라고 단단히 믿고 있어.」

리사는 팔짱을 낀다. 그녀의 믿음은 로버타의 믿음보다 더 단단하다.

리사는 다시 묵살당한다. 하지만 놈들은 조바심이 나는 게 분명하다. 이번에는 겨우 이틀밖에 지나지 않았는데 로버타가 돌아온다. 그리고 걸을 수 있는 사람만을 위한 의자에 한 번 더 앉는다. 그녀는 파일을 들고 있다. 다만 그 안에 뭐가 들어 있는지는 보이지 않는다.

「내 제안에 대해서 생각해 봤니?」 로버타가 묻는다.

「생각할 필요도 없어요. 이미 답했으니까.」

「원칙을 지키면서 언와인드의 척추를 거부하는 건 아주 고귀한 일이야.」 로버타가 말한다. 「하지만 그런 태도는 생산적이지도, 적응에 도움이 되지도 않아. 그저 잘못된 사고방식일 뿐이지. 실제로는 퇴보적인 행동이야. 그래서 네가 문제의 일부가 되는 거고.」

「휠체어도, 〈잘못된 사고방식〉도 계속 유지할 계획인데요.」

「그래, 네 선택이니까. 부정하지는 않을게.」 로버타는 의자에 앉은 채 움직인다. 짜증이 난 것이거나, 기대감을 품고 있는 것일지도 모른다. 「네가 만나야 할 사람이 있어.」 그녀는 자리에서 일어나 문을 연다. 리사는 누군지는 몰라도 그 사람이 일방향 거울 너머에서 자신을 지켜보고 있었다는 걸 안다.

「이제 들어와도 돼.」 로버타가 밝은 목소리로 말한다.

한 소년이 조심스레 들어온다. 열여섯 살쯤으로 보인다. 다양한 색깔의 피부와 다양한 색깔의 머리카락을 가지고 있다. 처음에 리사는 그게 일종의 극단적인 신체 변형일 거라고 여긴다. 하지만 단지 그것만이 아니라는 걸 빠르게 깨닫는다. 그에게는 어딘가 본질적으로, 심오하게 잘못된 부분이 있다.

「안녕.」 그가 완벽한 치아로 조심스럽게 미소 지으며 말한다. 「난 캠이야. 널 만나기만을 기대해 왔어, 리사.」

리사는 뒤로 물러난다. 휠체어가 벽에 부딪힌다. 그제야 그녀는 지금 자신이 보고 있는 게 무엇인지 정확히 이해한다. 이 소년이 왜 그렇게까지 〈잘못돼〉 보이는지. 리사는 이 피조물에 대한 뉴스 보도를 본 적이 있다. 그녀는 살갗이 오그라드는 것만 같다. 지금 보이는 것에서 도망칠 수 있다면 완전히 쪼그라든 채 통풍구라도 기어들었을 것이다.

「저거 치워! 역겨워! 치우라고!」

소년의 표정은 리사의 두려움을 그대로 비춘다. 그도 물러나 벽에 부딪힌다.

「괜찮아, 캠.」 로버타가 말한다. 「사람들은 늘 너한테 익숙해지는 데 시간이 필요하잖아. 저 애도 곧 괜찮아질 거야.」 로버타는 캠에게 의자를 권한다. 하지만 캠은 여기서 탈출하고 싶은 눈치다. 리사만큼이나 간절하게.

리사는 캠을 보지 않으려고 로버타에게 시선을 고정한다. 「저거 여기서 치우라고 했어요.」

「난 물건이 아니야.」 캠이 주장한다.

리사는 고개를 젓는다. 「아니, 넌 물건이야.」 리사는 여전히 그를 보지 않는다. 「저걸 여기서 치우라고. 아니면 맨손으로 저것의 몸을 이루고 있는 훔친 부위를 전부 뜯어 버릴 테니까.」

리사는 결국 참지 못하고 캠을 본다. 그 존재가 누군가에게서 훔쳐 온 눈물샘으로 눈물을 흘리기 시작했다. 그 모습에 화가 난다.

「깊이 찌른 단검.」 캠이 말한다. 리사는 그가 무슨 말을 하는지 전혀 모르지만, 사실 관심도 없다.

「안 보이는 데로 치우라고!」 리사가 로버타에게 소리 지른다. 「당신이 조금이라도 품위 있는 존재라면 저걸 죽여!」

로버타는 한참 그녀를 바라보더니 캠을 돌아본다. 「가도 돼, 캠. 밖에서 기다려.」

캠은 재빨리, 어색하게 떠난다. 로버타가 문을 닫는다. 이제 그녀는 열을 내고 있다. 리사가 이번 일에서 뭐라도 긍정적인 것을 끌어낼 수 있었다면, 바로 로버타에게 한 방 먹였다는 것이다.

「너, 잔인한 애로구나.」 로버타가 말한다.

「저런 걸 만든 당신은 괴물이고.」

「우리가 누군지는 역사가 판단하겠지. 우리가 한 일에 대해서도.」 그러더니 그녀는 탁자에 종이 한 장을 내려놓는다. 「이건 동의서야. 서명하면, 넌 이번 주가 끝날 무렵 제대로 움직이는 새 척추를 받을 수 있어.」

리사는 종이를 집어 갈가리 찢고 공중에 던진다. 로버타는 이런 일을 예상했는지 즉시 두 번째 동의서를 꺼내 다시 탁자에 내려놓는다.

「넌 치유될 거야. 오늘 캠에게 못되게 군 것에 대해서도 보상하게 되겠지.」

「이번 생에는 안 될걸. 다른 어떤 생에도.」

로버타는 무언가를 안다는 듯 더 미소 짓는다. 「그럼…… 네가 갑자기 마음을 바꾸기를 기대하자꾸나.」 그녀는 펜과 동의서를 남겨 두고 감방을 나선다.

리사는 한참 뒤에야 동의서를 본다. 그녀는 자신이 서명하지 않으리라는 걸 안다. 하지만 저 사람들이 서명을 원한다는 사실에 흥미가 생긴다. 리사의 망가진 몸을 고치는 일이 저들에게 왜 저렇게까지 중요한 걸까? 그 답은 한 가지뿐이다. 어떤 이유에서인지는 몰라도, 리사는 자신이 생각했던 것보다 훨씬 더 중요한 존재다. 양쪽 모두에게.

29
캠

 캠은 관찰실에 앉아 있다. 그는 인정하기 싫을 만큼 자주 이곳을 찾았다. 리사를 엿보기 위해서였다. 일방향 거울을 통해 봐도 된다는 공식적인 허락이 떨어졌으니 감시라고 불러야겠지만.

 유리 너머에서, 리사는 로버타가 두고 간 계약서를 보고 있다. 얼굴은 돌처럼 굳었고 입은 꽉 다물려 있다. 마침내 그녀가 종이를 집어 들더니…… 종이비행기를 접어 거울에 던진다. 캠은 자기도 모르게 움찔한다. 그는 리사가 자신을 볼 수 없다는 걸 안다. 그런데도 리사는 거울의 어느 지점을 빤히 들여다본다. 거의 눈이 마주칠 만한 지점이다. 잠시 캠은 리사가 유리를 통해 자신을 꿰뚫어 보고 있다고 느낀다. 시선을 돌릴 수밖에 없다.

 리사가 자신을 싫어한다는 사실이 싫다. 예상했던 일이지만, 그래도 리사의 말은 깊은 상처를 남겼고, 그녀에게 마주 상처를 입히고 싶다는 충동을 느끼게 했다. 하지만 안 된다. 그건 단지 그의 머릿속에 있는 다양한 언와인드들의 반응일 뿐이다. 아주 조금만 도발해도 성질을 터뜨리는 아이들의 반응. 캠은 그런 충동에 넘어가지 않을 것이다. 그에게는 감정을 통제하고 균형을 맞게 해주는 이성적인 부위가 있다. 그는 로버타가 말했듯, 새로운 패러다임이다. 그는 인류가 될 수 있고 되어야 하는 존재의 새로운 모범이다. 세상은 언젠가 그에게 익숙해질 것이고, 시간이 지나면 그를 존경할 것이다. 리사도 마찬가지다.

로버타가 방으로 들어와 그의 뒤에 선다. 그리고 조용히 말한다. 「여기 있어 봤자 의미 없어.」

「예리고.」[15] 그가 말한다. 「리사는 요새지만 무너질 거예요. 내가 알아요.」

로버타가 그에게 미소 짓는다. 「네가 저 애의 마음을 얻으리라는 건 의심하지 않아. 어쩌면 네 생각보다 빨리 저 애가 마음을 바꿀 것 같구나.」

캠은 로버타의 미소에서 행간을 읽으려 하지만, 그녀는 아무것도 내보이지 않는다. 「카나리아를 삼킨 고양이. 당신이 비밀을 간직할 때가 싫어요.」

「비밀이 아니야.」 로버타가 그에게 말한다. 「그냥 인간 본성에 대한 변함없는 신뢰랄까. 이제 가자, 사진 찍을 시간이 됐어.」

캠은 한숨을 쉰다. 「또 찍어요?」

「기자 회견이 낫겠어?」

「눈을 찌르는 날카로운 막대기? 사양할게요!」

---

15 성경 『여호수아』서에 등장하는 가나안의 요새.

캠은 이 새로운 미디어 전략이 기자 회견이나 인터뷰보다 훨씬 효과적이라는 걸 인정해야 했다. 로버타와 능동적 시민에 소속된 그녀의 친구들은 일류 광고 캠페인을 만들어 냈다. 게시판, 인쇄 매체, 디지털 전광판까지. 단지 이미지일 뿐이지만, 광고는 강력하다.

첫 번째 광고는 그의 다양한 신체 부위를 극도로 클로즈업한 것이다. 눈, 다양한 색깔의 머리카락, 이마의 별무늬 피부. 각 이미지에는 간결하면서도 수수께끼 같은 자막이 붙을 것이다. 〈때가 왔다〉든지, 〈밝은 내일〉 같은. 그 외에는 아무런 단서도 주지 않을 것이다. 그러다가 대중의 호기심이 최고조에 이르렀을 때 2단계로 넘어간다. 그때서야 그의 얼굴과 몸, 마지막으로 전신이 공개될 것이다.

「우린 널 중심으로 신비한 느낌을 만들어 낼 거야.」 로버타가 말했다. 「이국적인 것에 매료되게 만드는 거지, 사람들이 더 보고 싶어서 안달할 때까지.」

「스트립쇼네요.」 캠은 그렇게 말했었다.

「비슷한 콘셉트를 강화한 거라고 할 수 있겠지.」 로버타가 인정했다. 「광고가 공개되는 순간, 사람들은 널 기이한 존재가 아니라 유명 인사로 보게 될 거야. 네가 마침내 인터뷰를 하기로 하면, 우리가 원하는 조건으로 할 수 있겠지.」

「내가 원하는 조건이겠죠.」 캠이 로버타의 말을 고쳤다.

「그래, 당연하지. 네가 원하는 조건.」

일방향 거울로 리사를 지켜보는 지금, 캠은 대체 어떤 방법을 써야 리사도 자신의 조건에 따라 움직이게 할 수 있을지 궁금하다. 로버타는 캠에게 원하는 건 뭐든 가질 수 있다고 말했다. 하지만 그가 가장 원하는 것이 리사가 자유 의지에 따라 그를 선택하는 것이라면?

「캠, 부탁이야. 가자. 아니면 늦어.」

캠은 일어서지만, 떠나기 전 마지막으로 거울 너머 리사를 한 번 더 본다. 리사는 힘겹게 침대에 올라가 있다. 이제 그녀는 똑바로 누워 시무룩하게 천장을 보고 있다. 그러더니 이내 눈을 감는다.

영원히 잠자는 공주. 캠은 생각한다. 하지만 네 심장을 둘러싼, 독이 든 가시덤불에서 널 구해 낼게. 그러면 넌 나를 사랑할 수 밖에 없을 거야.

30
넬슨

 장기 해적이 된 전직 청소년 전담 경찰은 곁길로 빠져 가장 성공적인 덫 중 하나를 확인하러 간다. 하지만 그 덫은 유감스러운 곳에 있다. 폭풍이 오면 홍수가 나는 저지대 들판에 있기 때문이다. 물에 빠져 죽은 무단이탈자만큼 짜증스러운 건 없다. 그런 무단이탈자를 치우는 일이라면 더더욱. 그는 차라리 안전 가옥을 찾아다니고 싶다. 어딘가에 코너 래시터가 있으리라는 희망을 품고 말이다. 하지만 중서부 전역에 대규모 폭풍이 예보된 지금 이 덫을 확인하는 데는 그만한 보람이 있다.

 그 덫은 콘크리트 배수 파이프의 일부다. 높이 1.5미터, 길이 6미터에 달하는 콘크리트 원기둥들이 몇 년 동안 아무도 경작하지 않은 휴경지에 흩어져 있다. 전부 오래전에 취소된 공공사업의 흔적이다. 무단이탈 언와인드들에게는 훌륭한 은신처다. 사실, 그런 터널 하나에는 한가운데에 통조림이 쌓여 있다. 바로 그 원기둥의 안쪽에는 엄청나게 강력한 접착제가 발려 있다. 하도 집요하게 옷과 피부에 달라붙어, 파이프에 걸려든 사람은 누구나 콘크리트에 못 박힌 신세가 된다. 넬슨은 다른 사람들이 바퀴벌레를 잡는 방법으로 언와인드를 잡을 수 있다는 점이 유쾌하게 느껴진다.

아니나 다를까, 파이프 안에 아이 하나가 갇혀 있다. 「도와주세요!」 소년이 소리친다. 거미줄에 걸린 파리 같다. 「도와주세요, 제발!」 아이는 깡말랐고 여드름 범벅이다. 담배를 씹어서 노래졌거나 그냥 유전자가 나빠서 노랗게 변한, 휘어진 치아를 가지고 있다. 아주 좋은 종자는 아니다. 암시장에서는 별로 돈이 되지 않을 것이다. 그의 머리카락에 접착제가 잔뜩 엉겨 붙어 있다. 다만 머리카락이 깨끗했어도 별로 나아 보이지 않았을 것 같다.

「세상에! 어떻게 된 거니?」 넬슨은 걱정하는 척하며 말한다.

「풀 같은 거예요! 빠져나갈 수가 없어요!」

「그래.」 넬슨이 말한다. 「내가 꺼내 줄게. 밴 안에 접착제 제거제가 있어.」 사실 그는 이미 제거제를 가지고 있다. 그는 멀어져 갔다가 돌아오는 시늉을 하고, 고약한 냄새가 나는 헝겊을 액체에 적신 뒤 터널로 기어 들어가 아이의 옷과 피부를 닦기 시작한다. 아이는 조금씩 접착제에서 떨어져 나온다.

「감사합니다, 아저씨.」 아이가 말한다. 「정말 감사해요!」 넬슨은 밖으로 나와, 끈적끈적한 접착제로 범벅이 된 아이가 기어 나올 때까지 터널 입구에서 기다린다. 아기가 태어나는 것만큼이나 고약한 장면이다. 빛을 보고 나서 이 멍청한 아이의 머릿속에 무언가 떠오른다. 「아니, 잠깐……. 대체 누가 접착제 제거제를 들고 다니는 거죠? 혹시…….」

넬슨은 아이에게 생각을 마무리할 기회를 주지 않는다. 아이를 붙잡아 두 팔을 등 뒤로 비틀고 그의 손목에 플라스틱 케이블 타이를 감아 당긴다. 그런 다음, 넬슨은 그를 땅에 밀치며 DNA 판독기로 찌른다.

「윌리엄 요츠.」 넬슨이 말하자 아이가 신음한다. 「나흘 동안 무단이탈 상태였군. 숨는 솜씨가 별로 좋진 않은데?」

「날 잡아들일 수는 없어.」 요츠가 소리 지른다. 「난 못 잡아들여!」

「그래, 안 잡아들여.」 넬슨이 말한다. 「너는 어디 〈들어가는〉 게 아니라 〈올라가게〉 될 거야. 말하자면, 암시장 경매대에 올라가는 거지. 짤랑짤랑!」

아이의 얼굴이 창백해지는 동시에 붉어진다. 온 얼굴이 얼룩덜룩해진다. 넬슨은 불쑥 아이에게 피하 주사를 놓는다. 아이는 몹시 놀라지만 진정제는 아니다. 「항생제다.」 그가 말한다. 「네가 저 파이프 안에 있을 때 네 체내에 기어든 병을 뭐든 치워 주는 거지. 그전에 있었던 병까지. 어쨌든, 대부분은 말이야.」

「제발요, 아저씨. 이러지 않아도 되잖아요. 제발…….」

넬슨은 무릎을 꿇고 그를 자세히 살펴본다.

「하나 말해 주지.」 그가 말한다. 「난 네 눈이 좋아. 그래서 한 가지 거래를 제안하마.」

그는 케이블 타이를 끊고 늘 제안하는 거래를 제안한다. 카운트다운. 도망칠 기회. 무단이탈자들은 이 게임이 조작이라는 것을 절대 깨닫지 못한다. 넬슨이 원하는 만큼 빠르게 숫자를 헤아릴 수 있다는 생각을 결코 하지 못하고, 그의 사격 솜씨가 아주, 아주 뛰어나다는 것도 모른다.

이 소년도 다른 아이들과 마찬가지로 자신이 도망칠 수 있을 거라 생각한다. 넬슨이 수를 세는 동안 그는 달려 나가다가 들판에서 넘어진다. 다시 몸을 일으킨다. 넬슨이 〈여덟〉까지 세고 총을 들어 올릴 때, 아이는 도로 근처에 있다. 「아홉.」 표적이, 아이의 등에 그려진 옷 로고가 선명히 보인다. 「열!」 넬슨은 총을 내린다. 쏘지 않는다. 대신 아이가 도로를 가로질러 달려가다가 거의 차에 치일 뻔하는 장면을 지켜본다. 자동차는 아이를 돌아서 달려간다. 아이는 숲속으로 사라진다.

넬슨은 자신의 자제력에 박수를 보낸다. 아이를 쓰러뜨리는 것은 너무도 쉬웠을 것이다. 하지만 그는 이 무단이탈자에게 다른 계획을 세워 두었다. 그가 아이에게 놓은 주사는 항생제가 아니다. 초미세 추적 칩이다. 멸종 위기 동물의 개체 수를 추적하는 데 사용하는 것과 같은 종류다. 저 아이는 넬슨이 새로운 임무를 시작한 후, 이름표를 달아 야생에 놓아준 네 번째 무단이탈자다. 운이 조금이라도 따라 준다면, 저 아이는 저항군에게 잡혀 코너 래시터가 틀어박혀 있는 무단이탈자 피난처까지 가는 길을 안내해 줄 것이다. 그때까지는 추적해야 할 지역의 단서가 충분히 있다. 넬슨은 미소 짓는다. 목표가 있다는 건 좋은 일이다. 기대할 만한 즐거움이다.

31
미라콜리나

미라콜리나는 몇 주에 걸쳐 반분열 저항군의 포로 생활과 프로그램 해제를 견뎌 내지만, 절대 자신의 핵심을 포기하지 않는다. 결코 그들이 가르치려는 것에 굴복하지 않는다. 미라콜리나는 전 십일조로 이루어진 작은 세계 안에서 제대로 기능하는 방법을 배웠고 그들이 기대하는 행동을 했다. 그들이 미라콜리나를 가만히 내버려둘 때는 말이다. 더 많은 십일조가 들어왔고, 어떤 십일조들은 가족에 배치되어 새로운 신분을 받았다. 미라콜리나를 위한 계획은 없다. 반쯤 협조적이라지만 그녀는 여전히 지나치게 위험하다. 하지만 그들은 미라콜리나가 어떤 계획을 세우고 있는지 전혀 모른다.

미라콜리나는 자신이 어떤 도전이든 맞설 수 있다고 믿는다. 그녀는 대부분의 십일조와 달리 보호받으며 자라지 않았다. 거친 길거리의 아이는 아니었지만, 자신이 세상 물정에 밝다고 자부한다. 벨벳 장갑을 낀 저항군의 주먹에서 탈출하는 것은 어려운 일이겠지만, 도저히 불가능한 일은 아니다.

레브는 처음부터 미라콜리나에게 탈출 시도는 무의미하다

고 경고했다. 「사방에 진정탄 소총을 가진 저격수들이 있어.」 그는 일부러 절망적으로 들리도록 말한다. 하지만 그 속에도 유용한 정보는 숨어 있다. 레브는 울타리가 있기는 하지만 전기가 흐르지는 않는다는 사실을 실수로 흘렸다. 좋은 정보다.

미라콜리나는 거대한 저택에서 자신이 접근할 수 있는 모든 곳을 탐험한다. 쓰이지 않는, 황폐한 방들과 복구하기에는 너무 망가져 버린 복도에 특히 관심을 기울인다. 대부분의 창문은 널빤지가 막혀 있고, 바깥으로 통하는 문은 모두 잠겨 있다. 하지만 잊힌 장소일수록 자물쇠는 믿음직스럽지 못하다. 맹꽁이자물쇠를 거는 걸쇠는 걸쇠가 박힌 나무만큼이나 허술하다. 정원 문에 달린 자물쇠가 그런 식이다. 그 문에는 기분 나쁘게 흰개미가 들끓는다. 미라콜리나는 나중에 살펴볼 수 있도록 그 정보를 정리해 둔다.

전 십일조들의 식사는 보통 한창때의 캐버노 가문 수집품이었을 이 빠진 사기그릇에 담겨 나온다. 하지만 일요일은 예외다. 가장 좋은 식기가 등장한다. 그중에는 은으로 된 대접시도 있다. 미라콜리나는 그 접시를 셔츠 안에 숨겨 갑옷처럼 활용할 수 있을 것이다. 이번에도 미라콜리나는 그 정보를 정리해 둔다. 나중에 살펴볼 수 있도록.

이제 그녀에게 필요한 것은 양동 작전뿐이다. 저택 안에서만이 아니라 밖에서도 쓸 수 있는 작전이어야 한다. 불행히도 미라콜리나는 적의 관심을 돌릴 만한 무언가를 만들어 낼 수 없다. 그러므로 때를 기다린다. 기회가 알아서 나타나리라 믿는다. 일요일 밤의 토네이도 구경 같은 기회 말이다.

일요일 저녁, 식사 시간부터 바람이 거세지기 시작한다. 다가오는 폭풍에 대한 이야기가 아이들 사이에 웅성웅성 번져 간다. 누군가는 겁을 내고 누군가는 흥분한다. 레브의 빈자리가 눈에 띈다. 폭풍을 피하려고 떠난 걸지도 모른다. 그의 보호자들이 그를 더 안전한 곳으로 데려갔을 것이다. 식사가 끝났을 때 미라콜리나는 은대접시 두어 개를 주방으로 가져가는 척한다. 그러고는 슬쩍한다.

「그럴 필요 없어, 미라콜리나.」 교사 중 한 명이 말한다.

「괜찮아요, 저는.」 미라콜리나는 미소 지으며 대답한다. 교사가 마주 미소 짓는다. 이제야 미라콜리나가 적응한 걸 보고 기뻐한다.

폭풍은 봄철 폭풍이 그렇듯 갑작스럽고 격렬하게 몰아친다. 경고하듯 바람이 분 뒤 하늘이 찢어진 듯 물이 쏟아진다. 비가 지붕에 난 구멍으로 아직 수리되지 않은 구역에 퍼붓는다. 레브가 처음 미라콜리나를 맞이했던 무도회장은 2센티미터쯤 물에 잠긴다. 침실의 새는 곳에 받쳐 둔 냄비가 가득 차서 수시로 비워 줘야 한다. 가라앉는 배의 물을 퍼내는 것 같다. 기상 예보 채널에서는 토네이도 경보로 빨갛게 깜빡이는, 화난 듯한 미시간주 카운티들을 보여 준다.

「걱정하지 마.」 교사 중 한 명이 말한다. 「우리 지역에 토네이도 경보가 내리면, 들어갈 지하실이 있어.」 경보는 실제로 내린다. 정확히 8시 43분이다.

직원들은 즉시 아이들을 모으기 시작한다. 번개가 치고 아이들이 불안해하기에 모두를 챙기기는 어렵다. 혼란 속에서 미라콜리나는 대접시 몇 개를 가지고 몰래 빠져나가 샛길로 사라진다. 그녀는 서둘러 흰개미가 들끓는 문으로 향한다.

그녀는 문 앞에 서서 대접시를 셔츠 안으로, 앞뒤에 모두 집어넣는다. 접시는 차갑고 불편하지만 꼭 필요하다. 그녀는 비교적 작은 접시 두 개를 운동복 바지 뒤에 집어넣어 엉덩이 보호구로 삼는다. 번개가 세게 번쩍이며 하늘을 채우기를 기다렸다가, 몇 초 뒤 천둥이 울리는 순간 어깨로 문을 들이받는다. 두 번째 시도에 문이 열린다. 아직 천둥이 치고 있어서 문이 열리는 소리가 묻힌다.

망가진 정원 한가운데에는 아직 오솔길의 흔적이 있다. 미라콜리나는 그 길을 따라 달려간다. 흠뻑 젖는다. 빗물 때문에 앞이 거의 보이지 않는다. 그녀는 숲으로 이어지는 잡초투성이 공터를 지난다. 그곳은 누구나 뻔히 볼 수 있는 곳이다. 적외선 렌즈를 쓰면 장막 같은 비 너머도 볼 수 있을지 궁금해진다. 미라콜리나는 금속이 전도체임을 안다. 머릿속 한구석에는 번개가 자신을 찾아올지 모른다는 두려움이 맴돈다. 하지만 그런 일은 벌어지지 않을 거라고 믿을 수밖에 없다. 그녀는 신이 그녀를 위해, 그녀가 도망칠 수 있도록 이 폭풍을 일으켰다고 믿어야만 한다. 정말로 번개에 맞는다면, 그것도 하늘의 뜻이 아니겠는가? 그녀는 조용히 기도한다.

「주님, 제가 하는 일이 잘못된 것이라면 모든 수단을 다해 저를 쓰러뜨리소서. 그게 아니라면 저를 자유롭게 해주세요.」

32
레브

 신은 번개를 내려 준다. 미라콜리나를 쓰러뜨리는 번개가 아니라, 모두가 볼 수 있도록 그녀를 비추는 번개다. 우연히 그녀를 본 사람이라면 누구든.

 아이들은 이미 지하실에 들어갔거나 그리로 가는 길이다. 오래된 캐버노 저택은 토네이도를 견딜 수 없을지도 모르지만, 지하실은 토네이도의 힘을 견뎌 낼 수 있을 것이다. 레브는 천천히 움직인다. 그는 늘 폭풍을 사랑했다. 방에는 창문까지 있고, 그는 잠시 뜸을 들여 자연의 벌거벗은 폭력을 지켜본다. 돌풍이 창문을 깨뜨릴 만큼 심하게 흔들어 댄다. 갑자기 기다란 번개의 섬광이 내리친다. 그 속에서, 누군가가 숲을 향해 달려가는 모습이 보인다. 잠시뿐이지만, 레브는 그 사람이 누구인지 정확히 안다. 비록 얼굴은 안 보이지만.

33
미라콜리나

미라콜리나는 첫 번째 총성은 듣지 못하지만, 등에 묶은 대접시에 부딪히는 화살의 충격은 느낄 수 있다. 가시 돋친 화살촉이 운동복 천에 걸린다. 쏜 사람이 어디에 있는지는 모르겠다. 뒤에 있다는 것만 알 뿐이다. 저격수들이 폭풍을 피해 자리를 비웠기를 바랐지만 최소한 한 명이, 어쩌면 더 많은 사람이 여전히 자리를 지키고 있다. 아마 이 폭풍이 아직 프로그램 해제되지 않은 아이들에게는 분명한 절호의 기회라는 것을 알았으리라.

또 한 발의 화살이 휙 소리를 내며 날아들어 아슬아슬하게 그녀를 지나쳐 간다. 다른 방향에서 날아든 화살이다. 아직 자리를 지키고 있는 저격수가 더 있다. 미라콜리나는 그들이 머리를 쏘는 위험을 감수하기보다는 몸을 노리라는 것을 안다. 그래서 팔을 몸에 바짝 붙이고 표적을 최소화한다. 또 다른 화살이 그녀의 엉덩이를 덮은 작은 접시 중 하나에 맞는다. 하마터면 그 접시들을 넣지 않을 뻔했다. 그게 달리는 데 방해가 되기 때문이다. 지금은 접시를 넣은 게 다행스럽다. 이번에 화살은 걸리지 않고 그야말로 튕겨 나온다.

순식간에 미라콜리나는 숲으로 들어선다. 주위에서 나무들이 얼굴을 채찍질하고 있다. 이 숲에 저격수가 있을 리 없다. 화살은 저택에서 날아오는 것일 가능성이 높다. 미라콜리나는 가장 헌신적인 저격수라도 토네이도가 다가오는 위험의 한복판에서 숲속에 나와 있지는 않으리라고 생각한다. 그녀는 자신이 어느 방향으로 달려가는지 모르지만, 저택에서 멀어지는 쪽이라면 어느 방향이든 맞다. 결국 울타리에 다다를 것이다. 그 울타리가 기어오를 수 없을 만큼 높지 않기를 바랄 뿐이다.

앞이 거의 보이지 않는 가운데 번개의 섬광이 언뜻 주변을 밝힌다. 미라콜리나는 옷이 찢어졌고 얼굴은 채찍처럼 내리치는 나뭇가지에 긁혔다. 그녀는 진창에 빠지지만 휘청거리며 일어나 계속 나아간다. 그때, 섬광 속에서 눈앞의 철조망이 보인다. 약 2.5미터 높이다. 맨 위에는 가시철조망이 있다. 긁히고 베이겠지만, 그건 괜찮다. 그녀는 언와인드되기 전에 모든 상처가 치유되리라 확신한다.

숨이 차고 체력이 거의 소진된 상태에서 미라콜리나는 울타리에 몸을 던진다. 그러나 막 닿기 직전에, 그녀보다 빠른 누군가에게 부딪힌다. 미라콜리나는 바닥에 쓰러지며 젖은 바닥에 넘어진다. 상대의 얼굴을 언뜻 보았을 뿐이지만, 그것만으로도 그의 정체를 알 수 있다. 황금의 아이, 레브가 직접 그녀를 잡으러 왔다.

「이거 놔!」 미라콜리나는 레브를 밀치고 할퀴며 소리친다. 가슴에서 대접시를 꺼내 휘두른다. 묵직한 소리와 함께 레브의 머리를 강타한다. 레브는 넘어지지만 바로 다시 일어선다.

「꼭 그래야 한다면, 이걸로 네 머리를 부숴 버릴 거야!」미라콜리나가 외친다. 「가게 해줘. 저 사람들이 널 숭배하든 말든, 네가 저 사람들의 수호성인이든 아니든 관심 없어. 난 갈 거고, 넌 날 막을 수 없어!」

그러자 레브가 물러난다. 그는 숨을 몰아쉬며 말한다. 「나도 같이 가.」

미라콜리나가 예상했던 말은 아니다.

「뭐?」

「더는 여기 일에 낄 수 없어. 저 사람들이 나한테 원하는 존재가 될 수 없어. 나는 누구의 수호성인도 아니야. 저 사람들은 나 없이도 얼마든지 십일조들을 구할 수 있어. 그러니까 나도 떠날 거야.」

미라콜리나에게는 이게 속임수인지 아닌지 판단할 시간이 없다. 심지어 그가 하는 말을 이해할 시간도 없다. 하지만 레브의 말이 사실이라면, 그의 진심을 시험할 수는 있다.

「날 울타리 위로 올려 줘.」

레브는 망설임 없이 그렇게 한다. 그는 미라콜리나가 올라가도록 도와준다. 미라콜리나는 건너편으로 내려가다가 철조망에 긁히지만, 적어도 울타리를 넘어오긴 했다! 그때 레브가, 그녀가 간수라고 여겼던 소년이 울타리를 넘어와 그녀와 합류한다.

「길이 하나 있어.」레브가 말한다. 「아마 숲속으로 백 미터쯤 가야 할 거야. 거기서 차를 얻어 탈 수 있을 거야.」

「오늘 같은 밤에 누가 차를 몰고 다니겠어?」

「간절하게 어딘가로 가고 싶어 하는 사람은 언제나 있어.」

그들이 도로에 이르렀을 때, 바람이 잠시 잦아든다. 하지만 토네이도가 불 때는 그런 날씨가 좋은 징조일 수도 있고, 나쁜 징조일 수도 있다. 아직 우박은 보이지 않는다. 우박은 더 나쁜 일이 다가오고 있다는 확실한 징조다.

아니나 다를까, 2차선 도로에 차들이 다닌다. 많지는 않다. 그냥 1~2분에 한 대씩 지나갈 뿐이다. 하지만 그들에게 필요한 차는 한 대뿐이다.

「폭풍이 지나갈 때까지는 우리가 사라졌다는 걸 모를 거야.」 레브가 말한다. 「누가 우리를 태워 주면, 저택이나 우리가 거기에서 하는 일에 대해서는 말하지 않겠다고 약속해.」

「난 그런 약속 안 해.」 미라콜리나가 말한다.

「제발.」 레브가 애원한다. 「거기 있는 애들은 너랑 달라. 십일조가 되고 싶어 하지 않아. 그 애들이 선택하지도 않은 일을 당하게 하지 마.」

미라콜리나의 본능을 거스르는 일이지만, 지금은 옳고 그름의 경계가 너무 흐려 그녀는 이렇게 말한다. 「알았어. 말 안 할게.」

「이야기를 지어내자.」 레브가 제안한다. 「우린 자전거를 타러 나갔다가 폭풍에 갇힌 거야. 뭐든 내가 하는 말에 장단을 맞춰. 그런 다음, 누가 우리를 내려 주고 나서도 네가 정말 십일조가 되고 싶다면 가서 자수해. 막지 않을게.」

레브가 모든 일을 그렇게 쉽게 만들 거라는 생각은 들지 않지만 미라콜리나는 동의한다.

「넌? 넌 어디로 가게?」

「모르겠어.」 레브가 말한다. 그렇게 말하는 레브의 눈에서 불똥이 튀어, 미라콜리나는 그가 가장 원하는 것이 아무것도 모르는 상태에서 시작해 보는 것임을 알 수 있다.

헤드라이트가 다가오고 바람이 다시 거세진다. 그들은 팔을 흔든다. 그 자동차, 밴은 길 옆에 멈춰 선다. 창문이 내려가자 그들은 서둘러 밴으로 다가간다.

「세상에, 이런 날씨에 뭘 하고 있는 거야?」 운전자가 말한다.

「자전거를 타고 있었어요. 폭풍이 오는 줄 모르고요.」 레브가 말한다.

「자전거는 어디 있고?」

「저 뒤에 두고 왔어요.」 미라콜리나가 끼어든다.

「폭풍이 지나가면 와서 찾아가려고요.」 레브가 말한다. 「토네이도 경보가 내렸는데…… 저흰 여기서 나가기만 하면 돼요. 도와주실 수 있을까요?」

「당연하지.」 운전자가 잠금장치를 푼다. 레브는 문을 연다. 그 순간 자동차 안의 조명이 켜지며 남자의 얼굴을 비춘다. 비록 이 순간에는 문자 그대로 폭풍을 피해 숨을 항구가 필요하지만, 미라콜리나는 남자의 얼굴을 보고 어쩔 수 없이 약간 곤혹스러워진다. 그의 얼굴에는 어딘가 이상한 점이 있다. 그냥 눈이 문제인지도 모르겠다.

34
레브

레브는 운전자에게 별 관심을 기울이지 않는다. 그냥 폭풍을 피하고 도금된 새장에서 벗어나게 해줄 이동 수단이 생겼다는 게 반가울 뿐이다. 미라콜리나에게는 거짓말을 했다. 그는 미라콜리나가 청소년 전담국에 자수하게 놔둘 생각이 없다. 그녀를 막을 수 없을지도 모른다는 건 알지만, 그게 시도조차 하지 않겠다는 뜻은 아니다.

차가 달리는 동안 돌풍이 밴을 도로 밖으로 밀어 내려 한다. 운전자는 두 손으로 운전대를 잡고 바람과 싸운다. 「대단한 폭풍이네. 그렇지?」 남자는 룸미러로 레브를 힐끗거리며 말한다. 레브는 그의 시선을 피한다. 그가 절대 원하지 않는 게 있다면 〈그 박수도 녀석〉이라는 정체를 들키는 것이다.

「뒤는 편안하냐?」 남자가 묻는다. 그는 아직 목적지를 묻지 않았다. 레브는 피할 수 없는 그 질문이 나올 때를 대비해, 이 근처 마을의 이름을 머릿속으로 돌려 본다.

밖에서는 빗줄기가 거의 수직에 가깝게 유리창을 그어 댄다. 와이퍼로도 따라잡지 못할 정도다. 결국 차를 세워야만 한다.

남자가 그들을 돌아본다.

「토네이도 경보랬지? 우리가 오즈의 나라로 옮겨지려나?」 그는 지금 상황에 어울리지 않게 쾌활해 보인다.

「집에 일찍 갈수록 좋죠.」 미라콜리나가 말한다.

「그래. 하지만 너흰 집으로 가는 게 아니잖아.」 그가 말한다. 목소리는 여전히 쾌활한 어조다. 「그건 우리 모두가 알잖아?」

미라콜리나가 레브에게 걱정스러운 시선을 던진다. 남자는 레브에게 시선을 고정하고 있다. 그제야 레브는 그의 눈이 서로 맞지 않는다는 걸 알아차린다. 그 모습을 보니 폭풍과는 아무 상관 없는 한기가 든다.

「네가 날 기억 못 하는 건 알겠다, 콜더 군. 지난번에 만났을 때 넌 정신을 잃고 있었거든. 하지만 난 확실히 널 기억해.」

레브가 밴의 문으로 손을 뻗는다. 잠겨 있다. 잠금장치를 풀 방법은 보이지 않는다.

「레브!」 미라콜리나가 소리친다. 레브가 돌아보니 남자가 진정탄 총을 들고 있다. 이렇게 가까운 거리에서 쏘기에는 지나치게 크고 고약해 보인다. 묵직한 우박이 밴을 두들겨 대기 시작한다. 남자는 그 소리에 묻히지 않기 위해 소리친다.

「처음에 널 쏜 건 실수였어.」 그가 말한다. 「이번엔 아니야.」 그는 더 말할 새도 없이 진정탄을 쏜다. 총성이 두 번 울린다. 레브는 미라콜리나의 눈이 뒤로 넘어가며 그녀가 의자에 푹 고꾸라지는 모습을 본다. 그런 뒤에는 그 역시 아래로, 아래로, 아래로 빙빙 돌기 시작한다. 밖에서는 우박 소리가 지옥을 가로지르는 화물 열차처럼 굉음을 울린다.

35
넬슨

 번개의 섬광 속에서 그는 토네이도를 언뜻 본다. 앞으로 백 미터도 채 떨어지지 않은 지점에서 나무들이 뿌리째 뽑혀 나가고 도로가 뜯겨 나간다. 아스팔트 덩어리가 하늘로 날아오른다. 뭔가가 — 도로의 조각이나 나무의 큰 가지가 — 거인의 화난 발길질처럼 차 지붕을 내리친다. 옆 창문이 박살 나고 밴은 갓길에서 도로 한복판으로 들어간다.

 넬슨은 두려움을 느끼지 않는다. 경이로울 뿐이다. 밴이 왼쪽으로 기울어진다. 자동차 전체가 바람과 중력의 줄다리기에 끼어 있는 느낌이다. 마침내 중력이 이기고, 자동차는 2톤짜리 공중 발사체가 되는 대신 묵직하게 땅에 묶인다. 토네이도는 방향을 바꾸며 다른 누군가의 비극을 향해 삐죽삐죽한 선을 그려 간다. 굉음이 희미해지고, 다시 폭우가 쏟아진다.

 넬슨은 지금 자신의 인생에서 두 번째로 결정적인 순간임을 안다. 첫 번째는 진정탄이 그의 인생을 빼앗아 간 순간이었다. 하지만 이제 그의 인생은 구원받았다. 구원받은 정도가 아니라 그 쓸모가 입증되었다. 레브 콜더를 잡은 것은 우연이 아니다. 넬슨은 신의 섭리를 믿어 본 적이 없지만, 세상의 균형이라는 개념에는 열려 있다. 웅대한 계획에 따라 어떤 식으로든 정의가 이루어지리라는 생각에. 그것이 사실이라면, 정의가 곧 그를 찾아와 그의 손에 코너 래시터를 넘겨줄 것이다.

5부
필요의 문제

후드를 쓴 무식한 쓰레기들
언론은 어떻게 10대를 악마화하는가
리처드 가너, 『인디펜던트』, 2009년 3월 13일, 금요일.

새로운 연구에 따르면, 언론에서 10대 소년을 〈깡패〉로 묘사하는 행위는 소년들로 하여금 다른 10대를 경계하게 만들었다.

통계에 따르면, 지난 한 해 동안 전국 및 지역 신문에서 실린 10대 소년 관련 기사 8,629건 중 절반 이상(4,374건)이 범죄에 관한 내용이었다. 가장 흔하게 사용된 표현은 〈깡패〉(591회)였으며, 이어 〈건달〉(254회), 〈역겨운〉(119회), 〈잔인한〉(96회) 등의 단어들이 뒤따랐다. 그 외에도 〈후드를 쓴〉, 〈무식한〉, 〈무자비한〉, 〈사악한〉, 〈두려운〉, 〈쓰레기〉, 〈괴물〉, 〈비인간적〉, 〈위협적〉 등이 자주 사용되었다.

여성 기자 협회의 의뢰로 진행된 이 연구에 따르면, 10대가 동정적인 보도의 대상으로 다뤄지는 경우는 대부분 그들이 사망했을 때였다.

이 연구는 다음과 같이 결론짓는다.〈10대 소년이《모범 학생》,《천사》,《교회의 복사》,《어머니의 완벽한 아들》등 찬사로 묘사된 기사도 일부 있었지만, 안타깝게도 그들은 폭력적이고 때 이른 죽음을 맞이한 뒤에야 그런 묘사를 받았다.〉(……)

기사 전문은 다음에서 확인할 수 있다.
http://www.independent.co.uk/news/uk/home-news/hoodies-louts-scum-how-media-demonises-teenagers-1643964.html

36
코너

코너는 하루에 최소 두 번 샌드백을 두들기며 공격성을 해소한다. 그래야만 한다. 그렇지 않으면 그 분노는 화장실 청소를 하지 않으려는 게으른 아이, 친구들에게 전화를 걸어 자기 위치를 알리려고 핸드폰을 몰래 들여온 멍청한 여자애, 박수도의 폭탄 테러가 일어날 때마다 농담하는 남자아이의 얼굴을 향할 수도 있다. 코너는 샌드백을 너무 세게, 너무 많이 친다. 샌드백이 아직 터지지 않은 게 기적이다.

리사가 사라졌다.

이제 거의 한 달이 되어 간다. 코너가 아는 한 리사는 청소년 전담국이나 능동적 시민, 혹은 리사를 붙잡고 있는 누군가의 손에 죽었다. 리사가 열일곱 살이고 장애인이어서 언와인드될 수 없다는 건 중요하지 않다. 모든 것을 감시한다는 정부조차 자기 몸에 붙어 있는 기관들의 행위를 하나하나 검토할 때만큼은 매우 근시안적일 수 있다.

코너는 달라졌다.

예전의 패턴과 습관들이 되돌아오고 있다. 애초에 그가 언와인드 의뢰서를 받게 만든 바로 그 습관들이다. 코너는 무단 이탈자가 되기 전의 나날을 떠올린다. 그가 그냥 문제아이던 시절을. 코너는 다시 그때로 돌아가고 있다. 단, 지금은 수백 명의 다른 문제아들을 책임지고 있는 문제아일 뿐이다. 이 모든 일이 그의 탓만은 아니다. 그의 분노는 언제나 롤런드의 손에 머물러 있는 듯하다.

「네가 나가고 싶대도 아무도 널 탓하지 않아.」 스타키가 어느 날 저녁 당구를 치다가 말한다. 「가서 리사를 찾아봐. 다른 애들이 여기를 맡아 줄 수 있어. 트레이스도 가능하고 애슐리나 헤이든도 가능해.」 스타키는 자신을 빼놓는다. 그 점이 지나치게 눈에 띈다. 「네가 떠나고 나면 투표를 할 수도 있지. 우린 모든 일을 민주적으로 하는 거니까.」

「넌 이미 표의 4분의 1쯤은 확보한 셈이고, 안 그래?」 코너는 스타키가 변죽만 울려 대는 문제의 핵심을 지적한다.

스타키는 시선을 돌리지 않는다. 코너의 말을 부정하지도 않는다. 「필요하다면 내가 여길 운영할 수도 있어.」 그러더니 그는 8번 공을 너무 빠르게 집어넣어 게임에서 진다. 「이런, 이번에도 네가 이겼네.」

코너는 스타키를 자세히 살핀다. 그는 처음부터 언제나 솔직하고 정직해 보였다. 하긴, 트레이스도 그랬다. 이제야 코너는 스타키의 의도가 더 치밀하게 계획된 것일 수 있다는 생각을 하기 시작한다.

「넌 음식 관리를 잘하더라. 황새 배달된 애들한테 자존감도 심어 주고.」 코너가 말한다. 「그렇다고 네가 언와인드들에게 내려진 신의 선물이라고 생각하지는 마.」

「안 그래.」 스타키가 말한다. 「그 자리는 네가 맡아 둔 것 같은데.」 그는 큐를 내려놓고 떠난다.

코너는 편집증적으로 구는 자신을 마음속으로 한 대 쥐어박는다. 사실, 언젠가는 정말 스타키를 후계자로 키울 수도 있을 것이다. 하지만 코너가 누구라고 누군가를 뭔가 하게 만들 수 있겠는가?

예전에는 리사와 비밀스러운 불안을 나눌 수 있었다. 리사에게는 특별한 능력이 있었다. 그녀는 코너가 다시 일어설 수 있을 때까지 그의 거친 성격 위에 반창고를 붙여 주었다. 헤이든에게 마음을 털어놓을 수도 있겠지만, 헤이든은 모든 것을 농담으로 받아넘긴다. 코너는 그게 헤이든의 방어 기제라는 걸 알지만, 그 때문에 어떤 문제는 도저히 꺼내기 어렵다. 지금 그가 정말 마음을 털어놓을 수 있는 사람은 트레이스뿐이다. 코너는 트레이스가 양쪽 모두의 배신자라는 사실이 드러난 지금도 여전히 자신과 가장 가까운 동맹이라는 점이 마음에 들지 않는다. 리사가 반창고였다면, 트레이스는 벌어진 상처에 붓는 소독약이나 마찬가지다.

「우리 모두가 어떤 식으로든 누군가를 잃었어. 리사도 그렇게 잃은 거야. 그러니까 이제 불평 그만하고 일이나 해.」

「난 고기 방패가 아니야.」 코너가 트레이스에게 말한다. 「감정을 느끼지 않도록 훈련되지 않았다고.」

「우린 감정이 없는 게 아니야. 그냥 감정을 다스려서 구체적인 목표로 향하게 하는 방법을 아는 것뿐이지.」

코너도 목표가 있었다면 그렇게 할 수 있었을 것이다. 하지만 묘지는 점점 방향을 잃어 가고 있다. 이곳은 열일곱 살이 될 때마다 애들을 내팽개치는 쳇바퀴 같다.

누군가가 — 코너 생각에는 헤이든이 — 제독에게 코너가 리사의 부재를 잘 받아들이지 못하고 있다고 보고했는지 제독이 깜짝 방문을 한다.

검은 리무진이 묘지에 도착한다. 차는 매끄럽게 윤기가 나도록 왁스를 잘 발라 먼지를 일으키면서도 때 묻지 않는다. 차에서 내린 제독은 거의 알아보지 못할 정도로 예전과 달라졌다. 그는 깡말랐다. 한때 햇볕에 그을렸던 피부는 창백해졌다. 훈장으로 뒤덮인 제복이 아닌 슬랙스와 격자무늬 셔츠를 입고 있다. 골프라도 치러 나온 것 같다. 하지만 키는 여전히 크고, 틀림없는 지휘관의 존재감을 갖추고 있다.

코너는 제독이 자신을 나무랄 거라고 예상한다. 코너가 스타키를 나무란 것보다 심하게. 하지만 늘 그렇듯, 제독의 전략은 예상을 빗나간다.

「지난번에 봤을 때보다 근육이 좀 늘었구나.」 제독이 말한다. 「바라건대, 놈들이 고기 방패에게 맞히는 그 빌어먹을 군용 스테로이드를 맞고 있는 건 아니었으면 좋겠다. 그걸 맞으면 고환이 땅콩처럼 작아져.」

「안 맞습니다.」

「좋아. 네 유전자에는 사실 물려줄 만한 가치가 있을지 모르거든.」

제독은 코너에게 에어컨이 나오는 호화로운 리무진에 타라고 한다. 두 사람은 활주로에서 언제든 날개가 돋아 날아오를 수 있을 것처럼 시동이 걸린 리무진 안에 나란히 앉는다.

그들은 잠시 한담한다. 제독은 대규모 동창회 이야기를 꺼낸다. 그의 아들, 할런의 신체 부위를 받은 사람들이 참석한 큰 파티 이야기다.

「나는 죽는 날까지 할런이 그곳에 있었다고, 그 정원에 살아 있었다고 말할 수 있어. 그게 아니라는 걸 누구도 증명할 수 없다.」

제독은 모든 〈부위〉가 각자의 길을 떠났을 때, 천식을 앓는 코너의 친구 엠비만은 갈 곳이 없었기에 자신이 계속 데리고 있다고, 손자처럼 키우고 있다고 말한다.

「그 녀석이 잔디밭에서 가장 빛나는 부활절 달걀이라고는 할 수 없지.」 제독이 말한다. 「그래도 매우 진정성 있는 애야.」

제독은 코너에게 망가진 심장 때문에 앞으로 살날이 6개월밖에 남지 않았다는 선고를 받았었다고 말한다.

「물론, 그게 거의 1년 전 일이야. 의사들은 대체로 머저리다.」

코너는 제독이 앞으로 몇 년은 팔팔하게 살아 있으리라 생각한다.

마침내 제독은 묘지를 방문한 진짜 이유를 말한다. 「리사 문제로 영향을 받고 있다고 들었다.」 제독은 그렇게 말하고 침묵을 지킨다. 코너가 그 침묵을 깰 때까지 기다린다. 코너는 예상대로 입을 연다.

「제가 뭘 어떻게 하기를 바라세요? 그냥 아무 일도 없었다는 듯이 살라고요? 리사가 존재하지 않았던 것처럼?」

제독은 코너가 답답해하는데도 흔들림 없는 태도로 답한다. 「난 네가 자기 연민에 빠져 시간을 낭비하는 젊은이라고 생각하지 않았다.」

「저는 자기 연민에 빠진 게 아니에요! 화가 난 거죠!」

「분노는 우리가 제대로 다룰 때만 친구가 될 수 있어. 그 위력과 조준하는 방법을 알 때 말이지.」

그 말에 코너는 운전자가 놀라서 뒤를 돌아볼 만큼 큰 소리로 웃는다. 「좋은 말인데요! 누가 그 말 좀 빌려 써야겠어요.」

「이미 누군가 빌려 썼다. 『군사 학교 신입생 교본』 5판 93면에 적혀 있어.」 제독은 고개를 돌려, 선팅된 창 너머로 묘지의 활동을 바라본다. 「너희 무단이탈자들의 문제는 분노를 수류탄처럼 쓴다는 거야. 그런 경우, 반반의 확률로 너희 손까지 날려 버리게 돼.」 그러더니 그는 코너의 손을 본다. 「기분 상하게 하려던 건 아니다.」

「안 상했어요.」

하지만 일단 관심이 팔로 향한 지금, 제독은 팔을 더 자세히 바라본다. 「그거, 내가 아는 문신인가?」 제독은 손가락을 꺾는다. 「롤런드로군. 그게 그 녀석 이름이었지? 골치 아픈 녀석이었는데.」

「그 녀석 맞아요.」

제독은 잠시 더 상어를 바라본다. 「그 녀석 팔을 받은 게 네 선택은 아니었겠지.」

「뭐든 간에 언와인드의 부위를 받는 건 제 선택이 아니었어요.」 코너가 말한다. 「선택권이 있었다면 거부했을 거예요. 제독님이 언와인드의 심장을 거부한 것처럼요. 리사가 새 척추를 거부한 것처럼.」 코너는 에어컨에서 나오는 북극 같은 한기에 팔에 소름이 돋는 것을 느낀다. 「하지만 지금의 저는 이 팔을 받았죠. 난도질해서 잘라 버릴 수도 없고.」

「잘 간직해야지!」 제독이 말한다. 「롤런드는 악한 놈이었을지 몰라도 인간이었다. 그런 취급을 받아서는 안 됐어. 그래도 자기 팔이 철권으로 묘지를 통치하고 있다는 걸 알면 분명 만족할 거야.」

코너는 웃을 수밖에 없다. 말도 안 되는 것을 그럴싸하게 만드는 일이라면 제독에게 맡기면 된다. 제독은 조용해진다. 이어 진지하게 말한다. 「잘 들어라. 리사 문제 말인데…… 모두를 위해서라도 미련을 버려야 해.」

하지만 코너에게는 절대 놓을 수 없는 문제들이 있다. 「그날 리사가 병원에 가게 놔둬서는 안 되는 거였어요.」

「리사가 가지 않았다면, 내가 알기로는 아무 죄 없는 소년이 언와인드당했을 거다.」

「그래서요? 언와인드당하라고 하세요!」

제독은 조용히 말을 잇는다. 「네가 한 말은 잊기로 하마.」

코너가 한숨을 쉰다. 「전 책임을 맡으면 안 되는 사람이었어요. 제독님은 애크런의 무단이탈자가 이곳을 운영하길 바라셨지만, 그런 사람은 존재하지 않아요. 존재한 적도 없고요. 그냥 전설이에요.」

「난 내 결정을 책임진다. 넌 자신이 실패하고 있다고 보겠지. 하지만 나는 그렇게 생각하지 않아. 물론, 네가 고통에 빠져 있을 땐 스스로 아무 쓸모없는 존재라고 느낄 수도 있겠지. 하지만 인생에서 우리는 모두 시험받고 있다, 코너. 사람을 평가하는 건 그 고통의 깊이가 아니라, 결국 그가 어떤 사람이 되는가에 달렸다.」

코너는 그 말이 머릿속에 새겨지도록 놔둔다. 이 시험이 언제 끝날 것이며, 그 안에 아직 드러나지 않은 층이 얼마나 깊을

지도 궁금하다. 그러자 트레이스가 한 모든 말이 떠오른다.

「제독님, 〈능동적 시민〉이라는 단체에 대해 들어 본 적 있으세요?」

제독은 생각한다. 「어디서 들어 본 것 같긴 한데. 거기서 빌어먹을 언와인드 찬성 광고에 돈을 대지 않나?」 제독은 역겹다는 듯 고개를 젓는다. 「놈들을 보면 예전의 〈테러 세대〉 광고가 생각난다.」

그 말이 가시 돋친 갈고리처럼 코너에게 걸린다. 「테러 세대요?」

「너도 알 텐데. 10대 봉기 말이다. 무법천지 섬광 폭동이라든지.」

「전혀 모르겠는데요.」

제독은 바보를 보듯 코너를 본다. 「이런, 세상에. 이제 학교라고 부르기도 민망한 그런 데서는 정말 아무것도 가르치지 않는 거냐?」 제독은 진정하려 애쓰지만, 별로 진정이 되진 않는다. 「그래, 안 가르치겠지. 역사는 승자가 쓰는 거다. 승자가 없으면 모든 건 기업의 문서 파쇄기에 들어갈 뿐이지.」 그는 세상을 바꾸기엔 자신이 너무 늙었다는 걸 아는 남자의 서글픈 낙담을 품고 창밖을 바라본다.

「스스로 배워야 한다, 래시터 군.」 그가 말한다. 「놈들이 역사를 가르쳐 주지 않을 순 있지만, 완전히 지워 버릴 수는 없어. 사람들이 언와인드 합의를 이토록 기꺼이 받아들이는 건 바로 역사 때문이야. 우리가 이렇게 뒤틀린 삶을 살아가는 이유도 마찬가지고.」

「무식해서 죄송합니다.」 코너가 말한다.

「죄송할 것 없다. 그냥 뭔가 해. 그 능동적 시민이라는 단체가 궁금하면 직접 알아봐. 놈들에 대해서 무슨 말을 들었나?」

코너는 트레이스에게 들은 말을 할까 고민하다가, 그게 제독의 심장에 좋지 않으리라는 걸 깨닫는다. 제독은 은퇴했다. 코너에게 꼭 필요한 조언을 해주러 잠시 올 수는 있겠지만, 지금 그를 이런 일에 끌어들이는 건 잘못된 일일 것이다.

「별거 아니에요.」 코너가 말한다. 「그냥 소문이죠.」

「그럼 그 얘기는 뒷말만 하는 사람들한테 남겨 줘라.」 제독이 말한다. 「이제 남자답게 굴어. 내 리무진에서 내려서 아이들 목숨을 구해라.」

제독이 떠나자 트레이스가 예의 바르게 코너를 따로 불러낸다. 청소년 전담국, 그리고 능동적 시민과 함께 일한다는 것을 인정했음에도 그는 여전히 코너를 지휘관으로 존중한다. 코너는 이 상황을 어떻게 이해해야 할지 모르겠다. 트레이스가 사기를 치고 있는 건지, 진심인지 알 수 없다. 코너는 자신이 청소년 전담국의 언와인드 지하 금고를 지키는, 놈들의 장기말이 되었다는 사실을 참을 수 없다. 그러나 트레이스에게서 특권적인 정보를 받고 있는 것은 사실이다. 청소년 전담국의 눈에 가리개를 씌우고 있는 쪽이 자신이라는 느낌도 받는다. 트레이스가 말한 것처럼 진실은 코너를 자유롭게 해주지 못했지만, 적어도 자신을 통제하고 있는 상대에게 맞설 수 있다는 느낌을 주었다.

그들은 동쪽 통로를 따라 차를 몰아가며 줄줄이 늘어선 전투기들을 지난다. 전투기의 조종석 창문은 유리로 보이지 않을 정도로 먼지투성이다. 이 구역은 묘지에서 벌어지는 모든 활동과 멀리 떨어져 있다. 그만큼 매우 은밀한 곳이다.

「물밑에서 뭔가 부글거리고 있다는 건 알아야 해.」 트레이스가 말한다.

「뭔가라니?」

「내가 수집할 수 있었던 정보에 따르면, 청소년 전담국에 의견 충돌이 있어. 여길 없애 버리고 싶어 하는 사람들이 있고, 그들에게 필요한 건 명분뿐이야.」

「우릴 밀어 버리고 싶다면, 우리가 여기 있다는 것만으로 충분한 이유가 될 텐데.」

「없애 버리려는 사람들이 일부 있다고 했잖아. 나한테 일을 시키는 양복쟁이들은 그런 사태를 바라지 않아. 여기서 모든 일이 매끄럽게 진행되는 한 그들이 청소년 전담국의 입을 막아 놓을 수 있어. 난 착한 밀고자가 돼서, 계속 그 사람들한테 엘비스 로버트 멀더드가 배를 잘 이끌고 있다고 보고하고 있고.」

코너가 웃는다. 「놈들은 엘비스가 집을 비웠다는 걸 아직도 몰라?」

「전혀 모르지. 난 그 사람들이 내 말을 의심할 이유는 주지 않았어.」 트레이스는 잠시 말을 멈춘다. 「제독한테 내 얘기 했어?」

「아니.」 코너가 말한다. 「아무한테도 말 안 했어.」

「좋아. 지도자는 다른 사람은 모르는 걸 알고 있으면서도, 꼭 알아야 할 사람한테만 정보를 조금씩 떠먹여 줘야 해.」

「군사학 수업은 사양할게.」 코너가 말한다. 「네가 하고 싶었던 말은 그게 전부야?」

「더 있어.」

그들은 통로 끝에 이른다. 트레이스는 다음 통로로 접어들기 전에 잠시 멈춘다. 그는 주머니에서 종이 한 장을 꺼내 코너에게 건넨다. 종이에는 손으로 휘갈겨 쓴 이름 하나가 적혀 있다. 잰슨 라인실드.

「내가 알아야 할 사람이야?」 코너가 묻는다.

「아니. 아무도 알아선 안 되는 사람이야.」

코너는 조바심이 난다. 「수수께끼 같은 말로 시간 낭비하지 마.」

「그게 요점이야.」 트레이스가 말한다. 「이 사람은 실제로 수수께끼야.」 그는 지프에 기어를 넣는다. 둘은 다음 통로로 들어선다.

「내가 피닉스에 가서 드림라이너의 전자 시스템 부품을 구해 왔던 거 기억나?」

「넌 피닉스에 가지 않았어.」 코너가 말한다. 「능동적 시민에 있는 네 상관을 만나러 갔지. 내가 모를 줄 알아?」

트레이스는 조금 놀란 듯하더니 이내 미소 짓는다. 「내가 말하지 않았던 건, 네가 나를 믿는지 알 수 없었기 때문이야.」

「안 믿어.」

「그럴 만하지. 아무튼, 이번엔 상황이 좀 달랐어. 그 사람들은 날 만나기만 한 게 아니라, 비행기에 태워서 시카고에 있는 본부로 데려갔어. 나더러 사람으로 꽉 찬 회의실에서 보고를 하라고 하더라. 물론, 난 핵심적인 것 몇 가지 빼먹었어. 우리의 탈출 계획 같은 거. 드림라이너는 새로운 숙소용 비행기고, 조종석은 분해해서 팔았다고 했어.」

「아, 그러니까 나한테만 거짓말한 건 아니다?」

「이런 건 거짓말이 아니야. 허위 정보지.」 트레이스가 말한다. 「회의가 끝난 뒤 여기저기 기웃거려 봤어. 로비에 그 단체의 전직 수장들을 기념하는 대리석 벽이 있더라. 아마 네가 아는 이름도 있을 거야. 전쟁 전후의 재계 거물이었던 사람들. 그런데 한 사람의 이름이 지워져 있었어. 대리석을 파냈더라고, 흔적을 없애려는 시도도 없이. 그리고 바깥 정원에도 창립자들의 동상이 있었어. 다섯 개였는데, 받침대는 여섯 개였어. 여섯 번째 조각상이 있던 자리에는 아직 녹슨 자국이 남아 있더라.」

「잰슨 뭐라고?」

「라인실드.」

코너는 머릿속이 복잡하다. 「말이 안 되는데. 그 사람을 없애고 싶었다면 왜 대리석을 때우지 않은 거야? 왜 받침대를 치우지 않은 거지?」

「그건 잰슨을 그냥 사라지게 하고 싶었던 게 아니기 때문이었어.」 트레이스가 말한다. 「그 사람들은 자신들이 잰슨을 사라지게 만들었다는 사실을 회원들이 결코 잊지 못하게 만들려 했던 거야.」

사막의 열기에도 코너는 한기가 든다. 「이게 우리랑 무슨 상관인데?」

「돌아오기 전에, 좀 더 우호적인 양복쟁이 두 명이 날 비밀 클럽에 데려갔어. 암시장에서도 구할 수 없는 술이 나오는 곳이었어. 진짜 러시아 보드카 말이야. 멸종 전 용설란으로 만든 테킬라라든지. 한 잔에 수천 달러가 넘을 술이었어. 그 사람들은 물처럼 마시더라. 꽤 취했을 때 내가 사라진 조각상에 대해서 물었어. 그중 한 명이 잰슨 라인실드라는 이름을 불쑥 말하더니, 말한 걸 후회하더라고. 바로 사람들이 화제를 돌렸고, 난 그걸로 끝났다고 생각했는데······.」 트레이스는 지프를 세우고 코너의 눈을 똑바로 본다. 「내가 떠날 때 그중 한 명이 내게 한 말이 아직 머릿속에서 지워지지 않아. 내 어깨를 턱 잡고 말했어. 그는 날 〈친구〉라고 부르면서, 언와인드는 그냥 의료 시술이 아니라고, 우리 삶의 방식의 핵심이라고 했어. 〈능동적 시민은 그 방식을 보호하는 데 헌신한다〉라고, 〈무엇이 네게 좋은지 안다면, 그 이름은 잊는 게 좋을 거다〉라고.」

37
리사

공익 광고

 저는 언와인드가 되기 전에 주립 보호 시설의 피보호자였어요. 그래서 무단이탈했죠. 그 말은, 지금 여기 있어서는 안 된다는 뜻이에요. 제가 운이 좋았다고 생각하실지도 모르죠. ……하지만 제가 온전한 상태로 남았기에, 미래가 촉망되는 우등생이었던 열네 살의 모레나 샌도벌이 제 간을 받지 못해 사망했어요. 세 아이의 아버지인 제린 스타인은 절박한 순간 제 심장을 쓸 수 없어서 치명적 심장 마비로 사망했고요. 소방관 데이비스 메이시는 타버린 폐를 대신할 제 폐가 없었기에 흉부 질식으로 사망했어요.
 제 이기심 때문에 이들을 포함한 수많은 사람이 목숨을 잃었어요. 제 이름은 리사 워드, 무단이탈 언와인드입니다. 이제 저는 제가 얼마나 많은 무고한 사람을 죽음에 이르게 했는지 아는 채로 살아가야 해요.
 ─ 무단이탈자를 심판하는 정의 구현 시민단이 후원하는 광고임

38
헤이든

헤이든은 컴퓨터 화면을 뚫어지게 보며 리사의 〈공익 광고〉가 일종의 역겨운 농담이라 믿어 보려 한다. 하지만 그렇지 않다는 걸 안다. 그는 이 문제로 관심을 돌리게 한, 분주하게 인터넷을 뒤지고 돌아다닌 태드에게 화를 내고 싶다. 하지만 이게 태드의 잘못이 아니라는 것도 안다.

「이제 어쩌지?」 태드가 묻는다.

헤이든은 컴범을 둘러본다. 통신 임무를 맡은 여덟 명의 아이가 헤이든이 그 영상을 사라지게 할 수 있다는 듯 모두 그를 보고 있다.

「리사는 망할 배신자야!」 에스메가 소리친다.

「닥쳐!」 헤이든이 말한다. 「그냥 입 좀 다물어, 생각 좀 해보게.」 그는 다른 설명을 떠올리려 노력한다. 어쩌면 이 영상은 진짜가 아닐 수도 있다. 그냥 디지털 이미지인 것이다. 어쩌면 그들의 사기를 떨어뜨리기 위해 고안된 속임수일지도 모른다. ……하지만 진실이 그 어떤 추측보다 크게 외친다. 리사는 공개적으로 언와인드에 찬성하는 말을 하고 있다. 적들에게 넘어갔다.

「코너는 이걸 알면 안 돼.」 헤이든이 말한다.

태드는 미심쩍게 고개를 젓는다. 「근데 이건 TV에 나왔어. 오늘 아침부터 인터넷에서 유행하고 있고. 한 편만 있는 것도 아니야. 리사는 공익 광고를 엄청나게 많이 찍었어. 인터뷰도 있다고.」

헤이든은 비행기의 비좁은 공간을 어슬렁거리며 말이 되는 생각을 짜맞추려 애쓴다. 「좋아.」 그는 억지로 진정하며 말한다. 「웹에 접속할 수 있는 컴퓨터는 전부 여기 컴범과 도서관에 있어. 맞지? 오락용 비행기의 TV에 나오는 건 여기서 직접 송출되는 거고.」

「그렇지……」

「그렇다면, 리사가 나올 때마다 안면 인식 소프트웨어로 걸러 낼 수 있을까? 방송이 나가기 전에 말이야. 그런 프로그램이 있어?」

몇 초간 아무도 대답하지 않는다. 이어 지반이 목소리를 높인다. 「오래된 군용 보안 프로그램은 아주 많아. 거기에 안면 인식 기능이 들어간 것도 있을 거야. 그걸 몇 개 짜맞추면 만들 수 있을 것 같아.」

「그렇게 해, 지반.」 헤이든은 태드를 돌아본다. 「지반이 작업을 마치기 전까지는 오락용 비행기랑 도서관의 피드를 끊어. 방송도, 인터넷도 다 끊어야 해. 모두에게는 위성이 고장 났다거나, 아르마딜로가 위성 접시와 짝짓기를 했다거나, 뭐라도 핑계를 대. 알았지?」 모두가 고개를 끄덕인다. 「이 일에 대해서 한마디라도 했다간, 내가 너희 인생에서 앞으로 몇 년간을 화장실에서 똥 푸는 데 쓰도록 만들 거야. 리사 폭탄은 컴범 안에만 머문다. 이해했어?」

모두가 다시 한번 고개를 끄덕인다. 하지만 태드는 이 문제를 놓아줄 준비가 되어 있지 않다. 「헤이든, 네가 알아차렸는지 모르겠는데. 너 봤어? 리사가……」

「아니, 못 봤어!」 헤이든이 그의 말을 막는다. 「난 아무것도 못 봤어. 너도 마찬가지야.」

39
코너

 능동적 시민의 남자는 언와인드가 우리 삶의 방식의 핵심이라고 했다.

 그 말은 트레이스에게 그랬듯, 코너의 뱃속에도 달라붙는다. 코너는 세상이 늘 지금 같았던 것은 아니라는 걸 알고 있다. 하지만 평생 세상이 한 가지 방식으로만 존재해 왔기에 그게 달라질 수 있다고 상상하기란 어렵다. 몇 년 전, 언와인드 연령이 되기 전에 코너는 기관지염을 앓았다. 염증이 계속 생겨났다. 실제로 그에게 새로운 폐를 달아 주자는 이야기까지 나왔지만, 어느 날 문제가 사라졌다. 그러나 코너는 기억한다. 오랫동안 아프면서, 나중에는 건강하다는 게 어떤 느낌인지조차 잊어버렸던 일을.

 사회도 그럴 수 있을까?

 병든 사회가 자신의 병에 너무 익숙해진 나머지, 건강했던 시절을 기억조차 못 할 수도 있을까? 지금의 상황을 반기는 사람들에게 기억이라는 것이 너무 위험한 것이라면?

 코너는 자료 조사를 하러 도서관 비행기에 가지만, 컴퓨터가 전부 오프라인 상태다. 그래서 그는 곧장 헤이든을 찾아간다.

「모든 게 다운됐다는 말이야?」 코너가 묻는다.

헤이든은 망설이다가 대답한다. 「왜? 필요한 게 있어?」 헤이든은 거의 의심스럽게 보인다. 그답지 않다.

「뭘 좀 찾아봐야 해.」 코너가 말한다.

「기다릴 수 있지?」

「자료야 기다릴 수 있겠지. 내가 못 기다려.」

헤이든은 한숨을 쉰다. 「좋아, 컴범에서 온라인에 연결해 줄게. 검색은 내가 한다는 조건으로.」

「내가 망가뜨릴까 봐 걱정하는 거야?」

「그냥 맞춰 줘라, 응? 컴퓨터에 문제가 아주 많아서, 장비를 보호하려고 노력 중이야.」

「알았어. 누가 긴급하다고 부르러 오기 전까지만 하면 돼.」

컴범의 아이들은 코너를 보자마자 눈에 띄게 긴장한다. 코너는 자신이 그 정도로 두려움을 불러일으킬 줄 전혀 몰랐다. 「편하게 해. 곤란해진 사람은 아무도 없어.」 그런 뒤에 덧붙인다. 「아직은.」

「10분 쉬고 와.」 헤이든이 아이들에게 말하자 그들은 줄줄이 나가 계단을 내려간다. 잠시나마 기지에서 해방되어 기쁜 듯하다.

헤이든은 코너와 나란히 앉는다. 코너는 트레이스에게 받은 종이를 꺼낸다. 「이 이름을 검색해 봐.」

헤이든은 〈잰슨 라인실드〉를 입력하지만, 별다른 결과가 나오지 않는다.

「흠……. 포틀랜드의 회계사 조던 라인실드가 있어. 재러드 라인실드는 오클라호마의 무슨 미술 대회에서 우승한 4학년생 같고…….」

「잰슨은 없어?」

「J. 라인실드는 몇 명 있어.」 헤이든이 말한다. 코너는 그 이름들을 확인해 본다. 한 명은 방문자가 별로 없는 블로그에서 자기 자식들 얘기를 쓰는 어머니다. 다른 사람은 배관공이다. 단 한 명도 동상이 세워졌다가 철거당할 인물 같지는 않다.

「이 사람이 누군데?」

「알게 되면 알려 줄게.」

헤이든은 의자를 휙 돌려 코너를 마주 본다. 「찾으려는 건 그게 다야?」

그때 코너는 무언가를 떠올린다. 제독도 〈우리의 뒤틀린 삶의 방식〉으로 이어진 사건들에 대해 말하지 않았던가? 제독이 그에게 스스로 배워야 한다고 했던 것들은 무엇이었을까?

「〈테러 세대〉를 찾아봐 주면 좋겠어.」

헤이든이 검색어를 입력한다. 「그게 뭔데? 영화야?」

하지만 검색 결과가 뜨기 시작하자, 그것이 영화가 아니라는 건 분명해진다. 참고 자료가 아주 많다. 제독의 말이 옳았다. 정보는 누구나 찾을 수 있도록 존재했다. 다만 인터넷에 있는 수십억 개의 웹 페이지 속에 파묻혀 있었을 뿐이다. 둘은 한 신문 기사에 관심을 둔다.

「날짜를 봐.」 헤이든이 말한다. 「하트랜드 전쟁 무렵 아니야?」

「모르겠어.」 코너가 말한다. 「너, 그 전쟁이 일어난 실제 날짜를 알아?」

헤이든은 대답하지 못한다. 이상한 일이다. 코너 역시 다른 전쟁들의 주요 연도는 기억하지만, 하트랜드 전쟁은 흐릿하다. 그는 그 전쟁에 대해 배운 적이 없다. 그 전쟁을 다룬 TV 프로그램을 본 기억도 없다. 물론 그 전쟁이 있었다는 사실과 전쟁이 일어난 이유에 대해서는 알지만, 그 외에는 아무것도 모른다.

첫 번째 기사는 워싱턴 D. C.에 자발적으로 모인 청소년들에 관한 내용이다. 헤이든이 뉴스 동영상을 재생한다. 「와! 저게 다 사람이야?」

「애들이야.」 코너는 깨닫는다. 「전부 애들이야.」

동영상은 수십만 명에 달하는 10대들이 국회 의사당과 링컨 기념관 사이의 워싱턴 몰을 꽉 채우고 있는 모습을 보여 준다. 잔디가 보이지 않을 정도로 빽빽하다.

「이것도 전쟁의 일부일까?」 헤이든이 묻는다.

「아니, 내 생각엔 다른 문제인것 같은데…….」

기자는 이를 〈10대들의 테러 행진〉이라고 부른다. 이미 보도에서 부정적인 느낌을 덧씌우고 있다. 역대급 대규모의 기습 폭동입니다. 경찰은 군중을 진압할 때 새로 도입된, 논란의 진정탄을 사용하도록 승인을 받았습니다…….

진정탄이 논란의 대상일 수 있다는 사실에 코너는 어질어질하다. 진정탄은 그냥 삶의 일부 아닌가?

헤이든이 스크롤을 내린다. 「기사에는 아이들이 학교 폐쇄에 항의하는 거라고 적혀 있어.」

그 말에도 코너는 어리둥절해진다. 제정신인 아이가 학교가 문을 닫는다고 항의할 리가 있겠는가?「저거.」코너가 〈미래에 대한 두려움〉이라 적힌 링크를 가리킨다.

헤이든이 링크를 클릭하자, 한 정치 평론가의 논평 영상이 재생된다. 그는 휘청거리는 경제와 공교육 시스템의 붕괴에 관해 말하고 있다. 일자리도, 학교도 없고 시간은 너무 많은 분노한 10대들의 국가라고요? 저는 당연히 두렵습니다. 당신도 두려워해야 마땅합니다.

더 많은 보도가 이루어진다. 바로 그 분노한 아이들이 변화를 요구했다. 변화가 이루어지지 않자 거리로 나가 폭도가 되었다. 자동차를 불태우고 창문을 깨뜨리며 일종의 공유된 분노를 표출했다. 하트랜드 전쟁이 한창일 때 모스 대통령은 암살당하기 불과 몇 주 전에 비상사태를 추가적으로 선포했다. 이번에는 18세 미만의 전 국민을 대상으로 한 통행금지령이었다. 통행금지령 위반으로 단속된 사람은 예외 없이 소년원으로 이송될 수 있습니다.

집을 나왔거나 집에서 쫓겨난 아이들에 대한 보도도 이어진다. 뉴스에서는 그들을 〈10대 무법자〉라고 부른다. 유기견이라도 된 것처럼. 그런 뒤에는 세 아이가 함께 손을 휘두르는 영상이 나온다. 흔들리는 화면에 갑자기 흰 섬광이 보이더니 영상이 뚝 끊긴다. 앵커가 말한다. 10대 무법자 자살 폭탄 테러범들은 혈액의 성분을 바꾸어, 손을 맞부딪힘으로써 폭발을 일으키는 것으로 보입니다.

「이런 세상에!」헤이든이 말한다.「최초의 박수도잖아!」

「이 모든 일이 하트랜드 전쟁 중에 벌어진 거야.」코너가 지적한다.「온 나라가 생명파냐, 선택파냐 하는 문제로 찢겨 있는 동안 이미 태어난 아이들은 완전히 무시당한 거야. 학교도 없고, 일자리도 없고, 미래에 관한 단서조차 없자 그냥 미쳐 버린 거라고!」

「다 무너뜨리고 다시 시작하자는 거네.」

「이 애들을 탓할 수 있을까?」

갑자기 코너는 왜 학교에서 이런 사실을 가르치지 않는지 깨닫는다. 교육이 재구조화되고 기업화되면서, 누구도 아이들에게 그들이 정부를 무너뜨릴 수 있었지만 매우 아슬아슬하게 실패했다는 사실을 알리고 싶지 않았던 것이다. 그들은 아이들이 자신들의 힘을 아는 것을 원하지 않았다.

다양한 링크는 코너와 헤이든을 익숙한 영상으로 이끈다. 훨씬 널리 퍼져 있는 영상이다. 언와인드 합의에 서명하고 악수하는 손의 장면. 배경에는 훨씬 젊은 시절의 제독이 있다. 보도에 따르면, 생명군와 선택단 사이에 평화가 선언되었다. 모두가 나라가 정상화될 수 있을 거라는 희망을 품었다. 10대의 봉기에 대해서는 전혀 언급되지 않았다. 그러다 언와인드 합의가 이루어지고 몇 주 만에, 청소년 전담국이 설치되었다. 10대 무법자 구금 시설은 하비스트 캠프가 되었으며 언와인드는…… 삶의 한 방식이 되었다.

바로 그때, 코너는 진실에 너무도 잔인하게 강타당해 현기증을 느낀다. 「세상에! 언와인드 합의는 전쟁을 끝내기 위한 것만이 아니었어. 테러 세대를 없애기 위한 방법이기도 했던 거야!」

헤이든은 컴퓨터가 손뼉을 쳐서 그들 모두를 날려 버리기라도 할 것처럼 몸을 뒤로 젖힌다. 「제독은 알고 있었던 게 틀림

없어.」

코너가 고개를 젓는다. 「위원회에서 언와인드 합의를 제안했을 때, 제독은 사람들이 진짜로 그걸 받아들일 거라고 믿지 않았어. 그런데 그 생각이 틀렸지. 사람들은 자신의 양심보다 10대 자녀를 더 두려워했던 거야.」

코너는 이제 잰슨 라인실드가 누구였든, 그가 어딘가에서 이 일에 관여했으리라는 걸 깨닫는다. 그래서 능동적 시민이 그를 세상에서 극도로 철저하게 지워 버린 것이다.

40
스타키

메이슨 스타키는 잰슨 라인실드나 테러 세대, 하트랜드 전쟁에 대해 아무것도 모른다. 만약 알았더라도 신경 쓰지 않았을 것이다. 그가 관심을 두는 10대의 봉기는 황새 클럽에 관계된 것뿐이다.

그의 동기에는 이기심과 이타심이 복잡하게 얽혀 있다. 그는 정말로 황새들을 영광스러운 자리로 올리고 싶어 한다. 단, 그 일이 자신 덕분임을 모두가 아는 한. 공은 공을 세운 사람의 것이 되어야 하고, 명예는 마술을 마침내 현실로 만든 사기꾼의 차지가 되어야 한다.

스타키는 조용한 쿠데타를 기대하지만, 다른 모든 상황에도 대비하고 있다. 일이 우아하게 진행될 수도 있다. 코너가 더 유능한 지도자에게 자리를 비켜 주는 것이 현명한 일이라는 사실을 받아들이기만 한다면 말이다. 아니면 코너를 뭉개고 갈 수밖에 없다. 스타키는 그런 일이 벌어져도 죄책감을 느끼지 않을 것이다. 어쨌거나 코너는 아무리 공정한 척해도 언와인드당할 황새들을 구하는 걸 거부하고 있다.

「우리는 구해 줘도 문제가 생길 가능성이 가장 적은 아이들을 구해.」 코너가 말했다. 「황새들이 식구가 많은 집에서, 복잡한 상황에 처해 있는 건 우리 잘못이 아니야.」 헤이든이 댄 핑계와 같다. 하지만 스타키가 아는 한, 그건 전혀 핑계가 되지 못한다.

「그래서 그 애들이 그냥 언와인드되게 놔두겠다는 거야?」

「아니! 하지만 우리가 할 수 있는 일에는 한계가 있어!」

「아주 큰 한계겠지.」

코너는 결국 성질을 터뜨린다. 요즘 들어 점점 자제력을 잃는 일이 잦아진다. 「네가 책임을 맡았으면 우리는 하비스트 캠프를 날려 버리고 다녔겠지. 안 그래? 하지만 그건 이 싸움에서 이기는 방식이 아니야! 그래 봐야 놈들이 모든 언와인드에게, 모든 무단이탈자에게 더 가혹해질 뿐이라고.」

스타키는 끝까지 주장을 밀어붙여 황새들을 구조하지 않은 죄로 코너를 못 박고 싶었지만, 대신 물러난다.

「미안.」 그가 코너에게 말했다. 「너도 알잖아. 황새들 이야기가 나오면 내가 얼마나 열정적으로 변하는지.」

「열정은 좋은 거야.」 코너가 말했다. 「그게 맥락 안에만 있다면.」

스타키는 그 말을 한 대가로 코너를 후려칠 수도 있었지만, 대신 미소 지으며 떠난다. 머잖아 코너는 완전히 새로운 맥락을 마주하게 될 테니까.

코너가 컴범에서 헤이든과 역사 수업을 하는 동안 스타키는 오락용 비행기에서 긴장을 풀며 아이들에게 간단한 카드 마술을 가르쳐 준다. 자다가도 할 수 있는 클로즈업 마술로 그들을 홀린다. 황새 시간이다. 오후 7시에서 8시, 황금 시간대다. 오락용 비행기 아래로 멋진 산들바람이 불어오고 있다. 하루 중 가장 완벽한 시간이다. 스타키는 편한 의자에 앉아 황새 중 한 명에게 음료수를 가져오게 한다. 그는 쓰레기 같은 음식을 나눠 주느라 힘든 하루를 보냈다. 직접 배식을 하는 건 아니지만, 감독은 엿같이 고된 일이다.

초록 통로를 운영하는 드레이크가 지나가며 그들을 고약한 눈으로 본다. 스타키는 그를 마주 노려보며 머릿속에 메모를 남긴다. 그가 이곳을 차지하면, 새로운 홀리 중의 홀리는 모두 황새로 구성될 것이다. 드레이크는 콩을 따거나 닭똥을 치우는 일로 강등될 것이다. 스타키가 이곳을 차지하면 많은 것이 바뀔 것이고, 그의 심기를 거스르는 자는 모두 운명에 맡겨지게 될 것이다.

「궁둥이 좀 떼고 이리 와서 나랑 당구 한 판 할래?」 뱀이 작살처럼 큐로 그를 겨누며 묻는다. 「아니면 내 실력이 너무 뛰어나서 네 남성성에 위협이 되냐?」

「조심해, 뱀.」 스타키가 경고한다. 스타키는 뱀과 당구를 치지 않을 것이다. 뱀이 이기리라는 것을 알기 때문이다. 경쟁의 첫 번째 규칙은, 절대 지는 게임은 하지 않는다는 것이다. 물론 코너와 게임할 때는 지지만 그건 다른 문제다. 그때의 패배는 계산된 것이고, 스타키는 다른 황새들이 그 사실을 분명히 알 수 있도록 한다.

저 멀리 중앙 통로에서 코너가 헤이든과 함께 컴범의 계단을 내려온다.

「저게 다 뭔 짓일까?」 뱀이 묻는다.

스타키는 의견을 혼자만 간직한다.

「둘이 사귀나 봐.」 다른 황새 중 한 명이 말한다.

스타키는 그를 돌아본다. 「내가 알기로 코너의 뒤를 캐고 다니는 사람은 너뿐이야, 폴리.」

「아니야!」 하지만 폴리가 얼굴을 붉히는 걸 보면 그 말은 사실인 게 분명하다.

결국 스타키는 상황을 더 자세히 살펴보려고 자리에서 일어난다. 코너와 헤이든이 작별 인사를 한다. 헤이든은 화장실로 향하고, 코너는 자신의 작은 비행기로 돌아간다.

「트레이스랑도 몰래 만나던데.」 뱀이 지적한다. 「하지만 너랑은 아무 비밀도 나누지 않지?」

스타키는 코너가 자신을 빼놓았다는 사실에 분노하지만 그 감정을 감춘다. 「음식 공급에 만족하나 보지.」

「암소를 살찌우고 있구나.」 뱀이 씩 웃으며 말한다. 「도축하기 직전인가 봐.」

「난 네가 우리 총사령관을 욕하게 놔두지 않을 거야.」

뱀은 돌아서서 바닥에 침을 뱉는다. 「넌 엿 같은 위선자야.」 뱀은 절대 그녀를 이길 수 없는 아이들을 상대로 당구를 치러 돌아간다.

하지만 스타키는 코너를 욕할 필요가 없다. 불평은 행동 계획이 없는 사람이나 하는 일이다. 오늘 밤, 스타키는 소매에 무언가를 감추고 있다. 코너에게 줄 선물이다. 그 선물은 지반이라는 사람의 형태로 나타난다. 지반은 컴퓨터 기술을 갖춰 컴범에 배정되었으며, 우연히도 충성스러운 황새 클럽의 회원이기도 하다. 물론, 이 사실을 아는 사람은 스타키뿐이다. 지반은 코너보다 그에게 충성을 바치는, 요직에 배치된 〈잠복 요원〉 두 명 중 한 명이다. 지반이 얼마나 큰 선물을 주었던지! 스타키는 그 선물을 딱 맞는 순간을 위해 아껴 두었다. 그는 지금이, 코너가 다시 균형을 찾아가는 이 순간이 선물 포장을 뜯기에 완벽한 시간이라고 결론짓는다. 코너가 두 팔에 한가득 선물을 안고 있을 때, 그의 발밑에서 카펫을 확 빼버리는 것이다.

41
코너

코너는 혼자 자기 비행기 안에 앉아 허공을 바라본다. 방금 알게 된 모든 것을 이해하려 애쓴다. 우리는 언와인드를 멈출 수 없어. 제독이 언젠가 말했다. 우리가 바랄 수 있는 최선은 최대한 많은 아이를 구하는 거다. 하지만 오래된 뉴스 보도를 보고 난 뒤 제독의 말이 틀렸을지도 모른다는 생각이 자꾸 든다. 어쩌면 언와인드를 끝낼 방법이 있을지도 모른다. 정말로 과거에서 무언가를 배울 수 있다면……

저녁 늦게까지 코너는 역사의 어두운 망령에 대해 생각하고 있다. 그때 스타키가 그의 비행기 앞에 나타난다. 코너가 해치를 열어 준다. 「무슨 일이야? 무슨 문제 있어?」

「이게 문제인지는 네가 말해 줘야 할 것 같은데.」 스타키가 수수께끼처럼 말한다. 「들어가도 돼?」

코너는 그를 맞아들인다. 「죽을 것 같은 하루였어. 좋은 소식이어야 할 거야.」

「여기, TV 있지?」

코너가 TV를 가리킨다. 「응. 근데 연결이 안 돼 있어. 색깔도 맛이 갔고.」

「연결은 필요 없고, 내가 가져온 거에선 색깔은 중요하지 않을 거야.」 스타키가 마이크로 드라이브를 꺼내 TV의 데이터 포트에 꽂는다. 「앉아야 할 거야.」

코너가 웃는다. 「고맙지만 서 있을게.」

「확실해?」

코너는 이상하다는 표정을 지으며 화면에 영상이 뜨기를 기다린다.

코너는 즉시 그 프로그램을 알아본다. 전에 여러 번 보았던 주간 뉴스 프로그램이다. 낯익은 앵커가 특집에 대해 이야기한다. 그녀의 뒤편으로 보이는 타이틀은 〈분열의 천사〉다.

「1년이 좀 넘었네요.」 그녀는 이렇게 입을 연다. 「박수도들이 애리조나주 해피 잭의 언와인드 시설을 파괴했습니다. 그 사건의 사회적, 정치적 여파가 여전히 이어지고 있는데요. 그 사건에 개입했던 악명 높은 소녀가 목소리를 내려 합니다. 하지만 그 소녀의 메시지는 여러분이 생각하시는 내용이 아닙니다. 공중파를 장악한 이 소녀의 다양한 공익 광고들을 보셨을지 모르겠습니다. 단 몇 주 만에 청소년 전담국이 누구보다 열심히 쫓는 수배범에서 언와인드의 명분을 지지하는 모범 아동으로 변신한, 네, 제대로 들으셨습니다. 언와인드를 지지하는 쪽입니다. 소녀의 이름은 리사 워드입니다. 이 아이를 쉽게 잊으실 수는 없을 겁니다.」

코너는 깊이, 떨리는 숨을 들이쉰다. 스타키의 말이 옳았음을 깨닫는다. 그는 앉아야만 한다. 다리가 풀리면서 의자에 주저앉는다.

화면이 스튜디오로 전환된다. 리사가 고급스러운 실내에서 같은 앵커와 인터뷰를 하고 있다. 리사는 어딘가 달라졌지만, 코너는 그게 무엇인지 아직 알 수 없다.

「리사.」 앵커가 입을 연다. 「당신은 언와인드가 예정된 주립 보호 시설의 피보호자였다가, 악명 높은 애크런의 무단이탈자와 공범이 되었고, 심지어 해피 잭 하비스트 캠프에서 그의 죽음을 목격했죠. 그 모든 일을 겪고 나서, 어떻게 지금은 언와인드를 지지하게 되었나요?」

리사는 망설이다 대답한다. 「복잡해요.」

스타키가 팔짱을 낀다. 「그래, 복잡하겠지.」

「조용히 해!」 코너가 쏘아붙인다.

「차근차근 말해 줄 수 있나요?」 앵커가 미소 지으며 묻는다. 무장 해제시키는 그 미소에 코너는 롤런드의 주먹으로 그녀의 얼굴을 쳐버리고 싶어진다.

「그냥, 전과는 관점이 달라졌다고만 해두죠.」

「언와인드를 좋게 보게 되었다는 말인가요?」

「아뇨, 언와인드는 끔찍한 일이에요.」 리사가 대답한다. 그 말에 코너는 잠시 희망을 품지만, 리사가 이어 말한다. 「하지만 언와인드가 모든 나쁜 것 중에서는 가장 덜 나쁘죠. 언와인드가 존재하는 데는 이유가 있어요. 언와인드가 없으면 세상은 아주 달라질 거예요.」

「이런 점을 지적해서 미안한데, 이제 열일곱 살이 되어 언와인드 연령을 넘겼으니 그렇게 말하기 쉬울 수도 있겠네요.」

「노코멘트할게요.」 리사가 말한다. 그 말이 코너의 뱃속을 천천히 헤집는 단검 같다.

「당신한테 걸린 혐의에 대해서 말해 보죠.」 앵커가 노트를 보며 말한다. 「국가 재산, 즉 당신 자신에 대한 절도. 테러 행위 공모. 살인 공모. 그런데 이 모든 혐의가 기각됐어요. 당신이 마음을 바꾼 것과 관련이 있나요?」

「제안을 받았다는 건 부정하지 않을게요.」 리사가 말한다. 「하지만 그게 제가 오늘 이곳에 나온 이유는 아니에요.」 그러더니 그녀는 아주 사소한 몸짓을, 그녀를 아는 사람만이 눈치챌 수 있는 어떤 몸짓을 한다…….

리사는 다리를 꼰다.

코너는 숨이 막힌다. 비행기에서 공기가 빠져나가는 것 같은 경험이다. 곧 산소마스크가 떨어질 것 같다.

「이것만으로도 나쁘다고 생각한다면, 다음 질문을 들어 봐.」 스타키는 약간 즐거워하는 표정으로 말한다.

「리사, 마음을 바꾼 게 편의 때문인가요, 양심 때문인가요?」

리사는 공을 들이듯 시간을 들여, 답을 내놓는다. 그렇다고 그 답이 덜 파괴적인 것은 아니다. 「둘 다 아니에요.」 리사가 말한다. 「그 모든 일을 마주한 뒤, 저는 선택지가 없다는 걸 알게 됐어요. 언와인드를 지지하는 건 필요 때문이에요.」

「꺼.」 코너가 말한다.

「더 있는데…… 마지막 부분은 꼭 봐야 해.」

「끄라고!」

스타키는 손을 뻗어 TV를 끈다. 코너는 다루기에는 너무 뜨거운 모든 것을 막는 방화문처럼 정신의 문이 쾅 닫히는 것을 느낀다. 하지만 너무 늦었다. 불길이 이미 안으로 새어 들어왔다. 이 순간, 코너는 자신이 1년 전 언와인드되었기를 바란다.

레브가 그를 구하지 않았기를 바란다. 그랬다면 지금의 감정을 느낄 필요가 없었을 테니까.

「이걸 왜 보여 준 거야?」

스타키가 어깨를 으쓱한다. 「너도 알 권리가 있다고 생각했어. 헤이든은 알면서도 숨기고 있어. 난 그게 잘못된 일이라고 생각해. 너무도 불공정한 일이야. 누가 네 친구이고 누가 적인지 알면 더 강해질 수 있잖아?」

「그래, 맞아. 그렇지.」 코너가 멍하니 말한다.

스타키가 그의 어깨를 꽉 잡는다. 「괜찮아, 너는 극복할 수 있을 거야. 우리 모두가 널 응원해.」 그러더니 스타키는 떠난다. 계몽의 임무가 완수되었다.

코너는 오랫동안 꼼짝도 하지 않고 앉아 있다. 이런 짐을 짊어질 만큼 강해져야 한다는 안다. 하지만 내면이 너무 갈기갈기 찢긴 기분이라, 앞으로 수백 명의 언와인드를 돌보기는커녕 당장 오늘 밤을 어떻게 버텨야 할지도 모르겠다. 역사를 밝혀 언와인드를 종식시키겠다는 모든 고귀한 이상은 단 하나의 절망적인 생각으로 결딴난다.

리사. 리사. 리사.

코너는 다리가 묶였다. 스타키는 코너가 이렇게 망가질 줄 정말 몰랐을까? 그는 코너가 생각한 것보다 멍청하거나…… 훨씬, 훨씬 더 똑똑할 터였다.

42
스타키

지반은 스타키에게 지역 언와인드 의뢰서 목록 사본을 가져다준다. 목록에서 구출 가능한 것으로 분류된 아이는 셋뿐이다. 그중 황새는 없다. 하지만 오늘은 변화가 일어나는 날이다. 목록에는 방치되고 잊힌 황새 아이가 한 명 있다.

지저스 라베가
노스 브라이턴 레인 287번지

뭐, 언와인드 구출 작전을 코너가 독점해야 하는 건 아니다. 지금이야말로 스타키가 직접 문제를 해결할 적기다.
「지저스라고? 이야, 예수가 우리를 구하는 게 아니라 우리가 예수를 구하네.」 스타키가 황새 클럽에 자신의 계획을 설명하자 누군가 말한다. 다른 아이가 그의 머리를 탁 때린다. 「사람 이름일 때는 헤이수스라고 읽는 거야, 멍청아.」
하지만 이름이야 어떻게 발음하든 지저스는 홀리의 성스러운 방문을 받게 되었다.

오후 11시 정각, 청소년 전담 경찰이 지저스를 잡으러 오기 하루 전에 스타키와 황새 클럽 회원 아홉 명은 노스 브라이턴 레인 287번지를 급습한다. 그들에게는 무기가 있다. 스타키가 무기고 자물쇠를 땄기 때문이다. 그들에게는 차도 있다. 차량 관리를 맡은 아이가 황새 클럽의 충성스러운 회원이기 때문이다.

그들은 노크를 하지도, 초인종을 누르지도 않는다. 앞문과 뒷문을 동시에 부수고 들어간다. 마약 소굴을 덮치는 특공대처럼 그 집을 박살 낸다.

여자가 비명을 지르며 어린아이 두 명을 뒷방으로 몰아넣는다. 스타키는 구출 대상이 될 만한 아이를 발견하지 못한다. 거실에 들어선 순간, 마침맞게 한 남자가 커튼 봉을 내리고 돌아서 그를 마주 본다. 남자가 급하게 구할 수 있었던 물건 중 가장 무기에 가까운 물건이다. 스타키는 재빨리 그의 손에서 그것을 빼앗고, 기관 단총의 총구를 그의 가슴에 들이대며 벽으로 밀어붙인다. 「지저스 라베가. 어디에 있는지 말해. 당장!」

남자의 눈이 두려움에 앞뒤로 빠르게 움직이다가 스타키 뒤쪽 어딘가에 고정된다. 스타키는 늦지 않게 돌아서서, 자신을 향해 날아오는 야구 방망이를 본다. 몸을 숙이자, 야구 방망이는 손가락 한 마디 차이로 그의 머리 위를 스치고 지나간다. 방망이를 든 아이는 라인배커[16]처럼 덩치가 크다.

「아니! 그만해! 네가 지저스 라베가 맞지? 우린 널 구하러 온 거야!」

---

16 미식축구에서 상대 팀 공격수에게 태클을 걸며 방어하는 수비수.

하지만 그렇다고 지저스의 공격이 멈추지는 않는다. 방망이가 스타키의 옆구리를 강타한다. 통증이 터질 듯하다. 스타키는 쓰러진다. 무기가 소파 뒤로 날아간다. 이제는 지저스가 다시 한번 방망이를 들어 돌린다. 스타키는 숨을 쉴 수 없다. 옆구리가 너무 아파 밭은 숨을 헉헉댈 뿐이다.

「청소년 전담 경찰! 여기! 내일!」 스타키가 헐떡인다. 「너희 부모가! 널 언와인드하려 해!」

「개소리한다!」 그가 말한다. 그는 방망이를 들어 올린다. 다시 휘두를 태세다. 「도망쳐요, 아빠! 빠져나가요!」 남자는 허둥지둥 도망치려 하다가 다른 황새들에게 둘러싸인다. 이 녀석은 모르는 건가? 이들이 이미 언와인드 의뢰서에 서명했다는 걸 깨닫지 못하는 건가? 지저스 라베가가 다시 방망이를 휘두르려고 힘을 끌어올린다. 바로 그때, 스타키의 황새 중 하나가 커다란 미식축구 트로피를 들고 그의 뒤로 다가가 대리석 받침대로 그의 머리를 가격한다. 묵직한 돌이 지저스의 뒤통수에 명중하고, 지저스는 바닥에 고꾸라진다. 트로피는 산산조각 난 채 흩어진다.

「뭘 한 거야?」 스타키가 소리 지른다.

「저 녀석이 널 죽이려 했어!」 황새가 소리친다.

스타키는 지저스 옆에 무릎을 꿇는다. 피가 머리에서 쏟아져 나와 카펫을 적신다. 눈이 반쯤 뜨여 있다. 스타키는 맥을 짚어 보지만 아무것도 느껴지지 않는다. 머리를 돌려 보니 두개골이 심하게 파열되어 있다. 한 가지는 확실하다. 지저스 라베가는 언와인드되지 않을 것이다. 죽었으니까.

스타키는 그런 짓을 벌인 아이를 본다. 아이는 스타키의 시선을 받고 겁에 질린다.「그러려던 건 아니야, 스타키! 정말이야! 맹세해! 널 구하려 한 거야!」

「네 잘못이 아니야.」스타키가 말한다. 그는 아이의 아버지를 돌아본다. 아버지는 거미처럼 구석에 몰려 있다.

「당신이 한 짓이야!」스타키가 소리 지른다.「당신은 지저스를 언와인드하려고 평생 여기에 잡아 뒀어. 지저스가 죽었다는 게 신경 쓰이기나 해?」

남자는 그 소식에 경악한다.「주, 죽었다고? 안 돼!」

「연기하지 마!」스타키는 더 이상 참을 수 없다. 물러날 수 없다. 이 남자는, 황새 배달된 아들을 언와인드하려던 이 괴물은 자기가 한 짓에 대한 대가를 치러야 한다!

스타키는 옆구리의 통증을 무시한 채 발을 휘둘러 남자를 걷어찬다. 내가 아니라 이 자식이 고통을 느껴야 해. 이 고통을 전부 느껴야 해! 스타키는 발로 차고 또 찬다. 남자는 비명을 지르고 신음하지만 스타키는 계속 발길질을 멈추지 않는다. 멈출 수 없다. 현관에 버려진 모든 아기, 누구도 원치 않는 모든 아기, 아기를 원하지 않는 엄마에게서 태어났다는 이유만으로 인간 이하의 존재로 취급받는 세상 모든 아이의 분노가 그의 발끝에 실려 있는 것 같다.

마침내, 다른 황새가 스타키를 말린다.

「그만하면 됐어.」그가 말한다.「알아들었을 거야.」

피투성이가 되도록 얻어맞은 남자는 문쪽으로 기어 나간다. 나머지 가족들도 이웃으로 도망쳤다. 아마 경찰을 불렀을 것이다. 스타키는 이제 되돌릴 수 없음을 깨닫는다. 선을 넘었다. 끝까지 밀어붙이는 수밖에 없다. 그가 원했던 건 아니지만, 일이 이렇게 되어 버린 이상 어떤 식으로든 의미를 만들어야 한다. 그래, 그들이 구하려 했던 아이는 죽었다. 하지만 오늘 밤이 이렇게 끝나서는 안 된다. 무슨 의미라도 있어야 한다. 어떤 가치라도 찾아야 한다. 스타키만이 아니라 모든 황새를 위해서.

「이걸 경고로 삼아.」 스타키는 휘청거리며 멀어져 가는 남자를 향해 외친다. 이웃들이 현관에 나와 있다. 그의 말을 듣고 있다. 잘됐다! 이제 모두가 귀 기울일 시간이다. 「이걸 경고로 삼아.」 그가 다시 말한다. 「황새를 언와인드하려는 모든 사람에게! 당신들 모두는 응당한 대가를 치르게 될 거야!」 그런 다음, 번쩍이는 영감 속에 그는 집을 가로질러 차고로 들어간다.

「스타키!」 황새들 중 하나가 그의 등 뒤에 대고 소리친다. 「뭐 하는 거야?」

「보면 알아.」

그는 차고에서 휘발유 통을 찾는다. 반쯤 남았지만 그걸로 충분하다. 그는 집 전체를 돌아다니며 구석구석에 휘발유를 뿌린다. 그리고 난로 위 선반에서 성냥갑을 찾아 불을 붙인다.

잠시 후, 그는 잔디밭을 가로질러 집에서 멀어진다. 친구들이 기다리고 있는 지프에 올라탄다. 그사이 불길한 불꽃이 그의 등 뒤에서, 집 안에서 솟아오른다. 지프가 끼익 소리를 내며 어둠 속으로 멀어져 갈 때, 창문이 터지기 시작한다. 타오르는 지옥에서 연기가 뿜어져 나온다. 집 전체가 타오르는 등대가 되어 메이슨 스타키가 여기에 왔음을, 사람들이 대가를 치르게 될 것임을 세상에 알린다.

43
눈사태

나는 자유 의지에 따라 이 서류에 서명합니다.

그게 리사 워드가 서명한 동의서의 마지막 줄이었다. 로버타의 예측은 정확했다. 그 서류에 서명함으로써 리사는 새로운 척추를 얻게 되었다. 다리를 쓸 수 있게 되었다. 하지만 그게 전부는 아니었다. 그 서류는 리사가 예측할 수 없었던, 그럼에도 로버타와 그 관계자, 그들의 돈에 의해 전문적으로 조율된 일련의 폭포수 같은 사건들을 일으켰다.

……나는 자유 의지에 따라 서명합니다.

리사는 한 번도 스키를 타본 적이 없었지만 — 그처럼 경솔한 활동은 주립 보호 시설의 피보호자들에게 허락되지 않았다 — 최근에는 자주 그런 꿈을 꿨다. 검은 다이아몬드 세 개짜리 슬로프에서, 다가오는 눈사태의 가장자리에 쫓기며 스키를 타는 꿈. 그녀가 바닥에 이르거나 절벽 너머로 날아가 파멸을 맞을 때까지 결코 멈추지 않는 꿈이었다.

……나의 자유 의지에 따라.

뉴스 인터뷰 전에, 공익 광고 전에, 자신이 어떤 요구를 받게 될지 알기도 전에 리사의 망가졌던 척추는 교체되었다. 그녀는 5일간 의학적으로 유도된 혼수상태에 빠졌다가 깨어나 완전히 새로운 삶을 맞았다.

44
리사

「느껴지는지 말해 봐.」 간호사가 플라스틱 조각으로 리사의 발가락을 긁으며 말한다. 리사는 자기도 모르게 쏩 소리를 낸다. 그래, 느껴진다. 단순한 허상 감각이 아니다. 다리에 스치는 시트가 느껴진다. 발가락이 다시 느껴진다. 발가락을 움직여 보려 하지만, 그것만으로 온몸이 아프다.

「움직이려 하지 마라, 애야.」 간호사가 말한다. 「치유제가 제 역할을 하도록 놔둬. 우린 2세대 치유제를 쓰고 있어. 넌 2주면 일어나서 걷게 될 거란다.」

그 말을 듣자 심장이 쿵쾅거린다. 리사는 자신의 심장과 정신이 좀 더 직접적으로 연결되어 있었으면 좋겠다고, 이런 일을 바라지 않는 그녀의 일부가 이런 일을 바라는 일부를 단호히 덮어 버렸으면 좋겠다고 생각한다. 그녀의 정신은 이들이 해준 일을 경멸하지만, 이성이라고는 모르는 몸 어딘가는 직접 균형을 잡고 두 발로 설 수 있다는 생각에 기쁨으로 가득 찬다.

「물론 물리 치료가 아주 많이 필요할 거야. 네가 생각하는 것만큼은 아니겠지만.」 간호사는 리사의 다리에 부착된 장치를 확인한다. 전기 자극 장치다. 근육을 수축시켜, 마비된 몸을 깨우고 최상의 신체 조건으로 끌어가기 위한 것이다. 리사는 침대에만 누워 있는데도 매일 수 킬로미터는 달린 것 같은 피로감이 든다.

그녀는 더 이상 감방에 있지 않다. 딱히 병원도 아니다. 리사는 이곳이 일종의 민간 주택임을 알 수 있다. 창밖에서 파도의 굉음이 들린다.

리사는 직원들이 그녀의 정체를, 그녀에게 무슨 일이 일어났는지를 아는지 궁금하다. 하지만 그 이야기는 꺼내지 않기로 한다. 너무 고통스러우니까. 그냥 하루하루 참아 가며 로버타가 다시 찾아오기를, 소위 계약 조건을 충족하려면 무엇을 더 해야 하는지 말해 주기를 기다리는 게 낫다.

하지만 리사를 찾아온 건 로버타가 아니다. 캠이다. 캠은 리사가 절대로 보고 싶지 않은 사람이다, 그를 사람이라고 부를 수 있다면 말이지만. 그의 머리카락은 처음 보았을 때보다 약간 채워졌고, 다양한 접목으로 인한 얼굴의 흉터는 한결 희미해졌다. 서로 다른 피부색이 만나는 곳의 솔기는 거의 보이지 않는다.

「기분이 어떤지 알고 싶었어.」 그가 말한다.

「뱃속까지 역겨워.」 리사가 말한다. 「네가 들어온 순간부터 그래.」

캠은 창가로 가서 블라인드를 좀 더 젖히고 오후의 기다란 햇빛을 들인다. 창밖의 해변에서 유독 시끄러운 파도 소리가 들린다. 「바다는 최고의 화성학자야.」 그가 말한다. 아마 리사가 한 번도 들어 본 적 없는 사람의 말을 인용하는 것일 터다.
「걸을 수 있게 되면 꼭 바다를 봐야 해. 이 시간대에는 정말 예뻐.」 캠이 그녀에게 말한다.

리사는 대답하지 않는다. 그냥 그가 떠나기만을 기다린다. 그러나 캠은 떠나지 않는다.

「네가 왜 나를 싫어하는지 알아야겠어.」 그가 말한다. 「나는 너한테 아무 짓도 하지 않았어. 넌 심지어 날 알지도 못해. 그런데도 날 싫어하지. 왜 그런 거야?」

「난 네가 싫은 게 아니야.」 리사가 인정한다. 「싫어할 〈너〉가 없으니까.」

캠이 리사의 침대 옆으로 다가온다. 「난 여기 있잖아?」 그가 리사의 손에 자기 손을 얹는다. 리사는 손을 뺀다.

「난 네가 누구든, 뭐든 관심 없어. 아무도 나한텐 손 못 대.」

캠은 잠시 생각하더니 대단히 진지하게 말한다. 「그럼 네가 날 만져 볼래? 솔기 하나하나를. 나를 나로 만드는 게 뭔지 직접 느껴 볼 수 있어.」

리사는 대답할 가치조차 느끼지 못한다. 「언와인드당해서 네 일부가 된 아이들이 그러길 바랐을 것 같아?」

「십일조였다면 그랬겠지.」 캠이 말한다. 「그중엔 십일조도 있었어. 다른 아이들에게는 선택권이 없었고……. 나도 선택해서 만들어진 건 아니듯이.」

잠시, 리사는 캠을 만든 사람들에게 분노하면서도 동시에 캠 역시 피해자라고 느낀다. 캠을 만들기 위해 언와인드된 모든 아이가 그렇듯이.

「넌 왜 여기 있는 거야?」 리사가 묻는다.

「그 질문에는 할 말이 많아.」 캠이 자랑스럽게 말한다. 「〈인간 존재의 유일한 목적은 존재의 어둠 속에 불을 밝히는 것이다.〉 카를 융.」

리사는 짜증이 나서 한숨을 쉰다. 「아니, 왜 여기, 이 장소에서 나랑 이야기하고 있느냐고? 능동적 시민에서는 실험체한테 나와 이야기하는 것보다 더 중요한 일들을 시켰을 텐데.」

「심장이 있는 곳.」 캠이 말한다. 「어…… 내 말은…… 내가 여기 있는 이유는 여기가 내 집이기 때문이야. 그리고 여기에 있고 싶기도 하고.」

캠이 미소 짓는다. 리사는 그 미소가 진심이라는 사실이 싫다. 그게 전혀 캠의 것이 아니라는 사실을 계속 떠올려야 한다. 캠은 그냥 다른 사람의 육신을 입고 있을 뿐이다. 그걸 전부 벗겨 내면 핵심에는 아무것도 없을 것이다. 그는 기껏해야 잔인한 장난에 지나지 않는다.

「그래서, 네 뇌는 프로그래밍된 거야? 가장 뛰어나고 똑똑한 아이들한테서 이식받은 신경절로 가득해?」

「전부 그런 건 아니야.」 캠이 조용히 말한다. 「넌 왜 내가 어떻게 할 수 없는 일을 나한테 책임지라고 해? 난 그저 존재할 뿐이야.」

「진짜 신처럼 말하네.」

「사실 신이 한 말은, 흠정역 성서에 따르면 〈나는 스스로 있는 자니라〉야.」 캠은 리사의 태도를 조금은 그대로 되돌려 준다.

「부탁인데, 성경 전체가 프로그래밍된 채로 만들어졌다고는 하지 말아 줘.」

「나한테는 세 가지 언어로 된 성경이 있어.」 캠이 말한다. 「이번에도 내 잘못은 아니야. 그냥 있는 거지.」

리사는 캠을 만든 자들의 오만함에 웃을 수밖에 없다. 그들은 신에게 장난을 걸면서 그에게 성경 지식을 채우는 것이 궁극적 오만이라는 생각을 한 번이라도 해봤을까?

「그리고 어쨌든, 내가 성경을 문자 그대로 외우는 것도 아니야. 그냥 엄청나게 많은 것을 그럭저럭 쓸 수 있는 거지.」

리사는 캠의 말투가 교양 있는 말투에서 시골 소년의 투박한 말투로 바뀌는 걸 본다. 장난인가 싶다. 하지만 그게 아니라는 걸 알 수 있다. 캠의 뇌에 있는 다양하고 잡다한 부분에서 연결의 불꽃이 튀겨 그가 온갖 말을 쏟아 내게 만든 것이다.

「왜 생각을 바꿨는지 물어봐도 돼?」 캠이 묻는다. 「왜 수술에 동의했어?」

리사가 시선을 돌린다. 「피곤해.」 리사는 피곤하지 않은데도 그렇게 말한다. 얼굴을 돌린다. 침대에서 옆으로 몸을 돌리는 이런 동작조차 수술 전에는 할 수 없었던 동작이다.

리사가 대답하지 않으리라는 게 분명해지자 캠은 묻는다. 「다시 널 보러 와도 될까?」

리사는 여전히 계속 등을 돌린 채 말한다. 「어차피 올 거면서 왜 물어?」

「뭐, 허락을 구하는 게 예의니까.」 캠은 그렇게 말하며 떠난다.

리사는 오랫동안 그 자세로 누워 있다. 머릿속을 헤엄쳐 다니는 어떤 생각도 발을 딛지 못하게 하려 애쓴다. 마침내 그녀는 잠든다. 그날은 리사가 처음으로 눈사태 꿈을 꾼 날이다.

리사가 처음으로 걷는 날, 로버타는 어딘가로 일 처리를 하러 떠나 있다. 리사는 깨어난 지 2주가 아니라 1주 만에 걷는다. 이날은 리사의 충돌하는 감정들이 최고조에 이르는 날이다. 그녀는 이 순간이 혼자만의 것이기를, 공유되지 않기를 바란다. 하지만 평소처럼 캠이 초대도 받지 않고 찾아온다.

「중요한 단계! 이건 엄청난 사건이야.」 그가 신나서 말한다. 「친구가 목격해 줘야 해.」

리사는 얼음장 같은 눈으로 그를 쏘아본다. 캠은 말로 뒷걸음질을 친다.

「그으리고, 여기 친구는 없으니까 내가 대신해야 해.」

스테로이드로 강화된 고기 방패처럼 생긴 남자 간호사가 리사의 위팔을 잡고, 그녀가 침대에서 다리를 내리도록 도와준다. 다리가 천천히 움직여 바닥 위에 떠 있는 것이 정말로 현실감이 없다. 리사는 발가락 끝이 나무 바닥에 닿을 때까지 떨면서 무릎을 구부린다.

「바닥에 깔개를 깔아야겠네요.」 캠이 고깃덩이 간호사에게 말한다. 「리사한테 더 부드럽게요.」

「깔개는 미끄러워서 안 돼.」 고깃덩이 간호사가 대답한다.

간호사가 한쪽 팔을 잡고 캠이 다른 쪽 팔을 잡은 상태에서, 리사는 발을 딛고 일어선다. 첫 걸음이 가장 힘들다. 진창으로 발을 끌고 가는 것 같다. 하지만 두 번째는 놀랍도록 수월하다.

「잘한다!」 간호사가 격려한다. 걸음마를 뗀 아기에게 하는 말 같다. 어떤 의미에서, 리사는 지금 걸음마를 하고 있다. 균형 감각이라고는 전혀 없고, 무릎은 금방이라도 무너질 것 같다. 하지만 그녀는 넘어지지 않는다.

「계속 가.」 캠이 말한다. 「잘하고 있어!」 다섯 번째 걸음에 이르자, 리사는 억눌러 오던 강렬한 기쁨을 참을 수가 없다. 미소가 얼굴 가득 번진다. 현기증을 느끼지만, 숨이 차오를 정도로 기뻐 키득거린다.

「그거야.」 캠이 말한다. 「해내고 있어! 넌 다시 완전해졌어, 리사! 그걸 누릴 자격이 있고!」

리사는 그 말이 사실이라고 믿지 않지만, 그 순간만큼은 저항할 수는 없다. 「창문!」 리사가 말한다. 「창밖을 보고 싶어.」

창문 쪽으로 방향을 바꾸면서, 고깃덩이 간호사가 머뭇거리며 손을 놓는다. 이제 그녀를 지탱하는 건 캠뿐이다. 리사는 캠의 어깨에 팔을 걸치고 캠은 리사의 허리에 팔을 두른다. 리사는 이 자세가 불쾌하지만, 그 감정은 발과 발목, 정강이, 허벅지에서 느껴지는 아찔한 감각으로 덮여 버린다. 불과 며칠 전만 해도 아무것도 느껴지지 않았던 그녀의 신체 부위에서 느껴지는 감각으로.

45
캠

 캠에게 이 순간은 그야말로 천국이다. 리사가 자신을 붙잡고 있다. 자신에게 의지하고 있다. 캠은 지금이야말로 모든 장벽이 허물어질 순간이라고 자신을 설득한다. 창가에 이르기도 전에 리사가 돌아서서 자신에게 입을 맞출 거라고 믿는다.
 리사는 그의 목을 지지대로 삼으려고 꽉 잡는다. 리사의 손가락이 솔기를 꼬집지만, 그 고통마저 좋은 느낌이다. 캠은 리사가 자신의 모든 솔기에 무게를 실으며 그 부위를 아프게 한다고 상상한다. 어떤 고통도 이렇게 달콤할 수는 없다.
 그들은 창가에 이른다. 입맞춤은 없지만, 리사는 그를 놓지 않는다. 놓을 수가 없다. 놓으면 넘어질 테니까. 하지만 캠은 리사가 넘어지지 않더라도 자신을 잡고 있으리라 믿고 싶다.
 아침 바다는 거칠다. 물안개가 대형 트럭처럼 우르릉대며 하늘 높은 곳까지 솟아 있다. 멀리 섬이 보인다.
 「여기가 어디야? 아무도 말 안 해주던데.」
 「몰로카이야.」 캠이 말한다. 「하와이에 있는 섬이지. 예전에는 한센병 환자 수용소가 있었던 곳이야.」

「로버타가 여기 주인이야?」

캠은 리사의 말투에서 원한을 감지한다.「능동적 시민 소유야. 사실, 섬 절반이 그렇지. 여긴 원래 어떤 부자의 여름 별장이었는데, 지금은 의료 연구소로 쓰이고 있어. 로버타가 연구소장이고.」

「네가 그 여자의 유일한 프로젝트야?」

캠은 한 번도 생각해 본 적 없는 질문이다. 그가 아는 한, 그는 로버타가 속한 우주의 중심이다.「넌 로버타를 싫어하지?」

「누구, 나? 아니, 끔찍하게 사랑하는데. 음모를 꾸미는 년들이 내가 가장 좋아하는 부류거든.」

캠은 갑작스러운 보호 본능과 예상치 못하게 솟구치는 분노를 느낀다.「빨간불!」그가 불쑥 말한다.「로버타는 나한테 어머니와 가장 가까운 존재야.」

「차라리 황새 배달되는 게 나았겠다.」

「너야 쉽게 말할 수 있겠지. 넌 어머니가 뭔지도 모르니까.」

리사는 헛숨을 삼키더니 손을 뒤로 젖혀 그의 뺨을 후려갈긴다. 그 바람에 균형이 무너지면서 그녀는 뒤로 넘어진다. 간호사가 그녀를 받아 준다. 간호사는 캠을 비난하듯 힐끗 보더니 다시 리사에게 관심을 돌린다.「지금은 이걸로 충분해.」지나치게 근육이 많은 남자 간호사가 말한다.「다시 침대로 가자.」

간호사는 리사를 침대에 눕힌다. 캠은 창가에 무력하게 서 있다. 누구에게 화를 내야 할지 모르겠다. 자신일까, 리사일까, 아니면 리사를 그에게서 멀리 데려간 간호사일까.

「맞은 데는 고르게 아파, 캠?」리사가 목소리에 심술궂은 날을 세워 묻는다. 「아니면 네 얼굴에 있는 아이들이 전부 다르게 아프대?」

「테플론!17」 캠은 리사의 말이 머릿속에 달라붙지 않게 하겠다는 뜻으로 말한다. 「입마개!」 그는 차마 다시 성질을 터뜨릴 수 없다. 그래서는 안 된다! 캠은 심호흡하며 소용돌이치는 바다가 유리 표면처럼 고요한 호수로 잦아드는 모습을 상상한다.

「방금 내가 맞을 짓을 했다는 거 알아.」 캠이 말한다. 「하지만 로버타에 대해서는 말조심해. 난 네가 사랑하는 사람들에 대해 나쁜 말을 하지 않아. 나한테도 똑같이 예의를 지켜.」

캠은 리사에게 공간을 내준다. 그는 리사에게 일어난 이런 변화가 기적인 동시에 상처가 되리라는 걸 안다. 지금도 리사가 왜 마음을 바꾸고 수술을 허락했는지 알지 못한다. 다만 로버타가 설득을 잘한다는 건 안다. 그는 리사의 결정이 어느 정도 자신과 관련이 있다고 믿고 싶다. 그녀의 마음속 깊은 곳에, 처음의 혐오감 이면에 호기심이 있었다고. 심지어 그의 분절된 부위가 만들어 낸 감탄하는 마음마저 있었다고. 사람들이 그를 위해 짜맞춰 주었다는 점이 아니라, 그가 그것을 자신의 것으로 작동하게 만들었다는 점에 대해서 감탄한다고.

그들은 하루에 한 끼를 같이 먹는다. 「의무야.」 로버타가 캠에게 말한다. 「너희 둘이 언젠가 유대 관계를 맺어야 하니까. 식사는 정신이 애착에 가장 취약해지는 때거든.」

캠은 로버타가 이 모든 일을 너무 계산적으로 말하지 않았

---

17 물질이 달라붙지 않도록 표면을 코팅하는 데 쓰이는 합성수지.

으면 한다. 서로 가까워지는 것이 리사의 〈애착에 대한 취약성〉 때문이어서는 안 된다.

리사는 아직 자신이 캠의 동반자가 되기 위해 이곳에 와 있다는 걸 모른다.

「서두르지 마.」 로버타가 캠에게 말했었다. 「리사는 그 역할에 맞게 다듬어져야 해. 일단 리사를 위한 다른 계획이 있어. 우린 전설적인 리사의 위상을 우리한테 이롭게 쓸 거야. 너희 둘을 공식적으로 연결하기 전에 언론에 강력한 존재감을 만들어 내는 거지. 그러려면 시간이 필요해. 그때까지는 멋지고 매력적인 너로 있으면 돼. 리사는 네가 차지하게 돼 있어.」

「제가 실패하면요?」

「난 어디까지나 널 믿어, 캠.」

리사는 하루 종일 어느 때나 그의 머릿속에 있다. 그녀는 캠의 정신에 난 모든 솔기를 꿰고, 모든 것을 더욱 꽉 조이는 실이 된다. 리사 역시 캠에 대해 생각하고 있다는 걸 캠은 안다. 리사가 자신을 몰래 보는 방식 때문이다. 어느 날 오후, 캠은 비번인 경비원과 농구를 한다. 그는 셔츠를 벗고 솔기만이 아니라 최상의 상태인 근육을 드러낸다. 권투 선수의 식스팩 복근, 수영 선수의 강력한 가슴. 흠 하나 없는 근육군. 그 모든 것이 세밀하게 조율된 운동 신경의 지배를 받아 완벽한 레이업 슛을 해낸다. 리사는 큰 거실 창문가에 서서 그가 농구하는 모습을 지켜본다. 캠은 그녀가 보고 있다는 걸 알지만 티 내지 않는다. 그냥 훌륭한 경기를 보여 준다. 자신의 몸이 대신 말하게 놔둔다. 경기를 마친 뒤에야 그는 리사를 흘끗 올려다본다. 그녀는 몰래 보았다고 생각하겠지만, 실은 그게 아니라는 걸 알려 주려고. 캠이 공짜로 보여 준 것이다. 리사는 창가에서 그림자 속으로 물러나지만, 둘 다 알고 있다. 리사가 봐야 해서 본 것이 아니라 보고 싶어서 보았다는 걸. 캠은 그로써 세상 모든 것이 달라진다는 걸 안다.

46
리사

리사는 나선형 계단을 오른다. 나선형 계단을 내려간다. 물리 치료사 케니와 운동한다. 케니는 리사의 회복 속도가 매우 빠르다고 거듭 말한다. 리사는 외부 세계의 소식을 듣지 못한다. 더 이상 외부 세계가 존재하지 않는 것처럼 느껴진다. 섬에 있는 이 병원 — 전혀 병원이 아니지만 — 이 점점 집처럼 느껴져 간다. 그게 싫다.

리사는 캠과 함께하는 매일의 식사를 두려워하면서도 어느새 그 시간을 기대하게 된다. 날씨가 허락할 때면 식사는 발코니에서 이루어진다. 세 끼 중 캠과 함께하는 식사가 하루 중 최고의 식사다. 멀리서 리사에게 그 놀라운 몸을 기꺼이 자랑했던 캠은 식사 자리에서 어색하게 군다. 정략결혼이라도 한 것처럼, 리사만큼이나 억지로 그 자리에 떠밀려 온 것처럼 불편해한다. 둘은 리사가 따귀를 때린 날에 대해서는 전혀 얘기하지 않는다. 아니, 무엇에 대해서든 거의 말하지 않는다. 리사는 캠을 참아 낸다. 캠은 자신을 참아 내는 리사를 참아 낸다. 마침내 그가 긴장을 풀어 보려 한다.

「그날은 미안해.」 둘이 함께 발코니에서 스테이크를 먹고 있을 때 캠이 말한다. 「그냥 화가 났어. 피보호자로 산다는 건 전혀 잘못된 게 아니야. 사실, 내 일부는 그게 어떤 건지 알아. 주립 보호 시설의 기억이 있거든. 하나 이상이야.」

리사는 음식을 내려다본다. 「제발 그 얘기는 하지 마, 밥 먹잖아.」

하지만 캠은 멈추지 않는다. 「아주 좋은 곳은 아니지? 조금이라도 관심을 받으려면 싸워야 하고. 가만히 있으면 간신히 생존만 하게 되니까. 그런 삶이 최악이지.」

리사가 그를 올려다본다. 캠은 리사가 어린 시절 내내 느꼈던 감정을 말로 표현했다.

「넌 네가 어느 보호 시설에 있었는지 알아?」 리사가 묻는다.

「정확히 알지는 못해.」 캠이 말한다. 「이미지, 느낌, 특정한 기억은 있어 하지만 내 언어 중추는 대부분 피보호자들한테서 온 게 아니거든.」

「놀랍지도 않네.」 리사가 말한다. 「주립 보호 시설에서 언어 능력은 장점이 아니거든.」 리사가 씩 웃는다.

「넌 네 과거를 알아?」 캠이 묻는다. 「어쩌다 보호 시설에 가게 됐는지? 널 낳아 준 부모가 누구인지?」

리사는 목구멍에 뭔가 걸렸다고 느낀다. 그걸 억지로 삼키려 한다.

「그 정보는 아무도 몰라.」

「내가 알아볼 수 있어.」 캠이 말한다.

그 말에 리사는 두려움과 기대감을 느낀다. 이번에는 두려움이 이긴다. 그 사실이 매우 기쁘다.

「꼭 알아야만 했던 적도 없고, 지금 알아야 할 필요도 없는 정보야.」

캠은 실망한 듯 고개를 숙인다. 약간은 좌절한 것일지도 모른다. 리사는 자기도 모르게 식탁 너머로 팔을 뻗어 그의 손을 잡는다.「제안해 줘서 고마워. 친절한 말이었어. 단지, 이젠 그냥 받아들이고 살기로 한 일이라서 그래.」리사는 그의 손을 놓고 나서야 처음으로 캠과 자발적인 신체 접촉을 했다는 것을 깨닫는다. 캠도 그 순간을 놓치지 않는다.

「네가 애크런의 무단이탈자라는 남자애와 사랑하는 사이였다는 거 알아.」캠이 말한다.

리사는 반응을 보이지 않으려 애쓴다.

「그 애가 죽어서 유감이야.」캠이 말한다. 리사는 그를 두려운 눈으로 본다. 그때 캠이 말한다.「그날, 해피 잭 하비스트 캠프는 끔찍했을 거야. 네가 그 자리에 있었다니.」

리사는 깊게, 떨리는 숨을 들이쉰다. 그러니까 캠은 코너가 살아 있다는 걸 모른다. 그 말은 능동적 시민도 모른다는 뜻일까? 리사가 말할 수도, 물어볼 수도 없는 문제다. 그랬다간 너무 많은 질문이 돌아오게 될 테니까.

「그 애가 그리워?」캠이 묻는다.

이제 리사는 진실을 말할 수 있다.「응, 그리워. 아주 많이.」

캠이 다시 입을 열기까지는 오랜 시간이 걸린다. 그는 이렇게 말한다.「난 절대 그 애의 자리를 달라고 하지 않을 거야. 하지만 친구로서 네 마음 안에 내 자리도 있으면 좋겠어.」

「약속은 못 해.」리사는 자신의 마음보다 덜 단단한 목소리를 내려고 애쓴다.

「지금도 내가 추하다고 생각해?」캠이 묻는다.「지금도 내가 끔찍하다고 생각해?」

리사는 솔직히 대답하고 싶지만, 알맞은 말을 찾을 때까지 잠시 시간이 걸린다. 캠은 그녀가 머뭇거리는 이유를 자신의 감정을 다치지 않게 하려는 노력이라고 본다. 그가 시선을 내린다.「이해해.」

「아니.」리사가 말한다.「난 네가 끔찍하다고 생각하지 않아. 그냥…… 널 어떻게 평가해야 할지 모르겠어. 피카소 작품을 보는 기분이야 그림 속 여자가 추한지, 아름다운지 판단하려는 것 같달까. 잘 모르겠는데 계속 보게 되는 거야.」

캠이 미소 짓는다.「나를 예술 작품으로 보는구나. 마음에 드는데.」

「그래, 뭐, 난 피카소를 좋아하지 않아.」

그 말에 캠이 웃는다. 리사도 웃는다, 웃고 싶지 않지만.

절벽의 농장에는 잘 다듬은 산울타리와 이국적이고 향이 강한 꽃으로 가득한 장미 정원이 있다.

리사는 어린 시절을 도시 한복판의 주립 보호 시설이라는 제한된 콘크리트 건물 안에서 보냈기에 정원을 좋아해 본 적이 없다. 하지만 이곳에선 매일 정원에 나온다. 비록 포로가 아닌 척하기 위해서일 뿐이라도. 다시 걸을 수 있게 된 지금, 정원에서 내딛는 한 걸음, 한 걸음은 아직도 선물처럼 느껴질 만큼 새롭다.

하지만 오늘은 그곳에서, 로버타가 소규모 방송 프로그램을 준비하고 있다. 촬영 팀이 몇 명 있고, 정원 한가운데에는 리사의 옛 휠체어가 놓여 있다. 그걸 보니 지금 당장 분류하기에는 너무 많은 감정이 홍수처럼 밀려든다.

「이게 다 무슨 일인지 말해 줄 수 있어요?」 리사가 묻는다. 정말 알고 싶은지 잘 모르겠다.

「넌 이제 걸은 지 거의 일주일이 됐어.」 로버타가 말한다. 「네가 하기로 한 첫 번째 서비스를 할 시간이야.」

「몸 파는 것 같은 기분이 들도록 표현해 주셔서 고맙네요.」

로버타는 잠시 당황하지만 금세 평정심을 회복한다. 「그런 뜻으로 한 말은 아니야. 너 정말 상황을 비꼬는 데 재주가 있구나.」 그녀는 리사에게 종이 한 장을 내민다. 「여기 대사가 있어. 넌 공익 광고를 녹음할 거야.」

리사는 그 말에 웃을 수밖에 없다. 「나를 TV에 내보내겠다고요?」

「그리고 인쇄 광고와 인터넷에도 나갈 거야. 이건 널 위해 준비한 수많은 계획 중 첫 번째일 뿐이야.」

「정말이지, 또 무슨 계획이 있는데요?」

로버타가 미소 짓는다. 「때가 되면 알게 될 거야.」

리사는 한 문단을 읽어 본다. 단어 하나하나가 그녀의 뱃속으로 곧장 들어가 박힌다.

「못 외우겠으면 큐 카드도 준비해 뒀어.」 로버타가 덧붙인다.

리사는 같은 문장을 두 번 읽고서야 자신이 본 것을 실제로 본 것이라 믿을 수 있다. 「아뇨! 이런 말은 안 할 거예요. 이런 말을 하라고 시킬 순 없죠!」 리사는 종이를 구겨 던진다.

로버타는 침착하게 파일을 열어 다른 종이를 꺼낸다. 「지금

쯤이면 당연히 사본이 있다는 걸 알 텐데.」

리사는 종이를 받지 않는다. 「어떻게 이런 말을 시킬 수 있죠?」

「그렇게 오버할 필요는 없어. 그 안에 사실이 아닌 말은 하나도 없으니까.」

「그게 중요한 게 아니에요. 문제는 말이 아니라, 그 말에 숨은 뜻이니까요!」

로버타는 어깨를 으쓱한다. 「진실은 진실이야. 함축된 의미는 주관적인 거고. 사람들은 네 말을 듣고 각자 알아서 판단할 거야.」

「날 속이려 들지 말아요, 로버타. 난 당신이 원하는 만큼 멍청하거나 순진하지 않으니까.」

그 말에 로버타의 표정이 달라진다. 냉정하고 솔직해진다. 더 이상 가식은 없다. 「이게 네가 하기로 한 일이야. 우리 약속을 잊은 모양인데······.」 얇디얇은 베일로 가려진 위협이다. 그때, 갑자기 말소리가 들려온다.

「무슨 약속이요?」

둘 다 돌아본다. 캠이 정원 안으로 들어오고 있다. 로버타가 리사에게 눈빛을 보내자 리사는 아무 말 없이 발치의 구겨진 종이를 내려다본다.

「당연히 리사의 척추에 관한 약속이지.」 로버타가 말한다. 「매우 값비싼 첨단 척추 교체 수술의 대가로, 리사는 능동적 시민의 가족이 되기로 했어. 가족 구성원 모두에게는 각자 해야 할 역할이 있고.」 그녀는 리사에게 다시 종이를 내민다. 선택지는 없다. 그녀는 촬영 팀을 본다. 그들은 얼른 촬영을 시작하고 싶어 조바심을 내고 있다. 리사는 다시 로버타를 본다.

「휠체어 옆에 설까요?」 리사가 묻는다.

「아니, 휠체어에 앉아야 해.」 로버타가 말한다. 「그러다가 중간에 일어나. 그게 더 효과적이지 않겠니?」

공익 광고

저는 하반신이 마비됐어요. 해피 잭 하비스트 캠프에서 일어난 박수도 공격의 피해자였죠. 저는 언와인드라는 이념 자체를 혐오했어요. 그런 제가 하룻밤 사이에 간절한 의료적 욕구를 가진 사람이 된 거예요. 언와인드가 없었다면, 저는 새 척추를 받을 수 없었을 거예요. 언와인드가 없었다면, 제 남은 인생은 이 휠체어에 갇힌 채로 끝났을 거예요. 저는 주립 보호 시설의 피보호자였어요. 무단이탈자였어요. 하반신 마비 환자였어요. 하지만 지금은 어느 것도 아니에요. 제 이름은 리사 워드입니다. 언와인드가 제 인생을 바꿨어요.

— 전국 총체적 건강 협회에서 후원하는 광고임

리사는 언제나 자신을 생존자로 여겨 왔다. 그녀는 〈예산 삭감〉의 대상이 되어 언와인드로 강등되기 전 오하이오 주립 보호 시설 23호라는 위험한 바다를 헤쳐 왔다. 그 이후에는 무단 이탈자로 생존했고, 하비스트 캠프에서도 생존했으며, 죽었어야 마땅한 끔찍한 폭발에서조차 살아남았다. 그녀의 강점은 언제나 예리한 정신력과 적응력이었다.

그렇지만, 이런 일에 적응해 보라.

대단찮은 유명세, 바랄 수 있는 모든 안락함, 자신에게 푹 빠진 똑똑하고 매력적인 소년……. 그리고 그녀가 믿어 왔던 모든 것에 대한 포기와 양심에 대한 기권.

리사는 절벽 위 저택의 뒤뜰, 고급스러운 실외 의자에 앉아 열대의 노을을 바라보며 생각에 잠긴다. 머릿속에 주관과 평화를 돌려놓으려 애쓰지만, 그녀의 영혼을 거스르는 강력한 파도가 밀려온다. 아래 해안에서 부서지는 파도만큼이나 무자비하다. 시간이 지나면, 가장 강력한 산도 바다에 침식되어 바닷속으로 가라앉는다. 과연 언제까지 저항할 수 있을지 모르겠다. 아니, 저항해야 하는지조차 모르겠다.

오늘 아침에는 뉴스 인터뷰가 있었다. 리사는 실제로 거짓말을 하지 않아도 되도록 질문에 대답했다. 언와인드에 대한 그녀의 지지가 〈필요 때문〉인 것은 사실이지만, 그렇게 지지하게 만든 원인을 아는 사람은 리사와 로버타뿐이다. 리사의 입에서는, 그녀가 말하고도 믿기 어려운 말들이 나온다. 언와인드가 모든 나쁜 것 중에서는 가장 덜 나쁘죠. 정말로 리사의 일부는 그런 말을 믿을까? 지속적인 조작으로 그녀 안의 나침반은 미친 듯이 빙빙 돌았고, 리사는 다시는 진정한 북쪽을 찾지 못할지도 모른다는 두려움에 사로잡힌다.

그녀는 기진맥진해 잠든다. 겨우 몇 초가 지난 것 같은데 누군가 부드럽게 어깨를 흔드는 바람에 깨고 만다. 지금은 밤이다. 수평선의 희미한 푸른색 흔적만이 황혼의 기억을 간직하고 있다.

「나무 톱질.」 캠이 말한다. 「코 고는 줄은 몰랐네.」

「코 안 골아.」리사는 기진맥진해서 말한다.「말을 바꿀 생각도 없어.」

캠은 담요를 가지고 있다. 리사는 그가 담요를 둘러 줄 때에야 자면서 얼마나 추웠는지 깨닫는다. 이 열대의 환경에서도 밤공기는 차가워질 수 있다.

「나는 네가 혼자서 시간을 보내지 않았으면 좋겠어.」그가 말한다.「그럴 필요 없어, 너도 알겠지만.」

「인생 대부분을 주립 보호 시설에서 보내면 고독이 사치처럼 느껴져.」

캠이 그녀 옆에 무릎을 꿇는다.「다음 주에 우리가 함께하는 첫 인터뷰가 있어. 우리를 본토로 데려간대. 로버타가 말해 줬어?」

리사는 한숨을 쉰다.「다 알고 있어.」

「우리가 연인으로 나올 예정인데…….」

「미소 짓고, 카메라에 잘 담기도록 내 일을 할게. 걱정할 필요 없어.」

「난 네가 그걸 일로 생각하지 않기를 바랐어.」

리사는 별이 가득한 하늘을 올려다본다. 묘지 위의 하늘보다 별이 더 많다. 하긴, 묘지에서는 하늘을 볼 시간도, 그럴 여유도 없었다.

「난 이름을 전부 알아.」캠이 말한다.「별 이름 말이야.」

「바보 같은 소리 하지 마. 별이 수십억 개나 되는데. 그걸 다 알 리 없잖아.」

「과장법.」캠이 말한다.「내 말은 과장일 수도 있겠지만, 중요한 별의 이름을 다 아는 건 사실이야.」그러더니 캠은 별을 하나하나 짚어 가며 설명하기 시작한다. 머릿속에 살아 있는 별자리표에 접근하면서 그의 목소리가 살짝 보스턴 억양을 띤다. 「저건 알파 센타우리야. 〈켄타우로스의 다리〉라는 뜻이지. 우리와 가장 가까운 별에 속해. 오른쪽에 밝은 별 보여? 저건 시리우스야. 밤하늘에서 가장 밝은 별인데······.」

리사에게는 캠의 목소리가 최면을 거는 것처럼 느껴지기 시작한다. 그 목소리는 리사가 갈망하던 평화의 암시를 가져다 주는 듯하다. 내가 필요 이상으로 까다롭게 굴고 있는 걸까? 리사는 스스로에게 묻는다. 적응할 방법을 찾아야 하는 걸까?

「저 어두운 별은 스피카야. 실제로는 시리우스보다 백 배 밝은데 그만큼 멀리 떨어져 있어······.」

리사는 능동적 시민의 프로그램을 따르기로 한 자신의 선택이 이기심에서 비롯된 것이 아니었음을 떠올리려 애쓴다. 그렇다면 자신의 양심도 위로할 수 있는 건 아닐까? 하지만 그게 아니라면, 리사를 깊은 어둠으로 끌고 가는 게 오직 양심뿐이라면 살아남기 위해 그 양심마저 끊어 내야 하는 것 아닐까?

「저건 안드로메다야. 실제로는 완전한 은하인데······.」

캠의 잘난 척에는 오만한 느낌도 있지만 천진함도 담겨 있다. 그날 학교에서 배운 것을 자랑하려는 어린아이 같다. 하지만 캠은 이런 것을 배운 적이 없다. 그렇지 않은가? 지금 그가 쓰는 억양은 이 정보가 그의 머릿속에 밀려 들어간 다른 누군가의 것이라는 사실을 분명히 보여 준다.

그만해, 리사! 리사는 자신을 꾸짖는다. 아마 지금은 산이 침식되게 놔둘 때인지도 모른다. 그래서 리사는 마음속 저항을 누르고 의자에서 일어나 캠 옆의 풀밭에 누워 흩뿌려진 별들을 올려다본다.

「북극성은 언제나 찾기 쉬워. 북극 바로 위에 있거든. 그러니까 북극성이 어디에 있는지 알면 언제나 진짜 북쪽을 찾을 수 있어.」캠이 그렇게 말하는 걸 들으니 숨이 막힌다. 캠이 그녀를 돌아본다. 「나한테 입 다물라고 하지 않을 거야?」

그 말에 리사가 웃는다. 「난 네가 날 다시 자게 해줬으면 좋겠어.」

「아, 내 말이 그렇게 지루해?」

「조금.」

캠은 팔을 뻗어 그녀의 팔을 가만히 쓰다듬는다.

리사가 뒤로 물러나며 일어나 앉는다. 「그러지 마! 내가 손 닿는 거 싫어하는 거 알잖아.」

「손 닿는 게 싫은 거야, 아니면…… 내 손이 닿는 게 싫은 거야?」

리사는 대답하지 않는다. 「저건 뭐야?」 대신 손가락질으로 하늘을 가리키며 묻는다. 「저 빨간 거.」

「베텔게우스.」 캠이 말한다. 어색한 침묵이 흐른 뒤 그가 덧붙인다. 「걘 어땠어?」

「누구?」

「누군지 알잖아.」

리사는 한숨을 쉰다. 「너도 그 얘기는 하고 싶지 않을 거야, 캠.」

「하고 싶을지도 모르지.」

리사에게는 저항할 기운이 없다. 그녀는 다시 누워 별에 시선을 둔 채 말한다. 「충동적이고 우울해. 가끔 자기혐오에 빠지고.」

「진짜 보석 같은 녀석이었네.」

「아직 안 끝났어. 걘 똑똑하고 의리 있고 열정적이고 책임감 있는, 강한 리더야. 하지만 스스로 그 점을 인정하기엔 너무 겸손해.」

「현재형으로 말하네?」

「그랬다는 거야.」 리사는 진실을 감춘다. 「가끔은 걔가 지금도 곁에 있는 것처럼 느껴져.」

「나도 걜 알았으면 좋았을 텐데.」

리사가 고개를 젓는다. 「걘 널 싫어했을 거야.」

「왜?」

「질투심이 많았거든.」

둘 사이에 다시 침묵이 내린다. 이번에는 전혀 어색하지 않다.

「나한테 얘기해 줘서 고마워.」 캠이 말한다. 「나도 너한테 하고 싶은 말이 있어.」

리사는 그가 무슨 말을 하려는지 전혀 모르지만, 어느새 정말로 궁금해진다.

「주립 보호 시설에 있을 때 샘슨이라는 아이를 알았어?」 캠이 묻는다.

리사는 머릿속을 뒤진다. 「응······. 나랑 같이 하비스트 캠프로 가는 버스를 탔었어.」

「그게······ 걔가 몰래 널 좋아했어.」

처음에 리사는 캠이 그 사실을 어떻게 아는지 어리둥절해진다. 하지만 진실이 밝아 오자, 아드레날린이 솟구쳐 반사적으로 투쟁-도주 반응이 일어난다. 리사는 저택 안으로 도망치거나 절벽 아래로 뛰어내리거나 이런 깨달음에서 도망치는 데 필요한 일은 뭐든 할 태세로 일어난다. 하지만 캠은 소중한 별 앞의 달처럼 그녀를 막아선다.

「대수학!」 그가 말한다. 「그 녀석은 수학 천재였어. 난 녀석에게서 대수학을 하는 부분을 받았어. 아주 작은 부분일 뿐이지만, 네 사진을 봤을 때는…… 뭐랄까, 멈춰서 집중하게 만들기엔 그 작은 부분으로도 충분했나 봐. 그러고 나서, 로버타가 네가 잡혔다는 소식을 듣고 이런저런 방법으로 널 여기 데려오게 했어. 나를 위해서. 그러니까 네가 여기에 있는 건 내 잘못이야.」

리사는 그를 보고 싶지 않다. 하지만 그럴 수가 없다. 교통사고를 보는 기분이다. 「내가 어떤 감정을 느껴야 해, 캠? 끔찍하지 않은 척할 수는 없어! 내가 여기에 있는 이유가 네 변덕 때문인데, 그 변덕조차 네 것이 아니라니! 그 가엾은 아이의 것이잖아!」

「아니, 그런 게 아니었어.」 캠이 빠르게 말한다. 「샘슨은 마치…… 관심을 끌려고 어깨를 톡톡 두드리는 친구 같았어. 하지만 내가 너한테 느끼는 건, 그건 전부 내 감정이야. 대수학만이 아니라, 방정식 전체야.」

리사는 그에게 등을 돌린 채다. 담요를 그러쥐고 몸을 감싼다. 「이제 가줬으면 좋겠어.」

「미안해.」 캠이 말한다. 「하지만 우리 사이에 비밀이 없었으면 했어.」

「제발 가.」

캠은 거리를 지키지만 떠나지는 않는다. 「〈완전히 쓸모없어지느니 일부라도 위대해지겠어.〉 샘슨이 너한테 마지막으로 한 말이 이거 아니야? 그 소원을 실현하는 게 내 책임인 것 같아.」

마침내 그는 안으로 들어간다. 리사를 너무 많은 사람의 생각과 함께 남겨 두고.

10분 뒤에도 리사는 담요를 두른 채 바깥에 서 있다. 들어가고 싶지 않다. 그러나 빙빙 도는 자신의 생각이 점점 역겹게 느껴지기 시작한다.

이런 일로 포기할 수는 없어. 아니야, 이런 일에는 포기해야 해. 아니, 포기할 수 없어. 리사가 그냥 생각을 닫아 버리고 싶어질 때까지 이런 생각이 꼬리를 물고 이어진다.

마침내 집 안으로 들어서자 음악 소리가 들린다. 드문 일은 아니다. 하지만 이번에는 음향 시스템을 통해 울리는 것이 아니다. 누군가 실제로 클래식 기타를 연주하고 있다. 스페인 곡 같다. 12현짜리 클래식 악기로 연주하면 아주 많은 것이 스페인 음악처럼 들리지만, 이 곡에서는 확실히 플라멩코 느낌이 난다.

리사는 그 음악을 따라 거실로 간다. 캠이 기타를 안고 웅크린 채 자신이 연주하는 음악에 빠져 있다. 리사는 그가 기타를 연주할 줄 아는지도 몰랐다. 하긴, 놀랄 일은 아니다. 캠은 그야말로 온갖 능력을 갖춘 채로 만들어졌다. 하지만 이런 연주는 그냥 되는 것이 아니다. 여러 가지가 조합되어야 한다. 근육 기억, 청각의 기억, 뇌간의 협응이 필요한 일이다.

음악은 리사를 유혹하고 무장 해제한다. 그녀에게 마법을 건다. 리사는 그것이 그냥 다른 사람들의 신체 부위만으로는 불가능하다는 걸 깨닫는다. 누군가가 그 부위들을 조합하고 있다. 리사는 처음으로 캠을 한 개인으로, 자신이 받은 수많은 재능을 조합하려 애쓰는 존재로 보기 시작한다. 캠은 자신이 가진 것들을 요구하지 않았다. 거부하고 싶어도 거부할 수 없었다. 리사는 5분 전까지만 해도 그라는 존재를 경악스러워했지만, 지금은 이 새로운 깨달음에 위로를 받는다. 그래서 리사는 방 건너편 피아노에 앉아 간단한 반주를 더한다.

리사가 연주하는 소리를 듣고, 캠은 그녀 곁으로 다가온다. 말은 없다. 둘은 리듬과 화음을 통해 소통한다. 캠은 리사가 곡을 이끌고 가도록, 곡이 리사의 손에서 진화하도록 놔둔다. 이어 리사는 매끄럽게 다시 캠에게 곡을 넘긴다. 둘은 몇 시간이고 계속 연주한다. 그리고 머잖아, 정말 몇 시간이나 흘렀음을 깨닫는다. 하지만 둘 중 누구도 먼저 연주를 멈추고 싶어 하지 않는다.

리사는 이 삶을 제대로 이어 갈 방법이 있을지도, 없을지도 모른다고 생각한다. 하지만 지금 이 순간 음악에 몰입하는 것만큼 멋진 일은 없다. 그녀는 음악 속에서 자신을 잊는다는 일이 얼마나 좋은 느낌인지 그동안 잊고 있었다는 걸 깨닫는다.

47
관객

 광고가 끝나고 돌아온 스튜디오에서 관객은 큐 사인에 맞춰 박수갈채를 보낸다. 집에서 시청하는 사람들이 뭔가 놓치기라도 한 것처럼.
 「방금 방송을 켜신 분들을 위해 말씀드립니다.」 진행자 중 한 명이 말한다. 「오늘의 게스트는 카뮈 콩프리와 리사 워드입니다.」
 무대에는 이국적이면서도 보기 좋은, 다양한 피부 톤을 가진 젊은 남자가 앉아 있다. 그는 한 손으로 관객에게 인사한다. 다른 손으로는 옆에 있는 예쁜 소녀의 손을 잡고 있다. 커플은 완벽해 보인다. 운명의 짝인 것 같다. 관객은 카뮈가 캠이라는 이름을 더 좋아한다는 것을 금방 알아챈다. 그는 심지어 관객들이 보아 온 수많은 티저 광고 이미지보다도 더 매력적이다. 그 광고는 이들을 신비롭고도 훌륭한 무언가로 받아들이도록 준비시켜 주었다. 하지만 이 소년은 전혀 신비롭지 않다. 훌륭하기만 하다. 관객들은 그의 외모에 전혀 놀라지 않는다. 광고가 충격을 발효시켜 유독한 호기심으로 바꿔 놓았기 때문이다.

스튜디오의 관객은 집 안의 시청자들처럼 얼마든지 준비되어 있다. 이 순간이 특별하다는 걸 알기 때문이다. 지금은 캠이 처음으로, 대중 앞에 모습을 드러내는 순간이다. 그를 스포트라이트로 환영하기에, 친근하고 위협적이지 않은 아침 토크쇼인 「자비스, 홀리와의 브런치」만큼 좋은 무대가 또 있겠는가? 모두가 자비스와 홀리를 사랑한다. 둘은 함께 있을 때 매우 재미있고, 멋지게 장식된 가짜 거실 세트를 너무도 편안하게 다스린다.

「캠, 당신이…… 어떻게 〈존재하게〉 되었는지를 두고 꽤 논란이 있었는데요. 그 점에 대해서는 어떻게 생각하세요?」 홀리가 묻는다.

「저한테는 문제가 아니에요.」 캠이 말한다. 「예전에는 사람들이 저에 대해서 끔찍한 말을 할 때 신경이 쓰였었죠. 하지만 이제는 깨달았어요. 정말 중요한 건 한 사람의 생각뿐이라는 걸요.」

「당신 자신의 생각 말이군요.」 홀리가 부추긴다.

「아뇨, 리사의 생각이요.」 캠은 리사를 힐끗 보며 말한다. 관객이 웃는다. 리사가 겸손하게 미소 짓는다. 이어 홀리와 자비스는 관계에서 누가 더 주도적인 역할을 하는지에 대해 사소하고 귀여운 말을 주고받는다. 자비스가 다음 질문을 던진다.

「리사, 당신도 아주 많은 일을 겪었죠. 주립 보호 시설의 피보호자였다가, 무단이탈자로서 재활을 거치고……. 시청자분들이 당신과 캠이 어떻게 만나게 됐는지 궁금해 하실 것 같아요.」

「저는 척추 수술을 받은 뒤에 캠을 알게 됐어요.」 리사가 세상을 상대로 말한다. 「그곳은 캠이 조합된 병원이기도 했어요.

그가 매일 저를 찾아와서 이야기했죠. 결국 저는……」 리사는 잠시 뜸을 들인다. 아마 감정이 복받쳐 목이 메는 듯하다. 「캠이라는 존재가 그를 이루는 모든 부위의 총합보다 더 크다는 것을 깨닫게 됐어요.」

그야말로 사람들이 듣고 싶어 하는 이야기다. 관객석에서 단체로 감탄의 소리가 새어 나온다. 캠이 리사를 보며 미소 짓고 그녀의 손을 더욱 꼭 잡는다.

「우리 모두가 당신의 공익 광고를 봤어요.」 홀리가 말한다. 「당신이 휠체어에서 일어나는 장면은 지금 봐도 소름이 돋아요.」 이어 홀리는 관객들을 돌아본다. 「그렇죠?」 관객들이 동의의 뜻으로 박수를 보낸다. 홀리는 다시 리사를 본다. 「그래도 무단이탈자였을 때는 언와인드에 반대했을 것 같아요.」

「뭐, 언와인드당하는 입장이라면 누구든 반대하지 않겠어요?」 리사가 말한다.

「그럼 정확히 언제 생각이 바뀐 건가요?」

리사는 눈에 띄게 심호흡한다. 캠이 그녀의 손을 다시 꽉 잡는다. 「생각이 바뀌었다기보다는…… 더 큰 관점을 받아들여야 한다는 걸 알게 됐어요. 언와인드가 아니었다면 캠은 존재하지 않았을 테고, 오늘 우리는 이 자리에 함께 있을 수 없었겠죠. 세상에는 언제나 고통이 따르지만, 언와인드는…….」 그녀가 다시 망설인다. 「의미 있는 삶을 살아가는 사람들에게서 고통을 덜어 줘요.」

「그럼, 무단이탈자인 아이들에게는 뭐라고 말하고 싶은가요?」 자비스가 묻는다.

리사는 시선을 아래로 떨어뜨린 채 말을 이어 간다. 「도망치는 중이라면 도망쳐도 된다고 말하고 싶어요. 생존하려 노력할 권리는 누구에게나 있으니까요. 하지만 무슨 일이 일어나든, 인생에는 의미가 있다는 걸 알아야 해요.」

「언와인드되는 경우에 더 의미가 있을 수도 있고요?」 자비스가 부추긴다.

「그럴 수도 있고요.」

이어 그들은 자연스럽게 다음 순서로 넘어간다. 최고의 패션 디자이너가 소개되고, 그 디자이너는 카뮈 콩프리에게서 영감을 받은, 패치워크를 활용한 새로운 라인의 의상을 선보인다. 성인 남녀는 물론이고 소년과 소녀들을 위한 선도적인 디자인이다.

「리와인드 시크 라인이에요.」 디자이너가 말한다. 모델들이 신난 관객들의 갈채를 받으며 행진한다.

48
리사

〈자비스와 홀리〉쇼 촬영이 끝나고, 리사는 관객에게 보이지 않는 무대 뒤로 나올 때까지 캠의 손을 잡고 있다. 그런 다음 역겨운 마음에 손을 놓는다. 캠이 아닌 자신에 대한 역겨움이다.

「왜 그래?」 캠이 묻는다. 「내가 뭔가 잘못했다면 미안해.」

「닥쳐! 그냥 좀 닥치라고!」

리사는 화장실을 찾는다. 이 빌어먹을 스튜디오 세트는 미로 같다. 인턴에서 촬영 팀에 이르는 모두가 그들을 바라본다. 왕족이라도 보듯이. 이 사람들은 매일 쇼에 유명 인사를 불러들일 텐데, 왜 리사와 캠에게서 눈을 떼지 못하는 걸까? 리사는 그 답을 알고 있다. 어느 정도 시간이 지나면 유명 인사는 그냥 유명 인사다. 하지만 카뮈 콩프리는 한 명뿐이다. 그는 인류의 새로운 황금의 아이다. 리사는, 글쎄, 그와 연관된 〈도금된〉 아이다.

마침내 리사는 화장실을 찾아서 들어가 문을 잠근다. 변기에 앉아 두 손에 얼굴을 묻는다. 언와인드를 옹호해야 한다는 사실에, 아무 죄 없는 아이들이 언와인드되고 있기에 세상이 더 나아진다고 말했다는 사실에 내면이 갈가리 찢긴다. 그녀의 자존감, 긍지는 사라졌다. 지금 그녀는 해피 잭 폭발 사고에서 생존하지 못했으면 좋았을 거라고, 아예 태어나지 않았으면 좋았을 거라고 생각한다.

왜 이러는 거야, 리사?

묘지에 있는 모든 아이의 목소리다. 왜? 코너의 목소리다. 코너가 그녀를 비난한다. 정당한 일이다. 리사는 코너에게 모든 걸 털어놓을 수 있으면 좋겠다고, 자신이 로버타와 한 악마의 거래를 말할 수 있으면 좋겠다고 생각한다. 로버타는 자신을 위해 완벽한 소년을 만들어 낼 수 있는 힘을 가진 악마 같은 여자다.

정말이지 캠은 매우 완벽한 존재다. 적어도 사회에서 정의하는 대로라면. 리사는 날이 갈수록 캠이 점점 더 잠재력을 꽃피워 나간다는 것을 부정할 수 없다. 그는 똑똑하고 힘이 세며, 자기중심적이지 않으면서도 대단히 현명하다. 어느 순간부터 리사는 그를 조각조각 짜맞춰진 피노키오가 아니라 진짜 소년으로 보기 시작했다. 그 사실은 오늘 그녀가 카메라 앞에서 한 그 어떤 말보다도 거슬린다.

누군가 화장실 문을 급하게 두드린다.

「리사.」 캠이 소리친다. 「괜찮아? 나와 줘, 무서워.」

「나 좀 가만히 놔둬!」 리사가 소리친다.

캠은 더 이상 아무 말도 하지 않지만, 5분 뒤 리사가 마침내 나왔을 때도 그 자리에 서서 기다리고 있다. 아마 하루 종일, 밤새도록 기다렸을 것이다. 리사는 그런 굽힐 줄 모르는 결단력이 그가 받은 부위에서 나온 것인지, 그가 스스로 발달시킨 것인지 궁금해진다.

리사는 갑자기 눈물을 터뜨리며 그의 품에 몸을 던진다. 이유조차 모르겠다. 그를 조각조각 찢어 버리고 싶으면서도 그가 자신을 위로해 주기를 간절히 바란다. 그가 대표하는 모든 것을 파괴하고 싶으면서도, 달리 기대 울 어깨가 없기에 그의 어깨에 기댄다. 주변 사람들은 티 내지 않고 그들을 살핀다. 사랑에 빠진 커플의 포옹으로 보이기에 구경꾼들은 흐뭇하게 미소 짓는다.

「불공평해.」 캠이 말한다. 「네가 준비되지 않았다면, 누구도 너한테 이런 일을 시켜서는 안 돼.」 이 모든 관심의 대상인 그가 자신을 이해하고, 공감하며, 기꺼이 그녀 편에 서려 한다는 사실이 리사를 더욱 혼란스럽게 한다.

「항상 이런 식은 아닐 거야.」 캠이 속삭인다. 리사는 그 말을 믿고 싶지만, 당장은 상황이 더 나빠질 거라는 상상밖에 되지 않는다.

49
캠

로버타가 말하지 않은 뭔가가 있다. 단순한 의지의 문제가 아니다. 로버타는 그 이상으로 리사를 통제하고 있다. 그저 새로운 척추를 준 것에 대한 고마움 때문이 아니다. 사실, 리사는 전혀 고마워하지 않는다. 리사에게 그 척추는 지고 싶지 않은 짐일 뿐이다. 그러면 리사는 왜 동의했을까?

둘이 함께하는 모든 순간, 그 질문은 공기 중에 무겁게 떠다니고 있다. 하지만 캠이 이 문제를 꺼내면, 리사는 그냥 〈내가 해야만 하는 일이었어〉라고만 말한다. 그가 더 깊이 파고들려 하면 리사는 인내심을 잃고 그에게 그만 압박하라고 한다. 「내 이유는 내 것이야.」

캠은 리사가 그 모든 행동, 그녀의 신경을 거슬리게 하는 이 모든 일을 하는 이유가 자신 때문이라고 믿고 싶다. 하지만 그럴 수 없다. 리사가 자신을 위해 이런 인터뷰와 광고를 하고 있다고 믿을 만큼 순진한 부분이 캠에게 있긴 하지만 그가 그렇게까지 바보는 아니다.

「자비스, 홀리와의 브런치」에 출현하면서 리사는 이 모든 일로 인한 고통이 매우 심각하다는 걸 아프게 느껴질 정도로 분명히 드러냈다. 리사가 캠에게 위로받고자 했다는 점으로도 그 사실은 바뀌지 않았다. 오히려 캠에게 이 문제의 밑바닥까지 파고들어야 한다는 책임감을 느끼게 했다. 자신만이 아니라 리사를 위해서라도. 완전한 진실이 드러나지 않는다면 둘 사이의 그 무엇이 진짜가 될 수 있겠는가?

모든 것은 리사가 그 동의서에 서명한 날로 거슬러 올라간다. 하지만 로버타에게 그날에 관해 묻는 건 쓸모없는 짓이다. 그때, 캠은 굳이 물어볼 필요가 없음을 깨닫는다. 로버타는 감시 영상의 여왕이니까.

「4월 17일의 감시 기록을 봐야겠어요.」 몰로카이로 돌아온 뒤 캠은 가장 친하게 지내는 경비원에게 말한다. 함께 농구를 하는 사람이다.

「그건 안 돼.」 경비원은 말이 떨어지기가 무섭게 대답한다. 「그분 허락 없이는 아무도 그걸 볼 수 없어. 허락을 받아 오면 뭐든 보여 줄게.」

「로버타는 어차피 모를 거예요.」

「그래도 마찬가지야.」

「하지만 당신이 저택에서 도둑질을 하려다 걸렸다고 말하면 얘기가 달라질걸요.」 그 말에 경비원이 말을 더듬는다. 「보여 줘요.」 캠이 말한다. 「안 그러면, 당신은 〈이 개자식, 그럴 순 없어〉라고 말하고 난 〈아뇨, 할 수 있어요. 로버타가 누구 말을 믿을까요?〉라고 하게 되겠죠.」 이어 캠은 그에게 플래시 드라이브를 건넨다. 「그러니까 그냥 여기에 파일을 담아 줘요. 그럼 모두의 인생이 편해질 거예요.」

경비원은 믿을 수 없다는 듯 그를 본다. 「너, 진짜 작품이구나. 그거 알아? 씨는 어디 안 간다더니.」

캠은 그가 누구를 말하는 건지 알지만 이렇게만 대답한다. 「하도 여러 군데서 씨를 받아서, 정확히 누구인지 말해 주셔야 할 것 같네요.」

그날 저녁, 플래시 드라이브가 그의 책상 서랍에 나타난다. 영상 파일 두 개가 들어 있다. 캠은 더 이상 그와 농구를 할 수 없을 거라고 생각하지만, 그 정도는 작은 희생이다. 아무도 방해하지 않을 만큼 늦은 시간이 되자 캠은 파일을 개인 뷰어로 재생한다. 절대로 보아서는 안 될 무언가를 본다⋯⋯.

50
리사

4월 17일. 거의 두 달 전이다. 인터뷰와 공익 광고 이전, 리사의 끊어진 척추를 교체하는 수술이 이루어지기 이전.

리사는 생각 말고는 할 수 있는 일이 아무것도 없는 헐벗은 감방에서 휠체어에 앉아 있다. 접혀서 종이비행기가 된 동의서가 일방향 거울 아래에 놓여 있다.

리사는 친구들을 생각하며 시간을 보낸다. 대부분은 코너 생각이다. 자신 없이 코너가 어떻게 지낼지 궁금하다. 더 잘 지내고 있었으면 좋겠다. 살아 있다는 소식만 전할 수 있다면, 청소년 전담 경찰의 손에 고문당하지 않았다는 소식만 전할 수 있으면……. 심지어 청담이 아닌 다른 단체의 손아귀에 잡혀 있다는 소식만 전할 수 있다면.

로버타는 전날과 마찬가지로, 새로운 동의서를 가지고 들어온다. 탁자에 앉아 동의서와 펜을 다시 리사 쪽으로 밀어 둔다.

그녀가 리사에게 미소 짓는다. 그건 사냥감을 감기 직전, 뱀이 짓는 미소다.

「서명할 준비 됐니?」 로버타가 묻는다.

「내가 종이비행기 날리는 걸 한 번 더 볼 준비는 됐어요?」 리사가 대꾸한다.

「비행기라고!」 로버타가 밝게 말한다. 「그래, 비행기 얘기를 해볼까? 특히 비행기 재생 시설에 있는 비행기 말이야. 네가 묘지라고 부르는 곳. 거기에 있는 네 수많은 친구 얘기를 해보자.」

이제야 나를 신문하려는 거야. 리사는 생각한다. 「뭐든 물어봐요.」 리사가 말한다. 「하지만 내가 당신이라면 내가 하는 말은 하나도 믿지 않을 거예요.」

「너를 신문할 필요는 없단다, 애야.」 로버타가 말한다. 「우리는 묘지에 대해 알아야 할 건 모두 알고 있어. 너도 알겠지만, 우리 필요에 맞는 한 너희의 조그만 무단이탈자 피난처가 존재하게 놔두고 있는 거야.」

「당신들의 필요라고요? 당신이 청소년 전담국을 통제한다는 말이에요?」

「그냥 상당한 영향력이 있다고만 해두자꾸나. 청소년 전담국은 꽤 오래전부터 묘지를 급습하고 싶어 했지만, 그걸 막은 게 우리야. 하지만 내가 명령만 내리면 묘지는 깨끗이 정리될 테고, 네가 그렇게 용맹하게 지켜 온 아이들은 하비스트 캠프로 이송돼 언와인드당하겠지.」

리사는 발밑의 땅이 훅 꺼지는 것을 느낄 수 있다. 「허풍 떨긴.」

「그럴까? 너도 우리의 내부자를 알 것 같은데. 걔 이름은 트레이스 뉴하우저야.」

이 소식에 리사는 완전히 허를 찔린다. 「트레이스요?」

「트레이스는 비행기 묘지를 빠르게, 고통 없이 무너뜨리는 데 필요한 모든 정보를 우리에게 제공해 왔어.」 그녀는 리사에게 동의서를 조금 더 가까이 밀어 놓는다. 「물론, 꼭 그렇게까지 할 필요는 없어. 그 무단이탈자들 중 누구도 언와인드당할 필요는 없단다. 부탁이야, 리사. 새 척추를 받아들이고 우리가 너한테 요구하는 일을 해. 그러면, 네 친구 719명 전원이 무사할 거라고 보장할게. 나를 도와, 리사. 그래야 네가 그 애들을 구할 수 있어.」

리사는 종이를 본다. 끔찍했던 그 종이가 새로운 각도로 보인다. 「어떤 것들이요?」 리사가 묻는다. 「어떤 것들을 하게 할 건가요?」

「캠부터 시작하겠지. 뭐가 됐든 네 감정은 미뤄 두고 캠에게 친절하게 대하는 법을 배워. 우리가 너한테 무엇을 더 요구할지는 때가 되면 알게 될 거야.」

그녀는 리사의 답을 기다리지만 아직 답이 없다. 이 폭탄의 파편이 제대로 자리 잡지 못했다.

리사의 침묵이 로버타를 만족시키는 것 같다. 로버타는 동의서와 펜을 탁자 위에 남겨 두고 일어난다. 「전에 말했듯이, 난 네 선택지를 빼앗지 않을 거야. 거절하는 건 지금도 네 권리야. ……하지만 그런 선택을 한다면, 그 결과를 감당하며 살 수 있기를 바라.」

리사는 손에 펜을 쥐고 네 번째로 동의서를 읽는다. 이해할 수 없는 법률 용어로 빼곡한 페이지. 그녀는 그 글자들을 세세하게 해독할 수 없지만 내용이야 뻔하다. 이 동의서에 서명하는 순간, 리사는 망가진 척추를 익명의 언와인드에게서 채취한 건강한 척추로 교체해도 된다는 명시적 동의를 하게 된다.

리사가 얼마나 여러 번 다시 걷게 되는 모습을 상상했던가? 얼마나 여러 번, 해피 잭 하비스트 캠프에서 도살장 지붕이 무너지며 그녀의 등을 박살 냈던 그 순간을 다시 살아 냈던가? 얼마나 여러 번, 그날을 지울 수 있다면 하고 바랐던가?

하지만 리사가 보기에, 새로운 척추의 대가는 영혼이었다. 그녀의 양심이 그 일을 허락하지 않았다. 예전에도, 앞으로도 영원히. 그게 리사의 생각이었다.

큰 그림을 놓치고 동의서에 서명하지 않으면, 리사는 길 잃은 세상에 대한 저항의 목소리를 내게 될 것이다. 하지만 그래 봐야 아무도 못 들을 테고, 그로 인해 수백 명의 친구가 언와인드되는 결과로 이어질 것이다.

로버타는 리사에게 선택지가 있다고 주장하지만, 정말 선택지가 있을까? 그녀는 펜을 단단히 쥐고 심호흡을 한 뒤 이름을 적는다.

51
캠

 로버타는 「자비스, 홀리와의 브런치」 출연에 대한 반응에 지나치게 기뻐한다. 이미 수십 건의 인터뷰 요청을 받아 두었다.

「까다롭게 고를 여유가 생겼어.」 그녀는 캠이 감시 영상을 본 다음 날 아침에 말한다. 「양보다는 질이지!」

 캠은 아무 말도 하지 않지만, 로버타는 자신의 계획에 빠져 캠이 평소와 다르다는 것을 눈치채지 못한다.

 뭐가 됐든 네 감정은 미뤄 두고 캠에게 친절하게 대하는 법을 배워.

 캠은 답답한 마음을 혼자 농구장에서 푼다. 그래도 기분이 나아지지 않자 고민의 근원에게 가져간다. 그는 리사를 찾아 넓은 저택을 돌아다닌다. 주방에서 그녀를 발견한다. 리사는 늦은 아침으로 먹을 샌드위치를 만들고 있다. 「매번 누가 음식을 가져다주는 데 질렸어.」 그녀는 아무렇지 않게 말한다. 「때로는 내가 직접 만든 땅콩버터 샌드위치면 충분해.」 그녀는 샌드위치를 캠에게 내민다. 「이거 먹을래? 나는 하나 더 만들면 돼.」

캠이 가만히 있자 리사는 그의 눈을 보고 뭔가 이상하다는 걸 알아차린다.「왜 그래? 엄마랑 싸웠어?」

「네가 왜 여기에 있는지 알아.」캠이 말한다.「네가 로버타랑 한 거래에 대해서 알아. 묘지에 있는 네 친구들에 대해서도.」

리사는 잠시 망설이다가 샌드위치를 먹기 시작한다.「너도 로버타랑 나름의 거래를 했고, 나도 내 나름의 거래를 한 거야.」그녀는 땅콩버터로 뻑뻑해진 목소리로 말한다. 그러고는 떠나려 하지만 캠이 그녀를 잡는다. 리사는 재빨리 그의 손아귀에서 빠져나와 그를 벽으로 밀어붙인다.「난 받아들이게 됐어!」리사가 소리친다.「그러니까 너도 받아들이는 게 나을 거야!」

「그럼 지금까지, 전부 연기였어? 괴물에게 친절하게 군 건 그냥 네 친구들을 구하려는 연기였냐고?」

「그래!」리사가 쏘아붙인다.「처음에는 그랬어.」

「지금은?」

「넌 정말 자신감이 그렇게 없어? 내가 그렇게 뛰어난 배우로 보여?」

「그럼 증명해 봐!」캠이 요구한다.「네가 나한테 느끼는 감정이 경멸만이 아니라는 걸 증명해!」

「지금 너한테 느끼는 감정은 그게 전부야!」리사는 그렇게 말한 뒤 샌드위치를 쓰레기통에 던지고 쿵쾅거리며 나가 버린다.

5분 뒤, 캠은 부주의한 경비원에게서 슬쩍 통행증을 빼낸다.

보안 문을 지나 차고로 들어간다. 그는 오토바이를 훔쳐, 저택에서 나가는 구불구불한 길을 따라 달린다.

목적지는 없다. 그저 속도를 내야겠다는 타는 듯한 욕구가 느껴질 뿐이다. 머릿속에 스피드에 미친 녀석이 최소 한 명은 있다. 어쩌면 그 이상일지도 모르겠다. 그의 구성 요소 중 몇 명이 오토바이를 탔다. 매번 모퉁이를 너무 빠르게 돈 끝에, 결국 콸라푸 마을에 도착한다. 그의 내면에 살고 있는 자기 파괴적 충동이 만족해한다. 그는 너무 급하게 방향을 틀다가 균형을 잃고 오토바이에서 튕겨 나와 인도를 구른다.

다쳤지만 살아 있다. 주변 차량들이 멈추고 사람들이 내린다 하지만 캠은 그들의 도움을 원하지 않는다. 일어서자 무릎에 날카로운 통증이 느껴진다. 등이 갈가리 찢긴 것 같다. 이마에서 흘러내린 피 때문에 눈이 흐려진다.

「어이, 너 괜찮아?」 어떤 관광객이 묻는다. 그러더니 우뚝 멈춰 선다. 「와, 너구나! 그 리와인드된 아이! 여길 좀 봐, 그 리와인드된 아이야!」

캠은 서둘러 다시 오토바이를 타고 왔던 길로 되돌아간다. 그가 도착하니 이미 경찰차가 와 있다. 로버타가 그를 보고 달려온다.

「캠!」 로버타가 울부짖는다. 「무슨 짓을 한 거야? 무슨 짓을 한 거니? 세상에! 치료를 받아야겠구나! 당장 의사를 불러올게!」 그녀는 화를 내며 저택 경비원들을 돌아본다. 「어떻게 이런 일이 벌어지게 놔둘 수 있죠?」

「저 사람들 잘못이 아니에요!」 캠이 소리친다. 「난 목줄을 찬 개가 아니라고요. 그러니까 그런 식으로 날 대하지 말아요!」

「상처 좀 보자⋯⋯.」

「꺼지라고!」 캠은 로버타가 실제로 한 발 물러날 만큼 크게 소리친다. 그런 다음 주위 사람들을 밀치고 자기 방으로 올라가 세상과의 문을 걸어 잠근다.

몇 분 뒤, 그의 문을 가만히 두드리는 소리가 난다. 그럴 줄 알았다. 로버타가 아이를 돌보기 위한 장갑을 끼고 취약한 소년을 다루려 한다. 하지만 문을 두드린 사람은 로버타가 아니다.

「문 열어, 캠. 리사야.」

리사는 지금 캠이 절대 보고 싶지 않은 두 번째 사람이지만, 그녀가 왔다는 사실 자체가 놀랍다. 그가 할 수 있는 최소한의 일은 문을 여는 것이다.

리사는 구급상자를 들고 문 앞에 서 있다. 「화가 났다는 이유만으로 피를 흘리고 죽어 가는 건 정말 멍청한 짓이야.」

「난 피를 흘리고 죽어 가는 게 아니야.」

「그래도 피가 나는 건 맞잖아. 적어도 가장 심한 상처만 치료하게 해줄래? 믿을지 모르겠지만, 난 묘지의 수석 의무병이었어. 이런 건 내 전문이야.」

캠은 문을 더 열어 리사를 들인다. 그는 책상 의자에 앉고 리사가 뺨의 상처를 닦게 놔둔다. 리사는 캠에게 찢어진 셔츠를 벗게 하고 등을 닦는다. 따갑지만 캠은 움찔거리지 않고 견뎌낸다.

「운이 좋았네.」 리사가 말한다. 「찢기긴 했는데 꿰맬 정도는 아니야. 솔기도 터지지 않았고.」

「로버타가 안심하겠네.」

「로버타는 지옥에나 떨어지라고 해.」

이번만큼은 캠도 같은 의견이다. 리사는 그의 무릎을 살펴보고, 캠이 어떻게 생각하든 엑스레이를 찍어 봐야 한다고 말한다. 리사가 치료를 마친 뒤 캠은 그녀를 바라본다. 리사는 여전히 화가 나 있을지라도 티는 나지 않는다. 「미안해.」 캠이 말한다. 「그렇게 뛰쳐 나간 건 멍청한 짓이었어.」

「인간적인 행동이었지.」 리사가 지적한다.

캠은 손을 뻗어 리사의 얼굴을 가만히 어루만진다. 혹시 따귀를 맞는대도 괜찮다. 팔이 뽑힌대도 상관없다.

하지만 리사는 둘 다 하지 않는다. 「가자.」 리사가 말한다. 「침대로 가서 쉬자.」

캠은 일어서지만 무릎에 체중이 실리는 바람에 넘어질 뻔한다. 리사가 그를 붙잡고 부축해 준다. 리사가 처음 걷던 날 캠이 부축해 줬던 것처럼. 리사는 그를 침대까지 부축해 데려간다. 그가 침대에 털썩 주저앉자, 캠의 몸에 팔을 두르고 있던 그녀도 함께 침대에 주저앉는다.

「미안.」

「걸핏하면 사과 좀 그만해.」 리사가 말한다. 「더 중요한 일을 망쳤을 때는 어쩌려고.」

이제 둘은 캠의 침대에 나란히 눕는다. 아픈 등이 시트에 닿자 더 따갑다. 리사는 일어날 수도 있지만 그러지 않는다. 대신 옆으로 몸을 돌려 그의 가슴에 난 상처들 손가락으로 쓸어 본다. 그러고는 붕대가 필요없다고 판단한다.

「넌 정말 괴물이야, 카뮈 콩프리. 내가 그 사실에 어떻게 익숙해졌는지 나도 모르겠어. 하지만 익숙해진 건 맞아.」

「그래도 아직 내가 만들어지지 않았으면 좋았겠다고 생각하지?」

「하지만 넌 만들어졌잖아. 여기 존재하고. 나도 너와 함께 여기에 있어.」 이어 리사가 덧붙인다. 「네가 싫은 건 가끔만이야.」

「다른 때는?」

리사가 그에게 몸을 숙인다. 잠시 생각하더니 입을 맞춘다. 단순히 입술을 갖다 댄 것 이상이지만 그와 별반 다르지도 않다. 「다른 때는 안 싫어.」 이어 그녀는 몸을 돌려 똑바로 눕는다. 그의 곁을 떠나지 않는다.

「너무 많은 의미를 부여하지 마, 캠.」 그녀가 말한다. 「난 네가 원하는 존재가 될 수 없어.」

「내가 원하는 건 아주 많아.」 카뮈가 지적한다. 「그 모든 걸 가져야 한다고 누가 그래?」

「넌 로버타가 버릇없이 키워 놓은 아이니까. 넌 리와인드된 네 심장이 원하는 건 뭐든 다 가지려 들잖아.」

캠은 리사를 보려고 일어나 앉는다. 「그럼 나한테 버릇을 가르쳐 줘. 인내심을 가르쳐 줘. 기다릴 만한 가치가 있는 것들도 있다는 걸 알려 줘.」

「절대 가질 수 없는 게 있다는 것도?」

캠은 고민하더니 말한다. 「그게 네가 나한테 가르쳐야 하는 거라면 배워야겠지. 하지만 내가 가장 원하는 건 가질 수 있을 것 같아.」

「그게 뭔데?」

캠은 그녀의 손을 꼭 잡는다. 「지금 이 순간이 천 가지 다른 방식으로 나타났으면 좋겠어. 그럴 수 있다면, 나머지는 그렇게 중요하지 않아.」

리사는 몸을 일으켜 그의 손을 놓는다. 캠의 머리를 쓰다듬기 위해서다. 캠의 두피에 난 상처를 살피는 듯하지만 그게 전부가 아닐 수도 있다.

「네가 가장 원하는 게 정말 그거라면.」 리사는 부드럽게 말한다. 「그건 가질 수 있을지도 몰라. 우리 둘 다.」

캠이 미소 짓는다. 「그랬으면 좋겠어, 아주 많이.」

리와인드된 이후 처음으로, 캠은 눈물이 차오르는 것을 느낀다. 정말로 자신의 것인 눈물이.

6부
투쟁 혹은 도피

구글 검색 결과: 〈10대 무법자〉 약 12,100건(0.12초).

글로벌 폴트라인 | 세계 정치, 정치 경제, 현대…… 『데일리 메일』에서는 그들을 〈염세주의적인 10대 무법자〉라고 불렀다. 아무 생각 없이 길거리를 질주하는, 각계각층의 정신 나간 청소년들이…….

블랙 플래그 카페ⓒ · 토픽 보기 ─ 10대 무법자의 공격 게시물 3 ─ 작성자 2 ─ 최근 게시일: 2007년 7월 7일 ─ 10대 무법자들이 다시 한번 공격해…… 2007년 7월 6일 금요일 오후 10시 31분. 웨스트팜비치, 플로리다. ─ 10대 두 명의 혐의는…….

무법007 블로그 ─ 10대 무법자의 무작위적 폭언 10대 무법자의 무작위적 폭언. 10대 자녀를 둔 싱글 부모가 겪는 매일의 문제! 어떻게 해야 할까?

10대 무법자, 필라델피아에서 낯선 사람 공격 2011년 8월 18일 — 〈와일드〉라는 단어는 재미 삼아 낯선 사람을 공격하는 10대 패거리를 의미하며…….

10대 무법자, 구타 살인 — 뉴스 — 『위건 투데이』 2007년 4월 4일 — 두 명의 10대 무법자가 전혀 무해하고 대단히 취약한 남성을 몇 달에 걸쳐 괴롭힌 끝에 잔인하게…….

『실버스프링 싱귤러』: 이웃의 식당을 노리다 2010년 7월 30일 — 베세즈다에는 10대 무법자 무리가 훨씬 적다. 그 덕분에 시내 전반의 분위기가 훨씬 더 쾌적하고…….

52
레브

　레브는 얼굴에 얼음물이 확 끼얹어지는 바람에 깬다. 처음에는 다시 폭풍 속에 있다고 생각한다. 토네이도가 오고 있었는데. 나무에 맞았던가? 일어나야 한다. 계속 도망쳐야 한다. 달려야 한다.

　하지만 그는 폭풍 속에 있는 게 아니다. 여긴 실내다. 시야가 흐리지만 자신이 어떤 방 안, 더러운 벽을 보고 있다는 것 정도는 알 수 있다. 아니, 벽이 아니라 천장이다. 물 얼룩이 번진 천장. 그는 침대에 누워 있다. 두 손이 머리 위로 묶여 침대 틀에 고정되어 있다. 입에서는 씁쓸한 커피 같은 맛이 나고 공기는 곰팡내가 가득하다. 머리가 욱신, 욱신, 욱신거린다. 이제야 기억난다! 그는 미라콜리나와 함께 밴에 있었다. 우박이 밴을 두드려 댔다. 그런 다음에 둘은 진정탄에 맞아······.

　「깼냐?」 넬슨이 말한다. 레브는 이제 그의 이름이 기억난다. 넬슨. 넬슨 경찰관. 얼굴은 본 적 없지만, 그의 이름은 레브의 이름만큼이나 뉴스에 자주 나왔다. 지금 그는 청소년 전담 경찰처럼 보이지 않는다.

「물 끼얹은 건 미안. 모닝콜을 해주고 싶었는데, 여긴 전화가 안 터져서 말이지.」

레브 옆 침대에는 여전히 의식이 없는 미라콜리나가 누워 있다. 레브와 마찬가지로 그녀의 두 손도 플라스틱 케이블 타이로 침대 틀에 묶여 있다.

레브가 물을 좀 토해 낸다. 넬슨이 몇 발짝 떨어진 곳에 다리를 꼬고, 진정탄 총을 들고 앉아 있다.

「그게 말이지, 며칠 동안 캐버노 저택을 감시하고 있었어. 그냥 직감이 들었거든. 뭐랄까, 이 지역에 중요한 안전 가옥이 있다고들 하는데 아무도 그 위치를 특정하지 못하더란 말이지. 그리고 캐버노 저택은…… 전혀 버려지지 않았는데 버려진 것처럼 보이는 경비 초소가 있었어. 부지의 경계선을 따라 첨단 감시 카메라도 있었고. 저항군한테 그런 돈이 있는 줄은 몰랐는데!」

레브는 아무 말도 하지 않지만, 넬슨은 개의치 않는 듯하다. 그저 포로인 관객이 있다는 것만으로도 기쁜 것 같다.

「그러니까, 너랑 네 친구가 길가에 사실상 선물 포장된 채로 있는 걸 보고 내가 얼마나 놀랐을지 상상해 봐!」 넬슨은 진정탄 총의 탄창을 뽑아 화살 형태의 총알을 하나씩 미끄러뜨려 빼내더니 다시 장전한다. 옆 침대에서 미라콜리나가 신음한다. 이제야 깊은 잠에서 깨어나려 한다.

「내 생각은 이거야.」 넬슨은 레브 쪽으로 몸을 숙인다. 「넌 이 가엾은 소녀 무단이탈자를 캐버노 저택으로, 준법 정신이라고는 없는 네 친구들 품으로 데려가려 했지만 가던 길에 폭풍에 발목이 잡혔어. 내 말이 맞지?」

「전혀 아니야.」 레브가 쉰 목소리로 말한다.

「뭐. 구체적인 내용은 딱히 중요하지 않아. 중요한 건 네가 여기 있다는 거지.」

「여기가 어딘데?」

「말했다시피.」 넬슨이 총을 휘저으며 말한다. 「구체적인 내용은 중요하지 않아.」

레브는 미라콜리나 쪽을 다시 본다. 눈은 반쯤 뜨여 있지만, 아직 완전히 정신을 차리지 못했다. 「쟤는 놔줘.」 레브가 말한다. 「쟨 이 일과 아무 상관이 없어.」

넬슨이 미소 짓는다. 「참 고귀하네. 너보다 여자애를 먼저 생각하다니. 기사도가 죽었다고 누가 그래?」

「원하는 게 뭐야?」 레브가 묻는다. 머리가 아파서 요점을 놔두고 변죽만 울릴 수가 없다. 「난 당신이 일자리를 되찾게 해줄 수 없어. 코너가 당신을 쏜 건 내 잘못이 아니고. 그래서 나한테 뭘 원하는 건데?」

「실은 그건 네 잘못이 맞아.」 넬슨이 말한다. 「네가 인간 방패로 쓰이지 않았더라면 우리 중 누구도 오늘 여기 있지는 않았을 거야.」

레브는 그 말이 확실히 사실임을 깨닫는다. 넬슨이 코너에게 쏜 총알을 레브가 실수로 맞지 않았다면, 레브와 코너는 둘 다 예정에 맞게 언와인드되었을 것이다.

「그래서, 놀아 볼까?」 넬슨이 묻는다.

레브는 침을 삼킨다. 목에 톱밥이 가득한 느낌이다. 「무슨 놀이?」

「러시안룰렛! 내 탄창에는 진정탄 다섯 발과 끝부분이 폭발하게 되어 있는, 니켈 도금된 납탄 한 발이 들어 있어. 악당 총알을 어느 자리에 넣었는지는 몰라. 너한테 말하느라 바빠서 못 봤거든. 내가 질문을 할 텐데, 답이 마음에 들지 않으면 총알을 쏘는 거야.」

「내가 계속 의식을 잃으면 이 게임은 며칠이고 계속될 수 있을 텐데.」

「아니면 매우 빠르게 끝날 수도 있겠지.」

레브는 깊이 숨을 들이쉬며 필요 이상으로 두려움을 드러내지 않으려 애쓴다. 「재미있겠네. 하자.」

「뭐, 박수도가 손뼉을 치는 것만큼 짜릿하지 않겠지만, 지루하진 않게 해줄게.」 넬슨은 총의 안전장치를 푼다. 「첫 번째 질문. 네 친구 코너는 아직 살아 있나?」

레브는 넬슨이 이 질문을 할 거라 예상했다. 그는 최대한 정직하게 거짓말을 하려고 최선을 다한다. 「나도 그런 소문은 들었어.」 그가 말한다. 「하지만 난 그 집단에 없었어. 코너는 해피 잭에서 피투성이가 되어 의식을 잃은 채 잡혀갔고 난 체포당했어. 그 이상은 몰라.」

넬슨은 미소 짓더니 말한다. 「오답.」 그는 총을 미라콜리나 쪽으로 휙 돌린다.

「안 돼!」

넬슨은 망설임 없이 쏜다. 미라콜리나는 총알에 맞아 등이 굽어진다. 그녀는 헛숨을 내쉬더니 조용해진다.

레브의 심장이 터질 듯이 뛰기 시작한다. 그때 미라콜리나의 셔츠에서 삐져나온, 아주 작지만 눈에 익은 진정탄의 깃발이 보인다.

넬슨이 일어서서 레브를 보며 고개를 젓는다.「다음 답은 마음에 들었으면 좋겠네.」그러더니 그는 문을 닫고 떠난다.

53
넬슨

넬슨은 레브에게 생각할 시간을 충분히 주기로 한다. 그동안 그는 옆방에 앉아서 이미 가지고 있는 단서들을 정리한다. 그리 많지는 않다. 그는 열두 명의 무단이탈자에게 꼬리표를 붙이고, 그들이 자신에게서 탈출했다고 생각하게 놔두었다. 일부는 아직 넬슨이 처음 그들을 잡았던 장소 근처에 있다. 일부는 청담에 잡혀 하비스트 캠프에 있다. 한 명은 아르헨티나에 있는 것으로 보인다. 다만 넬슨은 그 아이가 장기 해적에게 잡혀 암시장에서 언와인드되었으리라 생각한다. 그 말은, 꼬리표가 붙은 부위만이 남아메리카로 갔다는 뜻이다. 애리조나주에 있는, 오래되고 더 이상 쓰이지 않는 공군 기지에서도 신호 두 개가 잡힌다. 넬슨은 이것이 가장 수상하다고 느낀다. 그는 아직 청담일 때 남서부에 무단이탈자 피난처가 있다는 말을 들었지만 자세한 정보는 몰랐다. 그걸 알아낼 만큼 보안 등급이 높지 않았다. 당시에는 관심도 없었다. 어쨌든, 애리조나주는 섣부른 결론을 내리기에는 너무 멀리 있었다. 물론, 박수도 꼬마가 코너의 위치를 그곳으로 지목하지 않는다면 말이지만.

넬슨이 권총에 장전한 진정탄은 반감기가 아주 짧은, 약한 종류다. 약 두 시간 뒤. 그는 문밖에서 어슬렁거리며 귀 기울인다. 소녀는 깨어 있지만 기진맥진한 상태다. 레브는 그녀를 이런 일에 끌어들인 것에 대해 계속 사과만 하고 있다. 코너나 무단이탈자 은신처에 관한 이야기는 없다.

넬슨은 효과를 노리고 문을 걷어찬 다음 둘 사이의 의자에 침착하게 앉는다. 권총을 휘둘러 댄다. 혹시 둘이 자신의 의도를 의심할지 모르니까.

「준비됐나?」 넬슨이 말한다. 「총알이 다섯 발 남았어. 다음 번 총알이 치명상을 입힐 가능성은 20퍼센트지.」

레브는 그의 눈을 피하며 호흡을 다스리려고 애쓴다. 넬슨은 이 게임의 반전 결말을 이미 알고 있기에 질문을 하기도 전에 소녀를 총으로 겨눈다.

「당신은 내가 죽는 걸 두려워할 거라 생각하겠지만, 아니야.」 소녀가 말한다. 하지만 떨리는 목소리는 다른 말을 전한다.

「부탁이야.」 레브가 애원한다. 「이럴 필요 없잖아.」

「내 생각은 다른데.」 넬슨은 즐거워하며 말한다. 그는 목을 가다듬는다. 「2라운드. 질문은…… 애크런의 무단이탈자는 어디에 숨어 있을까? 버저가 울리기 전까지 3초를 줄게.」

「제발 그러지 마.」 레브가 다시 한번 애원한다.

「하나!」

「나를 쏴! 잰 이 일과 아무 상관이 없잖아!」

「둘!」

「오답을 말한 건 나야! 쟤가 아니고!」

「셋!」

「안 돼! 잠깐! 말할게! 말할게!」

넬슨이 방아쇠를 젖힌다. 「빨리 말하는 게 좋을 거야.」

레브는 떨리는 숨을 깊이 들이쉰다. 「인디언 에코 동굴이야. 펜실베이니아주에 있어. 동부 연안에서 온 무단이탈자들이 숨어 있는 곳이야. 그 애들을 동굴 깊은 곳으로 데려가서 열일곱 살이 될 때까지 데리고 있어. 코너는 그곳을 운영하는 걸 돕고 있고.」

「흠.」 넬슨이 잠시 생각하더니 말한다. 「인디언 보호 구역에 있다? 하긴, 그 냄새나는 도박꾼들은 언제나 무단이탈자들에게 은신처를 제공하지.」

넬슨은 총을 무릎에 내려놓고 등받이에 기댄다. 「이제 딜레마가 생겼어. 내가 꼬리표를 붙인 무단이탈자들 중에는 그 방향으로 간 녀석이 하나도 없거든. 그럼 누굴 믿어야 할까? 너를? 아니면 내 정보를?」

「어디에서 꼬리표를 달았는데?」 레브가 빠르게 묻는다. 「피츠버그보다 서쪽에 있는 애들은 아마 다른 데로 갔을 거야. 거기가 어딘지는 묻지 마, 나도 모르니까!」

넬슨은 미소 짓는다. 「그게 말이지, 네가 작년에 자폭해 산산조각 나지 않은 게 참 다행이야, 꼬마야. 네가 방금 저 애의 목숨을 구했거든. 물론, 네가 말이 사실이라는 가정하에.」

「내 말이 거짓이면, 돌아와서 우리 둘 다 죽여.」 레브가 말한다.

그 말에 넬슨은 웃는다. 「어차피 그럴 거야. 어쨌든 허락해 줘서 고맙다.」

그러더니 그는 둘을 풀어 줄 생각조차 없이 떠난다.

54
레브

「사실을 말한 거야?」 미라콜리나가 묻는다.

「당연하지.」 레브는 넬슨이 아직 듣고 있을지 몰라 그렇게 말한다. 잠시 후 바깥에서 밴에 시동이 걸리는 소리가 들린다. 사실, 레브가 뭐라 말했는지는 중요하지 않다. 중요한 건 넬슨이 그 말을 믿었다는 점이다. 레브는 그 장소를 기억에서 끄집어냈다. 여러 해 전, 가족들과 함께 갔던 동굴이다. 가이드가 그곳이 무법자들의 은신처로 쓰였다고 말했다. 레브는 그 무법자들이 아직 어두운 틈새에 도사리고 있을지 모른다는 두려움에 어머니 옆에 꼭 붙어 있었다. 무단이탈자들이 정말 그곳에 숨어 있는지는 알 수 없었다. 그러지 않기를 바랐다. 지금은 레브가 넬슨을 그곳에 풀어놨으니까.

「그럼 어쩌지?」 미라콜리나가 묻는다. 「네 친구를 잡으면 저 사람은 돌아오지 않을 거야. 우리는 굶어 죽을 거고. 네 친구가 거기 없다면 돌아와서 우리를 죽이겠지.」

「네가 죽는 걸 두려워하지 않는 줄 알았는데.」

「두렵지 않아. 그냥 무의미하게 죽고 싶지 않을 뿐이야.」

「안 죽어. 내가 뭔가 할 수 있다면.」 레브는 침대에서 좌우로 몸을 흔들기 시작한다. 두 손은 금속으로 된 침대 기둥 두 개에 케이블 타이로 단단히 묶여 있지만, 두 발은 관성을 만들어 낸다. 그는 체중을 왼쪽으로, 그다음에는 오른쪽으로 반복해서 싣는다. 그러자 침대가 바닥을 긁기 시작한다. 그는 침대를 뒤집으려 하지만 힘이 부족하다. 결국은 쉬어야 한다.

「안 되는데.」 미라콜리나는 너무나 뻔한 사실을 말한다.

「그럼 너도 기도를 해야겠다. 난 확실히 기도하고 있거든.」

몇 분 쉰 뒤 레브는 다시 시도한다. 이번에는 침대를 좀 더 밀어낸다. 결국 침대 다리 하나가 널빤지 틈에 걸린다. 이제는 레브가 침대를 흔들 때마다 반대편 다리가 바닥에서 약간 뜬다. 플라스틱 타이가 손목을 파고드는 고통이 전해진다. 멈춰야 하지만, 몇 분 회복한 뒤에 다시, 또다시 시도한다. 그때마다 그는 정확한 힘과 필요한 회전력에 더 가까워진다. 마침내 이를 악물고 신음을 내며 벽 쪽으로 온 힘을 싣는다. 팔이 비틀려 어깨에서 빠져나오려 한다. 침대가 들린다. 앞면이나 뒷면이 나올 수 있는 동전처럼 달랑거린다. 이어 침대는 휙 뒤집힌다. 금속 틀과 매트리스가 레브 위로 떨어진다. 팔꿈치는 썩어 가는 나무 바닥 위에 아프게 처박힌다. 지저깨비가 파고든다. 침대가 몸 위에 놓여 있기에 레브는 일시적으로 타운 하우스에서 폭발이 일어나 침대 아래에 처박혔던 순간을 떠올린다. 형의 얼굴, 댄 목사님의 얼굴. 그는 슬픔에 압도되기보다는 그 순간에서 힘을 끌어내려 한다.

「해냈어! 대단해!」 미라콜리나의 모습은 보이지 않지만 그녀의 목소리가 들린다. 「이제 어쩌지?」

「아직 잘 모르겠어.」

레브의 두 손은 여전히 금속 기둥에 묶여 있다. 손목에서 피가 난다. 녹이 묻어 있다. 레브는 파상풍에 대해서, 또 녹슨 못 같은 걸 밟으면 파상풍 주사를 맞아야 한다고 사람들이 늘 말했던 것을 떠올린다. 가족의 해변 별장에서 철제 울타리가 소금기 어린 공기에 노출된 나머지 녹슬어 아무것도 아니게 되었던 일도 떠올린다. 녹슬어 아무것도 아니게 된다……. 레브는 머리 위의 철창과 침대 틀이 연결된 부위를 본다. 왼손이 연결된 철창은 사실상 완전히 녹슬었다. 레브는 다시 고통을 견디며 당기고 또 당긴다. 마침내 막대가 부러지고 왼손이 풀린다.

「뭐가 어떻게 되고 있는 거야?」 미라콜리나가 묻는다.

레브는 대답 대신 손을 뻗어 미라콜리나의 손을 잡는다. 미라콜리나가 헛숨을 들이켠다.

그의 오른손을 고정한 철창은 다른 철창만큼 약하진 않지만, 마찬가지로 녹이 슬고 허술하다. 레브는 이 막대를 부러뜨릴 수는 없다는 걸 알기에 다른 전략을 시도한다. 손목을 앞뒤로 움직이며 플라스틱 타이를 들쭉날쭉하고 녹이 슨 금속에 문지른다. 플라스틱이 조금씩 닳는다. 결국 타이가 끊어지고 손이 풀린다. 그는 손목의 피를 매트리스에 닦아 내고 일어선다.

「어떻게 했어?」 미라콜리나가 묻는다.

「초능력이야.」 레브가 말한다. 그는 미라콜리나의 케이블 타이를 확인한 뒤 그녀의 매트리스 아래로 손을 뻗어 똑같이 녹슨 금속 막대를 찾아낸다. 침대를 벽에서 떼어 낸 뒤 침대 뒤에 서서, 미라콜리나가 묶여 있는 철창을 걷어차 부러뜨린다. 미라콜리나가 플라스틱 고리를 손마디 위로 넘겨 손을 뺀다.

「괜찮아?」레브가 묻자 미라콜리나가 고개를 끄덕인다. 「좋아. 여기서 나가자.」하지만 오른쪽 발목에 체중을 싣는 순간 레브는 인상을 쓰며 다리를 절기 시작한다.

「왜 그래?」미라콜리나가 묻는다.

「철창을 차다가 발목을 삔 것 같아.」레브가 말한다. 미라콜리나는 레브가 자신에게 기대게 하고 걷는 걸 돕는다.

앞문을 열자 그들이 어디에 갇혀 있었는지 분명해진다. 숲 속의 오두막이다. 고립되어 있어 목청이 터지도록 며칠씩 고함을 질러도 아무도 듣지 못할 것이다.

흙길이 하나 있다. 레브는 그 길이 주요 도로로 이어지기를 바란다. 그는 발목을 디뎌 보고 다시 인상을 쓴다. 그래서 미라콜리나는 계속 레브를 부축하고, 레브는 고마워하며 그녀의 도움을 받아들인다.

그들이 오두막에서 상당히 멀어졌을 때 레브가 말한다. 「이젠 정말 네 도움이 필요해. 내 친구에게 경고하는 걸 도와줘.」

미라콜리나가 그에게서 한 걸음 멀어진다. 레브는 넘어질 뻔하지만 간신히 균형을 잡는다.

「난 그런 일은 하지 않아. 네 친구는 내 문제가 아니야.」

「제발. 날 봐. 거의 걷지도 못해. 혼자서는 갈 수 없어.」

「병원에 데려다줄게.」

레브가 고개를 젓는다. 「캐버노에 가면서 가석방 조건을 어겼어. 잡히면 영원히 갇히게 될 거야.」

「그게 내 탓은 아니잖아!」

「난 방금 네 목숨을 구했어.」레브가 일깨운다. 「내 인생을 망가뜨리는 걸로 그 빚을 갚지는 마.」

미라콜리나는 둘이 처음 만난 날과 비슷하게 증오를 담아 그를 본다. 「장기 해적이 우리보다 먼저 동굴에 도착할 거야. 그게 무슨 의미가 있겠어?」 이어 미라콜리나는 그를 잠시 살펴보더니 마음을 읽기라도 한 듯 그를 말한다. 「네 친구가 동굴에 있는 게 아니구나?」

「맞아.」

미라콜리나가 한숨을 쉰다. 「당연히 그렇겠지.」

55
미라콜리나

미라콜리나는 충동적인 행동을 하는 사람이 아니다. 모든 것은 계획되어야 하고, 충분한 시간을 두고 안정된 다음에야 실행되어야 한다. 캐버노 저택에서의 탈출조차 미친 듯이 도망친 게 아니라 조심스럽게 준비한 결과였다. 하지만 지금 레브와 함께 흙길에 서 있는 동안 그녀 자신을 점령해 버린 광기에 전혀 대비하지 못한다.

「난 부모님한테 먼저 연락할 거야. 그다음에 네가 가려는 곳에 갈 수 있도록 도와주든지 할게.」 미라콜리나가 말한다. 그러면서 그녀는 자신이 협상을 시작했다는 것을 깨닫는다. 그녀는 사실 레브와 함께 가는 걸 고려하고 있다. 아마 외상 후 스트레스 장애 때문일 것이다.

「부모님한테 전화할 순 없어. 그랬다간 네 부모님이 십일조 버스를 공격한 게 장기 해적이 아니라는 걸 알게 될 테니까. 그러면 캐버노 작전 전체가 망가질 거야.」

「그 작전이 그렇게 신경 쓰였다면 왜 도망친 거야?」 그녀가 묻는다.

레브는 잠시 뜸을 들였다가, 체중을 바꿔 싣고 다시 인상을 찡그리며 대답한다. 「그 사람들이 하는 일은 좋은 일이야.」 레브가 말한다. 「내 일이 아닐 뿐이지.」

그 말에 미라콜리나는 혼란스럽다. 레브의 동기, 레브의 혼란스러운 긍지. 그를 몰랐을 때는 단순히 〈문제의 일부〉로 치부해 버릴 수 있었지만 지금은 그럴 수 없다. 레브는 역설이다. 그는 다른 사람들을 죽이면서 자기 몸까지 산산조각 낼 뻔한 아이면서, 미라콜리나의 목숨을 구하기 위해 자신을 장기 해적에게 내놓은 아이다. 어떻게 사람이 자신의 존재를 전혀 존중하지 않으면서, 알지도 못하는 누군가를 위해 기꺼이 자신을 희생할 수 있을까? 그는 미라콜리나의 인생을 정의해 온 믿음에 정면으로 위배된다. 선은 선이고 악은 악이며 그 사이에 있는 것은 그저 환상일 뿐이라는 믿음에. 회색이란 없다는 생각에.

「난 부모님에게 연락해서 내가 살아 있다고 알릴 거야.」 미라콜리나는 단호히 말한다. 「그것만으로도 부모님은 기뻐하실 거야.」

「전화는 추적당할 수 있어.」

「우린 이동할 거잖아. 부모님이 청소년 전담국에 제보한대도 놈들은 우리가 있었던 곳만을 알지, 우리가 갈 곳은 알 수 없어.」 이어 그녀가 묻는다. 「그래서 어디로 가는데?」

「너희 부모님하고 연락하는 건 괜찮아.」 레브가 포기하고 말한다. 「하지만 우리가 어디로 가는지는 묻지 마. 넌 모를수록 좋겠어.」

그 말이 미라콜리나의 돛대에 빨간 경고의 깃발을 올리지만,

그녀는 말한다.「좋아.」그런 다음, 그녀는 허리춤에 손을 얹는다.「그리고 발목 아픈 척은 이제 그만해도 될 것 같아. 그래 봤자 더 느려지기나 하지.」

레브는 바로 서며, 미라콜리나를 향해 장난스럽게 씩 웃는다. 바로 그 순간 미라콜리나는 이 협상이 시작되기도 전에 이미 졌다는 걸 깨닫는다. 레브가 함께 가달라고 부탁하기도 전에 그녀의 일부가 — 그녀 자신에게도 비밀이었던 부분이 — 이미 함께 가기로 결정해 버린 것이다.

56
레브

 레브는 묘지까지의 여정이 처음과 다르게 느껴진다. 첫 여행은 천천히 나선을 그리며 아래로 내려가는 것 말고 정해진 목적지가 없었다. 게다가 그 여행은 레브의 상처 입은 영혼이 벌겋게 드러난 상태에서 이루어졌다. 당시 그는 박수도에 포섭될 만큼 무르익어 있었다. 분노를 다룰 진짜 방법을 모른 채 길을 잃은 상태였다.
 처음에는 사이파이가 있었다. 자신이 이미 언와인드되었다는 사실을 모르는, 사이파이의 머릿속 아이도 있었다. 그 이후, 레브는 혼자 남아 자신을 돌보아야 했다. 그는 모기처럼 들러붙는 하류 인생들의 먹잇감이 되었다. 그들은 도움이나 은신처, 음식을 제공하기도 했지만, 모두 그의 피를 빨려는 계획을 품고 있었다. 기회의 민족 보호 구역에서 잠시 쉬어 갈 수는 있었지만, 그조차 장기 해적과의 고약한 조우로 막을 내렸다. 감시망 아래에서 살아남으며 레브는 물정을 익히고 임기응변에 익숙해졌다. 그는 삶의 경험이라는 잔인한 세례로 강해졌다. 그 황폐한 나날에, 자폭하며 세상을 최대한 많이 함께 날려 버린다는 생각은 그리 나쁜 선택처럼 느껴지지 않았다.

하지만 지금의 레브는 그 어두운 곳에 있지 않다. 그리고 자신에게 무슨 일이 일어나든 다시는 그곳으로 돌아가지 않으리라는 걸 안다.

미라콜리나의 바람을 존중하기 위해, 레브는 어느 사업가의 코트 주머니에서 핸드폰을 슬쩍 빼낸다. 통화는 약속한 대로 짧다. 미라콜리나는 자신이 살아 있다는 사실 외에는 아무것도 알려 주지 않는다. 그녀의 어머니가 질문을 쏘아 내지만, 그녀는 재빨리 전화를 끊어 버린다.

「다 했어. 이제 만족해?」 그녀가 쏘아붙인다. 「짧지만 다정하게 했어.」 그녀는 핸드폰을 사업가의 주머니에 다시 넣어 둬야 한다고 고집을 부리지만, 그는 오래전에 떠나 버렸다. 그래서 레브는 핸드폰을 비슷한 사람의 주머니에 넣는다.

가진 돈이 없기에, 그들은 필요한 모든 것을 훔쳐야 한다. 레브는 거리에서 배웠던 생존 기술의 약한 버전을 활용한다. 퍽치기와 날치기 중 날치기만 한다. 건물을 깨고 들어갈 때 실제로 깨는 부분은 하지 않는다. 이상하게도 미라콜리나는 도둑질을 문제 삼지 않는다.

「난 우리가 가져간 모든 물건의 목록을 만들고 있어. 어디에서 가져왔는지도.」 미라콜리나가 말한다. 「언와인드되기 전에 모든 비용을 치를 거야.」

하지만 그녀가 개인적인 도덕 규범을 굽히고 있다는 사실은 레브에게 그녀가 십일조에 대한 집착을 깰 만큼 구부러질 수도 있다는 희망을 준다.

레브는 시간이 대단히 중요하다는 걸 안다. 넬슨은 절대 포기하지 않는 인간 사냥개다. 레브가 거짓말했다는 걸 알게 되면 더욱 무자비해질 것이다. 코너에게 경고해야 한다.

레브도, 미라콜리나도 운전을 할 줄 모른다. 할 줄 안다 해도 나이가 걸릴 것이다. 전통적인 교통수단을 이용하는 그들 또래 아이들은 아픈 엄지처럼 눈에 띈다. 그래서 그들은 세상의 그림자 속에서 이동한다. 가능하면 대형 트럭의 화물칸에 들어간다. 아래에 들어가 숨을 수 있는 방수포가 있을 때는 픽업 트럭의 화물칸에도 들어간다. 쫓겨난 적은 있지만, 심각하게 추격당한 적은 없다. 다행히 세상 사람들에게는 애들 두 명을 쫓는 것보다 더 중요한 일들이 있다.

「난 우리가 하는 일도, 그걸 하는 방식도 마음에 들지 않아!」 미라콜리나는 타이어 레버를 들고 10미터 가까이 그들을 쫓아온, 유독 공격적인 트럭 기사에게서 도망친 뒤 소리친다. 「더러워진 기분이야! 인간 이하가 된 기분이라고.」

「좋아.」 레브가 말한다. 「이젠 진짜 무단이탈자의 기분을 알게 됐네.」

레브는 삶의 가장자리에 돌아오니 황홀감이 든다는 걸 인정하지 않을 수 없다. 첫 번째 경험은 전부 배신과 소외감, 생존과 관련되어 있었다. 레브는 그 시간이 싫었고, 지금도 그 시절의 관한 악몽을 꾼다.

하지만 지금은 본능과 충동, 솟구치는 아드레날린에 몸을 맡기는 일이 캐버노 저택에서 새장 속 새처럼 사는 것보다 편하게 느껴진다. 그런 생존의 흥분이 미라콜리나에게도 조금씩 옮는다. 뭔가를 하고 빠져나갈 때마다 그녀는 점점 느슨해진다. 심지어 미소까지 짓는다.

그들의 여정에서 가장 긴 구간은 그레이하운드 버스[18]의 짐 칸에서 이루어진다. 그들은 아무도 보지 않을 때, 짐 가방 뒤에 기어들었다. 털사에서 출발한 버스는 앨버커키로 향한다. 그들의 목적지에서 겨우 한 주(州)밖에 떨어져 있지 않았다.

「이 여행이 어디에서 끝나는지, 언젠가 말해 주긴 할 거야?」

「우린 투손으로 가.」 마침내 레브가 말해 준다. 하지만 그보다 구체적인 말은 하지 않는다.

버스는 오후 5시에 출발한다. 밤새 이동할 예정이다. 그들은 짐 가방 사이에 적당히 편안한 자리를 만든다. 여행이 시작되고 두 시간이 지났을 때, 레브는 문제가 생겼음을 깨닫는다. 비좁은 화물칸의 칠흑같은 어둠 속에서 미라콜리나도 뭔가 잘못되었다는 걸 느꼈는지 묻는다. 「왜 그래?」

「아무것도 아니야.」 레브가 말한다. 이내 고백한다. 「오줌이 마려워서.」

「뭐.」 미라콜리나는 갈고닦는 데 몇 년은 걸렸을 우월감에 찬 목소리로 말한다. 「난 버스 정류장에서 미리 다녀왔어.」

10분 만에 레브는 이 일이 좋게 끝나지 않으리라는 것을 깨닫는다.

「바지에 쌀 거야?」 미라콜리나가 묻는다.

「아니!」 레브가 말한다. 「그러느니 자폭하지.」

「그러게, 그게 낫겠네.」

「아주 웃긴다.」

하지만 버스가 거친 도로에 접어들자 오줌을 참는 건 더 이

---

18 미국과 캐나다에서 가장 유명한 장거리 버스 서비스

상 선택지가 아니라는 사실이 고통스러울 만큼 분명해진다. 레브는 화물칸을 더럽히고 싶지 않아 두리번대다가…… 가방 지퍼만 열면 흡수재가 있을지도 모른다는 사실을 깨닫는다. 그는 미라콜리나에게서 멀어져 여행 가방의 지퍼를 열기 시작한다.

「다른 사람 가방에다 소변을 보려고?」

「다른 아이디어 있어?」

갑자기 미라콜리나가 피식 웃다가 낄낄거리더니, 참지 못하고 깔깔댄다. 「다른 사람 가방에 오줌을 싼다니!」

「조용히 해! 버스 안 사람들이 네 목소리를 들었으면 좋겠어?」

하지만 미라콜리나는 참을 수 없는 상태다. 그녀는 발작적으로 웃음을 터뜨린다. 배가 아프기까지 한 그런 웃음이다. 「사람들이 여행 가방을 열면,」 미라콜리나가 터지는 웃음 사이사이에 불쑥 말한다. 「옷이 오줌으로 젖어 있겠네!」

레브에게는 웃을 일이 아니다. 그는 여행 가방을 열고, 전자 기기 없이 옷만 있는지 확인한다. 전자 기기가 있다면 정말 나쁜 일이 될 테니까. 미라콜리나는 숨도 제대로 쉬지 못하고 웃는다. 「난 내 여행 가방 안에서 샴푸가 쏟아졌을 때 그걸 최악이라 생각했는데!」

「샴푸라고!」 레브가 말한다. 「너 천재다.」

레브는 무턱대고 여행 가방을 뒤지고 또 뒤진 끝에 적당한 크기의 샴푸병을 찾아낸다. 그는 미친 듯이 샴푸를 화물칸 구석에 쏟아 버리고, 1초도 허비하지 않고 달콤한 안도감을 맛보며 그 병을 다시 채운다. 일을 마무리한 그는 병뚜껑을 꽉 잠근다. 다시 가방에 넣을까 하다가 그냥 화물칸 구석 먼 곳에 굴러다니게 둔다.

레브는 떨리는 한숨을 내쉰 뒤 미라콜리나 옆 자리로 돌아간다.

「손은 씻었어?」 미라콜리나가 묻는다.

「씻었냐고?」 레브가 말한다. 「샴푸 범벅이야!」

이제는 둘 다 웃고 있다. 숨을 들이쉬면 벚꽃 향 샴푸의 넌더리 나는 냄새가 코를 찌른다. 하지만 그 냄새마저 웃음이 더 나게 할 뿐이다. 결국 그들은 웃다 지친다.

이어진 침묵 속에 그들 사이에서 무언가가 바뀐다. 만난 순간부터 팽팽하게 흐르던 긴장감이 이제 느슨해진다. 곧 버스의 진동이 그들을 흔들어 재운다. 레브는 미라콜리나가 자신의 어깨에 기대는 것을 느낀다. 그녀가 깰까 봐 움직이지 않는다. 그냥 미라콜리나가 거기에 있다는 느낌을 즐긴다. 미라콜리나가 깨어 있었다면 이런 일은 절대 벌어지지 않으리라고 확신하면서.

그때 미라콜리나가 졸린 기색 하나 없이 목소리로 말한다. 「난 널 용서해.」

레브는 부모가 자신을 다시 받아 주지 않으리라는 걸 깨달았던 날처럼 무언가가 마음속 깊은 곳에서 시작됨을 느낀다. 참을 수 없는 감정이 부풀어 오른다. 세상에는 그 감정을 담아 둘 수 있을 만큼 큰 병이 없다. 레브는 조용히 흐느끼려고 애쓴다. 하지만 가슴이 들썩이기 시작한다. 그는 미라콜리나가 웃음을 멈출 수 없었던 것처럼 울음을 멈출 수 없다. 미라콜리나는 레브가 눈물을 주체하지 못하는 걸 알 텐데도 아무 말 하지

6부 투쟁 혹은 도피

않는다. 그의 눈물이 그녀의 머리카락 사이로 떨어지는 동안 그의 어깨에 머리를 얹고 있다.

이 모든 시간 동안 레브는 자신에게 필요한 것이 무엇인지 몰랐다. 그에게 필요한 건 동경이나 동정이 아니었다. 그는 용서받아야 했다. 모든 것을 용서하는 신에게서가 아니라, 언제나 곁에 있던 마커스나 댄 목사 같은 사람들에게서가 아니라, 그를 절대 용서하지 않을 세상으로부터 용서받아야 했다. 한때 그를 경멸했던 사람에게서. 미라콜리나 같은 사람에게서.

그의 조용한 흐느낌이 멈추자 미라콜리나가 말한다. 「넌 정말 이상해.」 레브는 방금 그녀가 자신에게 선물을 줬다는 걸 조금이라도 알고 있을지 궁금해진다. 알 거라는 확신이 든다.

레브는 자신의 세상이 이제 달라졌음을 안다. 피로 때문일 수도, 스트레스 때문일 수도 있다. 하지만 덜컹거리며 튀어 오르는, 기름 냄새와 샴푸 냄새로 가득한 화물칸에서 그의 인생은 잠시 더없이 좋게 느껴진다.

그와 미라콜리나는 나란히 눈을 감고 잠든다. 지붕이 움푹 들어가고 옆 창문이 박살 난 갈색 밴이 털사를 떠난 이후로 계속 그들을 따라오고 있다는 사실은 고맙게도 모른 채로.

57
코너

「이야기가 돌아.」 헤이든이 코너에게 말한다. 「온갖 이야기가.」

헤이든은 코너의 비행기 안 좁은 공간을 어슬렁거리며 천장에 머리를 몇 번이고 부딪힌다. 코너는 헤이든이 이렇게까지 불안해하는 모습을 본 적이 없다. 지금까지 헤이든은 언제나 세상과 거리를 유지해 왔다. 세상을 향해 히죽거릴 수 있을 만큼.

「투손 경찰 무전에만 뜬 거야, 청담 무전에도 뜬 거야?」

「사방에 떴어.」 헤이든이 말한다. 「라디오, 이메일, 우리가 가로챌 수 있는 모든 통신 수단에. 분석 프로그램이 우리한테 빨간 경고 신호를 쏘아 보내고 있어.」

「그건 그냥 프로그램이잖아.」 코너가 일깨운다. 「경고가 떴다고 꼭······.」

「구체적으로 우리에 관해 떠들고 있어. 대부분은 암호지만, 깨기 쉬워.」

코너는 자신의 편집증이 헤이든에게도 전염된 건지 궁금해진다.「진정하고 구체적인 내용을 말해 봐.」

「알았어.」헤이든은 어슬렁거리며 호흡을 진정시키려고 애쓴다.「지난 2주 동안 투손의 서로 다른 동네에서 세 건의 주택 화재가 있었어. 주택 세 채가 전소했고. 경찰은 그걸 우리가 한 짓으로 보고 있어.」

코너의 접목된 손이 주먹을 쥔다. 어쩌면 제독이 말한 철권이 이런 것일까. 트레이스가 말하지 않았던가. 청담에 묘지를 쓸어 낼 구실을 찾고 싶어 몸이 근질거리는 사람들이 있다고. 구실이 없다면, 하나 만들어 내면 그만이었다.

「트레이스는 어디 있어?」코너가 묻는다.「정말 무슨 일이 벌어지고 있는 거라면 트레이스가 알 거야.」

헤이든은 혼란스러운 눈으로 그를 보기만 한다.「트레이스가? 트레이스가 왜?」

「이유는 중요하지 않아, 그냥 알 거야. 트레이스랑 이야기해야겠어.」

헤이든이 고개를 젓는다.「트레이스는 사라졌어.」

「사라졌다니 무슨 말이야?」

「어제 이후로 아무도 트레이스를 못 봤어. 난 네가 트레이스한테 임무를 맡겨 보낸 줄 알았는데.」

「젠장!」코너가 벽을 친다. 비행기 내부의 섬유 유리가 깨진다. 결국 트레이스는 편을 정한 것이다. 트레이스가 없다면, 탈출 계획도 없다. 오직 트레이스만이 드림라이너를 몰 수 있다.

「또 있어.」헤이든은 또 한바탕 나쁜 소식을 전하리라는 걸 코너가 눈치챌 만큼 오랫동안 머뭇거린다.「세 집에 모두 언와인드가 있었어. 세 집 모두 청소년 수거반이 그 애들을 하비스트 캠프로 데려가기 전날에 타버렸어. 확인해 보니 아이들은 모두 우리 명단에 있었어. 셋 다 황새였고.」

「대체 무슨 짓이야?」
코너는 스타키가 세상 걱정 없이 운동하고 있는 짐보로 쿵쾅거리며 들어선다. 분노를 전혀 숨기지 않는다.
「무슨 말인지 모르겠어.」
「모르긴, 엿 같은 게!」
아이들이 운동 기구를 내려놓고 천천히 다가와 위협적인 자세로 그를 에워싼다. 그제야 코너는 자신이 황새 클럽 회원들로 완전히 둘러싸였음을 깨닫는다. 이곳에는 친부모 손에서 자란 아이가 한 명도 없다.
「너희 중 몇 명이나 얘랑 같이 갔어?」 코너가 묻는다. 「너희 중 몇 명이나 얘만큼 미친 거야?」
「하나 보여 줄게, 코너.」 스타키는 벤치에 앉아 있는 아이에게로 다가간다. 아이는 화난 동시에 겁먹은 표정이다. 「개릿 파크스를 만나 봤으면 좋겠어. 황새 클럽에 가장 최근에 들어온 친구야. 우리가 어젯밤에 이 녀석을 해방시켰어.」
코너는 아이를 본다. 그는 눈두덩에 멍이 들어 있고 입술은 부어 있다. 〈해방〉 도중에 꽤 거친 대접을 받은 듯하다.
「이놈들이 네 집을 불태웠어. 그건 알지?」 코너가 묻는다.
아이는 코너의 눈을 똑바로 보지 못한다. 「응, 알아.」
「얘가 아는 건 그것만이 아니야.」 스타키가 덧붙인다. 「얘는 소위 부모라는 작자가 자기를 언와인드하려 했다는 것도 알아. 우린 개릿을 구하고 메시지를 보낸 거야.」

「그래, 메시지 한번 잘 보냈지. 청담한테. 넌 청담한테 우리를 마지막 한 명까지 쓸어 버릴 때가 됐다고 말한 셈이야. 넌 애를 구한 게 아니라 지옥에 빠뜨렸어. 우리 모두를! 넌 정말로 놈들이 우리가 주택을 불태워도 참고 있을 거라고 생각해?」

스타키는 팔짱을 낀다. 「어디 우릴 쓰러뜨려 보라고 해. 우리한텐 무기가 있어. 우린 싸워서 놈들을 물리칠 거야.」

「얼마나 버틸 수 있을 것 같은데? 한 시간? 두 시간? 우리한테 아무리 무기가 많아도 놈들에겐 더 많아. 우리 모두가 죽거나 잡힐 때까지 놈들은 오고 또 올 거야.」

마침내 스타키가 조금 망설이는 기색을 보인다.

「넌 그냥 겁쟁이야.」 뱀이 코너를 노려보며 소리친다. 코너에게 해고당했던 날처럼.

「그래, 맞아. 겁쟁이야.」 다른 아이들이 따라 말한다.

그들의 합창이 스타키의 모든 의심을 눈먼 자신감으로 덮어 버린다. 「여기 오래 있다 보니까, 네가 그냥 보모라는 걸 알게 됐어. 우리한텐 그 이상이 필요해. 이 전투를 거리로 이어 갈 누군가가 필요하다고. 난 너한테 알아서 떠날 기회를 충분히 줬지만, 넌 떠나지 않았어. 그래서 어쩔 수 없이 난 널 끌어내려야 해.」

「그렇게는 안 되지.」

코너는 분명 수적으로 열세다. 황새들로 이루어진 스타키의 내부자 집단이 그에게 다가온다. 하지만 속임수를 감추고 있는 건 스타키만이 아니다. 문이 벌컥 열린다. 밖에서 기다리고 있던 헤이든과 대여섯 명의 아이가 문으로 밀고 들어온다. 그들은 스타키의 내부자 중 절반이 정신을 잃고 비행기 바닥에 쓰러질 때까지, 앞길을 막는 모든 황새에게 진정탄을 쏜다. 다른 황새들은 무기를 버린다.

코너는 스타키의 눈을 똑바로 본다. 「수갑 채워.」

「얼마든지.」 헤이든은 스타키의 손을 등 뒤로 꺾어 수갑을 채우며 말한다.

코너는 그를 믿을 만큼 멍청했다. 스타키의 야망이 맹목적인 것이 아니라 건강한 것이라고 믿을 만큼.

「너랑 나의 차이는 말이야, 코너.」 스타키가 여전히 반항적으로 말한다. 「바로…….」

「……너는 수갑을 차고 있고 나는 아니라는 거야. 여기서 끌어내.」

진정탄이 발사되는 소리를 들은 수십 명의 아이가 짐보 앞에 모여 있다. 그들 사이로 스타키는 계단 아래로, 밖으로 끌려나간다.

「이 녀석의 패거리는 경비병 두 명을 붙여서 징계 비행기에 처넣어.」 코너가 말한다.

「스타키도?」 헤이든이 묻는다.

코너는 스타키를 공범들과 같은 울타리에 넣을 수 없다는 걸 안다. 그랬다간 또 다른 음모만 뒤따를 뿐이다.

「아니. 이 녀석은 내 비행기에 가둬.」 코너가 명령하자 스타키를 잡고 있던 한 아이가 그를 바닥에 쓰러뜨린다. 코너가 그 아이를 붙잡는다.

「아니! 우린 청담이 아니야. 품위 있게 대해. 이 녀석한테 자격이 있든, 없든.」

아이들은 코너의 말에 따른다. 다만 아무도 스타키를 일으켜 주지 않는다. 등 뒤로 수갑이 채워져 있기에, 스타키는 꿈틀거리며 몸을 뒤틀어야 간신히 일어난다.

「이게 끝이 아니야!」 스타키가 소리친다.

「그래, 다들 끝날 때 그렇게 말하더라.」

스타키는 붙들려 가고, 코너는 주변에서 웅성거리는 대화에 귀를 기울인다. 몇몇은 대체 무슨 일이 일어났는지 궁금해할 뿐이지만, 다른 목소리도 있다. 못마땅해하는 목소리. 황새 클럽의 목소리. 코너는 스타키를 지지하는 세력이 얼마나 되는지 궁금해진다. 폭이 1킬로미터를 넘더라도 깊이는 1센티에 불과하기를 바란다.

「모두 내 말 잘 들어.」 코너는 자신이 어느 때보다 리더로 보여야 한다는 걸 안다. 「너희가 황새든, 피보호자든, 친부모가 기른 사람이든 우리는 지금 단결해야 해. 지금 우리가 하는 일은 생사가 걸린 문제야. 청담이 움직이기 시작했어. 우린 협동해야 해. 조각조각 나고 싶지 않다면.」

찬성과 연대의 소리가 코너의 말을 맞이한다. 그러다가 뒤쪽의 누군가가 묻는다. 「스타키는?」

모두가 코너를 바라본다.

「스타키도 우리 중 하나야.」 코너가 말한다. 「난 우리 중 누구도 언와인드당하게 놔두지 않아.」

드림라이너를 몰 사람이 없으니 탈출 계획도 없다. 그렇기에 코너는 헤이든, 애슐리, 그리고 대여섯 명의 아이를 따로 불러 모은다. 일부는 홀리 중의 홀리이고, 일부는 확실히 믿을 수 있는 아이들이다. 그들은 컴범에서 모인다. 그곳이 장군 같지 않은 장군의 임시 전시 상황실이다. 코너는 허공에서 플랜 B를 만들어 낸다.

「우린 전선을 두 군데에 구축할 거야. 여기, 그리고 여기.」 그는 손으로 묘지의 지도를 가리킨다. 「청담은 북쪽 문으로 들어올 거야. 놈들이 들어오면, 중앙 통로까지 바짝 몰아간 다음 양쪽에서 기습하는 거야. 우리 중 50명이.」

「진짜 총알을 쓸 거야?」 헤이든이 묻는다.

「우리가 가진 모든 걸 쓸 거야. 진짜 총알이든, 진정탄이든, 뭐든.」

「놈들이 가진 무기가 더 많을 텐데.」 애슐리가 지적한다. 「우리가 뭘 하든 놈들보다 오래 못 버틸 거야.」

「그래, 하지만 이건 전부 시간을 벌기 위한 작전이야.」 코너가 말한다. 「총알이 떨어지면, 우리는 연료 탱크 뒤쪽으로 퇴각해. 전투기 동쪽으로.」

「놈들이 우릴 구석으로 몰지 않을까?」 다른 아이가 묻는다.

「그럼 우린 탱크를 터뜨리고 동쪽으로 도주할 거야.」

「절대 불가능해!」 애슐리가 말한다.

「중요한 건 이거야. 우리 50명이 청담을 붙들고 있는 동안 650명 이상은 남쪽으로 흩어지리라는 거.」 코너는 지도에 멀리 떨어진 남쪽 울타리에서 아이들이 부채꼴로 퍼져 나가는 분산 패턴을 그린다. 「그 울타리에는 구멍이 많아.」

헤이든은 코너의 말을 이해하고 고개를 끄덕이며 중앙 통로를 가리킨다. 「50명이 여기서 청담을 동쪽으로 유인하면 놈들의 주의가 분산되겠지. 그리고 다른 모두가 도망치고 있다는 걸 알아챌 무렵이면 결코 그 애들을 잡을 수 없을 거야.」

「몇 명은 잡아들일 수도 있겠어. 하지만, 다른 애들은 탈출에 성공할 거야. 다시 혼자가 되겠지만, 적어도 온전하게 살아 있겠지.」

그때 중요한 질문이 나온다. 「그럼 그 50명은?」

마침내 코너는 대답해야만 한다. 「우리는…… 다른 아이들이 살아남도록 희생할 거야.」

헤이든이 침을 삼킨다. 실제로 그의 목울대에서 딸깍하는 소리가 들린다. 「방송계에서의 미래는 물 건너갔네.」 헤이든이 말한다.

「원하지 않는 사람은 떠나도 탓하지 않아.」 코너가 덧붙인다. 하지만 그건 목사가 결혼에 반대하는 사람이 있느냐고 묻는 것과 같은 말이다.

「됐네, 좋아.」 아무도 손을 들지 않자 코너가 말한다. 「너희 모두 청담에 기꺼이 맞설, 가장 믿을 수 있는 친구들로 팀을 꾸려. 다른 아이들한테는 경보가 울리면 바로 도망치라고 알리고. 잡히거나 열일곱 살이 될 때까지 절대 멈추지 말고 도망치라고.」

「왜 경보가 울릴 때까지 기다려?」 누군가가 묻는다. 「지금 묘지를 버리지 않고?」

「놈들이 지금 우리 움직임을 전부 지켜보고 있어서 그래.」 코너가 말한다. 「우리가 도망치기 시작하면 우리가 도착하기도 전에 주변 울타리에 순찰차를 쭉 배치할 거야. 토끼 사냥하듯 우릴 몰아가겠지. 하지만 놈들의 전력이 단 한 번의 전면 공격에 묶여 있으면 우리한테 뒷문이 열리겠지.」

모두 코너의 논리에 고개를 끄덕인다. 이게 얼마나 아슬아슬한 일인지 아는 사람은 코너뿐인 듯하다.
「시간이 얼마나 있을까?」 애슐리가 묻는다.
코너는 헤이든에게 그 질문의 답을 맡긴다.
「운이 좋으면 며칠.」 헤이든이 말한다. 「나쁘면 몇 시간.」

58
트레이스

코너가 정상 회의를 하고 있을 때 트레이스는 묘지로 쏜살같이 돌아간다. 모든 속도 제한을 어기고 그는 〈고용주〉와의 긴급 회의에 불려 갔다. 투손에서 벌어진 주택 화재가 묘지의 무단이탈자들 소행임을 확인하기 위해서였다. 그 공격이 묘지의 탓임을 증명하는 증거는 충분했다. 그걸 부정하는 건 말이 되지 않았다. 능동적 시민의 양복쟁이들이 알고 싶어 한 것은 왜 트레이스가 이 공격에 대해 사전에 보고하지 않았느냐는 점이었다. 어쨌든, 트레이스가 묘지에 있는 이유 자체가 그런 일을 미리 알리는 것이었으니까. 그들은 트레이스도 자신들만큼 허점을 찔렸다는 걸 믿지 않았다.

「이걸로 우리 입장이 어떻게 됐는지 아나?」 그들이 트레이스에게 물었다. 「청소년 전담국에서 묘지를 쓸어버리고 싶어해. 민간인 동네에 이런 공격이 있었으니 우리도 그들을 막을 수 없을 거야.」

「저는 당신들이 청소년 전담국을 통제한다고 생각했습니다.」

양복쟁이들이 한꺼번에 발끈했다. 「청소년 전담국과 우리의 관계는 너 같은 고기 방패가 이해하는 것보다 복잡하다.」 그들은 트레이스를 즉시 임무에서 배제하겠다고 말했다.

하지만 트레이스에게 이건 더 이상 임무가 아니었다. 양쪽 모두와 놀아 주는 시간도 끝났다.

그래서 트레이스는 전투 준비를 하며, 쓰나미 앞에서 파도를 타듯 묘지로 빠르게 달려갔다.

노을이 물든 저녁, 그는 끼익 소리를 내며 잠긴 정문 앞에 차를 세우고 끊임없이 경적을 울려 댄다. 근무 중인 10대 경비병 두 사람이 무슨 소란인지 보러 나온다. 트레이스를 본 그들은 문을 연다.

「세상에, 트레이스. 투손 사람을 전부 다 깨울 생각이야?」

다른 경비병이 킥킥댄다. 「투손을 깨울 수 있는 건 아무것도 없어.」

불쌍한 자식들. 트레이스는 생각한다. 이 녀석들은 앞으로 닥칠 일을 전혀 모르고 있어. 그는 아이들이 패션 액세서리처럼 축 늘어뜨린 채 휘둘러 대는 소총을 본다. 「안에 진정탄은 들어 있어?」 그가 묻는다.

「응.」 첫 번째 아이가 말한다.

「이걸로 바꿔.」 트레이스는 지프 조수석으로 손을 뻗어 지금껏 만들어진 것 중 가장 치명적인 군용 탄약 두 상자를 꺼낸다. 코끼리의 머리도 날려 버릴 수 있는 총알이다.

아이들은 마치 갓난아이라도 되는 양 조심스럽게 총알을 건네받는다.

「빨리 장전해. 다음번에 누가 대문으로 다가오면 일단 쏴. 총알이 떨어질 때까지 멈추지 마. 알았어?」

「아, 알겠어.」 첫 번째 아이가 말한다. 다른 아이는 그냥 조용히 고개를 끄덕인다. 「왜 그래?」

「청담이 나를 바짝 따라오고 있으니까.」

59

레브

 레브와 미라콜리나가 묘지의 북쪽 가장자리에 도착했을 무렵, 황혼은 희미하게 사라져 간다. 이제 그들은 걷고 있다. 녹슬고 오래된 도로 표지판이 한때 데이비스 공군 기지였던 방향을 가리킨다. 울타리 너머, 1킬로미터 넘게 떨어진 사막에서 비행기의 희미한 형상이 솟아오르는 것처럼 보인다.
 「공군 기지? 네 친구가 공군 기지에 숨어 있어?」
 「저긴 더 이상 공군 기지가 아니야.」 레브가 미라콜리나에게 말한다. 「전쟁 이후로는 공군 기지였던 적이 없어. 저긴 비행기 재생 시설이야.」
 「그러니까, 애크런의 무단이탈자가 저런 비행기 중 하나에 숨어 있다는 말이야?」
 「걔만이 아니야. 비행기가 한 대도 아니고.」
 울타리는 영원히 이어지는 것처럼 보인다. 몇 분에 한 번씩 투손으로 가거나 투손에서 나오는 자동차가 쌩 지나간다. 레브는 운전자들이 그들을 보고, 아이 두 명이 여기서 뭘 하고 있는지 궁금해하리라는 걸 안다. 하지만 어쩔 수 없다. 이제 와서 헤드라이트를 피해 숨으며 시간을 낭비하기에는 목적지가 너무 가까워졌다.

「정문이 여기 어딘가에 있어. 경비병은 있지만 날 알아보고 우릴 들여보내 줄 거야.」

「확실해? 세상 모두가 널 숭배하는 십일조는 아니야.」

마침내 정문이 눈에 들어오자 레브는 속도를 높인다.

「천천히 가!」 미라콜리나가 소리친다.

「따라와!」 레브가 바로 맞받아친다.

정문에 다가가자, 경비 근무를 서던 아이 중 하나가 그를 마중하러 서둘러 다가온다. 아이의 손에 뭔가 들려 있지만, 주위가 어두워져서 그게 뭔지 보이지 않는다. 비로소 알아챘을 땐 너무 늦었다. 단 한 발의 총성이 사그라드는 황혼을 꿰뚫고 터져 나온다.

60
스타키

스타키는 손목에 수갑이 채워지는 순간부터 탈출을 위한 행동을 시작한다. 자물쇠를 딸 만한 비밀 열쇠도, 신발 속의 펜나이프도 없지만 진정한 고수는 임기응변을 쓸 줄 안다.

그는 아이들이 자신을 코너의 비행기로 데려가는 동안에도 정신을 차리고, 모두의 눈앞에서 목줄이 채워진 치욕에 솟구치는 분노를 억누른다. 코너의 오만함이라니! 그에게 〈품위를 유지하게〉 해준 것은 전혀 품위 있는 선택이 아니었다. 스타키는 차라리 흙길에 질질 끌려가며 그들과 싸우고 싶었다. 그게 품위였다. 그런 자신을 이토록 무력한 동정심으로 대우하다니 그야말로 궁극적인 모욕이었다.

스타키를 지키는 임무를 맡은 두 아이는 그보다 덩치도 크고 무장까지 하고 있다. 그들은 비행기에 들어오자 튀어나온 강철 지지대에 다시 수갑을 채운다. 만족한 듯 떠나기 전, 그중 한 명이 스타키를 놀리려고 그의 눈앞에서 열쇠를 달랑거리다가 자기 주머니에 집어넣는다. 그들은 문을 닫고, 스타키는 공식적인 전쟁 포로가 된다.

스타키는 비행기 창문으로 두 경비병을 가늠해 본다. 둘은 수다를 떨고 있다. 아마 친구일 것이다. 물론 둘 다 황새는 아니다. 코너가 일부러 황새가 아닌 아이들을 뽑았다. 황새들은 이제 코너의 적이다. 뭐, 스타키가 뜻을 이루는 날에는 코너도 그들이 얼마나 강력한 적이 될 수 있는지 알게 될 것이다.

스타키는 지금이 인생의 전환점이라는 것을 안다. 청담으로부터의 탈출도, 묘지에 도착했을 때도 아닌, 비행기 안에 수갑이 채워진 채 갇힌 혼자만의 이 순간이. 모든 것이 이 비행기에서 나가는 데 달려 있다. 어떤 실수도 용납되지 않는다. 황새들을 위대한 운명으로 이끌기 위해선 모두를 놀라게 할 방식으로 탈출해야 한다.

스타키는 쪼그려 앉아 수갑의 사슬에 자기 발을 올린다. 수갑은 특수 강철로 만들어졌다. 볼트를 자르는 기계로도 수갑을 끊을 수 없을 것이다. 튀어나온 지지대는 비행기 기체에 붙어 있어 뜯어낼 수 없다. 이 안에서 가장 약한 고리는 살과 뼈다.

스타키는 몇 번 깊은 숨을 들이쉬며 마음을 진정시킨다. 모든 탈출 마술사는 언젠가 불가능한 탈출에 직면한다. 하지만 진정한 예술가라면 안다. 생각조차 할 수 없는 일을 기꺼이 해내는 사람에게 불가능이란 없음을.

지렛대의 원리로 비명을 지르지 않으려고 입을 꽉 다문 채 스타키는 장화의 뒤꿈치로 왼손을 짓뭉갠다. 고통이 끔찍하지만 그는 비명을 삼킨다. 다시 밟는다. 이번에는 손의 가는 뼈가 부러지기 시작한다. 고통이 그를 약하게 만든다. 몸이 저항한다. 하지만 그의 의지는 이런 생물학적 명령을 물리칠 것이다.

그는 발꿈치를 다시 누른다.

빠르게, 피가 몰려 손이 붓기 전에 그는 수갑을 살짝 움직여 장화를 손목에 붙인다. 수갑의 금속이 손목뼈를 박살 낸다. 진정탄이라도 맞은 듯 시야가 어두워지려 하지만, 억지로 흐릿함과 구역질을 억누르고 천천히, 깊게 숨을 쉰다. 강제로 의식을 유지하며 고통을 행위로 바꾼다. 혀를 깨문다. 피가 입안을 가득 채우지만 뱉어 낸다. 일은 마무리되었다. 그는 오른손으로 왼손 수갑을 뒤튼다. 박살 난 왼손을 작은 구멍으로 빼낸다. 이번에는 고통의 울부짖음을 참지 못한다.

61
노아

수갑을 차고 비행기 안에 갇힌 사람을 지키는 임무는 딱히 어렵지 않다. 하지만 코너가 스타키에게 경비병 두 명을 붙였다면, 노아 펠카우스키가 누구라고 말대꾸를 하겠는가? 이건 노아가 넉 달 전 언와인드당할 뻔했다가 구출된 이후로 코너가 처음으로 직접 맡긴 임무다. 이 임무를 망치지는 않을 것이다. 비행기 안에서, 스타키가 심연에서 끌어올린 비명을 지른다.

「대체 뭐야?」 다른 아이가 묻는다.

「열받은 녀석이지.」 노아가 말한다.

바로 그때, 지프가 빠르게 그들을 향해 다가온다. 헤드라이트 때문에 주변 석양이 더 어두워 보인다.

「대체 뭐야?」 다른 아이가 말한다. 가장 좋아하는 표현인 게 틀림없다.

지프가 끼익 소리를 내며 멈춘다. 트레이스가 나온다. 그는 코너의 비행기로 곧장 다가간다.

「워, 트레이스. 잠깐만. 코너는 여기 없어.」 노아가 말한다.

「어디 있는데?」

노아는 모른다. 그가 아는 것은 스타키 사건 이후로 코너가 남은 홀리 중의 홀리들을 소집했다는 것뿐이다. 「중앙 통로에서 나가던데. 아마 공급용 비행기에 있지 않을까?」

「넌 아무짝에도 쓸모가 없구나.」 트레이스는 다시 지프에 올라 외곽으로 향한다. 그가 떠난 뒤에야 노아는 코너의 비행기 안에서 쾅 소리를 듣는다. 그건 스타키가 낼 거라고 예상했던 소리가 아니다. 날개 위쪽의 비상구가 열리기 시작한다.

「대체 뭐야? 어떻게 풀려난 거지?」

「쉿!」 노아가 권총의 공이치기를 젖힌다. 한 번도 총을 쏘아 본 적은 없지만, 총알이 진정탄이라는 건 알고 있다. 그것으로 충분할 것이다. 그는 한 번도 스타키를 정말로 좋아해 본 적이 없다. 비행기에서 탈출하려는 스타키에게 진정탄을 발사하는 사람이 되는 건 나쁘지 않은 일이다. 비상구 문이 안쪽으로 무너진다. 두 아이가 총을 겨누지만 스타키는 나오지 않는다. 그들은 조심스레 다가간다. 비행기를 가로질러, 반대편의 어두워져 가는 사막이 보인다. 그들이 비상 탈출구를 보고 있는 동안 스타키는 반대편의 다른 탈출구를 기어 넘어 사라졌다.

「아, 망할!」

노아는 스타키를 놓쳤다는 사실보다 코너에게 첫 번째 임무를 망쳤다고 보고해야 한다는 점이 더 걱정된다.

62
스타키

스타키는 코너의 옷장에서 꺼낸 후드가 달린 외투를 입고 있다. 얼굴을 가리기 위해서다. 왼손이 손목 끝에 달린 10킬로그램짜리 추처럼 무겁게 느껴진다. 심장이 뛸 때마다 욱신거리는 통증에 무릎이 휘청거리지만, 그는 겨우겨우 몸을 움직인다. 그는 트레이스가 돌아왔다는 사실을 안다. 그걸로 게임은 뒤바뀐다. 코너는 아직 그 사실을 모른다. 그 말은, 스타키가 이 정보를 이용할 수 있다는 뜻이다.

묘지는 혼란스럽다. 아이들이 사방으로 내달리고 있다. 통로를 지나자 무기고에 아이들이 모여 있다. 헤이든이 무기를 나눠 준다. 한두 개가 아니라 전부다. 아무도 스타키를 알아보지 못한다.

황새 클럽 회원이 지나간다. 아주 많은 무기를 들고 있다. 스타키는 멀쩡한 손으로 그를 잡는다. 아이는 스타키를 알아보고 그의 이름을 부를 뻔하지만 스타키가 막는다.

「닥치고 내 말 들어. 황새들에게 메시지를 전해. 내가 신호하면, 우린 탈출용 비행기를 덮칠 거야.」

「하지만…… 그건 작전이 아닌데.」

「그건 내 작전이야. 알겠어?」

「그래, 그래. 알았어, 스타키.」 그러더니 그는 스타키의 손을 본다. 손에 대해 뭔가 물으려는 듯하더니 입을 다문다. 「신호는 뭔데?」

스타키는 아이가 든 무기 중에서 조명탄 발사기를 꺼낸다. 「이거.」 그가 말한다. 「지금 가!」

아이는 소식을 전하러 달려간다.

스타키는 트레이스의 지프가 공급용 비행기에서 중앙 통로를 향해 빠르게 돌아가는 모습을 본다. 그를 지키던 멍청이들에게 잘못된 소식을 들은 게 분명하다. 스타키는 코너가 어디에 있는지 모른다. 아마 컴범에 있을 것이다. 아마 트레이스가 다음으로 확인할 곳도 컴범일 테고.

그때 스타키는 애슐리가 고약하게 생긴 기관총을 들고 무기고에서 달려 나오는 모습을 본다. 그녀를 가로막는다. 스타키를 보고 그녀의 눈이 휘둥그레진다.

「대체 뭘 하러 나왔어? 코너도 알아?」

「네가 목소리를 낮추지 않으면 알게 되겠지!」

애슐리가 그에게 다가온다. 「그만둬, 스타키. 왜 그냥 도망치지 않는 거야? 청담이 왔을 때 네가 방해만 하지 않으면 코너는 널 신경 쓰지 않을 거야.」

「애슐리, 넌 황새야?! 아니면 결국 코너의 하수인인 거야?」

그렇게 말하니, 스타키의 핵심적인 〈잠복 요원〉이 할 수 있는 답은 딱 하나뿐이다.

「내가 뭘 했으면 좋겠는데?」

63
트레이스

코너를 찾지 못한 트레이스는 서둘러 중앙 통로로 돌아가 컴뱃으로 향한다. 직접 경보를 울릴 준비가 되어 있다. 그는 아이들이 무기를 꺼내 가는 모습을 보지만, 그 정도 속도로는 턱도 없다.

트레이스는 너무 정신이 팔린 나머지 길에 서 있던 애슐리를 들이받을 뻔한다. 트레이스는 끼익 소리를 내며 멈춘다.

「트레이스! 여기 있었구나!」

「코너는 어디 있어? 청담이 전 병력을 이끌고 오고 있어.」

「알아. 헤이든이 무전을 들었어. 코너는 네가 탈출용 비행기에 시동을 걸었으면 좋겠대.」 애슐리가 트레이스에게 말한다.

「내가 돌아온 걸 코너가 알아?」

「당연하지. 코너는 네가 당황해서 공급용 비행기로 달려가는 모습을 봤대.」

「당황한 게 아니었어.」 트레이스는 당황한 게 맞았지만 그렇게 말한다. 「드림라이너를 띄울 준비를 할게. 빠르게만 움직이면 놈들과 싸울 필요가 없을지도 몰라. 코너한테 아이들을 비행기에 태우라고 해.」

「당연하지, 트레이스.」 하지만 애슐리는 그렇게 하지 않는다. 그저 트레이스가 드림라이너로 달려가 계단을 오르는 모습을 지켜본다. 그런 다음, 스타키에게 가서 임무를 완수했다고 말한다.

64
레브

 그 순간, 총성이 울린다. 묘지의 정문을 뚫고 나온 소리가 레브의 귀에 꽂힌다. 「엎드려!」 그가 소리친다. 「우리한테 총을 쏘고 있어!」

 하지만 미라콜리나는 이미 엎드려 있다. 그냥 엎드려 있는 게 아니라 고꾸라져 있다. 그녀는 흙바닥 위에 목숨을 잃고 쓰러져 있다.

 「안 돼!」 레브는 미라콜리나 옆에 무릎을 꿇는다. 보기가 두렵다. 만지기가 두렵다. 「제발, 주님! 안 돼요!」 이럴 순 없다. 또다시 이럴 수는! 레브와 가까워지는 사람은 죽거나 다친다. 그런 일이 다시 일어나서는 안 된다! 레브는 불가능한 기도한다. 이게 사실이 아니기를 기도한다…….

 그런 다음, 그는 미라콜리나를 뒤집어 본다. 가슴에 뻥 뚫린 구멍이 없다. 다만 어깨에는 작은 핏자국이 있다. 진정탄의 작은 깃발도 꽂혀 있다. 안도해야 할지, 경악해야 할지 모르겠다.

 「양쪽에서 곤란해진 것 같구나, 레브.」 넬슨이 등 뒤의 어둠 속 어딘가에서 말한다. 「어쩌나…… 뭘 어째야 하나?」

그때, 정문에서 떨리는 목소리가 들려온다. 「누군지 몰라도 물러나. 아니면 다시 쏠 거야!」

하지만 10대 경비병이 소총을 겨누기도 전에 넬슨이 어둠 속에서 두 번째 진정탄을 발사한다. 울타리 너머의 경비병이 쓰러진다.

「저 녀석은 이제 됐고.」 넬슨이 침착하게 말한다. 「자, 어디까지 말했더라?」

레브는 아직 넬슨이 보이지 않는다. 하지만 넬슨은 그를 볼 수 있는 게 틀림없다. 진정탄이 발사될 때 나는 핏 하는 소리가 들리기 때문이다. 이번에는 진정탄이 레브의 바짓가랑이에 달린 쇠 장식에 맞고 튕겨 나간다. 진정탄은 레브의 옆 자갈에 내려앉는다. 레브는 이제 넬슨을 상대로 아무런 방어도 할 수 없음을 안다. 그래서 빠르게 생각한 뒤, 튕긴 진정탄을 잡아 청바지 섬유 사이에 박아 넣는다. 피부를 찌르지 않도록 조심하며 미라콜리나 위에 쓰러진다. 눈을 감는다. 울타리 근처의 또 다른 경비병이 당황해 날뛰는 소리와, 반대 방향에서 자갈길로 다가오는 넬슨의 발소리가 들린다. 레브의 심장이 가슴속에서 폭발할 듯 두근거린다. 하지만 그는 가만히 목숨을 건 호저처럼 온몸을 굳힌 채, 몇 분 만에 두 번째 기적이 일어나기를 기도한다. 넬슨이 속아 넘어가기를 기도한다.

65
넬슨

넬슨은 인디언 에코 동굴에 가지 않았다. 겨우 몇 킬로미터 떨어진 카페로 밴을 몰고 간 뒤, 노트북을 켜며 레브와 미라콜리나의 혈액 안에 심어 둔 추적용 나노 기기가 오두막에서 멀어져 가는 움직임을 보일 때까지 기다렸다. 그런 다음 따라갔다. 침대 틀이 녹슬어 있었던 것은 우연이 아니었다. 넬슨은 그들이 탈출하기를 바랐다. 잠깐은 레브가 너무 멍청해 빠져나갈 방법을 찾지 못할지도 모른다고 걱정했지만, 결국 소년은 상황에 맞춰 주었다.

레브는 그날 코너 래시터의 위치를 불지 않았지만, 넬슨은 그들이 그에게 경고하러 간다는 걸 알 수 있을만큼 이야기를 엿들었다. 넬슨이 해야 하는 일은 그들이 목줄을 차고 앞장서 가게 내버려두는 것뿐이었다.

래시터가 버려진 공군 기지에 있다는 것을 알게 된 지금, 넬슨에게는 더 이상 이 둘이 필요하지 않다. 하지만 둘을 죽이려면 시간이 지체될 것이다. 게다가 레브가 깨어나, 코너가 암시장에서 언와인드된 게 자기 탓이라는 걸 알고 살아가야 한다면, 그건 죽음이라는 마비된 침묵보다 훨씬 더 달콤한 복수가 될 것이다.

넬슨은 지금도 정문을 지키고 있는, 잘 놀라는 무단이탈자를 진지하게 걱정하지 않는다. 첫 번째 아이의 사격은 거칠었다. 넬슨은 두 번째 아이도 실탄을 쓸 줄 모르리라 확신한다. 아이들은 진정탄으로 훈련받았을 가능성이 높다. 진정탄은 쏘는 맛이 전혀 없고 낮게 날아간다. 두 무기를 다 다룰 줄 아는 넬슨은 이 임무에 적절한 무장을 갖추고 있다. 사실, 그는 이번 생포 작전에서 구식 총잡이가 되어 보겠다는 낭만적 포부를 가지고 있다. 오직 하나의 목적을 위해, 강렬한 화력으로 상대를 압도하는 장관을 펼쳐 보이려는 것이다. 그에게는 세 정의 권총이 준비되어 있고, 등에는 반자동 소총이 걸려 있다. 빠르게 작용하는 진정탄이 장전된 권총은 하나뿐이다. 진정탄은 총알보다 훨씬 효과가 낫다. 총알은 스치거나 팔다리에 맞더라도 표적이 반격할 수 있다. 하지만 진정탄은 어디에 맞든 표적이 방정식에서 즉시 제거된다. 실탄이 든 권총에 대해서라면, 글쎄, 그 총은 보험일 뿐이다.

그는 레브를 정확히, 제대로 맞혔는지 확인하려 한다. 그때, 상황이 극적으로 변한다. 어떤 총잡이도 예측할 수 없던 급격한 전환이다.

66
정문 경비병

정문에 남아 있던 아이는 동료가 왜 쓰러졌는지 모른다. 그들의 임무는 보통 길 잃은 사람들에게 방향을 알려 주는 것이다. 밤에는 일부러 묘지를 찾아오는 사람이 없기 때문이다. 하지만 트레이스는 이 둘에게 절대적인 두려움을 심어 주었고, 이제는 그의 친구가 정문 바로 앞에 — 아마도 죽은 채로 — 쓰러져 있다.

그는 서둘러 친구에게 다가간다. 가는 길에 죽을 수도 있다고 단단히 각오한다. 문밖에서 여러 목소리가 들렸지만, 지금은 조용하다. 아무도 그를 쏘지 않는다. 그는 친구가 아직 숨 쉬는 것을 보고 마음을 놓는다.

그가 들은 경고는 윙윙거리는 소리뿐이다. 갑작스럽게 다가오는 엔진의 소음. 그러다가 난데없이 경찰의 공성차가 헤드라이트를 끈 채 엄청난 속도로 대문을 들이받는다. 경첩이 떨어지고 문이 나뒹군다. 그는 아슬아슬하게 몸을 날려 피한다. 뒤를 보니 정신을 잃은 친구가 공성차 바퀴에 깔려 로드킬을 당했다. 공성차 뒤로는 청담 순찰차와 무장한 폭동 진압용 트럭들이 쏟아져 들어온다. 그 뒤에 언와인드 이송 트럭의 소름 끼치는 모습이 따라온다. 트레이스가 말했던 그대로다. 이들은 전 병력을 동원한 점령군이다!

정문을 부숴 버린 뒤에야 그들은 헤드라이트를 켜고 눈앞의 사막을 비춘다. 헤드라이트 빛이 멀리 떨어진 비행기에 반사돼 반짝거린다. 마지막 이송 트럭이 정문을 지나간 뒤, 청담이 그 뒤를 따라오고, 갈색 밴이 뒤따라 돌진한다. 웬 아이가 망가진 정문을 지나 달려간다. 밴을 뒤따라간다.

다음은 뭐지? 정문 경비병은 생각한다. 코끼리?

달리던 아이는 발로 뛰어서는 파티에 난입한 작자들을 따라잡을 수 없다는 것을 깨닫는다. 그는 경비병을 발견하고 달려간다. 경비병은 반사적으로 소총을 들어 올리지만, 자신이 바보처럼 총을 거꾸로 들고 있었음을 깨닫는다. 그가 총을 바로 쥐었을 때쯤, 아이는 이미 와 있다. 아이가 그에게서 총을 빼앗아 간다.

「바보같이 굴지 마, 난 적이 아니야.」 그가 말한다. 어딘가 익숙하다. 전에 본 적이 있는 얼굴이다. 머리만 짧아졌을 뿐이다. 「지프 같은 거 있어?」

「트레일러 뒤에…….」

「좋아. 열쇠 줘.」

자신보다 어린 이 아이의 목소리에 너무 큰 위엄이 실려 있어 경비병은 그 말에 따른다. 주머니에 손을 넣어 열쇠를 건넨다.

「내 말 잘 들어.」 아이가 말한다. 「문밖에 여자애가 하나 있어. 진정탄을 맞은 상태야. 걜 데리고 도망쳐. 걜 어딘가 안전한 곳으로 데려가. 이해했어?」

경비병이 고개를 끄덕인다.「응, 그래. 안전한 곳으로 갈게.」

「약속해.」

「어, 응. 약속해.」

아이는 만족한 듯 지프에 올라 중앙 통로 쪽으로 떠난다. 그곳에서는 벌써 총성이 들린다. 그는 운전할 줄 모르는 게 분명하지만, 단단한 사막뿐인 이곳에서는 그게 딱히 문제가 되지 않을 것이다.

그가 떠나자, 경비병은 잠시 시간을 들여 쓰러진 동료의 시신을 확인한 뒤 도망친다. 정문 바깥의 덤불 어딘가에 진정탄을 맞은 소녀가 있다. 하지만 그는 상관하지 않는다. 청담의 단속이 있을 때는 모두가 자력 구제해야 하는 것이다. 여자라고 해도 예외는 없다. 그러니까 그 아이를 찾는 대신, 경비병은 최대한 빨리 도망친다. 소녀는 청담이든, 코요테든 더 빨리 오는 쪽에 남겨 준다.

67
코너

 방어를 위한 자원군은 60여 명, 완전 무장한 상태다. 코너는 그중 절반을 가장 큰 남자 숙소용 비행기인 립 뒤에 은신하게 한다. C-130 화물 비행기다. 날개는 뜯겨 나갔고 배 부분은 바닥에 너무 가까워, 그 뒤에 소규모 군대가 숨을 수 있다. 「너희가 좌측 방어군이야.」 코너가 말한다. 「뭐든 해서 청담의 사격을 유도해. 놈들을 중앙 통로의 북쪽 끝에 잡아 둬.」

 「한 번쯤은 운이 따라 줄 수도 있겠지.」 한 아이가 말한다. 「어쩌면 청담이 아예 오지 않을지도 몰라.」

 코너는 그에게 마음 놓으라는 미소를 지어 보이려 한다. 하지만 아이의 이름을 모르겠다. 코너는 가능한 한 많은 이름을 외우려고 하지만 한계는 있었다. 이 아이가 죽거나, 더 나쁜 경우 언와인드된다면 누가 이 아이를 기억할까? 누가 그들 중 한 명이라도 기억해 줄까? 코너는 자신이 모든 아이에게 오래된 에어포스 원의 강철에 이름을 새겨 놓도록 하는 지혜를 발휘했으면 좋았겠다고 생각한다. 그들이 존재했다는 사실에 대한 증언으로 말이다. 아무도 보지 못한대도 비행기는 그 자리에 남아있을 테니까. 하지만 지금은 너무 늦었다.

코너는 나머지 병력을 오락용 비행기로 데려간다. 중앙 통로를 사이에 두고 립의 맞은편에 있는 비행기다. 「날개 아래에 바리케이드를 칠 거야.」 코너가 말한다. 「그 뒤에서 사격하는 거야.」

「넌 어디 있을 거야?」 한 소녀가 묻는다.

「네 바로 옆에, 케이시.」 코너는 그 아이의 이름이 기억난다는 사실에 기뻐한다.

「아니.」 다른 아이가 말한다. 「왕은 절대 전방에 있으면 안 돼. 내 말은, 체스에서 말이야.」

「이건 체스가 아니야.」 코너가 지적한다. 「우리 목숨이 걸린 문제지.」

「그래.」 아이가 말한다. 「하지만 난 기사가 되었다고 상상하고 싶어.」

「뭐, 네 얼굴이 말처럼 생기긴 했어.」 케이시의 농담에 모두가 웃는다. 이런 상황을 마주하고 웃을 수 있다는 사실이 그들의 용기를 무엇보다 잘 보여 준다.

코너와 좌측 병력은 달려가 소파, 탁자, 게임기를 밀어 바리케이드를 친다. 코너가 당구대를 뒤집고 있을 때 헤이든의 목소리가 이어 피스를 터뜨릴 듯 울린다.

「코너, 뭔가 잘못됐어. 정문 경비병이랑 연락이 안 돼. 아무도 응답하지 않아.」

「그럴 리 없어! 아직 준비 안 됐는데!」

그때 말처럼 생긴 얼굴의 아이가 말한다. 「우린 절대 준비되지 않을 거야. 그러니까, 지금이나 나중이나 똑같이 준비된 거겠지.」

코너는 오락용 비행기의 해치로 기어 올라가 어두운 사막 건너 북쪽을 바라본다. 헤드라이트로 이루어진 벽이 다가오다가 부채꼴로 펼쳐지며…… 더 넓어진다. 「경보를 울려.」 그가 헤이든에게 말한다. 「간다.」

68
비행기

 비행기를 정면에서 보면 눈이 달려 있다는 기이한 느낌을 받을 수 있다. 묘지의 비행기들은 그동안 수많은 것을 목격해 왔을 것이다. 아마 청소년 전담국이 침입한 날의 전투와 어리석음을 선명히 본 것도 이 비행기들뿐일 것이다.

 중앙 통로의 가장 북쪽에 있는 비행기, 짐보는 다가오는 청담 부대를 가장 먼저 볼 수 있는 위치에 있다. 짐보의 동체가 단조로운 경보의 굉음에 떨린다. 폐기된 비행기에서 건질 수 있는 것들을 건지려 노력하던 아이들은 하던 일을 그만두고 지시받은 대로 남쪽으로 달려간다. 잘 정돈된 혼돈은 이제 줄줄이 늘어선 퇴역 비행기들의 탄탄한 대열 사이에서 벌어지는 전면적 공황으로 변모한다.

 의료용 비행기는 드림라이너와 그 엔진을 선명히 볼 수 있는 위치에 있다. 드림라이너는 시동을 걸고 날아오를 준비를 하고 있다. 의료용 비행기가 보는 것을 코너도 볼 수 있었다면, 그는 작전을 바꾸고 모두에게 청담이 도착하기 전에 비행기에 오르라고 지시했을지도 모른다. 하지만 코너는 탈출용 비행기가 다시 그림에 들어왔다는 것을 전혀 모른다.

드림라이너에서는 아무런 막힘 없이 스타키가 보인다. 그는 황새들에게 코너의 작전을 포기하고 자기 작전에 따르라는 신호를 보낼 준비를 한다. 더 이상 굳이 얼굴을 가리지도 않는다. 그러나 조종석의 트레이스는 이륙을 준비하는 데 너무 몰두하느라, 드림라이너에서 보이는 것을 외부로 전달하지 못한다.

중앙 통로의 남쪽 끝에서 스텔스 폭격기인 허시퍼피가, 자신의 날개와 배 아래로 공황에 빠진 채 달려가던 홀리들이 멈추는 모습을 지켜본다. 그들은 드림라이너의 시동 소리를 듣는다. 「이게 뭐야?」 그들이 소리친다. 「결국 비행기를 타고 나가는 거야?」 그들은 남쪽으로 달려가는 대신, 방향을 잃고 무엇을 해야 할지 몰라 머뭇거린다.

한국 전쟁에 쓰인 폭격기인 덜로리스는 멍하니 코너를 본다. 덜로리스는 코너가 반란으로 심각하게 허점을 찔리기 직전이라는 걸 전해 줄 수 없다. 코너는 컴범의 헤이든과 무전으로 연락하고 있고, 헤이든은 묘지 전체의 영상 카메라를 지켜보고 있지만, 그 카메라 중 비행기들이 이미 보고 있는 것을 보여 주는 카메라는 한 대도 없다. 내장 기관이 분리되고 분해된 비행기들의 묘지가 인간의 묘지로 바뀌기 직전이다.

청담 순찰차들은 중앙 통로로 다가가며 좌우로 갈라진다. 그 뒤에는 네 대의 무장한 폭동 진압용 트럭이 있다. 까만색이고 산업용 디젤 엔진처럼 각이 져 있다. 트럭은 통로 입구에 멈춰 선다. 그리고 그곳에서 폭동 진압용 방탄 장비를 갖춘 수십 명의 무장 경찰관이 쏟아져 나온다.

컴범에서, 헤이든은 이 감시 카메라에서 저 감시 카메라로 화면을 넘겨 본다. 새로운 광경이 이 상황을 덜 끔찍하게 만들어 주기를 바라며.

「코너, 이거 보여?」 그가 이어 피스에 대고 말한다. 「청담만 온 게 아니야. 놈들이 망할 특공대를 끌고 왔어!」

「보여. 특공대 차들이 흩어지고 있어. 어디로 가는 거야?」

「기다려 봐.」 헤이든은 다른 카메라로 전환한다. 「네 양옆의 통로로. 우리를 포위하려고 해.」

코너는 좌측과 우측에 있는 한 줌의 아이들에게 순찰차가 지나갈 겨를을 주지 말고 차단하라고 명령한다. 하지만 대부분의 병력은 숨겨 둔다. 폭동 진압 팀이 중앙 통로로 깊숙이 들어오는 순간, 기습하려고 대기한다. 「물리칠 필요는 없어.」 코너가 모두에게 상기시킨다. 「그냥 놈들을 우리 쪽에 붙잡아 두기만 하면 돼.」

바로 그때, 겁에 질린 아이 하나가 탈출하고 싶은 광기에 사로잡힌 채 그림자에서 달려 나가 중앙 통로로 들어선다. 폭동 진압 경찰이 총을 들어 진정탄을 쏘자 그는 흙바닥에 쓰러진다. 코너가 공격 명령을 내린다.

폭동 진압대는 양쪽에서 코너의 팀이 가진 모든 것에 공격받는다. 그들은 엄폐하고 응사한다.

한편, 옆 통로에서는 코너가 청담 순찰차를 공격하도록 보낸 아이들이 총을 한바탕 쏘고 또 쏘며 타이어를 터뜨리고 창문을 깬다. 자동차 한 대가 기울어지면서 오래된 비행기의 앞쪽 착륙 장치에 부딪혀 확 타오른다.

「좋아!」 헤이든이 소리친다. 「통로의 세 번째 비행기를 넘어온 순찰차는 한 대도 없어.」 헤이든이 코너에게 말한다. 「놈들은 허둥지둥 차에서 빠져나와 어둠 속에 총을 쏘고 있어. 코너? 코너, 듣고 있어?」

코너는 듣고 있지만, 그의 뇌가 단어를 불러내지 못한다. 그의 옆에는 목에 진정탄이 박힌 케이시가 뒤집힌 당구대 다리에 걸쳐져 있다. 더 나쁜 건 말처럼 생긴 소년이다. 그는 이마에 실탄을 맞았다.

「세상에!」 다른 아이가 말한다. 「진정탄만 쏘는 게 아니야. 우리를 죽이고 있어!」

이 아이의 공황 ─ 코너 자신의 공황 ─ 이 바로 경찰이 실탄을 쓰는 이유다. 물론, 청소년 전담국은 그들을 살려 언와인드하고 싶어 한다. 하지만 옆 아이의 뇌를 꿰뚫은 총알은 모두가 겁에 질려 도망치게 만들기에 충분하다. 코너는 자신의 꿋꿋한 내면에 깊이 파고든다. 거기에서 자기 자리를 지킬 수 있는 용기를 발견한다. 그의 모범을 따라, 다른 아이들도 그렇게 한다.

드림라이너 앞 계단 맨 아래에 있던 스타키는 우연히 황새이기도 한 의무병이 가져다준 모르핀 주사를 자신에게 놓는다. 몇 초 만에 현기증과 거리감이 느껴지지만, 그는 어지러움과 싸운다. 계단을 올라가 비행기의 열린 문 앞에서 황새들을 기다린다. 모르핀 때문에 손이 얼얼하다. 강력한 진통제는 그를 재우고 싶어 하지만, 몸 안의 아드레날린이 솟구치며 반격한다. 남는 건 거의 초월적인 침착함이다. 스타키는 누구도 닿을 수 없는 존재다. 그는 조명탄을 들어 올려 쏜다. 하늘이 아른거리는 분홍빛으로 밝아진다. 남쪽으로 도망치는 대신 숨어 있던 황새들이 모두 나와 드림라이너로 달려오더니 두 개의 계단으로 쏟아지듯 올라간다.

더 남쪽, 묘지 가장자리에 이른 아이들은 홀리 무리가 탈출용 비행기를 향해 쏟아져 가는 모습을 본다.
「야, 저기 누가 있어! 누가 저 비행기를 띄우려나 봐! 가자!」
그들은 되돌아간다. 남쪽으로 도망치는 대신 드림라이너로 향한다. 다른 아이들이 180도로 방향을 트는 모습을 보고, 탈출 중이던 더 많은 아이가 군중 심리에 휩쓸린다. 그들 모두가 기다리던 비행기를 향해 달려간다.

전방에서, 코너의 군대는 폭동 진압 팀에 수적으로도, 무기 사용 기술에서도 밀리고 있다. 하지만 이건 예상한 일이다. 모두 계획의 일부다. 코너의 팀원 중 3분의 1이 이미 쓰러졌다. 코너는 누가 진정탄에 맞았고 누가 죽었는지 알고 싶지 않다.
「2단계를 진행해도 돼.」 헤이든이 말한다. 코너는 우익에 현 위치를 버리고 연료 탱크로 이동하라고 명령할 준비를 한다. 침입자들의 주의를, 남쪽으로 도망치는 아이들에게서 돌리도록 말이다.
「아니…… 아니, 잠깐만.」 헤이든이 말한다. 「뭔가 잘못됐어!」
갑자기 폭동 진압 팀이 더 이상 코너와 방어군에게 관심을 보이지 않는다. 그들은 앞으로 밀고 나와 중앙 통로로 달려간다. 귀청이 떨어질 듯했던 교차 사격의 폭음이 사라진 지금에야 코너는 비행기 엔진의 윙윙거리는 소리를 듣는다. 돌아보니 아이들이 탈출용 비행기로 몰려가고 있다.

「안 돼! 쟤들 뭐 하는 거야?」

그때 코너는 그를 본다. 스타키다. 스타키가 앞쪽 계단 위에 서서 황새 떼를 이끌고 있다. 하지만 비행기에 타려는 건 황새들만이 아니다. 이제는 엄청나게 밀려든 아이들이 공포에 질려 양쪽 계단을 가득 메운다. 아마 묘지 아이 전부일 것이다. 그들은 좁은 계단에 올라서기 위해 서로 싸우고 있다.

폭동 진압 팀이 그들에게 다가가기도 전에 청담이 양옆에서 아이들을 향해 진정탄을 쏘기 시작한다. 사격 게임장 같다. 코너는 자신의 작전이, 그리고 모든 희망이 무너져 사막의 먼지 속으로 사라지는 모습을 지켜볼 수밖에 없다.

이번만큼은 황새들이 먼저 온다. 이번만큼은 황새들이 승리를 거둘 것이다. 나머지는 엿이나 먹으라지. 그를 키운 세상은 스타키에게 아무것도 해준 것이 없다. 뭐, 이제는 해주게 될 것이다. 친부모가 기른 이 아이들은 표적이 되어 청담의 사격을 유도할 것이다. 그 틈에 스타키의 황새들은 비행기에 탈 테고.

탈출은 그가 바란 만큼 빠르고, 매끄럽게 진행되지 않는다. 적어도 진행은 되고 있다. 폭동 진압 경찰은 아직 멀리 있지만, 청담은 훨씬 가까운 곳에 자리 잡고 있다. 그들은 계단에 오르려고 우글우글 몰려들고 있는 아이들을 쓰러뜨리기 시작한다. 하지만 그의 황새 대부분은 이미 비행기에 타고 있다.

그때, 청담이 계단의 한 아이를 겨눈다. 아이는 진정탄을 맞고 쓰러진다. 그 바람에 아이의 뒤에 있던 황새들이 늦어진다. 황새들은 쓰러진 아이를 짓밟고 넘는다. 그 아이는 모두의 발

아래로 사라지는 것처럼 보인다.

비밀 요원인 애슐리가 황새로서는 마지막으로 계단에 오른다. 그녀가 스타키에게 미소 짓는다.

「해냈어!」 그녀는 마지막 몇 걸음을 도와 달라고 스타키에게 손을 내민다.

바로 그때, 땅 위의 청담 중 한 명이 스타키와 눈을 맞추고 그를 겨눈다. 스타키는 순간적인 판단으로 애슐리를 부드럽게 옆으로 살짝 민다. 진정탄은 그의 가슴 대신 애슐리의 등에 박힌다. 애슐리는 충격을 받은 듯 그와 눈을 맞춘다.

「미안, 애슐리.」

애슐리가 그의 품에 축 늘어지기도 전에, 스타키는 전략적으로 애슐리를 계단 밑으로 떠민다. 뒤따르던 아이들이 도미노처럼 쓰러진다. 그 틈을 타 스타키는 재빨리 문을 닫는다.

비행기 안의 아이들은 흥분한 동시에 겁에 질려 있다. 앞 해치가 닫힌 것을 본 아이들은 뒤쪽 해치도 닫는다. 비행기는 좌석이 제거되어 있어, 뭘 어떻게 해야 할지 아는 사람은 아무도 없다. 어떤 아이는 앉고 어떤 아이는 서 있다. 어떤 아이는 창밖을 본다.

스타키는 곧장 조종석으로 간다. 그곳에서 한 가지에만 집중하고 있는 트레이스를 발견한다.

「모두 탔어?」 트레이스가 묻는다.

「응, 그래. 다들 탔어.」 스타키가 말한다. 「가자!」

그제야 트레이스는 스타키가 지휘하고 있다는 사실을 깨닫는다. 「너였어? 코너는 어디에 있는데?」

「코너는 못 왔어. 이제 여기서 나가자.」

트레이스는 대답 대신 일어서서 창밖을 본다. 바깥의 공황을 목격한다. 아이들은 문이 닫혔는데도 계속해서 계단을 향해 밀려들고 있다. 객실을 힐끗 보니, 어떤 아이들이 구출되었고 어떤 아이들은 구출되지 못했는지가 명확해진다.

「이 개자식!」

지금은 말다툼할 때가 아니다. 스타키는 총을 꺼내면서도 트레이스가 고기 방패의 멋진 무장 해제 기술을 쓰지 못하도록 거리를 둔다. 「코너의 아이들은 구하면서 황새들은 구하지 않겠다는 거야? 이 비행기를 띄우지 않으면 쏘겠어.」

「날 죽이면, 아무도 여기서 못 나가.」

하지만 스타키는 총을 내리지 않는다. 그가 한 말은 허풍이 아니다. 트레이스도 그 사실을 안다.

트레이스의 시선은 쇠도 녹일 만큼 뜨겁다. 그는 다시 앉는다. 그리고 스로틀을 앞으로 민다. 「착륙하면 맨손으로 널 죽여 버릴 거야.」

스타키는 그 역시 허풍이 아니라고 확신한다.

드림라이너가 날아오른다. 두 개의 금속 계단이 모두 쓰러진다. 아이들과 경찰들은 속도를 내는 거대한 비행기의 바퀴 아래에서 빠져나가려고 허둥댄다. 비행기는 거의 시속 50킬로미터의 속도로 활주한다. 코너는 활주로 쪽에 아무 장애물이 없도록 드림라이너를 배치해 두었다. 청담은 드림라이너의 진로를 바꾸려 애쓰지만 성공하지 못한다.

지상에서는 길 잃은 아이들이 다시 남쪽으로 도망친다는 옛 계획으로 돌아가려 한다. 하지만 이제 그들은 포위되었다. 청담과 폭동 진압 경찰이 그들을 향해 진정탄을 쏜다. 조준할 필요조차 없다. 그냥 군중을 향해 쏘면 누군가 쓰러진다.

코너는 모든 일이 잘못되는 광경을 그저 지켜본다. 청담이 그를 겨누고 총을 쏜다. 코너는 소총으로 진정탄을 튕겨 낸다. 놈이 다시 총을 쏘기 전에 코너가 그에게 달려든다. 소총 개머리판을 휘둘러 놈을 쓰러뜨린다. 고개를 드니 황새로 가득한 드림라이너가 활주로를 따라 가속하고 있는 게 보인다. 하지만 코너는 즉시 문제가 있음을 알아차린다.

저 멀리, 어둠 속에서 잘 보이지는 않지만 까만 직사각형의 물체가 활주로를 가로막고 있다. 거의 1.5킬로미터 떨어져 있지만, 비행기가 속력을 내며 거리를 좁히자 헤드라이트에 진로를 바로 막아선 폭동 진압용 트럭이 비친다. 트럭은 112톤짜리 비행기와 치킨 게임을 벌이고 있다.

조종석에서 트레이스는 그 트럭을 보지만, 이륙을 중단하기엔 너무 늦었다.

트럭에서는 기사가 찰나의 차이로 너무 늦게 이건 자신이 지는 게임이라는 걸 깨닫는다.

비행기의 앞부분이 땅에서 뜨기 시작한다. 트럭은 피하려고 방향을 틀지만, 그만큼 빠르지 못하다. 우현의 착륙 장치가 걸리며 트럭은 장난감처럼 쓰러진다. 비행기가 땅에서 뜨는 순간 착륙 장치의 상당 부분이 뜯겨 나가며 헐거워진다. 드림라이너는 위태롭게 한쪽으로 기울어진다. 하늘에서 한순간 추락할 듯 휘청이다가 안정된다. 망가진 착륙 장치는 뒤틀린 채 바퀴 수납 공간으로 굼뜨게 들어간다.

지상에서는 땅에 발이 묶인 수백 명의 아이가 청담의 손에 진정돼 끌려간다. 그들을 둘러싼 날지 못하는 비행기들은 구원도, 피난처도 되어 주지 못한다. 위에서는 묘지에서 부활한 유일한 비행기가 169명을 태우고 하늘로 날아간다. 착륙할 길 없는 169명을.

69
레브

레브에게는 한 발짝 늦게 도착하는 것의 이점이 따른다. 그는 전선(戰線)이 어디인지 볼 수 있고, 청담의 전략도 파악할 수 있다. 아직 그들이 뒤통수에 눈을 접목하지 않았기에 레브는 잡히지 않고 전장의 후방을 가로질러 움직일 수 있다.

넬슨도 마찬가지다.

탈출용 비행기가 활주로를 달리기 전, 모두의 관심이 아직 중앙 통로의 북쪽 끝에 있는 무장한 무단이탈자들에게 집중되어 있을 때다. 레브는 넬슨이 묘지의 서쪽 끝 통로에서 밴을 세우고 내리는 것을 본다. 장기 해적은 이제 자신이 쓰러뜨린 진짜 청담에게서 빼앗았을 게 분명한 청담 제복을 입고 있다. 무리에 섞여 들어가려는 것이다. 그는 놈들 중 하나로 보일 것이다. 레브는 오직 무단이탈자로밖에 위장할 수 없다. 그래 봤자 진정탄이나 맞을 뿐이다. 하지만 레브는 조심해야 한다는 걸 안다.

그는 코너가 이 전쟁터에서 어디에 있을지 생각해 보다가 문득 자신이 지금의 코너를 잘 모른다는 사실을 깨닫는다. 예전의 코너는 자기 목숨을 구하는 데만 관심이 있었고, 그 일을 잘했다. 하지만 이곳 모든 아이를 책임지고 있는 지금도 그럴까? 코너는 언젠가 한 아기를 구했다. 레브도 구했다. 아니, 코너는 도망치거나 숨지 않을 것이다. 마지막 무단이탈자가 쓰러질 때까지 남을 것이고, 아마 그 마지막 무단이탈자가 코너일 가능성이 매우 높다.

넬슨은 그 사실을 모른다. 그는 코너를 오직 비열한 무단이탈자로만 본다. 아마 전방이 아닌 후방에서 코너를 찾을 것이다. 아니나 다를까, 레브는 가장자리에 있는 넬슨을 본다. 길 잃은 아이들이 진정탄을 맞고 쓰러진다. 넬슨은 시체를 쪼는 독수리처럼 아이들의 머리를 땅에서 들어 올려 얼굴을 확인한 다음 다시 내려놓고 다음 아이에게로 옮겨 간다.

레브는 넬슨과 거리를 넓게 벌린 채 어둠 속에서 그의 뒤를 빙 돌아간다. 그렇게 위험 지역으로, 폭동 진압 경찰이 무장한 무단이탈자들과 충돌하고 있는 곳으로 향한다. 그곳이 코너가 있을 곳이다. 하지만 어떻게 해야 코너를 넬슨에게서, 또한 청담에게서 구할 수 있을까?

답이 떠오르자 레브는 주변에서 벌어지는 끔찍한 전투에도 불구하고 씩 미소 짓는다. 답은 간단하다. 무시무시하다. 불가능해 보이지만. 통할 수 있다!

드림라이너가 움직이기 시작하고 폭동 진압 경찰이 비행기에 타지 못한 아이들에게 전진하는 순간, 중앙 통로 근처에 이른다.

백 미터 떨어진 곳, 망가진 전방에서 빛바랜 위장복을 입은 누군가가 총을 쏘는 청담에게 겁 없이 돌격하고 있다. 그 아이는 총알이 아니라 소총의 개머리판으로 청담을 쓰러뜨린다. 그 움직임이 어딘가 익숙하다.

레브는 자신에게로 달려오는, 겁에 질려 도망치는 아이들 사이를 거슬러 돌진한다. 총성과 비행기 엔진의 굉음, 드림라이너가 이륙하면서 폭동 진압용 트럭을 밀고 지나갈 때 금속이 뭉개지는 소리는 무시해 버린다.

비행기가 하늘로 날아오르고, 휘청거리던 트럭이 확 불타오른다. 폭발로 인한 빛이 위장복을 입은 아이의 얼굴을 비춘다. 그 순간 레브는 코너를 찾았음을 알게 된다.

「코너!」

하지만 코너의 시선은 탈출하는 비행기에 붙박여 있다.「그냥 서 있지 말고 도망쳐!」코너가 말한다.「너희 모두 도망치게 되어 있었잖아!」

「코너, 나야. 레브야.」

코너는 레브를 보면서도 처음에는 그를 알아보지 못하는 듯하다. 레브는 그 이유가 머리카락 때문만은 아니라는 걸 안다. 둘 다 1년 전의 그 아이들이 아니다.

「레브? 여기서 뭐 해? 뭐야, 온 세상이 미쳐 버린 거야, 내가 정신이 나간 거야?」

「둘 다 맞을 거야. 근데 난 정말 여기에 있어.」레브는 허리를 숙여 코너가 방금 기절시킨 경찰의 손에서 진정탄 총을 집어 든다.「널 구하러 왔어.」

「듣던 중 제일 멍청한 말이네!」

「그것도 아마 사실이겠지. 근데 너한테 경고해야 해. 널 쫓는 장기 해적이 있어.」

「지금 그런 건 나한테 문제도 아니야!」

자동 소총을 든 아이 하나가 서둘러 코너에게 달려온다. 「탄약이 떨어졌어! 어떻게 하지?」

「막대와 돌, 비행기 부품을 써.」 코너가 말한다. 「아니면 기회를 봐서 도망쳐도 돼. 스타키 때문에 방법이 별로 남지 않았어.」

「빌어먹을 스타키!」 아이가 다 쓴 무기를 떨어뜨린다. 「행운을 빌어, 코너.」 그리고 어둠 속으로 달려 나간다.

좀 더 떨어진 곳에서는 드림라이너에 타려던 무리가 경찰 헬리콥터의 스포트라이트 아래 완전히 포위되어 있다. 아마 구석에 몰려 무력해진 아이가 4백 명은 될 것이다. 거대한 이송 트럭이 그들을 실어 가려고 중앙 통로를 따라가고 있다.

「지금 네가 저 애들한테 해줄 수 있는 일은 아무것도 없어.」 레브가 말한다.

「난 저 애들을 떠나지 않을 거야.」

「그래서 내가 너한테 선택지를 주지 않는 거야.」 레브는 정신을 잃은 청담에게서 빼앗은 진정탄 총을 들어 코너의 팔을 쏜다.

코너는 총에 맞고 빙글 돌며 바닥에 쓰러진다. 진정탄이 몇 초 만에 효력을 발휘한다. 레브는 코너를 잡아 안는다. 코너는 반쯤 감긴, 희미해져 가는 눈으로 그를 쳐다본다.

「안 통했어, 레브.」 그가 약한 목소리로 말한다. 「내 작전이 통하지 않았어.」

「알아.」 레브는 코너가 의식을 잃어 가는 순간에 말한다. 「하지만 내 작전은 통할 거야.」

70
넬슨

넬슨은 아이들이 몇 명인지, 비행기 묘지의 규모가 얼마나 되는지, 혼란 속에 자신의 표적이 어디에 있는지 모른다. 하지만 상관없다. 청담이 예상되는 대로 자기 일을 한다면 무단이탈자들의 둥지는 뿌리 뽑혀 모두 진정탄을 맞고 끌려갈 것이다. 래시터도 그 아이들 중에 있을 것이다. 넬슨은 그냥 눈을 뜨고 몸을 낮추고 있기만 하면 된다. 이 아이들 중에는 무기를 가진 아이들도 있고, 듣기로는 치명적 무기인 것 같으니 말이다.

넬슨은 이미 진정탄을 맞고 쓰러진 무단이탈자들을 하나하나 확인하고 몇 명은 직접 쓰러뜨린다. 정말로 임무 수행 중인 청담 경찰로 보이기 위해서다. 그는 전투가 벌어지는 중심부를 피해 움직이며, 애크런의 무법자도 자신과 같은 방식으로 움직이리라고 확신한다.

청담 경찰 중 한 명이 쓰러진 무단이탈자들의 얼굴을 살피는 그를 발견하고 다가와 말한다. 「시간 낭비하지 마. 이 애들 중 하나라도 사막으로 도망치면 우리 목이 날아가는 거야.」

「난 이웃이었던 무단이탈자 꼬마를 찾는 중이야.」 넬슨은 주저하지 않고 말한다. 「아내 부탁이라.」

하지만 상대는 의심한다. 「너, 나 알아? 어느 부대 소속이지?」

「16단. 피닉스에서 왔어.」

「피닉스에 16단은 없어.」

넬슨은 상황이 더 꼬이기 전에 그에게 진정탄을 쏜 뒤, 그 모습을 보고 도망치려던 무단이탈자도 잇달아 쏜다. 그리고 다시 애크런의 무단이탈자를 찾기 시작한다.

드림라이너가 이륙하는 것을 본 뒤부터, 그는 불안해지기 시작한다. 래시터가 그 비행기에 탔을 가능성은 얼마나 될까? 그때, 넬슨은 폭동 진압대가 절차에 따라 아이들을 진정탄으로 쏘아 끌고 가는 게 아니라, 폭도들을 의식이 있는 상태로 트럭에 실어 나르고 있다는 걸 깨닫는다. 래시터가 그런 트럭에 실리면 게임은 끝난다.

이제는 걱정이 된다. 그는 폭도를 모아 놓은 곳으로 다가가 쌍안경으로 아이들의 얼굴을 훑어본다. 겁먹은 10대 무리다. 래시터는 없다. 물론, 우글거리는 아이들 사이에 있을 수도 있다. 하지만 그렇게 많은 얼굴 중에서 넬슨은 래시터를 알아볼 수 있을까? 그는 쌍안경을 내린다.

「제기랄!」

시간이 지날수록 성공 가능성은 줄어든다. 주변에서는 목표 지점에 도착하기엔 너무 느렸던 아이들이나, 처음부터 몰려 있는 무리에게 가까이 가지 않기로 한 똑똑한 아이들이 사방으로 도망치고 있다. 일부는 달려가다 진정탄을 맞지만, 주요 작전이 벌어지는 구역에서 멀리 떨어질수록 탈출 확률은 높아진다.

그 순간 넬슨은 작은 아이가 진정탄을 맞은 덩치 큰 아이를 업고 움직이는 컴컴한 실루엣을 본다. 부상당한 개미를 옮기는 개미 같다. 하지만 그 아이는 개미보다 똑똑한 모양이다. 곧 포기하고 아이를 흙바닥에 내려놓은 뒤 그림자 속으로 도망친다.

넬슨은 하마터면 그냥 지나칠 뻔한다. 달려가는 얼굴을 하나도 놓치고 싶지 않았기 때문이다. 하지만 철저하지 않다면 넬슨이 아니다. 그는 의식을 잃은 아이의 머리카락을 쥐고 얼굴을 들어 올린다. 그리고 승리감에 찬 놀라움으로 고함을 지른다. 그 녀석이다! 래시터다! 놈이 선물처럼 넬슨의 코앞에 끌려왔다!

넬슨은 시간을 낭비하지 않는다. 코너를 등에 지고 물건을 챙긴 뒤 곧장 자신의 밴으로 향한다. 그때 다른 청담이 그를 발견한다.

「그 녀석은 잊어버려.」 경찰이 말한다. 「위생 및 이송 부서에 넘겨. 우리 임무는 도망치는 녀석들을 쓰러뜨리는 거야.」 그는 요점을 강조하듯 비행기 사이로 도망치는 소녀에게 진정탄을 쏘아 흙바닥에 쓰러뜨린다.

「이 녀석은 특별 지시가 있었어.」 넬슨은 그냥 지나가려 하지만, 상대 경찰이 물러서지 않는다.

「왜? 이 녀석이 마을에 불을 지른 놈인가?」

「맞아.」 넬슨이 말한다. 「그 녀석이야.」

그때, 뒤에서 세 아이가 바깥 통로로 탈출하려 한다. 경찰이 그쪽에 주의를 빼앗긴 사이, 넬슨은 그를 지나쳐 간다.

중앙 통로에서 멀어질수록 무단이탈자도, 경찰도 줄어든다. 외곽에는 이미 이송 트럭이 도착해, 진정탄을 맞은 아이들을 발견하는 대로 싣고 있다. 위생 및 이송 부서 직원들은 쓰러진 아이들을 훨씬 더 조심스럽게 다룬다. 그들을 안감이 들어간 이송용 자루에 넣고 지퍼를 잠근다. 얼굴만 드러낸 채 모든 부분을 덮는, 연파랑이나 분홍색의 침낭 같은 구속복이다. 그래야 운송 중에 아이들의 소중한 신체 부위가 보호될 수 있다.

넬슨은 코너를 밴 뒷자리에 처넣고, 왔던 길로 차를 몰고 나간다. 아직 안전하지 않다는 걸 알면서도 북쪽 정문으로 향한다.

정문에 가까워지자 몇 대의 청담 순찰차가 보인다. 무단이탈자 중에 정문으로 나가려 들 만큼 멍청한 아이가 있기라도 한 듯. 그들은 넬슨을 멈춰 세운다. 넬슨은 훔친 배지를 휙 내보인다. 「이 밴을 본부로 이송하라는 명령입니다. 증거물로 압수된 차량입니다.」

「농담해? 이 빌어먹을 장소 전체가 증거물이야! 견인차도 못 기다리겠대?」

「언제는 뭐 기다리던가요?」

경찰이 고개를 젓는다. 「믿을 수가 없네!」 그는 손을 저어 넬슨을 통과시킨다.

넬슨은 묘지를 뒤로한 채 라디오를 켜고 아는 노래가 나올 때까지 이리저리 채널을 돌린다. 드물게 느껴지는 기쁨에 노래를 흥얼거린다.

암시장의 거래자 다이밴이 엄청난 돈을 줄 것이다. 게다가 지금 넬슨이 보는 달러 기호는 머잖아 애크런의 무단이탈자의 눈을 통해 보일 것이다. 그것이 진짜 보상이었다. 현금보다 훨씬 더 중요한. 넬슨은 이 아이의 눈이 어땠는지조차 기억나지 않는다. 그건 아무래도 좋다. 색깔이 어떻듯, 선명하든 흐리든, 그 눈은 넬슨에게 필요한 마지막 조각이다. 완벽할 것이다!

그가 아직 코너의 눈을 떠올리고 있을 때, 진정탄 총이 발사될 때 나는 고음이 들린다. 다리에 날카로운 통증이 느껴진다.

갑자기 납덩이처럼 무거워진 그의 두 손이 운전대에서 떨어진다. 남은 힘을 다해 그는 고개를 돌린다.

등 뒤에서, 밴 뒷좌석에서 일어난 사람은 레브다. 그는 주변의 사막만큼이나 활짝 미소 짓고 있다.

「자기 총에 맞다니.」 레브가 말한다. 「한심하기도 하지.」

71
레브

 넬슨은 코너를 찾는 데 레브를 이용했다. 이번에는 레브가 그 호의를 돌려주었다. 청담도, 폭동 진압 경찰도 너무 많은 상황에서 누군가를 무사히 묘지에서 빼간다는 건 기적에 가까운 일이었다. 그때 레브는 적어도 이 순간만큼은 넬슨이 자신의 가장 강력한 동맹이라는 사실을 깨달았다. 넬슨과 레브는 같은 목적을 가지고 있었다. 코너를 산 채로 청담에게서 멀리, 묘지 바깥으로 데려가는 것. 그래서 레브는 의식을 잃은 코너를 넬슨의 바로 앞에 갖다 두었다. 자신의 정체를 들킬 위험을 감수했다. 하지만 도망치는 아이들이 너무 많았고 조명이라고는 헤드라이트와 스포트라이트밖에 없었다. 얼굴을 그림자 속에 숨기고 있기가 쉬웠다. 그렇게 레브는 코너를 놔두고 도망쳤다. 코너를 빼내는 가장 어려운 임무는 넬슨에게 넘겼다.

 넬슨이 코너를 데려가는 동안 레브는 미리 밴에 몰래 들어간 다음 자세를 낮추고 있었다. 넬슨이 주변에서 벌어지는 사건에 정신이 팔리고 코너를 잡은 황홀감에 빠져 레브가 뒷자석에 숨어 있다는 것을 눈치채지 못하길 바랐다.

지금, 넬슨은 묘지에서 8백 미터쯤 떨어진 지점에서 운전석에 고꾸라져 있다. 레브는 서둘러 운전대를 잡고, 트럭이 도로에서 벗어나지 않도록 막는다. 그런 다음 넬슨을 옆으로 밀어내고 브레이크를 꽉 밟는다. 밴이 멈춘다.

할 일은 하나뿐이다.

레브는 밴에서 내린다. 방향을 돌려, 걸어서 정문으로 향한다. 밴 안에서는 정문에 청담이 몇 명이나 있는지 보이지 않았다. 가까이 다가간 지금은 그들이 한 줌밖에 없다는 걸 알 수 있다. 나머지는 모두 전투 구역에 있다. 사막의 듬성듬성한 수풀은 몸을 숨기기에 부족하지만, 그는 더 가까이 다가간다.

그는 정문의 경비병 아이에게 미라콜리나를 안전한 곳으로 데려가 달라고 했다. 아이는 그러겠다고 했지만, 레브는 확인을 해봐야만 한다.

바로 앞에 순찰차가 있고, 청담 경찰이 차에 기대서서 무전 중이다. 청담 경찰이 시선을 돌린 순간 레브는 자세를 낮춰 순찰차 뒤로 쏜살같이 달려간다. 마른 덤불 뒤를 확인한다.

미라콜리나는 그곳에 없다.

레브는 조용히 안도의 한숨을 내쉰 뒤 돌아서서 서둘러 밴으로 달려간다. 밴에 도착한 그는 넬슨을 끌어내 도랑에 버려둔다. 그런 다음, 최선을 다해 밴을 몰고 비좁은 2차선 도로를 달린다. 탁 트인 사막을 질주하던 오프로드 지프를 모는 것과는 상당히 다른 경험이다. 그는 생각한다. 이 고생을 하고, 내가 운전을 할 줄 몰라서 코너와 내가 둘 다 교통사고로 죽는다면 얼마나 멍청한 일일까. 도로가 직선이라 신에게 감사할 따름이다.

이번만큼은 레브가 모든 것을 완벽하게 해내고 있다. 미라콜리나를 다시 볼 수 없으리라는 걸 알지만 — 결국 미라콜리나가 십일조에 자신을 내줄지도 모른다는 걸 알지만 — 레브는 그녀를 구하기 위해 자기가 할 수 있는 모든 것을 했다. 그녀를 자유롭게 하기 위해.

안전하게 지내, 미라콜리나. 레브는 자신의 말이 실현이 되기를 바라며 혼잣말한다. 정문의 아이가 자기 목숨을 구하는 데만 관심이 있었고, 미라콜리나는 레브가 찾던 곳에서 겨우 30센티미터 떨어진 곳에 여전히 의식을 잃은 채 쓰러져 있었다는 걸 전혀 모른 채로. 레브는 순찰차의 뒷좌석을 들여다 보지 않았다.

72
스타키

「그래서, 스타키. 이젠 뭘 어떻게 해?」

「한 번만 더 물어보면 그 빌어먹을 대가리를 뜯어 버릴 거야.」

뱀은 답답해하며 쿵쿵 멀어져 간다.

「최소한 거기서 빠져나왔잖아!」 스타키가 뱀의 등 뒤에 소리친다. 「빠져나온 건 아마 우리뿐일 거야!」

물론, 추락한다면 별 의미는 없겠지만.

아이들은 좌석 없는 객실 바닥에 무리 지어 앉아 있다. 그중 일부는 자신들이 겪어야 했던 시련과 남겨 두고 온 친구들 때문에 울고 있다.

「그만 좀 닥쳐!」 스타키가 소리친다. 「우리는 황새야. 우린 이보다 나은 존재야.」 그리고 으깨진 손을 들어 보인다. 지금은 그 손이 너무 퍼렇게 부어올라 있어 전혀 손처럼 보이지 않는다. 「내가 우는 거 봤어?」 스타키는 이런 상처가 이미 그의 권력의 상징이자 존경의 부적이 되었음을 안다.

훌쩍이는 소리가 잦아들지만 완전히 사라지지는 않는다. 사실, 의료용 비행기에서 슬쩍해 온 모르핀에도 불구하고 스타키는 손의 통증 때문에 그 무엇도, 그 누구도 참아 줄 수 없다.

「우린 어디로 가?」 누군가 묻는다.

「좋은 곳으로.」 스타키는 그렇게 말한 뒤에야 그게 죽은 사람에게 하는 말이라는 걸 깨닫는다.

그는 쿵쾅거리며 조종실로 향한다. 황새들이 길을 비켜 준다. 트레이스는 부기장 없이 조종석에 앉아 있다. 스타키가 위협을 시작한다.

「그 무전기 건드리면…….」

트레이스는 그를 역겹다는 듯 보다가 다시 조종간을 본다. 「네가 이 아이들을 이끌고 있다는 이유만으로, 저 아이들이 언와인드되길 바라진 않아. 누구에게도 신고하지 않았고, 앞으로도 안 할 거야.」

「좋아. 계획을 말해 봐. 코너랑 무슨 작전을 세웠는지.」

트레이스는 난기류를 만나 안정을 유지하기 위해 조종간을 꽉 잡는다. 객실에서 다시 훌쩍이는 소리가 더 들려온다. 난기류가 가라앉자 트레이스가 말한다. 「몇 분 후면 멕시코 영공에 들어가. 우리는 시간을 벌게 될 거야. 우리 나라 군대는 허가 없이 거기까지 쫓아올 수 없으니까. 멕시코 군은 우리를 위협으로 간주하기 전까지 추격하지 않을 테고. 그다음에는 북쪽으로 향하는 다른 비행기와 8백 미터 이내로 붙어서 신호를 교란할 거야. 그 비행기가 미국 영공에 들어가면, 미국에서 그 비행기를 우리라고 생각하겠지.」

「그게 가능해?」

트레이스는 그 질문에 답하지 않는다. 「원래 작전은 미국으로 돌아가, 샌디에이고 동쪽 안자 보레고 사막에 있는 버려진 비행장에 착륙하는 거였어. 하지만 착륙 장치에 문제가 있지.」

스타키는 이미 알고 있다. 비행기가 활주로에 있던 트럭을 뭉개 버렸을 때 모두가 충격을 받았다. 다들 뭔가 뜯겨 헐거워지는 소리를 들었다. 피해가 있다는 건 분명하지만, 그 피해가 얼마나 심각한지는 알 수 없다. 그들에게 있는 건 〈착륙 장치 고장〉이라는, 조종간의 멍청한 경고등 하나뿐이다.

「그래서 어쩔 건데?」

「죽는 거지.」 트레이스는 그 생각이 잠시 허공을 맴돌게 놔두다가 덧붙인다. 「바다에 착륙하는 시도는 해볼 수 있어. 솔턴해를 고려 중이야.」

「유타주에 있는 거?」

「아니, 그건 그레이트 솔트레이크고, 멍청아. 솔턴해는 팜스프링스 남쪽에 있는 거대한 죽은 호수야. 거기에 이 세상 앞내라고는 다 풍기는 엿 같은 마을이 하나 있어. 너라면 바로 적응할 수 있을걸.」

스타키는 트레이스에게 이를 드러내지만, 곧 그럴 가치가 없다고 판단한다. 「얼마나 걸려?」

「일단 지나가는 비행기를 찾아서 신호를 교란해야 해. 도착할 때까지 한 시간 반쯤 걸릴 거야.」

「좋아, 다른 애들한테 말할게.」 스타키는 돌아서서 가려다가 문 앞에 멈춰 서서 트레이스를 돌아본다. 「한 번만 더 나를 멍청이라고 부르면 네 뇌를 터뜨려 버릴 거야.」

트레이스는 그를 돌아보며 미소 짓는다. 「그럼 네가 이 비행기를 착륙시키면 되겠네, 멍청아.」

73
리사

 리사는 방송국 스튜디오 의상실에 앉아서 멍하니 모니터를 보고 있다. 그녀와 캠이 출연하기로 되어 있던 심야 뉴스 쇼에서 방금 속보를 내보냈다. 애리조나주의 대규모 무단이탈자 은신처를 단속했다는 내용이다. 다름 아닌 비행기 묘지다. 아이들이 이미 하비스트 캠프로 옮겨지고 있다.

 「바로 이 무단이탈자 언와인드들이 투손 시에서 폭력 난동을 일으킨 것으로 보입니다.」 앵커가 말한다. 「청소년 전담국은 이번 급습으로 투손 시민들이 다시 편안히 쉴 수 있기를 기대하고 있습니다.」

 어떻게 이럴 수 있을까? 리사는 지난 두 달간 이 급습을 막기 위해, 코너와 헤이든과 그곳의 모든 사람을 안전하게 지키기 위해 온갖 끔찍한 일을 감수했다. 그런데도 청담은 어쨌든 급습을 강행했다. 어쩌면 처음부터 일어날 일이었는지도 모른다. 로버타의 거래는 애초에 거짓말이었을 것이다. 리사는 어떻게 그 여자의 말을 믿을 수 있었을까? 그렇게 멍청할 수 있었을까?

보조 무대 연출가가 문으로 고개를 내민다. 「3분 남았어요, 워드 양.」

리사는 자신을 폭력적인 사람이라고 생각해 본 적이 없다. 물론, 늘 자신의 몸을 지킬 수 있었다. 하지만 그녀는 절대 잔인한 행동을 시작하거나 즐기는 유형은 아니었다. 그러나 이 순간, 그녀는 로버타를 죽일 수만 있다면 기꺼이 죽이리라는 걸 안다.

그때, 리사는 그럴 필요가 없음을 깨닫는다. 3분도 채 안 되어 그녀는 전국 시청자를 대상으로 생방송을 하게 된다. 리사는 로버타를 죽일 필요가 없다. 로버타를 언와인드처럼 조각내 버릴 수 있으니까…….

밝고 부자연스러운 조명. 관객 없는 TV 스튜디오. 정장에 넥타이를 맨, 잘 알려진 언론계 인사는 TV에서 볼 때보다 실물이 더 작고 늙어 보인다. 카메라는 세 대다. 한 대는 그를, 한 대는 리사를, 한 대는 캠을 비춘다. 광고가 끝나고 프로그램이 다시 시작되기를 기다리는 동안 뉴스 진행자가 그들에게 브리핑을 해준다.

「내가 너희 둘 모두에게 질문을 할 거야. 처음에는 언와인드를 지지하게 된 리사의 결정에 대해서, 그다음에는 캠의 탄생으로 이어진 리와인드의 절차에 대해서. 그리고 괜찮다면 마지막으로 너희 둘의 관계에 대해서, 어떻게 서로를 찾게 됐는지에 대해서 물어볼게. 전부 전에 받아 본 질문이라는 건 알지만, 너희가 신선한 답을 해줄 수 있으면 좋겠구나.」

「뭐, 최선을 다할게요.」 리사는 지나치게 쾌활한 미소를 지으며 말한다.

캠이 리사에게 허리를 숙이고 속삭인다. 「우린 손을 잡아야 해.」

「와이드 숏이 없잖아.」 리사가 지적한다. 「아무도 못 볼걸.」

「그래도 어쨌든.」

하지만 이번에는 캠이 뜻을 이루지 못한다.

무대 연출 담당이 5부터 카운트다운을 시작한다. 1번 카메라의 빨간불이 켜진다.

「돌아오신 걸 환영합니다.」 뉴스 진행자가 말한다. 「애리조나주에서 현재 벌어지고 있는 경찰의 작전을 고려할 때, 오늘 밤의 게스트에게는 특별한 울림이 있겠습니다. 언와인드 옹호자로 전향한 호전적인 무단이탈자와, 언와인드가 아니었다면 존재하지 않았을 젊은이, 리사 워드와 카뮈 콩프리입니다.」

잠시 기분 좋게 인사한 뒤, 그는 약속한 대로 리사에게 질문을 던진다. 허점을 찌르도록 설계된 질문이다.

「워드 양, 본인도 무단이탈자였던 입장에서 애리조나주 급습에 대한 의견은 어떤가요? 이 도망자들에 대한 언와인드를 지지하시나요?」

그러나 리사는 동요하지 않는다. 이미 무슨 말을 해야 할지 정확히 알고 있기 때문이다. 리사는 고개를 돌려 방금 켜진 2번 카메라를 똑바로 본다.

「기록을 바로잡는 게 중요할 것 같네요.」 리사가 입을 연다. 「저는 지금도 그렇고, 단 한 번도 언와인드에 찬성한 적이 없습니다……」

74
로버타

로버타가 좀 더 주의를 기울였다면 상황은 달라졌을도 모른다. 그 말은, 아예 진행되지 않았으리라는 뜻이다. 한 가지 인정해 줄 것은, 그녀가 리사에게 제안한 거래가 대단히 위협적이긴 해도 정직한 거래였다는 점이다. 그녀는 몇 통의 전화를 걸고 배후에서 몇 가지를 조종해, 청소년 전담국으로부터 비행기 묘지에 대한 즉각적인 급습은 계획되어 있지 않다는 확인을 받을 수 있었다. 상황이 바뀐다면 로버타는 충분한 경고를 받기로 되어 있었다. 그 말은, 그런 급습을 막기 위해 더 많은 배후 조종을 할 시간이 주어진다는 뜻이었다. 로버타는 속임수를 좋아하지 않는다. 그녀가 좋아하는 건 결과다.

하지만 로버타는 캠을 사랑받는 존재로 만들기 위한 미디어 캠페인에 너무 몰두하느라 투손에서 일어난 주택 방화 사건을 놓쳤다. 그런 방화를 저지른, 황새 언와인드들의 복수를 내세우는 뻔뻔스러운 청소년에 대해서도. 물론, 청소년 전담국은 능동적 시민의 관계자를 통해 로버타에게 급습에 대해 알리기로 되어 있었다. 능동적 시민은 거미를 닮은 조직이다. 그리고 모든 거미가 그렇듯, 능동적 시민의 송곳니도 실샘이 뭘 하고 있는지는 모른다. 당연히, 소식이 전파를 타자 로버타의 핸드폰은 주머니가 떨어지도록 울리기 시작했다. 하지만 그녀는 너무 많은 사람이 그녀의 시간을 너무 많이 요구하는 것에 질려 전화를 받지 않았다.

그 결과, 로버타는 리사와 캠의 인터뷰가 시작될 때까지 급습에 대해 알지 못한다. 그리고 그때는 너무 늦었다.

로버타는 대기실에 앉아 있다. 맛이 간 대니시와 묽은 커피가 놓인, 스튜디오의 쾌적한 대기실이다. 그곳에서 로버타는 복도 저쪽 스튜디오에서 방송되고 있는 화면을 바라본다. 그녀의 경악한 표정은 유지방이 빠진 커피 크림조차 굳혀 버릴 정도다.

「저는 지금도 그렇고, 단 한 번도 언와인드에 찬성한 적이 없습니다.」 리사가 말한다. 「언와인드는 인류가 허가한 가장 사악한 행위예요.」

불같은 논란 속에서도 냉정을 유지하기로 유명한 앵커가 잠시 말을 더듬는다. 「하지만 당신이 출현한 그 모든 공익 광고에서는······.」

「그 광고는 거짓말이에요. 제가 협박을 당했거든요.」

로버타는 그린 룸[19]에서 복도로 뛰쳐나가 스튜디오 문으로 달려간다. 빨간불이 켜져 있다. 방송 중이니 들어가지 말라는 경고겠지만, 로버타는 그 경고에 따를 생각이 없다.

19 방송 프로그램 출연자들이 녹화 전에 대기하는 휴게 공간.

복도에는 리사의 발언을 생중계하는 모니터가 쭉 걸려 있다. 리사의 얼굴이 모든 화면에 뜬 채, 대여섯 군데 다른 방향에서 로버타를 보고 있다.

「저는 능동적 시민이라는 단체로부터 위협과 협박을 당했어요. 아, 그 단체에는 여러 이름이 있어요. 걱정하는 납세자 컨소시엄이라든가, 전국 총체적 건강 협회 같은 이름이요. 하지만 그건 전부 연기와 거울일 뿐이에요.」

「네, 능동적 시민은 저도 알고 있습니다.」 뉴스 진행자가 말한다. 「하지만 거긴 박애주의자 단체 아닌가요? 자선 단체요.」

「누구한테 자선을 한다는 거죠?」

로버타가 무대 입구에 다가가자 경비원이 그녀를 막아선다.

「죄송합니다. 지금은 들어가실 수 없습니다.」

「보내 주세요. 아니면 장담하는데, 당신은 내일 아침 직장에서 쫓겨날 겁니다.」

경비원은 단호히 자리를 지키고 서서 지원을 요청한다. 그래서 로버타는 대신 통제실로 향한다.

「그 사람들은 청소년 전담국을 통제한다고 주장해요.」 리사가 말을 잇는다. 「훨씬 더 많은 것을 통제한다고 주장하죠. 어쩌면 그럴지도 몰라요. 아닐지도 모르고요. 하지만 확실한 건, 능동적 시민은 자신의 이익 외에 아무것에도 관심이 없다는 거예요.」

화면이 갑자기 캠에게로 전환된다. 그는 얼떨떨한 표정, 아니면 그냥 멍한 표정이다. 카메라가 다시 뉴스 진행자를 비춘다.

「그러니까 카뮈와 당신의 관계는······.」

「그냥 홍보용 연기예요.」리사가 말한다.「캠이 받아들여지고 사랑받기 위해 도움이 되도록 능동적 시민에서 신중히 계획한 홍보용 연기요.」

로버타가 통제실로 불쑥 들어간다. 엔지니어가 편집실에 있고, 프로그램 연출가는 그야말로 즐거워하며 등받이에 기대 있다.「이거 대박인데.」그가 말한다.「언와인드의 공주가 자기한테 먹이를 주던 실체 없는 손을 물어뜯다니! 이보다 좋을 수는 없어!」

「인터뷰 중단하세요!」로버타가 명령한다.「당장 중지하지 않으면, 당신과 당신 방송사는 저 애가 말한 모든 것에 대한 책임을 지게 될 겁니다!」

연출가는 당황하지 않는다.「죄송한데, 누구시죠?」

「저는…… 저 애의 매니저예요. 저 애에게는 저런 말을 할 권한이 없어요.」

「글쎄요, 아주머니. 고객의 말이 마음에 들지 않나 본데 그건 우리 책임이 아니에요.」

「시청자 여러분도 스스로에게 이 질문을 해보셔야 해요.」리사가 말한다.「언와인드에서 가장 큰 이익을 얻는 사람은 누구인가요? 그 질문에 답해 보세요. 능동적 시민의 배후에 누가 있는지 알게 될 거예요.」

그때 경비원이 로버타 뒤로 다가와 그녀를 문밖으로 끌어낸다.

로버타는 인터뷰가 끝나고 방송이 광고로 넘어갈 때까지 그린 룸에 머무르게 된다.

여전히 〈침입자 경보〉 모드인 경비원은 그녀가 지나가지 못하게 막는다. 「당신이 스튜디오에 접근하지 못하도록 하라는 명령을 받았습니다.」

「화장실 가는 거예요!」

로버타는 그를 밀치고 스튜디오 문으로 달려간다. 리사와 캠은 이미 사라졌다. 사람들이 다음 게스트에게 마이크를 채우고 있다.

로버타는 경비원을 피하면서 — 그가 자신에게 진정탄을 쏠 준비를 단단히 하고 있음을 알기에 — 방향을 틀어 의상실로 향하는 옆 복도로 접어든다. 리사의 의상실은 비어 있지만, 캠은 자기 의상실에 있다. 캠의 코트와 넥타이가 바닥에 흩어져 있다. 캠은 그것들을 벗어 던질 순간을 못 견디게 기다린 듯하다. 그는 두 손에 얼굴을 묻은 채 거울 앞에 앉아 있다.

「리사가 저에 대해서 한 말, 들었어요? 들었느냐고요?」

「리사는 어디에 있어?」

「모래 속에 머리! 껍데기 속의 거북이! 날 가만히 놔둬요!」

「집중해, 캠! 리사는 너와 함께 무대에 있었어. 어디로 갔지?」

「도망쳤어요. 다 끝났다고, 자기는 지나간 과거라면서 비상계단으로 내려갔어요.」

「나랑 볼일을 다 보고 나면, 리사는 정말로 지나간 과거가 될 거야.」

로버타는 비상계단을 내려간다. 그들은 2층에 있고, 리사가 갈 만한 곳은 주차장으로 나가는 길뿐이다. 한밤중인 지금 주차장은 거의 비어 있다. 리사는 기껏해야 15초쯤 앞서갔겠지만 어디에도 보이지 않는다. 주변에 있는 유일한 사람은 그들의 운전기사다. 그는 리무진에 기대 샌드위치를 먹고 있다.
「봤어요?」 로버타가 묻는다.
「뭘요?」 그가 대답한다.
로버타의 핸드폰이 멈추지 않을 것처럼 울리기 시작한다

75
캠

 로버타는 리사를 끝내 찾지 못하고 돌아온다. 캠은 그린 룸에서 로버타를 만난다. 이제는 경비원 두 명이 로버타를 밖으로 데려가려고 열을 내고 있다. 로버타는 핸드폰을 붙들고 피해를 최소화하려 발악하고 있다.
 「남극.」 캠이 말한다. 「뭔가 말했어야 하는데 얼어붙었어요.」
 「벌어진 일은 벌어진 거야.」 로버타는 그렇게 말했더니 끊긴 전화에 끙 소리를 낸다. 「여기서 나가자.」
 「차에서 만나요.」 캠이 말한다. 「짐이 아직 의상실에 있어서요.」
 경비원들은 엄숙하게 로버타를 건물 밖으로 데리고 나간다. 캠은 의상실로 돌아간다. 스포츠 외투를 입고 조심스레 넥타이를 말아 주머니에 넣는다. 로버타가 건물을 떠났다는 확신이 들자 말한다. 「괜찮아, 갔어.」
 옷장 문이 열리고 리사가 나온다. 「고마워, 캠.」
 캠은 어깨를 으쓱한다. 「로버타는 당해도 싸.」 그가 고개를 돌려 리사를 본다. 리사는 달리기라도 한 것처럼 거칠게 숨을 쉬고 있지만, 캠은 그녀가 머릿속에서만 달렸다는 걸 알고 있다. 「그 애들은 전부 언와인드당할까? 네 무단이탈자 친구들 말이야.」

「바로 그러진 않을 거야.」 리사가 말한다. 「하지만 맞아, 결국은 그렇게 될 거야.」

「미안해.」

「네 잘못도 아닌데.」 리사는 그렇게 말하면서도 캠을 보지 않는다. 어쩌면, 그게 캠의 잘못이라고 생각하는지도 모른다. 그의 존재 자체가 그를 죄인으로 만든다는 듯.

「나도 내 존재를 어쩔 수는 없어.」 캠이 말한다.

「알아……. 하지만 오늘 넌 네 행동을 스스로 결정할 수 있다는 걸 보여 줬어.」 리사는 몸을 앞으로 숙여 그의 뺨에 입 맞춘다. 캠은 얼굴의 모든 솔기에 전기 충격을 받은 듯하다. 리사가 돌아서서 가려 하지만, 캠은 그녀를 보낼 수 없다. 아직은. 이 말을 하지 않고는…….

「사랑해, 리사.」

리사는 그를 힐끗 돌아본다. 그저 미안하다는 듯한 미소만 지어 보인다. 「잘 있어, 캠.」

그렇게 그녀는 떠난다.

리사가 사라진 뒤에야 마음속에서 분노가 솟구치기 시작한다. 그냥 솟구치는 게 아니라 폭발한다. 그 분노를 풀 곳이 없다. 캠은 의자를 집어 들고 화장대 거울에 던져 깨버린다. 손에 잡히는 모든 것을 벽에 던지고, 경비원들이 달려들 때까지 멈추지 않는다. 그를 제지하는 데 경비원 셋이 필요하다. 그런데도 캠의 힘이 더 세다. 그에게는 최고 중 최고가 들어 있다. 모든 근육과 반사 신경이 최고 수준이다. 그는 경비원들을 떨쳐 내고 비상계단으로 달려 내려간다. 리무진에 타고 있는 로버타를 발견한다.

「왜 이렇게 오래 걸렸어?」

「외로움.」 그가 말한다. 「혼자 있을 시간이 필요했어요.」

「괜찮아, 캠.」 로버타는 그와 함께 차를 타고 떠나며 말한다. 「다 지나갈 거야.」

「네, 그럴 거예요.」

하지만 캠은 진짜 생각을 혼자만 간직한다. 캠은 리사의 작별 인사를 결코 받아들이지 않을 것이다. 그녀가 자신의 삶에서 사라지도록 놔두지 않을 것이다. 리사를 붙잡고 차지하고 지키기 위해서라면 뭐든 할 것이다. 원하는 것을 얻는 데 필요한 로버타의 모든 자원이 손 닿는 곳에 있다. 그 자원을 활용할 것이다.

로버타는 통화를 하는 사이사이 안심하라는 듯 그에게 미소 짓고, 캠도 마주 미소 짓는다. 지금 당장은 장단을 맞출 것이다. 그는 로버타가 원하는 대로 착한 리와인드 소년이 될 것이다. 하지만 지금 이 순간부터 이미 마음속에 새로운 계획이 시작되고 있다. 그는 리사의 꿈을 실현할 것이다. 엿 같은 능동적 시민을 조각조각 찢어발길 것이다.

그러고 나면 리사에게는 그를 사랑하는 것밖에, 다른 선택지가 없을 것이다.

7부
착륙

 우리나라는 국내외적으로 어려움에 처해 있습니다. (……) 시험받고 있는 것은 우리의 힘이 아니라 우리의 의지입니다.
 — 1968년, 베트남 전쟁과 캠퍼스의 반전 시위에 관한 존슨 대통령의 발언

 나는 이 파괴적인 전국적 갈등이 해결될 것이며, 양측의 합의가 10대 무법자 문제의 궁극적 해결책이 되리라고 온 마음을 다해 믿습니다. 그러나 그 영광스러운 날이 오기 전까지, 나는 18세 미만의 모든 국민에게 오후 8시 통행금지령을 내립니다.
 — 뉴저지주의 호전적 분리주의자들에게 암살당하기 2주 전, 하트랜드 전쟁에 관한 모스 대통령의 발언

76
드림라이너

캘리포니아주 남부에는 주립 보호 시설 출신 무단이탈자나 하비스트 캠프의 황새만큼이나 잊히고 사랑받지 못하는 내해가 있다. 번쩍이는 할리우드에서 남쪽으로 한참 떨어진, 샌디에이고의 쭉 뻗은 교외에서 동쪽으로 한참 떨어져 있는 곳이다. 수십만 년 전, 이곳은 아직 이름조차 없던 코르테스해의 북쪽 끝이었다. 그러나 지금은 육지에 갇혀 천천히 말라 사막이 되어 가는 거대한 소금 호수에 불과하다. 척추동물이 살기에는 염도가 너무 높아 그곳의 물고기는 전부 죽었다. 물고기 뼈가 자갈처럼 해안을 뒤덮고 있다.

자정이 되기 10분 전, 비행기 한 대가 솔턴해로 내려온다. 새로운 꿈으로 대체되기 전까지는 모든 비행기의 꿈이라 불렸다. 조종사는 경험보다는 자신감이 훨씬 많은 젊은 군인이다. 비행기는 호수 주변의 산을 아슬아슬하게 피해 가며, 항공사에서 터무니없게도 〈수중 착륙〉이라 부르는 일을 하러 다가온다.

잘 되지는 않는다.

77
스타키

 안전벨트도, 좌석도 없다. 비상 착륙에 대비할 방법이 없다. 「팔짱을 껴! 서로를 다리로 감아.」 스타키가 말한다. 「우린 서로의 안전벨트가 되어 줄 거야.」

 황새들은 그 말에 따라 몸을 옹송그리고 팔다리를 엮는다. 자신들을 살과 뼈로 뒤엉킨 집단으로 만든다. 바닥에 앉아 있기에 누구도 창밖을 보고 호수가 얼마나 가까이에 있는지 알 수 없다. 그때 트레이스가 인터폰으로 말한다. 「약 20초.」 트레이스가 비행기 앞부분을 들어 올리며 하강 각도를 바꾼다.

 「다른 세상에서 보자.」 스타키는 그렇게 말하고, 다시 한번 이 말 역시 죽기 직전에 하는 말임을 깨닫는다.

 스타키는 머릿속으로 마지막 20초를 헤아리지만 아무 일도 일어나지 않는다. 너무 빨리 센 걸까? 트레이스의 판단이 틀린 걸까? 이게 20초라면, 그의 인생에서 가장 긴 20초다. 그리고 마침내 그 순간이 온다. 충격적일 정도로 덜컹거린 뒤에 평온이 찾아온다.

 「이거였어?」 누군가 말한다. 「끝난 거야?」

또 한 번 덜컹거리고, 또 한 번 덜컹거린다. 간격이 점점 짧아진다. 스타키는 비행기가 물수제비처럼 수면에서 튕기고 있음을 깨닫는다. 다섯 번째 튕겼을 때 날개가 물에 들어가며 노처럼 쓰여, 비행기를 비스듬하게 튼다. 갑자기 세상의 종말이 찾아온다. 드림라이너가 홱 뒤집히기 시작한다. 용서라고는 모르는 호수의 수면에서 재주를 넘는다.

안에서는 아이들 무리가 바닥에서 튕겨 나가 원심력으로 떼어진다. 그들은 두 무리로 나뉘어 객실 양쪽 끝으로 내팽개쳐진다. 서로 팔을 걸고 있어서 많은 아이가 목숨을 구한다. 다른 아이들의 몸이 완충 역할을 해주기 때문이다. 하지만 바깥쪽에 있던 아이들은 — 완충재 역할을 하는 아이들은 — 희생된다. 그중 다수는 드림라이너의 단단한 표면에 부딪혀 죽는다.

머리 위 수납함에서 튀어나온 무기들도 멋대로 날아다닌다. 권총과 소총, 기관총과 수류탄이 탄도가 되어 발사될 필요도 없이 사상자를 낸다.

뒤엉켜 앞쪽으로 굴러가는 사람들에게 둘러싸인 스타키는 머리를 단단한 무언가에 부딪히며 이마에 피가 나는 것을 느낀다. 하지만 망가진 손에서 터져 나오는 폭발적인 고통에 비하면 아무것도 아니다.

마침내 흔들리던 비행기가 멈춘다. 고함과 울부짖음도 충돌의 소음에 비하면 침묵 같다. 그때, 객실 뒤쪽 어딘가에서 폭발이 일어난다. 안전핀이 뽑힌 수류탄이다. 그 폭발로 비행기 옆면에 구멍이 나자 물이 쏟아져 들어오기 시작한다. 그와 동시에 전기가 나가고, 기내는 어둠 속에 잠긴다.

「여기야!」 뱀이 소리친다. 그녀는 커다란 레버를 당겨 객실

앞 좌현의 문을 연다. 구명정이 자동으로 부풀더니 물 위로 떨어진다. 뱀은 〈사요나라〉라고 말하며 바로 뛰어내린다.

스타키의 본능은 지금 당장 탈출하라고 말한다. 하지만 황새들의 보호자로 보이려면, 그는 말만이 아니라 행동으로도 증명해야 한다. 그는 아이들을 문밖으로 내보내며 기다린다. 자신이 먼저 나가는 사람이 아니라는 걸 분명히 보여 준다. 하지만 마지막으로 나갈 생각도 없다.

가라앉는 비행기 뒤쪽에서는 아이들이 날개의 출구와 중앙 해치를 잡아당겨 연다. 하지만 왼쪽 문만 열린다. 오른쪽은 물에 빠진 미끄러운 비행기 연료에 불이 붙어, 창문 너머로 불길이 타오르고 있다.

「무기!」 스타키가 소리친다. 「무기 챙겨! 우리 몸을 지켜야 해!」 아이들은 가능한 한 닥치는 대로 모든 무기를 챙겨, 구명정에 던진 뒤에야 뛰어내린다.

바깥의 불이 조명이 되어, 스타키는 주요 객실의 저 멀리까지 볼 수 있다. 보지 않았으면 좋았겠다는 생각이 든다. 죽은 아이들이 사방에 있다. 피가 모든 표면에 끈적끈적하고 두껍게 널려 있다. 하지만 아직 살아 있는 아이들이 죽은 아이들보다 많다. 기는 아이들보다 달리는 아이들이 많다. 스타키는 바로 그 순간, 이곳에서 스스로 빠져나갈 수 있는 아이들만 구출하기로 결심한다. 중상을 입은 아이들은 그저 짐일 뿐이다.

비행기가 꼬리부터 가라앉기 시작하며, 바닥의 각도가 빠르게 기울어진다. 뒤쪽 객실은 이미 물에 잠겼다. 수위가 꾸준히, 무자비하게 상승해 중앙의 칸막이를 넘는다. 그때 스타키는 비행기 앞쪽에서 뭔가에 가로막힌 듯한 목소리를 듣는다.

「여기 도움이 필요해!」

스타키는 조종실로 다가가 문을 연다. 앞 유리가 박살 나 있다. 조종석은 산산이 부서진 계기판, 열린 패널, 노출된 전선으로 엉망이 되었다. 조종석 의자가 앞에 끼어 있고 트레이스는 그 안에 갇혀 있다.

그 덕분에 스타키는 흥미로운 입장이 된다.

「스타키!」 트레이스가 안심하며 말한다. 「여기서 날 꺼내 줘야 해. 혼자서는 못 해.」

「그래, 그게 문제야.」 스타키가 말한다. 하지만 그게 스타키의 문제일까? 여기까지 오는 데는 트레이스가 필요했지만, 더는 조종사가 필요하지 않다. 게다가 트레이스는 이미 그를 죽이겠다고 위협하지 않았던가? 트레이스가 살아남는다면, 이 순간 이후로는 오직 위협이 될 뿐이다. 그것도 아주 위험한.

「나한테는 위대한 수중 탈출을 시도할 배짱이 없어.」 스타키가 말한다. 「후디니는 배짱을 부리다 죽었지만,[20] 너 같은 덩치 큰 고기 방패한테는 분명 쉬운 일일 거야.」 스타키는 조종석에서 뒷걸음질 쳐 문을 닫는다.

「스타키!」 트레이스가 소리친다. 「스타키, 이 개자식!」

하지만 스타키의 결정은 최종적이다. 주요 해치로 돌아가면서, 트레이스의 흐릿한 목소리는 공포에 빠진 황새들의 울음소리에 묻혀 버린다. 열두 명의 아이가 남았다. 느린 아이들, 다친 아이들, 수영을 할 줄 몰라 무서워 뛰어내리지 못한 아이들.

---

20 후디니는 주먹을 맞고도 견디는 마술로 강인함을 자랑했지만, 준비되지 않은 상태에서 복부를 가격당해 사망했다.

「이 끔찍한 냄새는 뭐야?」 그중 한 명이 칭얼거린다. 「바깥에 저건 뭐야?」

그의 말이 맞다. 이 호수에서는 썩은 생선과 비슷한 악취가 풍긴다. 하지만 그건 사소한 문제다. 물이 이미 그들의 발치에 고이고 있다. 바닥은 30도쯤 기울어 있다.

스타키는 머뭇거리는 아이들을 밀치고 지나간다. 「뛰어내리거나 빠져 죽어. 다른 선택지는 없어. 낙오자는 기다리지 않을 거야.」 그는 문밖으로, 고약한 냄새가 나는 솔턴해의 소금물 속으로 몸을 던진다.

78
트레이스

 조종실 안, 트레이스의 구조 요청에는 답이 없다. 그는 격분하고 절망한 마음에 조종간을 두드리고 의자를 흔들어 보지만 아무 반응이 없다. 아코디언식 조종석에 너무 꽉 끼어, 트레이스 같은 힘을 가진 고기 방패조차 빠져나올 수 없다. 그는 억지로 마음을 가라앉히고 선택지를 살핀다. 지금 들리는 것은 너무 심하게 다쳐 탈출하지 못한 아이들의 점점 잦아들어 가는 신음과 울부짖음, 그리고 당연하게도 무자비하게 몰아치는 물소리뿐이다. 그때 트레이스는 깨닫는다. 더 이상 남은 선택지가 없다는 것을. 스타키가 그렇게 만들었다.
 호수의 물이 깨진 조종실 창문으로 쏟아져 들어오기 시작한다. 너무 빨라, 각오할 시간조차 없다. 트레이스는 목을 쭉 빼고 최대한 오래 머리를 들고 있으려 노력한다. 그런 뒤, 한 차례 깊이 숨을 들이쉬고 참는다. 그는 물속으로 들어간다. 가라앉는 비행기의 불만 어린 금속성 소음만이 주변을 채운다.
 그의 몸은 마지막 산소까지 태워 버린다. 그런 다음에는 운명에 체념한 트레이스가 마지막 숨을 내쉰다. 그 숨결은 어둠 속에서 거품이 되어 멀어진다. 그의 몸은 익사라는 일을 시작한다. 트레이스가 상상했던 것만큼 끔찍하다. 그러나 트레이스는 그리 오래 걸리지 않으리라는 것을 안다. 5초. 10초. 마침내 이 모든 부당함이 더 이상 중요하지 않게 느껴진다. 마지막 의식이 걸러져 나가면서, 트레이스는 청소년 전담국이 아닌 무단이탈자들의 편에서 싸우기로 했던 자신의 선택이 좋은 곳으로 건너가기에 충분한 요금이 되었으면 좋겠다는 희망에 매달린다.

79
스타키

 물에서는 고무 맛과 썩은 맛이 난다. 물은 차갑하지도, 따뜻하지도 않다. 지나치게 오래 우린 차처럼 미지근하다. 비행기의 마지막 부분이 수면 아래로 사라진다. 소금물과 미끄러운 연료 위로 흰 거품이 솟아오른다. 연료는 거의 다 타버렸다. 스타키는 물속의 아이들, 구명정에 매달린 아이들, 너무 멀리 떠내려가 아예 보이지 않는 채로 도와 달라고 소리치고 있는 아이들을 둘러본다.

 겨우 몇백 미터 떨어진 곳에 인적 없는 호숫가가 있다. 트레이스는 영면에 들었겠지만, 그들을 거대한 호수에서 사람이 살지 않는 쪽에 내려 줄 만큼 똑똑했다. 그렇대도 누군가가 비행기 사고를 보았을 테고, 조사하러 올 것이다. 최대한 빨리 이곳을 벗어나야 한다. 지역 주민들의 관심은 전혀 바라지 않는다.

 「이쪽이야!」 스타키가 외친다. 그리고 헤엄치기 시작한다. 멀쩡한 손으로 몸을 끌고 나간다. 구명정의 아이들은 노를 젓고 물속의 아이들은 헤엄친다. 몇 분 뒤, 그들은 악취가 나는 물에서 빠져나와 가루가 된 생선 뼈가 널려 있는 스펀지 같은 호숫가로 기어오른다.

스타키는 뱀에게 인원 점검을 맡긴다. 뱀은 128명이라는 숫자를 가지고 돌아온다. 사고로 마흔한 명을 잃었다. 주변에서는 생존자들이 정확히 누가 사라졌는지 살펴보고 있다. 그걸 보자 스타키는 화가 난다. 여기에 앉아 있어 봤자 잡히기나 할 것이다. 그는 자신이 혼자라면 살아남을 수 있을 만큼 영리하다는 걸 안다. 그런데 왜 이 생존의 지혜를 이들 모두과 공유해야 한단 말인가?

「다들 일어나! 상처나 핥고 죽은 애들을 애도하면서 시간을 낭비할 순 없어. 여기서 벗어나야 해.」

「어디로 갈까?」 뱀이 묻는다.

「지금 당장은 여기만 아니면 어디든 상관없어.」

스타키는 이 아이들에게 방향성과 목표를 주어야 한다는 걸 안다. 묘지의 울타리에서 풀려난 지금, 그들의 우선순위도 달라져야 한다. 코너는 그저 아이들을 살려 두는 것만으로 만족했을지 모르지만, 스타키는 그것으로 부족하다. 이 일을 생존 이상의 무언가로 만들어야만 한다. 그의 지도 아래에서, 황새들은 무시할 수 없는 세력이 될 수 있다.

그는 지친 몸을 추스르고 있는 가장 가까이에 있는 아이들에게 다가간다. 그들의 멱살을 쥐고 일으켜 세운다. 「움직이자! 안전해지면 쉴 거야.」

「대체 언제 안전해지는데?」 누군가 묻는다. 스타키는 대답하지 않는다. 그런 날은 오지 않으리라는 걸 알기 때문이다. 하지만 그래도 상관없다. 그들은 너무 오랫동안 안주해 있었다.

위태로운 상황에 처하면 예리함과 집중력이 살아날 것이다.

황새들 모두가 불확실한 여행을 위해 힘을 모으는 동안, 스타키는 그들 사이를 뒤진 끝에 지반을 발견한다. 지반이 살아남았다는 사실에 마음이 놓인다.

「지반, 네가 컴범에서 만들었던 것과 같은 시설이 필요해. 다만 이동이 가능하게. 난 네가 우리의 눈과 귀가 되어서, 청소년전담국으로부터 수집할 수 있는 모든 정보를 수집해 주면 좋겠어.」

지반은 겁에 질린 얼굴로 고개만 젓는다. 「그건 전부 첨단 군용 프로그램이었어. 더는 없어. 컴퓨터조차 없는데!」

「컴퓨터는 필요한 만큼 징발해 줄게.」 스타키가 말한다. 「그럼 네가 되게 하는 거야.」

지반은 긴장한 채 고개를 끄덕인다. 「아, 알겠어.」

호숫가를 떠나기도 전에 스타키의 웅대한 계획은 형태를 이미 갖추기 시작한다. 그는 투손에서 시작한 복수 작전을 한 단계 끌어올릴 것이다. 단, 이번에는 한 줌의 황새들만 복수에 참여하는 게 아니다. 그들 모두가 참여할 것이다. 128명의 강력한 게릴라군은, 황새를 언와인드하려는 자라면 누구나 처단할 것이다. 그들의 숫자는 황새를 구할 때마다 늘어날 것이다. 스타키는 시간이 지나면 하비스트 캠프 전체를 무너뜨릴 수 있으리라는 점을 의심하지 않는다. 그때가 되면, 애크런의 무단이탈자는 스타키가 남긴 유산의 인쓰리운 주석에 지나지 않을 것이다.

강력한 비전에서 힘을 얻은 스타키는 아이들을 데리고 솔턴해 동쪽의 산으로 향한다. 스타키의 첫 번째 마술은 그들 모두를 세상에서 사라지게 만드는 것이 되겠지만, 그건 시작일 뿐이다. 이 순간부터 그의 마술에는 끝이 없을 것이다.

80
미라콜리나

깨어난 미라콜리나의 머리가 핑핑 돈다. 미라콜리나가 진정탄에 맞았다는 걸 아는 이유가 그래서다. 네 번째 진정탄이다. 이제는 앞으로 어떤 일이 일어날지 안다. 진정탄을 맞기 전의 기억들이 돌아오지만, 그것들은 느릴 테고 순서도 뒤죽박죽일 것이다. 그녀는 역겨움을 억누르며 현재 상황을 파악하고 조각난 정신을 짜맞추기 시작한다.

그녀는 움직이고 있다. 차 안이다. 레브와 여행하고 있었다. 픽업트럭의 뒤쪽에 있는 걸까? 아니다. 버스의 화물칸에 있는 걸까? 아니다.

밤이다. 그녀는 자동차 뒷좌석에 있다. 레브가 함께 있는 걸까? 아니다.

그들은 마지막에 차에 타고 있지 않았다. 아닌가? 걷고 있었다. 육교를 따라. 오래된 공군 기지를 향해서. 그 이후의 뭔가가 있었던가? 틀림없이 있었을 것이다. 하지만 아무리 노력해도 정문으로 걸어간 이후는 전혀 기억나지 않는다.

미라콜리나는 일어나 앉는다. 그러면 뇌가 귀를 통해 빠져

나가는 기분이 들 거라는 걸 알면서도. 그녀와 앞 좌석 사이에는 두꺼운 유리 벽이 있다. 경찰차? 맞다. 두 명의 청담 경찰이 앞자리에 앉아 있다. 그녀에게는 좋은 소식이 틀림없다. 그 말은, 이제야 미라콜리나가 레브 때문에 끌려 들어간 지하 세계에서 수면으로 나오게 되었다는 뜻이다. 하지만 전혀 기쁘지 않다. 진정탄 때문만은 아니다. 그녀가 순찰차에 있다는 건 레브에게 좋은 징조가 아니다. 그녀는 저도 모르게 레브에게 벌어지는 일이 신경 쓰인다는 걸 더는 부정할 수 없다.

운전대를 잡은 청담 경찰이 룸미러를 힐끗 보고 미라콜리나와 눈을 맞춘다. 「이런, 일어났네.」 그가 기분 좋게 말한다.

「무슨 일이 있었는지 말해 주실 수 있어요?」 미라콜리나는 자신의 목소리에 머리가 욱신거린다.

「비행기 재생 시설에서 경찰 작전이 있었단다.」 그가 말한다. 「하지만 그건 이미 알잖아?」

「아뇨. 저는 정문 밖에서 진정탄을 맞았어요.」 이어 그녀가 덧붙인다. 「산책하고 있었거든요.」 그 길이 얼마나 외진 곳이었는지 생각하면 바보 같은 말이다.

「우린 네가 누군지 알아, 미라콜리나.」 조수석의 경찰이 말한다. 그 소식에 미라콜리나는 뒷좌석의 끈적거리는 가죽 시트에 다시 누우려 한다. 하지만 엉뚱한 방향으로 기대는 바람에 문에 축 늘어진다.

「걔가 말해 줬어요?」 미라콜리나가 묻는다. 레브가 자발적으로 청담에 자신의 이름을 넘겼으리라고는 상상할 수 없다.

「아무도 말 안 해줬어.」 경찰이 말하더니 작은 전자 장치를 들어 올린다. 「DNA 검사기야. 해피 잭 사건 이후로 청담 경찰의 표준 장비가 됐지.」

「저 아이가 말하는 〈개〉가 누군지 알고 싶은데.」 운전 중인 경찰이 말한다.

뭐, 경찰이 모른다면 미라콜리나도 말하지 않을 것이다. 레브가 잡히지 않았다면, 미라콜리나가 잡힐 때 그녀와 함께 있지 않았던 셈이다. 그런데 레브가 정말 그녀를 두고 떠났을까? 레브는 모순적인 윤리가 뒤죽박죽 섞인 자루나 마찬가지라, 미라콜리나는 확신할 수 없다. 하지만 아니다. 그건 거짓말이다. 미라콜리나가 레브를 악마화하기 위해 스스로에게 하던, 그런 거짓말. 마음속 깊은 곳에서 미라콜리나는 레브가 그녀를 자발적으로 두고 떠나지 않았으리라는 걸 안다. 만일 그렇게 했다면, 다른 선택지가 없었을 것이다. 그래도 레브가 자유로운 상태인지, 잡혀 있는지는 알 수 없다.

「내가 알고 싶은 건.」 조수석의 경찰이 말한다. 「네가 어쩌다 정문 밖에 있었느냐는 거야. 다른 애들처럼 정문 안이 아니라.」

미라콜리나는 편집된 진실을 말해 주기로 한다. 어쨌거나 경찰은 믿지 않을 테니까. 「저는 친구랑 같이 장기 해적에게서 도망쳤어요.」 미라콜리나가 말한다. 「안전한 곳을 찾고 있었고요.」

두 경찰이 서로를 본다. 「그러니까 비행기 묘지가 무단이탈자 요새라는 건 전혀 몰랐구나.」

「그냥 거기 가라는 말만 들었어요. 거기 가면 안전해질 수 있다고요.」

「누가 말해 줬어?」

「어떤 남자가요.」미라콜리나가 말한다. 여느 아이나 할 법한 말로 들린다. 그 말은 경찰의 질문을 사실상 젖은 걸레로 덮어 버린다.

「넌 어쩌다 진정탄에 맞은 거야?」

미라콜리나가 대답하지 않자 운전자가 파트너를 보며 말한다.「아마 방아쇠를 당기게 돼서 신났던 신입이었을 거야.」그의 파트너는 그냥 어깨를 으쓱한다.

「뭐, 여기 있으니 이제 넌 안전해. 네 친구도 십일조였니?」

미라콜리나는 미소를 참을 수밖에 없다.「네.」그녀가 말한다.「십일조였어요.」그녀는 완전히 정직하게 말하면서도 그들을 속일 수 있어서 기쁘다. 어쨌거나, 정직이 최선의 방책이니까.

「뭐, 자수한 십일조는 없어.」조수석이 말한다.「아마 나머지 애들이랑 같이 끌려갔을 거야.」

「나머지 애들이요?」

「말했다시피 경찰 작전이 있었어. 무단이탈자들의 거대한 둥지를 털었지. 최소 수백 명은 된단다.」

이번에도 한때는 미라콜리나에게 좋은 소식이었을 내용 — 정의가 승리하고 질서가 회복되었다는 소식 — 이 그저 우울함만을 남긴다.

「잡힌 거물은 없나요?」미라콜리나는 레브나 그의 친구인 애크런의 무단이탈자가 잡혔다면 대단한 뉴스거리가 되었으리라는 걸 안다. 그런 소식은 모두가 알 것이다.

「거물급 무단이탈자 같은 건 없단다, 애야. 그놈들은 다 보잘것없는 것들이야. 그러니 지금 그런 처지가 된 거지.」

이번에도 미라콜리나는 안도의 한숨을 쉰다. 경찰은 그 한숨이 진정탄을 맞아 피로해서 그런 것이라 생각한다. 「다시 누우렴, 애야. 걱정할 건 없어. 장기 해적들은 이제 널 잡을 수 없단다.」 하지만 미라콜리나는 진정탄을 맞은 이후의 멍한 상태에 빠지고 싶지 않아 똑바로 앉아 있다. 이들이 자신을 대하는 태도는 어딘가 이상하다. 어쨌거나 그녀는 수상한 사연을 가진 언와인드다. 아무리 십일조지만, 그녀는 청담이 언와인드들에게 이렇게 친절하게 군다는 말은 들어 본 적이 없다. 직접 말했다시피, 그들은 언와인드들을 보잘것없는 것들로 본다. 보잘것없는 것들에게 〈애야〉라고 다정하게 부르지는 않는다.

지역 청담 본부에 들어가면서, 미라콜리나는 이제 어떤 절차가 진행될지 궁금해진다. 「저는 우드홀로 하비스트 캠프로 가게 되어 있었어요.」 미라콜리나가 말한다. 「지금도 그리로 가게 되는 건가요? 아니면 애리조나주의 캠프로 가나요?」

「둘 다 아니야.」 운전자가 말한다.

「네?」

운전자가 차를 세우고 미라콜리나를 돌아본다. 「내가 아는 대로라면, 너희 부모님은 언와인드 의뢰서에 실제로 서명한 적이 없어.」

미라콜리나는 말을 잃는다.

서명한 적이 없다. 이제야 미라콜리나는 자신이 문 앞에 서 있었을 때 부모가 했던 말을 떠올린다. 하지만 미라콜리나는 떠나는 것이 자신의 선택이라고 말했고, 어쨌거나 밴에 탔다.

「네가 우드홀로에 갔더라도, 서류를 다시 확인하자마자 넌 집으로 돌려보내졌을 거야. 의뢰서 없이 언와인드할 수는

7부 착륙 **557**

없어.」

미라콜리나는 이 아이러니에 웃는다. 십일조가 되기 위해 그토록 내내 싸워 왔는데, 그런 일은 애초에 일어나지 않았을 일이라니. 미라콜리나는 화를 내고 싶다. 하지만 그녀를 너무 사랑해서 보내기 싫다는 부모를 어떻게 탓하겠는가? 미라콜리나는 자신이 이 사실을 알았더라면 상황이 바뀌었을지 궁금해진다. 그래도 장기 해적에게서 탈출한 뒤, 레브와 함께 서쪽으로 여행했을까? 레브를 용서할 만큼 오랫동안 그와 함께 지내며, 그에게 너무도 절실했던 면죄부를 주었을까?

놀랍게도 답은 〈아니요〉다.

자신이 결코 십일조가 될 수 없었다는걸 알았다면, 부모에게 건 전화는 단지 살아 있다는 걸 알리는 메시지에 그치지 않았을 것이다. 와서 데려가 달라는 애원이었을 것이다. 그녀는 레브가 혼자 여행을 마치게 두었을 것이다. 외롭게, 용서받지 못한 채로.

「십일조들이 어떤지는 나도 알아.」 조수석의 경찰이 동정심 어린 목소리로 말한다. 「정말 그걸 원한다면, 부모님이 여기 오시면 얘기해 보렴.」

십일조가 되는 것은 미라콜리나가 원했던 바다. 하지만 그녀는 온전한 채로 남아 있는 실망감을 받아들인다.

「감사합니다.」 미라콜리나가 말한다. 「정말 감사해요.」 하지만 미라콜리나가 고마워하는 대상은 그들이 아니다.

일이 일어나는 데는 이유가 있거나 아무 이유가 없다. 인간의 인생은 영광스러운 태피스트리의 실오라기이거나, 그저 절망적으로 뒤엉킨 매듭에 불과하다. 미라콜리나는 언제나 태피스트리를 믿어 왔고, 지금은 그 태피스트리의 아주 작은 귀퉁이를 언뜻 보았기에 축복받았다고 느낀다. 이제 그녀는 십일조가 되고자 했던 열망이, 그녀를 분열된 상태로 남겨 두기 위한 것이 아니었음을 안다. 그 열망은 적절한 시간, 적절한 장소로 그녀를 이끌어 자폭하려던 소년에게 구원의 손길을 내밀게 하기 위해 생겨난 마음이었다.

그녀의 단일하고 온전한 용서가 백 가지 신체 부위보다 더 값진 선물이 될 줄 누가 알았겠는가?

그러니 미라콜리나는 대단히 감정적인 부모의 품으로 돌아갈 것이다. 자신만의 꿈을 찾기 전까지는, 부모가 그녀를 위해 꾼 꿈의 삶을 살아갈 것이다. 십일조 파티는 하지 않았지만, 그녀는 지금 이 순간 언젠가 훌륭한 축하 행사를 열겠다고 결심한다. 아마 열여섯이라는 달콤한 나이를 맞을 때가 되겠지. 그때, 미라콜리나는 세상 어디에 있든 레브를 찾아내 초대할 것이다. 거절은 받아들이지 않을 것이다. 그때야 마침내 레브와 함께 춤출 것이다.

81
헤이든

헤이든이 아는 한, 이제 그들만 남았다. 컴범 안에는 그와 열네 명의 아이가 있다. 모두 다양한 통신 업무를 맡았던 아이들이다. 그들은 다른 누구보다 헤이든을 믿는다. 그게 헤이든에게는 충격이다. 그는 누군가 자신을 우러러볼 수 있으리라고는 한 번도 생각해 본 적 없다. 한 아이의 빈자리가 눈에 띈다. 카메라 전원이 끊어지기 전에 헤이든은 지반이 다른 황새들과 함께 드림라이너에 탑승하는 모습을 보았다. 그의 품에는 훔친 무기가 가득했다.

코너는 전투 도중에 응답이 끊겼다. 청담은 하나씩 발전기를 차단하고 컴범은 물론 모든 비행기를 어둠 속에 빠뜨렸다.

자정이 되었을 무렵, 모든 게 끝났다. 컴범의 창 너머로 헤이든은 묵직한 이송용 트럭과 공성차, 폭동 진압용 트럭, 대부분의 청담 순찰차가 철수하는 모습을 볼 수 있었다. 임무 성공이었다.

헤이든은 경찰이 그들을 잊었을지도 모른다고, 몇 시간만 더 앉아서 버티면 자유를 향한 탈출을 할 수 있을지도 모른다고 생각했다. 하지만 청소년 전담국은 그렇게 바보가 아니다.

「안에 있는 거 안다.」 그들은 확성기로 소리친다. 「나오면 아무도 다치지 않는다. 약속한다.」

「어떻게 하지?」 아이들이 묻는다.

「아무것도 안 해.」 헤이든이 말한다. 「우린 아무것도 안 해.」 컴범은 묘지의 통신 센터이자 두뇌이므로 바깥쪽 문이 모두 정상 작동하는, 몇 안 되는 비행기 중 하나다. 안에서만 문을 열 수 있는, 몇 안 되는 비행기 중 하나이기도 하다. 전투가 시작됐을 때 헤이든은 밀폐식 해치를 봉인했다. 그렇게 그들은 잠수함처럼 외부와 차단된 채 고립되었다. 그들의 유일한 방어 수단은 이런 고립 상태와, 코너가 헤이든에게 가지고 있으라고 고집을 부렸던 기관 단총 하나뿐이다. 헤이든은 그걸 어떻게 쏘는지조차 모른다.

「너희에게는 아무 희망이 없다.」 청담이 확성기로 소리친다. 「이래 봐야 상황만 악화될 뿐이다.」

「우리 모두가 언와인드당하는 것보다 더 상황이 나빠질 수 있을까?」 리즈베스가 묻는다.

그러자 처음부터 헤이든과 엉덩이가 붙어 있기라도 한 듯 꼭 붙어 있던 태드가 말한다. 「저 사람들은 너를 언와인드하지 않을 거야, 헤이든. 넌 열일곱 살이잖아.」

「세부적이야, 너무 세부적이야.」 헤이든이 말한다. 「세부 정보로 날 귀찮게 하지 마.」

「우릴 습격할 거야!」 나심이 경고한다. 「TV에서 봤어. 문을 터뜨리고 가스를 넣은 다음에, 특공대가 우릴 끌어낼 거야!」

아이들은 초조하게 헤이든을 보며 그의 대답을 기다린다.

「폭동 진압 경찰은 이미 떠났어.」 헤이든이 지적한다. 「우린 습격당할 만큼 중요하지 않아. 그냥 청소해야 할 대상일 뿐이지. 장담하는데, 지금 바깥에는 둔하고 멍청한 청담들만 남아서 우리를 기다리고 있을걸.」 아이들이 웃는다. 헤이든은 아이들이 여전히 웃을 수 있다는 게 기쁘다.

아이큐나 체질량과는 무관하게, 청담은 떠나지 않을 것이다. 「좋다.」 그들이 공표한다. 「우린 너희만큼 기다릴 수 있다.」

그렇게 그들은 기다린다.

새벽에도 그들은 여전히 그 자리에 있다. 세 대의 순찰차와 한 대의 작은 회색 이송용 밴뿐이다. 경찰이 기습 작전 내내 막았던 언론이 이제는 불과 50미터 밖에 진을 치고 있다. 그들의 안테나와 위성 접시가 하늘로 솟아 있다.

헤이든과 함께 버티는 홀리들은 졸다 깨다 하며 밤을 보냈다. 지금은 창밖의 언론이 몇몇 아이에게 초현실적인 희망을 준다.

「밖에 나가면 뉴스에 나올 거야.」 태드가 말한다. 「부모님이 우릴 볼 거야. 어쩌면 뭔가 할지도 몰라.」

「뭘?」 리즈베스가 묻는다. 「두 번째 언와인드 의뢰서에 서명할까? 의뢰서는 한 장만 있으면 돼.」

오전 7시 15분, 태양이 산에서 떠올라 또 한 번의 혹독한 더위를 예고한다. 컴범은 지글지글 끓기 시작한다. 그들은 물 몇 병을 슬쩍 챙기는 데 성공했다. 하지만 마시는 물보다 땀으로 흘리는 물이 많은 열다섯 명의 아이들에게는 충분한 양이 아니다. 8시 정각에는 기온이 37.7도에 이른다. 헤이든은 이대로는 버틸 수 없다는 걸 안다. 그래서 가장 좋아하는 질문으로 돌아온다. 다만, 이번에는 그냥 하는 말이 아니다.

「지금부터 내 말을 듣고 답을 생각해 보면 좋겠어.」 그가 아이들에게 말한다. 그는 모두의 관심이 자기로 향할 때까지 기다린 뒤 말한다.

「죽을래······ 차라리 언와인드당할래?」

모두가 서로를 본다. 일부는 두 손으로 얼굴을 감싼다. 일부는 눈물 없이 흐느낀다. 탈수가 너무 심해 울 수 없기 때문이다. 헤이든은 조용히 20까지 세고 다시 질문한 뒤 답을 기다린다.

그들 중 최고의 암호 해독가인 에스메가 가장 먼저 침묵의 방화벽을 깨뜨린다. 「죽을래.」 그녀가 말한다. 「질문할 것도 없어.」

나심이 말한다. 「죽을래.」

리즈베스가 말한다. 「죽을래.」

답이 더 빨리 나오기 시작한다.

「죽을래.」

「죽을래.」

「죽을래.」

모두가 대답한다. 그들 중 누구도 언와인드를 선택하지 않는다.

「정말 〈분열된 상태로 살아간다〉는 게 있더라도.」 에스메가 말한다. 「우리가 언와인드되면 청담이 이기는 거야. 놈들이 이기게 둘 수는 없어.」

그렇게, 기온이 43도를 넘어 솟아오르는 동안 헤이든은 칸막이 벽에 기대앉아 어렸을 때 이후로는 하지 않았던 행동을 한다. 주기도문을 암송한다. 어떤 것들은 절대 잊히지 않는다. 우스운 일이다.

「하늘에 계신 우리 아버지……..」

태드를 비롯한 몇몇 아이가 빠르게 합류한다. 「아버지 이름이 거룩히 빛나시며…….」

나심은 이슬람의 기도를 읊기 시작하고, 리즈베스는 눈을 감은 채 히브리어로 셰마[21]를 속삭인다. 사람들이 말하는 대로 죽음은 온 세상을 친척으로 만들어 줄 뿐 아니라 모든 종교를 하나로 만든다.

「우리가 그냥 죽게 둘까?」 태드가 묻는다. 「우릴 구하려 하진 않을까?」

헤이든은 답하고 싶지 않다. 답이 〈아니요〉라는 걸 알기 때문이다. 청담의 입장에서 보면, 그들이 죽는다 해도 잃을 것이라고는 어차피 아무도 원하지 않은 아이들뿐이다. 그들이 잃는 것은 신체 부위일 뿐이다.

「밖에 언론 차량이 있으니까 우리 죽음이 뭔가 의미를 가질 수도 있어.」 리즈베스가 말한다. 「사람들은 우리가 언와인드보다 죽음을 선택했다는 걸 기억할 거야.」

「그럴지도 모르지.」 헤이든이 말한다. 「좋은 생각이네, 리즈베스. 그 생각을 지켜.」

기온은 46도다. 오전 8시 40분이다. 헤이든은 점점 숨쉬기가 힘들어진다. 열기가 그들을 죽이지 않을지도 모른다. 그들을 죽이는 것은 산소 부족일지 모른다. 헤이든은 죽기에 나쁜

---

21 유대교의 신앙 고백.

방법 목록에서 어느 쪽이 더 아래에 있을지 궁금하다.

「기분이 안 좋아.」 헤이든의 맞은편에 앉은 소녀가 말한다. 헤이든은 5분 전까지만 해도 그 아이의 이름을 알았지만, 지금은 그것을 떠올릴 수 있을 만큼 생각이 명료하지 않다. 헤이든은 이제 몇 분밖에 남지 않았다는 걸 안다.

그의 옆에서는 태드가 눈을 반쯤 뜬 채 헛소리를 시작한다. 휴가에 관한 말이다. 모래가 있는 해변, 수영장. 「아빠가 여권을 잃어버렸어, 아아, 엄마가 화내겠다.」 헤이든은 그에게 한쪽 팔을 두르고 동생처럼 꽉 붙잡는다. 「여권이 없어······.」 태드가 말한다. 「여권이 없으면······ 집에 못 가.」

「시도조차 하지 마, 태드.」 헤이든이 말한다. 「어디에 있든 그 자리에 머물러. 거기는 있을 만한 곳 같아.」

머잖아 헤이든은 시야가 검게 물드는 것을 느낀다. 그 역시 다른 장소에 간다. 어렸을 때, 부모가 싸우기 전에 살았던 집. 감당하기 어려운 점프 경사로에서 자전거를 타다가 넘어져 팔이 부러졌던 일. 무슨 생각이었냐, 아들? 이혼의 열기 속에 양육권을 두고 다투던 부모. 그래, 데려가! 날 죽이고 데려가라고. 헤이든은 웃고 또 웃는다. 주변에서 가족이 무너져 내리는 모습을 보고, 그가 할 수 있었던 방어는 그것뿐이었다. 그런 뒤에 헤이든은 상대방이 양육권을 갖게 하느니 차라리 헤이든을 언와인드하겠다는 두 사람의 결정을 엿듣는다. 결정이라기보다는 파행이다.

그래!

그러든가!

당신이 꼭 그렇게 해야겠다면야!

당신이 원하는 거잖아!

내 탓 하지 마!

그들은 서로에게 엿을 먹이겠다는 이유 하나만으로 언와인드 의뢰서에 서명했다. 하지만 헤이든은 웃고 웃고 또 웃었다. 웃음을 멈추었다간, 도살장에서보다 더 심하게 갈가리 찢길 테니까.

이제 그는 먼 곳, 구름 속을 떠다니며 달라이 라마와 스크래블을 하고 있다. 그런데 세상에, 타일이 전부 티베트어로 되어 있다. 그러다 한순간 시야가 맑아지며 그는 지금, 이곳으로 돌아온다. 이곳이 상상할 수 없을 만큼 기온이 높아진 컴범 안이라는 걸 깨달을 만큼 정신이 돌아온다. 주위를 둘러본다. 아이들은 깨어 있지만, 사실상 깨어 있지 않다. 그들은 구석에 축 처져 있다. 바닥에 누워 있다.

「무슨 얘기를 하던데.」 누군가가 약하게 말한다. 「계속 말해 줘, 헤이든. 마음에 들었어.」

그때, 에스메가 손을 뻗어 태드의 목을 짚고 맥박을 확인한다. 태드의 눈은 여전히 반쯤 뜨여 있지만, 그는 더 이상 열대의 해변에 대해 떠들어 대지 않는다.

「태드가 죽었어, 헤이든.」

헤이든은 눈을 감는다. 한 명이 떠났다면, 나머지도 그리 멀지 않았다는 걸 안다. 그는 옆에 놓여 있는 기관총을 본다. 무겁다. 장전되어 있다. 이제 그것을 들 수 있을지조차 모르겠다. 그래도 총을 들어 올린다. 한 번도 써본 적 없지만, 로켓 과학자가 아니라도 기관총 쏘는 법 정도는 알아낼 수 있다. 안전장치가 있다. 쉽게 제거된다. 방아쇠가 있다.

그는 주위에서 고통받는 아이들을 보며 〈기관총 발사〉가 죽기에 나쁜 방법 목록에서 어디쯤에 들어갈지 고민한다. 물론, 느린 죽음보다는 빠른 죽음이 나을 것이다. 그는 한 번 더 선택지를 고려해 본 뒤 말한다. 「미안해, 얘들아. 너희를 실망시켜서 미안하지만...... 이렇게는 못 하겠어.」

그는 기관총을 조종석 쪽으로 돌려 창문을 깨버린다. 시원하고 신선한 공기가 컴범 안으로 쏟아져 들어온다.

82
코너

 코너는 편안한 방의 편안한 침대에서 깬다. 방 안에는 컴퓨터와 최신형 TV, 벽 전체를 채운 스포츠 포스터가 있다. 그는 너무 기진맥진한 상태라, 이곳이 정말 천국일지도 모른다고 생각한다. 다만, 구역질이 치밀어 그게 아니라는 걸 안다.

「나한테 화가 났다는 건 알아, 코너. 하지만 어쩔 수 없었어.」

코너는 고개를 돌려 방 한구석에 앉아 있는 레브를 본다. 그는 방의 분위기와 잘 어울리는 미식축구 공, 축구공, 테니스공이 그려진 의자에 앉아 있다.

「여기가 어디야?」

「여긴 선셋 리지 홈, 모델 하우스 3호야. 바하마 스타일.」

「날 모델 하우스에 데려왔다고?」

「우리 둘 다 적어도 하룻밤은 편안한 침대에서 잘 자격이 있다고 생각했어. 길거리에서 지내던 시절에 배운 방법이야. 순찰대는 도둑을 찾는 거지. 무단 거주자를 찾는 게 아니거든. 수상한 게 보이거나 들리지 않는 한 모델 하우스 옆을 지나가긴 해도 절대 들어오지 않아. 그러니까 코만 너무 시끄럽게 골지 않으면 괜찮아.」 그러더니 그는 덧붙인다. 「물론, 오전 10시 전에 나가는 게 좋을 거야. 그때쯤 문을 열거든. 한번은 모델 하우스에 너무 늦게까지 있다가, 부동산 중개인 때문에 기절할 뻔 했어.」

코너는 몸을 일으켜 침대 가장자리로 간다. TV에서 뉴스 보도가 나오고 있다. 비행기 묘지에서 벌어진 무단이탈자 습격의 여파와 분석이다.

「어젯밤부터 뉴스에 나왔어.」 레브가 말한다. 「광고를 끊고 속보로 내보낼 정도는 아니었지만, 적어도 청담에서 숨기고 있진 않아.」

「왜 숨기겠어?」 코너가 말한다. 「놈들한테는 고약한 영광의 순간인데.」

TV에서는 청소년 전담국 대변인이 사상자 수를 발표한다. 살해당한 사람은 서른세 명, 생포된 숫자는 467명이다. 「숫자가 너무 많아 다양한 하비스트 캠프에 나눠 배치해야 할 것입니다.」 앵커가 말한다. 언와인드될 아이들을 〈나눈다〉라는 말의 공교로운 뉘앙스는 전혀 깨닫지도 못한다.

코너는 눈을 감는다. 눈이 타들어 갈 것 같다. 서른세 명이 죽고 467명이 생포되었다. 스타키가 약 150명을 데리고 빠져나갔다면, 걸어서 도망치는 데 성공한 아이들은 예순다섯 명쯤 될 것이다. 예상보다 훨씬 적다. 「날 데려오면 안 됐어, 레브.」

「왜? 차라리 놈들이 수집한 언와인드에 딸려 가는 트로피가 됐어야 한다는 거야? 애크런의 무단이탈자가 살아 있다는 걸 알면, 놈들은 널 십자가에 매달 거야. 내 말 믿어, 그건 내가 아주 잘 아니까.」

「선장은 배와 함께 가라앉아야 마땅해.」

「일등 항해사가 선장을 쓰러뜨려서 구명정에 던져 넣지 않는다면 말이지.」

코너는 그냥 그를 노려본다.

「알았어.」 레브가 말한다. 「날 때리고 싶어?」

코너는 그 말에 피식 웃으며 자신의 오른팔을 본다. 「말조심해, 레브. 요즘엔 내가 주먹질을 꽤 하거든.」 그는 레브에게 문신을 보여 준다.

「그래, 봤어. 사연이 있겠던데. 내 말은, 넌 롤런드를 싫어했잖아? 왜 같은 문신을 새긴 거야?」

이제 코너는 크게 웃는다. 레브가 이런 것도 모른다니 상상하기 어렵다. 하긴, 어떻게 알겠는가? 「그래, 사연이 있어.」 그가 말한다. 「언젠가 나한테 말해 달라고 해.」

TV에서는 뉴스가 묘지 생중계로 전환된다. 〈극적인 장면〉이 펼쳐지는 중이다. 마지막 무단이탈자 무리가 오래된 제2차 세계 대전 당시의 폭격기 안에서 버티며 청담에 맞섰다.

「컴범이잖아! 헤이든이 밤새 놈들을 막았어!」 코너에게 그건 거의 승리와 마찬가지다.

컴범의 해치가 열리더니, 헤이든이 두 팔에 축 늘어진 아이를 안고 나온다. 그 뒤를 다른 아이들 무리가 따라 나온다. 그중 상태가 괜찮아 보이는 아이는 하나도 없다. 청담이 현장에 들어간다. 기자들도.

「여러분은 마지막 무단이탈 언와인드의 생포를 보고 계십니다……」

기자들은 헤이든의 얼굴에 마이크를 들이밀 만큼 가까이 다가가진 못하지만, 그럴 필요도 없다. 청담은 그를 이송용 밴으로 재빨리 들여보내려 하지만, 헤이든은 모두에게 들릴 만큼 크게 소리친다.

「우린 그냥 무단이탈자가 아니야! 우린 그냥 신체 부위가 아니야! 우린 온전한 인간이고, 역사는 이 시대를 부끄러워하며 돌아보게 될 거야!」

경찰은 그와 다른 아이들을 밴에 밀어 넣는다. 그렇지만 놈들이 문을 쾅 닫기 전에 헤이든이 소리친다. 「새로운 10대 봉기를 위하여!」

밴이 그들을 실어 간다.

「잘한다, 헤이든.」 코너가 말한다. 「잘했어!」

뉴스에서는 간략하게 빠져나간 비행기에 대한 보도가 이어진다. 하지만 그건 청담에게 부끄러운 일이라, 길게 다루어지진 않는다. 처음에 그들은 어떤 비행기를 무단이탈 드림라이너라 생각하고 댈러스에서 강제로 착륙시켰다. 하지만 알고 보니, 그 비행기는 멕시코시티에서 출발한 여객기였다. 캘리포니아의 어느 호수에 비행기가 떨어졌다는 확인되지 않은 보고도 있었지만, 더 이상의 소식은 없었다. 코너는 호수에 떨어진 비행기가 드림라이너일 거라 의심한다. 스타키가 호수 밑바닥에 가라앉은 모습을 대단히 보고 싶으면서도, 황새들이 사고에서 살아남았기를 바란다. 그래야 청담에서 빠져나간 홀리들이 더 많아지는 셈이니까.

빌어먹을 스타키! 놈은 청담을 묘지로 불러들인 뒤 무기 절반을 가져갔고 유일한 탈출 수단까지 가로챘다. 또한 나머지 사람들을 막막하게 버려두었다. 코너는 모든 잘못을 스타키에게 돌리고 싶었다. 하지만 한편으로는 그런 비난이 자신을 향하는 것 같은 기분을 떨칠 수 없었다. 애초에 스타키를 믿고, 그가 황새들 사이에서 힘을 얻을 수 있게 해준 사람이 바로 자신이었으니까.

뉴스가 다른 주제로 — 날씨에 대한 불평과 연예인들의 나쁜 행실에 대한 내용으로 — 넘어가자 코너는 TV를 끈다. 「9시 30분이네. 거의 갈 시간이 됐어.」

「가기 전에 너한테 보여 주고 싶은 게 하나 더 있어.」 레브는 방 안의 컴퓨터 앞으로 가, 하필 온수 욕조를 광고하는 웹사이트를 띄운다.

「어…… 미안, 레브. 자쿠지를 살 생각은 없는데.」

레브는 잠시 어리둥절해한다. 그때 코너가 실수를 알아차린다. 「유튜브는 뒤에 e가 붙어.」[22]

「에이!」 레브가 다시 타자를 친다. 「난 예전부터 키보드를 잘 못 다뤘어.」

이번에는 제대로 된 사이트에 들어간다. 레브가 영상을 클릭하자 코너의 심장이 내려앉는다. 리사의 또 다른 뉴스 인터뷰다.

「보고 싶지 않아.」 코너가 손을 뻗어 영상을 끄려 한다. 하지만 레브가 그의 손목을 잡는다.

「아니, 보고 싶을걸.」

코너가 절대 보고 싶지 않은 것이 있다면 바로 언와인드 판매 광고지만, 그는 물러선다. 뭔지 모르지만 앞으로 보게 될 것

---

22 Tube에서 e를 뗀 tub는 〈욕조〉라는 뜻이다.

에 대비한다.

그는 리사의 표정을 통해, 그녀가 다른 인터뷰에서는 없던 단호한 결의를 품고 있다는 것을 즉시 알아차린다.

2분도 채 되지 않아, 코너는 그녀가 능동적 시민과 청담, 언와인드를 완벽히 터뜨려 버리는 모습을 놀라워하며 본다. 그녀의 입장은 명확하다. 의심의 여지가 없다. 프로그램 진행자가 그 여파를 수습하느라 허둥댄다.

「놈들이 리사를 협박한 거야!」 코너는 눈에 물기가 고이는 것을 느낀다. 무슨 사연이 있을 줄은 알았지만, 모든 사람과 모든 것에 너무 신물이 난 리사가 다른 모두를 희생하고 자기 몸을 치유하는 편을 선택했을 거라고 기꺼이 믿었다. 지금은 그런 생각을 한 자신이 부끄럽다.

「능동적 시민에서는 이미 리사의 말을 부정하는 성명서를 냈어.」 레브가 말한다. 「자기들이 리사한테 이용당한 거래.」

「그래, 그렇겠지. 그 말을 믿을 만큼 멍청한 사람이 없기를 바라자.」

「그만큼 멍청한 사람도 있어. 아닌 사람도 있지만.」

코너는 레브를 보며 미소 짓는다. 진정탄에 맞는 바람에 재회의 순간이 식어 버렸다. 「보니까 좋다, 레브.」

「나도.」

「근데 머리는 왜 그래?」

레브가 어깨를 으쓱한다. 「그냥 스타일이야.」

그들은 영업 사무실 주차장에 자동차가 서는 소리를 듣는다. 갈 때다.

「그래서 이제 어쩌지?」 레브가 묻는다. 「난 뭐랄까, 반분열 저항군에게서 무단이탈한 상태인데……」

「ADR은 이제 쓸모가 없어. 거기서 할 수 있는 최선이 청담의 울타리 안으로 무단이탈자들을 들여보내는 거라면, 뭔가 잘못된 거야. 누군가는 이 상황을 다시 생각해야 해.」

「네가 하면?」 레브가 말한다.

「우리가 하면?」 코너가 대꾸한다.

레브는 생각에 잠긴다. 「뭐…… 너는 순교자고, 나는 수호성인이니까. 더 나은 조합은 없겠는데! 그럼 어디서부터 시작하지?」

큰 질문이다. 세상을 바꾸는 일을 어디서부터 시작해야 할까? 코너는 자신에게 답이 있을지 모른다고 생각한다. 「잰슨 라인실드에 대해서 들어 봤어?」

83
넬슨

 완전히 정신을 차리기도 전에 그는 뭔가가 끔찍하게, 끔찍하게 잘못되었음을 안다. 눈을 떠보니 지글거리는 한낮이다. 그는 도랑에 쓰러져 있다. 몸 곳곳이 아프다. 얼굴 한쪽이 불타는 것 같다.

 그는 진정탄을 맞았다. 한 번도 아니고 여러 번, 빌어먹을 자신의 총으로! 아마 열두 시간은 기절해 있었을 것이다. 이 정도면 시체를 먹는 사막의 야생 동물들에게 산 채로 먹히지 않은 게 놀라울 지경이다. 왼쪽 다리의 통증이나 훔쳐 온 제복의 피 묻은 구멍을 보면, 뭔가가 그를 먹으려 했던 건 분명하다. 넬슨은 자신이 햇볕에 얼마나 오래 노출되어 있었는지 궁금하다. 2도 화상으로 얼굴 절반이 부어오르고 욱신거리기에 충분한 시간이었다.

 놈을 잡았는데! 그는 코너 래시터를 잡았다. 그런데 지금은 몸에 걸친 너덜너덜한 옷 말고는 아무것도 없었다. 그 십일조 때문이다! 넬슨은 어떻게 그렇게 부주의할 수 있었을까? 기회가 있었을 때 레브를 죽였어야 했다. 하지만 친절하게도 그 아이를 살려 주었다.

  이것이 바로 그 대가였다.

  레브와 코너는 이미 이곳에서 멀리 떨어진 어딘가로 자취를 감추고 있을 것이다. 넬슨의 노트북에는 레브의 추적용 나노 장치 암호가 저장되어 있다. 하지만 컴퓨터가 없으면 그 암호는 아무 쓸모가 없다. 넬슨은 포기하지 않을 것이다. 놈들을 찾아낼 것이다. 추적은 언제나 그의 특기였다. 이런 일시적 좌절 따위는 아무것도 아니다! 오히려 그의 결심을 더 굳어지게 하고, 더 무자비하게 목표를 추구하도록 할 뿐이다.

  넬슨은 도랑에서 기어 나와 약해진 다리로, 그러나 강한 의지로 좀비처럼 투손을 향해 걸어간다. 그는 애크런의 무단이탈자를 잡아 다이밴에게 데려갈 것이다. 그리고 놈의 언와인드를 지켜볼 것이다. 단, 십일조는 그렇게 자비로운 최후를 맞지 못할 것이다. 그 아이를 찾으면, 넬슨은 땅이 흔들릴 정도의 분노로 그를 마주할 것이다. 이것만은 확신할 수 있다. 그 생각만으로도 투손까지, 그리고 그 너머의 검은 운명까지 이어지는 길 위에서 기쁨과 목적의식이 마음에 가득 차오른다.

84
코너

「플래그스태프는 애리조나주 남쪽이랑 별로 안 닮았어.」 레브가 말한다. 「그보다는 덴버 같은 데랑 비슷해 보여.」

「덴버는 덴버처럼 안 생겼어.」 코너가 말한다. 「가본 적 있거든. 네 생각만큼 산 경치가 끝내주진 않더라. 여기가 더 나아.」 애리조나주 남부 사막에서 너무 오랜 시간을 보냈기에, 코너는 극적으로 바뀐 풍경이 고맙다. 북쪽에 눈 덮인 산과 빽빽한 소나무 숲이 있어서 해피 잭 마을과 죽어 버린 하비스트 캠프가 그리 멀지 않으리라는 걸 알 수 있다. 하지만 코너는 그 생각을 하지 않으려 한다. 과거는 과거다.

그들은 역사적인 66번 국도의 간이식당에 멈춰 선다. 작년의 경험이 그들에게 주입한 편집증을 억누르며, 그들을 알아볼 만큼 관심이 있는 사람이라면 누구나 볼 수 있는 곳에서 저녁을 먹는다. 그들에게 관심이 있는 사람은 없다.

두 사람이 타고 온 차는 별 특징 없는 베이지색 혼다 차량으로, 코너가 피닉스에서 억지로 시동을 걸어 훔쳐 낸 것이다. 그 전에는 투손에서 포드를 훔쳐 탔다. 더 전에는 넬슨의 밴을 탔고. 그들을 추적하려는 사람은 이 차량 교체를 따라잡기 위해 고생해야 할 것이다.

레인밸리 간이식당은 〈남서부 최고의 햄버거〉를 판다고 자랑한다. 부모가 언와인드 의뢰서에 서명하고 인생이 뒤틀린 이후, 코너는 이렇게 맛있는 음식을 먹어 본 적이 없다. 그의 생각에 레인밸리 간이식당은 세계 최고의 햄버거를 파는 곳이다.

그는 한 손으로 햄버거를 먹고, 다른 손으로는 넬슨의 노트북으로 정보를 수집한다. 장기 해적은 친절하게도 그들이 쓸 수 있도록 이 노트북을 밴에 남겨 두었다.

「새로운 거 찾았어?」 레브가 묻는다.

「리사는 어젯밤 방송 이후로 사라진 것 같아. 능동적 시민에서 리사의 머리를 원하고 있어. 언와인드하려는 게 아니라 말뚝에 꽂으려는지.」

「웩.」

「헤이든한테는 걸 수 있는 혐의를 다 걸고 있고.」

「최소한 헤이든은 언와인드하지는 못하겠지.」

「잡힌 다른 애들은 전부 언와인드할 수 있겠지만.」

잡힌 홀리들을 생각하자 코너에게 분노가 밀려든다. 그 분노 뒤에, 그를 마음속 빛 한 점 들지 않는 곳으로 쓸어 가려는 위태로운 슬픔이 이어진다. 「내가 구했어야 했는데……」

「야, 넌 할 수 있는 건 다 했어. 거기다 애들은 아직 언와인드되지 않았는걸.」 레브가 상기시킨다. 「어쩌면 우리가 지금 하는 일이 그 아이들의 운명도 바꿀 수 있을지 몰라.」

코너는 노트북을 덮는다. 「그럴지도 모르지만…… 이제 어쩌지?」

그들은 한동안 불편한 침묵 속에 식사를 이어 간다. 그게 질문에 답하는 것보다 쉽기 때문이다. 계획도 없고 목적지도 없다. 〈멀리〉 가야 한다는 것 말고는 어느 방향으로 가야 할지도 전혀 모르겠다. 가장 먼저 떠오른 건 리사를 찾겠다는 것이었지만, 그는 리사 역시 자신처럼 완전히 감시망을 벗어났으리라는 걸 안다. 어디서부터 찾아야 할지도 알 수 없을 것이다.

「내가 널 캐버노 저택으로 데려갈 수 있어.」 레브가 제안한다. 「거기라면 안전할 거야.」

「한 번쯤은 안전하게 살아 보는 것도 괜찮겠지만, 그럴 리가 없지. 그리고 넌 거기서 도망친 거 아냐?」

「응······ 뭐, 세상에 유일무이한 애크런의 무법자와 함께 돌아가면 용서해 줄걸.」

「목소리 낮춰!」 코너가 주위를 둘러본다. 그들은 비교적 외떨어진 구석 자리를 선택했지만, 식당 자체가 크지 않고 목소리는 전해지게 마련이다.

「〈유터브〉를 확인해서 자쿠지 하나 사고, 스파에서 몸이나 불리는 게 좋을지도 모르겠어. 우린 잠시 쉴 자격이 있다고.」

코너는 레브의 말이 농담이라는 걸 알지만, 그가 한 말에서 어떤 생각이 촉발된다. 처음에는 흐릿한 생각이지만 빠르게 자라난다. 어렴풋한 인식이 직감이 되고, 아이디어가 되고, 깨달음이 된다. 코너는 다시 노트북을 열고 키보드를 두드린다.

「뭔데?」 레브가 묻는다.

「잰슨 라인실드!」

「하지만 잰슨 라인실드는 디지털 세상에서 완전히 삭제됐다고 네가 이미 말했잖아. 찾는 게 무슨 의미가 있어?」

코너는 검색창 사이를 오가며, 프렌치프라이의 기름으로 미끈거리는 키보드를 두드린다. 「네가 아이디어를 줬어.」

「내가?」

「유터브 웹사이트 말이야. 오타.」

「내 타자 실력을 또 놀리려는 거야?」

「아니. 놀리려고 해도 실력이 있어야 놀리지.」 코너가 말한다. 「아무튼, 헤이든은 인터넷에 잰슨 라인실드에 대한 모든 언급을 먹어 치우는 암호 삭제 벌레가 있다는 걸 알아냈어. 하지만 그 벌레는 정확한 철자로 된 이름만 찾아. ······그러니까 나는 그 이름의 모든 잘못된 철자를 입력해 볼 거야.」

레브가 미소 짓는다. 「남의 실수를 황금으로 바꾸는 일은 너한테 맡기면 되겠구나.」

코너는 두 번째 햄버거를 주문하고, 이름 철자를 바꿔 가며 20분을 보낸다. 마지막 햄버거를 먹기 시작할 즈음, 희망을 버릴 준비가 되어 있지만······ 갑자기 레브가 말한 황금이 반짝인다. 알고 보니 어마어마한 금덩이다.

「레브, 이걸 봐!」

레브가 코너의 옆자리로 옮겨 앉는다. 둘은 30년도 넘은 날짜의 신문 기사를 본다. 라인실드가 한때 살았던 몬태나주의 작은 지역 신문 기사다. 이 신문은 지역민들이 가장 좋아하는 그 지역의 인물 중 한 명을 계속 추적해 온 듯하다. 다만, 신문에서는 그의 이름을 계속해서 〈레인실드〉라 잘못 썼다.

코너와 레브는 깜짝 놀라, 믿기지 않는다는 듯 기사를 읽는다. 과학자이자 발명가인 라인실드는 이름을 알릴 정도로 중요한 인물이었다. 그러다가 이집트 오벨리스크에서 기피 대상이 된 파라오의 이름이 지워졌듯, 그의 이름도 지워졌다.

「세상에!」 코너가 말한다. 「이 사람이 신경 결합과 재생의 선구자였어. 언와인드를 가능하게 만든 바로 그 기술 말이야! 라인실드가 없었다면 이식과 접목은 아직도 석기 시대에 머물렀을 거야!」

「그러니까, 놈이 이 일을 시작한 괴물이네!」

「아니, 이건 전쟁이 시작되기 전의 일이야. 누구도 언와인드를 생각하기 전에.」

코너는 기사에 삽입된 영상을 재생한다. 그들은 라인실드의 인터뷰를 시청한다. 그는 안경을 쓴, 머리가 벗어져 가는 중년 남자다. 이 영상이 언와인드 이전의 영상이라는 걸 보여 주는 두 가지 분명한 상징이다.

이 기술의 가능성은 상상조차 어렵습니다. 라인실드는 겉모습보다 훨씬 젊어 보이는 흥분을 담아 말한다. 사랑하는 사람이 젊은 나이에 세상을 떠났다고 해도, 사실상 죽지 않는 세상을 상상해 보세요. 그의 모든 신체 부위가 다른 사람의 고통을 덜어 주는 데 쓰일 수 있다고 말입니다. 장기 기증자가 되는 것과, 자신의 모든 부위가 타인의 생명을 구하리라는 걸 아는 것은 완전히 다른 문제입니다. 그게 제가 꿈꾸는 세상입니다.

코너는 몸을 떤다. 간이식당의 에어컨이 처음으로 차갑게 느껴진다. 라인실드가 묘사한 세상은 코니도 살고 싶은 세상이다. 하지만 그들이 결국 살게 된 세상은 그런 세상이 아니었다.

물론 윤리적 문제가 있을 겁니다. 라인실드가 말을 잇는다. 그게 제가 이런 의학적 발전에 따르는 윤리 문제를 연구하는 조직을 만든 이유입니다. 제가 붙인 이름대로라면, 능동적 시민은 이 기술이 남용되지 않도록 감시하는 경비견이 될 겁니다. 잘못된 일이 일어나지 않게 하는 양심 말입니다.

코너는 이 모든 생각을 정리해 보려고 영상을 멈춘다. 「말도 안 돼! 그러니까, 라인실드는 자기가 만든 기술로부터 세상을 지키려고 능동적 시민을 만든 거야!」

「그런데 그 단체가 결국 라인실드가 두려워하던 괴물이 된 거고.」

코너는 학교에서 배운 무언가를 떠올린다. 최초의 핵폭탄을 만든 오펜하이머는 결국 그것의 가장 큰 반대자가 되었다. 라인실드도 마찬가지였다면? 반대의 목소리를 내다 침묵당했거나, 더 나쁘게는 목소리를 낼 기회조차 없이 사라진 거라면? 제독조차 그를 기억하지 못했다. 그 말은 라인실드가 언와인드 합의 이전에 이미 제거되었거나, 그에 반대하는 목소리를 내지 못하도록 무력화되었다는 뜻이다.

레브가 손을 뻗어 영상을 다시 재생한다. 라인실드가 즐거워하며, 순진하게도 자신이 꿈꾸는 영광스러운 미래에 대해 떠들어 대는 영상이 몇 초 더 나올 뿐이다. 이건 시작입니다. 신경 조직을 재생할 수 있다면, 우린 모든 것을 재생할 수 있습니다. 시간문제일 뿐입니다.

영상은 미소 짓는 그의 얼굴에서 멈춘다. 코너는 이 남자를 보며 거대한 슬픔을 느낀다. 지옥보다 못한 현실로 가는 길을 선의로 닦은, 언와인드의 숨겨진 아버지.

「미쳤네.」 레브가 말한다. 「하지만 이 모든 걸 안다고 해도 어떻게 언와인드를 멈출 수 있겠어? 이 사람에 대해 알아내면 우리가 아는 삶을 바꿀 수 있다고 말했잖아? 모두가 라인실드를 알아도 바뀌는 건 하나도 없을 것 같은데.」

코너는 답답한 듯 고개를 젓는다. 「우리가 뭔가를 놓치고 있는 게 분명해.」

그는 기사 끝으로 스크롤을 내린다. 실험실에 있는 라인실드와 그의 아내 사진이 있다. 둘은 팀으로 일한 듯하다. 코너는 사진 아래의 캡션을 읽다가 뱃속이 갑자기 맺는 것 같은 느낌을 받는다. 남서부 최고의 햄버거 두 개를 다 토할지도 모르겠다는 생각이 든다.

「그럴 리가…….」

「뭔데?」

코너는 잠시 말을 하지 못한다. 그는 다시 캡션을 본다. 「이 사람 아내 이름이 소니아야!」

레브는 그 말을 이해하지 못한다. 어떻게 이해하겠는가? 레브는 코너와 리사와 함께 첫 번째 안전 가옥에 간 적이 없다. 소니아는 그곳을 운영하던 늙은 여자의 이름이었다. 그녀는 오랜 세월에 걸쳐 수백 명, 어쩌면 수천 명의 무단이탈 언와인드를 구해냈을 것이다. 코너는 화면의 사진을 확대한다. 보면 볼수록 확신이 든다.

바로 그 소니아다!

소니아가 뭐라고 말했던가? 우리는 평생 어둠과 빛을 드나든다. 지금 이 순간, 나는 빛 속에 있어서 기쁘고. 코너는 소니아가 얼마나 오래 그 어둠을 짊어졌는지 전혀 모르고 있었다.

「난 이 여자를 알아.」 코너가 말한다. 「우리가 어디로 가야 할지도 알겠어. 우린 오하이오주로 돌아가야 해.」

레브는 그 말에 창백해진다. 「오하이오주?」 집에 대한 생각은 둘 다 받아들일 준비가 되지 않은, 감정의 전갈 소굴을 떠올리게 한다. 하지만 소니아의 골동품 가게가 애크런에 있다. 이 그림에 뭔가 더 있다면, 그 무언가를 둘에게 줄 수 있는 유일한 사람이 소니아다.

간이식당 입구의 종이 딸랑거리고, 돌처럼 굳은 얼굴의 보안관이 한가롭게 들어온다. 그의 눈이 즉시 식당을 훑는다. 코너와 레브가 신문 기사에 몰입한 사이, 순찰차 두 대가 식당 앞에 도착했다. 경찰관들이 도난 신고된 혼다에 잔뜩 몰려 있다.

「너, 헤드라이트 불빛에 비친 사슴 같아.」 코너가 속삭인다. 「그만해.」

「나도 어쩔 수 없어.」 레브는 늘어진 머리카락으로 얼굴을 가리지만, 그것도 사슴 같은 눈만큼이나 눈에 띈다.

아니나 다를까, 보안관이 둘을 향해 곧장 식당을 가로지른다. 하지만 그 순간 놀랍게도, 웨이트리스가 먼저 테이블에 다가와 말한다. 「토미, 햄버거를 아예 흡입했구나! 계속 그렇게 먹다간 청바지가 다 터질걸.」

보안관이 도착했을 때 코너는 약간 입을 벌리고 있다. 하지만 레브는 로드킬 상태에서 벗어나 말한다. 「그래, 토미. 돼지 같은 놈아. 너희 아빠랑 똑같이 뚱뚱해지겠어.」

「유전자야.」 웨이트리스는 한 박자도 놓치지 않고 말한다. 「조심하는 게 좋을걸!」

보안관이 웨이트리스를 돌아본다. 「아는 애예요, 칼라?」

「네, 제 조카 토미랑 친구 에번이에요.」

「이선인데요.」 레브가 말한다. 「맨날 제 이름을 틀리시네요.」
「뭐, 최소한 E로 시작하긴 했잖아.」

코너는 보안관에게 예의 바르게 고개를 끄덕이고 웨이트리스를 본다. 「햄버거가 너무 맛있어서 그래요, 칼라 이모. 그러니까 제가 뚱뚱해지면 이모 탓이에요.」

보안관은 만족스럽다는 듯 칼라를 본다. 코너와 레브는 다른 사람의 문제라고 결론지은 것이다. 「밖에 있는 저 차, 아는 거 있어요?」 그가 칼라에게 묻는다.

칼라는 창밖을 보며 말한다. 「애들 두어 명이 한 시간 전쯤 왔었어요. 남자애 하나, 여자애 하나. 서두르는 것 같길래 눈여겨봐 뒀지.」

「들어왔어요?」

「아뇨, 그냥 도망쳤어요.」

「놀랍지도 않네. 저 자동차는 피닉스에서 도난당한 차량입니다.」

「무단 운전?」

「아마 그럴걸요. 무단이탈자일 수도 있고. 놈들이 투손에 있는 옛 공군 기지에서 한 무더기나 탈출했거든요.」 그는 칼라의 진술을 노트에 적는다. 「다른 게 기억나면 꼭 알려 줘요.」

보안관이 떠나자 칼라가 코너와 레브에게 윙크한다.

「그래, 토미, 이선. 오늘 너희 식사는 공짜야.」

「감사합니다.」 코너가 말한다. 「전부 다요.」

칼라가 그에게 윙크한다. 「가장 좋아하는 조카에게 해줄 수 있는 최소한의 일이지.」 그녀는 주머니에 손을 넣더니, 코너로서는 놀랍게도 자동차 열쇠를 꺼낸다. 토끼 발 열쇠고리까지 달려 있는 열쇠다.「부탁할 게 있는데, 오늘 차 좀 우리 집에 가져다줄래? 뒤쪽에 있어.」

레브는 놀라서 코너를 본다. 헤드라이트 불빛에 비친 사슴과 그리 다르지 않은 표정이다. 코너는 잠시 칼라가 둘을 알아보았다고 생각하지만, 이건 알아보고 말고의 문제가 아니라는 걸 깨닫는다. 이건 그냥, 낯선 사람의 무작위적 친절이다.

「이 열쇠는 못 받아요.」 코너가 속삭인다.

칼라가 코너처럼 목소리를 낮춘다.「아니, 받아도 돼. 어쨌거나, 그 고물을 치워 주면 나한테는 좋은 일이야. 더 좋은 건…… 일 다 끝내고 나서 박살 내주는 건 어때? 보험금을 받아서 나쁠 건 없으니까.」

코너는 테이블에서 열쇠를 가져간다. 이런 경우에는 어떻게 고맙다고 말해야 할지조차 모르겠다. 누군가가 그를 돕기 위해 이렇게까지 나서 준 건 아주 오랜만이다.

「모든 사람이 너희의 적은 아니라는 걸 알아야 해.」 칼라가 말한다.「바깥의 상황이 바뀌고 있어. 사람들이 변하고 있어. 그렇게 눈에 띄지는 않을지 몰라도, 분명 변화는 일어나고 있어. 나는 매일 그걸 봐. 바로 지난주에도 트럭 기사가 들어와서, 작년에 애크런의 무단이탈자 녀석을 휴게소에서 태워 줬다고 자랑하더라니까. 그 불쌍한 사람도 그 일 때문에 체포되긴 했지만, 그래도 자랑하고 다녀. 그게 옳은 일이라는 걸 알기 때문에.」

코너는 미소를 눌러 참는다. 그는 칼라가 말한 트럭 기사가 누구인지 정확히 안다. 조사이어스 올드리지. 카드 마술을 할 줄 아는 팔을 접목받은 사람. 코너는 칼라에게 그 모든 이야기를 하지 않으려고 이를 악문다.

「세상에는 특별한 일을 하는 평범한 사람들이 있어.」 칼라는 둘에게 다시 윙크한다. 「지금 너희는 내게 그런 특별하고 평범한 사람이 될 기회를 준 거야. 그러니까 내가 너희한테 고마워해야지.」

코너는 손가락 사이로 토끼 발을 문지르며, 자신의 운이 마침내 바뀌었기를 바란다. 「자동차 도난 신고를 하지 않으면 너무 수상할 거예요.」

「신고할 거야.」 칼라가 말한다. 「언젠가는.」 그녀는 일어서서 둘의 빈 접시를 쌓기 시작한다. 「분명히 말하지만, 변화가 일어나고 있어.」 그녀가 말한다. 「오래되고 통통한 복숭아랑 똑같아. 잘 익어서 떨어지기 직전이야.」 그녀는 둘 모두에게 따뜻한 미소를 지어 보인 뒤, 다시 서빙을 하러 간다. 「몸조심해.」

코너와 레브는 잠시 시간을 들여 생각을 정리한다. 그런 다음 밖으로 나가, 건물 뒤로 돌아가 펜더가 약간 찌그러진 고전적인 빨간색 차저를 발견한다. 딱히 전시용이라 할 수는 없지만 고물도 아니다. 둘은 차에 타고 코너가 시동을 건다. 자동차가 잠에서 깨어나는 사자처럼 그르렁거린다. 차 안에서는 장미향 방향제 냄새가 난다. 사방에 중년 여자의 액세서리가 있다. 그래도 괜찮다. 코너는 평범하고 특별한 칼라가 떠오르는 게 싫지 않다.

길에 나서며, 레브가 코너를 본다. 「오히이오주라고?」 레브가 묻는다. 「정말 오하이오여야만 해?」

코너가 씩 웃는다. 「응, 맞아. 거기 가면, 내가 제일 먼저 할 일은 네 머리를 깎아 주는 거야.」

그들은 66번 국도에 접어들어, 구원의 때가 무르익은 세상을 향해 동쪽으로 떠난다.

3권 『언솔드』에서 계속

감사의 말

나는 『언와인드』가 디스톨로지 시리즈가 될 줄은 꿈에도 몰랐다. 그러면서도 그 속에 담긴 기이한 세계에서 벗어날 수 없었다. 이 점에 대해, 나는 데이비드 게일, 나바 울프, 저스틴 찬다, 앤 재피언, 그리고 사이먼 앤드 슈스터 편집부의 모든 분에게 끊임없는 감사를 드린다. 또한 책의 홍보와 북 투어를 준비해 준 폴 크라이턴과 리디아 핀, 학교와 도서관에서 모임을 열 수 있도록 애써 준 미셸 패들랠러와 버네사 윌리엄스, 편집 관리를 맡아 준 카트리나 그루버, 제작에 도움을 준 차바 윌린, 그리고 디자이너 클로이 포글리아에게도 감사드린다.

아빠가 자신의 생각에 깊이 잠겨 있을 때도 끝없는 인내심을 보여 준 나의 아이들과, 나를 진정시키고 어떻게든 체계를 잡아 준 특별한 조수 마샤 블랭코에게도 고마움을 전한다. 셔스터마니아 뉴스레터를 위해 쉼 없이 헌신해 준 웬디 도일과 하이디 스톨에게도 감사한다. 웬디에게는 한 번 더. 그리고 내가 늘어놓은 이야기를 디지털로 받아 적어 준 아들 재러드에게도 고맙다. 글에 방향을 잡아 준 비평 그룹 픽셔네어에도 감사한다. 특히 우리의 단편소설 「언스트렁」을 함께 작업한 미셸 놀든, 그리고 내가 실수로 휘청거릴 때마다 붙잡아 준 〈큰누나〉 퍼트리샤에게도 깊은 감사를 전한다.

나는 내 책을 교실에서 활용할 수많은 방법을 찾아낸 교육자들과, 그 책이 자신들의 삶에 영향을 주었다고 전해 온 수많은 독자에게도 빚을 지고 있다. 예컨대 베로니카 나이시의 이메일을 읽었을 때 나는 눈물을 흘리며 내가 글을 쓰는 이유를 다시금 떠올릴 수 있었다.

앤드리아 브라운, 트레버 엥글슨, 셉 로즌먼, 리 로즌바움, 스티브 피셔, 데비 듀블힐에게도 깊이 감사한다. 이들은 내 커리어를 이끌어 주고(또한 바닥에 내팽개쳐지지 않도록 붙잡아 주는!) 소위 〈나의 사람들〉이다. 마크 베너다우트, 캐서린 키멀, 줄리언 스톤, 샬럿 스타우트에게도 감사를 전한다. 『언와인드』와 『언홀리』에 보여 준 변함없는 믿음 덕분에 놀라운 영화가 탄생하게 될 것이라 확신한다!

그리고 마지막으로, 불가능해 보이는 순간에도 늘 곁에 있어 준 부모님, 밀턴과 샬럿 셔스터먼에게 진심으로 감사드린다.

옮긴이 **강동혁** 서울대학교 영문학과와 사회학과를 졸업하고 동 대학원에서 영문학 석사 학위를 받았다. 옮긴 책으로 바버라 킹솔버의 『내 이름은 데몬 코퍼헤드』, 에르난 디아스의 『먼 곳에서』, 『트러스트』, 커트 보니것의 『타이탄의 세이렌』, 압둘라자크 구르나의 『그 후의 삶』, 앤디 위어의 『프로젝트 헤일메리』, 토바이어스 울프의 『올드 스쿨』, 『이 소년의 삶』, J. K. 롤링의 〈해리 포터〉 시리즈, 앤드루 숀 그리어의 『레스』, 진 필립스의 『밤의 동물원』, 말런 제임스의 『일곱 건의 살인에 대한 간략한 역사』(전2권) 등 다수가 있다.

언홀리: 무단이탈자의 묘지

발행일 2025년 7월 10일 초판 1쇄
2025년 8월 25일 초판 3쇄

지은이 닐 셔스터먼
옮긴이 강동혁
발행인 홍예빈
발행처 주식회사 열린책들

경기도 파주시 문발로 253 파주출판도시
전화 031-955-4000 팩스 031-955-4004
홈페이지 www.openbooks.co.kr 이메일 literature@openbooks.co.kr

Copyright (C) 주식회사 열린책들, 2025, *Printed in Korea*.
ISBN 978-89-329-2523-3 04840
ISBN 978-89-329-2521-9 (세트)